JENNIFER CRUSIE

Liebe auf den zweiten Kuss

Buch

Nell Dysarts erster Gedanke angesichts ihres neuen Chefs ist wenig schmeichelhaft, denn der Mann sieht im Gegenlicht tatsächlich ein wenig wie der Teufel aus. Aber Nell Dysart steckt seit ihrer Scheidung in großen finanziellen Schwierigkeiten – von den persönlichen Problemen ganz zu schweigen. Also nimmt sie trotz deutlicher Abneigung zu Gabe McKenna voller Elan die neue Stelle in seiner Detektivagentur an. Am ersten Tag kommt sie einer Betrügerin auf die Spur. Am zweiten Tag verbringt sie eine Nacht mit dem falschen Mann. Und am vierten Tag entführt sie einen Dackel. Kein Wunder also, dass Gabe McKenna am fünften Tag erst mal nur eins im Sinn hat: dieser Frau zu kündigen. Allerdings ohne Erfolg, denn so sehr ihm auch das ganze turbulente Chaos verhasst ist, das Nell in sein ruhiges Arbeitsleben bringt, so muss er doch eins zugeben: Nell teilt mit ihm eine große Leidenschaft – die Suche nach der Wahrheit. Doch hätte man ihm damals prophezeit, welches dramatische Durcheinander jetzt noch auf ihn wartet, hätte Gabe nur gelacht. Denn mitten in einem großen Fall geschieht das Unfassbare: Trotz einiger Differenzen über Fragen wie Brandstiftung, Putzorgien, Erpressung, Innendekoration, Mord und ziemlich scheußliche Geschäftskarten, entdecken Nell und Gabe, dass die Wahrheit nicht die einzige Leidenschaft ist, die sie teilen …

Autorin

Jennifer Crusie unterrichtet kreatives Schreiben an der Ohio State University und lebt in Columbus, Ohio. In den USA schon lange eine *New York Times*-Bestsellerautorin, hat sie seit *Die Gerüchteköchin* mit jedem weiteren ihrer Romane auch in Deutschland Leser und Kritiker gleichermaßen begeistert.

Von Jennifer Crusie ist bereits erschienen:

Die Gerüchteköchin. Roman (44248)
Der Frühjahrsputz. Roman (44574)
Die Naschkatzen. Roman (44896)

Jennifer Crusie

Liebe auf den zweiten Kuss

Roman

Aus dem Amerikanischen
von Inez Meyer

GOLDMANN

Die Originalausgabe erschien 2001
unter dem Titel »Fast Women«
bei St. Martin's Press, New York.

Umwelthinweis:
Alle bedrucken Materialien dieses Taschenbuches
sind chlorfrei und umweltschonend.

Deutsche Erstveröffentlichung März 2002

Umschlaggestaltung: Design Team München
Umschlagfoto: Photonica/Johner
Satz: Uhl + Massopust, Aalen
Druck: Elsnerdruck, Berlin
Verlagsnummer: 45136
Redaktion: Doris Bampi-Hautmann
MD · Herstellung: Heidrun Nawrot
Made in Germany
ISBN 3-442-45136-1
www.goldmann-verlag.de

1 3 5 7 9 10 8 6 4 2

Für Valerie Taylor

weil sie mir nicht vorenthält, wenn meine Geschichten langweilig, meine Sätze verworren und meine Helden lächerlich sind,

weil sie mich daran erinnert, dass ich in der Mitte eines jeden neuen Buches der Überzeugung bin, meine Karriere sei am Ende,

und weil sie wirklich gute Geschichten schreibt und sie mir als Erste zu lesen gibt.

Weiter so, meine Liebe.

1

Der Mann hinter dem unaufgeräumten Schreibtisch sah aus wie der leibhaftige Teufel, doch Nell Dysart, die sich bereits seit anderthalb Jahren in einer Art Hölle befand, störte sich nicht daran. Gabriel McKenna gegenüber zu sitzen hieß lediglich, dass sie nun tatsächlich in der Hölle angekommen war.

»Stimmt, der Sache sollten Sie vielleicht tiefer auf den Grund gehen«, sagte er in den Telefonhörer, in seiner Stimme kaum verhohlene Ungeduld. Die durchdringenden Augen funkelten vor Ärger, während er Nell gleichzeitig keines Blickes würdigte.

Es war unhöflich, in ihrer Gegenwart zu telefonieren. Andererseits hatte er keine Sekretärin, die für ihn die Gespräche entgegennahm. Sie wiederum bewarb sich lediglich auf eine Stelle und war keine Klientin, und er war Detektiv und kein Versicherungsangestellter. Vielleicht lag es daran, dass die herkömmlichen Benimmregeln nicht griffen.

»Ich komme Montag vorbei«, sagte er. »Nein, Trevor, abwarten wäre nicht die bessere Möglichkeit. Wir unterhalten uns um elf darüber.«

Er klang, als würde er mit einem nervigen Verwandten sprechen und nicht mit einem Kunden. Dem Berufsstand der Detektive musste es wohl um einiges besser gehen, als dieses Büro den Anschein vermittelte, wenn er sich Kunden gegenüber so benehmen konnte – noch dazu Kunden mit dem Namen Trevor. Der Einzige ihr bekannte Trevor war der Vater ihrer Schwägerin, und der war so reich, dass es zum Himmel stank. Vielleicht war Gabe McKenna tatsächlich einflussreich und erfolgreich und brauchte lediglich jemanden, der ihm sein Büro wieder auf Vordermann brachte. Das sollte für sie kein Problem sein.

Nell blickte sich in dem schäbigen Zimmer um und versuchte positiv zu denken. Das Zimmer wirkte düster an diesem Septembernachmittag, und die Tatsache, dass die uralten Jalousien vor den ebenfalls alten riesigen Fenstern heruntergelassen waren, machte es nur noch düsterer. Das McKenna-Gebäude befand sich an der Kreuzung zweier recht ordentlicher Hauptverkehrsadern im *German Village*. In dieser Gegend ließen es sich die Leute viel Geld kosten, dass sie aus dem Fenster sehen und auf die historischen Backsteingebäude Ohios blicken konnten. Gabriel McKenna jedoch hatte seine Jalousien herunter gelassen, vermutlich um die Unordnung im Zimmer nicht sehen zu müssen. Die Wände waren mit verstaubten, gerahmten Schwarzweißfotos von Anno dazumal bedeckt, die Möbel hatten eine Reinigung und etwas Möbelpolitur dringend nötig, und sein Schreibtisch musste regelrecht ausgemistet werden. In ihrem ganzen Leben hatte sie noch nirgends so viel Müll auf einem einzigen Tisch gesehen. Allein die Styroporbecher würden…

»Richtig«, bestätigte er mit tiefer, selbstsicherer Stimme. Das Licht der grünverglasten Schreibtischlampe warf Schatten auf sein Gesicht, doch da er die dunklen Augen geschlossen hatte, sah er nicht mehr annähernd so teuflisch aus wie zuvor. Eher wie ein ganz normaler Geschäftsmann in den Vierzigern – mit dunklen Haaren, breiten Schultern, gestreiftem Hemd und gelockerter Krawatte. Wie Tim.

Nell erhob sich unvermittelt und ließ ihre Handtasche auf den Stuhl sinken. Sie trat auf das große Fenster zu und wollte die Jalousie hochziehen, um etwas mehr Licht herein zu lassen. Wenn das Zimmer erst einmal aufgeräumt wäre, könnte er die Jalousie oben lassen und so einen besseren Eindruck erwecken. Kunden erledigten Geschäfte lieber bei Tageslicht und nicht in einer Art Hölle. Sie zupfte an der Kordel, doch die klemmte. Sie zog erneut, nunmehr etwas energischer, und hielt plötzlich die Kordel in der Hand.

Na wunderbar! Sie warf einen Blick über ihre Schulter. Die breiten Schultern vorgebeugt, telefonierte er immer noch. Sie legte die Kordel auf das Fensterbrett, doch mit einem hohlen, klopfenden Geräusch fiel die Schnur mit dem Plastikgriff voran auf den Hartholzboden. Nell lehnte sich gegen die Jalousie am Fenster und versuchte, die Kordel zu erreichen, die hinter den Stuhl gerutscht war. Fast hätte sie sie mit den Fingern greifen können. Wieder etwas, was außerhalb ihrer Reichweite lag. Sie lehnte sich noch fester gegen die Jalousie und streckte ihre Finger aus.

Das Fenster knackte unter ihrer Schulter.

»Wir sehen uns am Montag«, sagte er in den Hörer. Schnell stieß sie die Kordel hinter die Heizung und setzte sich, ehe ihm auffiel, dass sie im Begriff war, sein Büro zu zerstören.

Nun musste sie den Job schon allein deswegen bekommen, um die Spuren ihrer Verwüstung zu beseitigen. Außerdem war da dieser Schreibtisch: Irgendjemand musste den Mann erlösen. Abgesehen davon brauchte sie Geld, um ihre Miete und dergleichen Luxusausgaben zu bezahlen. *Irgendjemand muss mich retten,* dachte sie.

Er legte den Hörer auf und drehte sich zu ihr um. Er wirkte verschwitzt und müde. »Entschuldigen Sie, Mrs. Dysart. Sicherlich sehen Sie, wie dringend wir eine Sekretärin benötigen.«

Nell blickte auf seinen Schreibtisch und dachte: *Du brauchst mehr als nur eine Sekretärin, mein Guter.* Laut jedoch bestätigte sie: »Allerdings.« Sie wollte partout heiter und entgegenkommend erscheinen.

Er nahm ihre Bewerbungsunterlagen zur Hand. »Warum haben Sie Ihre letzte Stelle aufgegeben?«

»Mein Chef hat sich von mir scheiden lassen.«

»Das ist ein triftiger Grund.« Er begann zu lesen.

Seine Umgangsformen benötigten definitiv etwas Auffrischung, dachte sie, während sie den Blick auf ihre schwarzen Pumps mit den vernünftigen, flachen Absätzen senkte und diese fest auf den Teppich stellte, damit sie sie nicht wieder in eine missliche Situation brachten. Tim hätte ihr an McKennas Stelle sein Mitgefühl ausgedrückt, ihr ein Papiertaschentuch gereicht und eine Schulter geboten, an der sie sich hätte ausweinen können. Anschließend hätte er ihr vorgeschlagen, die eine oder andere Versicherung abzuschließen, sich aber trotzdem weiterhin fürsorglich verhalten.

Auf dem Teppich entdeckte sie einen Flecken. Mit ihrer Schuhspitze versuchte sie ihn wegzureiben. Flecken ließen jedes Büro erfolglos wirken. Die Details waren es, die in dieser Art von Umgebung zählten. Sie rieb kräftiger, die Teppichwolle teilte sich und der Fleck wurde größer. Es war überhaupt kein Fleck. Sie hatte ein Loch gefunden, und es war ihr gelungen, es in weniger als fünfzehn Sekunden auf das Doppelte seiner Größe auszuweiten. Sie stellte ihren Fuß auf das Loch und flehte inständig *Hilf mir, Jesus, mach, dass er mich engagiert.*

»Warum möchten Sie für uns arbeiten?«, fragte er und sie lächelte ihn an. Sie versuchte, nicht nur heiter und energisch, sondern auch aufgeweckt und voller Tatendrang zu wirken. Keine einfache Aufgabe, wenn man in mittleren Jahren und leicht reizbar war.

»Ich stelle es mir sehr interessant vor, für eine Detektei zu arbeiten.« *Ich brauche einen Job, damit ich meine Abfindung aus der Scheidung nicht angreifen muss, bevor ich in Rente gehe.*

»Es wird Sie erstaunen, wie langweilig es ist«, wandte er ein. »Sie werden hauptsächlich Schreibarbeiten und die Ablage erledigen und nebenher das Telefon bedienen müssen. Für diese Arbeit sind Sie überqualifiziert.«

Und ich bin zweiundvierzig Jahre alt und arbeitslos,

dachte sie und antwortete fröhlich: »Ich bin bereit für etwas Neues.«

Er nickte, schien jedoch nicht sonderlich überzeugt. Sie fragte sich, ob er sie ähnlich wie Tim in zwanzig Jahren auswechseln würde. Ob er sie nach dieser Zeitspanne ansehen und sagen würde: »Wir haben uns auseinander gelebt. Ich schwöre Stein und Bein, ich habe bisher keinerlei Bewerbungsgespräche mit anderen Sekretärinnen geführt, aber jetzt brauche ich einfach frisches Blut. Jemanden mit ordentlichen Tippfähigkeiten. Jemanden ...«

Die Armlehne wackelte unter ihrer Hand, und sie bemerkte, dass sie daran gezogen hatte. *Entspanne dich.* Sie drückte die Armlehne wieder nach unten und presste den Ellbogen dicht an ihren Körper, damit die Lehne nicht länger wackelte, während sie gleichzeitig mit ihrem Fuß noch immer das Loch im Teppich verdeckte.

Sitz endlich still, ermahnte sie sich.

Hinter ihrem Rücken rasselte die Jalousie im Windhauch.

»Sie bringen mit Sicherheit alle Fähigkeiten mit, die wir suchen«, fuhr McKenna fort, und sie zwang sich zu einem Lächeln. »Unsere Arbeit hier ist allerdings streng vertraulich. Wir haben eine Regel: Außerhalb dieses Büros sprechen wir niemals über Geschäftliches. Können Sie so diskret sein?«

»Aber sicher doch«, erwiderte Nell und drückte noch heftiger gegen die Stuhllehne, während sie Diskretion auszustrahlen versuchte.

»Sie sind sich darüber im Klaren, dass es sich um eine zeitlich begrenzte Stelle handelt?«

»Äh ... ja«, schwindelte Nell. Ein Schauer fuhr ihr über den Rücken. Ihr neues Leben – eine exakte Kopie ihres alten. Sie hörte das Holz des Stuhles leise krachen und lockerte ein wenig den Griff.

»Unsere Sekretärin erholt sich gerade von einem Unfall und sollte in sechs Wochen wieder zurück sein«, fuhr er fort. »Am 13. Oktober ...«

»…bin ich Vergangenheit«, beendete Nell seinen Satz. Immerhin ließ er sie jetzt bereits wissen, dass die Sache ein Ende haben würde. Sie würde sich nicht mit Haut und Haar hineinstürzen. Sie würde keinen Sohn mit ihm haben. Sie würde nicht…

Wieder knarzte der Stuhl, diesmal ein bisschen lauter, und McKenna nickte. »Wenn Sie die Stelle haben wollen, steht dem nichts im Weg.«

Wieder rasselte die Jalousie, rutschte ein wenig herab und machte ein rostiges, schleifendes Geräusch.

»Ich möchte den Job haben«, bekräftigte Nell.

Er kramte in der Schublade und reichte ihr einen Schlüssel. »Mit diesem Schlüssel kommen Sie in den Empfangsbereich an den Tagen, an denen mein Partner, Riley, oder ich erst nach Ihnen ins Büro kommen.« Er stand auf und reichte ihr die Hand. »Willkommen bei der Detektei McKenna, Mrs. Dysart. Wir sehen uns am Montag um neun.«

Nell stand ebenfalls auf und ließ sachte die Armlehne los in der Hoffnung, dass sie nicht abgebrochen zu Boden fallen würde. Sie streckte McKenna energisch die Hand entgegen, darauf bedacht, Selbstbewusstsein und Stärke zu vermitteln, und warf prompt einen der Styroporbecher um. Der Kaffee verteilte sich über seinen Papieren, während sie beide mit ineinander verschränkten Händen auf die Verwüstung herabsahen.

»Meine Schuld.« Er ließ ihre Hand los und griff nach dem Becher. »Ich vergesse immer wieder, sie zu entsorgen.«

»In den nächsten sechs Wochen wird das wohl zu meinen Aufgaben gehören«, erwiderte sie so munter wie nur möglich. »Ich danke Ihnen, Mr. McKenna.«

Sie warf ihm ein letztes, unglaublich positives Lächeln zu und eilte aus dem Büro, bevor ein weiteres Missgeschick passieren konnte.

Noch während sie die schwere Holztür hinter sich schloss, sah sie, wie die Jalousie zuerst ein wenig herabrutschte und dann mit lautem Krachen herunterstürzte. Und durch die Fensterscheibe mit dem gut sichtbaren Sprung strömte das helle Nachmittagslicht herein.

Nachdem Eleanor Dysart gegangen war, blickte Gab auf die beschädigte Fensterscheibe und seufzte. Aus der mittleren Schublade seines Schreibtischs zog er eine Packung Aspirin hervor und spülte zwei Tabletten mit dem abgestandenen Kaffee hinunter, der bereits schrecklich geschmeckt hatte, als er noch heiß gewesen war. Er verzog das Gesicht, als jemand an seiner Bürotür klopfte. Sein Cousin Riley streckte seinen Blondschopf durch den Türspalt und vermittelte den gewohnten Eindruck eines nicht besonders intelligenten Menschen. »Wer war denn der dürre Rotschopf, der gerade gegangen ist? Niedlich, aber falls wir ihren Fall annehmen, sollten wir sie etwas aufpäppeln.«

»Eleanor Dysart«, erwiderte Gabe. »Sie wird Lynnie vertreten. Und sie ist um einiges kräftiger, als sie aussieht.«

Riley warf einen besorgten Blick auf die Fensterscheibe, während er sich auf genau den Stuhl setzte, den Eleanor Dysart eben geräumt hatte. »Seit wann hat die Fensterscheibe einen Sprung?«

»Seit ungefähr fünf Minuten. Wir stellen sie ein, obwohl sie die Fensterscheibe zerbrochen hat, denn sie ist einerseits qualifiziert und andererseits hat uns Jack Dysart darum gebeten.«

Riley verzog angewidert das Gesicht. »Eine seiner Ex-Ehefrauen, die wir noch nicht kennen?« Er stützte sich auf die Armlehne, die mit einem Ächzen entzweibrach. Nur mit Mühe konnte er das Gleichgewicht halten.

»Schwägerin«, erwiderte Gabe und blickte traurig auf den Stuhl. »Von seinem Bruder geschieden.«

»Diese Dysart-Männer machen es ihren Frauen wirklich schwer.« Riley hob die Reste der Armlehne vom Boden auf.

»Ich habe Jack gegenüber erwähnt, dass wir eine Aushilfe

brauchen. Daraufhin hat er sie uns geschickt. Sei nett zu ihr. Andere Leute waren es nicht.« Gabe legte das Aspirin zurück in die Schublade und griff sich einen Stapel mit Kaffeespritzern verzierten Papiers. Mit einem Bogen Löschpapier versuchte er, den Kaffee aufzusaugen und hielt Riley den Stapel hin. »Am Montag steht für dich ein ›Heißer Mittagstisch‹ an.«

Riley ließ die Armlehne fallen und nahm die Unterlagen entgegen. »Ich hasse es, Ehebrechern hinterher zu schnüffeln.«

Gabes Kopfschmerzen kämpften gegen die Wirkung des Aspirins an. »Falls dir Beziehungsfälle nicht liegen, solltest du möglicherweise deine Berufswahl noch einmal überdenken.«

»Es liegt an den Leuten, nicht am Beruf. An Leuten wie Jack Dysart. Ein Rechtsanwalt, der Ehebruch für ein Hobby hält, tiefer kann man doch nicht sinken. Was für ein mieser Kerl.«

Das ist nicht der Grund, warum du ihn nicht ausstehen kannst, dachte Gabe. Doch es war Freitagnachmittag und er hatte keinerlei Interesse daran, sich mit dem alten Groll seines Cousins zu beschäftigen. »Ich bin mit ihm und Trevor Ogilvie am Montag verabredet. Mit beiden Seniorpartnern gleichzeitig.«

»Schön für dich. Ich hoffe, Jack steckt bis zum Hals in Schwierigkeiten.«

»Sie werden erpresst.«

»Erpressung?«, hakte Riley ungläubig nach. »Jack? Sollte es tatsächlich etwas geben, das noch schrecklicher ist als das, was bereits alle Welt über ihn weiß?«

»Schon möglich«, erwiderte Gabe und dachte an Jack und dessen vollkommene Ignoranz, was die Konsequenzen seiner eigenen Handlungen betraf. Es war schon erstaunlich, was man einem attraktiven, charmanten, egoistischen und wohlhabenden Rechtsanwalt durchgehen ließ. Zumindest war es erstaunlich, was man Jack durchgehen ließ. »Jack geht davon aus, dass ihnen ein unzufriedener Angestellter Angst einjagen will. Trevor hält es lediglich für einen Scherz, und wenn sie ein paar Wochen warten …«

Riley schnaubte. »Das sieht Trevor ähnlich. Ein Rechtsanwalt, der ein Vermögen damit verdient hat, die Gegenseite immer wieder hinzuhalten. Aber immerhin besser als Jack, dieser hinterhältige Mistkerl.«

Gabe fühlte Ärger in sich aufsteigen. »Himmel noch mal, Riley, lass doch noch ein gutes Haar an dem Mann. Die Sache ist jetzt vierzehn Jahre her, und er ist immer noch mit ihr verheiratet. Vor einer Weile hat sie die Dreißig überschritten, und er hat sie trotzdem nicht verlassen. Soweit wir wissen, könnte er ihr sogar treu sein.«

Riley blickte ihn finster an. »Ich habe nicht die leiseste Ahnung, wovon du sprichst …«

»Susannah Campbell Dysart, die Frau deiner Jugend.«

»… wenn ich zwischen dem ›Heißen Mittagstisch‹ und Jack Dysart wählen muss«, fuhr Riley fort, »nehme ich den Mittagstisch. Ich muss am Montag ohnehin in die Uni, da liegt es geradezu auf dem Weg.«

Gabe runzelte die Stirn. »Ich dachte, du erledigst am Montag ein paar Hintergrundrecherchen. Was machst du denn an der Uni?«

»Ich bin zum Mittagessen verabredet«, erwiderte Riley unschuldig.

Gabes Gereiztheit wuchs. Riley war vierunddreißig Jahre alt. Es war längst überfällig, dass er endlich erwachsen würde. »Gehst du jetzt mit einer Studentin aus?«

»Einer jungen Studentin«, erwiderte Riley ohne das geringste Schuldbewusstsein. »Mit Botanik als Hauptfach. Weiß alles über Pflanzen. Wusstest du eigentlich, dass eine Kornblume …«

»Dann ist sie, lass mich nachrechnen, fünfzehn Jahre jünger als du?«

»Dreizehn«, erwiderte Riley. »Ich erweitere meinen Horizont, indem ich etwas über die Pflanzenwelt lerne. Du auf der anderen Seite steckst so tief in deinem Trott, dass du deine eigenen Horizonte gar nicht mehr erkennen kannst. Komm doch mit uns, such dir jemanden…«

»Etwa eine junge Studentin?« Angewidert schüttelte Gabe den Kopf. »Nein. Ich bin mit Chloe zum Abendessen verabredet. Wie du siehst, habe ich bereits jemanden aufgegabelt.«

Riley schüttelte entsetzt den Kopf. »So gerne ich Chloe mag, mit deiner Ex-Frau zu schlafen, wird dich nicht aus deinem Trott reißen.«

»Genauso wenig wird es dir beim Erwachsenwerden helfen, mit einer jungen Studentin zu schlafen«, gab Gabe zurück.

»Auch gut.« Gut gelaunt wie immer stand Riley auf. »Grüße mir Jack und die anderen am Montag.«

Er nahm den kaputten Stuhl, tauschte ihn gegen einen am Fenster aus und verließ das Zimmer. Gabe begann, die auf seinem Tisch verstreuten Unterlagen zu ordnen, nahm dann jedoch den Telefonhörer und wählte die Kurzwahl des *Astro*, des Cafés seiner ehemaligen Frau. Er hätte auch einfach durch die Tür gehen können, die den Empfangsbereich seines Büros mit dem Lagerraum des Cafés verband. Er hätte mit seiner Ex-Frau in Fleisch und Blut reden können, doch im Augenblick wollte er Chloe nicht in Fleisch und Blut haben, sondern lediglich sicherstellen, dass er sie später am Abend in Fleisch und Blut haben würde.

Als Chloe fröhlich ans Telefon kam, sagte er nur: »Ich bin's.«

»Gut«, erwiderte sie, und die Fröhlichkeit ebbte ab. »Hör mal, gerade eben war eine Frau hier, die Mandelkekse gekauft hat. Groß und dünn. Rotes Haar, leicht ausgebleicht. Schöne Augen. Kam sie von dir?«

»Ja, aber sie ist keine Kundin. Du kannst dir also das ganze

Gerede sparen, von wegen ich müsse sie retten. Sie ist die Vertretung für Lynnie.«

»Irgendwie sieht sie interessant aus«, bemerkte Chloe. »Ich wette, sie ist Jungfrau im Sternzeichen. Gib mir mal ihr Geburtsdatum durch.«

»Nein. Abendessen um acht also?«

»Ja, bitte. Wir müssen miteinander reden. Lu möchte vielleicht doch lieber im Herbst mit dem Rucksack durch Europa reisen.«

»Auf gar keinen Fall. Ich habe bereits die Collegegebühren für ihr erstes Trimester bezahlt.«

»Deine Tochter lebt jetzt ihr eigenes Leben, Gabe.«

»Nein. Sie ist erst achtzehn. Das ist viel zu jung, um auf eigene Faust durch Europa zu reisen.«

»Sie ist genauso alt wie ich, als ich dich geheiratet habe«, bemerkte Chloe.

Und sieh dir an, was für eine miese Entscheidung du getroffen hast. »Chloe, sie wird aufs College gehen. Wenn es ihr nach dem ersten Trimester dort nicht gefällt, können wir wieder darüber reden.«

Chloe seufzte. »Also gut. Und jetzt zu dieser Jungfrau …«

»Nein.« Gabe legte auf und dachte an seine wunderschöne blonde Tochter, die mit dem Rucksack durch weit entfernte Länder reisen wollte, in denen lüsterne Männer ihr auflauern würden, während seine wunderschöne blonde Ex-Frau immer noch dieselben Sterne konsultierte, die ihr geraten hatten, sich von ihm scheiden zu lassen.

Er griff erneut nach dem Aspirin. Dieses Mal spülte er die Tabletten jedoch mit einem Schluck Glenvilet Whiskey hinunter, den er in seinem Schreibtisch aufbewahrte, genau wie es sein Vater vor ihm getan hatte. Irgendetwas würde er in Sachen Chloe und Lu unternehmen müssen, ganz abgesehen von Jack Dysart und Trevor Ogilvie und dem Ärger, den sie sich selbst und ihrer Rechtsanwaltskanzlei dieses Mal aufgehalst hatten. Die einzig angenehme Aussicht auf die nächste Zukunft war die, dass er später mit Chloe schlafen würde. Das war immer sehr nett.

Sehr nett? Er hielt inne. Himmel, wo war das Wörtchen »heiß« abgeblieben? An Chloe konnte es nicht liegen, sie war genauso, wie sie immer gewesen war.

Dann liegt es also an mir, dachte er und sein Blick fiel auf die Flasche Whiskey in seiner Hand und die Aspirintabletten auf seinem Schreibtisch. *Ich bin am Ende. Ich brauche Alkohol und Medikamente, um den Tag überhaupt durchzustehen.*

Natürlich war es nur Glenvilet und Aspirin, wovon er zu viel nahm, und keine wirklich harten Drogen. Sein Blick fiel auf eine Fotografie auf der gegenüberliegenden Wand: Sein Vater und Trevor Ogilvie, vor vierzig Jahren, in Nadelstreifen, die Arme um die Schultern des anderen gelegt und in die Kamera grinsend, während sie mit zwei Martinigläsern anstießen. *Eine schöne alte Tradition,* dachte er und erinnerte sich daran, wie sein Vater gesagt hatte: »Trevor ist ein feiner Kerl, aber ohne mich würde er seine Probleme so lange ignorieren, bis er unter ihnen begraben läge.«

Du hast mir mehr als nur die halbe Agentur hinterlassen, Papa.

Bedrückt räumte Gabe die Flasche zurück in den Schreibtisch und suchte in dem Durcheinander nach seinen Notizen. Gott sei Dank würde ab Montag eine Sekretärin im Haus sein. Er brauchte jemanden, dem er Anweisungen geben konnte und der sein Leben einfacher machen würde. So wie damals, als Chloe noch seine Sekretärin war. Er warf einen unbehaglichen Blick auf das gesprungene Fenster. Er war sich ziemlich sicher, dass Eleanor Dysart ihm das Leben einfacher machen würde.

Falls nicht, würde er sie einfach wieder vor die Tür setzen, auch wenn sie die ehemalige Schwägerin seines besten Kunden war. Denn wenn er auf eines im Leben wahrlich verzichten konnte, dann auf noch mehr Leute, die ihm auf die Nerven fielen. Von denen hatte er weiß Gott bereits jetzt schon genug.

Auf der anderen Seite des Stadtparks saß Nell an ihrem großen Esstisch in ihrem sehr kleinen Appartement und fuhr fort: »Und als ich ging, fiel die Jalousie laut krachend herunter und zum Vorschein kam die gesprungene Fensterscheibe.« Ohne die Miene zu verziehen, beobachtete sie, wie ihre blonde Schwägerin Suze vor Lachen einen Schluckauf bekam und dabei, obwohl sie nach Luft rang, immer noch wunderschön aussah.

»Vielleicht glaubt er ja, dass es jemand von draußen kaputtgemacht hat«, wandte Margie, Nells andere Schwägerin, ein. Ihr kleines, unscheinbares Gesicht glühte wie gewohnt hoffnungsvoll über der Tasse Kaffee, die Nell ihr eben eingeschenkt hatte. »Wenn du es ihm nicht erzählst, wird er es möglicherweise nie erfahren.« Dabei zog sie aus ihrer Handtasche eine kleine, silberne Thermoskanne, die sie immer bei sich trug, und goss etwas Sojamilch in ihren Kaffee.

»Er ist Detektiv«, gab Nell zu bedenken. »Ich kann nur hoffen, dass ihm so etwas nicht entgeht, sonst könnte ich ja gleich für irgendeinen Idioten arbeiten.«

»Mein Gott, ich habe schon lange nicht mehr so sehr gelacht.« Suze atmete tief durch. »Und was machst du mit dem Teppich?«

»Vielleicht kannst du ihn so verschieben, dass das Loch unter seinem Schreibtisch liegt.« Margie nahm sich einen Mandelkeks. »Wenn es ihm nicht ins Auge sticht, wird er es vielleicht gar nicht bemerken.« Sie biss in den Keks. »Ich liebe diese Kekse, aber die Frau, die sie bäckt, rückt das Rezept nicht heraus.«

»Wenn du die Kekse selber backen könntest, würdest du sie dann immer noch bei ihr kaufen?«, erkundigte sich Suze. Als Margie mit dem Kopf schüttelte, meinte sie nur: »Na bitte.« Sie wandte sich wieder Nell zu und schob den Teller mit den Keksen zu ihr hin. »Iss und erzähle uns alles. Wie sieht das Büro aus? Und was ist dein neuer Chef für ein Typ?«

»Er ist ein ziemliches Ferkel«, erwiderte Nell. »Ich werde wohl die ganzen sechs Wochen allein dafür brauchen, um seinen Schreibtisch in Ordnung zu bringen.« Es war eine angenehme Vorstellung, wieder das Leben eines anderen zu organisieren und für ihn den Laden zu schmeißen. *Es ist wirklich an der Zeit, wieder loszulegen,* dachte sie und verharrte bewegungslos.

»Aua.« Margie blickte unter den Tisch. »Woran habe ich mich denn gerade gestoßen? Warum sind hier Kisten abgestellt?«

»Mein Porzellan«, erklärte Nell.

»Du hast dein Porzellan noch nicht ausgepackt?« Margie blickte sie entsetzt an.

»Sie wird schon noch dazu kommen.« Suze warf Margie einen warnenden Blick zu.

Natürlich bekam Margie das nicht mit. »Wenn sie ihr Porzellan ausgepackt hätte, könnte sie es ansehen und würde sich eher zu Hause fühlen.«

»Nein, das würde sie nicht«, widersprach Suze und blickte Margie eindringlich an. »Mein Porzellan ist ausgepackt, und bei seinem schönen Anblick könnte ich trotzdem jeden Tag kotzen. Vielleicht liegt es daran, dass ich mit diesem hässlichen Dysart ›Spode‹ festsitze.«

»Ich liebe es, mein Geschirr anzusehen«, meinte Margie etwas traurig, was wiederum für die anderen am Tisch nichts Neues war. Magie besaß mehr Porzellan und Keramik als irgendeine andere Frau auf dem ganzen Planeten. Endlich bemerkte Margie Suzes Blick, richtete sich auf und lächelte. Nell hätte sie am liebsten mit einem *Ist schon gut, Mädels* beschwichtigt, aber das hätte nur dazu geführt, dass die beiden von Neuem versucht hätten, sie zu trösten.

»Ich für meinen Teil jedenfalls finde es wunderbar«, flötete Margie gespielt fröhlich. »Dieser neue Job und alles. Du hast die Arbeit doch immer so geliebt.« Sie schien sich darüber zu amüsieren wie über ein Rätsel.

»Ich habe nicht gerne gearbeitet«, widersprach Nell. »Was ich gerne gemacht habe, war, mein eigenes Geschäft zu führen.«

»Tims Geschäft«, wandte Margie ein.

»Wir haben es gemeinsam aufgebaut.«

»Und warum ist es dann jetzt seines?«, hakte Margie nach, und Nell wünschte sich, Suze würde ihr einen weiteren warnenden Blick zuwerfen.

»Also, *ich* würde schon sehr gerne arbeiten«, beeilte sich Suze einzuwerfen. »Ich weiß zwar nicht so recht, als was, aber nach vierzehn Jahren Studium muss ich doch für *irgendetwas* qualifiziert sein.«

Dann such dir doch endlich einen Job, dachte Nell, von Suzes ewigem Lamentieren gereizt. Sofort bekam sie ein schlechtes Gewissen. Suze redete zwar ständig vom Arbeiten, aber dabei blieb es auch. Doch Nell hatte auch keinen Finger gerührt, bis Jack sie wegen der Stelle bei den McKennas angerufen hatte.

Margie war immer noch mit Tim beschäftigt. »Du hast doch wohl hoffentlich die Hälfte der hässlichen Kristalltrophäen bekommen, auf die er immer so stolz war?«

Nell blieb ruhig. Margie anzufahren war so, als würde man einen Welpen mit dem Fuß treten. »Diese Eiszapfen? Nein. Ich habe sie in der Agentur gelassen. Es wäre einfach nicht fair gewesen …«

»Hängt dir deine ewige Fairness nicht allmählich zum Hals heraus?«, erkundigte sich Suze.

Doch, dachte Nell. »Nein«, entgegnete sie. »Und was den neuen Arbeitsplatz betrifft, so werde ich in den nächsten sechs Wochen nicht mehr machen, als Telefonate entgegenzunehmen und zu tippen. Eine neue Karriere ist das also nicht gerade. Sondern nur etwas, um ein wenig Übung zu bekommen. Vielleicht bringt mich das wieder auf Trab.«

»Es ist eine Detektei«, meinte Suze. »Ich dachte, da ginge es aufregender zu. Wie bei Sam Spade und Effie Perine.« Sie klang sehnsuchtsvoll.

»Wer bitte?«, fragte Margie.

»Ein berühmter Detektiv und seine Sekretärin«, erklärte Suze. »Die beiden kamen in meinem *film noir* Seminar vor. Meiner Ansicht nach hatten Sam und Effie den besten Beruf der Welt. Und ihr Outfit war ebenfalls hinreißend.« Sie schob den Teller in Richtung Nell. »Nimm doch einen Keks. Die sind lecker.«

Margie wandte sich wieder Nell zu. »Ist dein Boss süß?«

»Nein.« Nell rührte in ihrem Kaffee und dachte an Gabe McKenna. Seine Augen waren es, die sie nervös machten. Das und die unglaubliche Präsenz, die er ausstrahlte, die Ahnung plötzlich ausbrechenden Jähzorns. Kein Mann, dem man in die Quere kommen sollte. »Er ist groß und kräftig gebaut und er runzelt häufig die Stirn. Seine Augen sind so dunkel, dass man nicht recht schlau aus ihm wird. Er sieht … ich weiß auch nicht, wie er aussieht. Gereizt, zynisch.« Sie erinnerte sich daran, wie er hinter seinem Schreibtisch gesessen und sie ignoriert hatte. »Eigentlich sieht er aus wie Tim.«

»Das hört sich aber gar nicht nach Tim an«, wandte Margie ein. »Tim lächelt doch ständig und sagt lauter nette Dinge.«

»Tim möchte einem ja auch immer irgendwelche Versicherungen andrehen«, erwiderte Suze. »Aber du hast Recht, wie Tim hört er sich nicht an. Verwechsle die beiden nur nicht. Tim ist ein echter Loser. Der neue Typ könnte sich als okay erweisen. Nach Tim könnte praktisch jeder okay sein.«

Nell seufzte. »Er war höflich, aber mehr auch nicht.«

»Vielleicht fühlte er sich von dir angezogen und musste dagegen ankämpfen«, meinte Suze. »Vielleicht benahm er sich etwas distanziert, weil er sich zusammenreißen musste. Vielleicht hat sein Herz bereits bei deinem Anblick schneller geschlagen.«

Margie schüttelte den Kopf. »Das glaube ich nicht. Nell ist nicht der Typ, der Männer gleich auf den ersten Blick verrückt macht. Auf dich reagieren Männer so, weil du jung und schön bist. Deswegen glaubst du, dass es bei allen anderen Frauen genauso ist.«

»So jung bin ich nun auch nicht mehr«, widersprach Suze.

»Er fühlt sich nicht von mir angezogen«, meinte Nell überzeugt. »Es geht hier nur um einen Job.«

»Also gut«, lenkte Margie ein. »Aber du solltest langsam wieder anfangen, dich mit Männern zu verabreden. Du solltest wieder heiraten.«

Genau, weil das beim letzten Mal so ein voller Erfolg war.

»Sie hat Recht«, pflichtete Suze Margie bei. »Du solltest eigentlich nicht alleine sein.« Sie sagte das in einem Tonfall, als handelte es sich dabei um ein Schicksal, schlimmer als der Tod.

»Vielleicht aber auch nicht«, meinte Margie und starrte ins Leere. »Eigentlich sind es immer die Männer, die unbedingt heiraten wollen. Denkt nur mal an Tim, der es kaum erwarten konnte, Whitney zu heiraten.«

Aua, dachte Nell und sah, wie Suze zu Margie herumfuhr, um sie zurechtzuweisen.

»Und Budge kann es auch nicht erwarten. Er macht mich verrückt damit, weil er mich unbedingt auf ein Datum festlegen möchte.« Margie biss in ihren Keks und kaute gedankenverloren. »Ihr wisst ja, dass er einen Monat nach Stewarts Verschwinden bei mir eingezogen ist. Ich hatte also kaum viel Gelegenheit, mich umzusehen. Vielleicht gäbe es ja noch etwas Besseres für mich.«

Nell war so überrascht, dass ihr fast die Kaffeetasse entglitten wäre.

Suze stellte ihre Tasse laut scheppernd ab. »Marjorie Ogilvie Dysart, du überraschst mich. Du lebst mit diesem Mann jetzt seit sieben Jahren zusammen und überlegst, ob du ihn verlassen sollst?«

»Nun ja«, meinte Margie.

»Nur zu«, unterstützte sie Suze. »Denk nicht lange darüber nach. Falls du Hilfe beim Umzug brauchst, kannst du auf mich zählen.«

»Vielleicht gehe ich auch lieber arbeiten«, fuhr Margie fort. »Wenn dir dein Job gefällt, Nell, suche ich mir vielleicht auch eine Stelle. Eine kleine zumindest.« Sie hörte sich an, als spräche sie von einem kleinen Kätzchen. »Aber nicht in der Agentur. Budge meint, die McKennas würden sich mit zu vielen gewöhnlichen Leuten abgeben.«

»Tatsächlich?«, hakte Nell ohne wirkliches Interesse nach.

Margies Budge hatte das Aussehen eines Marshmallows und redete wie ein Moralapostel. »Dann überrascht es mich allerdings, dass Budge dir gestattet, Zeit mit mir zu verbringen.«

Margie blinzelte. »Du bist nicht gewöhnlich. Du bist lediglich deprimiert.«

Um sie abzulenken, schob ihr Suze den Keksteller hin. »Nell ist nicht deprimiert. Und da wir gerade von Budge sprechen: Wenn du weiterhin mit ihm zusammen bleiben solltest, dann sage ihm bitte, er soll mich in Zukunft nicht mehr ›Susie‹ nennen. Ich habe es ihm schon so oft gesagt, aber er macht es immer noch. Noch ein einziges Mal und ich schwöre, ich breche ihm das Genick.«

»Manchmal komme ich tatsächlich ins Grübeln«, fuhr Margie vollkommen unbeirrt fort. »Ihr wisst schon, soll das wirklich alles gewesen sein?«

Nell nickte. »Das habe ich mich früher auch immer gefragt. Manchmal habe ich mich in der Versicherungsagentur umgesehen und gedacht, ›damit soll ich den Rest meines Lebens verbringen?‹ Tja, das sollte dann doch nicht sein. Ich rate dir, Margie, treib die Sache nicht zu weit.«

»Du hast die Sache nicht zu weit getrieben«, mischte sich Suze ein. »Du hast den falschen Mann geheiratet.«

»Nein, das habe ich nicht«, widersprach Nell.

»Zweiundzwanzig Jahre lang war er der Richtige.« Sie starrte in ihre Kaffeetasse. »Schließlich hat er mich nicht betrogen …«

»Himmel noch mal«, erregte sich Suze. »Wenn ich noch ein einziges Mal höre, dass es überhaupt nicht Tims Schuld ist, weil er dich nicht betrogen hat, bevor er dich verlassen hat, raste ich aus. Er hat dich sitzen gelassen und dich so sehr verletzt, dass du noch nicht einmal mehr etwas isst.« Sichtlich erschüttert starrte sie auf den Plätzchenteller. »Er ist der Allerletzte. Ich hasse ihn. Finde einen anderen und fang ein neues Leben an.«

Mir gefiel mein altes Leben. Nell atmete tief durch.

»Könnten wir nicht erst einmal abwarten, ob ich die sechs Wochen bei Gabriel McKenna überlebe, bevor ich mich mit anderen Männern abgeben muss?«

»Also gut, sechs Wochen. Aber danach musst du wieder ausgehen«, gab Suze nach. »Und jetzt iss endlich was.«

»Wir sollten dein Porzellan auspacken«, meinte Margie.

Gott, schütze mich vor denen, die mich lieben, dachte Nell und leerte ihre Kaffeetasse.

Fünf Stunden später hätte Gabe in seinem Appartement im dritten Stock über der Agentur wohl genau dasselbe gedacht, wenn er überhaupt nachgedacht hätte. Nach einem solchen Tag war ihm lediglich nach Sex und Ruhe zu Mute. Genau dieses Ziel würde er gleich erreicht haben, wenn er nur so tat, als hörte er Chloe zu, die neben ihm im Bett lag.

»Mir gefiel, wie sie aussah«, sagte Chloe gerade. »Ich habe ihr Geburtsdatum in den Bewerbungsunterlagen nachgelesen. Sie ist Jungfrau, ganz wie ich gedacht hatte. Sie wird eine ausgezeichnete Sekretärin abgeben.«

»Hmhm.«

»Meiner Ansicht nach solltest du Lynnie feuern und Eleanor fest anstellen«, fuhr Chloe fort. Ihre normalerweise so zarte Stimme war nun ungewohnt nachdrücklich, und Gabe wachte ein wenig auf. »Schon bevor ich wusste, dass Lynnie Skorpion ist, habe ich ihr nicht vertraut.« Sie schüttelte den Kopf. »Ich weiß, sie ist effizient, aber sie kümmert sich um niemanden außer um sich selbst. Diese dunklen Haare. Eleanor wäre perfekt für dich.«

Gabe ignorierte die Bemerkung über dunkle Haare – Chloes freien Assoziationen zu folgen, konnte Stunden dauern –, um sich auf einen wichtigen Punkt zu konzentrieren. »Chloe, ich schreibe dir auch nicht vor, wie du dein Geschäft zu führen hast. Also stecke bitte deine Nase auch nicht in meine Angelegenheiten.« Dann kam ihm ein anderer Gedanke. »Wie kommt es, dass du die Unterlagen gesehen hast?«

»Sie lagen auf deinem Schreibtisch. Ich habe sie gesehen, nachdem du gegangen warst. Ihr Aszendent ist Krebs.«

»Wenn das bedeutet, dass sie einen hübschen Hintern hat, soll's mir recht sein. Aber halte dich bitte von meinem Büro fern.« In der vergeblichen Hoffnung, dass sie den Mund halten würde, rollte sich Gabe auf die Seite.

»Ich wette, dass sie früher einmal ein echter Rotschopf war«, fuhr Chloe fort. »Ich habe Feuer gespürt, darauf gehe ich jede Wette ein. Aber jetzt ist sie ganz ausgebleicht.« Sie stieß ihn mit dem Ellenbogen an. »Dagegen könntest du doch etwas unternehmen. Du könntest sie doch wieder zum Glühen bringen.«

»Sie wird sich ums Telefon kümmern«, murmelte Gabe in sein Kopfkissen. »Und sofern nicht die Telefongesellschaft ein Feuer in ihr entfacht, wird sie wohl Pech damit haben.«

Chloe setzte sich auf und lehnte sich über seine Schulter. Er schloss die Augen und genoss ihren warmen, weichen Körper an seinem Rücken. Dann sagte sie: »Gabe, ich glaube, wir sollten uns nicht mehr sehen.«

Gabe hob den Kopf und sah sie an. Der Mond schien durch die Dachluke, in seinem Licht schimmerten Chloes kurze blonde Locken. Sie sah schön wie ein Engel aus. Schade nur, dass sie verrückt war. »Du lebst gleich nebenan. Du arbeitest im selben Gebäude wie ich. Du schläfst mehrmals in der Woche mit mir. Wie willst du das hinbekommen, etwa mit Augenbinden?«

»Ich meine es ernst, Gabe. Es ist wirklich an der Zeit, dass wir miteinander Schluss machen.«

Gabe drehte ihr wieder den Rücken zu. »Das haben wir bereits. Die Sache war ein Erfolg. Und jetzt schlaf endlich.«

»Du hörst einfach nicht zu«, sagte Chloe. Gabe fühlte die Bettfedern, als sie sich aus dem Bett rollte.

»Wohin gehst du?«, fragte er entnervt, als sie in ihre Kleidung schlüpfte.

»Nach Hause«, erwiderte Chloe, und Gabe sagte: »Also gut. Dann bis morgen.«

»Gabe«, fuhr Chloe eine Minute später fort. Gabe rollte sich herum und sah sie am Fußende des Bettes stehen. Unter ihrem mit Monden und Sternen bedruckten T-Shirt trug sie keinen BH, und die Hände hatte sie wie ein aufsässiges Kind in die Hüften gestemmt. Als sie nichts sagte, stützte er sich auf die Ellenbogen und fragte betont geduldig: »Was denn?«

Chloe nickte. »Gut, du bist also noch wach. Wir beide sind zum Teil wegen Lu zusammen geblieben, aber hauptsächlich deswegen, weil niemand aufgekreuzt ist, den wir lieber mochten. Du bist ein sehr netter Mann, aber wir passen einfach nicht zusammen. Und wir schulden es einander, unsere Seelengefährten zu finden.«

»Ich liebe dich«, erwiderte Gabe. »Wenn du nicht so verdammt verrückt wärst, wäre ich immer noch mit dir verheiratet.«

»Ich liebe dich auch, aber das ist nicht die große Liebe, die wir beide verdient haben. Und eines Tages wirst du mich ansehen und sagen: ›Chloe, du hattest Recht.‹ Meiner Ansicht nach könnte diese Eleanor die Richtige für dich sein. Ich habe zwei Stunden lang über ihrem Horoskop gesessen. Natürlich kann ich nicht ganz sicher sein, bevor ich nicht weiß, wann genau sie geboren ist. Aber ich glaube wirklich, dass sie zu dir passen würde.«

Gabe schauderte. »Bitte sag mir, dass du ihr das nicht gesagt hast.«

»Natürlich nicht.« Chloe klang genervt. »Ich weiß doch, wie sehr du jede Veränderung hasst. Ich entlasse uns beide in die Freiheit, damit du mit Eleanor von vorne beginnen kannst und ich mich auf die Suche nach dem Mann machen kann, der für mich bestimmt war.«

Gabe setzte sich kerzengerade auf. »Das kann doch wohl nicht dein Ernst ein.«

»Und ob das mein Ernst ist.« Chloe warf ihm einen Kuss zu. »Leb wohl, Gabriel. Ich werde dich immer lieben.«

»Warte einen Moment.« Gabe machte einen Satz auf das Fußende des Bettes zu, um sie zurückzuhalten, doch sie war bereits in der Dunkelheit verschwunden. Einen Augenblick später hörte er die Tür seines Appartements mit einer solchen Bestimmtheit zufallen, die für Chloe gänzlich untypisch war. Neunundneunzig Mal von Hundert machte Chloe immer genau das, was er ihr sagte. Dieses Mal war offenbar das Hundertste. Er ließ sich auf das Bett zurückfallen und starrte durchs Dachfenster. Dass seine Ex-Frau ihm soeben erneut den Laufpass gegeben hatte, deprimierte ihn. Eine Sternschnuppe flog am Fenster vorüber und er beobachtete, wie sie verblasste. Galten sie nicht als Glücksbringer? Chloe hätte das gewusst, doch sie hatte ihn gerade verlassen. Jetzt hielt seine Zukunft für ihn nichts anderes mehr bereit, als sich tagein, tagaus mit Klienten wie Jack Dysart herumzuschlagen, seine Tochter auf dem College behalten zu müssen, ein paar Ehebrechern hinterher zu schnüffeln und seiner Aushilfssekretärin dabei zuzusehen, wie sie sein Büro demolierte. Und das alles als keuscher Junggeselle. »Ich will mein altes Leben zurückhaben«, sagte er, rollte sich

herum und zog sich das Kopfkissen über den Kopf. So musste er keinen der Sterne anblicken, die für dieses jüngste Desaster verantwortlich waren.

2

Als Gabe am Montag um neun Uhr die Treppe zum Büro herunterkam, fand er die Rezeption unbesetzt vor. Nicht sonderlich beeindruckend. Er hatte ohnehin schlechte Laune und nun war noch nicht einmal seine neue Sekretärin mit einer Tasse Kaffee da. Nach diesen sechs Wochen würde sie fliegen, soviel war jetzt schon klar. Er drehte sich zur Kaffeemaschine um, um sich seinen eigenen Kaffee zu machen, aber die Maschine war ebenfalls verschwunden. Mehr noch, das ganze oberste Fach des alten Eichenregals war leer – keine eingedellte Kaffeebüchse, kein Stapel Styroporbecher, keine kleinen roten Umrührlöffelchen, nichts.

»Wir sind ausgeraubt worden«, wandte er sich an Riley, der wenig später aus seinem Appartement im zweiten Stock eintrudelte. »Irgendein Koffeinabhängiger hat uns ausgeraubt.«

»Sonderlich schmackhaft war der Kaffee ohnehin nicht«, wandte Riley ein. »Soll ich gehen und …« Er hielt inne, als Eleanor Dysart draußen am großen Fenster des Büros vorbeilief. Im Arm hielt sie einen Pappkarton, der für ihre dünnen Arme viel zu schwer schien.

»Tut mir Leid«, sagte sie, kaum dass sie hereingekommen war und den Karton auf ihrem Schreibtisch abgestellt hatte. Ihre braunen Augen weiteten sich entschuldigend. »Hier fehlten ein paar Dinge, also bin ich los, um sie zu holen.«

»Eine Kaffeemaschine zum Beispiel?«, erkundigte sich Gabe.

»Das war keine Kaffeemaschine. Das war eine Antiquität, die schon lange hätte ausrangiert werden sollen.« Während sie sprach, leerte sie den Karton und legte Küchenkrepp und Reinigungsmittel auf den Schreibtisch, dann packte sie eine glänzende, weiße Kaffeemaschine aus.

»Sie haben eine Kaffeemaschine gekauft?«, fragte Gabe.

»Nein, das ist meine eigene. Meinen Kaffee habe ich ebenfalls mitgebracht.« Sie riss ein Stück Küchenkrepp ab, nahm die Reinigungsflasche und sprühte etwas von dem Mittel auf das Kaffeeregal, dann wischte sie es mit einer einzigen beherzten Bewegung ab. Ihre Hand zeichnete sich blass und verschwommen gegen das dunkle Holz ab. »Die nächsten sechs Wochen über werde ich meinen Kaffee sowieso hier trinken.« Sie stellte die Kaffeemaschine auf und fügte hinzu: »Außerdem schmeckte der Kaffee hier einfach scheußlich.«

»Danke«, erwiderte Riley, von dem ganzen Prozedere offenkundig fasziniert. Verständlich, fand Gab. Noch nie in seinem Leben hatte er jemanden gleichzeitig derart anmutig und effizient arbeiten sehen wie diese Frau. Sie zog eine kleine, weiße Kaffeemühle hervor, steckte den Stecker in die Steckdose und schüttete aus einer glänzenden braunen Tüte Kaffeebohnen hinein. Dann schaltete sie sie an und fuhr mit dem Auspacken fort, während der schwere, köstliche Duft der Bohnen das Büro erfüllte.

»Himmel, das duftet aber gut«, entfuhr es Riley.

Sie stellte Porzellantassen auf Untertassen. Ihre schmalen, blassen Hände hatten fast dieselbe Farbe wie das cremefarbene Porzellan. »Wie trinken Sie Ihren Kaffee?«

»Reichlich Sahne, zwei Löffel Zucker«, erwiderte Riley, der immer noch von ihr fasziniert schien.

Sie hielt mit einem kleinen Karton in der Hand inne. »Tatsächlich?«

»Er ist noch sehr jung«, erläuterte Gabe. »Ich trinke meinen schwarz.«

»Er ist sehr langweilig«, erläuterte Riley. »Ist das echte Sahne?«

»Ja«, erwiderte sie.

Riley spähte in den Karton und zog eine Flasche Glasreiniger hervor. »Wozu brauchen Sie die ganzen Putzmittel?«

»Fürs Büro. Sie sollten einen Reinigungsdienst beauftragen.«

Gabe runzelte die Stirn. »Wir *haben* eine Reinigungsfirma. Sie kommen einmal die Woche. Am Mittwochabend.«

Sie schüttelte mit dem Kopf. »Hier ist seit mindestens einem Monat nicht mehr geputzt worden. Sehen Sie sich doch nur einmal an, wie dick die Staubschicht auf dem Fensterbrett ist.«

Alles hier war mit einer dünnen Staubschicht bedeckt, wie Gabe jetzt auffiel. Abgesehen von dem Regal, auf dem die neue Kaffeemaschine stand, war das ganze Büro verstaubt und düster.

»Die Nummer der Reinigungsfirma finden Sie im Rolodex.«

Gabe drehte sich um und floh in sein Büro, bevor er sich kopfüber in die Kaffeekanne stürzen konnte. Er hatte ganz vergessen, dass irgendetwas derart gut duften konnte.

»Reinigungsdienst nach Hausfrauenart.«

»Das soll wohl ein Witz sein«, sagte sie, während er die Tür hinter sich schloss und sie außen vor ließ. Dem Himmel sei Dank, dass er sein Büro hatte, in das er sich zurückziehen konnte.

Ein Büro, das einem Misthaufen ähnelte, stellte er fest, als er sich hinter seinen Schreibtisch setzte, auf den ungehindert das Licht durch die gesprungene Fensterscheibe herein schien. Überall lagen Unterlagen herum, Styroporbecher, Bücher, die er aus dem Regal gezogen hatte, und andere Spuren seiner täglichen Arbeit. Wann war hier zum letzten Mal sauber gemacht worden? Die Unordnung machte den Eindruck, als ob sie noch aus den Zeiten seines Vaters stammte. Seine Computertastatur war unter Papier vergraben, überall lag Staub. Plötzlich störte ihn das. Das war Eleanor Dysarts Schuld. Bevor sie mit ihrem Kaffee und ihrem Porzellan und ihren Reinigungsmitteln hereingekommen und seine Jalousie zerstört hatte, war ihm nichts davon aufgefallen.

Er pickte die Styroporbecher aus dem Chaos heraus und warf sie weg. Dann ging er seine Papiere durch und suchte die Notizen hervor, die er bereits erledigt hatte, und schließlich sortierte er die Briefe, die diese Mrs. Dysart in einem separaten Ordner würde abheften müssen. Das würde sie etwas in ihrem Elan bremsen. Er hatte gerade den Computer angeschaltet, als sie hereintrat. In der Hand hielt sie eine Porzellantasse, ihr blasses fein geschnittenes Gesicht wirkte bestimmt. Gabe dachte an seinen Vater, sturzbetrunken, der Roethke zitiert hatte, um seine wütende Mutter zu beschwichtigen: *I knew a woman, lovely in her bones.* Eleanor Dysart war zu dünn und zu blass, doch sie besaß zweifellos wunderschöne Züge.

»Ich habe Ihre Reinigungsfirma angerufen«, sagte sie und stellte die Tasse ab. »Sie sind seit sechs Wochen nicht mehr hier gewesen, weil man sie nicht bezahlt hat.«

Gabe runzelte die Stirn und vergaß seinen Vater. »Natürlich wurden sie bezahlt. Die Schecks habe ich persönlich unterschrieben.«

»Nicht für Juli und August, sagt der Buchhalter jedenfalls. Wenn Sie mir sagen, wo Sie die Belege für die Zahlungen aufbewahren, kann ich sie der Firma faxen.«

»Im vorderen Schreibtisch die unterste Schublade rechts«, erwiderte Gabe automatisch, während er die Tastatur bearbeitete, das Buchführungsprogramm aufrief und nach dem Begriff »Hausfrau« suchen ließ. Für das Jahr 2000 waren acht Einträge aufgeführt, inklusive der Abbuchungen für Juli und August. »Sehen Sie selbst«, wandte er sich an sie, und sie trat hinter ihn.

»Das ist das ›Quicken‹-Programm, nicht wahr? Gut, dann kümmere ich mich um die Sache. Vielen Dank.«

»Wofür?«, fragte Gabe, doch sie steuerte bereits auf die Tür zu. Eine Frau mit einer Mission.

Nachdem sie gegangen war, lehnte er sich zurück und hob die Kaffeetasse. Es war ein robustes, aber dennoch zierliches Stück Porzellan, cremefarben mit blauem Griff, und es lag gut in der Hand, ein wahrer Luxus, nach den leichten Styroporbechern, aus denen er die letzten Jahre getrunken hatte. Er nahm einen Schluck und schloss die Augen, weil der Kaffee so gut war. Das Koffein fuhr ihm regelrecht in die Glieder. Als er wieder aufsah, entdeckte er blaue Tupfen auf der Innenseite der Tasse, die mit dem stinkenden Kaffeepegel sichtbar wurden. Es war albern und charmant und sah der nervösen Frau draußen vor der Tür so gar nicht ähnlich.

Vielleicht hatte er sie falsch eingeschätzt. Vielleicht war sie nur deswegen nervös, weil heute ihr erster Arbeitstag war. Ihm sollte es egal sein, solange sie einen solch vorzüglichen Kaffee kochte.

Eine Viertelstunde später trat er in den Empfang hinaus, um sich nachzuschenken. Sie legte gerade den Telefonhörer auf und runzelte die Stirn.

Mit der Kaffeekanne in der Hand fragte er: »Alles in Ordnung?«

»Bei mir schon«, erwiderte sie. »Aber Sie haben ein Problem. Schauen Sie sich das einmal an.«

Vor ihr ausgebreitet lagen acht Belege für abgebuchte Schecks. »Die sind alle vom ›Reinigungsdienst nach Hausfrauenart‹«, erläuterte sie. »Und hier sind die Belege von Januar bis Juni.«

Gabe zuckte mit den Schultern, während er die sechs gestempelten Belege betrachtete. »Ja, und?«

Sie deutete auf die letzten beiden Belege. »Das sind die Belege für Juli und August.«

Die Belege waren in blauer, geschwungener Handschrift ausgefüllt. »Das ist Lynnies Handschrift.«

»Offenbar hat sie Sie die letzten beiden Monate übers Ohr gehauen.«

»Sie hat erst seit sechs Wochen hier gearbeitet«, widersprach Gabe und dachte: *Gott sei Dank.* »Erzählen Sie dem Reinigungsdienst irgendeine Geschichte, dass unsere Buchhaltung durcheinander geraten ist. Um alles andere kümmere ich mich.« Er nahm seine Tasse Kaffee zurück ins Büro und dachte an Lynnie, schwarzhaarig und attraktiv, die lausigen Kaffee gekocht und sich mit dem Putzgeld aus dem Staub gemacht hatte. Jetzt saß sie zu Hause mit ein paar Tausend Dollar, einem verstauchten Rücken und, so hoffte er jedenfalls, mit einer düsteren Vorahnung.

Er nippte erneut an seinem Kaffee und fühlte sich etwas besser, bis ihm ein neuer Gedanke kam.

Er würde Eleanor Dysart fest einstellen müssen. Einen Augenblick lang dachte er daran, Lynnie nicht zu feuern – sie unterschlug Geld, sie war fröhlich und hübsch und entspannt und effizient – doch dann kapitulierte er und fand sich resigniert mit der Aussicht auf eine angespannte Atmosphäre und wunderbaren Kaffee ab.

Eine Stunde später klopfte Riley an Gabes schwere Bürotür und trat ein. »Ich bin mit meinen Recherchen fast fertig«, meinte er, als er sich Gabes Schreibtisch gegenüber in einen Stuhl fallen ließ. »Ich treffe mich jetzt noch mit dem letzten Typen, danach ruiniere ich mir den Rest meines Tages beim ›Heißen Mittagstisch‹.« Er zog seinen Blondschopf ein und sah Gabe an. »Warum hast du eigentlich so schlechte Laune?«

»Aus vielerlei Gründen«, gab Gabe zurück.

»Nell?«

»Wer bitte?«

»Unsere Sekretärin«, erklärte Riley. »Ich sagte, ›ich heiße Riley‹. Sie sagte, ›ich bin Nell‹. Meiner Ansicht nach macht sie ihre Sache recht gut.«

»Sie hat dich mit ihrem Kaffee verführt«, stellte Gabe fest. »Und du hast keine Ahnung, wie gut sie ihre Arbeit macht. Kaum eine Stunde hier und schon hat sie herausgefunden, dass Lynnie das Geld für die Reinigungsfirma unterschlagen hat.«

»Du machst Witze.« Riley lachte laut auf. »Nun, das sieht Lynnie ähnlich.«

»Seit wann das denn?« Gabe betrachtete seinen Partner wütend. »Wenn du wusstest, dass sie betrügt…«

»Mann, Gabe, ich habe es in ihren Augen gesehen. Natürlich nicht, dass sie Geld unterschlagen würde«, fügte er hastig hinzu, als Gabes Miene sich weiter verfinsterte. »Aber dass sie es mit den Dingen nicht ganz so genau nehmen würde. Lynnie gehörte nicht zu den Frauen, die man ein Wochenende über alleine lassen würde.«

»Oder der man ein Scheckbuch anvertrauen sollte«, ergänzte Gabe.

»Das hatte ich nicht geahnt«, meinte Riley. »Obwohl sie ein ziemliches Faible für Luxus hatte. Ihre Möbel waren zwar samt und sonders gemietet, doch alles andere in ihrer Maisonettewohnung war erstklassige Markenware, bis hin zur Bettwäsche…« Er hielt inne, als er sah, dass Gabe den Kopf schüttelte.

»Bei McKenna gibt es drei Regeln«, sagte er und zitierte die Worte seines Vaters. »Wir sprechen nicht über unsere Kunden. Wir brechen keine Gesetze. Und…«

»…wir schlafen nicht mit unseren Angestellten«, beendete Riley seine Ausführungen. »Es war doch nur ein einziges Mal. Wir haben gemeinsam einen Lockvogeljob erledigt, danach habe ich sie nach Hause gefahren. Sie hat mich noch zu sich eingeladen und sich dann auf mich gestürzt. Ich hatte allerdings eindeutig den Eindruck, dass sie es lediglich getan hat, um nicht ganz aus der Übung zu kommen.«

»Kommt es dir eigentlich jemals in den Sinn, einmal nicht mit einer Frau zu schlafen?«

»Nein«, erwiderte Riley.

»Dann halte dich bitte bei der neuen Sekretärin zurück. Sie hat auch so schon genügend Probleme.« Gabe dachte an ihr angespanntes, sorgenvolles Gesicht. »Und diese Probleme lädt sie jetzt mir auf.«

»Wenn du so unzufrieden mit ihr bist, schmeiß sie doch wieder raus. Aber hole mir nicht meine Mutter aus Florida zurück.«

»Gott bewahre.« Gabe stellte sich vor, dass seine Tante wieder hinter dem Empfangstisch sitzen würde. Er war ihr zwar pflichtbewusst zugetan, doch selbst sein Pflichtbewusstsein hatte Grenzen. Über zehn Jahre lang war sie eine lausige Sekretärin gewesen, und eine lausige Mutter noch viel länger.

»Dann hol Chloe zurück. Sie hat sowieso die Nase voll davon, immer nur Tee und Kaffee zu servieren. Sie hat mich gefragt, ob ich jemand kenne, der ihren Laden für sie übernehmen könnte.«

»Na, wunderbar.« Chloe und die Sterne. »Ich habe eine Idiotin geheiratet.«

»Nein, das hast du nicht«, entgegnete Riley. »Sie ist nur etwas anders gepolt als der Rest der Welt. Was ist denn los?«

»Sie hat mir den Laufpass gegeben«, erwiderte Gabe, ohne zu erwähnen, dass sie es wegen Eleanor Dysart getan hatte. Dieses Detail hätte Riley über alle Maßen amüsiert.

»Siehst du, genau das hasse ich an Frauen.« Riley verkniff sich ein Grinsen. »Erst lassen sie sich von dir scheiden, und zehn Jahre später, wie aus heiterem Himmel, hören sie auf, mit dir zu schlafen. Hatte sie einen Grund?«

»Die Sterne haben es ihr geraten.«

»Dagegen bist du machtlos«, erwiderte Riley fröhlich.

»Danke«, gab Gabe zurück. »Und jetzt hau ab.«

Seine neue Sekretärin klopfte an und trat ein. »Die Sache mit der Reinigungsfirma habe ich geregelt.«

»Danke.«

»Und jetzt zu Ihren Visitenkarten. Eine Notiz von Lynnie erinnert daran, neue zu bestellen.« Sie runzelte die Stirn, als ob dies ein großes Problem darstelle.

Gabe zuckte mit der Schulter. »Dann bestellen Sie doch neue.«

»Dieselben Visitenkarten?«

»Ja, dieselben Visitenkarten.«

»Sie sind zwar ganz nett, doch sie könnten besser sein…«

»Dieselben Visitenkarten, Mrs. Dysart«, wiederholte Gabe.

Sie machte den Eindruck, als ob sie noch etwas sagen wolle, reckte dann ihr spitzes Kinn in die Luft und atmete tief durch. »Also gut.« Im Hinausgehen zuckte sie zusammen, als die Tür beim Schließen laut knarrte. Vermutlich knarrte sie bereits seit Jahren, doch erst jetzt, als Eleanor Dysart erschienen und bei dem Geräusch zusammengezuckt war, fiel Gabe das Geräusch auf.

»Unsere Visitenkarten gefallen ihr offenbar nicht«, meinte Riley.

»Ist mir egal«, gab Gabe zurück. »Gleich anschließend muss ich mich mit ihrem Schwager treffen und mich danach um Lynnie kümmern, da werde ich nicht noch vollkommen passable Visitenkarten ändern lassen. Und du machst dich besser auf zu deinem ›Heißen Mittagstisch‹. Benimm dich wie ein Detektiv, damit ich etwas Arbeit erledigen kann.«

»Vielleicht könnte Nell das übernehmen«, meinte Riley. »Lynnie hast du doch auch angelernt. Nell…«

»Die würde man schon von weitem erkennen. Die Leute würden bei ihr stehen bleiben und versuchen, sie zu füttern.«

»Nur weil du deine Frauen gut gepolstert magst, heißt das noch lange nicht, dass alle Welt deine Meinung teilt. Du wirst deine Ansichten etwas erweitern müssen. Was in deinem Fall nichts anderes heißt, als dass es neben Chloe noch andere Frauen gibt. Ich glaube, sie hat dir geradezu einen Gefallen getan, indem sie dich verlassen hat…«

»Dafür bin ich ihr auch von Herzen dankbar«, gab Gabe zurück. »Jetzt muss ich arbeiten, und du auch. Hau ab.«

»Also gut«, sagte Riley. »Sträub dich gegen jede Veränderung. Aber das wird dir nichts nützen.«

Fünf Minuten später klopfte Eleanor Dysart und trat ein.

Wieder knarrte die Tür, und wieder schloss Gabe die Augen und dachte: *Zum Teufel mit ihrem Knochenbau. Sie wird mich in den Wahnsinn treiben.* »Ja, bitte?«

»Was die Visitenkarten angeht...«

»Nein.« Gabe stieß sich von seinem Schreibtisch zurück. »Die Visitenkarten werden nicht geändert. Die hat mein Vater ausgesucht.« Er streifte sich sein Jackett über. »Und ich gehe jetzt. Ich bin bei Ogilvie & Dysart und komme erst nach dem Mittagessen zurück.« Er machte einen weiten Bogen um sie in Richtung Tür und fügte hinzu: »Kümmern Sie sich lediglich um das Telefon, Mrs. Dysart. Verändern Sie nichts. Machen Sie uns keinen Ärger.«

»Jawohl, Mr. McKenna«, erwiderte sie. Er blickte sich nach ihr um, um zu sehen, ob sie sich über ihn lustig machte. Auf ihrem Gesicht spiegelte sich eine Mischung aus Unzufriedenheit und Frustration, während sie in der Tür stand und auf seine Visitenkarten blickte. Ihm war es egal. Seine Visitenkarte blieb, wie sie war.

Sie sah auf und merkte, dass er sie beobachtete. »Noch etwas?«, fragte sie ihn höflich und sachlich.

Gehorsam war sie. Das war immerhin etwas.

»Der Kaffee war gut«, sagte Gabe und schloss die Tür hinter sich.

Nell setzte sich wieder an ihren Schreibtisch. Gabe McKenna war wirklich unausstehlich. Durch die große Scheibe der Agentur beobachtete sie, wie er sich eine Sonnenbrille aufsetzte und in einen gut erhaltenen alten Sportwagen stieg. Er strahlte einen unterkühlten, altmodischen Schick aus – breitschultriger Typ, cooler Anzug, dunkle Sonnenbrille, flottes Auto –, als er aus der Parklücke ausscherte und wegfuhr.

Doch Äußerlichkeiten konnten sich als trügerisch erweisen. Schließlich hatte er eine Sekretärin angestellt, die tausend Dollar unterschlagen und das Büro zu einer Müllhalde hatte verkommen lassen. Konnte er da wirklich so clever sein? Und dann hatte er sie mit diesen dunklen Augen angesehen, als ob sie einfach nur eine … einfach nur eine Sekretärin wäre. *Zur Hölle mit Ihnen, Mr. McKenna.*

Unendlich frustriert nahm Nell die Rolle mit Küchenkrepp und das Reinigungsmittel zur Hand und begann energisch, den Empfangsbereich zu bearbeiten. Sie war dankbar dafür, dass sein gut aussehender jüngerer Partner nicht ganz so entnervend war wie er. Riley hatte sie bisher weder mit seinem Intellekt noch mit seiner Energie sonderlich beeindruckt, doch groß, blond und blauäugig, war er immerhin jemand, den man gerne ansah.

Eine Stunde später hatte das Telefon noch nicht ein einziges Mal geklingelt, doch das Zimmer war sauber, bis hin zu dem großen Schaufenster, auf dem in etwas altmodischer, abgewetzter goldener Schrift stand: *Detektei McKenna: Diskrete Lösungen für schwierige Fragen.* Nell hatte es vehement bearbeitet, bis ihr aufgefallen war, dass sie etwas von der Farbe mit abrieb. Nicht, dass es geschadet hätte, wenn sie es ganz abgeschrubbt hätte: Die Beschriftung war bestimmt fünfzig Jahre alt oder stammte doch zumindest aus der gleichen Zeit wie diese hässlichen Visitenkarten.

Als sie von draußen wieder hereinkam, drang genügend Licht durch das Fenster, um schonungslos die Unzulänglichkeit des Mobiliars sichtbar zu machen. Nells Schreibtisch war vollkommen verschrammt, die Couch, vermutlich für die wartenden Kunden gedacht, war ein mit braunem Kunstleder bezogener Alptraum auf spindeldürren Füßen, und der Perserteppich war so abgetreten, dass an einigen Stellen der Boden durchschien. Die Bücherregale und Aktenschränke waren von guter Qualität und standen vermutlich seit Anbeginn in diesem Büro, aber leider thronte auf dem mittleren Aktenschrank eine schwarze Vogelskulptur, die geradewegs einem Gruselroman Edgar Allan Poes entsprungen schien. Verzweifelt dachte sie an das Büro zurück, das sie mit der Scheidung verloren hatte – die hellgelben Wände und die goldgerahmten Kunstdrucke, die hellen Schreibtische aus Holz und die weichen grauen Sofas –, dann ließ sie sich zurück auf den ramponierten hölzernen Drehstuhl fallen – ihr Sessel in der Versicherungsagentur war ergonomisch konstruiert gewesen – und dachte, *Gott sei Dank sind es nur sechs Wochen.* Vielleicht aber auch nicht. Langsam richtete sie sich auf. Lynnie würde er kündigen müssen. Was wiederum bedeutete, dass sie möglicherweise hier fest angestellt werden würde. Erneut blickte sie sich im Büro um. Wenn sie erst fest hier arbeiten würde, konnte sie einige Änderungen anregen. Das Büro brauchte einen neuen Anstrich. Und die Couch und der Vogel mussten auch verschwinden. Und – Ihr Blick fiel auf die Visitenkarte auf ihrem Schreibtisch. »Detektei McKenna«, stand dort in schnörkelloser Schrift auf einer einfachen weißen Karte. Sie hätte genauso gut mit einem Druckset für Kinder hergestellt sein können. Doch der Chef wollte nichts daran ändern. Er wollte überhaupt gar keine Veränderungen, dieser Einfaltspinsel. Sie wandte sich wieder ihrem Computer zu und fragte sich, ob er wohl in der Sache Lynnie etwas unternehmen würde oder ob das bereits zu viel der Veränderung wäre. Er hatte sie noch nicht einmal damit beauftragt, die restlichen Finanzen zu überprüfen. Nell hörte zu tippen auf und öffnete die Schublade mit den Zahlungsbelegen. Hinter den Scheckbüchern fand sich eine graue Metallkassette. Sie zog sie hervor und öffnete sie. Der Stapel mit Zetteln, die jeweils die Überschrift »Handkasse« trugen und darunter eine Summe in Dollar, waren allesamt mit »Riley McKenna« unterschrieben. Die Schrift, gewölbt, kantig, endete stets mit charakteristischen Rundungen.

Nell blätterte die Unterlagen durch, die sie gerade abtippte und fand einen Brief, den Riley mit seiner kräftig breiten und zackigen Unterschrift unterzeichnet hatte. Nichts daran war rund, ganz so wie Riley selbst. Sie wandte sich wieder der Handkasse zu und rechnete die Belege zusammen: 1675 Dollar. Eines musste man Lynnie lassen: Die Frau war gründlich.

Die nächste Stunde verbrachte Nell damit, einen Stapel gefälschter Scheckbelege zusammenzusuchen. Lynnies Bandbreite war wirklich erstaunlich, sie hatte die McKennas und deren Kunden um fast 5000 Dollar betrogen. Allein die gefälschten Schecks zu erstatten, würde die Agentur über 3000 Dollar kosten. Wenn Gabe McKenna diese Frau nicht…

Als jemand versuchte, die schwere Tür zur Straße zu öffnen, klirrte das Glas ein wenig. Nell stopfte die Scheckbücher rasch zurück in die Handkasse, als eine rothaarige Frau mit scharf geschnittenen Gesichtszügen die Tür aufstieß und stirnrunzelnd eintrat. Sie trug ein teures Kostüm und noch teurere Schuhe. *Geld,* dachte Nell und packte alles zurück in die unterste Schublade. »Kann ich Ihnen behilflich sein?« Sie lächelte ihr bestes *Wir sind genau die Leute, die Sie suchen*-Lächeln.

»Ich möchte jemanden sprechen, der sich einer sehr sensiblen Sache annehmen kann«, erwiderte die Frau.

»Ich kann Ihnen einen Termin geben«, schlug Nell freundlich vor. »Leider sind beide unserer…« Unserer was? Wie in aller Welt bezeichneten sie sich selbst? Als Detektive. »…Partner außer Haus. Wie wäre es mit dem…«

Sie wandte sich ihrem altmodischen Computer zu und öffnete die Datei mit dem Namen »Termine«. Sie war leer. Beide waren unterwegs und die verdammte Seite war leer. Wer in aller Welt kümmerte sich eigentlich um diesen Laden? »Wenn Sie mir Ihre Telefonnummer geben«, fuhr Nell nun noch fröhlicher fort, »rufe ich Sie an, sobald sie wieder zurück sind. Dann können wir einen Termin vereinbaren.«

»Es handelt sich um eine Art Notfall.« Die Frau musterte die Couch argwöhnisch, dann setzte sie sich vorsichtig auf die Kante. »Ich lebe in Scheidung, und mein Mann misshandelt meinen Hund.«

»Wie bitte?« Voller Entsetzen beugte sich Nell vor. »Das ist ja schrecklich. Rufen Sie den Tierschutzverein an und …«

»Nein, darum geht es nicht.« Die Frau lehnte sich jetzt ebenfalls vor, und Nell fürchtete, die Couch würde im nächsten Moment unter ihr zusammenbrechen. »Er schreit sie die ganze Zeit an, dabei ist sie ohnehin eine sehr nervöse Hündin. Sie ist ein Dackel, ein Langhaardackel, und ich habe Angst, dass sie einen Nervenzusammenbruch erleidet.«

Nell stellte sich einen Langhaardackel vor, der einen psychotischen Anfall bekam. Das war typisch Mann, auf einer wehrlosen Kreatur herumzuhacken. »Haben Sie den Tierschutzverein …«

»Er schlägt sie nicht. Es sind keine Misshandlungen an ihr zu sehen. Er schreit sie nur die ganze Zeit an, und sie ist völlig durcheinander.« Die Frau beugte sich noch weiter vor. »Ihre Augen sehen so *gequält* aus, sie ist so unglücklich. Deswegen möchte ich, dass Sie sie retten. Nehmen Sie sie diesem Mistkerl weg, bevor er sie umbringt. Jeden Abend um elf lässt er sie noch mal vor die Tür. Zu diesem Zeitpunkt könnte sie jemand einfangen. Im Dunkeln wäre das nicht schwierig.«

Nell versuchte sich vorzustellen, wie Gabriel McKenna einen Dackel rettete. Nicht sehr wahrscheinlich. Riley dagegen würde sie es zutrauen. Er machte den Eindruck eines Kumpels, mit dem man Pferde stehlen konnte.

»Ich notiere mir Ihren Namen und Ihre Telefonnummer«, wandte sie sich der Frau zu. »Möglicherweise kann Ihnen einer unserer Partner behilflich sein.«

Und wenn nicht die zwei, dann vielleicht sie selbst. Sie könnte vielleicht losziehen und das arme Tier vor dem Mann erretten, der versprochen hatte, sich um das Tier zu kümmern und anschließend ganz einfach *seine Meinung geändert hatte.* Sie versuchte sich vorzustellen, wie sie klammheimlich in einen fremden Garten schlich, um einen Hund zu stehlen. Das sah ihr so gar nicht ähnlich.

»Riley wird sich mit Ihnen in Verbindung setzen«, sagte sie, nachdem sie den Namen der Frau notiert hatte: Deborah Farnsworth, mit einer noblen Dubliner Adresse, sowie die ihres Mannes in Eaton, einer nicht minder vornehmen Gegend.

»Vielen Dank«, erwiderte Deborah Farnsworth, bevor sie mit einem zweifelnden Blick auf die Einrichtung das Büro verließ. »Sie waren sehr hilfsbereit.«

Mit diesem Büro muss etwas geschehen. Im Badezimmer fand Nell etwas Mehrzwecköl und behandelte die Eingangstür in der Hoffnung, dass sie dann nicht mehr quietschen würde. Anschließend ölte sie gleich noch die Türen der beiden Partner, denn wenn sie das Quietschen noch länger anhören musste, würde sie die Wände hochgehen. Um nicht länger an vernachlässigtes Büromobiliar und misshandelte Hunde zu denken, betrat sie Gabe McKennas Büro und begann es zu putzen. Sie staubte die Schwarzweiß-Fotos an den Wänden ab und wischte über das dunkle Holz und das alte Leder, bis das ganze Zimmer in Folge ihrer verbissenen Beschäftigungstherapie glänzte. Dabei fiel ihr im Staub der Bücherschränke ein merkwürdiges Muster auf, so als habe jemand in einigen Regalen die Bücher vorgezogen und sie dann wieder an ihren Platz zurückgestellt. Vielleicht hatte Gabe McKenna etwas verlegt und hinter seinen Büchern danach gesucht. In diesem Chaos etwas zu verlegen, dürfte wahrlich nicht schwierig sein. Im hintersten Regal stieß sie auf einen alten Kassettenspieler und drückte den Wiedergabeknopf, neugierig darauf, welche Musik er sich anhörte. Vergnügte Hornmusik ertönte, bevor eine tiefe Stimme sang »You're nobody till somebody loves you«. Sie drückte auf die Stopptaste und ließ die Kassette herausspringen. Dean Martin. Das hätte sie sich auch gleich denken können. Vermutlich wirkte sein Büro deswegen wie die

Kulisse für den Film *Rat Pack.* Sogar ein Nadelstreifenjackett hing an der Garderobe aus Messing, darüber ein verstaubter Schlapphut. Sie schüttelte den Staub erst von dem Hut, dann von dem Sakko und hängte beides wieder an seinen Platz zurück.

Da hörte sie, wie jemand »Hallo« rief. Sie kehrte an ihren Schreibtisch zurück, vor dem die zierliche Blondine aus dem Café stand.

»Tut mir Leid«, meinte Nell. »Ich habe Sie nicht hereinkommen hören. Normalerweise quietscht die Tür…«

»Ich habe eine andere Tür benutzt.« Die Blondine deutete mit dem Daumen über ihre Schulter. »Die Tür da führt in meinen Lagerraum. Ich bin Chloe. Mir gehört das Café nebenan. Sie machen einen sehr effizienten Eindruck.«

»Vielen Dank«, erwiderte Nell, die ihr nicht ganz folgen konnte.

»Kennen Sie vielleicht jemanden, der für eine Weile das Café übernehmen möchte? Vielleicht bis Weihnachten? Wir haben nur nachmittags geöffnet, es macht also nicht allzu viel Mühe.«

»Oh«, meinte Nell verblüfft. »Nun…« Suze wollte zwar gerne einen Job, doch Jack würde ihr das ausreden, wie er es schon hundert Mal zuvor getan hatte. Und Margie… »Würde diejenige, die die Vertretung übernimmt, auch das Rezept Ihrer Plätzchen erfahren?«

Chloe wirkte überrascht. »Das würde sie schon müssen, nicht wahr? Um die Plätzchen zu backen.«

»Vielleicht kenne ich jemanden«, meinte Nell. »Sie ist eigentlich keine richtige Geschäftsfrau, aber sie würde vermutlich nur zu gerne nachmittags über ein Café managen. Ist die Sache denn sicher?«

»Ich habe mich heute erst entschieden«, erwiderte Chloe. »Wenn einem alle Zeichen zu einer Veränderung raten, sollte man nicht länger damit warten, nicht wahr?«

»Äh, nein«, bestätigte Nell.

»Wissen Sie zufällig, zu welcher Tageszeit Sie geboren wurden?«

»Nein« erwiderte Nell.

»Na, ist nicht so wichtig. Jungfrauen haben immer alles fest im Griff.« Chloe lächelte. »Welches Sternzeichen hat denn Ihre Freundin?«

»Meine Freundin? Ach so, Margie. Äh, ihr Geburtstag ist am siebenundzwanzigsten Februar, glaube ich…«

»Fische. Das ist nicht so gut.« Sie runzelte die Stirn. »Obwohl – ich bin selbst im Zeichen der Fische geboren, und ich bin eigentlich ganz in Ordnung. Sagen Sie ihr, sie soll mich anrufen.«

»Gut«, stimmte Nell zu. »Was…«

Von nebenan konnte man die Türklingel des Cafés hören, die einen neuen Kunden ankündigte. Chloe wandte sich um und strebte der Tür des Lagerraums zu.

»Chloe?«, fragte Nell aus einem Impuls heraus. »Gibt es irgendeinen Grund, weswegen alles hier so aussieht wie aus einem Film mit Dean Martin?«

»Gabes Vater«, rief Chloe vom Flur. »Patrick hat sowohl Gabe als auch Riley großgezogen. Sie haben beide eine Art Vaterkomplex. Ungelöste Probleme.«

»Es ist alles ein wenig… altmodisch.«

Chloe schnaubte. »Soll das ein Witz sein? Gabe fährt sogar noch den Wagen seines Vaters.«

»Der Wagen ist noch aus den Fünfzigerjahren?« Nell war verblüfft.

»Nein, aus den Siebzigern. Es ist zwar ein Porsche, aber trotzdem.«

»Irgendjemand muss den Mann ins einundzwanzigste Jahrhundert holen«, bemerkte Nell, und Chloe strahlte sie an.

»Die Sterne lügen nie«, sagte sie und verschwand im Lagerraum.

»Stimmt«, meinte Nell, die ihr nicht ganz folgen konnte.

Dann rief sie Margie an, erreichte jedoch nur den Anrufbeantworter. »Ich glaube, ich kann dir das Rezept für die Kekse besorgen«, sprach sie auf das Band. »Aber du wirst dafür etwas tun müssen. Ruf mich an.« Dann legte sie auf und stürzte sich erneut in ihre Putzarbeiten.

In Rileys viel kleinerem Büro standen dieselben Ledermöbel, aber hier endete auch schon die Ähnlichkeit. Abgesehen von seinem Computer und einem Plastikbecher voller Stifte, war sein Schreibtisch vollkommen leer. In seinem Regal standen Computerbücher und Krimis, und an der Wand hingen zwei riesige gerahmte Kinoplakate mit einem brummigen Humphrey Bogart in *Der Malteserfalke* und einer lasziv schwülstigen Marlene Dietrich als *Blauer Engel.* Das sah Riley ähnlich: Romantisch und überlebensgroß. Gabe McKenna war offenbar derjenige, der die Geschäfte führte, während sein Partner es als eine Art Spiel betrachtete.

Beim Saubermachen in Rileys Büro bemerkte Nell auf den Bücherregalen Muster im Staub wie bei Gabe. Dann sammelte sie die Kaffeetassen zusammen und brachte sie ins Bad, um sie abzuwaschen. Das Bad, dreckig, mit gesprungenem Linoleum und schmuddelig grüner Verputzung, war ihr zutiefst zuwider. Ein neuer Anstrich würde Wunder wirken. Doch vermutlich hatte Gabe McKennas Vaters die Farbe ausgesucht, während er 1955 dem Lied »In the misty moonlight« gelauscht hatte.

Also wirklich. Sie wusch die Tassen ab, und aus einer Laune heraus wischte sie auch gleich noch den alten, fleckigen Spiegel ab. Da erhaschte sie einen Blick auf sich selbst und erstarrte. Sie sah aus wie der Tod.

Ihr Haar war stumpf, ihre Haut grau, aber mehr noch, sie selbst war grau, ihre Wangenknochen zeichneten sich scharf ab, ihre Lippen waren schmal und verkniffen. Entsetzt ließ sie das Papiertuch in das Becken fallen und beugte sich vor. Wie hatte es soweit kommen könne, wie konnte sie nur so schlecht aussehen? Sicher lag es am Licht, dieses schreckliche Neonlicht, das von den hässlichen grünen Wänden reflektiert wurde. Kein Mensch konnte in einem solchen Licht gut aussehen…

Aber es lag nicht am Licht.

Schlagartig wurde ihr klar, weswegen ihr Sohn Jase immer so bedrückt und vorsichtig war, wenn er sie zum Abschied umarmte. Und warum Suze und Margie sie ständig aufzumuntern versuchten. Die letzten anderthalb Jahre über musste sie wie eine wandelnde Leiche ausgesehen haben, musste wie eine wandelnde Leiche das Leben anderer überschattet haben. Seit ihrer Scheidung hatte sie zu Hause unzählige Male in den Spiegel geguckt, um sich die Haare zu kämmen oder die Zähne zu putzen. Doch bis jetzt hatte sie sich niemals wirklich angesehen.

Ich muss mehr essen, dachte sie. *Ich muss wieder etwas zunehmen. Und ich muss etwas für meine Haut tun. Und für mein Haar. Und…*

Sie hörte, wie die Eingangstür aufging. *Später. Das nehme ich alles später in Angriff. O mein Gott.*

Mit einem alten Sportwagen an einem Septembermorgen durch eine schöne Stadt zu fahren, hätte jeden aufgeheitert, und Gabe bildete da keine Ausnahme. Doch nachdem er eine Viertelstunde lang Trevor Ogilvie, Jack Dysart und ihrem Chefbuchhalter, Budge Jenkins, zugehört hatte, war ihm seine gute Laune gründlich vergangen.

»Sie hat angerufen, euch des Ehebruchs und der Unterschlagung von Firmengeldern bezichtigt, ihr habt euch geweigert zu zahlen, und danach ist nichts passiert«, fasste er die Sachlage zusammen. »Und was genau soll ich in dieser Angelegenheit für euch unternehmen?«

»Sie dingfest machen«, erwiderte Budge, der aussah wie ein breit getretener Pfannkuchen, als er Jack von der Seite anblickte.

»Lass uns nichts übereilen.« Trevor wirkte wie ein Mann in einer teuren Whiskeyreklame.

»Wenn es dein Problem wäre, wie würdest du vorgehen?«, fragte Jack, der eher einem ultrareichen Marlboro-Mann glich.

»Die Rückruffunktion drücken«, erwiderte Gabe. »Falls das nichts bringt, würde ich mir überlegen, wer mich genügend verabscheut, um mich zu erpressen.«

»In jedem Unternehmen gibt es unzufriedene Angestellte«, wiegelte Trevor ab.

»Hat jemand die Stimme erkannt?«, erkundigte sich Gabe.

»Nein«, antwortete Trevor, noch ehe irgendjemand anderes etwas sagen konnte. »Wir haben *viele* unzufriedene Angestellte.«

»Dem solltet ihr auf den Grund gehen«, meinte Gabe. »Ist denn in letzter Zeit etwas vorgefallen, weshalb zu den bereits vorhandenen unzufriedenen Angestellten ein neuer hinzugekommen wäre?«

»Wovon reden Sie?«, fragte Budge.

»Er möchte wissen, ob ich irgendjemand ganz Bestimmtem in letzter Zeit auf die Zehen getreten bin«, erklärte ihm Jack.

»Nein. Natürlich haben wir ein paar Fälle gewonnen, das macht immer einige Leute unglücklich. Aber das ist nichts Ungewöhnliches. Und wir haben niemanden gefeuert.«

»Und wie steht es mit den Anschuldigungen, die sie vorgebracht hat?«, fragte Gabe.

»Ich bestehe auf einer externen Buchprüfung«, warf Budge wutentbrannt ein.

»Wir werden nicht für eine externe Buchprüfung bezahlen«, winkte Jack müde ab. »Hier glaubt niemand, dass du irgendetwas unterschlägst. Und ich betrüge Suze nicht. Trevor sagt, dass er Audrey nicht betrügt. Die Sache ist einfach nur ausgesprochen ärgerlich.«

»Es ist zum die Wände hochgehen«, fügte Trevor automatisch hinzu. »Aber sie hat nicht wieder angerufen. Meiner Ansicht nach sollten wir warten…«

Jack schloss die Augen.

»Wo solltet ihr das Geld hinterlegen?«, erkundigte sich Gabe.

»Sie wollte zurückrufen und mir den genauen Ort durchgeben«, warf Trevor schnell ein. »Einen Tag, nachdem ich es hätte abheben sollen.«

Jack sah Trevor scharf an. »Richtig.«

Nein, es ist nicht richtig, dachte Gabe. »Und was sagte sie zu Ihnen, Budge?«

»Ich hatte bereits aufgelegt, noch ehe sie soweit gekommen war«, erwiderte Budge. »Sie hat mich der *Unterschlagung* beschuldigt.«

»So etwas machen Erpresser nun mal«, sagte Gabe. »Sie beschuldigen Leute. Aber so, wie die Sache jetzt steht, werde ich wohl nicht viel machen können. Falls ihr die Polizei einschalten wollt, kann sie die Anrufe zurückverfolgen. Aber die Frau hat vermutlich von einer öffentlichen Telefonzelle und nicht von ihrem Wohnzimmer aus angerufen.«

»Keine Polizei«, sagte Jack. »Hier handelt es sich doch lediglich um einen üblen Scherz.«

»Ich halte es nicht für einen Scherz«, wandte Budge ein. »Meiner Ansicht nach…«

»Budge«, unterbrach ihn Jack. »Wir halten es alle für einen Scherz.« Er sagte das mit so viel Nachdruck, dass Budge verstummte. Jack erhob sich. »Danke, dass du vorbeigekommen bist, Gabe. Es tut mir Leid, wenn wir deine Zeit verschwendet haben.«

»Immer ein Vergnügen«, erwiderte Gabe, allerdings nicht wahrheitsgemäß. Für O & D zu arbeiten war in den seltensten Fällen ein Vergnügen, jedoch immer ausgesprochen einträglich. Er erhob sich: »Sagt mir Bescheid, falls sich in der Sache noch etwas tut.«

»Selbstverständlich«, erwiderte Trevor, doch sein Gesichtsausdruck sagte: *Auf gar keinen Fall.*

»Es war sehr nett, euch alle wieder einmal zu sehen«, bemerkte Gabe zum Abschied. Er fragte sich, was in aller Welt hier vorging, doch eigentlich war es ihm gleichgültig.

Währenddessen knallte Riley in der Agentur die Tür hinter sich zu und warf einen Aktenordner auf Nells Schreibtisch. »Ich kann die Frau nicht ausstehen.«

»Welche Frau?« Nell zog den Aktenordner zu sich heran und setzte sich hinter ihren Schreibtisch, um die Beschriftung zu lesen. Nach der Konfrontation mit ihrem Spiegelbild bemühte sie sich, die Fassung wiederzugewinnen. »Der Heiße Mittagstisch«, las sie laut vor. »Was ist das denn?«

»Einer unserer Stammklienten.« Riley ließ sich auf das Sofa fallen, das laut ächzte. »Die Ehefrau des Klienten gönnt sich mehrmals im Jahr einen neuen Liebhaber. Sie trifft sie immer im Hyatt-Hotel, und zwar montags und mittwochs zur Mittagszeit. Deshalb heißt sie bei uns nur der ›Heiße Mittagstisch‹.«

Nell blickte den Aktenordner verwirrt an. »Wie lange macht sie das schon?«

»So etwa fünf Jahre.« Riley streckte die Beine aus und verschränkte mit düsterer Miene die Hände hinter seinem Kopf. »Und mir hängt es zum Hals heraus.«

»Ihnen hängt es zum Hals heraus?« Nell öffnete den Aktenordner. »Und wie sieht das der Klient?«

»Der will nur unseren Bericht.« Riley schloss die Augen. »Das Ganze ist eine Farce. Sie kennt uns inzwischen beide, man kann also nicht behaupten, dass wir sie noch unbemerkt beschatten. Heute hat sie mir auf dem Weg zum Fahrstuhl sogar zugewinkt.«

»Immerhin hat sie Sinn für Humor.« Nell überflog die Aufzeichnungen und zuckte mit den Schultern. Riley rutschte auf der Couch hin und her, die unter ihm ächzte.

»Ich schätze, wenn der Klient unsere Aufzeichnungen erhalten hat, zeigt er sie ihr, sie streiten sich und versöhnen sich dann mit heißem Sex. Wenn alles wieder in gewohnten Bahnen läuft, ruft er uns an und sagt: ›Ich glaube, meine Frau hat eine Affäre. Ist wirklich wahr, Sherlock‹.« Er seufzte. »Das ist doch keine Ehe.«

»Sind Sie verheiratet?«, erkundigte sich Nell überrascht.

»Nein«, erwiderte Riley. »Aber ich weiß, was eine Ehe ausmacht.«

»Und das wäre…«

»Unbedingte Loyalität auf immer und ewig, ohne jedes Wenn und Aber und ohne Gejammere«, sagte Riley, ohne zu zögern. »Das ist auch der Grund, weswegen ich nicht verheiratet bin. Ich bin mehr ein Mensch, der für den Augenblick lebt. Können Sie meine Aufzeichnungen abtippen?«

»Selbstverständlich«, erwiderte Nell. »Könnten Sie mir Ihren Terminkalender geben, damit ich Ihre Termine in den Computer eingeben kann?« Als Riley nickte, fuhr sie fort: »Und noch eine Frage: Wann haben Sie eigentlich das letzte Mal Geld aus der Handkasse entnommen?«

Riley zuckte mit den Schultern. »Wann auch immer es dort notiert ist. Irgendwann im letzten Monat. Warum?«

Nell holte die Handkasse hervor und reichte ihm die Belege. Mit gerunzelter Stirn überflog er sie. »Die sind nicht von mir.«

»Ich weiß. So wie ich das sehe, hat Lynnie sie an Ihrer Stelle unterschrieben.«

Riley pfiff durch die Zähne. »Wie viel hat sie sich denn geholt?«

»Mit den anderen Schecks zusammen über 5000 Dollar.«

»Und Gabe meint, wir sollten die Sache einfach vergessen und den Verlust hinnehmen.« Riley warf die Belege zurück in die Handkasse. »Wissen Sie, früher hätte er allein um des Spaßes willen die Sache weiter verfolgt. Heutzutage ist er eher pragmatisch.«

»Was ist passiert, dass er sich so geändert hat?«

»Sein Vater ist gestorben, hat uns die Agentur hinterlassen, und jetzt ist er einfach zu ernsthaft. Die Verantwortung für Chloe und Lu hat ihn bereits ziemlich gebremst, aber dass Patrick einfach hoffnungslos war in Finanzdingen, hat ihm den Rest gegeben.«

Nell runzelte die Stirn und versuchte, Riley zu folgen. »Chloe und Lu?«

»Frau und Tochter. Früher war Gabe ein richtig toller Hecht. Wie Nick Charles.«

»Wer ist Nick Charles?«

»Heutzutage liest kein Mensch mehr.« Riley deutete auf den schwarzen Vogel auf dem Bücherregal. »Wissen Sie, was das ist?«

»Der Rabe von Edgar Allan Poe«, riet Nell. »Aus dem Gedicht ›Nevermore‹?«

»Und *Sie* arbeiten in einer Detektei.« Seufzend schlenderte Riley auf sein Büro zu. »Sie haben echt keine Ahnung von der einschlägigen Literatur, und Gabe ist auch nicht mehr ganz auf der Höhe. Himmel, ich kann nur hoffen, selber nie so alt zu werden.«

»So alt sind wir nun auch nicht«, rief ihm Nell hinterher, aber seine Bürotür hatte sich bereits hinter ihm geschlossen, bevor sie den Satz beenden konnte. »Hey!«, rief sie. Als er die Tür nicht wieder öffnete, klingelte sie bei ihm an und erzählte ihm vom Fall Farnsworth, verschwieg allerdings Mrs. Farnsworths Vorschlag, den Hund zu stehlen. Das sollte die Klientin ihm schon selbst sagen. Dann lehnte sie sich zurück und versuchte zu verdauen, was sie eben erfahren hatte. Gabe McKenna war also mit Chloe verheiratet. Sie versuchte, sich die beiden als Paar vorzustellen, aber es war einfach zu absurd, es war, als sei der Teufel ein Verhältnis mit einem Engel in Rüschen eingegangen. Und sie hatten eine gemeinsame Tochter. Wie in aller Welt konnte irgendjemand auf die Idee kommen, so unterschiedliche Erbanlagen zusammen zu bringen. Tim und sie hatten perfekt zueinander gepasst, sie hatten einen perfekten Sohn in die Welt gesetzt – und ihre Ehe war inzwischen Vergangenheit.

McKenna und Chloe befanden sich am jeweils anderen Ende des menschlichen Spektrums, und doch waren sie immer noch zusammen. Die Ehe war ein Mysterium, mehr konnte man dazu nicht sagen.

Sie nahm Rileys Notizen über den »Heißen Mittagstisch« zur Hand: Da beging eine Frau namens Gina Taggart immer wieder Ehebruch und kam ungeschoren damit davon. Das war das Problem mit dieser Welt. Leute taten ganz bewusst Dinge, die nicht richtig waren, weil sie genau wussten, dass sie damit durchkommen und andere Leute sie nicht daran hindern würden. Der »Heiße Mittagstisch« und seine Seitensprünge, Lynnie veruntreute, der Typ in Easton, der seinen Hund quälte, und Tim, der sie sitzen gelassen hatte. Und sie – sie sah mittlerweile aus wie ein Jahrtausende altes Fossil – ihr Herz krampfte sich zusammen, als sie sich an ihr Spiegelbild erinnerte – und niemand bekam die Rechnung serviert. Aber sie durfte nicht sauer auf Tim sein, er hatte sich schließlich fair verhalten. Es war ihre eigene Schuld, dass sie so schrecklich aussah. Sie durfte wirklich nicht so wütend sein.

Doch hier in dem düsteren Büro wurde ihr klar, dass sie wütend sein wollte und am liebsten losgebrüllt hätte: »Nein, du kannst nicht einfach nach zweiundzwanzig Jahren Ehe deine Meinung ändern, du rückgratloses Frettchen.« Freilich wäre das in keiner Weise konstruktiv, es würde die Sache für alle Beteiligten nur schwieriger gestalten, niemandem würde es in irgendeiner Weise nützen. Angenommen, sie hätte Tim angeschrien, als er sie verließ, die Scheidung wäre die Hölle und keine zivilisierte und faire Angelegenheit geworden. Wenn sie herumgebrüllt und mit Gegenständen geworfen hätte, dann wäre es ihnen nie und nimmer gelungen, die freundliche Beziehung aufrechtzuerhalten, die sie heute unterhielten. Wenn sie ihm Beschimpfungen – und mehr – an den Kopf geworfen und ihm an die Gurgel gegangen wäre …

»Nell!« Sie wirbelte ihren Stuhl in Richtung Rileys Bürotür.

»Ja bitte?« Sie runzelte die Stirn. »Schreien Sie doch nicht so. Warum haben Sie mich nicht über die Sprechanlage gerufen?«

»Das habe ich. Ich gehe jetzt. Ich bin ungefähr um fünf Uhr wieder da.«

»In Ordnung«, erwiderte Nell und runzelte erneut die Stirn.

»Erklären Sie mir doch mal bitte eines: Sie betreiben ständig Recherchen, warum dann nicht auch über Lynnie?«

»Das haben wir. Zumindest hat es meine Mutter getan, bevor sie sie eingestellt hat. Lynnie konnte sehr gute Referenzen vorweisen.« Riley ließ seinen Terminkalender auf ihren Schreibtisch fallen. »Ogilvie & Dysart, genau wie bei Ihnen. Sie sollte eigentlich nur einen Monat lang meine Mutter vertreten, dann sollte meine Mutter wieder zurückkommen. Das ist auch der Grund, weshalb die Termine nicht in den Computer eingegeben wurden. Meine Mutter mag keine Computer.«

»Das erklärt so manches«, murmelte Nell. »Demnach hat Ihre Mutter gekündigt?«

»Mitte Juli wollte sie für zwei Wochen nach Florida und hat Lynnie als Aushilfe eingestellt. Aber kaum dort unten angekommen, hat sich Mutter entschieden zu bleiben. Also haben wir Lynnie fest angestellt. Wir hatten keinen Grund, ihr zu misstrauen.«

»Schon möglich«, gab Nell zu. »Aber es macht mich ganz einfach wütend, dass sie so ein einfaches Spiel hatte.«

»Ja, ich sehe, wie Ihnen der Schaum vor dem Mund steht«, Riley grinste.

»Ich bin eigentlich ein ruhiger und ausgeglichener

Mensch«, erwiderte Nell. »Wenn ich durchdrehe, dann auf die sanfte Art und Weise.«

»Das nimmt dem Ganzen irgendwie den Spaß, finden Sie nicht?« Er trat auf die Tür zu, doch hielt er inne. »Haben Sie schon zu Mittag gegessen? Ich kann aufs Telefon aufpassen, wenn Sie sich was holen möchten.«

»Ich habe keinen Hunger«, entgegnete Nell.

»Wie Sie meinen. Falls Gabe fragen sollte, ich arbeite am Quartals-Report.«

»An was bitte?«

»Trevor Ogilvie«, meinte Riley vom Flur aus. »Von der berüchtigten Ogilvie & Dysarts Rechtsanwaltskanzlei. Jedes Quartal beauftragt er uns, seiner Tochter nachzuspionieren und zu sehen, was sie so treibt.«

Nell blickte ihn entsetzt an. »Er beauftragt sie, Margie hinterher zu spionieren?«

»Nein, wir kümmern uns um Olivia, der Einundzwanzigjährigen. Margie ist die ältere Tochter, nicht wahr? Von Trevors erster Frau? Margie macht offenbar keinerlei Probleme.«

»Olivia habe ich ganz vergessen.« Nell erinnerte sich erst jetzt an Margies verwöhnte kleine Stiefschwester. »Soweit ich weiß, haben Margie und sie nicht viel miteinander zu tun.« Sie lehnte sich zurück. »Dann beauftragt Trevor Sie also, Olivia hinterher zu spionieren?«

Riley nickte. »Das ist offenbar seine Auffassung von Vaterschaft. Es ist ein Wunder, dass er die Berichte überlebt. Olivia ist weiß Gott kein Kind von Traurigkeit. Ach, bevor ich es vergesse, wir werden Schnuckiputz nicht retten.«

»Wen bitte?«

»Schnuckiputz, den gequälten Hund.« Riley wandte sich wieder der Tür zu. »Regel Nummer zwei: Wir brechen kein Gesetz.«

»Es gibt also zwei Regeln?«, hakte Nell nach, doch die Bürotür knallte bereits zu, bevor sie ihren Satz beenden konnte. »Das ist alles andere als höflich«, schnaubte sie, während sie sich Rileys Terminkalender schnappte und begann, die Daten in den Computer einzugeben. Sie versuchte, nicht an den Hund in Easton und den »Heißen Mittagstisch« und Dean Martin und überhaupt an alles das zu denken, was auf dieser Welt dringend zu verbessern war.

3

»Du musst zugeben, es ist jetzt viel sauberer«, sagte Riley, als er am nächsten Morgen Gabes Büro betrat und ihn mit düsterer Miene hinter seinem Schreibtisch sitzen sah. »So sauber und ordentlich, dass ich nichts mehr finden kann.« Gabe wühlte in den Papieren auf seinem Schreibtisch. »Sie hat das Zeug *gestapelt.*«

»So sind die Frauen.« Riley setzte sich ihm gegenüber und streckte die Beine aus. »Sieh die Sache doch positiv. Im Augenblick konzentriert sie sich auf die Toilette. Das kann nur gut sein.«

»Irgendwas wird sie sicher finden, womit sie mir den Tag verderben kann.«

»Weißt du, wir sollten sie fest anstellen.«

»O mein Gott.« Gabe wusste genau, dass Riley Recht hatte, aber im Moment wollte er sich damit nicht näher befassen. »Wie war es gestern?«

»Ich war beim ›Heißen Mittagstisch‹. Gina betrügt ihn. Was für eine Überraschung.«

»Mit jemanden, den wir kennen?«

Riley schüttelte den Kopf. »Habe ihn noch nie zuvor gesehen. Er trug einen wirklich scheußlichen Schlips und sah Gina an, als sei sie das Tollste, was ihm jemals widerfahren ist. Wenn der wüsste. Sie hat mir zugewunken und mir schöne Grüße für dich aufgetragen.«

Gabe schüttelte den Kopf. »Und da halten manche Leute die Arbeit eines Detektivs für aufregend.«

»Wie war es bei O & D?«

Gabe erzählte es ihm.

»Dann hat Jack also wieder ein Verhältnis?«, hakte Riley nach. »Der lernt auch nie dazu.«

Gabe seufzte. »Ich glaube nicht, dass irgendeiner von ihnen was auf dem Kerbholz hat. Aber ich denke schon, dass Trevor mir irgendwas verschwiegen hat. Es fällt mir schwer zu glauben, dass er seine Frau betrügt.«

»Wohl wahr«, pflichtete ihm Riley bei. »Es sieht Trevor nicht ähnlich, mit den Händen zu arbeiten.«

»Und ich bin mir sicher, dass er gelogen hat, was die Geldübergabe angeht.« Gabe lehnte sich zurück. »Ich schätze, er hat sich mit ihr getroffen.«

»Weiß es Jack?«

»Vielleicht. Budge Jenkins hat mich als Erster angerufen. Dann rief Jack an, der die ganze Angelegenheit herunterspielte und mir sagte, ich solle mit den Nachforschungen nicht beginnen, bevor wir darüber geredet hätten. Und schlussendlich rief auch noch Trevor an, der das Treffen absagen wollte.«

Er schüttelte den Kopf. »Was würde wohl passieren, wenn Budge es mit einem Problem zu tun bekäme, über das er nicht tratschen könnte, Jack auf einen Menschen träfe, der sich nicht durch sein charmantes Geplaudere einlullen ließe, und Trevor mit jemandem konfrontiert würde, den er nicht mit seiner Hinhaltetaktik zermürben könnte.«

»Kurzum: Trevor und Jack verheimlichen etwas, und Budge ist nicht eingeweiht.« Riley überlegte und grinste. »Mit Budge möchte ich in dieser Situation wirklich nicht tauschen.«

Gabe nickte. »Ich habe das dumme Gefühl, dem Erpresser unserer Klienten kommt man hier nur auf die Spur, wenn man die Klienten selbst unter die Lupe nimmt.«

»Dann lass mich mit dem Leichtesten beginnen«, meinte Riley und stand auf. »Ich finde heraus, ob Jack eine Affäre hat.«

Gabe schüttelte den Kopf. »Wir werden keinerlei Nachforschungen anstellen. Sie wollen es nicht, und überhaupt haben wir gar nicht die Zeit dafür.«

»Vielleicht mache ich es einfach nur so aus Jux und Dollerei«, entgegnete Riley.

»Es wäre nicht nur aus Jux und Dollerei«, widersprach Gabe. »Du würdest es machen, um Jack Dysart ins Netz zu bekommen. Ich kann wirklich kaum glauben, dass du nach vierzehn Jahren immer noch wegen dieser Frau wütend bist.«

»Welcher Frau?«, fragte Riley und verließ das Zimmer im gleichen Moment, als Nell hereintrat.

»Ich brauche Ihren Terminkalender«, wandte sie sich kurz angebunden an Gabe. In ihrem grauen Kostüm wirkte sie wie ein Gespenst, aber ein sehr effizientes.

»Weshalb?«, fragte er, nur um sie zu ärgern.

»Weil Ihre Termine nicht in den Computer eingegeben sind und ich sie nachtragen möchte.«

»Also gut.« Gabe reichte ihr den Terminkalender.

»Danke.« Sie wandte sich wieder der Tür zu.

»Mrs. Dysart«, hielt er sie zurück. Was er jetzt gleich sagen musste, widerstrebte ihm zutiefst.

»Ja, bitte?«, erkundigte sie sich geduldig.

»Wären Sie an einer Festanstellung interessiert?«

Es überraschte ihn, dass sie einen Augenblick nachdachte.

»Würde ich dann Ihre Visitenkarte ändern dürfen?«

»Nein.«

Sie seufzte. »Ja, ich wäre an einem festen Job interessiert.«

»Dann haben Sie ihn jetzt. Aber verändern Sie bloß nichts.«

Sie warf ihm einen schwer zu deutenden Blick zu und verließ das Zimmer.

»Jawohl, sie wird eine große Hilfe sein«, sprach er ins

leere Zimmer hinein. Dann wandte er sich seinem ordentlich aufgeräumten Schreibtisch zu und vertiefte sich in Arbeit.

Eine Stunde später waren beide Partner außer Haus und die Toilettenräume immer noch ungeputzt. Nell gab Gabes Termine in den veralteten Computer ein und nachdem sie die Daten gespeichert hatte, blätterte sie durch den Terminkalender des vergangenen Jahres. Ganz offensichtlich hatte sie ihn falsch eingeschätzt. Mag sein, dass er sehr bestimmend und unangenehm war, doch immerhin sehr arbeitsam, bestimmend und unangenehm. Kein Wunder, dass ihm Lynnies Unterschlagungen nicht aufgefallen waren: Es blieb ihm kaum Zeit zum Luftholen. Einen ziemlichen Brocken der Arbeit bildeten Recherchen für Ogilvie & Dysart. Nell überflog auch Rileys zurückliegende Termine. Noch mehr O & D, die Aufträge der Kanzlei machten fast ein Viertel des Gesamtumsatzes aus.

Die Tür schepperte. Sie wandte den Blick von ihrem Computer und sah, wie ihr attraktiver Sohn mit einer Papiertüte in der einen und einem Getränk in der anderen Hand in die Detektei kam.

»Mittagessen.« Jase warf ihr jenes unwiderstehliche Lächeln zu, das ihm seit einundzwanzig Jahren das Leben erleichterte. »Außerdem wollte ich mal dein neues Umfeld erkunden.«

Unwillkürlich musste Nell lächeln. Er war groß gewachsen, kräftig und ungezwungen – ein richtiger All-American-Boy. »Du siehst prima aus.«

»Das musst du behaupten, schließlich bist du meine Mutter.« Er stellte die Tüte und das Getränk auf den Schreibtisch und küsste sie auf die Wange. »Tante Suze ist der Ansicht, dass du essen musst, also musst du essen. Ich möchte mich auf keinen Fall mit ihr anlegen.«

Nell beachtete die Tüte nicht weiter und nahm das Getränk zur Hand. »Was ist das?«

»Milchshake mit Schokoladengeschmack. So kalorienreich wie möglich, hat sie mir eingeschärft.« Er blickte sich in der Rezeption um. »Du bist jetzt schon seit anderthalb Tagen hier und es sieht immer noch so aus? Was hast du denn die ganze Zeit über getan?«

»Meinen Boss kennen gelernt«, erwiderte Nell, als Jase sich auf die Couch setzte und die zierlichen Beinchen unter seinem Gewicht zu ächzen begannen. »Er ist nicht gerade einfach. Manche Dinge werde ich wohl hinter seinem Rücken erledigen müssen.« Sie öffnete die Tüte und beinahe hätte der Geruch des heißen Fettes sie zurückschrecken lassen. *Du siehst einfach schrecklich aus*, ermahnte sie sich. *Iss.* Sie nahm eine Fritte. »Was gibt's Neues? Wie geht es Bethany?«

»Keine Ahnung. Ich habe sie seit ein paar Wochen nicht mehr gesehen.«

»Schon wieder?« Nell ließ die Fritte in die Tüte zurückgleiten. »Jase, das ist in diesem Jahr schon deine vierte Freundin.«

»Du willst doch nicht etwa, dass ich so jung schon was Ernsthaftes anfange?«

»Nein«, erwiderte Nell. »Aber ...«

»Dann sei froh, wenn ich mich noch ein wenig amüsiere. Wenn's dann soweit ist, werde ich mich dann wenigstens wirklich verantwortlich verhalten. Ehrlich.« Jase zögerte ein wenig. »Es ist schließlich Unsinn, mich jetzt schon zu binden. Ich habe noch zwei Jahre an der Uni vor mir, und wer weiß, was danach kommt. Ich bin mir doch noch nicht einmal sicher, was ich später machen möchte.« Wieder lächelte er sie an, so fröhlich und arglos wie damals als Sechsjähriger.

»Ich liebe dich«, sagte Nell.

»Ich weiß«, erwiderte Jase. »Das musst du auch. Du bist meine Mama. Schluss, Ende, Aus. Und jetzt iss endlich.«

»Mache ich doch.« Nell griff wieder in die Frittentüte. »Siehst du?« Demonstrativ knabberte sie an einer Fritte und konnte nur mit Mühe ein Würgen unterdrücken, so sehr widerstrebte ihr der fettige Geschmack. »Aber ich gebe zu, ich stehe nicht sonderlich auf Pommes frites.«

»Früher schon«, widersprach Jase. »Und du hast genau wie Großmutter Essig darüber gesprenkelt. Erinnerst du dich? Ich liebe den Duft von Essig und heißem Öl. Das habe ich euch beiden zu verdanken.«

»Gut zu wissen, dass ich dir ein paar gute Erinnerungen mitgegeben habe«, meinte Nell.

»Davon hast du mir jede Menge mit auf den Weg gegeben.« Jase stand auf, beugte sich über den Schreibtisch und küsste sie noch einmal. »Ich muss los. Versprich mir, dass du das aufisst.«

»Ich werde mich ernsthaft bemühen«, versicherte ihm Nell.

Nachdem er gegangen war, stopfte sie die Tüte in den Mülleimer und wandte sich aufs Neue dem Computer und Gabes Notizbuch zu. Es war wirklich erstaunlich, wie viel der Mann arbeitete. Kaum vorstellbar, was er alles schaffen würde, wenn sie erst die Organisation übernommen hatte.

Damit begann sie weiter zu tippen, in Gedanken bereits bei all den Dingen, die in der Detektei zu verbessern waren.

Am Mittwoch erschien Nell Punkt neun in der Agentur, doch Gabe war nicht da. Über ihre Enttäuschung war sie selbst ein wenig überrascht, so als habe sie sich gänzlich umsonst innerlich gewappnet. Ganz so, als ob sie sich heftig gegen eine Tür stemmte, die dann ganz leicht aufging. Lächerlich und ungeschickt, so kam sie sich vor. Nell brühte Kaffee auf, goss Riley eine Tasse ein und trug sie in sein Büro. Dann ging sie ins Badezimmer, um die letzte Herausforderung anzugehen.

»Was machen Sie denn?«, rief Riley, als er eine halbe Stunde später mit einer leeren Tasse aus seinem Zimmer kam und sie ihr reichte.

»Ich mache das Badezimmer sauber«, erwiderte Nell. Als

sie ins Vorzimmer trat und sich die Hände mit einem Papiertuch abtrocknete, sah sie, wie er auf die vier weißen Mülltüten starrte, die sie bereits gefüllt hatte. »Mehr lassen Sie mich im Augenblick ja nicht machen, und der Dreck da drinnen stammt mindestens noch aus den Zeiten des Kalten Kriegs.«

Riley legte die Stirn in Falten. »Was hätten Sie denn sonst tun wollen?«

»Neue Visitenkarten entwerfen. Die Fenster neu streichen. Die Couch ersetzen«, zählte Nell grimmig auf. »Mir Lynnie zur Brust nehmen. Aber der Chef sagt nein.« Sie sah zu ihm auf. »Sie sind doch sein Partner. Geben einfach Sie mir freie Hand.« Das klang ein wenig zu sehr nach einem Befehl, daher fügte sie hinzu: »Bitte.«

»Hinter Gabes Rücken?« Riley schüttelte den Kopf. »Nein.«

Nell wandte sich wieder dem Badezimmer zu. »Also gut, dann machen Sie sich auf und schnüffeln Sie irgendwem hinterher, damit ich später Ihren Bericht tippen kann.«

»Wir reden nicht einmal mehr miteinander«, bemerkte Riley schon halb aus der Tür.

Eine Stunde, drei Regale und zwei Telefonanrufe später schepperte die Tür erneut. Nell eilte aus dem Badezimmer, denn sie erwartete Gabe. Eine sehr junge, quicklebendige Blondine trat ein und drückte die widerspenstige Tür mit ihrem straffen kleinen Körper zu. Sie strahlte Nell an, und Nell strahlte unwillkürlich zurück.

»Sie müssen Nell sein«, bemerkte die Blondine. »Meine Mutter hat mir von Ihnen erzählt. Ich bin Lu.«

Sie streckte die Hand aus. Als Nell sie nahm, war ihr Händedruck fest, fast schon schmerzhaft. *Wie Gabes,* kam es Nell in den Sinn. Sie hatte auch seine klugen, dunklen Augen, die einen interessanten Gegensatz zu ihrer blonden, fröhlichen Arglosigkeit bildeten.

Ungewöhnlich, aber attraktiv, dachte Nell. »Nett, Sie kennen zu lernen.«

»Meine Mutter hält Sie für die Beste.« Lu steckte die Hände in die Gesäßtaschen ihrer Jeans, offenbar bestrebt, sich ein eigenes Urteil zu machen.

»Sie ist eine nette Frau«, bemerkte Nell.

»Nett ist nicht alles«, widersprach Lu. »Ihr Sternzeichen ist Fisch. Die bekommen nie, was sie wollen. Besonders dann nicht, wenn sie mit einem Stier verheiratet sind.« Sie warf einen angewiderten Blick zur Bürotür ihres Vaters.

»Sie sind aber kein Fisch«, sagte Nell.

»Ich bin Steinbock«, erwiderte Lu. »Wir erreichen alles, was wir uns in den Kopf setzen.« Sie machte eine Kopfbewegung in Richtung Gabes Tür. »Ist mein Vater in seinem Büro?«

»Nein«, antwortete Nell. »Er ist außer Haus und macht den Leuten das Leben schwer.«

»Vielleicht bekommt er dadurch bessere Laune.« Lu zog ihre Hände aus den Taschen und ließ sich auf die Couch fallen, und alles um sie herum wippte. Wie durch ein Wunder hielt die Couch stand. »Er benimmt sich einfach unmöglich, was meine Europa-Idee betrifft.«

»Welche Europa-Idee?«

»Ich möchte nächsten Monat nach Frankreich«, erläuterte Lu. »Ich möchte mit einem Eurorail-Pass losziehen und die Welt sehen. Er will, dass ich aufs College gehe. Er hat bereits die Studiengebühren bezahlt, und das hält er für ein gutes Argument.«

»Ich habe auch schon Studiengebühren bezahlt«, warf Nell ein. »Und es ist ein Argument.«

»Schon, aber ich möchte nicht aufs College«, sagte Lu. »Schließlich ist es mein Leben. Ich habe ihn nicht darum gebeten, die Gebühren zu übernehmen.«

»Das war vermutlich gar nicht nötig«, wandte Nell ein. »Ihr Vater scheint ein Mann zu sein, der sich um seine Familie kümmert.«

»Sie haben's erfasst! Dafür, dass Sie ihn erst seit drei Tagen kennen, haben Sie ihn schon ganz gut durchschaut.«

»Es waren drei sehr intensive Tage.«

»Das hat meine Mutter auch gesagt.« Lu musterte sie und kniff dabei ihre dunklen Augen zusammen, bis sie Gabe auf fast unbehagliche Weise ähnelte. »Meine Mutter meint, dass Sie hier das Ruder übernehmen. Sie ist unfähig, meinen Vater zu irgendwas zu bewegen. Ich meine, sie hat sich von ihm *scheiden* lassen und trotzdem sind sie zusammengeblieben.«

»Sie sind geschieden?«, erkundigte sich Nell.

»Kaum zu glauben, nicht wahr? Er hat ihr das Haus gleich nebenan gekauft, damit sie hier blieb, und genau das hat sie auch getan.« Lu schüttelte den Kopf. »Ich schätze, das ist auch der Grund, weshalb meine Mutter gemeinsam mit mir zusammen nach Frankreich fahren möchte. Aber sie ist noch nicht dort. Wenn Papa nicht möchte, dass sie fährt, wird sie es auch nicht tun.« Sie biss die Zähne zusammen. »Aber ich fahre.« Sie warf einen sorgenvollen Blick in Richtung Gabes Tür. »Glaube ich jedenfalls.«

Wieder schepperte die Tür. »Hallo, Sorgenkind.« Riley kam herein und versetzte Lu mit einem Aktenordner einen Klaps auf den Kopf. »Mach deinen Vater nicht verrückt, sonst lässt er das wieder an mir aus.«

»Das geschieht nur zu deinem Besten«, bemerkte Lu kritisch. »Dir fällt ohnehin alles in den Schoß.«

Riley umrundete sie und legte den Aktenordner auf Nells Schreibtisch. »Was immer Sie sich erträumt haben, hier ist es«, wandte er sich an sie. »Der letzte Teil einer Recherche. Jetzt können Sie mit dem Tippen loslegen.« Er blickte wieder zu Lu. »Würde es dich wirklich umbringen, ein paar Monate aufs College zu gehen und deinen Vater damit glücklich zu machen?«

»Es ist nicht mein Lebensziel, meinen Vater glücklich zu machen«, bemerkte Lu flapsig. »Ich muss meinem eigenen

Glück folgen.« Dann kehrte sie auf die Erde zurück. »Sag, dass du mich liebst.«

»Ich liebe dich«, bestätigte Riley. »Und jetzt raus mit dir. Hier wird gearbeitet.«

»Wenn Sie den Leuten schon sagen müssen, dass hier gearbeitet wird, ist das nicht sehr beeindruckend«, gab Nell zu bedenken.

Riley grinste sie an. »Für eine Untergebene ganz schön vorlaut.«

Nell lächelte zurück, dann wurde sie sich Lus Gesichtsausdruck bewusst. »Wow«, meinte Lu.

»Und auf Wiedersehen. Habe ich dich nicht gerade hier rausgeschmissen?«, erinnerte sie Riley.

»Ausgerechnet jetzt, wo's interessant wird«, grummelte Lu und verließ die Detektei, wobei sie mit Mühe die widerspenstige Tür zuzog.

»Was für ein erstaunliches Kind«, bemerkte Nell.

»Sie haben ja keine Ahnung. Sie hat Gabe und Chloe schon als Baby um die Finger gewickelt. Ihr Mann wird es später nicht leicht haben.« Riley warf einen Blick auf das Badezimmer. »Ich kann kaum glauben, dass Sie immer noch damit beschäftigt sind. Machen Sie doch Mittagspause.«

»Noch ein Regal, dann bin ich fertig«, sagte Nell und verschwand wieder im Bad.

Das Badezimmer sah jetzt wesentlich besser aus, aber ein neuer Farbanstrich war trotzdem nötig. Vielleicht könnte sie das erledigen, wenn beide beschäftigt waren, schließlich war sie jetzt fest angestellt. Sie kletterte auf den Toilettenkasten, stützte sich mit einer Hand an der Wand ab, holte die alten Kästen und Fläschchen vom obersten Regal und ließ sie in den Mülleimer fallen. Befriedigt hörte sie, wie sie zerbarsten. Dann griff sie nach der letzten Schachtel.

Sie stand in der hintersten Ecke. Vorsichtig zog sie sie mit den Fingerspitzen hervor, doch schließlich hatte sie sie an der vorderen Regalkante. Es war eine kleine Schachtel, vielleicht zehn mal fünfzehn Zentimeter, in billiges, rötlich gegerbtes Leder gebunden. Sie stieg von der Toilette herunter, um sie im Licht zu betrachten. Als sie den Staub abwischte, konnte sie ein Bild auf dem Deckel erkennen, ein Stich von irgendeinem Fabelwesen oder vielleicht auch dem Teufel. Sie hörte, wie die Eingangstür zuschlug, hörte, wie Riley davon erzählte, die Recherche abgeschlossen zu haben, hörte Gabes Antwort und betrachtete erneut die Schachtel.

Falls sie irgendwelche Unerfreulichkeiten enthalten sollte, würde Gabe ihr dafür die Schuld geben. Sie atmete tief durch und öffnete den Kasten. Aber alles, was sich darin befand, war der Kaufvertrag für ein Auto. Das gelbe Papier hob sich kaum von dem gelben Filz ab, mit dem die Schachtel ausgeschlagen war.

Das kann ihn wohl kaum verärgern, dachte sie und ging hinaus, um ihm die Schachtel zu geben.

»Diese Jack-Dysart-Angelegenheit«, begann Riley, während er Gabe in dessen Büro folgte.

»Es gibt keine Jack-Dysart-Angelegenheit.« Gabe zog sein Jackett aus und setzte sich an den Schreibtisch. »Wir haben richtige Arbeit zu erledigen.« Er wollte gerade fortfahren, als seine neue Sekretärin klopfte und eintrat. In ihrem grauen Kostüm zeichnete sie sich schlank und blass gegen das dunkle Holz der Tür ab.

»Dies habe ich gefunden.« Sie stellte eine kleine rote Schachtel auf seinen Schreibtisch. »Sie stand auf dem obersten Regal im Badezimmer, viel ist nicht drin, nur die Besitzurkunde für ein Auto, aber ich dachte …«

»Eine Urkunde?« Gabe öffnete die Schachtel und zog das Papier hervor. Es bestätigte den Besitzerwechsel eines Porsche 911 Carrera, Baujahr 1977, an Patrick McKenna. Die Übereignung war auf den 27. Mai 1978 datiert und von Trevor Ogilvie unterzeichnet. Gabe musterte das Papier genauer. Trevor hatte den Wagen für einen Dollar an seinen Vater verkauft. Er spürte, wie ihm eiskalt wurde. Sein Vater hatte die Schachtel im Jahre 1978 auf das oberste Regal im Badezimmer gestellt, dorthin, wo keiner seiner Angestellten sie finden würde. Und ganz sicher nicht sein einundzwanzig Jahre alter Sohn oder sein elfjähriger Neffe, die mit Sicherheit nachgehakt hätten, wie er ein so schnittiges Fahrzeug für nur einen Dollar ergattert hatte.

Was in aller Welt hatte sein Vater 1978 für Trevor getan, was einen Porsche Baujahr 1977 wert gewesen wäre?

»Was ist?«, erkundigte sich Riley. Gabe stieß die Schachtel zu ihm hinüber und beobachtete, wie Rileys normalerweise so gut gelauntes Gesicht beim Lesen ernst wurde.

»War es das, was Sie gesucht hatten?«, fragte Nell. Gabe blickte sie stirnrunzelnd an. Himmel, das war ja beinahe so wie damals, als er mit Chloe zusammengearbeitet hatte. Keine zusammenhängenden Gedanken, nur Randbemerkungen.

»Was wollen Sie damit sagen?«, fragte er geduldig. Offenbar hatte er zu geduldig geklungen, denn nun sah sie ihn stirnrunzelnd an.

»Ich habe Ihre Regale abgestaubt«, erklärte sie. »Das Muster im Staub sah so aus, als ob jemand Bücher hervorgezogen hätte. Also habe ich daraus geschlossen, dass Sie nach etwas gesucht haben.«

»Nein«, erwiderte Gabe und blickte Riley an.

»Ich war es nicht«, meinte Riley. »Aber das muss zu einem Zeitpunkt geschehen sein, nachdem die Putzkolonne aufgehört hatte zu kommen. Lynnie?«

Gabe schüttelte den Kopf. »Gesetzt den Fall, sie hätte die Schachtel gefunden, warum hat sie sie nicht einfach mitgenommen?« Er warf einen finsteren Blick auf die Schachtel. »Genau genommen, wer sollte hier überhaupt nach etwas suchen?« Er nahm sie wieder in die Hand. Die Schachtel war klein, bot aber genügend Platz, um mehr als nur eine Besitzurkunde darin zu verstauen. »Es sei denn, sie hat sich schon genommen, wonach sie suchte.« Irgendetwas, das mit seinem Vater und Trevor zu tun hatte…

Riley wirkte nachdenklich. »Schon, aber was im Himmel könnte sie …«

»Vielen Dank, Mrs. Dysart, Sie waren eine große Hilfe«, unterbrach ihn Gabe. Nell trat einen Schritt zurück, als habe man sie ins Gesicht geschlagen.

»Schon gut«, sagte sie. »Übrigens, was den Schriftzug des Fensters angeht …«

»Was?« Gabe funkelte sie an, ungeduldig darauf wartend, dass sie endlich verschwand. »Welchen Schriftzug?«

»›Detektei McKenna‹. An manchen Stellen ist die Schrift bereits abgeblättert. Ich dachte, bei der Gelegenheit könnten wir ein neues Design …«

»Nein, Mrs. Dysart. Das Fenster bleibt so, wie es seit jeher gewesen ist.« Er betrachtete die Schachtel und dachte, *obwohl ich selbst möglicherweise gar nicht viel darüber weiß, wie die Dinge gewesen sind.*

»Könnte ich Sie denn wenigstens zu einem neuen Sofa überreden, bevor das alte ganz zusammenbricht?« Über ihren brüsken Tonfall überrascht, blickte er auf. Ihre Augen blitzten, also verbiss sie sich Worte, die besser unausgesprochen blieben. Und sie hatte sogar etwas Farbe im Gesicht. Aber zur Hölle mit ihr, er hatte echt Probleme. »Wir haben nicht viel Publikumsverkehr«, erläuterte er. »Die Couch bleibt.«

Einen Augenblick verharrte sie regungslos, dann sagte sie: »Außerdem klemmt die Eingangstür.« Damit verließ sie das Büro.

Die hat aber eine Menge Wut im Bauch, dachte er und betrachtete erneut die Schachtel. *Verdammt auch.*

Riley atmete tief durch. »Was hat Patrick für Trevor getan, das nicht in den Büchern erscheinen sollte?«

»Eine Gegenfrage«, unterbrach ihn Gabe. »Kann es ein Zufall sein, dass wir diese Schachtel mit Trevors Namen ungefähr zur selben Zeit finden, in der eine Frau ihn zu erpressen versucht und das auch noch ungefähr zum gleichen Zeitpunkt, an dem Lynnie sich krankmeldet?«

Riley saß regungslos und überdachte die Sache von allen Seiten, während Gabe wartete. »Schon möglich«, sagte er schließlich. »Es wäre ihr zumindest zuzutrauen.« Er blickte auf und runzelte die Stirn. »Aber es erklärt nicht Jack und Budge.«

»Jack möglicherweise schon«, widersprach Gabe. »1978 war er bereits Partner in der Kanzlei.« Er zog die Schachtel zu sich heran und um nicht länger die verdammt Besitzurkunde anstarren zu müssen, machte er sie wieder zu. Vom Deckel grinste ihm der Teufel entgegen. »Mein Vater hat dieses Auto geliebt. Bei dem letzten Streit mit meiner Mutter ging es um dieses Auto.«

»*Du* liebst dieses Auto?«, bemerkte Riley. »Vielleicht ist das ein Zeichen, dass es Zeit für ein neues ist.«

»Es gibt keine Zeichen«, brummte Gabe zurück. »Hör auf, wie Chloe zu reden.«

»Nun, es gibt Hinweise«, entgegnete Riley. »Bei diesem hier bin ich mir jedoch nicht ganz sicher. Wenn es tatsächlich Lynnie war, die danach suchte, woher in aller Welt wusste sie, wo sich die Schachtel befand?«

»Vielleicht wusste sie es nicht«, sagte Gabe. »Vielleicht hat sie nur ein wenig herumgestöbert und sie gefunden. Dann hat sie sich genommen, was sie brauchen konnte und sie zurückgestellt.« Er schüttelte den Kopf. »Nein, das ist Unsinn. Sie hat nach etwas gesucht.« Er stand auf und nahm sein Jackett. »Wenn du noch Nachforschungen über Jack Dysart anstellen möchtest – mein Einverständnis hast du.«

»Und was hast du vor?«, fragte Riley.

»Lynnie aufsuchen«, gab Gabe grimmig zurück. »Anschließend werde ich mich mit Trevor unterhalten.« Er blickte sich im Büro um, und überall sah er seinen Vater. »Über die guten alten Zeiten.«

Nell sah zu, wie Gabe wortlos die Detektei verließ. Sie biss die Zähne zusammen. Niemals zuvor hatte jemand sie so ruppig irgendwo hinauskomplimentiert wie er sie aus seinem Büro. Sicherlich hätte sie behilflich sein können, wenn er nur…

»Bin später wieder zurück«, meinte Riley, als er aus seinem Büro kam und auf die Eingangstür zusteuerte. »Viel später.«

Zur Hölle mit euch Männern, dachte Nell und verschwand erneut im Badezimmer, um das letzte Regal zu wischen. Just als sie fertig war, hörte sie die Eingangstür aufgehen.

»Nell?«, hörte sie Suze rufen. »Sofort«, erwiderte sie und stieg von der Toilette herunter. Sauber war nun alles, aber das Ergebnis befriedigte sie nicht sonderlich. Als sie das Vorzimmer betrat, sagte Suze: »Wir müssen mit dir reden.« Hinter Suzes Rücken kam Margies verweintes Gesicht zum Vorschein.

»Was ist los?« Nell ging auf Margie zu. »Was ist denn passiert? Ist irgendetwas mit Budge? Geht es um das Café? Wenn du nicht möchtest…«

»Oh, *Nell!*« Margie schlang ihre Arme um sie.

»Was ist denn?« Nell blickte Suze über Margies Locken hinweg an. Suze sah ebenso bedrückt aus, aber in ihren Kummer mischte sich Wut. »Hat es irgendwas mit Jack zu tun? Was ist denn los?«

»Margie hat gestern Abend mit Budge gesprochen«, erwiderte Suze grimmig. »Sie hat angedeutet, dass sie jetzt, wo sie genau wie du anfängt zu arbeiten, vielleicht nicht heiraten sollten.«

»Ich habe ihm gesagt, dass die Ehe keine Lösung ist«, bemerkte Margie etwas feucht an Nells Schulter. »Ich habe ihm gesagt, dass du eine gute Ehe geführt hast, die aus heiterem Himmel zerbrochen ist. Warum sollte ich mehr Glück haben? Genau aus diesem Grunde brauche ich einen Job.«

»Das war ein bisschen hart, Budge gegenüber.« Nell tätschelte ihre Schulter. »Andererseits wäre es vermutlich keine sehr gute Idee, ihn zu heiraten…«

»Aber das ist nicht das eigentliche Problem.« Suze schluckte. »Budge hat ihr erzählt, dass deine Ehe nicht einfach so aus heiterem Himmel zerbrochen ist.«

»Wie bitte?« Nell spürte, wie ihr ein eiskalter Schauer über den Rücken lief.

»Tim hatte schon lange vorher was mit Whitney«, fuhr Margie fort und richtete sich auf. »Lange bevor er dich verlassen hat. Er hat dich die ganze Zeit über betrogen.«

Ich wusste es, dachte Nell. Das Büro um sie herum begann zu schwanken, ihre Knie gaben nach und Licht explodierte in ihrem Kopf wie tausend Sterne.

4

Nell spürte, wie Suze sie auffing, bevor sie auf dem Boden aufschlug. Sachte half sie ihr wieder auf, bis sie auf dem Perserteppich zu sitzen kam. *Diesen Teppich sollten wir auch ersetzen,* dachte Nell. *Er lässt das Büro schäbig wirken.* Sie glitt langsam nach hinten, doch Suze hielt sie fest und schüttelte sie.

»O nein, auf keinen Fall«, sagte sie. »Bleib bei uns.«

»Er hat mich betrogen«, stammelte Nell und am liebsten hätte sie sich dabei übergeben.

»Möge er in der Hölle schmoren«, meinte Suze, die sie immer noch festhielt. »Geht's wieder? Du siehst schrecklich aus.« Sie packte Nell unter den Achseln und zog sie auf die altersschwache braune Couch. »Nimm den Kopf zwischen die Beine.«

Gehorsam ließ Nell ihren Kopf zwischen ihr Knie sinken. *Er hat mich betrogen. Er hat mich zum Narren gehalten.* »Wusstest du davon?«

»Nein«, erwiderte Suze. »Ich schwöre, ich hätte es dir gesagt. Aber ich habe nie verstanden, wie er einfach Knall auf

Fall aufgehört haben soll, dich zu lieben. Du hast ihm alles gegeben. Ich konnte einfach nicht glauben, dass er genug Mumm gehabt hätte, dich zu verlassen und all seinen Kram alleine zu erledigen. Solch ein mieses Ekel geht normalerweise erst, wenn er einen passenden Ersatz gefunden hat.«

»Es tut mit so Leid«, murmelte Margie.

Nell atmete ein paar Mal tief durch, um wieder klar denken zu können. Tim hatte sie betrogen. Sie hatte sich fair und vernünftig und erwachsen verhalten, und er hatte sie betrogen. Er hatte sie gleich doppelt betrogen, zum einen, als er mit Whitney geschlafen und zum anderen, als er ihr gegenüber beteuert hatte, es gäbe keine Andere. Der zweite Betrug schmerzte mehr. Das war die Lüge gewesen, mit der er sie darum gebracht hatte, ihrer Wut Luft zu machen. Er hatte ihr ihren Job und ihr Haus und die Hälfte ihres Porzellans genommen, er hatte ihr Leben zerstört, und dann hatte er gelogen, damit sie ihn nicht umbrachte. *Mistkerl.*

Nell richtete sich wutentbrannt auf. »Ich hasse ihn.«

»Das wird aber auch Zeit«, erwiderte Suze. »Und was willst du nun machen?«

Gleich fange ich an zu schreien. »Ich muss jetzt gehen.« Nell stemmte sich von der Couch auf, und Margie konnte ihr gerade noch ausweichen, als sie auf die Tür zustürzte.

Gabe hatte eine frustrierende Stunde damit verbracht, nichts zu erreichen. Als er daher ins Büro zurückkam und Nell wie vom Erdboden verschluckt war, hielt sich sein Amüsement in Grenzen. Ach zum Teufel, dachte er und ging selbst ans Telefon, als es klingelte. Es war ein Klient von außerhalb der Stadt. Er setzte sich an Nells Schreibtisch und machte sich seine Notizen mit dem goldfarbenen Füllfederhalter, der ordentlich und präzise exakt parallel rechts neben ihrem Notizblock lag. Alles auf dem Schreibtisch war ordentlich und exakt, bis hin zu dem edel in Gold gerahmten Foto von Nell und einem viel jüngeren Mann, der ihr so ähnlich sah, dass es ihr Sohn sein musste. Der Junge sah gut aus, und diese Nell strahlte vor Glück und Gesundheit. *Was ist seitdem nur mit ihr geschehen?* dachte er kurz, als er wieder auflegte und das Telefon erneut klingelte.

»Was hast du herausgefunden?«, wollte Riley wissen, nachdem Gabe abgehoben hatte.

»Nicht viel. Lynnie war nicht zu Hause, und ihre Vermieterin beobachtete mich von nebenan, also konnte ich nicht einfach hineingehen. Trevor war auch keine große Hilfe.«

»Das ist er nie«, pflichtete ihm Riley bei. »Die Frage ist, war er keine große Hilfe, weil er selbst nichts weiß, oder weil er dich hinhält.«

»Weil er mich hinhält«, bestätigte Gabe. »Er konnte sich nicht mehr daran erinnern, den Wagen überschrieben zu haben.«

»Er hat einen Porsche vergessen?«

»Er behauptet, dass er sich nach dreiundzwanzig Jahren unmöglich an so etwas erinnern kann.«

»Die Behauptung ist zumindest fragwürdig«, entgegnete Riley. »Ist Nell da?«

»Nein«, erwiderte Gabe und sah sich um. »Sonst wäre ja kaum ich ans Telefon gegangen.«

»Wenn sie wieder kommt, soll sie die Akten aus dem Jahr 1978 heraussuchen«, sagte Riley. »Ich bin mir sicher, dass Patrick versucht hat, irgendetwas zu vertuschen. Vielleicht finden wir in den Akten einen Hinweis, was es war. Falls sich irgendwas in den Akten finden lässt, wird sie es finden. Die Frau findet alles.«

»Falls sie jemals zurückkommt. Sie hat einige ihrer Sachen hier gelassen, also werden wir sie wohl wieder sehen, wenn ihr danach ist.«

»Nun lass sie doch endlich mal in Frieden«, versuchte Riley ihn zu besänftigen. »Vermutlich ist sie einfach nur zum Mittagessen fort, verdammt. Das wird ja langsam zur Marotte.«

»Da wir gerade von Marotten sprechen, was ist mit Jack?«

»Ich bin in den Startlöchern«, erwiderte Riley aufgekratzt.

Gabe seufzte. »Ich auch. Ach, bevor ich es vergesse, heute Abend steht ein Lockvogeljob an. Kann dir deine Biologiestudentin dabei behilflich sein?«

»Sie muss an einer Hausarbeit schreiben«, erwiderte Riley. *Was muss er sich auch mit so jungem Gemüse einlassen*, dachte Gabe.

»Ich werde schon jemanden finden.« Gabe legte auf und ging hinüber zu Chloe ins Café. Sie stand hinter dem Tresen und öffnete gerade die Ofentür.

»Kannst du heute Abend als Lockvogel aushelfen?«

»Nein«, entgegnete Chloe. »Solche Sachen hasse ich. Die sind nicht gut für mein Karma.«

»Verstehe. Hast du unsere neue Sekretärin gesehen?«

»Nell? Nein.« Sie zog ein Blech mit Keksen aus dem Backrohr und stupste ihn mit der Hüfte aus dem Weg, um es auf dem Granittresen abzustellen.

»Sie schien mir nicht der Typ Frau zu sein, die ausgiebig Mittagspause macht«, bemerkte Gabe.

»Sie scheint nicht der Typ Frau zu sein, die überhaupt zu Mittag isst«, gab Chloe leicht gereizt zurück und wischte sich eine verschwitzte Locke aus dem Auge. »Aber so etwas fällt dir natürlich nicht auf.«

»Was habe ich denn jetzt schon wieder falsch gemacht?«, fragte Gabe. Chloe schüttelte den Kopf und winkte ihn beiseite, doch er blieb stehen. »Chloe, kannst du dich noch gut an meinen Vater erinnern?«

Sie hielt inne, ihre Gereiztheit war augenblicklich verflogen. »Patrick? Aber sicher. Er war sehr nett zu mir. Und er war ganz verrückt nach Lu, erinnerst du dich? Ich fand es sehr schade, dass er so kurz nach ihrer Geburt gestorben ist. Er hat sie so sehr geliebt.«

»Ja.« Gabe versuchte, die Erinnerung daran beiseite zu schieben. »Glaubst du, er war nicht immer ganz korrekt?«

Chloe legte den Spachtel ab. »Du meinst, war er ein Gauner?«

Sie zögerte, und Gabe dachte: *Verdammt.* Er hatte gehofft, sie würde empört abwehren: »Nein, überhaupt nicht, bist du verrückt?«

»Mehr als du«, sagte sie schließlich.

»Ich?« Gabe blickte sie verblüfft an. »Hältst du mich denn für nicht ganz koscher?«

»Ich glaube, dass du tust, was nötig ist, wenn es denn nötig ist. Ich glaube nicht, dass du jemals etwas besonders Zwielichtiges hast tun müssen, aber ich würde es dir zutrauen. Ich glaube, du könntest fast alles tun, vorausgesetzt, du hast gute Gründe dafür.«

»Himmel auch«, sagte Gabe.

»Dein Vater war genauso«, fuhr Chloe fort. »Nur, dass er meiner Meinung nach dem Geld mehr abgewinnen konnte als du. Ich glaube auch, dass er an Frauen stärker interessiert war als du.«

»Langsam, langsam.« Gabe klang beleidigt.

»Nun, du bist mir treu gewesen, dabei hattest du noch nicht einmal sonderlich viel Interesse an mir«, fuhr Chloe fort. »Dein Vater hätte mich bereits während der Hochzeitsreise betrogen.«

»Wir waren nie auf Hochzeitsreise«, korrigierte sie Gabe. »Himmel, diese Unterhaltung ist wirklich erbaulich. Dann bin ich also ein potenzieller Gauner *und* habe einen unterentwickelten Geschlechtstrieb?«

»Das mit dem Geschlechtstrieb habe ich so nicht gesagt«, widersprach Chloe. »Was ich sagen wollte, war, dass Sex für dich keine ausreichende Motivation darstellt. Worum geht es denn?«

Gabe überkam erneut eine düstere Stimmung. »Ich glaube, mein Vater hat möglicherweise etwas wirklich Schlimmes getan. Etwas, von dem ich nichts erfahren sollte.«

»Donnerwetter.« Chloe lehnte sich gegen die Arbeitsplatte. »Er hat dir doch immer alles anvertraut. Dann muss es wirklich ziemlich schlimm sein.«

»Es hat irgendetwas mit dem Wagen zu tun.«

»Ach ja?« Chloe legte den Kopf zur Seite. »Vielleicht etwas mit deiner Mutter?«

»Meiner Mutter?« Gabe runzelte die Stirn. »Ich glaube nicht…«

»Du hast immer gesagt, dass sie ihn des Wagens wegen verlassen hat«, erinnerte ihn Chloe. »Ich habe sie nie kennen gelernt, aber ich kenne dich. Und deine moralischen Grundsätze, die stammen nicht von deinem Vater. Vielleicht hat er wirklich etwas sehr Schlimmes getan, und sie hat ihn deswegen und nicht wegen des Wagens verlassen.«

»Sie hat ihn verlassen, weil er sie wirklich mies behandelt hat«, sagte Gabe.

»Sie hat ihn sehr oft verlassen, weil er sie mies behandelt hat«, gab Chloe zu bedenken. »Doch nach der Sache mit dem Wagen, da ist sie nicht wieder zurückgekommen.«

»Vielleicht hatte sie ganz einfach nur die Nase voll«, beharrte Gabe. »Er hat sie ständig betrogen und angebrüllt.«

»Er hätte gar nicht erst heiraten sollen.« Chloe nahm ihren Spachtel wieder zur Hand. »Nach allem, was er mir erzählt hat, hat sie sich jedes Mal an ihm gerächt, und das hat die ganze Sache nur noch verschlimmert. Verheiratet zu sein kann so schrecklich sein.«

»Danke«, murmelte Gabe. Chloe begann, die Kekse vom Backblech abzuheben. Gabe atmete den Mandelduft ein und dachte: *Dieser Duft wird mich immer an sie erinnern.*

»Es ist ein wirklich riskantes Spiel«, meinte Chloe, als er sich einen Keks nahm. »Zumindest für die Frauen. Männer können immer wieder von vorne anfangen. Für einen Mann ist es wichtig, dass er Geld hat. Für eine Frau dagegen ist Jugend und Schönheit wichtig. Männer können immer mehr Geld machen, aber Frauen können niemals ihre Jugend zurückholen, wenn sie verflossen ist. Das ist auch der Grund, weswegen sie bei der Scheidung ihre Männer bis aufs Hemd ausziehen.«

»Unsinn«, widersprach Gabe kauend. »Du wolltest noch nicht einmal Unterhalt annehmen.«

»Ich wollte unabhängig sein«, sagte Chloe. »Aber ich wollte auch, dass Lu mit ihrem Vater zusammen aufwächst. Ich wusste genau, was du im Sinn hattest, als du das Haus gleich nebenan für uns gekauft hast. Aber es war gut für Lu. Und dann hast du mir dieses Café ermöglicht, und das hat auch Spaß gemacht. Aber ich hätte nein sagen sollen. Ich hätte gehen sollen.«

Das Bedauern in ihrer Stimme schmerzte. »Wenn du gehen willst«, sagte er, »dann geh. Ich kümmere mich um Lu. Du bist immer noch jung. Mach das Café dicht und zieh los.«

Chloe ließ den Keksspachtel fallen, und er trat erschrocken einen Schritt zurück. »Siehst du! Das ist der Grund, weswegen du so ein elender Mistkerl bist. Wenn du eine Szene machen würdest, wenn du mich betrügen würdest, wenn du dich benehmen würdest wie dein Vater, dann könnte ich hier hinausgehen und frei sein. Aber du bist immer so verdammt anständig, in jeder Hinsicht, und du machst es mir so schwer …« Sie brach ab.

»Sachte.« Gabe nahm sie in den Arm. »Ich kann auch ziemlich mies sein. Lass uns über Astrologie reden.«

»Ich muss einfach weggehen«, sagte Chloe, an seine Brust gepresst. »Nur für ein Weilchen.«

»Ich kümmere mich um dich«, sagte Gabe, seine Wange an ihrem Haar. »Wie viel Geld brauchst du?«

Sie stieß ihn weg und boxte ihn gegen die Brust. »Hör endlich auf. Ich muss es alleine schaffen.«

»Okay.« Gabe ließ sie los und biss in einen Keks. »Hast du denn überhaupt genügend Geld?«

»Ja«, versicherte ihm Chloe. »Ich weiß, der Laden hier macht im Moment nicht den Eindruck, aber er ist ganz gut gelaufen.«

»Gut so«, meinte Gabe. »Bist du mir böse, wenn ich dich bitte, anzurufen, wann immer du irgendetwas brauchst?«

»Ja«, erwiderte Chloe. »Aber ich werde trotzdem anrufen.« Sie sah süß aus, wie sie dort stand, mit geröteten Wangen von der Hitze des Ofens und ihrer eigenen Wut. In diesem Augenblick wusste er, dass es endgültig vorbei war, er hatte es bereits seit Tagen gewusst, vielleicht schon länger. Er beugte sich hinab zu ihr und küsste sie ein allerletztes Mal, zärtlich, und sie legte ihre Hand an seine Wange und sagte: »Ich liebe dich wirklich.«

»Ich dich auch«, erwiderte Gabe. »Tu mir den Gefallen und geh auf Nummer sicher, dass der Mann, der mich ersetzen wird, dich wirklich verdient. Ich jedenfalls hatte dich ganz sicher nicht verdient.«

»Fängst du schon wieder an«, beschwerte sich Chloe. »Hör endlich auf damit. Benimm dich nur ein einziges Mal wie dein Vater.«

»Astrologie ist Schwachsinn«, antwortete Gabe. Sie lächelte und schüttelte den Kopf.

»Sag mir das, wenn ich zurückkomme und du dich Hals über Kopf in Nell verliebt hast«, sagte sie.

»Gott bewahre«, erwiderte Gabe und kehrte in sein Büro zurück.

Als Nell eine Stunde zuvor mit lautem Türenknallen in die Versicherungsagentur gestürmt war, hatte ihre frühere Assistentin Peggy laut »Nell!« gerufen. Sie schien geradezu bemitleidenswert dankbar, sie zu sehen. Doch Nell war ohne ein Wort der Begrüßung geradewegs auf Tims Tür zugegangen und hatte sie ohne anzuklopfen aufgerissen.

»Nell!« Tim, gut aussehend wie gewohnt, blickte auf und erhob sich. »Wie nett …«

»Du hast mich angelogen«, knurrte Nell mit zusammengebissenen Zähnen, und sein Lächeln verschwand. »Du hast mich hintergangen.«

Tims Überraschung verwandelte sich in vorsichtiges Mitgefühl. »Es tut mir Leid, Nell. Ich hatte gehofft, dass du es niemals erfahren würdest.«

»Das glaube ich gern, du Mistkerl«, sagte Nell, und Tim warf den Kopf zurück.

»Du siehst das falsch.« Er schien verletzt. »Ich wollte dich nicht verletzen. Und ich habe nicht gelogen. Unsere Ehe war bereits seit Jahren am Ende.«

»Tatsächlich? Warum haben wir dann noch miteinander geschlafen und ein gemeinsames Geschäft geführt und …«

»Weil es mir nicht wirklich klar gewesen ist.« Tim setzte sich auf die Kante seines Schreibtischs, professionell, erwachsen, ruhig und verständnisvoll, und er trug ein Hemd, das eine andere Frau für ihn ausgesucht hatte. »Erst als ich Whitney kennen gelernt habe, ist mir klar geworden, dass es im Leben mehr gibt als Versicherungen …« Er spreizte hilflos die Hände. »… ich musste meinem Herzen folgen.« Er lächelte sie traurig an. »Das Herz diktiert ganz eigene Regeln.«

Nell sah sich nach etwas um, das sie ihm an den Kopf werfen konnte, etwas, das ihn aus seiner ruhigen, ach so erwachsenen Scheinheiligkeit herausreißen und in eine ganz andere Stimmung versetzen würde. Etwa in so etwas wie nackten Horror.

»Nimm es nicht persönlich, aber mit dir hatte es überhaupt nichts zu tun«, fuhr Tim fort. Nell fielen die hinter ihm aufgebauten Eiszapfen ins Auge – vierzehn Trophäen für die erfolgreichste Agentur Ohios des jeweiligen Jahres – und plötzlich überkam sie eine gefährliche Ruhe.

»Einverstanden, aber dann nimm dies hier bitte auch nicht persönlich, Süßer.« Als sie hinter ihn trat, rutschte er rasch vom Schreibtisch, um ihr aus dem Weg zu gehen. Sie nahm die erste der Kristallgebilde und schleuderte sie exakt gegen die Kante des Schreibtisches, an der er eben noch gelehnt hatte. Die Trophäe zersplitterte, sie explodierte geradezu beim Aufprall und hinterließ auf dem Mahagoni eine tiefe Einkerbung. Sie dachte *Ja!*, während Tim laut rief: »Nein!«

»Mir ist erst in diesem Moment klar geworden, was für ein vollkommen wertloses menschliches Wesen du bist.« Nell griff nach einem weiteren Eiszapfen. »Ich habe anderthalb Jahre im Fegefeuer verbracht, nur weil du ein derart verlogener Feigling bist, dass du nicht noch einmal den Anstand besessen hast, mir die Wahrheit zu sagen.«

»Nell.« Tim wich noch einen Schritt zurück, seine Stimme warnend. »Sei fair. Du hast doch Jase als Kind immer gesagt, dass Gefühle Gefühle sind und man sie nicht unterdrücken darf.«

»Wohl wahr, und im Augenblick bin *ich* ein ganz klein wenig wütend.« Nell hob die Kristallfigur über ihren Kopf und zerschmetterte sie mit Schwung in tausend kantige Splitter, während Tim hinter ihren Rücken eilte, um so viele Eiszapfen wie nur irgend möglich einzusammeln.

Peggy blickte durch den Türspalt und stammelte: »Was …«, während Nell einen weiteren Eiszapfen zur Hand nahm, den er übersehen hatte. Peggy erstarrte mit weit aufgerissenen Augen.

Nell beachtete sie nicht und fixierte Tim. »Wenn ich allerdings ganz und gar meinen Gefühlen folgen würde, müsste ich dir einen dieser dämlichen Dinger in dein Rückgrat bohren.«

Tim sprang zurück, als sie die dritte Kristallfigur zerschmetterte. Sie hatte sie mit einer solchen Wucht geschleudert, dass die Glassplitter durch das ganze Zimmer flogen.

»O mein Gott«, murmelte Peggy, als Nell die nächste Figur in die Hand nahm.

»Wirklich, das ist gefährlich.« Tim kam auf sie zu, den Arm voller Eiszapfen. »Beruhige dich doch …«

»Dieser hier ist für Jase«, drohte ihm Nell mit einer vierten Kristallfigur. »Denn ich glaube, er kennt die Wahrheit. Was wiederum bedeutet, dass du meinen Sohn dazu gezwungen hast, mich anzulügen.« Diesmal schmiss sie die Statuette mit dem Schwung ihres ganzen Körpers zu Boden. Das Kristall zesplitterte mit einer solchen Kraft, dass eine der Scherben gegen das Fenster schlug und einen Sprung verursachte.

»Nell!«, brüllte Tim. »Hör jetzt auf!«

Was sie jetzt brauchte, war ein guter Rhythmus. Sie packte den fünften Eiszapfen und donnerte ihn wie den Tennisschläger bei einem verunglückten Schmetterball gegen den Boden. Der Tennisaufschlag gefiel ihr, die Wucht des Aufpralls wanderte ihre Arme hoch, ließ ihre Muskeln erzittern. Das war es, was sie brauchte, einen gleichmäßigen Rhythmus und eine ordentliche Performance.

»Verdammt noch mal, ich habe deinetwegen gelogen!«, schrie Tim und versuchte sich eine weitere Statue zu schnappen, obwohl seine Arme bereits voll beladen waren.

»Du hast gelogen« – sie griff sich die nächste Kristallstatuette, schwang sie und ließ sie auf den Schreibtisch niedersausen – »weil du ein betrügerischer« – ein Schwung, ein Knall – »feiger« – ein Schwung, ein Knall – »rückgratloser« – ein Schwung, ein Knall – »schleimiger« – ein Schwung, ein Knall – »Mistkerl bist, der nicht die Verantwortung dafür übernehmen möchte, seine Ehe ruiniert zu haben.« Sie hielt inne, um wieder zu Atem zu kommen und weil sich keine weiteren Eiszapfen auf dem Regal befanden; Tim hielt die letzten vier in seinen Armen. Sein Blick warnte sie, sich eine davon zu greifen.

Nell senkte das Kinn auf die Brust. »Gib sie mir.«

»Nein.« Tim richtete sich zu voller Länge auf. »Ganz gewiss nicht. Du solltest dich jetzt sehen, du siehst vollkommen verrückt aus.«

»Gib sie mir«, drohte ihm Nell leise, »oder ich werde sie dir entreißen und dich damit umbringen.«

Tim starrte sie entsetzt an, und Nell riss ihm eine Statuette aus den Händen und zerschmetterte sie auf dem Schreibtisch. Mit jeder Explosion fühlte sie neue Kräfte in sich aufsteigen. »Diese Situation ist tatsächlich vollkommen verrückt.« Tim wollte an ihr vorbeieilen, sie aber griff sich noch einen Eiszapfen und brachte ihn aus dem Gleichgewicht, dann zerschmetterte sie auch diese Trophäe auf dem Schreibtisch, ehe sie sich umdrehte und die Statuette aufhob, die er beim Stolpern hatte fallen lassen. Auch diese zerschmetterte sie, dann trat sie auf ihn zu, um sich die allerletzte Figur zu holen. Nach dieser letzten Statuette gierte sie mit mehr Verlangen, als sie ihm gegenüber jemals empfunden hatte.

»Ich brauche sie«, sagte sie. *»Gib sie mir.«*

»Hör auf damit«, Tim presste den letzten Eiszapfen gegen sein Hemd. »Himmel, sieh dir diese Verwüstung an.«

»Das hältst du für Verwüstung?«, fragte Nell. »Hast du dir in letzter Zeit einmal unsere Familie angesehen? Oder unser Geschäft? Du hast alles kaputtgemacht, was wir aufgebaut hatten, alles, wofür wir gearbeitet haben, nur weil du mit einer Frau mit Körbchengröße 95 D ins Bett wolltest. Das hier« – sie deutete auf das mit Scherben übersäte Büro – »ist nichts im Vergleich dazu.«

Obwohl – als sie sich umblickte, musste sie zugeben, ein ganz schönes Chaos angerichtet zu haben. Sein Schreibtisch war regelrecht zerstört. Das Fenster hatte eine Sprung. Der graue Teppich war mit Glasscherben übersät. Sie hatte gute Arbeit geleistet.

»Kein Grund, gemein zu werden.« Tims Gesicht war rot angelaufen vor Wut. »Whitney trägt Körbchengröße 75 B. Und ich habe wegen Jase und wegen dir gelogen.« Er ging zur Tür. »Ich wollte dich nicht verletzen.«

Nell hielt inne, vollkommen verblüfft und atemlos, weil sie es nicht fassen konnte. »Du wolltest mich nicht verletzen? Du hast zweiundzwanzig Jahre lang mit mir zusammengelebt, zusammen gearbeitet, eine Familie mit mir aufgebaut, nicht ein einziges Wölkchen am Himmel, kein Zeichen, dass irgendetwas nicht in Ordnung ist, und dann verlässt du mich an Weihnachten, keinerlei Erklärung, die Welt plötzlich ohne jeden Sinn, und du glaubst, das verletzt mich nicht?«

»Es war doch nicht deine Schuld.« Tim trat auf sie zu.

»Ich weiß, dass es nicht meine Schuld war.«

»Es war nicht so, dass du nicht attraktiv oder jung oder verständnisvoll genug gewesen wärst«, fuhr Tim fort. »Diese Dinge waren mir völlig gleichgültig.«

»Ich bringe dich um«, raunte Nell.

»Wenn ich gesagt hätte, ›es gibt da eine andere Frau‹, hättest du doch geglaubt, ich würde dich verlassen, weil du mir nicht gut genug bist.«

»Nein, das hätte ich nicht geglaubt«, entgegnete Nell. »Ich hätte gedacht, dass du ein widerlicher Mistkerl bist, der eine Midlife-Crisis durchmacht.«

»Dabei ging es doch gar nicht um dich«, fuhr Tim ernsthaft fort. »Ich habe mich ganz einfach verliebt. Das hatte nichts mit dir zu tun.«

»Dann geht es also nur um dich. Ich bin lediglich eine unschuldige Zuschauerin.«

»Genau!« Tim schien erleichtert, dass sie ihn verstanden hatte. »Es hätte dir nichts geholfen, wenn du von Whitney erfahren hättest. Es hätte dir lediglich noch mehr Schmerz bereitet. Ich habe es deinetwegen getan.«

»Warst du eigentlich immer schon so ein rückgratloser Waschlappen?«, fragte Nell. »Ich schwöre, ich kann mich nicht daran erinnern.«

»Nell, natürlich ist es ein Schock für dich. Aber alles ist in Ordnung. Dir geht es gut, Jason geht es gut, und ich bin glücklich.« Er breitete die Arme zu einer demonstrativen Geste der Vergebung aus, den allerletzten Eiszapfen in der Hand. »Natürlich werde ich eine ganze Menge Eiszapfen zu ersetzen haben.«

Nell nahm den letzten Eiszapfen ins Visier und ging darauf los, das Knirschen der Scherben unter ihren Fußsohlen schien sie nicht wahrzunehmen. »Gib ihn mir.«

Tim reichte den Eiszapfen Peggy, die immer noch wie erstarrt in der Tür stand. »Beeilen Sie sich!«, befahl er. »Sie hat den Verstand verloren. Schließen Sie das weg.«

Peggy nahm den letzten Eiszapfen und sah Nell an, erstarrte, und Nell hielt inne, erstarrte ebenfalls – diesmal, weil ihr die Wirklichkeit schmerzlich bewusst wurde. Sie sah sich im Büro um und es überkam sie ein schlechtes Gefühl. Nicht, weil sie es zerstört hatte, sondern die ganze Zerstörung nichts geholfen hatte. Sie hatte sich lediglich auf sein Niveau hinabbegeben. Peggy hielt sie jetzt sicher beide für Abschaum.

Tim nickte, ernst und ganz Herr seiner selbst, die personifizierte Vernunft in mintgrünem Hemd und dazu passendem Schlips. »Ich bin enttäuscht von dir, Nell. Und ich bin mir sicher, Peggy ist es auch.«

»Eigentlich nicht«, widersprach Peggy und reichte Nell den letzten Eiszapfen. »Ich kündige.«

Sie ging aus dem Zimmer, während Tim ihr nachrief: *»Peggy!«*

»Du bist ein echter Verlierer«, Nell stand da mit dem letzten Eiszapfen in der Hand. »Und ich werde dir nie wieder aus der Patsche helfen müssen.« Ein letztes Mal holte sie weit aus, direkt aus der Schulter heraus, und schmetterte den letzten Eiszapfen zu Boden – und zuckte zusammen, als eine Scherbe hochsprang und sie an der Wange verletzte. Nun war auch das allerletzte Stück, das ihr Leben mit Tim verbunden hatte, zerstört.

»Du hast mir nie aus der Patsche geholfen«, entgegnete Tim, der sich nun keine Mühe mehr gab, so etwas wie Freundschaft vorzutäuschen. »Ich war derjenige, der die Geschäfte bestimmt hat. Du warst die Sekretärin, nichts weiter.«

»Rede dir das nur selbst weiter ein«, sagte Nell, »aber es wird dir nichts nützen.«

Tim stand hinter seinem ruinierten Schreibtisch und sah

sie hasserfüllt an. Schließlich sagte sie: »Gut. Jetzt weißt du, was ich empfinde.«

Dann verließ sie ihr altes Büro und ihr altes Leben, und hatte nicht die geringste Ahnung, was sie als Nächstes tun sollte.

Auf dem Rückweg zu den McKennas versuchte Nell weiter wütend zu bleiben. Ab und an wischte sie sich geistesabwesend das Blut von der Wange, dort wo die Scherbe sie verletzt hatte. Zurück im Büro setzte sie sich an ihren Schreibtisch und fühlte, wie ihr beim Anblick der heruntergekommenen Umgebung die Galle hochstieg. Sie durfte hier nichts verändern, sie durfte von Lynnie nicht das Geld zurückfordern, sie durfte noch nicht einmal den armen Hund in Easton retten. Immer, wenn sie ein wenig Elan zeigte, kam irgendein Mann daher und bremste sie aus. Sie hätte gerne darüber Wut empfunden, doch eigentlich war sie einfach nur müde. Und Peggy hatte ihretwegen auch noch ihren Arbeitsplatz verloren. Sie rief in der Agentur an und bekam Peggy ans Telefon, die im Begriff war zu gehen.

»Es tut mir so Leid«, sagte Nell. »Bitte kündigen Sie nicht meinetwegen.«

»Aber das ist doch gar nicht der Fall«, widersprach Peggy. »Ich möchte hier nicht länger arbeiten. Seitdem Whitney Ihren Job übernommen hat, macht sie mich vollkommen verrückt. Sie weiß über nichts Bescheid, weil sie eben erst anfängt. Sie macht Fehler und wird wütend, wenn ich sie ausbügle, ohne das vorher mit ihr abzusprechen. Aber noch wütender wird sie, wenn ich sie nicht ausbügle. Wie auch immer, ich komme auf keinen grünen Zweig.«

»Das Gefühl kenne ich«, pflichtete ihr Nell bei. »Werden Sie klarkommen?«

»Aber sicher doch«, meinte Peggy. »Nur Tim wird Probleme bekommen.«

»Gut so.« Nachdem Nell aufgelegt hatte, sackte sie auf

ihrem Stuhl zusammen. Sie versuchte, sich auf ihre Arbeit zu konzentrieren, doch als Gabe kurz darauf aus seinem Büro kam, starrte sie hoffnungslos ins Leere.

Er sagte etwas, hielt dann inne und musterte sie. »Was ist denn mit Ihrer Wange passiert?«

Nell berührte die Wunde. *Mein altes Leben ist mit ihr passiert.* »Fliegende Glasscherben.«

»Warten Sie«, bemerkte Gabe mit seiner üblichen gereizten Stimme. Er verschwand im Badezimmer und kehrte mit einem feuchten Papiertuch und dem Erste-Hilfe-Kasten zurück.

»Ist schon gut.« Nell rollte sich ein wenig vom Schreibtisch zurück. »Mir geht es gut.«

»Sie bluten hier im Büro alles voll.« Er hakte seinen Fuß um eine der Stuhlrollen und zog sie zurück. »Nicht bewegen. Das ist alles, was wir an medizinischen Extras bieten können, also nutzen Sie sie.«

Er tupfte die Wunde trocken und desinfizierte sie anschließend. Seine Finger waren überraschend behutsam, während er sie stirnrunzelnd anblickte. Sie saß regungslos, als er mit einem winzigen Klemmpflaster den Schnitt verschloss. Sie bemühte sich, das Gefühl des Umsorgtseins nicht zu genießen, sicher, dass es nach einem flüchtigen Augenblick vorüber sein würde. Sie beobachtete seine Augen, während er arbeitete, sie waren aufmerksam auf sie gerichtet. Als er fertig war, sah er ihr in die Augen und ihre Blicke trafen sich. Sie hörte für einen Augenblick auf zu atmen, mit ihm nah neben sich. Auch er erstarrte. »Fertig«, sagte er dann und lehnte sich zurück. »Wo in aller Welt sind Sie fliegenden Glasscherben in die Quere gekommen?«

»Das möchten Sie gar nicht erst erfahren.« Nell befühlte das Pflaster.

»Und ob ich das erfahren möchte. Fehlt mir schon wieder eine Fensterscheibe?«

»Nein.« Nell errötete. Er musterte sie und wartete auf irgendetwas. Um die Stille zu brechen, sagte sie schließlich: »Danke für die Erste Hilfe. Ich schulde Ihnen einen Gefallen.«

»Sehr gut.« Er erhob sich. »Solche Dinge sammeln wir. Wir brauchen Sie heute Abend.«

»Heute Abend?« Nell zuckte mit den Schultern, während er den Erste-Hilfe-Kasten wieder ins Badezimmer brachte. »Also gut. Sagen Sie mir, was es ist, dann erledige ich es sofort.«

»Es ist keine Schreibarbeit«, erklärte er, als er zurück ins Zimmer kam. »Riley wird Sie um neun Uhr abholen. Bis dahin sollten Sie das Pflaster losgeworden sein.«

»Um neun Uhr heute Abend?«, erkundigte sich Nell erstaunt. »Worum geht es denn?«

»Wir testen jemanden. Sie setzen sich in einer Bar neben einen bestimmten Mann, um zu sehen, ob er Sie abzuschleppen versucht.« Er wandte sich in Richtung seines Büros.

»Einen Moment noch. Ein Mann soll *mich* anmachen?« Sie dachte an ihr Spiegelbild. Sie hatte ausgesehen, als sei sie bereits seit Monaten tot. »Da haben Sie sich wohl die falsche Art von Frau ausgesucht.«

Gabe schüttelte den Kopf. »Männer in Hotelbars sind nicht sonderlich wählerisch.«

»Autsch«, sagte Nell.

»Entschuldigung. So hatte ich es nicht gemeint. Sie sind eine sehr attraktive Frau.«

Er schien es sogar einigermaßen ernst zu meinen, aber sie hatte sich selbst im Spiegel gesehen. Andererseits hatte sie heute Abend ohnehin nichts Besseres vor, außer mit Suze ihren Tag durchzukauen.

»Einverstanden«, stimmte Nell zu.

Als sie Gabe eine Stunde später seinen Terminkalender zurückbrachte, sah sie immer noch etwas gerötet und wild und verwegen aus, und wirkte mit ihrer verletzten Wange merkwürdig attraktiv. Freilich hatte er immer schon eine

Schwäche für etwas ausgefallene und labile Persönlichkeiten gehabt. Man brauchte sich nur Chloe anzusehen.

Er stand auf. »Kommen Sie, ich zeige Ihnen unseren Kühlraum.«

»Ihren Kühlraum?« Sie folgte ihm zögernd durch den Gang hinein in Chloes Lagerraum, wo er einen Schlüsselbund mit einem Porscheabzeichen hervorkramte und die Tür zu einem großen, begehbaren Kühlraum öffnete.

»Hier bewahren wir unsere alten Akten auf.« Er hielt die Tür für sie auf.

»Warum das?« Sie spähte hinein.

»Weil er verschließbar ist«, erwiderte Gabe. »Und weil Chloe ohnehin nur den vorderen Teil des Lagers nutzt.«

»Weshalb gibt es hier überhaupt einen Kühlraum?«, erkundigte sich Nell.

»Früher war dies ein Restaurant. Wir benutzen, was immer wir haben.« Er knipste das Licht an, trat ein und sie folgte ihm. »Irgendwo hier befindet sich eine oder sogar zwei Kisten mit Akten aus dem Jahr 1978. Finden Sie sie, gehen Sie alles durch und entnehmen Sie alle Unterlagen, die den Namen Trevor Ogilvie oder Jack Dysart tragen.«

»In Ordnung.« Nell sah sich um. »Ich kann mich hier nicht versehentlich selbst einschließen?«

»Nein. Es gibt keine automatische Verriegelung.«

»Wie viele Jahrgänge bewahren Sie hier auf?«

»Zwanzig oder dreißig. Der Rest befindet sich im Keller.«

»Einen Keller gibt es also auch noch.« Das schien sie zu deprimieren. »Also gut, 1978. Ich werde es schon finden.«

Er wandte sich zum Gehen, als sie fragte: »Werden Sie mich jemals in das einweihen, was hier vorgeht?«

»Aber sicher doch«, erwiderte Gabe, während er aus dem Kühlraum trat. »Ungefähr zur gleichen Zeit, wenn ich Ihnen gestatte, die Visitenkarten neu zu gestalten und das Fenster zu streichen.«

Die Kisten zu durchsuchen forderte nicht Nells ganze Aufmerksamkeit, also grübelte sie über den kommenden Abend nach. Gegen fünf Uhr hatte sie mindestens zwei Dutzend Akten mit entweder Trevors oder Jacks Namen gefunden. Abgesehen davon war ihr vor lauter Aufregung und Lampenfieber übel. Daher machte sie auf dem Nachhauseweg einen Abstecher zu Suze und überraschte sie mit der Feststellung: »Ich brauche eine Generalüberholung.« Als sie vier Stunden später Riley die Tür öffnete, war er über ihre Erscheinung entsprechend verblüfft.

»Ich habe mich ein bisschen aufgemöbelt.« Sie winkte ihn herein.

»Das sieht man.« Riley legte den Kopf zur Seite und musterte sie. »Ein Rotschopf. Das steht Ihnen.«

»Finden Sie es nicht ein wenig zu rot?« Nell trat vor den Spiegel. Sie hatte sich immer noch nicht an ihr eigenes Spiegelbild gewöhnt. Mit der leuchtenden Farbe im Haar und etwas Make-up wirkte sie wieder halbwegs lebendig. »Ich hielt es für etwas zu kräftig, aber Steven meinte, es sähe ganz natürlich aus.«

»Wer ist Steven?«

»Suzes Friseur. Auf der anderen Seite des Parks. Er ist ein Genie.«

»Das kann man laut sagen«, bekräftigte Riley. »Alles wirkt ganz natürlich.«

Nell wandte sich zu ihm um und sah, wie er ihr Kleid musterte, ein leuchtend blauer Körperstrumpf, der sich wie eine zweite Haut an sie schmiegte. »Es gehört Suze«, sagte sie. Und als er fragte: »Was gehört Suze?«, wurde ihr klar, dass er ihren Körper und nicht ihr Kleid musterte. »Das Kleid. Meine beste Freundin, Suze, hat es mir geliehen.«

»Suze hat Geschmack«, bemerkte Riley. »Donnerwetter.«

»Ich muss also einfach nur nett sein, nicht wahr?«

»In dem Kleid brauchen Sie noch nicht einmal mehr nett sein«, erwiderte Riley. »Und jetzt haben wir ein Problem.«

»Welches Problem?« Nell zupfte an dem Kleid. »Ist es zu eng?«

»Für meinen Geschmack nicht. Für die Wanze schon.« Er hielt ein winziges Aufnahmegerät in der Hand. »Dies muss irgendwo untergebracht werden, wo man es nicht sehen kann.«

Er schüttelte den Kopf. »Ich kann alles sehen.«

»Nein, das können Sie nicht.« Nell streckte ihre Hand aus. »Suzes Push-up-BH ist mindestens eine Größe zu groß für mich. Da ist noch Platz für eine ganze Stereoanlage.«

»Das enttäuscht mich jetzt aber«, erwiderte Riley und reichte ihr den Rekorder und das Mikrofon.

Es gelang ihr, den Rekorder in Suzes BH unterzubringen, doch das war auch das einzige, worüber sie froh war, als sie eine halbe Stunde später die elegante Hotelbar betrat und auf den Mann zuging, den Riley ihr von der Tür aus gezeigt hatte.

»Scotch mit Soda«, bestellte sie beim Barmann, dann blickte sie in den Spiegel hinter der Bar, bevor sie den Mann neben sich betrachtete.

Es war ein ganz normaler Typ in einem adretten Anzug, und er musterte sie. Zumindest musterte er Suzes Büstenhalter und Stevens Haar.

»Hallo.« Sie lächelte und wandte sich wieder ihrem Scotch zu. Die Reflexion ihrer roten Haare im Spiegel verblüffte sie. Es war lange her, dass sie so gut ausgesehen hatte. Sie befeuchtete sich die Lippen und lächelte erneut den Spiegel an, blickte tief in ihre eigenen Augen anstatt in die eines anderen und flirtete mit sich selbst, während sie ihren Scotch trank. Um ehrlich zu sein, sie hatte noch nie so gut ausgesehen. Fehlten nur noch ein paar Pfund auf ihren Rippen…

Der Mann neben ihr suchte im Spiegel ihre Augen.

»Hallo«, sagte er und streckte seine Hand aus. »Ich heiße Ben.«

»Hallo, Ben.« Sie schüttelte seine Hand. »Ich bin Nell.« *Und ich bin scharf. Einigermaßen jedenfalls.*

»Was macht denn eine nette Dame wie Sie an diesem Ort?«

»Sie genießt einen Drink.« Ihr Puls raste. Es war ein Wunder, dass er ihn beim Handschlag nicht hatte fühlen können. »Und wie steht es mit Ihnen?«

»Ich betrinke mich«, erwiderte er. »Ich bin geschäftlich in dieser Stadt, und ich langweile mich über alle Maßen. Sind Sie ebenfalls geschäftlich hier?«

»Ja.« Nell zog ihre Hand zurück, als der Barmann ihr den zweiten Drink servierte. »Ohne meinen Job wäre ich nicht hier.«

»Ein Prost auf Ihren Job«, sagte Ben und hob sein Glas.

»Mein Abend jedenfalls wäre ohne ihn weniger angenehm.«

Er war nett, stellte Nell fest, während er ihr Drinks spendierte und ihr zuhörte. Tim hatte ihr nicht mehr zugehört, seit sie ihm das Jawort gegeben hatte. »Sie gefallen mir«, gestand sie Ben über ihrem dritten Glas, erst dann fiel ihr wieder ein, dass er verheiratet war.

Er lächelte sie an. »Sie gefallen mir auch.« Sein Blick schweifte über die Bar. »Aber hier ist es ziemlich laut, und ich würde mich gerne länger mit Ihnen unterhalten.« Er sah ihr tief in die Augen. »Wie wäre es, wenn Sie mit auf mein Zimmer kämen, dort ist es ruhiger.«

Gab es auf der ganzen Welt keine treuen Männer? Wie in aller Welt konnte eine Ehe überhaupt halten?

»Tut mir Leid«, unterbrach Ben ihr Schweigen. »Das hätte ich nicht fragen sollen.«

»Nein, das ist schon in Ordnung. Ich bin nur gerade dabei, meine Scheidung zu verdauen, deshalb reagiere ich bei diesem Thema etwas empfindlich.«

Er lächelte sie an, beinahe süß, wenn sie nicht gewusst hätte, was für ein betrügerischer Mistkerl er war. »Ich verspreche, die Sache ganz langsam anzugehen«, sagte er und berührte flüchtig ihre Schulter. Zu ihrer eigenen Überraschung errötete Nell.

Ihr Puls stolperte. Nur ein klein wenig, aber unverkennbar und mit einem Mal erkannte sie, wie lange es kein solches Stolpern mehr gegeben hatte. Sie blickte an ihrem Körper hinab, in Suzes blaues Lycra gehüllt, und spürte, wie sehr sie den Kontakt zu ihrem eigenen Körper verloren hatte. Kein Verlangen, keine Lust. Sie war sich noch nicht einmal sicher, ob sie noch Schmerz empfinden konnte. Der Schnitt auf ihrer Wange hatte kein bisschen wehgetan, daran erinnerte sie sich. Vielleicht war sie bereits tot und einfach nur zu dumm, es sich selbst einzugestehen.

»Nell?«, fragte Ben. »Es tut mir Leid, ich…«

»Ja.« Sie drehte sich zu ihm um, plötzlich verzweifelt erpicht darauf, etwas zu empfinden. Sie wollte nicht sterben und mit niemandem außer mit Tim geschlafen haben. Sie wollte überhaupt nicht sterben, sie wollte sich wieder lebendig fühlen. Ben war ein Betrüger, er zählte nicht, er war nicht aus dieser Stadt, sie würde ihm nie wieder begegnen. *Beweise mir, dass ich noch lebe.*

»Ja«, sagte sie. »Ich würde gerne mit Ihnen auf Ihr Zimmer kommen.«

»Das freut mich. Sie gehören zu den Leuten, die ich gerne etwas besser kennen lernen würde.«

Du willst mich gar nicht kennen lernen, hätte sie gerne gesagt. *Schlaf mit mir, und danach verrate ich dich an deine Frau.*

Der Aufzug kam, und Leute traten heraus. Zitternd vor Anspannung stand Nell neben ihm. Was sie tat, war richtig. Sie musste irgendetwas tun, um das Eis zu brechen, das sie gefangen hielt, irgendetwas, um sich selbst wieder in Bewegung zu bringen.

Die Fahrstuhltüren öffneten sich, und Ben hielt sie für sie auf. Sie ging mit ihm den Flur hinab und wartete, während er seine Tür aufschloss. »Hereinspaziert«, bemerkte er fröhlich. Sie trat ein und versuchte, das Atmen nicht zu vergessen.

Er zog seinen Mantel aus und warf ihn über einen der Brokatsessel. Er sah genauso aus wie all die anderen Männer in Hemd und Schlips, die sie kannte.

Das nächste Mal sollte ich es vielleicht mit einem Typen in Bikermontur probieren, dachte sie.

»Wie wäre es mit einem Drink?«, erkundigte sich Ben. Sie legte ihm die Hand auf den Arm. »Nein danke.«

Sie trat näher an ihn heran, sodass er sie küssen konnte, und er trat ebenfalls näher an sie heran. Er roch nach Whiskey, was nicht unangenehm war, und seine Arme unter ihren Händen fühlten sich warm an, was ebenfalls nicht unangenehm war. Sie hatte das Gefühl, eigentlich ein klein wenig mehr als »nicht unangenehm« verdient zu haben, aber sie war schon seit so langer Zeit tot, dass sie nicht zu viel verlangen wollte. Und als er sie küsste – ein durchaus passabler Kuss –, war das ebenfalls nicht unangenehm.

Er ließ die Hände ihren Rücken hinabgleiten zu ihrem Po, und sie empfand rein gar nichts, kein Zittern, kein Schauer. Plötzlich fiel ihr auf, dass sie möglicherweise vor einem Problem stand: Falls er nicht gerade Gleitgel im Reisegepäck hatte, könnte sie unmöglich mit ihm schlafen. Ganz abgesehen davon, dass er das Mikrofon entdecken würde, sobald er ihren BH öffnete.

Er küsste sie erneut, während sie darüber nachgrübelte, was sie machen sollte. Vielleicht sollte sie …

Es klopfte an der Tür, und Ben flüsterte: »Entschuldigen Sie mich bitte.« Dann ging er zur Tür.

»Wenn ich mich nicht irre, befindet sich meine Frau bei Ihnen«, hörte sie Riley. Und Nell dachte, *dem Himmel sei Dank.*

»Ihre Frau?«, fragte Ben. Nell trat zur Tür und unterdrückte ein erleichtertes Lächeln.

»Hallo, Liebling«, flötete sie fröhlich.

»Liebling?«, fragte Ben. »Ich dachte, Sie sind geschieden?«

»Noch nicht ganz«, knurrte Riley mit zusammengebissenen Zähnen und blickte sie wutentbrannt an. »Mit den Details nimmt sie es nicht immer so genau.«

»Das tut mir wirklich Leid«, wandte sie sich an Ben, während sie an ihm vorbeiglitt. Der blickte sie jetzt genauso an wie Riley kurz zuvor. Sie konnte es ihm nicht verübeln, sie hatte ihn angelogen.

Andererseits hatte er sie nicht ebenfalls angelogen? »Es tut mir wirklich Leid«, sagte sie und wandte sich zum Gehen. »Ich halte es für durch und durch verwerflich, einem künftigen Liebhaber gegenüber nicht ehrlich zu sein, was den Familienstand angeht. Finden Sie nicht auch?«

Bevor Riley sie fortzerrte, sah sie gerade noch, wie Ben errötete, ob vor Wut oder vor Peinlichkeit, hätte sie nicht sagen können. Aber spielte das überhaupt eine Rolle?

Den ganzen Weg die High Street hinunter schäumte Riley vor Wut. Nell wartete, bis sie wieder zurück in ihrem Appartement waren, dann drehte sie sich zu ihm um.

»Zugegeben, das hätte ich vermutlich nicht tun sollen.«

Er knurrte nur: »Vermutlich?« Dann ließ er eine lange Tirade darüber vom Stapel, welch schwerwiegende Konsequenzen ihre kriminelle Missachtung ihrer ausdrücklichen Anweisung hätte nach sich ziehen können. »Was haben Sie eigentlich vor?«, brüllte er sie schließlich an. »Gabe und mich in ein paar *Zuhälter* zu verwandeln?«

»Ich finde, Sie übertreiben.« Nell war den Tränen nahe. Sie hatte seit Monaten nicht mehr geweint, nicht, seit Tim sie verlassen hatte. Sie versuchte, Rileys Anschuldigungen anzuhören und in Tränen auszubrechen, doch sie wollten nicht kommen. Sie konnte ganze Büroeinrichtungen zerstören, ihre Haare färben und alle Männer der Welt verführen, doch nie und nimmer würde sie jemals wieder etwas empfinden können. Unendlich deprimiert ließ sie Riley mitten im Satz stehen und ging in ihr Wohnzimmer, setzte sich im Dunkeln auf ihr Schlafsofa und konnte immer noch nicht weinen. Noch nicht einmal das Bett hatte sie selbst gekauft. Suze hatte es für sie besorgt. Sie war ein Gespenst in ihrem ganzen Leben.

Kurz darauf trat Riley ein und setzte sich neben sie. »Ich habe jetzt genug gebrüllt«, sagte er mit ganz normaler Stimme. »Was ist denn nur los mit Ihnen?«

»Ich kann nichts empfinden«, erwiderte Nell. »Ich habe seit Ewigkeiten nichts mehr empfunden. Ich vergesse zu essen, weil ich keinen Hunger verspüre. Ich finde heraus, dass mein Mann mich angelogen und hintergangen hat, und ich verwüste sein Büro …«

»Wie bitte?« Riley klang alarmiert.

»… und um fünf Uhr bin ich schon wieder vollkommen gefühllos. Schließlich lande ich im Hotelzimmer eines mir vollkommen fremden Mannes, und er küsst mich, und ich fühle nichts. Rein gar nichts. Noch nicht einmal Abneigung oder Angst.« Sie sah ihn an. »Ich bin tot. Und ich werde wohl auch nie mehr lebendig werden. Der Mann hat mich geküsst, und ich habe *überhaupt gar nichts* empfunden.«

»Er war ein vollkommen Fremder, der seine Frau betrog«, meinte Riley. »Ich glaube nicht, dass Sie das sonderlich anmacht.«

»Nichts macht mich besonders an«, nickte Nell. »Ich bin wie außer Betrieb, und ich glaube, daran wird sich auch nichts ändern.« Sie atmete tief und bebend ein. »Ich hatte angenommen, mein äußeres Erscheinungsbild zu verändern, würde daran etwas ändern. Aber das sind alles nur Äußerlichkeiten. Innerlich fühle ich mich immer noch vollkommen grau. Daraus kann ich nicht ausbrechen.«

Ihre Stimme wurde schrill wie ein Fingernagel auf einer Tafel, und sie erwartete, dass Riley zurückzucken würde.

Stattdessen legte er seinen Arm um ihre Schultern, kräftig und beschützend.

»Steigern Sie sich mal nicht so in die Sache rein«, sagte er.

Beleidigt wich sie zurück. »Hören Sie«, begann sie, da beugte er sich vor und küsste sie.

5

Überrascht schlang sie zunächst ihre Arme um ihn und dann, weil er sich gut anfühlte, heiß auf ihren Lippen, fest unter ihren Händen. »Was war denn *das*?«

»Du denkst zu viel.« Riley ließ seine Finger ihren Hals hinabgleiten, und sie erschauerte. »Siehst du? Gar nichts ist abgestorben.«

»Hör mal, ich habe ernsthafte Probleme.« Nell versuchte, Entrüstung in ihre Stimme zu legen, doch als er mit seinen Fingern über ihre Brüste fuhr, verlor sie den Faden.

»Du hast überhaupt keine Probleme«, widersprach Riley. »Du hast dich von einem Mann scheiden lassen, der dich gar nicht erst verdient hat; du hast Freunde, die sich deinetwegen Sorgen machen und dir einen tollen Job verschafft haben; und heute Abend hast du auch noch mich. Probleme kann ich da nicht sehen.«

»Nun, ich ...«

Er küsste sie erneut, und dieses Mal wanderten seine Hände über ihren ganzen Körper, und sie fühlten sich auf ihren Brüsten so wunderbar an, dass sie gar nicht anders konnte, als seinen Kuss zu erwidern. Plötzlich wollte sie, dass er sich an sie presste, mit ihr rang, sie wieder zum Leben erweckte. »Siehst du?«, flüsterte er an ihren Lippen. »Du warst ganz einfach nur mit dem falschen Mann zusammen.«

»Ach, und du bist dann also der Richtige?« Es überraschte sie selbst, dass sie lachte.

»Für heute Nacht bin ich der Richtige.« Riley ließ seinen Daumen in ihren Ausschnitt wandern. »Du bist eindeutig in der Wegwerfliebhaber-Phase.« Er küsste ihren Nacken.

»Gibt es das, eine Phase für Wegwerfliebhaber?«, erkundigte sich Nell. Statt zu antworten, zog er sie an sich und küsste sie erneut. »Ich kann es kaum glauben«, sagte sie lächelnd, als sie von ihm abrückte. »Ich bin wirklich richtig deprimiert…«

»Nein, das bist du nicht. Du hast nur einfach jede Menge Wut im Bauch.« Er fuhr mit dem Finger leicht über den Stoff über ihrem Rücken. »Die Bezeichnung ›deprimiert‹ hältst du für damenhafter. Es ist Zeit, ein wenig Dampf abzulassen. Wo ist denn der Reißverschluss an diesem Ding?«

»Ich werde nicht mit dir schlafen.« Nell wich ein wenig zurück, aber nicht sonderlich weit. Das Küssen hatte ihr viel zu sehr gefallen, um ihn jetzt schon vor die Tür zu setzen. »Das wäre unprofessionell.«

»Was du nicht sagst. Dann hast du dich heute Abend also durch und durch professionell benommen.« Riley zog sie zärtlich an sich, sodass er über ihre Schulter sehen konnte. »An diesem Kleid gibt es ja gar keinen Reißverschluss.«

»Es ist aus Lycra«, erklärte Nell. »Man streift es sich über. Geht zugegebenermaßen nicht ganz einfach.«

»Wie gut, dass ich ein kräftiger Kerl bin«, meinte Riley und nahm den Saum zwischen die Finger.

»Nicht doch.« Nell drängte seine Hand ab. »Ich werde nicht mit dir schlafen. Du bist doch noch ein Kind.«

»Eine ältere Frau«, sinnierte Riley. »Großartig. Bring mir alles bei, was du weißt.« Er zog sie erneut zu sich heran, und sie umarmte ihn und erwiderte seinen Kuss, weil er wirklich gut küssen konnte, dann sank er langsam zurück auf das Bett und zog sie auf sich. »Ich bin in diesen Dingen ein Anfänger«, sagte er. »Du wirst mir also sagen müssen, wenn ich etwas falsch mache.«

Er ließ seine Hand zwischen ihre Beine gleiten und sie sagte: »Nun, *das* zum Beispiel.«

»Zu schnell?«

Seine Hand zog sich zurück, und sie empfand eine leichte Enttäuschung.

»Dann arbeiten wir uns von oben nach unten vor«, sagte er und küsste sie, bevor sie protestieren konnte. *Sowie dieser Kuss vorbei ist*, dachte sie. Doch als der Kuss vorbei war, lag sie an ihn gepresst und dachte: *Küssen zählt nicht, erst recht nicht, wenn es jemand so gut kann.* Zehn Minuten später, nachdem es ihm gelungen war, das Lycra über ihre Hüften nach oben zu streifen, wollte sie auch das nicht gelten lassen. Und kurz danach dachte sie überhaupt nichts mehr, sondern reagierte lediglich auf seine Lippen und seine Hände und fühlte, wie jede seiner Berührungen sie weiter erregte. Sie wünschte sich, seine Hände würden sie grob und nicht so zärtlich berühren. Aber wenn Zärtlichkeit alles war, was sie bekommen konnte, sollte ihr das auch recht sein. Als ihr Kleid und sein Hemd endlich neben dem Bett lagen, fuhr er mit seinen Fingern über ihren Bauch, und als sie erschauerte, sagte er: »Es ist wirklich ein Jammer, dass du nichts empfinden kannst.«

»Nur keine Schadenfreude«, raunte sie, presste sich noch dichter an ihn und genoss seine Wärme.

»Es gibt überhaupt keinen Grund zur Schadenfreude«, erwiderte er. »Jedenfalls noch nicht.«

Dann küsste er sich ihren Körper entlang nach unten und streifte mit einer Hand ihr Höschen ab. Nell sagte: »Äh, warte kurz«, und ohne innezuhalten murmelte er ein »Nein« an ihrem Bauchnabel. Zehn Minuten später waren Nells Nervenknospen samt und sonders aufgetaut und in hellem Aufruhr.

»Jetzt habe ich Grund zur Schadenfreude«, meinte Riley.

Während Nell nach Atem rang, schlüpfte er aus seiner Hose. *Das sollte ich wirklich nicht tun*, dachte sie, aber da rollte er sich bereits auf sie und küsste sie so zärtlich, dass sie sich an ihn klammerte, als er mit einer heftigen Bewegung in sie drang. Zu ihrer Verwunderung und Erleichterung trieb er sie zu einer weiteren kurzen, scharfen Explosion, die ihren Körper und ihr Gehirn gründlich durchpustete.

»Das kannst du wirklich gut«, bemerkte Nell, nachdem sich ihr Atem beruhigt hatte und sie wieder nebeneinander lagen. Sie fühlte sich merkwürdig gut, so als sei sie gerade für einen kurzen Moment aus ihrem Körper geschlüpft, ein wenig neben sich, doch zufrieden.

»Ich übe fleißig.« Riley küsste sie auf die Stirn. Es war ein brüderlicher Kuss, was ein wenig merkwürdig war, wenn man bedachte, dass sie beide nackt nebeneinander lagen und er sich eben gerade seines Kondoms entledigt hatte. »Alles in Ordnung?«

»Ja«, erwiderte Nell, die sich dessen allerdings nicht sicher war. Ihr Körper fühlte sich wunderbar an, doch ihre Seele war verwirrt. Sie verglich die Leidenschaft und Riley mit ihren früheren Erfahrungen und konnte sich keinen Reim drauf machen. Nun, das war gut so. Sie versuchte, ein neues Leben zu beginnen. Doch jetzt, erschöpft nach dem Liebesspiel, fühlte sie sich eigentlich nicht sonderlich verändert. Kühl und peinlich berührt, aber nicht verändert. Sie tastete nach ihrer Chenilledecke. Riley rollte von ihr weg und stand auf.

»Suchst du das hier?« Er breitete die Decke über sie.

»Danke.« Sie setzte sich auf und versuchte, den großen, nackten Mann in ihrem Appartement nicht anzustarren, während dieser sich ankleidete.

»Äh, Riley«, begann sie, als er sich das Hemd zuknöpfte. »Ich denke…«

»Lass gut sein«, erwiderte er und küsste sie erneut. »Schlaf jetzt, Kleine, und fang erst morgen wieder mit dem Denken an. Keine Sorge, du wirst mühelos wieder zu deiner Bestform zurückfinden.«

Noch bevor ihr eine passende Antwort einfiel, war er verschwunden. Sie ließ sich auf das Bett zurückfallen. Vom weichen Chenille umschlungen lauschte sie in ihren Körper. Ihre Seele mochte vernebelt sein, aber ihr Körper war hell und klar. Gute Dinge waren ihm widerfahren.

»Was soll's«, murmelte sie. Zum ersten Mal seit ihrer Scheidung fiel ihr auf, dass niemand da war, der sie hätte hören können.

Vielleicht war es an der Zeit, sich wieder an den Umgang mit anderen Menschen zu gewöhnen.

Nicht, dass sie nicht Suze und Margie gehabt hätte …

Suze und Margie. Sie würden vergehen, wenn sie wüssten, was sie eben getan hatte. Zu ihrer eigenen Überraschung lachte Nell laut auf, dann rollte sie sich zusammen und schlief, vom Leben beschwingt, ein.

Nell lächelte so unschuldig wie möglich, als Gabe am nächsten Morgen ins Büro herunterkam, trotzdem hielt er inne und starrte sie an.

»Was ist?«, erkundigte sie sich schuldbewusst.

»Ihre Frisur sieht prima aus.«

Überrascht berührte sie ihr Haar. Richtig, sie hatte es rot gefärbt. »Danke.«

»Gab es irgendeinen bestimmten Grund dafür?«

»Nein«, log Nell. Doch er blieb neben ihr stehen, groß und unergründlich, und starrte sie mit diesen Augen an, bis sie sagte: »Ehrlich, es gab keinen besonderen Grund. Ich meine, da war diese Sache gestern Abend, dieser Lockvogeljob …«

Gabe nickte.

»… Riley meinte, ich solle heiß aussehen …« Sie errötete, weil das albern klang und weil den Namen »Riley« auszusprechen sie daran erinnerte, wie albern sie tatsächlich gewesen war. »… außerdem war es an der Zeit, ich meine, ich sah ja schon ziemlich farblos aus …«

Geduldig nickte er noch einmal, was sie wütend machte.

»... außerdem geht Sie das eigentlich gar nichts an.« Sie streckte das Kinn in die Luft.

»Ich weiß«, sagte er. »Wollen Sie mir noch irgendetwas sagen?«

»Ich möchte Ihnen überhaupt gar nichts sagen«, entgegnete Nell und wandte sich wieder ihrem Computer zu. Sie ignorierte ihn, bis er meinte: »Danke, dass Sie Kaffee gemacht haben. Heute können Sie mit dem Keller anfangen.« Damit verschwand er in seinem Büro.

Eine Minute später kam Riley aus seiner Wohnung herunter.

»Hör mal«, begann Nell. »Wegen letzter Nacht...«

»Es hat Spaß gemacht, dir hat es gefallen, du fühlst dich viel besser, aber du möchtest es nicht wiederholen.« Riley nahm Tasse und Untertasse aus dem Regal und schenkte sich Kaffee ein.

Eigentlich fühle ich mich nicht so viel besser, dachte Nell und vergewisserte sich, dass Gabes Tür tatsächlich geschlossen war. »Stimmt. Woher wusstest du das?«

»Ich habe dir doch schon gesagt, du bist in der Phase der Wegwerfliebhaber. Das Allerletzte, was dir jetzt vorschwebt, ist eine feste Beziehung. Andererseits möchtest du dich gerne vergewissern, dass noch alles funktioniert. Nach einer Scheidung ist das vollkommen normal.« Er nippte an seiner Tasse. »Der Kaffee ist wirklich gut.«

»Danke.« Nell lehnte sich in ihrem Stuhl zurück. »Für alles.«

»War mir ein Vergnügen.« Riley grinste sie an. »Versprich mir, dass du das nächste Mal nicht mit dem Typen nach oben gehst.«

»Ich gehe mit überhaupt niemandem mehr nach oben«, erwiderte Nell bestimmt. »So etwas mache ich nie wieder.«

»Vermutlich eine kluge Entscheidung. Hast du irgendeine Freundin, die sich mit ein bisschen Flirten was dazuverdienen möchte?«

»Ja«, erwiderte Nell. »Aber ihr Mann würde einen Tobsuchtsanfall bekommen, also fällt das flach.«

Gabe trat aus seinem Büro. »In den Akten von '78 war nichts«, wandte er sich an Riley. »Nell nimmt sich deshalb heute den Keller vor. Falls du etwas Zeit übrig hast, kannst du ihr helfen.«

»Worauf du dich verlassen kannst«, erwiderte Riley, ohne Nell anzusehen. »Vorher muss ich allerdings den Bericht über gestern Abend schreiben.« Er verschwand in seinem Büro. Gabe drehte sich um und sah Nell an.

»Was ist denn mit dem los?«

»Gestern Abend ist es spät geworden«, erwiderte Nell, ohne den Blick von den Papieren auf ihrem Schreibtisch zu heben.

»Sie wissen schon, diese Verführungssache.«

»Richtig. Wie ist es denn gelaufen?«

Ohne ihn anzusehen, reichte Nell ihm das Band. »Schuldig wie die Sünde. Hier ist alles aufgezeichnet.«

»Großartig«, erwiderte Gabe, ohne das Band entgegenzunehmen.

»Machen Sie eine Kopie für die Akten, lassen Sie die Fotos entwickeln und schicken Sie die Originale zusammen mit Rileys Bericht per Kurierdienst los.«

»In Ordnung.«

»Sagen Sie mir jetzt, was los ist?«

»Nein.«

»Ich werde es ohnehin herausfinden. Ich bin Detektiv.«

»Nein.«

»Okay«, Gabe knurrte, »dann ran an den Keller.« Damit ging er zurück in sein Büro.

Himmel, sie konnte sich nur zu gut vorstellen, wie ihre Erklärung geklungen hätte. ›Ich habe versucht, meinem Leben wieder Feuer einzuhauchen, also habe ich mit Riley geschlafen, aber irgendwie hat es nicht funktioniert, und jetzt bin ich etwas deprimiert, aber ich gebe nicht so schnell auf. Haben Sie irgendwelche Anregungen?‹

Nein.

Also gut, böswillige Zerstörung von Eigentum hatte nicht geholfen, bedeutungsloser Sex auch nicht, obwohl beides einen Augenblick lang befriedigend gewesen war. Vielleicht war sie zu sehr auf sich selbst fixiert. Vielleicht sollte sie versuchen, anderen zu helfen.

War da nicht der Hund in Easton…

Sie stand auf und betrat Gabes Büro. »Diese Frau, die am Montag hier wegen ihrem Hund vorbeigekommen ist…«

»Der in Easton.« Gabe nickte.

»Ich finde, wir sollten da etwas unternehmen.«

»Nein.« Gabe wandte sich wieder seinen Unterlagen zu.

»Sie können nicht einfach nein sagen«, meinte Nell. Am liebsten hätte sie ihn geohrfeigt.

»Und ob ich das kann. Der Laden gehört mir.«

Er beachtete sie nicht weiter und erwartete, dass sie das Büro verließ, was sie wütend machte. »Sie könnten es heute Abend erledigen. Sie müssen einfach nur hingehen und sich den Hund schnappen. Der Besitzer würde nie etwas davon erfahren.«

»Nein.«

Nell presste die Lippen zusammen. »Es wäre aber richtig, das zu tun.«

»Das hieße, das Gesetz zu brechen.«

»Es wäre trotzdem richtig.«

Gabe sah sie mit zusammengezogenen Augenbrauen an. »Wollen Sie, dass ich Sie persönlich aus diesem Büro entferne?«

Nell sah in seine dunklen, dunklen Augen. Zu ihrer großen Überraschung fühlte sie, wie Schauder über ihren Körper lief. *Ja.* Dann trat sie einen Schritt zurück. Eine einzige

Nacht mit Riley, und sie suchte es an allen Ecken und Enden. Also wirklich. »Nein, Sir.«

»Dann gehen Sie jetzt. Freiwillig.«

Nell gab auf. Beim Hinausgehen fühlte sie, dass er sie beobachtete. Sie schloss die Tür hinter sich, setzte sich an ihren Schreibtisch und nahm den Telefonhörer zur Hand.

»Heute Abend um zehn brauche ich deine Hilfe«, sagte Nell, als Suze abnahm.

»Geht in Ordnung«, erwiderte Suze. »Was steht an?«

Nell blickte über die Schulter, um sicherzustellen, dass Gabe nicht im Türrahmen stand. »Wir entführen einen Hund«, flüsterte sie. »Zieh dir was Schwarzes an.«

Um sich abzulenken, vertiefte sich Gabe in Bürokram. Gleichzeitig spekulierte er darüber, was Nell im Kampf um den Hund in Easton als Nächstes unternehmen würde.

Am späten Nachmittag trat sie mit einem grünen Buch ins Zimmer. »Möglicherweise habe ich im Keller etwas gefunden, aber ich bin mir nicht ganz sicher.«

Gabe blickte auf. In ihrem hellgrauen Kostüm sah sie immer noch makellos aus. »Wie ist es Ihnen im Keller gelungen, so sauber zu bleiben?«

»Naturtalent.« Nell legte das Buch auf seinen Schreibtisch.

»Aber zunächst habe ich eine Frage. Etwas an den Akten von 1978 ist auffällig. Bis Mitte des Jahres sind sie überaus ordentlich geführt, danach geht alles drunter und drüber. Haben Sie die Sekretärin gewechselt?«

»Ja«, bestätigte Gabe.

»Eine schlechte Entscheidung«, meinte Nell. »Sie hätten die Erste behalten sollen, denn danach sind die Unterlagen kaum mehr zu gebrauchen.«

»Die Erste war meine Mutter«, sagte Gabe. »Sie ist gegangen.«

»Oh.« Nell richtete sich auf. »Tut mir Leid. Die gute Nachricht ist, dass sie erst im Juni '78 gegangen ist. Falls Sie also nach etwas vor dem 27. Mai suchen, würde das die Sache erleichtern.«

Gabe zog das Buch zu sich heran und öffnete es an der Stelle, wo sie es mit einem Lesezeichen versehen hatte.

»Was ist das?«

»Die Buchhaltung von 1978. Dort befindet sich der einzige Eintrag zu Ogilvie, der nicht mit den Akten übereinstimmt. Möglicherweise ist das nicht weiter verwunderlich. Der Beleg ist für Blumen.«

»Blumen?« Gabe fuhr mit dem Finger die Seite herunter.

»Für eine Beerdigung«, sagte Nell, just als Gabe den Eintrag gefunden hatte: *Blumen, Beerdigung Ogilvie* stand dort in der energischen Handschrift seiner Mutter vermerkt.

»Eine Beerdigung. Wer ist gestorben?«, fragte Gabe und versuchte ruhig zu bleiben. »Wir müssen die Zeitungsarchive durchforsten ...«

»Vielleicht nicht«, erwiderte Nell und setzte sich ihm gegenüber. »Ich glaube, ich weiß es.«

Er sah zu ihr auf, und sie schluckte.

»Absolut sicher bin ich mir nicht, ich muss es noch einmal überprüfen«, sagte sie. »Aber es war im gleichen Jahr, in dem ich Tim geheiratet habe.«

Vor zweiundzwanzig Jahren, dachte er unwillkürlich. Sie musste ebenso jung wie Chloe gewesen sein.

»Und Tims Bruder, Stewart«, fuhr Nell fort, »hatte im Frühjahr Margie Ogilvie geheiratet. Kurz darauf ist Margies Mutter Helena gestorben.«

»Trevors Frau.« Gabe lehnte sich zurück. »Olivia ist zweiundzwanzig. Ist Helena bei der Geburt gestorben?«

Nell schüttelte den Kopf. »Margies Eltern lebten in Scheidung. Und dann ist ihre Mutter gestorben, und Margies Vater hat zum zweiten Mal geheiratet, und zwar sehr schnell. Kurz darauf wurde Olivia geboren. Ich weiß noch, dass Margie tief getroffen war, aber sie hat nie darüber gesprochen, und ich hab sie nie gefragt. Damals waren wir nicht sehr eng befreundet.«

»Wie ist Helena gestorben?« Gabe hoffte inständig, dass es sich um eine ganz normale Todesursache handelte, in einem Krankenhaus in Anwesenheit zahlreicher Ärzte.

»Sie hat sich erschossen.«

Gabe dachte: *Das ist keine gute Nachricht.* »Was genau geschah, weiß ich nicht«, fuhr Nell fort, inzwischen etwas aufgeregt.

»Nur dass Margie anwesend war und es schrecklich gewesen sein muss.«

»Margie hat gesehen, wie sie sich erschossen hat?«, fragte Gabe hoffnungsvoll.

»Nein«, sagte Nell. »Ich glaube, sie war im Nebenzimmer. Aber sie war da, und sie hat ihre Mutter gefunden. Es muss schrecklich gewesen sein.«

»Ja, das muss schrecklich gewesen sein«, entgegnete Gabe automatisch und lehnte sich zurück.

Riley klopfte und trat ein. Gabe schob das Buch zu ihm hinüber.

»Hast du das schon gesehen?«

Nell erhob sich. »Ich lasse Sie jetzt lieber alleine«, sagte sie und war verschwunden, noch ehe Gabe antworten konnte.

»Was hat sie denn nur?«, wandte er sich an Riley.

»Vermutlich war sie nicht scharf drauf, sich noch einmal von dir vor die Tür setzen zu lassen«, bemerkte Riley und nahm das Buch zur Hand. »Was ist das?« Nachdem Gabe es ihm erklärt hatte, sah Riley genauso bedrückt aus, wie Gabe sich fühlte.

»Du glaubst also, dass dein Vater Trevor dabei behilflich war, einen Mord zu vertuschen?«

»Meiner Ansicht nach sollten wir uns den Selbstmord noch einmal vornehmen«, sagte Gabe. »Ich werde Jack Dysart anrufen und herausfinden, ob es bei der Erpressung von

Trevor darum ging. Besorge du mir den Polizeibericht über Helenas Selbstmord.«

Riley sah auf die Uhr. »Morgen. Heute ist es dafür zu spät. Was ist mit Lynnie? Glaubst du, dass sie irgendetwas in der Hand hat, was Trevor damit in Verbindung bringt?«

»Keine Ahnung. Ich bin heute noch einmal bei ihr vorbeigefahren, aber die Vermieterin war wieder da. Offenbar lebt sie in der anderen Haushälfte und hat nicht viel zu tun. Ich schätze, ich muss heute Abend das Haus beobachten. Das erinnert mich: Was ist eigentlich gestern Abend mit Nell passiert? Wenn uns eine Anzeige wegen irgendetwas droht, würde ich es gerne wissen.«

»Sie … hat da wohl was missverstanden«, wich Riley aus.

Gabe schloss die Augen. »Wie sehr hat sie was missverstanden?«

»Sie ist mit ihm nach oben gegangen. Ich habe sie heraus geholt, bevor irgendwas passiert ist.«

»Die Frau hat keinen Funken Verstand«, bemerkte Gabe. »Warum zum Teufel …«

»Sie hat Verstand«, widersprach Riley. »Du urteilst bei Frauen vorschnell. Sie ist eine sehr gute Sekretärin und eine wirklich nette Person.«

»Freut mich, dass sie dir gefällt. Heute Abend werdet ihr wieder gemeinsam arbeiten.«

»Mitnichten. Ich bin verabredet.« Riley blickte auf seine Uhr. »Dann bist du dran.«

»Nein«, gab Gabe zurück. »Ich werde Lynnie beschatten.«

»Kann die Sache mit Nell nicht noch etwas warten?«

Gabe musterte ihn. »Gibt es irgendeinen Grund, weswegen du Nell heute Abend nicht sehen möchtest?«

»Nein«, erwiderte Riley. »Es gibt aber einen Grund, weswegen ich die Biologiestudentin sehen möchte.«

»Verstehe. Nein, es kann nicht warten. Sie hat vor, den Hund in Easton zu entführen.«

»Das kann nicht dein Ernst sein.«
»Und ob.«
»Du weißt es aber nicht mit Sicherheit«, sagte Riley.
»Ich gehe jede Wette mit dir ein.«
Riley überlegte. »Nein, lieber keine Wette. Ich beschatte sie.« Er legte das Buch zurück auf Gabes Schreibtisch.
»Selbstmord also?«
»Das können wir nur hoffen«, erwiderte Gabe und nahm den Telefonhörer zur Hand.

Als Suze abends um zehn die Tür ihres gelben Käfers für Margie aufhielt, fragte diese: »Was steht denn an?«
»Diebstahl eines Hundes«, erwiderte Suze und zupfte an ihrem tief ausgeschnittenen T-Shirt, das einzige schwarze Kleidungsstück in ihrem Besitz. Jack mochte bunte Farben.
»Einverstanden.« Margie kletterte auf den Rücksitz, wobei sie den Rock ihres schwarzen Kleides gerafft hielt. »Wenn das erledigt ist, könnten wir doch Nells Porzellan auspacken?«
»Hast du nicht mitbekommen: Wir wollen einen Hund entführen«, fragte Nell vom Beifahrersitz aus, während Suze sich hinter das Steuer gleiten ließ.
»Mir egal«, erwiderte Margie achselzuckend. »Ich wollte einfach nur aus dem Haus. Budge ist wütend auf dich. Er meint, du solltest mich zu dieser Stunde nicht von daheim wegholen.«
»Tut mir Leid«, erwiderte Nell, und Suze dachte, *Budge braucht unbedingt ein Hobby. Neben Margie.*
»Hunde stehlen«, sagte Margie. »Du hast so einen interessanten Job.«
Suze fuhr los in Richtung der Autobahn nach Easton. Sie war sich nicht sicher, ob die ganze Angelegenheit eine gute Idee war. Jack hatte in Easton jede Menge Mandanten. Andererseits wurde ein Hund misshandelt, und sie war definitiv gegen so etwas. Außerdem hatte sie am Tag nach ihrem Ober-

schulabschluss geheiratet und deshalb niemals Gelegenheit zu dummen, albernen Streichen gehabt, wie sie Studenten nun mal anstellen. Der heutige Abend war genau das, was einem solchen Streich am nächsten kam, der einzige, den sie jemals begehen würde, und eigentlich sollte sie ihn genießen. Das Problem war nur: Für Studentenstreiche gab es sicherlich eine Altersgrenze. Und sie war bereits zweiunddreißig. »Du bist nicht mehr die Jüngste, Liebling«, bemerkte Jack häufig. »Gewöhne dich daran.«

»Warum macht der denn das?«, fragte Margie. Suze blickte in den Rückspiegel. Ein unauffälliger, grauer Kombi betätigte hinter ihr die Lichthupe. Suze verlangsamte, bis der Wagen neben ihnen fuhr.

Nell beugte sich vor, um besser zu sehen. »Himmel nein. Halt an.«

»Wohl kaum«, gab Suze zurück. »Auf einer dunklen Straße, wo wir noch nicht einmal wissen, wer er ist? Ich möchte nicht die Titelzeile für die Morgenzeitungen abgeben.«

»Ich kenne ihn«, beschwichtigte sie Nell. »Halt an.«

Suze fuhr rechts ran und schaltete den Motor aus, der andere Wagen hielt vor ihr. »Wer ist das?«

Nell schüttelte den Kopf und kurbelte das Fenster herunter. Suze blickte durch die Windschutzscheibe. Wer immer er war, er war groß. Sehr groß. »Bist du dir auch sicher?«, wandte sie sich an Nell, doch der Typ hatte inzwischen ihr Auto erreicht und beugte sich zu Nell herab. Suze konnte ihn im Dunkeln nicht deutlich erkennen, aber sie bemerkte ein ausgeprägtes Kinn, das durch das Stirnrunzeln noch kantiger wirkte.

»Du bist dumm wie Stroh«, wandte sich der Mann an Nell.

»Ich fahre nur mit meinen Freundinnen spazieren«, erwiderte Nell höflich. »Dazu bist du nicht eingeladen.«

Der Typ sah an Nell vorbei und erblickte Suze. Einen Augenblick lang schien er verblüfft zu sein, dann runzelte er die Stirn. Das war nicht die Reaktion, die Suze von Männern gewohnt war. Normalerweise waren sie erst erstaunt, dann lächelten sie.

»Du kannst jetzt wieder gehen«, forderte Nell den Mann auf.

»Du hast vor, einen Hund zu stehlen«, sagte der Mann unwirsch. »Das ist illegal. Dreht um oder ich rufe die Polizei.«

»Das würdest du doch nicht wirklich tun?«, fragte Nell, und der Mann seufzte.

»Nicht weit von hier kommt ein Imbiss auf der 161. Fahrt dorthin. Ich werde euch folgen. Falls ihr irgendwelche Tricks versucht, rufe ich über Handy die Polizei an. Und ja, ich werde es tun.«

»Nein, das wirst du nicht«, widersprach Nell, doch wandte sie sich Suze zu und bat: »Fahr zu dem Imbiss, bitte.«

Als sie wieder losgefahren waren, der graue Wagen hinter ihnen, fragte Suze: »Nun sag schon, wer ist das?«

»Riley McKenna«, erwiderte Nell. »Einer der Typen, für die ich arbeite.«

»Er kommt mir irgendwie bekannt vor«, bemerkte Margie vom Rücksitz aus. »Habe ich ihn nicht schon einmal gesehen? Vielleicht war er mal bei Chloe im Laden. Übrigens habe ich heute gelernt, die Kasse zu bedienen.«

Suze ignorierte sie und konzentrierte sich auf das Wesentliche. »Würde er wirklich die Polizei auf dich hetzen?«

»Nein«, erwiderte Nell. »Aber er würde uns folgen und unseren Plan durchkreuzen. Wir müssen ihn also davon überzeugen, uns vom Haken zu lassen.«

Suze warf ihr einen Blick zu. »Wie willst du das anstellen?«

»Wir werden ganz einfach an das Gute in ihm appellieren. Ich bin mir ziemlich sicher, dass es bei ihm vorhanden ist.«

Als Riley ihnen in den Imbiss folgte, musterte ihn Suze genauer. Groß, blond, breitschultrig, mit dem bodenständigen

Aussehen eines Mannes aus dem mittleren Westen und einem scharf geschnittenen Kinn, konnte er noch so sehr die Stirn runzeln und zog trotzdem die Blicke der Frauen auf sich. Er war nicht ihr Typ – Jack war ihr Typ –, doch konnte Suze die Faszination der anderen verstehen.

Als sie in ihrer Nische Platz genommen hatten, setzte sich Riley neben Margie, die zufrieden dreinblickte. Er wandte sich an Nell. »Du wirst den Hund nicht stehlen.« Suze fühlte Wut in sich aufsteigen.

»Und ob sie das wird«, widersprach sie ihm. »Kommen Sie runter von Ihrem hohen Ross?«

»Das ist meine Schwägerin Suze«, stellte Nell sie vor, aber Riley nickte ihr nicht sonderlich beeindruckt zu. Suze war verwirrt. »Und das ist meine andere Schwägerin Margie«, fuhr Nell fort. Riley wandte sich Margie zu und lächelte sie an.

Was war denn jetzt los? Die Welt stand auf dem Kopf, wenn Margie erst einen Job und dann auch noch alle Männer bekam.

»Nett, Sie kennen zu lernen«, bemerkte Riley an Margie gewandt und drehte sich wieder zu Nell herum. »Wir haben drei Regeln, und du willst sie alle auf einmal brechen. Gabe wird dich rausschmeißen. In diesen Dingen versteht er wirklich keinen Spaß.«

»Drei Regeln?«, hakte Nell nach. »Ich dachte, es gäbe nur zwei. Ich habe niemandem verraten, wer der Kunde ist. Einen misshandelten Hund zu retten, das zählt doch nicht als Gesetzesbruch, also bin ich immer noch unschuldig.« Sie streckte ihm ihr Kinn entgegen, als die Bedienung vorbeikam und ihre Getränkebestellung aufnahm. Suze dachte: *Nell?*

Nachdem die Bedienung gegangen war, fügte Nell hinzu: »Wie lautet denn die dritte Regel? Ich möchte nicht aus Versehen dagegen verstoßen.« Sie klang vorwitzig, fast flirtete sie mit ihm. Suze lehnte sich zurück, um die Sache besser zu beobachten.

»Du hast sie bereits verletzt«, gab Riley zurück. »Und zwar mit aller Entschiedenheit. Gestern Abend.«

Nell errötete.

»Nell?«, fragte Margie, und Nell errötete noch mehr, als Riley sie angrinste.

Mein Gott, sie hat mit ihm geschlafen, dachte Suze. *Halleluja.*

»So gefällst du mir schon besser«, wandte sich Nell an Riley. »Aber wir werden den Hund trotzdem retten.«

»Ich möchte nicht, dass Nell ihren Arbeitsplatz verliert«, wandte sich Margie an Riley, den sie neugierig musterte. »Es tut ihr so gut, wieder zu arbeiten.«

Riley lächelte Margie an, und Suze sah das Funkeln in seinen Augen. *Wow. Kein Wunder, dass Nell schwach geworden ist. Mir wäre es nicht anders ergangen.* Dann erinnerte sie sich daran, dass sie glücklich verheiratet war.

»Gabe muss es nicht erfahren«, fuhr Nell fort. »Es hat schließlich nichts mit ihm zu tun.«

»Er hat den Auftrag abgelehnt«, entgegnete Riley. »Du bist Teil der Firma, also hat er ihn auch in deinem Namen abgelehnt.«

»Nein«, widersprach Nell. »Wenn ich Teil der Firma wäre, hättet ihr jetzt neue Visitenkarten.«

»Fang bloß nicht wieder mit den Visitenkarten an. Jetzt geht es um den Hund, den du *nicht* stehlen wirst.«

Er schien sich sehr sicher, was sie ein wenig irritierte. Suze räusperte sich, woraufhin er sich zu ihr umdrehte. Wieder runzelte er die Stirn. »Ich glaube, Sie verstehen die Lage nicht ganz«, bemerkte sie. Diesmal leuchteten seine Augen nicht auf, als er sie anstarrte. Da war nichts von der Wärme an ihm, mit der sie die Männer normalerweise anblickten. Das warf sie ein wenig aus der Bahn. »Sie können uns vielleicht heute Abend davon abhalten, aber früher oder später werden wir es tun. Also können Sie uns auch gleich heute Nacht behilflich sein. Wenn wir die Sache hinter uns gebracht haben, können Sie sich also wieder dem zuwenden, was Sie normalerweise an Ihren Abenden anstellen.« Sie sah Nell an, neugierig, ob sie erneut erröten würde, doch Nell nickte Riley lediglich zu.

»Das stimmt«, bestätigte sie. »Diesen Hund werde ich holen.«

»Wie lange möchtest du die Verrückte spielen?«, erkundigte sich Riley bei Nell. »Nicht, dass mir einige Aspekte daran nicht gefallen würden, aber du wirst dir ziemlich bald die Finger verbrennen, wenn du dich nicht etwas bremst. Das Glück wird nicht ewig auf deiner Seite sein.«

»Ich bin nicht verrückt«, widersprach Nell. »Ich beginne lediglich, wieder zu leben.«

»Mit dem Hund eines Fremden«, fügte Riley hinzu.

»Richtig.«

Riley blickte sich in der Runde um. »Das ist also deine Clique.« Er schüttelte den Kopf. »Drei Frauen in Schwarz in einer Sackgasse, in der Villengegend von Easton. Was wolltet ihr denn der Polizei erzählen, wenn sie euch aufgabeln? Dass ihr Theaterwissenschaftlerinnen seid?«

»Die Polizei ist nicht mit von der Partie«, entgegnete Suze. »Wir werden uns unbemerkt durch die Nacht bewegen.«

»In einem gelben Käfer«, lästerte Riley. »Das Ding glüht doch im Dunkeln. Was haben Sie sich eigentlich dabei gedacht, als Sie ihn kauften?«

»Damals wusste ich doch nicht, dass ich eine kriminelle Laufbahn einschlagen würde«, gab Suze zurück. »Fällt Ihnen etwas Besseres ein?«

»Ja«, sagte Riley. »Leider.« Er winkte der Bedienung, die sofort herbeieilte und seine Bestellung für einen Hamburger zum Mitnehmen aufnahm.

Irgendjemand sollte diesem Typen etwas einheizen, dachte Suze. Frauen machten es ihm entschieden zu leicht.

Nell lächelte ihn an, was das Problem nur noch verschlimmerte. Obwohl – es war wunderbar –, Nell endlich wieder lächeln zu sehen. »Ich wusste, du würdest helfen«, strahlte sie ihn jetzt an.

»Nur gut, dass du so ein süßes Luder bist«, sagte er zu Nell, und ihr Lächeln wurde noch breiter. Suze verzieh ihm alles.

»Sie gefallen mir«, warf Margie ein.

»Das ist gut so«, erwiderte Riley. »Weil Sie nämlich bei mir bleiben werden.«

Margie strahlte ihn an, und Suze spürte ihre Verärgerung zurückkommen. Nell war süß, und Margie wurde eingeladen zu bleiben. Was blieb dann für sie übrig, etwa die Rolle des hässlichen Entleins?

»Wir nehmen meinen Wagen«, bestimmte Riley.

»Ein stinklangweiliges Auto«, bemerkte Suze. »Nur ein Mann ohne jede Phantasie würde sich ein graues Auto anschaffen.«

Riley seufzte. »Denken Sie mal darüber nach. Sie werden schon noch drauf kommen.« Er wandte sich Nell zu. »Wir lassen dich und die große Klappe einen Block vom Haus entfernt raus. Falls ihr geschnappt werdet, ruf mich über Handy an. Wenn möglich komme ich vorbei und boxe euch raus. Falls nicht, hole ich euch auf Kaution heraus.«

»Danke«, sagte Nell. »Warum kann Margie nicht mitkommen?«

»Zu viele«, meinte Riley. »Eigentlich solltest du ganz alleine gehen, aber ich will mich die nächste halbe Stunde nicht vollquatschen lassen, deshalb muss die große Klappe mit dir mitgehen.«

»Ich quatsche niemanden voll«, widersprach Suze.

Die Bedienung brachte den Hamburger, und Riley reichte ihn Nell. »Nimm ihn, um den Köter anzulocken. Denk dran, ihm das Halsband abzunehmen, bevor ihr den Garten verlasst. Diese Grundstücke verfügen alle über unsichtbare Zäune. Du willst schließlich nicht mit einem Hund dastehen, der plötzlich aufjault, weil du ihn durch ein elektromagnetisches Feld zerrst.«

»Und wenn er sie beißt?«, fragte Margie. »Wir kennen den Hund doch überhaupt nicht.«

»Das ist ihr Problem«, erwiderte Riley. »Ich bemühe mich nur, sie vor einer Verhaftung und damit ihrer Kündigung zu bewahren.«

»Würde er mich wirklich feuern?«, fragte Nell.

»Wenn du die Detektei mit hineinziehst? Und ob er das würde. Und ich auch. Wir haben schließlich einen Ruf zu verteidigen.«

»Das fällt schwer zu glauben«, warf Suze kühl dazwischen und wurde damit belohnt, dass er ein wenig errötete.

»Lassen Sie die Finger von unserem Familienbetrieb, meine Liebe«, meinte er scharf. »Wie würde Jack reagieren, wenn Sie seine Kanzlei in diese Sache mit hineinzögen?«

Jetzt war es an Suze zu erröten. »Woher wissen Sie von Jack?«

»Ich weiß alles.« Sein Gesicht wurde freundlicher, als er sich wieder Nell zuwandte. »Dir ist hoffentlich klar, dass diese ganze Sache keine gute Idee ist.«

»Ich weiß«, erwiderte sie. »Aber ich muss es tun. Es geht hier um mehr als nur den Hund, obwohl der Hund für sich schon Grund genug wäre.«

»Also gut.« Riley erhob sich und machte eine Geste in Richtung Parkplatz. »Es ist Viertel vor elf. Falls ihr das wirklich durchziehen wollt, müssen wir jetzt los.«

Nell stand ebenfalls auf und packte den Hamburger ein. »Ich werde es durchziehen.«

»Na prima.« Riley ging Richtung Ausgang.

»Und was ist mit der Rechnung?«, fragte Suze.

»Begleichen Sie sie«, rief er ihr über die Schulter hinweg zu. »Ich habe mir den Unsinn schließlich nicht ausgedacht.«

»Ich kann ihn nicht ausstehen«, bemerkte Suze zu Margie.

Margie glitt aus der Nische. »Verbuche ihn einfach als eine weitere Erfahrung.«

»Nach einer solchen Erfahrung habe ich mich immer schon gesehnt«, erwiderte Suze und ließ einen Zwanzigdollarschein auf dem Tisch zurück. Das war zwar zu viel, aber schließlich hatte sie es eilig: Sie musste einen Hund stehlen.

Riley ließ sie an der Straßenecke raus. Als Nell die Tür schloss, hörte sie noch, wie er Margie fragte: »Erzählen Sie mir doch ein wenig über sich.« Sie überquerten mehrere Grundstücke, bevor sie die richtige Adresse gefunden hatten. Ihre Uhr zeigte fünf vor elf, als sie sich unter die Kiefern am Grundstücksrand kauerten. Zehn Minuten später öffnete sich die Tür zu einer riesigen, verglasten Terrasse und ein Mann schob einen zerzausten, sich duckenden Dackel mit dem Fuß in den Garten hinaus. »Geh schon«, hörten sie ihn gelangweilt brummen. »Und beeile dich.«

Mit verschränkten Armen überblickte er sein teures Grundstück, und Nell flüsterte: »Verdammt, er wird ihn die ganze Zeit beobachten.« Sie fasste Suze am Arm. »Klingel du vorne an der Haustür. Los.«

»Sehr ungern«, meinte Suze, trotzdem verschwand sie in die Dunkelheit. In ihrem tief ausgeschnittenen schwarzen T-Shirt wirkte sie wie eine ungebändigte Schönheit. Nell näherte sich dem zitternden Dackel, der jetzt keine drei Meter entfernt vor ihr kauerte. Ein zerzaustes Tier mit sehr langem Rücken. Sie wickelte den Hamburger aus, wedelte damit vor seiner Nase herum und hoffte inständig, dass die Dunkelheit der Bäume sie vor Farnsworth verbarg, der immer noch in der Tür stand. Während sie ihn beobachtete, drehte er sich in Richtung Haus um, fluchte dann und ging hinein.

»Komm schon, Schnuckiputz«, lockte sie leise in der Dunkelheit und wedelte erneut mit dem Hamburger. »Komm schon, Liebling.«

Schnuckiputz erstarrte mitten in der kauernden Bewegung und blickte über ihre lange, schmale Nase, als müsse sie sich zwischen Nell und dem Haus entscheiden und sei von beiden Möglichkeiten nicht sonderlich angetan.

»Komm schon, Liebling.« Nell versuchte, ihrer Stimme jede Schärfe zu nehmen, doch Schnuckiputz kroch langsam in Richtung Terrassentür zurück.

»Nein, nein, nein!« Nell warf sich auf den Dackel, der sich nun entsetzt zu Boden drückte. Als Nell ihn mit den Händen um seine Mitte hochriss, sackten sowohl Vorder- als auch Rückseite nach unten. »Sei bloß ruhig«, fauchte sie und balancierte das zappelnde Tier auf ihrer Hüfte, während sie sich davonstahl. Sie sprang über Hortensien und niedriges Buchsbaumgehölz, zurück in die Dunkelheit der Bäume, während Schnuckiputz sich wie ein geöltes Schwein in ihrem Arm wand. Der Hund zuckte heftig zusammen, als Nell über die Grundstücksgrenze sprang. »Tut mir Leid«, murmelte sie. »Das Halsband habe ich vergessen.« Dann wackelte der Hund auf ihrer Hüfte, zitternd, aber lautlos, seine Hinterpfoten suchten an Nells Po Halt, während sie über die unbeleuchteten Grundstücke rannte. Sie hörte Farnsworth rufen: »Schnuckiputz, du kleines Miststück, wo bist du?« Und dann fand sie sich auf der Straße wieder, änderte die Richtung, rannte, so weit sie nur konnte, und vergaß dabei völlig, welchen Treffpunkt sie mit Riley vereinbart hatte.

Aber überall war es besser als hier.

Nachdem sie sechs Querstraßen weit gerannt war, hielt sie inne, um Luft zu schnappen und ihren Griff um Schnuckiputz ein wenig zu ändern. »Tut mir Leid.« Der Hund sah sie an, die Augen groß, weit aufgerissen, groß wie Golfbälle. Er zitterte so stark in ihren Armen, dass er sich allein durch sein Zittern fast befreit hätte. »Beruhige dich, es ist alles in Ordnung.« Nell beugte sich herunter und setzte den Hund auf den breiten, weißen Bürgersteig unter einer Laterne ab. Damit er nicht wegrennen konnte, hielt sie ihn mit einer Hand am Halsband fest. Aber Schnuckiputz lief nicht weg, sondern sank in sich zusammen, rollte sich auf den Rücken und ließ den Kopf über die Bordsteinkante fallen. Ein Bild des Jammers gab sie ein hohes Fiepen von sich, das sich anhörte, als ob man die Luft aus einem Luftballon entweichen ließ.

»Gütiger Himmel, lass das«, sagte Nell und versuchte, den Kopf des Hundes zu stützen. Sie würde doch hoffentlich nicht noch eine Mund-zu-Schnauze-Beatmung vornehmen müssen. Nell versuchte sich vorzustellen, wie sie Deborah Farnsworth erklären würde: »Die gute Nachricht ist die, dass ich Ihren Dackel habe. Die schlechte, dass er auf dem Bürgersteig an einem Herzanfall eingegangen ist.«

»Komm schon, Schnuckiputz.« Unsicher blickte sie über die Schulter. »Reiß dich zusammen. Steh deine Frau.«

Sie nahm den Hund hoch und wiegte ihn in ihren Armen, dann ging sie langsam auf die Durchfahrtsstraße zu. »Du wirst es gut haben. Du musstest nur von diesem schrecklichen Mann weg. Wir bringen dich zu deinem Frauchen zurück, das dich schrecklich vermisst.«

Schnuckiputz schien nicht sonderlich überzeugt, aber nachdem sich Nell wieder in Bewegung gesetzt hatte, ließ das Vibrieren der Hündin bis auf ein leichtes Zittern nach.

»Ich schwöre«, sagte Nell und steigerte ihr Tempo, »dass dich ein Leben voller Hamburger und ohne jedes Gebrüll erwartet.« Sie drückte den Dackel enger an sich. Diesmal seufzte er und legte seinen Kopf auf ihren Arm, dann hielt sie inne und sah ihm in die Augen. »Hallo«, sagte sie und Schnuckiputz starrte zurück. Mitleiderregend mit weit aufgerissenen feuchten Augen glich sie mit zitternden Wimpern im Licht der Straßenlaterne einer Südstaatenschönheit in den Armen eines Yankees. »Ich verspreche dir, alles wird gut.«

Ein Auto kam heran und bremste neben ihr ab. Entsetzt sprang Nell zurück, was Schnuckiputz erneut wie Espenlaub zittern ließ. Aber es war niemand anders als Riley. Sie kletterte neben Suze auf den Rücksitz. Ohne jeglichen

Anflug von Begeisterung in der Stimme bemerkte Riley: »Gut, du hast den Hund«, und brachte sie rasch weg vom Tatort.

»Du warst prima«, wandte sie sich an Suze, nachdem sie den Hund auf dem Rücksitz abgesetzt hatte.

»Nein, das war sie nicht«, widersprach Riley, der sie im Rückspiegel beobachtete. »Sie hat sich mit dem Typen unterhalten. Wenn er den Diebstahl anzeigt, wird er sie beschreiben – vorausgesetzt, dass er ihr überhaupt ins Gesicht geblickt hat.«

Suze zupfte an ihrem T-Shirt, was allerdings nichts an dem tiefen Ausschnitt änderte.

»Vielleicht merkt er nicht, dass sie was damit zu tun hat«, meinte Margie. »Vielleicht wird er es niemals herausfinden.«

»Das wird er«, entgegnete Riley. »Und er wird sich an sie erinnern.«

»In dieser Stadt gibt es jede Menge Blondinen um die dreißig«, widersprach Suze.

»Aber nicht solche wie Sie«, entgegnete Riley. »Sie bleiben einem Mann im Gedächtnis haften.«

Schnuckiputz saß zwischen ihnen auf dem Rücksitz und zitterte wie eine indianische Rassel.

»Könntet ihr jetzt aufhören?«, fragte Nell. »Ihr jagt dem Hund Angst ein.«

»Das kann ich gut nachempfinden«, meinte Riley. »Du jagst mir auch Angst ein. Von jetzt an entführst du deine Hunde alleine.«

Als Nell am nächsten Morgen um halb zehn im Büro auftauchte, hatte sie sich eine Erklärung für ihre Verspätung zurechtgelegt, in der von Schnuckiputz und ihrem Transport zu Suzes Haus ebenso wenig die Rede war wie von ihren Erklärungen gegenüber einem wutentbrannten Jack. Gabe jedoch hatte das Büro bereits für seinen ersten Termin verlassen. Das sah ihm ähnlich. Sie hatte sich die Mühe gemacht, sich eine richtig gute Entschuldigung zurechtzulegen, und nun war er nicht da, um sie zu würdigen.

»Wie geht es dem Hund?«, erkundigte sich Riley, als er sich einen Kaffee holte. Nell erwiderte: »Sie ist bei Suze.«

Dann wählte sie die Nummer von Schnuckiputz' Besitzerin, um ihr die gute Nachricht zu übermitteln.

»Ich kann den Hund nicht zu mir nehmen«, beteuerte Deborah Farnsworth, nachdem Nell die Lage erklärt hatte. »Ich finde es wirklich wunderbar, dass Sie sie geholt haben, aber ich kann sie nicht nehmen. Hier würde er als Erstes nachsehen.«

»Aber sie ist doch Ihr Hund«, empörte sich Nell, die einen Knoten kalter Panik in ihrem Magen verspürte. »Mögen Sie denn …«

»Um Ihnen die Wahrheit zu sagen, ich mag sie nicht sonderlich«, erwiderte Deborah. »Sie war ein wirklich liederlicher Welpe, doch als sie größer wurde, wurde sie schwierig. Und ganz ehrlich, ich bin kein Hundefan. Mein Mann war derjenige, der sie unbedingt wollte.«

Nell biss die Zähne zusammen. »Aber warum …«

»Weil er sie angebrüllt hat«, verteidigte sich Deborah heftig. »Außerdem wollte ich nicht, dass der Mistkerl sie behält. Was schulde ich Ihnen?«

»Nichts«, erwiderte Nell kapitulierend.

Sie legte auf und dachte, *ich habe für nichts und wieder nichts einen Dackel gestohlen.* Die nächste große Geste, die einfach verpuffte. Und jetzt hatte sie noch dazu einen Hund am Hals. Sie versuchte, sich mit dem Gedanken zu beruhigen, dass Schnuckiputz nun wenigstens nicht mehr misshandelt wurde. Vorausgesetzt, was immer Suze gerade mit ihr anstellte, galt nicht als Misshandlung. Aber es blieb dabei: Sie hatte einen Hund am Hals. Vielleicht konnte sie ihn weggeben. An jemanden in einem anderen Bundesstaat. Sie wandte sich wieder ihrer Arbeit zu und versuchte, nicht an Schnuckiputz zu denken. Zwei Stunden später klingelte das

Telefon. Es war die Reinigungsfirma, die den Termin für kommenden Mittwoch bestätigte, da sie mittlerweile die ausstehenden Zahlungen für die letzten zwei Monate erhalten hatten.

»Danke«, sagte Nell und entschuldigte sich erneut. »Ein Fehler in der Buchhaltung.«

Sie legte auf und dachte, *Lynnie*. Lynnie und Deborah und Farnsworth, der Hundetreter, und Tim … Die Welt war voller egoistischer Menschen, die logen und betrogen und die Welt auf den Kopf stellten und die es anderen überließen, die Scherben wegzuräumen. All ihre Versuche, die Dinge wieder richtig zu stellen, hatten ihr nichts eingebracht außer einem vagen Schuldgefühl nach ihrer Zerstörungsorgie, einem leichten Glühen nach Sex ohne Verpflichtungen und eine traumatisierte Dackelhündin, die sie gar nicht haben wollte.

Wenn sie sich jetzt Lynnie vornahm, würde sie immerhin das Geld zurückbekommen. Damit hätte sie etwas ganz Konkretes in der Hand, das sie vorzeigen konnte; was sie Gabe vorzeigen konnte. Sie würde ehrlich wieder einmal etwas *Nützliches* tun, etwas Professionelles, etwas, das mit dem erfolgreichen Management eines Geschäfts zu tun hatte.

Sie dachte kurz nach, schaltete den Anrufbeantworter ein und verließ das Büro, um ihrer Vorgängerin einen Besuch abzustatten.

6

Als Gabe ins Büro zurückkehrte, war Nell wieder nicht da. Einen Augenblick lang dachte er darüber nach, was sie wohl jetzt gerade anstellte, um sein Leben weiter zu komplizieren, dann ging er in sein Büro und ließ die Tür geöffnet, um sie nicht zu verpassen.

Nell kam nicht, stattdessen erschien die Polizei. Mit einem Ächzen ging die Tür auf, und als Gabe hinausging, um nachzusehen, erblickte er einen Mann und eine Frau in Dienstuniform. Er kannte die beiden nicht. Die verdammte Vermieterin musste sie wohl verständigt haben, und er dachte sich jetzt besser schnell eine gute Ausrede aus, weswegen er einer ehemaligen Angestellten hinterherspionierte.

»Wir suchen Eleanor Dysart«, sagte die Frau lächelnd, während ihr Partner hinter ihr lümmelte.

»Sie ist im Augenblick nicht da«, erwiderte Gabe gut gelaunt.

»Kann ich Ihnen behilflich sein?«

»Wir würden uns gerne mit ihr unterhalten«, erwiderte die Frau nicht minder gut gelaunt. »Wissen Sie, wann sie wieder zurück ist?«

»Ich weiß noch nicht einmal, wo sie steckt. Was hat sie denn angestellt?«

»Das ist …«

»Sie sind Gabe McKenna«, unterbrach der Mann.

»Ja«, bestätigte Gabe.

»Sie hat das Büro ihres Ex-Mannes verwüstet«, erläuterte der Mann. »Seine neue Frau hat Anzeige erstattet.«

Himmel noch mal, dachte Gabe. *Ich habe eine Irre eingestellt.*

»Langsam, Harry«, rief ihn die Frau zurück, schien jedoch nicht allzu verärgert. Sie arbeiteten bereits länger zusammen, registrierte Gabe. Er fragte sich, wie es sich wohl anfühlte, mit jemandem zusammen zu arbeiten, dem man nicht ständig an die Gurgel gehen wollte.

»Sie hat eine ganze Sammlung von Trophäen zerschmettert«, fuhr Barry fort. »Der Mann schien nicht sonderlich erpicht darauf, Anzeige zu erstatten, aber seine neue Frau …« Er schüttelte den Kopf.

»Sie schäumt vor Wut«, fuhr die Polizistin fort.

»Ich kann die Sache aus der Welt schaffen«, meinte Gabe.

»Geben Sie mir ein paar Stunden.«

»Dafür wären wir Ihnen sehr dankbar«, nickte Barry.

»Das würde mich wirklich überraschen«, sagte die Frau. »Seine neue Frau ist nicht von Pappe.«

»Das war seine alte auch nicht«, erwiderte Gabe. »Geben Sie mir bis fünf Uhr.«

Er kehrte in sein Büro zurück, wählte die Nummer von Jack Dysart und erreichte dessen Büroleiterin, eine intelligente, knallharte Frau namens Elizabeth.

»Jack ist nicht hier«, erklärte ihm Elizabeth. »Er hat einen Anruf erhalten und ist anschließend gegangen.«

»Ich wette, der Anrufer war sein Bruder Tim«, meinte Gabe.

Elizabeth verneinte dies. »Er kann Sie später zurückrufen.«

»Nein«, sagte Gabe. »Finden Sie ihn und sagen Sie ihm, dass seine neue Schwägerin, wie auch immer sie heißt…«

»Whitney.«

»Sagen Sie ihm, dass Whitney gegen Nell Anzeige wegen Vandalismus erstattet hat.«

»Nell?« Elizabeth klang ungläubig. »Das sieht ihr aber gar nicht ähnlich.«

»Es sieht ihr sogar sehr ähnlich«, widersprach Gabe. »Sagen Sie Jack, dass wir auf Tim so lange Druck ausüben müssen, bis er die Anzeige zurückzieht.«

»Aber ja«, pflichtete ihm Elizabeth bei. »Jack wird explodieren vor Wut.«

»Mag er Nell so gerne?«

»Suze mag Nell so gerne«, berichtigte Elizabeth. »Jack würde selbst Tim hinter Gitter bringen, falls er Suze unglücklich macht.«

»Sagen Sie ihm, ich bin auf dem Weg zu ihm.« Gabe legte auf. *Ein interessanter Tag*, dachte er und fuhr zu O & D, um nachzusehen, ob er die Haut seiner Sekretärin retten konnte, bevor er sie vor die Tür setzte.

Nell klopfte an die Tür des alten Doppelhauses aus Backstein, hinter der Lynnie ihren Personalunterlagen zufolge wohnte. Sie versuchte harmlos und unscheinbar zu wirken. Als niemand antwortete, spähte Nell auf die schmale Terrasse und klopfte noch einmal, und dann noch einmal und noch einmal, bis schließlich eine Frau die Tür öffnete. Sie war eine hübsche Brünette, Anfang dreißig, in einem tief ausgeschnittenen roten Pullover. Nell fragte: »Lynnie Mason?«

»Ich möchte nichts kaufen, vielen Dank«, erwiderte die Brünette und wollte die Tür wieder schließen.

Nell blockierte mit dem Fuß die Tür, so wie sie es im Kino gesehen hatte, und stemmte sich zusätzlich mit ihrer Schulter dagegen, nur um auch wirklich sicher zu sein. »Ich komme von den McKennas«, sagte sie und lächelte gewinnend. »Bei uns fehlt etwas Geld. Ich dachte mir, es könnte sich möglicherweise bei Ihnen befinden.«

»Ich habe keine Ahnung, wovon Sie reden«, erwiderte Lynnie. »Aber wenn Sie nicht verschwinden, rufe ich die Polizei.«

»Eine gute Idee«, Nell nickte. »Dann warte ich hier und kann Ihnen gleich die gefälschten Schecks zeigen, sobald sie da sind.« Sie klopfte auf ihre Handtasche, in der sich die Schecks gar nicht befanden. Lynnie dachte scharf nach. Nell konnte ihr fast beim Denken zusehen.

»Hören Sie, ich rufe Gabe nachher an…«

»Nein«, entgegnete Nell. »Wenn Gabe die Sache hätte in die Hand nehmen wollen, wäre er jetzt hier. Er möchte das Geld wieder zurückhaben, aber er möchte deswegen nicht unbedingt die Polizei einschalten. Wenn er jedoch wählen muss zwischen keinem Geld oder der Polizei, würde er sie umgehend verständigen. Wenn Sie mir das Geld freiwillig geben, wird niemand festgenommen. Die Sache ist eigentlich ziemlich einfach, finden Sie nicht?«

Lynnie öffnete die Tür. »Warum treten Sie nicht ein?«

Ihre Haushälfte war mit wenigen, schlichten Möbelstücken möbliert, die nicht sonderlich langlebig wirkten, sowie mit einigen persönlichen Stücken, die einen teuren Eindruck machten. Die Wohnung hatte einen Dielenboden aus Hartholz, große alte Fenster, die jede Menge Licht eindringen ließen, und Platz, viel Platz. Platz, um sich frei zu bewegen. Einen Augenblick lang beneidete Nell sie.

»Es war so«, begann Lynnie, als sie sich setzten, und ihre Stimme war jetzt weicher und angenehmer. »Ich war krank und hatte Arzthonorare zu begleichen. Ich wollte niemandem Schaden zufügen, ich wollte lediglich meine Rechnungen bezahlen.«

Sie sah Nell eindringlich an, die Augen weit aufgerissen und flehend. Nell dachte, *wenn ich ein Mann wäre, könnte sie damit sogar durchkommen*. Ihr roter Pullover würde sich als besonders hilfreich erweisen, und einen Augenblick lang wünschte Nell, sie wäre die Art von Frau, die einen engen, leuchtend roten Pullover an Stelle grauer Kostüme trug.

»Das können Sie doch nachvollziehen, oder nicht?«, hakte Lynnie nach. »Eine allein stehende Frau?«

Ich muss wirklich erbärmlich aussehen, dachte Nell. *Sie sieht, dass ich allein stehend bin*. Sie lächelte Lynnie kurz zu. »Natürlich kann ich das, aber da es Ihnen jetzt besser geht, hätten wir das Geld gern wieder zurück.«

Lynnie schüttelte ungläubig den Kopf. »Ich kann kaum glauben, dass Gabe die paar hundert Dollar so sehr am Herzen liegen.«

»5875 Dollar«, sagte Nell überdeutlich. »Jedenfalls ist das der Betrag, von dem wir bisher ausgehen. Wir hätten es gerne in bar.«

»Das ist unmöglich.« Lynnie riss die Augen auf. »So viel kann ich mir unmöglich geliehen haben.«

»Wirklich sehr beeindruckend«, gab Nell zurück. »Sehen Sie zu, dass Sie das Bargeld auftreiben, oder ich schalte die Polizei ein.« Für den Bruchteil einer Sekunde blickte Lynnie sie entsetzt an, doch dann lächelte sie, obwohl ihre Unterlippe ein wenig zitterte. »Sie sehen eigentlich nicht grausam aus.«

»Ich hatte eine schlimme Woche«, gab Nell zurück. »Grausam bin ich nicht, boshaft trifft es eher.«

Lynnie sah ihr in die Augen, dann verwandelte sie sich vor Nells Augen von einem hilflosen, weichen Mädchen in eine knallharte, wenngleich etwas erschöpfte Frau.

»*Sie* hatten eine schlechte Woche!« Lynnie lachte bitter. »Was soll *ich* da erst sagen.«

»Es muss Ihnen wirklich schwer fallen, Unschuldige auszunehmen«, bemerkte Nell.

»Welche Unschuldigen?« Lynnie lehnte sich zurück. »Meine Liebe, so etwas wie unschuldige Männer gibt es nicht. Es gibt lediglich Typen, die noch nicht erwischt worden sind.« Sie hob ihr Kinn und fuhr fort: »Deswegen zahle ich es ihnen zurück. Ich bin eine Frau, die Gerechtigkeit einfordert.«

»Was hat Ihnen Gabe denn angetan?«

»Gabe?« Lynnie zuckte mit den Schultern. »Gabe ist in Ordnung. Seine bestimmende, egozentrische Art hat man zwar bald durchschaut, aber grundsätzlich ist er in Ordnung?«

Damit hatte sie Recht. Nell versuchte, ihrer Logik zu widerstehen, denn es widerstrebte ihr, Lynnie beizustimmen.

»Das gibt Ihnen noch lange nicht das Recht, sein Geschäft zu ruinieren.«

Lynnie blickte überrascht auf. »Ich habe sein Geschäft nicht ruiniert.« Sie beugte sich vor. »Was habe ich denn genommen? Das Putzgeld? Na und, schließlich habe auch ich geputzt.«

Nicht sonderlich gründlich, dachte Nell, doch Lynnie war nicht mehr zu bremsen.

»Ich war in dem Job völlig unterbezahlt. Himmel noch mal, ich war in jedem Job, den ich jemals gehabt habe, unterbezahlt. Wenn ich ein Mann wäre, wäre ich nicht einfach nur die Sekretärin gewesen, sondern Buchhalter mit doppeltem Gehalt. Ich habe einmal für einen Rechtsanwalt gearbeitet und sämtliche Arbeit für ihn erledigt. Jeder Typ, für den ich je in meinem Leben gearbeitet habe, hat die Worte Opferbereitschaft und Dienstbarkeit groß geschrieben.« Ihre Lippen wurden hart. »*Meine* Opferbereitschaft und *meine* Dienstbarkeit.«

»Dann knöpfen Sie sich die doch vor«, schlug Nell vor und zwang sich mit Mühe, nicht *Sie haben verdammt Recht* zu sagen. »Quälen Sie alle Mistkerle, die Ihnen über den Weg laufen, wenn Ihnen der Sinn danach steht. Ich werde Sie nicht daran hindern, sondern anfeuern. Ich hätte da auch noch einen Mistkerl in petto, an dem Sie sich austoben könnten. Aber ich will Gabes Geld zurückhaben. Das war nicht fair, und er hat es nicht verdient.«

»Die Typen haben es allesamt verdient. Sie waren verheiratet, nicht wahr?« Lynnie musterte sie. »Sie haben diesen Ich-war-einmal-verheiratet-Blick. Wie lange? Zwanzig Jahre?«

»Zweiundzwanzig«, erwiderte Nell, und ihr wurde übel.

»Lassen Sie mich raten«, fuhr Lynnie fort. »Sie haben für ihn gearbeitet und ihm ein Leben aufgebaut und Ihrerseits alles in ihn investiert und für die gemeinsame Zukunft geopfert, in der endlich Sie mal an der Reihe sein würden. Nur dass er irgendwann seine Meinung geändert hat, und jetzt arbeiten Sie für Gabe. Wie geht es Ihnen finanziell?«

»Ich komme zurecht«, erwiderte Nell. »Darum geht es hier nicht…«

»Zurecht, mehr nicht«, wiederholte Lynnie. »Aber *ihm* geht es sehr gut, nicht wahr? Sie arbeiten wieder zum Mindestlohn, aber Ihr Ehemaliger lebt weiter wie bisher, vielleicht sogar besser.«

»Er hat sich hier und da ein wenig einschränken müssen.«

»Und er genießt jetzt die Zukunft, die Sie mit ihm gemeinsam aufgebaut haben, nur eben mit einer anderen Frau, vermutlich einer Jüngeren«, Lynnie war nicht zu stoppen und Nell zuckte zusammen. »Meine Liebe, ich kenne das. Es wäre etwas anderes, wenn sie am Ende einer Beziehung sagen würden: ›Hier, da hast du sie wieder, die Pfirsichhaut von früher, die festen Brüste und den flachen Bauch und all die Energie und den Schwung von früher. Fang damit noch mal von vorne an. Liebling, wir geben dir eine zweite Chance.‹ Aber so ist es nicht. Man wird älter und hat alle Trümpfe ausgespielt. Dann lassen sie einen gebrochen zurück, und es gibt nichts, was man dagegen unternehmen könnte.«

Nell schluckte. »Ich bin nicht gebrochen. Außerdem kümmert mich das alles nicht. Geben Sie mir einfach Gabes Geld, dann gehe ich.«

Lynnie beugte sich vor. »Sie müssen kein Opfer sein. Sie können es ihnen heimzahlen. Sie können sie bluten lassen. Sie können sich kaum vorstellen, wie gut es sich anfühlt, wenn man sie zum Zahlen zwingt.«

»Ich will ihn nicht zum Zahlen zwingen«, log Nell. »Ich möchte lediglich Gabes Geld wiederhaben.«

»Ich könnte Ihnen helfen«, fuhr Lynnie fort. »Und Sie könnten mir helfen.« Sie beugte sich noch weiter vor, konzentriert und ernst. »Ihr Problem ist, dass Sie Angst davor haben, sich genauso fies zu verhalten.« Sie spreizte die Hände. »Aber warum denn? Die tun es doch auch. Sie müssen sie mit ihren eigenen Waffen schlagen. Nehmen Sie sie ordentlich aus und bleiben Sie auf der Hut, damit sie Sie nicht unterkriegen.«

»Ich lasse mich nicht unterkriegen«, sagte Nell. *Ich habe sein Büro in eine Müllhalde verwandelt.* Als ob sie das irgendwie weitergebracht hätte. »Aber ich muss ein Ziel vor Augen haben.«

»Genau«, bestätigte Lynnie. »Da haben Sie vollkommen Recht. So lautet auch meine Devise.«

»Und ein Ziel ist es, Gabe um sein Geld zu betrügen?«

Nell schüttelte den Kopf. »Wenn es Ihnen wirklich nur um 5000 Dollar geht, dann verlangen Sie nicht sonderlich viel.«

»Ich will alles«, sagte Lynnie. »Gabe kann gut entbehren, was ich mir genommen habe. Und der Rest kommt von jemandem, der *wesentlich mehr* entbehren kann.« Sie lehnte sich zurück. »Ich traue ihm nicht über den Weg, aber ich habe ihn an der Angel. Ich habe genügend Männern vertraut.« Sie blickte Nell in die Augen. »Verstehen Sie?«

»Ja. Trotzdem möchte ich Gabes Geld zurückhaben.«

Lynnie atmete tief durch, dann lehnte sie sich geschlagen zurück. »Also gut. Aber zuvor muss ich... meinen Anwalt anrufen.« Sie ging zum Telefon, wählte und blickte Nell über die Schulter hinweg an. »Ich bin's«, meldete sie sich wenig später. »Hier sitzt eine Frau von den McKennas und beschuldigt mich, Geld gestohlen zu haben. Ich dachte...« Sie hielt inne und errötete, und während sie zuhörte, errötete sie noch mehr. »Ich habe schon vor langem damit aufgehört, mir von Ihnen sagen zu lassen, was ich zu tun und zu lassen habe. Ich werde Ihnen das nicht aushändigen...« Wieder hielt sie inne, dann sagte sie: »Sechstausend Dollar.« Sie wartete, offenbar gefiel ihr die Antwort diesmal besser, denn sie begann zu nicken und ihre Stimme wurde freundlich und entspannt. »Also gut. Wie bitte?« Sie blickte sich in ihrem Appartement um, dann sagte sie: »Klar, warum nicht. Sowie ich zurück bin. Wo? Ja, ist gut.« Sie legte auf und drehte sich lächelnd zu Nell um. »Also, mein Anwalt rät mir, Ihnen das Geld zu geben.«

»Ihr Anwalt ist kein Dummkopf.« Nell erhob sich.

»Aber das Geld ist nicht hier. Es liegt auf der Bank. Ich werde also gehen...«

»Wir gehen gemeinsam«, sagte Nell, und für den Bruchteil einer Sekunde gefror Lynnies Lächeln.

»Ich bin nicht Ihr Feind.« Lynnie kam einen Schritt näher. »Die sind es.«

»Geben Sie mir das Geld«, beharrte Nell und versuchte nicht zuzuhören.

Lynnie trat noch dichter an sie heran. »Wissen Sie, wenn Frauen ein bisschen pfiffiger wären und zusammenhalten würden, könnten sie eine Menge erreichen.«

»Manche von ihnen betrügen nicht gern«, wandte Nell ein.

»Ich gebe zu, Gabe lässt sich nicht gern etwas sagen, aber er hat es nicht verdient, dass man ihn deswegen übers Ohr haut.«

Lynnie schloss die Augen und schüttelte den Kopf. »Ach so ist das. Sie haben ein Faible für ihn.«

»Ein was?« Nell runzelte die Stirn, dann begriff sie.

»Nein, ich kenne ihn erst seit einer Woche.«

»Dazu braucht es doch höchstens eine Minute, meine Liebe«, wandte Lynnie ein. »An dem werden Sie sich die Zähne ausbeißen. Er wird Sie ausnutzen, ohne dass es ihm selbst überhaupt auffällt. Sehen Sie sich nur die arme dumme Chloe an.«

»Ich will nur das Geld zurückhaben«, wiederholte Nell.

»Ja, das habe ich mittlerweile begriffen. Ich folge Ihnen in meinem Auto.«

»Ich bin zu Fuß gekommen«, sagte Nell. »Ich fahre bei Ihnen mit. Das ist ohnehin viel netter.«

In einer kleinen Zweigstelle der Bank in der Altstadt löste Lynnie wenig später einen Scheck ein und reichte Nell das Geld.

»Danke.« Nell drehte sich um und verließ die Bank und versuchte, so rasch wie nur irgend möglich von Lynnie weg zu kommen – *lass ab von mir, Satan* –, doch sie hatte kaum das Freie erreicht, als Lynnie ihr vom Eingang der Bank aus hinterher rief.

»Sie haben gerade einen Fehler begangen«, sagte Lynnie ganz ruhig, und Nell blinzelte zu ihr hoch.

»Soll das eine Drohung sein?«

»Nicht doch. Sie kämpfen für die falsche Seite. Sie sind knallhart und schlau und geben all das Gabe. Haben Sie nicht genau dasselbe schon einmal für Ihren Ex-Mann getan?«

Nell schluckte. »Das ist etwas anderes.«

Lynnie schüttelte den Kopf. »Es ist das Gleiche. Wenn Sie und ich uns zusammentun würden, könnten wir einigen Schaden anrichten.« Sie lächelte Nell an, ein Lächeln, in dem sich mehr Bedauern als Ärger spiegelte. »Mein Problem ist, dass ich mit Geld immer ein gutes Händchen hatte, aber die Planung ist nicht meine Stärke. Ich brauche immer jemand Cleveren, der sich um die Details kümmert. Ich glaubte einmal, jemanden gefunden zu haben, aber er hat sich aus dem Staub gemacht.«

Die Erinnerung daran verzerrte ihr Gesicht etwas. »Er wollte sich scheiden lassen und mich heiraten, und ich habe ihm geglaubt. Lassen Sie sich nur niemals mit Ihrem Chef ein.«

»Das brauchen Sie mir nicht zu sagen«, entgegnete Nell und dachte an Tim.

»Gabe wäre der Schlimmste«, fuhr Lynnie fort und musterte sie. »Mit einem solchen Mann kann man einfach nicht zusammenarbeiten, man kann lediglich *für* ihn arbeiten.« Sie lehnte sich etwas näher zu Nell hinab. »Aber Sie könnten mit mir zusammenarbeiten. Sie machen den Eindruck, als ob Sie zu planen verstünden, und ich würde Sie niemals übers Ohr hauen.«

Das würde sie nicht, dachte Nell und ging zu ihr zurück.

»Es tut mir wirklich Leid, dass die Männer Sie so schlecht behandelt haben. Ehrlich. Ich hoffe, dass Sie das bekommen, was Sie sich in den Kopf gesetzt haben. Vorzugsweise ohne irgendjemanden zu vernichten natürlich, aber ich hoffe, dass Sie es dennoch bekommen.«

»Das Vernichten ist eigentlich das Beste.« Lynnie lehnte sich gegen die schmiedeeiserne Balustrade. »Hören Sie zu, ich habe da einen in der Mangel. Sie würden es sicher gutheißen, denn dieser Typ ist solch ein Ausbeuter, dass noch nicht einmal ich es glauben kann. Und ich habe ihn am Haken, er zahlt, und es ist auch noch mehr drin. Was wir ihm antun könnten, hat er sich alles redlich verdient. Wir sprechen hier von einer Gerechtigkeit mit Zins und Zinseszins.«

Lynnie lächelte sie an, und Nell erwiderte ihr Lächeln.

»Aber er ist ganz schön ausgefuchst. Ich könnte gut etwas Hilfe gebrauchen. Wie wäre es? Sie und ich, Erntezeit, und dann mit Volldampf in die Zukunft.«

Einen Augenblick lang stellte sich Nell vor, wie sie beide stellvertretend für alle Frauen Rache nehmen würden. Eine wilde Phantasie, nicht mehr. »So etwas kann ich nicht tun, Lynnie. Es entspricht mir einfach nicht.« Sie streckte die Hand aus, und nach einem kurzen Augenblick drückte Lynnie sie. »Viel Glück, das meine ich ernst.« Dann trat sie auf die Straße hinaus. Ohne sich noch einmal umzusehen, steuerte Nell das Büro der McKennas an, ganz auf sich gestellt und mit Volldampf in die Zukunft.

Eine Stunde später saß Nell im Büro, als Suze mit einem Karton Gourmet-Hundeküchlein und einem Bastkorb hereinkam, in dem ein kurzhaariger, schwarzer Dackel in einem roten Pullover saß.

»Du musst dich um Schnuckiputz kümmern«, erklärte sie Nell. »Jack hat gerade angerufen und möchte, dass ich mit ihm zu Mittag esse. Meinst du, er könnte von der Hundeentführung Wind bekommen haben? Vielleicht hat dieser Farnsworth mich doch erkannt?«

»Nein«, erwiderte Nell verunsichert. »Aber gib mir den Hund und geh.« Sie nahm den Korb entgegen und beäugte den Hund. »Was hast du denn mit ihr angestellt?«

»Sie etwas gestutzt und ihr das Fell getönt«, meinte Suze. »Das Schneiden war kein allzu großer Erfolg, aber die Farbe sieht prima aus. Es ist dieses sanfte, auswaschbare Zeug, und da dachte ich mir, das kann ihr nicht schaden. Trotzdem habe ich sie danach zwei Mal mit Hundeshampoo gewaschen, nur um auch wirklich sicher zu gehen.«

Schnuckiputz blickte zu Nell auf, die Augen über der immer noch braunen Schnauze so mitleiderregend wie eh und je. »Ist schon gut«, beruhigte Nell die Hündin. »Ich habe kein Shampoo. Die Waschtage liegen hinter dir.« Sie stellte den Korb unter ihren Schreibtisch, wo man ihn von der Tür aus nicht sehen konnte. Sowie der Korb auf dem Boden stand, stand Schnuckiputz auf. Sie trug einen roten Pullover mit weißem Rollkragen, Ärmelbündchen und einem weißen Herz auf dem Rücken. »Ein niedlicher Pullover«, meinte Nell zögernd.

»Aus Cashmerewolle.« Suze äugte unter den Tisch nach dem Hund. »Kein bisschen kratzig.«

»Es ist September und nicht Januar«, wandte Nell ein.

»Ich musste ihr irgendetwas anziehen, um den missglückten Schnitt zu kaschieren«, entgegnete Suze. »Das war der leichteste Pullover, den ich auftreiben konnte. Im Auto habe ich noch mehr Sachen, damit du ihre Kleidung gelegentlich wechseln kannst.«

»Ihre Kleidung wechseln«, wiederholte Nell.

»Du solltest die Bomberjacke aus Leder sehen, die ich für sie gekauft habe«, meinte Suze. »Sie ist mit Fleece abgefüttert. Im Winter wird sie damit wie ein Macho aussehen.«

Nell blickte auf Schnuckiputz herab, die wie eine magersüchtig-unglückliche Cheerleaderin dreinsah. »Danke«, wandte sie sich an Suze. »Das war sehr nett von dir.«

Suze stellte den Karton mit den Gourmet-Hundekuchen auf den Schreibtisch und wandte sich Richtung Tür. »Sie liebt diese Küchlein. Sie ist ein so armseliges Würstchen, sie macht überhaupt keine Schwierigkeiten. Es ist nur, dass Jack...«

»Ich weiß, ich weiß.« Nell winkte sie zur Tür hinaus. »Find du lieber heraus, was er will. Wir bleiben hier.«

Nachdem Suze gegangen war, schob Nell Schnuckiputz' Korb weiter unter ihren Tisch, damit sie beim Arbeiten den Hund mit den Zehen streicheln konnte. Nach einer Weile seufzte der Dackel hörbar auf und zitterte nicht länger, döste dann vor sich hin, und Nell führte sich viel besser.

Allmählich wandten sich die Dinge zum Guten.

Als Suze bei O & D ankam, wartete ein vor Wut bebender Jack bereits vor seinem Büro auf sie, einem Büro mit reichlich Marmor und teuren Holzverkleidungen. »Hallo, Elizabeth«, grüßte Suze und lächelte seine Assistentin an. Aus den Augenwinkeln heraus sah sie Jack.

»Du bist spät dran«, unterbrach Jack Elizabeths Begrüßung, wofür sie ihn mit einem scharfen Blick bedachte. »Komm schon.«

»Ich habe den Hund zu Nell gebracht«, erklärte Suze, während er sie zum Lift drängte. »Du hast gesagt, er soll nicht alleine zu Hause bleiben, also habe ich ihr den Hund in die Detektei gebracht.«

»Ich möchte den Hund überhaupt nicht im Haus haben«, brummte Jack. »Es wäre nett, wenn du mich vorher fragen würdest, bevor deine verrückte Freundin ihn bei uns ablädt. Aber das ist dir offenbar gar nicht in den Sinn gekommen.«

»Nell ist nicht verrückt«, gab Suze scharf zurück.

»Und ob sie das ist«, beharrte Jack. »Du wirst kaum glauben, was sie abgezogen hat. Sie gehört nicht mehr zur Familie. Geh doch in Zukunft lieber mit Whitney einkaufen.«

»Sie gehört zu *meiner* Familie«, sagte Suze, doch er ignorierte sie, fuhr mit der Hand zwischen die sich schließenden Aufzugstüren und presste sie wieder auseinander.

Sie traten in den Lift, in dem bereits drei Männer standen, ihnen umgehend Platz machten und Suze anlächelten. »Hallo, Susie«, grüßte einer. Sie drehte sich um und sah in das runde, strahlende Gesicht von Budge. »Wie ich höre, gehen Margie, Nell und du heute Abend gemeinsam ins Kino«, bemerkte er, offensichtlich hocherfreut, sich mit der attraktiven Frau seines Vorgesetzten zu unterhalten. »Sieh zu, dass Nell sie nicht zu lange in Beschlag nimmt.«

»Werde ich«, erwiderte sie und dachte: *Wenn du mich noch einmal Susie nennst, werde ich dafür sorgen, dass man dir kündigt.*

Die Türen öffneten sich, und Jack nahm ihren Arm und zerrte sie zu seinem BMW. Bis er die Wagentür zugeschlagen und den Schlüssel in die Zündung gesteckt hatte, war sie bereits so wütend, dass sie ihn wieder herausriss. Ihre eigene Heftigkeit überraschte sie.

Jack starrte sie an. »Was machst du da?«

»Warum bist du heute nur so ein Mistkerl?«, fragte Suze und bot ihm zum ersten Mal in vierzehn Jahren die Stirn.

»Sprich nicht in diesem Tonfall mit mir«, knurrte er.

»Wo warst du gestern Abend?«

»Wie ich dir schon erzählt habe: Wir haben Schnuckiputz aus Easton entführt. Was glaubst du denn sonst, woher ich sie habe?«

»Ich dachte, du hättest mir die Wahrheit gesagt. Sie war weiß Gott merkwürdig genug.« Er starrte sie wütend an. Sie starrte zurück.

»Was ist denn nur los mit dir? Falls der Hund dich stört, dann beruhige dich. Nell hat ihn jetzt. Falls es irgendetwas anderes ist, dann raus mit der Sprache. Und hör auf, solch ein Ekel zu sein.«

»Gut, wie du willst.« Jack richtete sich auf und bemühte sich um eine Art würdevoller Wut, wirkte jedoch eher wie ein verwöhnter Zwölfjähriger. »Du hast eine Affäre. Gib's zu. Du betrügst mich.«

Suze klappte den Mund auf. »Hast du den Verstand verloren?«

»Pete Sullivan hat dich gestern in Easton gesehen, als du mit Riley McKenna zusammen zu Abend gegessen hast.«

»Ich habe nie…« Suze hielt inne. »Gestern Abend? Nell,

Margie und ich sind dort gewesen, um mit ihm zu reden. Wir saßen keine halbe Stunde in einem Imbiss und haben mit ihm über Schnuckiputz diskutiert. Ich fasse es nicht. Ich war mit Margie und Nell zusammen, verdammt noch mal.«

»Sie würden für dich lügen«, gab Jack leicht beschwichtigt zurück. »Himmel, Nell ist zu allem fähig.«

»Richtig, und danach hat sie für mich den Hund gestohlen, nur damit ich ein Alibi habe. Ich kannte Riley McKenna bis gestern Abend doch gar nicht. Und nachdem ich ihn kennen gelernt habe, glaube ich nicht, dass ich ihn näher kennen lernen möchte. Was ist denn nur los mit dir?«

Jack atmete tief durch und ließ den Kopf gegen die Kopfstütze sinken. »Ich hatte eine schlechte Woche.«

»Und da dachtest du, du würdest mich gerne daran teilhaben lassen? Herzlichen Dank.« Suze schüttelte den Kopf. »Es will mir nicht in den Kopf, wie du mir misstrauen kannst. Ich bin nicht diejenige mit einer entsprechenden Vergangenheit, mein Lieber.«

»Moment mal«, fiel ihr Jack ins Wort. »Pass auf, was du sagst. Ich habe dich nie betrogen.«

»Wie kommst du dann auf die Idee, dass ich es tue? Pete Sullivan ist ein widerlicher Typ, das weißt du. Du weißt genau, dass er dich lediglich ärgern wollte, und du bist drauf reingefallen. Ich glaube, du verwechselst da was. Ich glaube, in Wirklichkeit möchtest *du* mich betrügen. Ich glaube,...«

»Nun mal langsam.« Jack klang alarmiert.

»... du hast es satt, mit einer Frau über dreißig verheiratet zu sein. Jetzt willst du eine Jüngere ...«

»Suze, ich liebe dich.« Jack beugte sich zu ihr hinüber.

»... und hast deswegen Schuldgefühle, und deswegen soll ich auch zu Hause bleiben und nicht arbeiten ...«

Er beugte sich zu ihr und brachte sie mit einem Kuss zum Schweigen. Sie streckte die Arme nach ihm aus. Er war für sie der Fels in der Brandung gewesen, solange sie sich erinnern konnte. »Ich werde dich *niemals* betrügen«, flüsterte er und presste sie an sich. »Ich liebe dich. Für immer und ewig.«

»Wie konntest du nur glauben, dass *ich* so etwas tun würde?«, fuhr Suze fort, bemüht, ihm nicht zu verzeihen. »Wie konntest du nur solch schreckliche Dinge sagen?«

»Suze, ich bin vierundfünfzig. Riley McKenna ist dreißig. Er ist mein schlimmster Albtraum.«

»Woher kennst du ihn überhaupt?«, fragte Suze, und Jack lehnte sich ein wenig zurück.

»Sie arbeiten sehr häufig für uns«, erwiderte er. »Hör zu, es tut mir Leid. Ich habe nur gehört, dass du mit ihm zusammen warst, und da habe ich durchgedreht. Das war dumm von mir. Lass mich das wieder gutmachen.«

»Also gut.« Suze reichte ihm den Schlüsselbund und wünschte, die ganze Sache wäre endlich vorbei.

Jack steckte den Schlüssel in die Zündung, ließ den Wagen an und tätschelte ihr Knie, bevor er aus der Parklücke ausscherte. Nun war er wieder ganz er selbst, jovial und charmant. Fast war ihm schwindlig vor Erleichterung. »Ich kann nicht glauben, dass du mir zutraust, ich würde dich betrügen«, sagte Jack und schnitt einen anderen Wagen, als er auf die Straße auffuhr. »Jeden Abend bin ich zu Hause. Ich gebe dir alles. Warum bist du plötzlich so sauer?«

Wegen etwas anderem, das du mir gegeben hast, dachte Suze und lehnte sich in ihren Sitz zurück. Sie war nicht im Geringsten beruhigt.

Um eins knarrte die Eingangstür erneut. Nell blickte auf und erwartete Gabe. Es war Jase.

»Mittagessen«, verkündete er und grinste sie mit seinen dunklen, funkelnden Augen an. »Komm schon. Ich lade dich ein.«

»Ich zahle«, entgegnete Nell. »Aber ich kann trotzdem nicht weg. Ich musste heute Morgen schon einmal raus, und jetzt habe ich jede Menge zu tun.« *Außerdem halte ich einen Hund unter diesem Schreibtisch versteckt.*

»Auch gut«, erwiderte Jase. »Sag mir, was du willst, dann bringe ich es dir.«

»Ich habe keinen Hunger. Ich kann …«

Die Tür knarrte wieder, wurde dann aufgerissen und traf Jase in den Rücken.

»Hey«, sagte er, als Lu den Kopf hereinstreckte.

»Steh doch nicht direkt vor der Tür, Dummkopf.« Lu legte den Kopf zur Seite und musterte ihn eingehend, dann lächelte sie. »Hallo.«

»Hallo«, erwiderte Jase und wandte sich ihr zu. *Himmel nein,* dachte Nell.

»Er wollte gerade gehen«, erklärte Nell.

»Nein, das wollte ich nicht.« Jase öffnete die Tür weiter. »Komm herein. Erzähl uns, was du auf dem Herzen hast.«

»Mein Vater macht mich vollkommen verrückt«, erläuterte Lu.

»Und weshalb bist du hier?«

»Meine Mutter muss etwas essen.«

Lus Miene heiterte sich auf. »Du bist Nells Sohn?« Sie blickte zu Nell und nickte anerkennend. »Gute Arbeit.«

»Das ist die Tochter meines Chefs«, erklärte Nell an Jase gewandt und versuchte warnend zu klingen.

»Ich bin Lu.« Lu streckte die Hand aus.

»Ich bin Jase«, sagte Jase, nahm ihre Hand und hielt sie fest. »Ich wollte meine Mutter zum Essen ausführen, aber leider kann sie nicht …«

Nell nahm ihre Handtasche. »Natürlich kann ich.«

»… ergo bin ich frei«, fuhr Jase fort. »Wie wäre es mit uns beiden? Ich schaff' das Problem zwischen dir und deinem Vater aus der Welt.«

»Kannst du das etwa?« Lu grinste. »Bist du meinem Vater überhaupt schon begegnet?«

»Nein«, erwiderte Jase. »Aber ich kann einfach alles.« Er

hielt die Tür noch ein Stück weiter auf. »Zum Beispiel für das Mittagessen zahlen.«

»Super.« Lu winkte Nell zum Abschied. »Wir bringen Ihnen auf dem Rückweg etwas mit. Sagen Sie meinem Paps nicht, dass ich hier war.«

»Geht in Ordnung«, versicherte Nell. Doch als die beiden schon halb aus der Tür waren, rief sie: *»Jase!«*

Jase steckte seinen Kopf wieder in den Türspalt.

»Sie ist die Tochter meines Chefs«, zischte Nell. »Mach mir nichts Unerlaubtes.«

»Ist doch nur ein Mittagessen«, erwiderte Jase. »Unerlaubtem widme ich mich erst nach Einbruch der Dunkelheit.«

»Das ist nicht witzig«, grollte Nell, aber er war schon verschwunden.

Sie fragte sich, ob sie sich Sorgen machen müsse und entschied, dass sie auch so schon genügend Probleme hatte und wahrlich keine weiteren hinzufügen musste. Zurzeit schlug sie sich sogar recht wacker. Dieses Mal hatte sie wirklich etwas erreicht. Die mehr als fünftausend Dollar würde sie Gabe aushändigen und vielleicht würde er sie dann neue Visitenkarten bestellen und das Fenster neu streichen lassen. Vielleicht würde er sie jetzt, nachdem sie das Geld zurückgeholt hatte, sogar eine neue Couch kaufen lassen. Sie musste es nur irgendwie so drehen, dass er über ihren Ungehorsam nicht zu wütend wurde und zu der Überzeugung gelangte, dass er es ihr einfach schuldig war…

Die Tür flog auf, und als Nell aufsah, blickte sie in die vor Wut blitzenden Augen von Mr. Farnsworth. »Wo ist Ihr Chef?«, knurrte er.

Nell schluckte. »Er ist nicht da.« Gleichzeitig schrubbte sie Schnuckiputz unter dem Schreibtisch noch ein wenig kräftiger mit ihrem Fuß. Der Hund war hellwach und zitterte wie Espenlaub, ihr selbst ging es nicht anders. Mr. Farnsworth hatte diese Wirkung.

»Ich glaube Ihnen kein Wort.« Er ging an ihr vorbei und riss die Tür zu Gabes Büro auf.

Dem Himmel sei Dank, dass er nicht da ist, dachte Nell. *Danke, danke, lieber Gott.*

»Wo ist er?«, fragte Farnsworth und steuerte auf ihren Schreibtisch zu.

»Er ist geschäftlich unterwegs«, bemühte sie sich, ihrer Stimme Autorität zu verleihen. »Da ich Ihnen nicht helfen kann…«

»Sie haben meinen Hund gestohlen«, sagte Farnsworth.

Nell sackte ein wenig auf ihrem Stuhl zusammen und trat Schnuckiputz mit dem Fuß. »Mitnichten habe ich das getan.«

»Nicht Sie persönlich«, erwiderte Farnsworth gereizt. »Aber diese Agentur.«

»Ich versichere Ihnen…«, begann Nell, doch in diesem Augenblick riss Gabe die Tür auf und trat ein. Er nahm seine Sonnenbrille ab und wirkte extrem schlecht gelaunt, und sie konnte nichts sagen, um die Situation zu entschärfen.

»Da sind Sie ja!«, rief Farnsworth und trat auf ihn zu. »Ich verklage Sie und diese Agentur und…«

»Wer zum Teufel sind Sie?«, schnitt Gabe ihm das Wort ab, offenbar nicht in der Stimmung, verklagt zu werden.

»Ich bin Michael Farnsworth. Sie haben meinen Hund gestohlen.« Er schien ein wenig in sich zusammenzusacken, vermutlich weil ihm bewusst wurde, wie absurd seine Anschuldigung klang. Ganz besonders jetzt, da Gabe wutentbrannt vor ihm stand, im gutgeschnittenen Anzug, ganz der rechtschaffene Bürger in der Tasche.

»Wie bitte?«, hakte Gabe nach, und augenblicklich kühlte sich die Raumtemperatur merklich ab.

Lass ihn niemals mit mir in diesem Tonfall reden, betete Nell, die sich ziemlich sicher war, dass dies in Kürze geschehen würde.

»Meine Frau hat sie beauftragt…«

»Diese Firma begeht keine kriminellen Handlungen«, schnitt ihm Gabe messerscharf das Wort ab. »Unsere Detektei existiert seit über sechzig Jahren und hat einen ausgezeichneten Ruf. Wenn Sie keine Gegenklage wegen Verleumdung riskieren möchten, schlage ich vor, dass Sie Ihre Anschuldigung neu überdenken.«

»Mein Hund ist verschwunden«, sagte Farnsworth jetzt etwas ruhiger. »Ich weiß, dass meine Frau hier war, um Sie zu engagieren.«

»Wir sprechen nicht über unsere Klienten«, sagte Gabe. »Aber ich versichere Ihnen, niemand in dieser Agentur hat einen Auftrag angenommen, bei dem er das Gesetz brechen müsste.«

»Meine Frau ...«, Farnsworth klang zunehmend unsicherer. »Ich weiß, dass sie hinter dieser Sache steckt.«

»Dann gehen Sie zu ihr.« Für Gabe war damit die Unterhaltung offensichtlich beendet.

»Vielleicht kann ich meinerseits Sie engagieren«, schlug Farnsworth vor.

Das fehlt uns gerade noch: Dass Gabe Nachforschungen über mich anstellt, dachte Nell.

»Eine Spur habe ich«, Farnsworth gab nicht auf. »Eine umwerfende Blondine klingelte an der Tür, um mich abzulenken. Die dort mit Perücke war es nicht«, fügte er hinzu und wies mit dem Daumen Richtung Nell. »Sie hatte eine verdammt gute Figur. Sie ...«

»Mr. Farnsworth, nichts auf der Welt könnte mich dazu bringen, mich in dieses Schlamassel einzumischen«, erwiderte Gabe. »Gehen Sie zur Polizei. Sie kann Ihre Frau befragen und der Sache schneller als wir auf den Grund kommen. Und die Polizei macht es sogar umsonst. Dafür zahlen Sie schließlich Steuern.«

Farnsworth nickte und Nell nickte ebenfalls. Gabe machte immer vernünftige Vorschläge. Leider hetzte er ihr diesmal die Polizei auf den Hals, trotzdem war es ein vernünftiger

Vorschlag. Sie musste den Hund aus diesem Bundesstaat herausschmuggeln. Wenn sie doch nur irgendjemanden wüsste, der nach Kanada …

Farnsworth ging und ließ die Tür offen stehen. Gabe folgte ihm und knallte die Tür zu.

»Nun denn«, sagte Nell und versuchte, tugendhaft zu wirken, als er sich umdrehte und sie musterte. »Was ist denn mit Ihnen …« Sie hielt inne, als sie den Blick in seinen Augen bemerkte.

»Wo«, fragte Gabe, »ist dieser gottverdammte Köter?«

7

Einen kurzen Augenblick lang war Nell versucht zu bluffen, entschied sich jedoch dagegen. Irgendwoher wusste er Bescheid, und ihre einzige Rettung bestand darin, die Karten offen auf den Tisch zu legen.

»Er sitzt unter meinem Schreibtisch«, gestand sie. Just in diesem Moment kam Riley von der Straße herein. »Wer war der Mistkerl, der eben hier hinausgestürmt ist?«

»Halt dich da raus«, sagte Gabe, ohne den Blick von Nell zu nehmen. »Dich knöpfe ich mir später vor.«

»Was denn? Was habe ich denn getan?«

Nell zog Schnuckiputz' Körbchen hervor und stellte es auf den Schreibtisch.

»Himmel, du hast ihn mit ins Büro gebracht?«, fragte Riley.

»Und wenn der Typ hier aufkreuzt und nach ihm sucht? Er weiß, dass seine Frau …«

»Das war er. Der, der eben gegangen ist.« Angewidert musterte Gabe den Hund. »Was in aller Welt ist das?«

»Ein ehemals brauner Langhaardackel«, erwiderte Nell. »Suze hat ihn getarnt.«

»Suze Dysart?«, erkundigte sich Gabe. »Das ist dann wohl die heiße Blondine.«

»Sehr heiß«, pflichtete ihm Riley bei. Gabe warf ihm einen wütenden Blick zu.

»Ist es dir jemals in den Sinn gekommen, Frauen einen Wunsch abzuschlagen?«

»Aber das hat er«, sagte Nell. »Erst als wir ihm drohten, den Hund trotzdem zu stehlen, hat er uns geholfen, damit wir nicht in Schwierigkeiten kommen.«

»Ein Pfundskerl, wirklich.« Gabe musterte den Hund erneut und schüttelte den Kopf. »Und ich habe Sie eingestellt. Wo waren Sie heute Vormittag?«

»Hier?« Nell bemühte sich um eine unschuldige Miene. Die fünftausend konnte sie ihm später geben. Zum Beispiel am Montag. An einem Montag im Dezember.

»Denken Sie scharf nach.« Gabe klang gefährlich wütend.

»Also gut.« Nell nahm Schnuckiputz' Körbchen. Vielleicht wäre es besser, wenn er den Hund nicht vor Augen hatte. »Ich habe etwas für die Agentur erledigt.«

»Erweisen Sie dieser Agentur nicht noch mehr Gefälligkeiten«, knurrte Gabe. »Wo waren Sie? Falls Sie irgendetwas Ungesetzliches getan haben, sind Sie gefeuert. Das meine ich ernst.«

Bei dem Wort »gefeuert« drehte sich Nell der Magen um. »Ich war bei Lynnie. Ich habe das Geld zurückgeholt.« Sie stellte Schnuckiputz wieder unter dem Tisch ab, holte den Briefumschlag aus der Schublade und streckte ihn Gabe entgegen. »Hier, mehr als fünftausend Dollar. Ich habe die Außenstände der Agentur eingetrieben.«

»Alle Achtung«, sagte Riley. »Gut gemacht.«

»Nein, nicht gut gemacht«, gab Gabe wütend zurück. »Ich muss unbedingt mit Lynnie unter vier Augen sprechen. Das dürfte sich als etwas schwierig erweisen, jetzt, da sie weiß, dass wir ihr auf die Schliche gekommen sind.«

Nell legte das Geld auf den Schreibtisch. Es tut mir Leid,

dass sie meinetwegen jetzt Bescheid weiß, aber ich habe das Geld zurückbekommen. Ich wollte behilflich sein.« Er schien nicht sonderlich beeindruckt. *Die Kündigung ist mir sicher,* dachte sie.

»Hören Sie zu.« Sie redete schneller als je zuvor in ihrem Leben. »Ich weiß, dass Sie wütend sind. Aber ich glaube trotzdem, das Richtige getan zu haben. Die Detektei ist wirklich großartig und mir gefällt die Arbeit hier sehr, allerdings muss manches noch auf Vordermann gebracht werden. Unter anderem die Finanzen. Aber um die steht es jetzt bereits viel besser, nach dem, was ich getan habe, und ich habe nichts Ungesetzliches getan, und ich habe noch nicht einmal die Regeln der Agentur verletzt. Und überhaupt zählt die dritte Regel nicht, weil ich nichts von ihr wusste.« Sie hielt inne, als Riley resigniert die Augen schloss und Gabe den Kopf hochriss.

»Ich finde wirklich, dass dies eine tolle Detektei ist«, wiederholte sie.

»Danke«, knurrte Gabe grimmiger als je zuvor. »Ich muss mit Ihnen reden, aber vorher kommt Riley dran. Wir gehen in sein Büro. Wenn ich wieder herauskomme, möchte ich, dass Sie hier sitzen.«

»Selbstverständlich«, erwiderte Nell und setzte sich.

Er wandte sich Riley zu und deutete auf sein Büro. »Dort hinein.«

»Lass das bloß nicht an mir aus«, brummte Riley. »Du hast sie eingestellt.«

Gabe schlug die Tür hinter sich zu und sagte: »Noch mehr gute Nachrichten. Nicht nur hat unsere Sekretärin diesen verdammten Hund gestohlen, sie hat auch das Büro ihres Ehemannes verwüstet. Bis eben war ich damit beschäftigt, ihr die Polizei vom Hals zu schaffen. Und Lynnie hat jetzt gute Gründe, die Knebel wieder anzuziehen, also kommt die Erpressungssache wieder auf uns zu. Die Frau ist vollkommen unkontrollierbar, sie muss gehen.«

»Nein«, widersprach Riley. Gabe hielt verblüfft inne. »Das hätte ich auch nicht erwartet«, fuhr Riley fort und setzte sich an seinen Schreibtisch. »Aber für diese hier werde ich kämpfen. Sie ist gut. Zurzeit befindet sie sich lediglich in einer ziemlich schwierigen Phase. Gib ihr noch eine Chance.«

»Warum? Damit sie noch mehr anstellen kann, um diesen Laden zu ruinieren?«

»Für das Geschäft bedeutet sie keine Bedrohung«, widersprach Riley. »Wie du sehr wohl weißt. Du bist nicht wütend auf Nell, du bist wütend auf Patrick.«

Kalt erwischt hielt Gabe inne. »Nein, ich bin mir ziemlich sicher, dass ich auf Nell wütend bin.« Doch er setzte sich bereits, während er noch sprach.

»Du glaubst, dass Patrick Trevor geholfen hat, Helenas Mord zu vertuschen. Und du glaubst auch, dass Lynnie irgendetwas gefunden hat, das er zurückgelassen hat und damit jetzt Trevor und möglicherweise auch Jack und Budge erpresst. Und du kannst nichts dagegen unternehmen, deswegen lässt du es an Nell aus.«

»Nein.«

»Sie hat für dieses Büro in einer Woche mehr getan als meine Mutter in zehn Jahren«, fuhr Riley fort. »Sie arbeitet gewissenhaft, sie ist effizient und sie hat den Job verdient. Sie wird noch eine Chance bekommen.«

»Diese eine Chance könnte uns ruinieren«, gab Gabe zu bedenken.

»Rede mit ihr«, schlug Riley vor. »Hör auf, sie herumzukommandieren und dich wie dein Vater zu benehmen. Lade sie zum Mittagessen ein und gib ihr die Möglichkeit, ihre Sicht darzulegen. Wenn du sie danach immer noch rausschmeißen willst, soll's mir recht sein.«

Gabe atmete tief ein. Er richtete seine Wut gegenüber Patrick nicht auf Nell, sie hatte sie sich ganz alleine verdient. Aber Riley war ein guter Partner, und was er vorschlug, war nicht zu viel verlangt. »Also gut.« Gabe erhob sich.

»Ich glaube nicht, dass du mit Lynnie unbedingt falsch liegst«, sagte Riley. »Ich glaube, dass sie etwas gefunden hat und dass es ihr ähnlich sehen würde, damit die drei von O & D zu erpressen. Soll ich sie mir vorknöpfen? Mir würde sie vielleicht die Tür öffnen. Das hat sie früher schon getan.«

»Du und die Frauen.« Gabe schüttelte den Kopf. »Ich kann kaum glauben, dass du mit Nell geschlafen hast.«

»Das kann ich auch kaum glauben«, pflichtete ihm Riley bei. »Sie ist sehr gewinnend, wenn man es am wenigsten erwartet. Pass während des Essens auf dich auf.«

»Sehr witzig«, gab Gabe zurück.

Nell saß artig an ihrem Tisch und betete, dass Gabe, wenn er aus Rileys Büro kam, eingesehen haben würde, dass sie richtig gehandelt hatte und...

»Folgen Sie mir«, forderte er sie auf, als er gemeinsam mit Riley ins Vorzimmer trat. »Wir gehen zum Mittagessen.«

Er wirkte bedrohlich, also nahm sie ihre Handtasche. »Und was wird aus dem Geld? Und aus Schnuckiputz?«

»Riley wird sich um das Geld und um Schnuckiputz kümmern.«

Gabe deutete zur Tür. »Wir gehen.«

Riley warf Nell einen mitfühlenden Blick zu. »Tut mir Leid, meine Liebe.« Er klemmte den Geldumschlag unter den Arm, nahm Schnuckiputz' Körbchen und kehrte in sein Büro zurück. Gabe stand an der Tür und sah aus wie Luzifer persönlich. Nell spürte die dunkle Hand des Schicksals auf sich lasten, und das nur, weil sie gleich mehrmals das Richtige getan hatte. Es war so unfair.

»Wenn Sie mir kündigen wollen«, sagte Nell mit erhobenem Kinn, »tun Sie es besser gleich. Dann haben wir es hinter uns.«

»Sie müssen etwas essen. Und dann werden wir ausloten, wie gründlich Sie unsere Regeln verstanden haben. Sofern dieses Verständnis gründlich genug ist, werde ich Ihnen nicht kündigen. Wir werden hierher zurückkehren, und Sie werden die Arbeit erledigen, für die wir Sie eingestellt haben. Wenn Ihr Verständnis sich jedoch als ungenügend herausstellen sollte, werden Sie wohl ein paar Kopien Ihres Lebenslaufs benötigen.«

Nell hätte gerne eine bissige Bemerkung gemacht, doch falls nur die kleinste Chance bestand, dass er sie nicht feuerte, würde ihr – und ihrer finanziellen Zukunft – ein wenig Zurückhaltung sicher nicht schaden.

»Danke«, sagte sie und schlüpfte an ihm vorbei aus der Tür.

Glücklicherweise war der Weg von der Agentur zum Restaurant kurz, denn Gabe hinter seinen dunklen Sonnengläsern blieb schweigsam. »Ein schöner Tag, nicht wahr?« Auf ihre vorsichtige Frage hatte er nicht geantwortet, daher verstummte sie gleichfalls und passte sich seinem schnellen Schritt an.

Im Restaurant, einer gemütlichen Bar mit Grill namens *Sycamore,* setzten sie sich an einen der kleinen Tische im vorderen Teil, Gabe mit dem Rücken zum Licht. Auf diese Weise hatte sie freie Sicht auf die großen, getönten Fensterscheiben. Sie drehte sich um, um sich den Gastraum näher anzusehen – viel dunkles Holz, Tiffanylampen und alte Werbeplakate an den Wänden. Als die Bedienung kam, um ihre Bestellung aufzunehmen, sagte Gabe: »Ich nehme ein Bier vom Fass und ein Reuben-Sandwich.« Er fuhr Nell scharf an.

»Bestellen Sie.«

Die Bedienung wirkte entsetzt.

»Einen schwarzen Kaffee«, wandte sich Nell ihr zu und lächelte freundlich.

»Sie möchte ein Omelette«, diktierte Gabe der Bedienung. »Vier Eier mit reichlich Schinken und Käse.«

»Ich möchte kein Omelette«, widersprach Nell. »Ich habe keinen …«

»Wollen Sie sich wirklich ausgerechnet jetzt mit mir anlegen?«, fragte Gabe, und die Bedienung wich einen Schritt zurück.

»Ich nehme einen Caesar-Salat«, gab Nell nach.

»Gut.« Gabe sah zu der Bedienung auf. »Servieren Sie ihn mit einer doppelten Portion gegrilltem Hühnchen und bringen Sie ihr eine doppelte Portion Pommes frites.«

»Ich möchte keine …«, begann Nell.

»Das ist mir egal«, knurrte er, und Nell schwieg, bis die Bedienung gegangen war.

Dann sagte sie: »Wissen Sie, was ich esse, geht Sie eigentlich gar …«

»Sie haben das Büro Ihres Ex-Mannes verwüstet. Seine neue Frau hat bei der Polizei Anzeige erstattet und einen Haftbefehl erwirkt.«

»O mein Gott«, murmelte Nell und jeder Nerv in ihrem Körper gefror zu Eis.

»Als ich Sie eingestellt habe, waren Sie ein unbeschriebenes Blatt. Jetzt sind Sie bei der Polizei aktenkundig.«

»O mein Gott.«

»Was zum Teufel haben Sie angestellt? Die Frau Ihres Ex hat die ganze Zeit irgendetwas von Eiszapfen geschwafelt.«

»Auszeichnungen«, hauchte Nell. »Kristalltrophäen für die ›Versicherungsagentur des Jahres im Staate Ohio‹. Ich habe sie zerschmettert.«

»Hat Ihnen hoffentlich Spaß gemacht. Es hat Jack und mich den ganzen Vormittag gekostet, die Sache für Sie auszubügeln. Er hat dahingehend argumentiert, da Sie immer noch die Hälfte der Versicherungsagentur besitzen, würde die Festnahme nicht greifen. Ihr Ex-Mann hat die Anzeige schließlich zurückgezogen. Die Polizei ist Ihnen also nicht mehr auf den Fersen.«

»Danke«, sagte Nell höflich und begann, ihre Papierserviette auf dem Schoß zu zerpflücken.

»Und am Mittwochabend haben Sie versucht, mit dem Ehemann einer Klientin zu schlafen.«

»Das war ein Fehler«, gab Nell zu. »Dafür entschuldige ich mich.«

»Wie ich annehme, haben Sie auch mit Riley geschlafen.«

»Hören Sie, da trifft mich keine Schuld«, entgegnete Nell ein wenig aufmüpfig. »Sie haben mir nicht verboten, mit dem Geschäftspartner zu vögeln.«

Gabe wirkte entsetzt. »Ich weiß, dass ich das nicht getan habe. Ich habe es nicht erwähnt, weil ich gar nicht daran gedacht habe, dass Sie es tun würden. Und ehrlich gesagt hätte ich nicht geglaubt, dass Sie das Wort ›vögeln‹ in den Mund nehmen würden, ganz abgesehen davon, es zu tun.«

Die Bedienung kam, servierte die Getränke und sagte zu Nell: »Ihr Essen kommt gleich.« Sie schien besorgt zu sein. »Danke«, erwiderte Nell und versuchte, nicht zu elend auszusehen.

Nachdem die Bedienung gegangen war, fuhr Gabe fort: »Und gestern haben Sie sich mit jemandem außerhalb der Firma über einen Klienten unterhalten, gestern Nacht haben Sie einen Hund gestohlen. Und heute Morgen haben Sie von einer ehemaligen Angestellten Geld erpresst. Alles in allem hatten Sie eine ausgesprochen turbulente Woche.«

»Ich habe es für die Firma getan«, beharrte Nell tugendhaft.

»Sie haben jede Beherrschung verloren«, sagte Gabe und begann mit einem Vortrag über Werte und Verantwortung und den Ruf der Agentur, den er erst unterbrach, als die Bedienung zurückkehrte und das Essen auf den Tisch stellte. Nells Salat war riesig, bestückt mit Hühnchen und reichlich Käse und Croutons. Gabe zeigte mit dem Finger darauf.

»Essen Sie.«

»Das kann ich unmöglich alles aufessen«, widersprach Nell.

»Dann werden wir wohl sehr, sehr lange hier bleiben müssen.« Gabe nahm sein Sandwich.

Nell stocherte in ihrem Salat herum und nahm einen Bissen. Der Salat war gut, aber was bildete dieser Mann sich eigentlich ein? Sie schluckte und sagte: »Was bilden Sie sich eigentlich ein? Was ich esse, geht Sie gar nichts an.«

»Und ob es das tut«, widersprach Gabe und nahm sich eine Fritte. »Sie repräsentieren mein Büro.«

»Ja und?«

Gabe deutete auf ihren Salat, und sie stieß erneut mit der Gabel hinein. »Sie sehen aus wie der Tod. Wenn Sie nicht etwas zunehmen, werden die Kunden glauben, ich zahle Ihnen nicht genug.«

»Das tun Sie auch nicht«, bestätigte Nell mit vollem Mund. »Und ich sehe gut aus.«

»Sie sehen aus wie der Tod. Halten Sie jetzt den Mund und essen Sie, während ich Ihnen die drei Regeln erkläre.«

»Ich kenne die drei Regeln«, erwiderte Nell, und Gabe deutete erneut auf ihren Salat. Es reizte sie, sich weiter mit ihm zu streiten, aber sie würde die Angelegenheit wohl schneller hinter sich bringen, wenn sie einfach aß. Also attackierte sie mit der Gabel erneut den Salat.

»Der Grund, weswegen wir uns außerhalb des Büros nicht über unsere Fälle unterhalten, ist der, dass die Leute uns vertrauliches Material anvertrauen und dieses auch vertraulich behandelt wissen wollen.«

Nell schluckte. »Das ist mir bekannt.«

»Als Sie sich mit Suze über den Hund unterhalten haben, haben Sie diese Vertraulichkeit gebrochen. Ihre Freunde gehören nicht zur Firma. Wenn ich nicht darauf vertrauen kann, dass Sie ihnen gegenüber nichts ausplaudern, kann ich Ihnen nicht vertrauen.«

Nell kaute langsamer. »Da haben Sie Recht. Es tut mir Leid.«

»Ich habe immer Recht.« Er wartete, bis sie noch mehr Salat aufgegabelt hatte. »Gegen das Gesetz zu verstoßen ist fast genauso schlimm. Wir haben zur Polizei ein gutes Verhältnis, weil die wissen, dass wir keine krummen Dinger drehen. Diese gute Beziehung möchte ich nicht gefährdet sehen, nur weil Sie glauben, über dem Gesetz zu stehen.«

Nell schluckte ihren Salat. »Ich glaube nicht, dass ich über dem Gesetz stehe. Das mit dem verwüsteten Büro tut mir Leid. Es soll nicht wieder vorkommen.«

»Außerdem haben Sie einen Hund gestohlen. Und Sie glauben immer noch, dass das in Ordnung war.«

»Sie haben mich nicht gezwungen, ihn zurückzugeben.«

»Halten Sie den Mund und essen Sie.« Doch bevor Nell sich selbstzufrieden zurücklehnen konnte, fügte er hinzu: »Und damit kommen wir zum Thema Sex mit Kollegen.«

Nell sank ein wenig tiefer in ihren Stuhl und aß noch mehr Salat.

»Mir ist es gleichgültig, ob Sie mit Riley schlafen. Das ist ganz allein Ihre Sache.« Gabe klang wütend.

»Ich schlafe nicht mit ihm«, warf Nell eilig ein und fühlte sich schuldbewusster denn je. »Nicht mehr. Es war ein kurzes Abenteuer. Eine einzige Nacht. Wirklich.« Sie lächelte ihn an und versuchte unschuldig auszusehen, dann nahm sie den Bierkrug und trank. Dieses Mittagessen zählte nicht zu den Höhepunkten ihres Lebens. Aber das Bier schmeckte gut, leicht herb und gut gekühlt. Sie nahm wieder einen Schluck und fühlte, wie der Alkohol ihren Körper ein wenig lockerte.

Gabe winkte der Kellnerin.

»Und es war meine Schuld, nicht seine«, fuhr sie fort und leckte sich den Schaum von den Lippen. »Ich fühlte mich jämmerlich, und er hatte Mitleid mit mir.«

Die Bedienung kam und Gabe bestellte noch ein Bier.

»Wie bitte?«, fragte Nell und blickte dann auf sein Bierglas in ihrer Hand. Es war bereits halb leer. »Oh, das tut mir

Leid.« Sie versuchte, ihm das Glas wieder zuzuschieben. »Behalten Sie es«, sagte Gabe. »Es hat viele Kalorien. Und die Sache mit Riley hatte nichts damit zu tun, dass Sie bemitleidenswert waren. Riley hat nicht das geringste Interesse an Jammerlappen.«

»›Jammerlappen‹ habe ich nicht gesagt.«

»Essen Sie«, sagte Gabe, und Nell wandte sich wieder ihrem Salat zu.

Nachdem die Bedienung das zweite Bier gebracht hatte und wieder gegangen war, sagte er: »Diese drei Regeln basieren auf Erfahrung, Nell.«

Überrascht blickte sie auf. Er hatte sie noch nie zuvor mit ihrem Vornamen angeredet.

»Das waren die Regeln meines Vaters, und er hat sie aus gutem Grund aufgestellt«, fuhr Gabe fort. »Sie …«

»Was war der Grund für die ›kein Sex-Regel‹?«, fragte Nell in der Hoffnung, ihn abzulenken.

»Er hat seine Sekretärin geheiratet. Die Regeln …«

»Ihre Mutter war seine Sekretärin?« Nell hielt mit dem Kauen inne. »Einen Moment mal, war nicht auch Chloe Ihre Sekretärin?«

»Die Regeln …«, begann Gabe erneut. Nell fuchtelte mit der Gabel vor ihm herum. »Jetzt habe ich es begriffen. Diese Regel werde ich niemals brechen, das schwöre ich.« Als er sie skeptisch anblickte, fuhr sie fort: »Nein, jetzt mal ehrlich. Ich verstehe es wirklich. Mir gefällt die Arbeit, und ich möchte sie behalten. Wenn wieder so etwas wie mit dem Hund vorkommt, werde ich Ihnen den Fall vorlegen und Ihnen so lange auf den Wecker gehen, bis Sie etwas unternehmen.«

»Als ob das viel besser wäre«, bemerkte Gabe, doch da er sein Bier in die Hand nahm, war die Gardinenpredigt vermutlich vorbei. »Essen Sie«, sagte er, und Nell gabelte ein Stückchen Hühnchen auf und aß, sehr zu ihrer eigenen Überraschung.

Es war Jahre her, seit ihr jemand irgendwelche Anweisungen erteilt oder sie wegen etwas angebrüllt hatte. Vielleicht war es sogar noch nie vorgekommen. Tim und sie hatten ein Leben geführt, in dem sie alles organisiert und er sich allem gefügt hatte. Dann hatte er eines Tages jemand anderen kennen gelernt, jemanden, der sein Leben nicht für ihn in die Hand nahm und ihm die Illusion vermittelte, er bestimme es selbst. Nach allem, was ihr mittlerweile zu Ohren gekommen war, hatte Whitney allerdings sehr wohl die Zügel in der Hand. Was nichts anderes bedeutete, als dass Tim eine Frau brauchte, die ihn herumkommandierte. Er wollte es nur nicht zugeben, dass er eine Frau brauchte, die ihn herumkommandierte. Er wollte wie Gabe sein, jedoch ohne die Last der Verantwortung.

Ihre Gabel stieß auf den Grund der Schüssel. Sie senkte den Blick. Der Salatteller war leer.

»Gut.« Gabe schob die Teller mit den Pommes frites zu ihr hinüber. »Jetzt sind die an der Reihe. Und sagen Sie etwas. Wenn Sie nichts sagen, dann denken Sie nach, und wenn Sie nachdenken, hat das höllische Folgen für mein Geschäft. Essen Sie und erzählen Sie mir von der Sache mit Lynnie.«

Nell atmete tief durch. »Nun, ich bin zu ihrer Wohnung gegangen und habe ihr gesagt, dass wir die Polizei einschalten würden, wenn sie das Geld nicht zurückgibt. Anschließend haben wir uns unterhalten.«

»Was hat sie gesagt?«

Nell schloss die Augen und versetzte sich zurück in Lynnies Wohnzimmer. »Sie sagte, sie sei krank gewesen.« Dann wiederholte sie die Unterhaltung, so gut sie sich erinnern konnte, ließ jedoch den Teil aus, in dem Lynnie ihr vorgeworfen hatte, sich in Gabe verliebt zu haben. Als sie fertig war und die Augen öffnete, musterte er sie nachdenklich.

»Wie viel haben Sie frei erfunden?«

»Kein bisschen«, entgegnete Nell entrüstet. »Vielleicht

habe ich Kleinigkeiten vergessen, aber alles von dem, was ich Ihnen erzählt habe, hat sich genau so zugetragen.«

»Ein gutes Gedächtnis. Soso, ich bin also sehr bestimmend, hm?«

»Allerdings«, erwiderte Nell und gabelte eine Fritte auf. Gabe nahm sich ebenfalls eine. »Was also haben Sie mir nicht erzählt?«

›Nichts‹, hätte Nell beinahe erwidert, doch Gabe McKenna anzulügen, entschied sie dann, war kein sehr kluger Schachzug. »Sie ist persönlich geworden. Darüber möchte ich nicht reden.«

»Möglicherweise würde mir das einen nützlichen Hinweis geben.«

»Wohl kaum.«

Gabe tunkte eine Fritte in Ketchup und reichte sie ihr. »Essen Sie.«

»Ich mag sie lieber mit Essig«, sagte sie. Er winkte der Kellnerin und bat um Essig und die Rechnung, dann wandte er sich tief in Gedanken versunken seinem eigenen Teller zu. Nell entspannte sich, und als der Essig serviert wurde, spritzte sie etwas davon auf die Extraportion Fritten und zog den scharfen, süßlichen Essiggeruch ein. Himmlisch. »Also zieht sie bei irgendjemandem die Daumenschrauben an«, sagte Gabe. »Ich nehme an, sie hat keine Namen genannt?«

»Ich habe Ihnen alles gesagt, was gesprochen wurde«, erwiderte Nell. Er nickte und aß sein Sandwich auf.

Als die Bedienung die Rechnung brachte, warf Gabe einen Blick darauf und legte ein paar Scheine auf das Tablett.

Nachdem sie gegangen war, sagte er: »Wie ernst ist es Ihnen mit diesem Job?«

Nell hörte auf zu kauen. Jetzt war die Rede doch wieder zu ihrer Person zurückgekehrt. »Nun ...«

Wie ernst war es ihr tatsächlich damit? Sie mochte Riley, und auch Gabe wurde ihr allmählich sympathischer. Sie hatte ein gutes Gefühl dabei gehabt, Schnuckiputz zu retten, das Gleiche galt für das Geld, das sie zurückgefordert hatte, obwohl sie Lynnie mochte. Selbst der Abend als Lockvogel und die Erkenntnis, dass Ben seine Frau betrog, war nicht übel gewesen.

Vielleicht würde es seiner Frau helfen. Jeder hatte das Recht zu wissen, wenn er belogen wurde, und es war nicht richtig, wenn man im Unklaren gelassen wurde. Man konnte das eigene Leben nicht in den Griff bekommen, wenn man nicht wusste, was damit nicht in Ordnung war.

»Es ist mir sehr ernst«, sagte sie.

»Sie haben bisher noch nicht bewiesen, dass Sie das Risiko wert sind«, meinte er nachdenklich.

»Ich weiß«, erwiderte Nell. »Ich hatte eine wirklich schlimme Woche, aber ich habe eine Menge gelernt. Von jetzt an werden Sie an mir nichts mehr auszusetzen haben.«

»Was ist passiert?« Gabe biss in eine ihrer Fritten und verzog plötzlich das Gesicht.

»Essig«, erläuterte Nell.

»Was ist diese Woche passiert? Beweisen Sie mir, dass Sie nicht verrückt sind.«

Nell schluckte. »Also gut.« Wo sollte sie anfangen? »Ich bin seit einer Weile geschieden. Seit über einem Jahr.«

Gabe nickte.

»Es war schwer. Meine Ehe und meine Arbeit waren so ziemlich ein und dasselbe, sodass ich mit einem Schlag alles verloren habe. Ich habe mir immer eingeredet, dass es mir gut ginge, aber es ging mir nicht gut. Ich meine, er hat mich einfach verlassen, am Nachmittag des Weihnachtstages, plötzlich hielt er mitten beim Geschenkeauspacken inne. Er sagte: ›Es tut mir Leid, aber ich liebe dich nicht mehr‹, verschwand und überließ mir alle Aufräumarbeiten. Es hat alles überhaupt gar keinen Sinn ergeben. Wenn so etwas passieren konnte, konnte die Welt keinen Sinn mehr ergeben.«

Gabe nickte erneut.

»Warum machen Sie das?«, fragte Nell. »Erst zu nicken und dann nichts zu sagen. Dieses Schweigen bringt einen um.«

»Wenn ich etwas sage, reden Sie nicht«, entgegnete Gabe.

»Was passierte dann?«

»Nun«, begann Nell, »ich versuchte zurechtzukommen und zu verstehen und alles so zurechtzulegen, dass es einen Sinn ergab. Dann hat er Whitney getroffen und sie geheiratet und ihr meine alte Stelle gegeben. Und ich habe angefangen, sehr viel zu schlafen. Und dann haben Suze und Margie herausgefunden, dass er …« Sie legte die Fritte in ihrer Hand zurück auf den Teller, als sie sich an den Tag erinnerte, an dem ihr Leben aus den Fugen geraten war. Das lag nur zwei Tage zurück. Eine Ewigkeit.

»Dass es doch eine andere Frau gegeben hat«, beendete Gabe ihren Satz. »War es von Anfang an Whitney?«

Nell richtete sich auf. »Woher wissen Sie das?«

»Auf gut Glück geraten. Wann haben Sie davon erfahren?«

»Am Mittwoch.«

Gabe nickte. »Das würde erklären, warum Sie mit dem Mann auf sein Hotelzimmer gegangen sind, mit Riley geschlafen und das Büro Ihres Ex-Mannes verwüstet haben. Warum Sie allerdings auf den Hund gekommen sind und die Sache mit Lynnie …«

»Diese Leute taten einfach ständig miese Dinge und kamen damit durch«, erläuterte Nell. »Ich war fuchsteufelswild.«

»So können Sie nicht weitermachen«, sagte Gabe.

»Ich weiß«, erwiderte Nell.

»Als Teil dieser Firma werfen Ihre Handlungen einen Schatten auf uns alle.«

»Dann bin ich Teil der Firma?«

»Kommt drauf an.«

Er sah ihr in die Augen. Sie sah ihn ebenfalls an, darauf bedacht, zuverlässig und vertrauenswürdig zu wirken. *Ich möchte ein Teil sein,* dachte sie. *Lasst mich teilhaben.*

»Ich habe eine Aufgabe für Sie«, fuhr Gabe fort. »Sie arbeiten hart, sind effizient und außerdem ziemlich clever, deshalb möchte ich Ihnen nicht kündigen. Aber Sie müssen mir versprechen, den Mund zu halten und keinen Rachefeldzug zu starten, wenn Sie über Ungerechtigkeit stolpern. Können Sie das?«

Nell nickte.

»Bei diesem bestimmten Auftrag geht es um jemanden, den Sie kennen«, sagte Gabe. »Weshalb gerade Sie helfen könnten.«

»Werde ich diesen Jemand hintergehen müssen?«, erkundigte sich Nell. »Weil ich das nicht tun werde.«

Gabe zuckte die Achseln und nahm sich noch eine Fritte. »Kommt darauf an, was Sie unter ›hintergehen‹ verstehen. Ich brauche ein paar Antworten auf bestimmte Fragen. Ich glaube nicht, dass die Person, die Sie ausfragen werden, schuldig ist.«

Nell schluckte. »Ich kann versprechen, niemandem irgendetwas über das zu sagen, was Sie mir anvertrauen. Darüber hinaus kann ich nichts versprechen, ehe Sie mir nicht sagen, worum es sich handelt.«

»Das ist eine faire Antwort«, sagte Gabe. »Jemand erpresst die Leute von O & D. Trevor Ogilvie, Jack Dysart und Budge Jenkins.«

»Oh.« Nell war erleichtert. Es war ihr einerlei, was mit den dreien passierte. Sie nahm sich noch eine Fritte.

»Glauben Sie, dass es Lynnie ist?«

»Das ist zumindest eine Vermutung.«

»Was wirft sie ihnen denn vor?«

»Von Budge behauptet sie, dass er Geld unterschlägt.«

Nell lachte laut auf. »Budge? Sie kennt ihn offenbar kein bisschen.«

»Ach ja? Was würden Sie ihm denn vorwerfen, wenn Sie ihm Angst einjagen wollten?«

Nell lehnte sich zurück und ließ den Blick nachdenklich

an der Zimmerdecke entlang gleiten. An Budge prallte alles ab, außer … »Etwas, was ihm Margie nehmen würde«, erwiderte sie. »Er betet sie an, seit Jahren schon.«

»Und was könnte das sein?«

»Wenn er ein Teil ihres ›Franciscan Desert Rose‹-Porzellans kaputtmachen würde«, erwiderte Nell nur halb im Scherz. »Margie ist eigentlich recht gutmütig. Mit Stewart hat sie es fünfzehn Jahre lang ausgehalten. Ich hätte ihn bereits während der Flitterwochen umgebracht.«

»Stewart«, wiederholte Gabe.

»Stewart Dysart«, erläuterte Nell. »Jack und Tims Bruder. Jack ist der Älteste und Erfolgreichste, und Tim ist das Baby und der Liebling aller, und Stewart wäre ganz einfach nur der unbedeutende mittlere Bruder gewesen, wenn er sich nur nicht in jeder Hinsicht so dämlich benommen hätte.«

Gabe runzelte die Stirn. »Warum kommt mir sein Name bekannt vor? Sind die beiden geschieden?«

»Nein. Er ist vor sieben Jahren mit knapp einer Million Dollar der O & D-Aktie Richtung Süden abgehauen.«

»Jetzt erinnere ich mich.« Gabe nickte. »O & D hat die Angelegenheit unter den Teppich gekehrt. Warum hat sie sich nicht von ihm scheiden lassen?«

»Wenn sie sich scheiden lässt«, erklärte Nell, »wird sie Budge heiraten müssen. Sie möchte Budge aber nicht heiraten.«

Gabe blickte sie ungläubig an. »Kann sie denn nicht einfach nein sagen?«

»Nein. Margie kann nicht nein sagen. Aber sie kann sagen, ›noch nicht, ich bin noch verheiratet‹, damit hat sie einen guten Vorwand. Weswegen wird Jack erpresst?«

»Ehebruch. Das gleiche gilt für Trevor.«

»Das glaube ich nicht«, entgegnete Nell. »Jack ist vollkommen verrückt nach Suze. Es ist schon beinahe krankhaft. Und Margies Vaters hatte zwar einmal eine Affäre, aber das ist jetzt schon über zwanzig Jahre her und zählt nicht mehr. Abgesehen davon ging die Sache nicht gut aus. Es war ein solcher Skandal, als sich ihre Mutter umgebracht hat. Ich glaube nicht, dass er dieses Risiko noch einmal eingehen würde.«

Gabe nickte. »Ich möchte, dass Sie Margie ein paar Fragen über ihre Mutter stellen.«

»Oh.« Nells gute Laune verschwand schlagartig. »Nein.«

»Irgendjemand muss sie fragen«, gab Gabe zurück. Er sah genauso aus wie an dem Tag, als sie ihm zum ersten Mal begegnet war: düster und unnachgiebig. »Sie wollen sicher nicht, dass ich diese Person bin.«

»Drohen Sie mir nicht«, warnte ihn Nell. »Und drohen Sie ihr nicht. Ich weiß noch nicht einmal, worum es hier eigentlich geht, und Sie wollen, dass ich schreckliche Fragen stelle.«

»Ich habe Ihnen gesagt, worum es geht«, erwiderte Gabe übertrieben geduldig. »Erpressung.«

»Was hat Margies Mutter, die vor über zwanzig Jahren gestorben ist, mit der Erpressung von Margies Vater heute zu tun?«

»In dieser Sache müssen Sie mir einfach vertrauen.«

»Nein, das werde ich nicht«, widersprach Nell. »Hören Sie, wenn ich mich entscheiden muss, entweder Margie auszuhorchen oder gekündigt zu werden, nehme ich die Kündigung.«

Gabe erhob sich seufzend. »Wir sollten aufbrechen. Zeit, wieder an die Arbeit zu gehen.«

Nell stand ebenfalls auf und wollte eine letzte Fritte mit auf den Weg nehmen.

Sie waren aufgegessen. Sie hatte eine riesige Portion Salat und zwei Portionen Fritten gegessen.

»Sind Sie soweit?«, fragte Gabe.

»Bin ich gekündigt?«

»Nein«, erwiderte Gabe.

»Ich bin soweit«, sagte Nell.

8

»Na, den Job behalten?«, wandte sich Riley an Nell, als die beiden wieder zurück ins Büro kamen.

»Selbstverständlich«, erwiderte Nell. »Wie geht es Schnuckiputz?«

Als sie ihren Namen hörte, kroch die Hündin aus Rileys Büro, zitternd und hinkend, ein in Cashmere gehülltes Bild des Jammers.

»Was hast du nur mit ihr angestellt?« Nell war entsetzt.

»Überhaupt gar nichts«, erwiderte Riley. »Ich war kurz weg, um Erkundigungen über Lynnie einzuholen, und als ich zurückkam, hat sie sich plötzlich so benommen. Als ich sie nicht weiter beachtet habe, hat sie bald damit aufgehört. Sie macht das nur, um die Aufmerksamkeit auf sich zu ziehen.«

»Macht sie nicht. Sie wurde *misshandelt.*« Nell bückte sich, um Schnuckiputz auf den Arm zu nehmen, doch der Hund winselte und wand sich auf dem Perserteppich. Die kurzen Beinchen weit von sich gestreckt, wirkte sie in dem rot-weißen Pullover einfach erbärmlich. »Schnuckiputz? Was hast du nur?«

»Wenn diese Hündin ein Mensch wäre, würde sie sich vor einen Bus werfen und behaupten, sie sei gestoßen worden.« Riley blickte auf sie hinab. »Ich werde mich von dir nicht an der Nase herumführen lassen, meine Liebe. Aber dieser Rotschopf hier wird es tun. Sieh zu, dass du ihr einen Hundekuchen abluchsen kannst.«

»Das ist kein …«

»Gib ihr einen Hundekuchen«, Riley klang bestimmt.

»Leckerli?«, lockte Nell den Hund. Schnuckiputz rollte den Kopf herum und sah sie mitleiderregend an. Nell langte auf den Schreibtisch und griff sich einen Hundekuchen. »Hier, Liebling. Alles ist in Ordnung.«

Schnuckiputz blickte sie einen langen, dramatischen Augenblick lang an. Dann nahm sie vorsichtig den Hundekuchen zwischen die Zähne, sah ein letztes Mal sehnsuchtsvoll zu Nell auf, rollte sich auf die andere Seite und verschlang ihn mit unverhohlener Gier.

»Sie haben einen Hund gestohlen, der gar nicht misshandelt wurde«, bemerkte Gabe.

»Er hat sie als Hexe bezeichnet«, bemerkte Nell, die am Boden kniete, entrüstet.

»Dagegen ist nichts einzuwenden«, sagte Riley.

»Außerdem sah sie schrecklich aus.« Nell blickte auf Schnuckiputz hinunter, die jetzt den Teppich ableckte, um auch den allerletzten Krümel zu erhaschen. »Sie war traumatisiert.«

Schnuckiputz sah zu ihnen allen auf, ließ den Kopf jämmerlich hängen und begann zu winseln.

»Und was jetzt?«, fragte Gabe, als sie sehnsuchtsvoll und zitternd zu ihm aufblickte.

»Marlene Dietrich hatte in ihren Filmen genau denselben Augenaufschlag, und zwar immer genau in dem Augenblick, bevor sie einen Mann um seinen ganzen Besitz brachte«, sinnierte Riley. »Diesem Hund fehlen nur noch Strapse und ein Zylinder.«

»Man hat Sie an der Nase herumgeführt, meine Liebe«, wandte sich Gabe an Nell. »Das kommt in unserem Beruf leicht einmal vor. Bringen Sie den Hund zurück.« Er blickte auf Schnuckiputz herab. »Vorzugsweise spät in der Nacht.«

»Eigentlich eine gute Idee«, pflichtete ihm Riley bei. »Nur hat sie das Tier geschoren, es schwarz eingefärbt und in Ralph-Lauren-Kleider gesteckt. Die eigene Mutter würde den Hund nicht mehr erkennen.«

»Sie haben ihn geschoren?« Gabe seufzte. »Sparen Sie sich bitte die Erklärung und schaffen Sie ihn von hier fort.«

»Bevor ich es vergesse«, wandte sich Riley an Nell, »Suze Campbell hat angerufen. Ich habe ihr gesagt, dass es dem

Hund gut geht.« Er blickte auf Schnuckiputz herunter. »Natürlich habe ich gelogen.«

»Suze wer?«, hakte Nell überrascht nach.

»Dysart«, antwortete Gabe und warf Riley einen genervten Blick zu. Dann verschwand er in seinem Büro.

Schnuckiputz hob den Kopf und sah ihm interessiert nach. Als sie merkte, dass alle verbliebenen Augenpaare auf ihr ruhten, sackte sie wieder in sich zusammen.

»Woher kennst du Suzes Mädchennamen?«, hakte Nell nach.

»Gabe nennt dich also ›meine Liebe‹, habe ich das richtig gehört?« Riley hob die Augenbrauen. »Was hast du getan? Ihm Drogen ins Bier gemischt?«

»Wir haben uns unterhalten«, erwiderte Nell mit erhobenem Kinn. »Er konnte nicht anders, als meine kluge Vorgehensweise anzuerkennen.«

»Er hat dir das Versprechen abgenommen, deine Vorgehensweise radikal zu ändern, sonst kündigt er dir«, widersprach Riley.

Nells Kinn senkte sich. »Das auch. Aber woher weißt du …«

»Ich jedenfalls bin sehr froh, dass du bleibst«, fuhr Riley fort, und Nell lächelte ihn an. Seit Monaten hatte sie sich nicht mehr so gut gefühlt. Auf dem Teppich zu ihren Füßen litt Schnuckiputz währenddessen unter der mangelnden Aufmerksamkeit, winselte und warf ihm einen schmachtenden Blick über ihre lange, braune Nase hinweg zu.

»Bist du dir auch sicher, dass sie nicht misshandelt wurde?«, fragte Nell. »Sie benimmt sich so merkwürdig.«

»Leckerli?« Riley erhielt als Antwort ekstatisches Wimpernzuklappen. Er gab ihr einen Hundekuchen, und sie rollte sich auf den Rücken, hielt ihn zwischen ihren Pfoten und nagte beseelt daran. »Ganz sicher.« Er nahm die Hundekuchenschachtel. »Komm schon, Marlene. Zurück ins Versteck, falls jemand hier vorbeischneit, der nach dir Ausschau hält. Obwohl nur der liebe Gott weiß, warum jemand auf die Idee kommen sollte.«

»Marlene?«, wiederholte Nell.

»Ich werde keinen Hund ›Schnuckiputz‹ rufen. Das ist geradezu obszön.«

Marlene sah die beiden einen Augenblick lang eindringlich an, rollte sich dann auf die Füße, überprüfte den Teppich, ob sie auch keinen Krümel übersehen hatte und trottete in Rileys Büro. Als sie an ihm vorbeikam, bedachte sie ihn mit einem weiteren dramatischen Augenaufschlag.

»Einfach unglaublich«, staunte Nell.

»Diese Wirkung habe ich häufig auf Frauen«, gab Riley zurück.

»Einen Augenblick noch«, sagte Nell. »Woher weißt du…« Doch Riley hatte seine Tür bereits geschlossen.

»Wirklich unglaublich«, sagte Nell an niemanden Bestimmten gerichtet und wandte sich wieder ihrer Arbeit zu.

Am nächsten Tag machte sich Nell zu Fuß auf, um ihre Einkäufe zu erledigen, denn es war Samstag und sie wollte nicht mit Suze sprechen. Wenn sie in der Wohnung bliebe, würde Suze vorbeikommen. Sie durfte ihr nichts sagen, durfte nicht fragen, ›wie soll ich denn Margie nach ihrer Mutter ausfragen?‹, konnte noch nicht einmal fragen, ›soll ich Margie überhaupt über ihre Mutter ausfragen?‹.

Sie betrachtete das Problem aus jedem nur denkbaren Blickwinkel, während sie durch die Gänge des Supermarkts schlenderte und gelbe Paprika, frischen Spinat, herrliche Kartoffeln und reife, glänzende Tomaten einsammelte. Die Farben waren verführerisch. Sie legte mehr und mehr Waren in ihren Wagen, Gemüsepasta und frischen Knoblauch und rote und weiße und gelbe Zwiebeln. Plötzlich sah alles appetitanregend aus, und sie verspürte Hunger.

Erst an der Kasse erinnerte sie sich daran, dass sie zu Fuß gekommen war. Die köstliche farbige Vielfalt stellte sich nun als ziemlich schwer heraus, und zwei Straßenkreuzungen vom Laden entfernt musste sie die Tüten abstellen, damit ihre Finger wieder durchblutet wurden. Während sie die Finger massierte, blickte sie sich um. Wie fast alle Straßen im *German Village* war auch diese gesäumt von Bäumen und die Backsteinhäuser umgaben schmiedeeiserne Zäune. Doch diese hier kam ihr merkwürdig bekannt vor. Als sie weiterging, fiel ihr auch ein, weswegen: Es war die Straße, in der Lynnie wohnte. Sie sah nach, ob Lynnie zu Hause war. Die Tür zu Lynnies Hälfte des Doppelhauses aus Backstein stand offen, davor eine fremde Frau wartend auf der schmalen Terrasse. Nell hob ihre Tüten wieder an und ging näher heran, um zu sehen, was dort vorging.

Lynnies Wohnung schien leer zu sein. Ein Teil der Möbel war noch da, wartete jedoch darauf, in einem Laster mit der Aufschrift ›Stadtumzüge‹ verstaut zu werden. Nell trat zur Seite, als ein Mann einen Stuhl an ihr vorbei heraustrug. Dann stieg sie die Stufen zu der Frau auf der Terrasse hinauf. Sie fühlte sich merkwürdig allein gelassen, als sei eine Freundin umgezogen, ohne ihr etwas zu sagen.

»Hallo«, grüßte sie und deutete auf die geöffnete Tür.

»Zwei Schlafzimmer, achthundert Dollar im Monat«, sagte die Frau. Nell begriff, dass es sich bei der Frau um die Nachbarin aus der anderen Hälfte des Hauses handeln musste. »Möchten Sie sich die Wohnung ansehen?«

»Ja«, erwiderte Nell, erpicht darauf, mehr über Lynnies neuen Aufenthaltsort zu erfahren. Sie folgte der Frau in die Wohnung und stellte die Tüten im Flur ab, um ihre Hände zu entlasten.

Die Vermieterin, Doris, lebte in der anderen Hälfte des Doppelhauses und wusste nicht das Mindeste über Lynnie, außer dass sie ihr einen Zettel an der Tür hinterlassen hatte. Darauf stand, dass sie auszog und Doris den Rest der Monatsmiete behalten könne. Doris war nicht sonderlich glücklich darüber, dass Lynnie einfach aus ihrem Vertrag ausstieg, und noch unglücklicher darüber, dass sie wegen der Umzugsleute an diesem Samstagmorgen nicht ausschlafen konnte. Doch, verkündete sie, sie war nicht nachtragend. »Ich bin eine von denen, die ein Glas eher als halb voll als halb leer bezeichnen«, sagte sie und sah dabei aus, als hätte ihre beste Freundin soeben das Zeitliche gesegnet. »Ich kann einfach nicht anders, ich sehe die Dinge immer von ihrer positiven Seite.«

Nachdem Nell alles erfahren hatte, was Doris wusste, hörte sie ihr nunmehr mit halbem Ohr zu. Die Wohnung begann ihr zu gefallen: Es war eine ganz normale Doppelhaushälfte, mit einem Wohnzimmer und der Küche im Erdgeschoss sowie zwei Schlafzimmern im ersten Stock. Das Wohnzimmer war groß genug, um dort die Esszimmereinrichtung ihrer Großmutter aufzustellen. Und die Küche hatte Schränke mit Glastüren, und die Schlafzimmer waren richtige Schlafzimmer mit richtigen Türen, und das Badezimmer hatte schwarz-weiße Fliesen noch aus den Vierzigerjahren. Sie blickte aus der Hintertür auf einen winzigen, umzäunten Garten. Marlene würde er gefallen.

Dann wanderte ihr Blick auf die mit Lebensmitteln voll gepackten Tüten im Wohnzimmer. Das waren mehr Lebensmittel, als sie im gesamten letzten Monat verbraucht hatte. Sie hatte große Lust, das Gemüse in dem alten Porzellanbecken in der Küche zu putzen und ihr Geschirr in die Vitrinen-Schränke zu stellen, die Tomaten auf dem Gemüsebrett zu schnipseln und auf der winzigen Veranda Kartoffeln mit Essig zu essen, während sie dem Treiben im *Village* zusah. Sie wollte die Dinge sehen und schmecken und fühlen, und dies war der richtige Ort dafür.

»Ich habe einen Hund«, sagte sie.

»Neunhundert«, erwiderte Doris. »Immer unter der Voraussetzung, dass Ihr Scheck gedeckt ist.«

»Achthundert, dann stelle ich Ihnen jetzt gleich einen Scheck für die ersten drei Monate aus«, handelte Nell. »Sie brauchen die Wohnung nicht in die Zeitung zu setzen. Sie müssen sie noch nicht einmal sauber machen.«

»Ich weiß nicht recht«, gab Doris zu bedenken. »Ein Hund.«

»Es ist ein Dackel. Sie heißt Marlene und schläft sehr viel.«

Eine halbe Stunde später öffnete sie die Tür zu ihrer alten Wohnung. Marlene saß in der Nähe der Tür und machte den Eindruck, als habe man sie tagelang sich selbst überlassen.

»Wir haben eine neue Wohnung«, verkündete Nell dem Hund. »Mit einem eingezäunten Garten. Und Zimmern, durch die man rennen kann. Dir wird es dort gefallen.«

»Ich kann immer noch nicht begreifen, warum du unbedingt umziehen willst«, meinte Suze am nächsten Tag inmitten von Nells Umzugskartons.

»Weil ich mir die Wohnung ausgesucht habe, und nicht du und auch nicht Jack.« Nell blickte sich um, als sei ihr neues Heim ein Palast. »Weil ich endlich mein Leben selbst in die Hand nehme.«

»Verstehe«, erwiderte Suze und fühlte sich nicht genügend gewürdigt.

»Hör mal, ich liebe immer noch die Schlafcouch, die du für mich gefunden hast. Und Marlene ist vollkommen verrückt nach der Tagesdecke. Ich bekomme sie überhaupt nicht mehr davon herunter.«

Suze blickte Marlene an, die sich genüsslich auf dem indigoblauen Chenille im Wert von vierhundert Dollar eingerollt hatte. »Gut zu wissen.«

»Können wir jetzt endlich dein Porzellan auspacken?«, bettelte Margie.

Jase trat rückwärts durch die Eingangstür, in den Händen ein Ende von Nells Esstisch. Nach langem Hin und Her wurde auch das andere Ende sichtbar, das von dem Mädchen getragen wurde, das gemeinsam mit ihm im Miet-LKW gekommen war. Den ganzen Nachmittag lang hatte er sie angebrüllt, nur ja vorsichtig mit den Kisten zu sein, damit sie sich nicht verletzte und alles Schwere – bin sofort bei dir – gefälligst ihm zu überlassen. Sie aber hatte ihn angelacht und sich mühelos die Kisten aufgeladen. Und Suze hatte gedacht: *Bin ich jemals so jung gewesen?*

Und dann erinnerte sie sich: Sie war genauso jung gewesen, als sie geheiratet hatte. *Mein Gott*, dachte sie, als sie die beiden beobachtete, wie sie sich darüber stritten, wo sie den Tisch hinstellen sollten. *Sie sind übermütig wie junge Hunde. Und ich war genauso.*

»Alles in Ordnung, Tante Suze?«, erkundigte sich Jase.

Suze nickte. »Es könnte nicht besser sein.«

»Jetzt kommen nur noch die Kleiderkisten«, bemerkte die Blondine.

»Wohl wahr, Lu«, sagte Jase. »Von denen hat meine Mutter allerdings reichlich.« Er schubste sie zärtlich aus der Tür und lachte sie an, sie schnitt ihm eine Grimasse und schubste zurück.

Margie erkundete währenddessen die Wohnung. »Wirst du immer noch auf dem Bettsofa schlafen, wo du jetzt ein richtiges Schlafzimmer hast?«

»Nein«, erwiderte Nell. »Ich werde mir ein richtiges Bett besorgen.«

Das Bettsofa ist ein richtiges Bett, dachte Suze. Aber sie sagte: »Wenn du möchtest, kannst du das Bett aus unserem zweiten Gästezimmer haben. Wir haben ohnehin nie zwei Besucher gleichzeitig.«

»Prima«, erwiderte Nell und informierte Jase, dass noch mehr Arbeit auf ihn wartete.

»Ich habe auch einiges von meiner Kleidung für dich mit in den Wagen gepackt«, sagte Suze, als sie wieder zurückkam. Aber Nell hörte sie nicht. Sie war auf dem Weg in die Küche, um die alten verglasten Schränke zu öffnen und sie zu berühren, als seien sie etwas ganz Wunderbares. Suze ging zum Wagen hinaus, um mit den letzten Kisten zu helfen. Sie stieg auf den Tritt auf der Rückseite und sah hinauf.

Im hinteren Teil des Lasters küsste Jase Lu. Seine Hände waren fest gegen ihren Po gepresst. Das waren keine kindlichen Küsse, und Suze stockte der Atem. Jase konnte unmöglich alt genug sein, um jemanden so zu küssen, aber er war es. Er war drei Jahre älter, als sie es bei ihrer eigenen Hochzeit gewesen war.

»Wo bleiben meine Kleiderkisten?«, rief Nell von der Veranda aus, und Suze rief laut zurück: »Ich hole sie gerade.« Dann klopfte sie an die Seite des Lasters und wandte den Blick ab, ehe sie hineinkletterte.

Jase reicht Lu einen Karton und sagte: »Tu was für deinen Lebensunterhalt.« Und sie erwiderte: »Als ob ich dich dazu bräuchte!« Sie grinste Suze an, als sie mit dem Karton aus dem Laster stieg, so selbstsicher und glücklich und jung, dass Suze neidisch wurde.

Während Jase und Lu mit dem leeren Laster wegfuhren, um Suzes Gästebett zu holen, ging Suze ins Haus und fand Margie und Nell damit beschäftigt, Nells Porzellan auszupacken. Nell reichte ihr ein in Luftpolsterfolie verpacktes Stück. Suze wickelte es vorsichtig aus und bemühte sich wegen Jase und Lu nicht deprimiert zu sein. Sie sollte glücklich für die beiden sein. Sie war ein schrecklicher Mensch.

Als sie die Verpackung komplett entfernt hatte, blickte Suze vollkommen verblüfft auf die Teekanne in ihren Händen. Sie war an beiden Seiten flach mit abgerundeten Ecken und bemalt mit einer Landschaftsszene. Es war eine unheimliche, kleine Szene mit einem merkwürdigen Baum wie eine Seifenblase und zwei traurigen kleinen Häuschen, aus deren spitzen Schornsteinen zögerlich Rauch aufstieg. Der untere Rand der Teekanne war blau, ein kleiner Fluss zwischen zwei hohen Hügeln, der den Baum auf alle Ewigkeit von den Häusern trennte.

»Ich dachte, dein Porzellan hätte ein Blümchenmuster«, bemerkte Suze. »Diese Muster habe ich noch nie gesehen.«

»Die Kanne stand auf dem obersten Regal«, erläuterte Nell. »Ich habe sie nie benutzt.«

»Krokusse«, sagte Margie und runzelte die Stirn. »Das waren ihre Blumen.« Sie musterte die drei Kartons mit der Aufschrift »Porzellan«. »Das kann unmöglich alles sein.«

»Das ist mein Anteil«, erwiderte Nell. »Den Rest hat nach der Scheidung Tim bekommen.«

»Wie bitte?« Margie riss die Augen auf. »Er hat dir dein Porzellan weggenommen?«

»Nur die Teller«, erwiderte Suze.

»Es ist *ihr* Porzellan!«, rief Margie, und Suze erinnerte sich an Margies unzählige Teile der ›Desert Rose‹. »Richtig. Ihr Porzellan.«

»Und er hat mehr als die Hälfte bekommen«, sagte Margie.

»Du hattest Regale über Regale davon.«

Suze blickte auf die Teekanne in ihren Händen. »Und was ist dieses Zeug? Ich kann mich nur an das mit den Blumen erinnern.«

»Es ist englisches Art-déco-Porzellan«, sagte Nell.

»Art déco?«, fragte Margie.

»Aus den Zwanziger- und Dreißigerjahren«, erläuterte Suze, die von der Teekanne immer noch fasziniert war. »Streng geometrische, farbige, stilisierte Designs.« Die beiden blickten sie an, als hätte sie etwas sehr Merkwürdiges gesagt, also erklärte sie. »Einführungskursus Kunstgeschichte. In Einführungskursen bin ich ziemlich bewandert.«

Nell nickte. »Es stammt aus England, von der Familie meiner Mutter. Die Teekanne ist von Clarice Cliff, mein zweitliebstes Muster von ihr. Es heißt ›Secrets‹.«

»Ich verstehe einfach nicht, weswegen Tim so viel mehr bekommen hat«, beharrte Margie.

»Was ich am liebsten hatte, war sehr teuer«, sagte Nell.

»Wie zum Beispiel das Teeservice ›Secrets‹. Es besteht aus vierunddreißig Teilen und wird auf siebentausend Dollar geschätzt.«

»O mein Gott.« Margie musterte die Teekanne in Suzes Hand nun genauer.

Suze reichte sie Nell. »Nimm sie, bitte.«

Nell nahm sie ihr ab und stellte sie in die Vitrine für das Porzellan. »Hast du damals das Porzellan deiner Mutter bekommen, Margie?«, fragte sie. Suze warf ihr einen mahnenden Blick zu. Nell war diejenige gewesen, die ihr vor vierzehn Jahren zu verstehen gegeben hatte, dass jegliche Fragen über Margies Mutter streng tabu waren.

»Nein«, erwiderte Margie. »Was ist das denn?« Sie hielt eine weitere Teekanne in die Höhe, die sie eben ausgepackt hatte. Es war eine bauchige, pfirsichfarbene Kanne mit einem Muster aus weißen Halbmonden.

»Susie Cooper«, Nell wirkte erleichtert. »Längst nicht so teuer. Diese hier gehört zu ihrer Turmfalkenserie. Sie besaß seit den späten Zwanzigerjahren ihre eigene Töpferei und hat bis Ende der Achtzigerjahre eigene Sachen entworfen.«

»Sie hat überdauert.« Margie nickte und betrachtete die Schüssel in ihren Händen.

»Ihre Stücke waren bekannt für ihr ausgezeichnetes Design«, fuhr Nell fort. »Ihre Töpferwerkstatt gehörte ihr sogar selbst. Aber Clarice hat auch sehr schöne Dinge gemacht.« Nell wickelte eine weitere Schüssel aus. »Das hier ist ›Stroud‹, mein Lieblingsmuster. Nur ein grünes Band außen herum und eine Szenerie im Zierrahmen.«

Die Schüssel war cremefarben und hatte einen breiten grünen Streifen, der unten links von einem kleinen Quadrat unterbrochen wurde, das eine winzige Landschaft zeigte. Eine watteweiche Wolke, ein Haus mit orangefarbenen Ziegeln, ein aufgeplusterter grüner Baum und zwei Hügel: eine perfekte kleine Welt.

Eine perfekte kleine Welt. Das sah Nell ähnlich, allem in

ihrem Leben eine Ordnung zu geben und diese zu bewahren. Wenn es in Nells Macht läge, würde sie sicherstellen, dass die Wolken am Himmel genauso aussähen. Ordentlich und harmlos. Suze blickte auf das Sahnekännchen. »Und das gehört zu den ›Secrets‹.«

Nell lehnte sich zurück und nickte. »Das war das Lieblingsmuster meiner Mutter.« Sie warf einen kurzen Blick auf Margie, ehe sie fortfuhr: »Ich glaube, es ist autobiografisch. Gerüchten zufolge hatte Clarice eine Affäre mit ihrem Chef, dem Mann also, dem die Porzellanfabrik gehörte.«

Margie richtete sich auf und rang nach Luft. »Das ist ja *schrecklich*. Sie muss eine schreckliche Frau gewesen sein, einer anderen Frau den Mann zu stehlen.«

Suze bemühte sich, nicht zusammenzuzucken. Selbst nach vierzehn Jahren war dies immer noch ihr wunder Punkt.

»Das ist das Schlimmste, was eine Frau tun kann«, fuhr Margie fort, sichtlich erschüttert. »Das ist *unverzeihlich*.«

»Margie«, sagte Nell. »Sei doch ein wenig nachsichtiger.« Margie sah auf. »Doch nicht du, Suze.« Sie runzelte die Stirn und blickte auf das Sahnekännchen, das Suze gerade Nell reichte. »Aber diese Geheimnisse-Frau, also wirklich. Hat sich einfach ihren verheirateten Chef geschnappt.« Sie blickte auf den Susie-Cooper-Teller und sagte: »Hoffentlich war Susie nicht auch so eine.«

»Susie war treu und pragmatisch bis in den Tod«, versicherte Nell. »Sie war verheiratet und hatte einen Sohn.«

»Gut so. Eine gute Frau.« Margie reichte Nell die Schüssel und packte weiter aus.

Suze dachte, *und ihre eigene Firma hatte sie auch*, und begann, Susie zu verabscheuen. Sie packte die Zuckerdose der Secrets-Serie aus, bemüht, das runde Bäumchen und die ruhige blaue See am Boden nicht zu zerkratzen. Arme Clarice. Sie hatte einen verheirateten Mann geliebt, wohl wissend, dass sie nie zusammenkommen würden. Vermutlich wurde sie von all den achtbaren Ehefrauen ihrer Umgebung gemieden und hatte nie ihre eigene Firma gründen können, weil sie mit dem Mann zusammenbleiben musste, den sie liebte. »Was ist denn mit Clarice passiert?«, fragte sie und musterte die beiden einsamen Häuser mitfühlend.

»Als sie um die vierzig war, starb die Frau ihres Chefs, und er hat sie geheiratet. Seitdem lebten sie glücklich zusammen.«

Um die vierzig. Wenn das bei Jack und ihr auch so gewesen wäre, hätte sie noch zehn Jahre auf ihn warten müssen. Hätte sie das getan? Würde sie heute wieder genauso handeln? Was für ein Mensch wäre sie heute, wenn sie nicht geheiratet hätte? *Denk nicht darüber nach.* »Gut für Clarice«, meinte Suze und reichte Nell das Zuckerdöschen. »Warte, von den beiden besitze ich auch Porzellanfiguren.« Sie nahm ein paar eingewickelte Teile aus dem Karton und legte sie auf den Fußboden, bis sie die gesuchten gefunden hatte. Dann reichte sie jedem ein in Luftpolster verpacktes Etwas.

»Wer ist denn das?«, erkundigte sich Suze, die ihres als Erste ausgepackt hatte. Nell warf einen Blick darauf.

»Susie Cooper.«

Susie saß auf einem Stückchen Keramik, in ihrem Rücken einen Teller mit Blumenmuster und wirkte wie eine elegante Mary Poppins in einem konservativen weinroten Kostüm, die Knie artig zusammengehalten, und hielt einen breitkrempigen Hut auf ihrem Kopf fest.

»Hübsch«, meinte Margie und wickelte ihr Päckchen behutsam aus.

Unaufregend, dachte Suze angewidert.

»Oh.« Margie musterte ihre Figur zweifelnd.

Die weibliche Gestalt saß auf einem Stück Keramik vor einem Teller mit einer Landschaft, die Beine übereinander geschlagen und das tief ausgeschnittene Etuikleid über die Knie gerutscht. Sie blickte über ihre Schulter, den Rücken kerzengerade und in den Augen ein Leuchten.

Suze lächelte. »Clarice.«

»Sie gefällt mir nicht. Lass mich mal Susie sehen«, wandte sich Margie an Suze, und sie tauschten Figuren. Suze musterte die kokette Clarice, die Vergnügungssüchtige mit der unpraktischen Keramik und einem verheirateten Liebhaber. *Vielleicht hätte ich eine Geliebte bleiben sollen*, dachte sie. Vielleicht war sie gar nicht dazu geschaffen, die verheiratete Susie zu sein, zu der sie schließlich geworden war. Vielleicht war sie dazu geboren, wie die leichtlebige Clarice zu sein.

Jetzt war es natürlich zu spät. Sie reichte Nell Clarice und beobachtete, wie diese die Figur in die Vitrine stellte.

»Sie haben sich alle sehr gut gemacht«, bemerkte Nell und rückte Clarice auf dem Regal zurecht. »Sie hatten eine Arbeit, die sie mochten und in der sie Außergewöhnliches geleistet haben.«

»Arbeit«, wiederholte Suze und empfand Neid gegenüber Susie und Clarice mit ihrer Keramik, und Margie mit ihrem Café und sogar Nell mit ihrem Sekretärinnenjob. Vielleicht sollte sie einen Töpferkurs machen. Oder eine Kochschule besuchen. Das würde Jack gefallen.

Das Problem war nur, dass sie all diese Kurse so satt hatte. Sie wickelte noch weitere der ›Secrets‹ aus und versuchte, zu verdrängen, was sie noch alles satt hatte. Sie hatte so ein gutes Leben. Alles war prima.

»Was ist denn?«, erkundigte sich Nell. Suze wollte sich gerade umdrehen und ihr sagen, dass alles in Ordnung war, als sie bemerkte, dass Nell Margie anblickte.

Der Teller in Margies Hand hatte als Dekor eine rosa Rose in der Mitte. Ein hübscher Teller, doch Margie starrte ihn an, als seien Totenköpfe darauf abgebildet.

»Margie?«, hakte Suze nach.

»Meine Mutter hatte auch solches Porzellan«, erwiderte sie. »Nicht genau dieses Muster, aber auch eines mit Rosen.«

Ihre Mutter. Suze blickte Nell an, die betreten dreinsah. *Das hast du vorhin schon versucht*, dachte sie, *Margie dazu zu bringen, über ihre Mutter zu sprechen.* Zum ersten Mal in ihrem Leben war sie wütend auf Nell.

»Möchtest du den Teller haben?«, fragte Nell. »Er gehört nicht zum Service. Das Muster nennt sich ›Patricia Rose‹. Es ist eines von Susies Entwürfen.« Beim Reden musterte sie Margies Gesicht, doch Margies Ausdruck veränderte sich nicht. Schließlich fragte sie sanft: »Was ist los, Margie?«

»Sie hat sie alle zerschmettert«, murmelte Margie schließlich. »Es war das Porzellan meiner Großmutter Ogilvie und sehr teuer. Sie besaß es bereits seit Jahren, und es wurde nur an den Feiertagen benutzt. Dann hat mein Vater ihr vorgeworfen, sie sei langweilig und hat sie verlassen. Und da stand sie dann mit all ihrem Porzellan.«

»Margie?« Suze streckte die Hand aus.

»Ich bin eines Tages nach Hause gekommen, um nachzusehen, ob es ihr auch gut ging, weil sie nach Papas Fortgang so still geworden war. Als ich ankam, trug sie ihre besten Kleider und ihren schönsten Schmuck und zertrümmerte das Porzellan mit einem Hammer.«

»Das Gefühl kenn ich. Mir geht's ähnlich mit dem ›Spode‹-Porzellan der Dysarts«, pflichtete Suze ihr bei, bemüht, die Situation zu entspannen. »Das Zeug würde ich auch am liebsten mit dem Holzhammer zerschlagen.«

»Ich bekam Angst, da rief Papa an und ich sagte ihm, er solle sofort vorbeikommen. Doch er meinte, ich sollte Mama ins Krankenhaus bringen. Und während ich noch mit ihm redete, ging sie in die Garage und hat sich erschossen.«

Margie starrte immer noch auf den Teller.

Suze erschauerte. »Ach, Liebling.« Sie legte den Arm um Margie und drückte ihren kleinen, weichen Körper an sich. Nell nahm Margie vorsichtig den Teller aus der Hand. »Es tut mir so Leid, Margie. Wirklich.«

»Ich habe das Porzellan der neuen Frau meines Vaters gegeben«, murmelte Margie mit erstickter Stimme an Suzes

Schulter. »Sie hat es gehasst, aber sie musste es behalten, weil mein Vater es so nett von mir fand, sie auf diese Art und Weise in die Familie aufzunehmen. Ich hätte am liebsten jedes Mal gekotzt, wenn ich es gesehen habe.« Sie atmete tief durch. »Ich kann nur hoffen, dass Olivia es erbt.«

Suze drückte sie noch fester an sich.

»Margie…«, begann Nell.

»Ich hatte solche Angst um dich«, sagte Margie an Nell gewandt. »Sie sah genauso aus wie du, als ob sie das, was passiert war, einfach nicht begreifen konnte. Und dann wolltest du dein Porzellan nicht auspacken…«

»Aber jetzt ist es doch fast vollständig ausgepackt«, beruhigte sie Nell. »Den Rest packe ich später aus. Nein, *wir* packen ihn später gemeinsam aus. Wir machen es gemeinsam und nichts wird dabei zu Bruch gehen. Mir geht es gut, Margie. Bis vor kurzem war das nicht so, doch jetzt geht es mir gut. Ihr würdet kaum glauben, wie viel Essen ich im Kühlschrank habe. Und ich esse es, mein Gott, ich kann kaum aufhören zu essen, weil alles so gut schmeckt.«

Margie putzte sich die Nase und Suze sagte: »Übertreib's nicht damit, ich habe nämlich meine Schränke durchgesehen und dir alle möglichen Sachen mitgebracht, in die ich nicht mehr hineinpasse. In leuchtendem Blau wirst du einfach hinreißend aussehen.«

Margie richtete sich etwas auf. »Nell in leuchtendem Blau?«, fragte sie zweifelnd, aber ihr Blick wanderte nicht mehr zum Porzellan zurück, als sie mit Nell nach oben ging. Suze nahm den Rosenteller und versteckte ihn in der untersten Ecke des Geschirrschranks, so weit wie nur irgend möglich von Margie entfernt.

Etwas später betrachtete sich eine Margie im rosa Pullover stirnrunzelnd in Nells Spiegel. Während Suze mit Nell zur Haustür eilte, um Jase und Lu hereinzulassen, die das zweite Gästebett brachten. »Ich habe den Teller ganz nach unten gepackt«, bemerkte Suze. »Das war vielleicht unheimlich.

Sie hat diese rosa Rose nur ansehen müssen und irgendeine Sicherung ist in ihr durchgebrannt.«

»Noch unheimlicher, als man meinen sollte«, pflichtete ihr Nell bei. »Hast du dich jemals gefragt, weshalb Margie so viel billige Keramik besitzt, obwohl sie sich doch richtiges Porzellan leisten könnte?«

»Nein«, erwiderte Suze. »Ich denke nicht viel über Geschirr nach.«

»Dann denk jetzt darüber nach. Ich sag nur ›Desert Rose‹.«

»Zehn Millionen Teile«, gab Suze entsetzt zurück. »O mein Gott. Sollten wir das Margie gegenüber erwähnen?«

»Nein, das sollten wir nicht«, erwiderte Nell. »Während der letzten achtzehn Monate bin ich ein überzeugter Anhänger von Überlebensstrategien geworden. Lass ihr doch ihre Keramik.«

»Ich liebe diesen Pullover«, meinte Margie, als sie in einem von Suzes rosa Pullovern die Treppe herunterkam, nachdem Jase und Lu mit dem Bettrahmen verschwunden waren. »Besonders die Farbe. Wo wirst du nur all diese Kleidung verstauen? Die Schränke sind ziemlich klein.«

»Keine Ahnung«, sagte Nell, dankbar für den Themenwechsel. »Ich werde mir die herauspicken, nach denen mir momentan der Sinn steht, und den Rest einlagern.«

»In meinem Keller«, schlug Margie vor. »Ich liebe es nämlich, die Sachen anzuprobieren. In den Kostümen bin ich du, und in den Pullovern bin ich Suze.«

Sie klang so sehnsüchtig, dass ihr Suze anbot: »Nimm doch alle meine aussortierten Sachen, dann können wir bei dir eine Mädelsparty veranstalten und eine Nacht lang jeweils eine andere sein.«

»Gute Idee, doch was haltet ihr jetzt von einer Tasse Kaffee?« Nells Stimme klang übertrieben fröhlich. *Sie hat ein schlechtes Gewissen*, erkannte Suze und verzieh Nell. Es klopfte an der Tür. Suze ging sie öffnen, während sie hinter sich Margie sagen hörte: »Ja, bitte. Wo ist meine Handtasche? Da ist meine Thermoskanne drin.«

Sojamilch, dachte Suze. *Ich für meinen Teil könnte einen Scotch gebrauchen.* Dann öffnete sie die Tür und vor ihr stand Riley McKenna, größer und blonder, als sie ihn in Erinnerung hatte. Er starrte sie ungläubig an, und sie dachte, *einen doppelten Scotch.*

»Sie halten mich zum Narren«, sagte er an Stelle einer Begrüßung. »Wie in aller Welt sind Sie hierher gekommen?«

»Mit dem Auto«, erwiderte Suze. »Wo liegt Ihr Problem?«

»Eine alte Freundin hat früher hier gewohnt«, erwiderte er. »Ich wollte schauen, ob sie zu Hause ist.«

»Wenn Ihre alte Freundin Nell sein sollte, packt sie gerade Kisten aus.« Suze trat einen Schritt zurück. »Kommen Sie doch herein und sagen Sie guten Tag.«

»Nell hat diese Wohnung gemietet?« Riley schüttelte den Kopf und trat ein. »Noch vor zwei Tagen hat hier jemand anderes gewohnt.«

»Leute verändern sich.« Suze schloss die Tür und sah ihm nach, wie er zwischen den Kisten hindurch auf das Wohnzimmer und Nell zusteuerte. Von hinten sah er aus wie ein blonder Robert Mitchum. Von vorne eher wie der Gangster *Babyface Nelson*, doch von hinten wirkte er sehr düster, breitschultrig und irgendwie bedrohlich. Nicht gerade jemand, dem man im Dunkeln begegnen wollte.

Er blieb und redete und scherzte mit ihnen, er flirtete mit Nell und brachte Margie zum Erröten, und Suze hatte fast Mitleid mit Budge, als dieser Margie abholte. Budge war freundlich zu Suze, höflich zu Riley und ausgesprochen kühl zu Nell, schließlich hatte Nell Margie dazu verführt, sich einen Job im Café zu beschaffen. Die ganze Zeit über wanderte sein Blick von Margie zu Riley und wieder zurück, so als wäre er sich mehr als bewusst, dass Riley nicht nur zehn Zentimeter größer und zehn Jahre jünger war als er. »Du musst jetzt nach Hause«, wandte er sich schließlich an Margie und lud gemeinsam mit ihr die Kleiderkisten in Budges Kombi. Margie blickte sehnsüchtig über die Schulter, als Budge ihr die Wagentür offen hielt, eher wie ein Lakai denn wie ein Liebhaber. *Er ist wie Prufrock*, dachte Suze. Er hat Angst, sie zu einer Entscheidung zu drängen, weil er weiß, dass Margie dann sagen würde, »das ist überhaupt nicht das, was ich möchte«.

Als Suze später am Abend nach Hause zurückkehrte, erzählte sie einem misstrauischen Jack, wie sie all die Kisten ausgepackt hatten und dass Nell die neue Wohnung gründlich sauber machen würde, bevor sie am Dienstag gemeinsam den Rest ihres Krams auspacken würden. Sie erzählte ihm von Margie und dem Teller, von Marlene auf der teuren Tagesdecke, von der wunderbaren Gemüsepfanne, die Nell für sie zubereitet und von der Nell selbst fast die Hälfte verputzt hatte – nur Riley erwähnte sie nicht.

Jack hatte für düstere Typen nicht halb so viel übrig wie sie.

Während Suze Jack eine gekürzte Version des Abends präsentierte, hatte sich Marlene am Fußende von Suzes zweitem Gästebett in die Chenilledecke gekuschelt und schien sich von den Strapazen des Umzugs zu erholen.

»Sieh nur, wie viel Platz du hier zum Toben hast.« Nell versuchte, sich von ihrem schlechten Gewissen gegenüber Margie abzulenken. Dann erinnerte sie sich daran, dass Marlene nicht gerne herumtobte. Sie ließ sich in die Kissen zurücksinken und beobachtete den Dackel, wie er sich noch tiefer in das Chenille kuschelte. Nell hatte sich daran gewöhnt, sie wie ein kleines, verzogenes und manipulierendes Kind zu behandeln. Doch Marlene dort unten in ihrem Chenille war und blieb ein Tier, mit Zähnen und Krallen, und Vorfahren, die einst ungebunden und wild gewesen waren.

Vielleicht sollte ich mit ihr in den Park gehen, dachte Nell, *damit sie ihre wilde Seite wieder entdeckt.*

Marlene spürte, dass Nell sie beobachtete und antwortete mit ihrem melodramatischen Augenaufschlag.

Nell schüttelte den Kopf. Ein eingezäunter Garten war der einzige Ort, an dem Marlenes Vorfahren jemals frei und wild gewesen waren.

Marlene ließ ihren Kopf zurückfallen und winselte ein wenig. »Leckerli?«, erkundigte sich Nell tonlos.

Marlene winselte lauter.

Nell stand auf und ging hinunter in die Küche. Als sie es an der Tür klopfen hörte, schreckte sie zusammen. Sie steckte Marlenes Hundekuchen in die Tasche ihres Pyjamas und blinzelte durch die Spitzengardine, die Suze vor dem Fenster angebracht hatte.

Dort stand, groß und düster, Gabe. Allein bei seinem Anblick fuhr ihr ein Schauer über den Rücken.

Ein relativ warmer Schauer.

Sei nicht albern, Nell, ermahnte sie sich selbst und öffnete die Tür. »Hallo. Haben Sie sich verlaufen?«

»Zur Einweihung.« Er reichte ihr eine Flasche Glenlivet. »Riley erzählte, dass Sie jetzt hier wohnen.«

Sie trat zurück, damit er eintreten konnte. Zu spät bemerkte sie, dass sie den uralten Flanellpyjama mit dem Esel aus *Winnie, der Pu* anhatte, den Jase ihr zu Weihnachten geschenkt hatte, als er zehn Jahre alt war.

»Niedlicher Pyjama«, bemerkte er. »Haben Sie ihn schon lange?«

»Ich nehme an, Sie würden hiervon gerne etwas trinken.« Nell ging, um Gläser zu holen.

»Was ich wirklich möchte, ist, dass Lynnie jede Menge Kram hier drinnen zurückgelassen hat«, erwiderte Gabe und folgte ihr in die Küche. »Riley hat Freitagnacht ihren Müll durchsucht, doch war da rein gar nichts zu finden, das uns weitergeholfen hätte. Und heute stellt sich heraus, dass sie umgezogen ist. Meiner Ansicht nach schuldet mir Gott in diesem Fall etwas Gutes.«

Er hielt inne, als sie sich mit den Gläsern in den Händen umdrehte.

»Und das wäre?«, fragte sie und versuchte, den Ausdruck auf seinem Gesicht zu deuten.

Er schüttelte den Kopf und nahm eines der Gläser. Er sah gut aus, wie er mitten in ihrer Küche stand, so als gehöre er dorthin. Vielleicht lag es ja am Stil ihrer neuen Maisonettenwohnung, der eindeutig altmodisch war. Die weißen Wandschränke stammten aus den Vierzigerjahren, ebenso wie das Linoleum mit seinem schwarz-weißen Schachbrettmuster. Die Möbel in Gabes Büro datierten aus derselben Epoche. Sogar er selbst sah ein wenig aus wie ein Kinoheld aus den Vierzigern, dachte sie. Er hatte Ähnlichkeit mit William Powell, nur dass er größer, breiter und kantiger gebaut war und keinen Schnauzbart trug.

»Sie haben bei Ihrem Einzug hier also nichts gefunden?«, fragte Gabe und versetzte sie wieder ins Jahr 2000.

»Ich bin noch nicht ganz fertig eingezogen. Aber in den Schubladen und Schränken, die wir bisher geöffnet haben, war nichts.«

Gabe hob sein Glas. »Cheers!«

Er nippte an seinem Scotch, lehnte sich gegen den Spülstein und lächelte sie an. Nach einer Minute sagte sie: »Die Masche können Sie vergessen, darauf falle ich nicht mehr herein.«

»Welche Masche?«

»Das lange Schweigen, mit dem Sie die Leute dazu bringen, sie mit Worten zu füllen und sich selbst zu beschuldigen.«

Gabe grinste sie an. »Irgendetwas Bestimmtes, was Sie gerne loswerden möchten?«

Sie dachte, *Margie*, und fühlte sich elend.

»Nur raus damit«, ermunterte er sie.

»Ich bin wütend auf Sie«, sagte sie. »Ich habe Margie heute über ihre Mutter ausgefragt. Es war schrecklich. Das mache ich nicht noch einmal.«

Sie kehrte ins Wohnzimmer zurück, ließ sich auf dem Schlafsofa nieder und nippte an ihrem Scotch.

Er folgte ihr, zog einen Stuhl heran und setzte sich ihr gegenüber. »Erzählen Sie mir davon.«

Während er seinen Scotch trank, erzählte sie ihm alles.

Als sie fertig war, sagte sie: »Ich fühle mich hundeelend. Sie hätten Suzes Gesicht sehen sollen, als ich Margie über das Porzellan ihrer Mutter ausfragte.«

»Helena hatte sich herausgeputzt und ihren besten Schmuck angelegt?«, fragte Gabe.

Nell nickte.

»Sie hat sich tatsächlich umgebracht.« Gabe seufzte und lehnte sich zurück.

Nell runzelte die Stirn. »Das scheint Sie zu erleichtern.«

»Richtig. Ich hatte befürchtet, dass sie ermordet wurde.«

»Ermordet?«, hakte Nell nach. »Was geht hier vor?«

»Die Urkunde, mit der das Auto den Besitzer wechselte, wurde zwei Wochen nach dem Tod von Margies Mutter ausgestellt. Es gibt keinerlei Unterlagen über irgendeinen Fall, den mein Vater für Trevor in jener Zeit verfolgte. Außerdem hätte er ihm für eine legale Sache eine ganz normale Rechnung gestellt.«

»Oh«, sagte Nell.

Gabe nickte. »Wir wissen immer noch nicht, weshalb Trevor ihm das Auto geschenkt hat. Immerhin scheint es nicht der Dank für seine Hilfe beim Vertuschen eines Mordes gewesen zu sein.«

Nell dachte nach. »Und Sie glauben, all das steht in irgendeinem Zusammenhang mit der Erpressung bei O & D? Und mit Lynnie?«

»Möglich wäre es.«

Nell seufzte. »Ihren Job möchte ich um keinen Preis machen müssen. Kein Wunder, dass Sie die ganze Woche derart miese Laune hatten.«

»Moment mal«, unterbrach sie Gabe. »Meiner Ansicht

nach war ich ausgesprochen offen und freundlich, wenn man bedenkt, was Sie sich geleistet haben.«

»Sie waren ein Mistkerl«, widersprach ihm Nell. »Aber Sie haben Recht, ich hatte es mir verdient.«

»Nein, das haben Sie nicht. Sie haben Recht. Ich hatte tatsächlich miese Laune.«

»Wie sind Sie denn, wenn Sie keine miese Laune haben?« Nell lehnte sich an ihrem Drink nippend zurück.

»Mehr oder weniger genauso«, erwiderte Gabe. »Wenn nicht alles nach meinem Willen geht, werde ich fuchsteufelswild.«

»Das lässt Sie nicht mehr los, nicht wahr?« Nell schüttelte den Kopf, als sie sich daran erinnerte. »Sie war wirklich ein besonderer Fall. Wissen Sie, als Lynnie mir in der Bank eine Partnerschaft anbot, hätte ich am liebsten eingeschlagen. Sie war wirklich sehr verführerisch. Sie hörte nicht auf zu wiederholen, dass wir, wenn wir gemeinsame Sache machen würden, einigen Schaden anrichten könnten.«

»Das sagten Sie bereits. Das war der Teil der Unterhaltung, der mir am wenigsten gefallen hat.«

»Merkwürdigerweise gefiel sie mir.« Nell erinnerte sich an Lynnies intelligentes Gesicht und ihre unglaubliche Energie. »Ich weiß, das sollte sie nicht, aber ich mochte sie. Sie war so lebendig. Sie hat sich von keinem Typen unterkriegen lassen. Für einen Augenblick wollte ich so sein wie sie.«

»Darf ich mich im Namen all meiner Geschlechtsgenossen dafür bedanken, dass Sie sich nicht mit ihr zusammengetan haben? Das wäre ein Albtraum geworden.« Er kippte den Rest seines Scotchs hinunter, während sie ihn stirnrunzelnd ansah.

»Herzlichen Dank. Würden Sie sich bitte daran erinnern, dass ich auf Ihrer Seite stehe?« Sie fixierte ihn angriffslustig und hielt seinem Blick stand.

Sein Blick war nicht feindselig.

»Ich erinnere mich nicht nur daran«, sagte er, »ich rechne auch fest damit.«

Einen langen Augenblick später, als sie sich zu erinnern versuchte, worüber sie eben gesprochen hatten, stellte er sein Glas auf dem Fußboden ab und erhob sich.

»Es ist spät.« Sie begleitete ihn zur Tür, und als sie sie für ihn öffnete, drehte er sich um. »Es ist nur ein Vorschlag, aber vielleicht sollten Sie Fremden nicht im Pyjama die Tür öffnen.«

»Ich wusste, dass Sie es waren«, gab Nell zurück. »Und dieser Pyjama verdeckt alles, was ich habe. Was ist schon dabei?«

Gabe schüttelte den Kopf und trat in die Nacht hinaus. Nell verriegelte hinter ihm die Tür und ging wieder nach oben, um zu Marlene ins Bett zu kriechen. Marlene blickte sie mit unaussprechlicher Qual im Blick an. »Also gut, ich schulde dir einen Hundekuchen.« Sie holte den Keks aus ihrer Tasche und streckte ihm dem Dackel entgegen.

Marlenes Augen waren halbgeschlossen. Sie sah aus, als habe ihr letztes Stündchen geschlagen. »Es tut mir Leid, dass es so lange gedauert hat.« Nell hielt noch immer den Hundekuchen in der Hand. »Mein Chef ist aufgetaucht. Er sah verdammt gut aus, muss ich zugeben. Und ich in meinem alten Pyjama. Er hat mich damit aufgezogen. Vielleicht sollte ich mir ein paar neue Schlafanzüge kaufen. Irgendwie flottere.«

Aus Marlenes halbgeschlossenen Lidern sprach eher Verachtung als Todesnähe.

»Du hast Recht«, sagte Nell. »Wie hoch stehen schließlich die Chancen, dass er so spät am Abend noch einmal vorbeischneien wird?« Sie streckte sich noch weiter vor, um dem Hund seinen Leckerbissen zu geben. Marlene wandte den Kopf ab.

»Nimm ihn oder lass es bleiben.« Vorsichtig nahm Marlene den Keks entgegen, legte sich auf den Rücken und starrte traurig ins Leere.

»Nun kau schon«, befahl Nell ihr. Marlene gab auf, rollte sich wieder herum und schlang den Hundekuchen hinunter. Dann seufzte sie und kuschelte sich tiefer in die Chenilledecke. Nell rutschte zur Seite und klopfte auf die Matratze neben sich. »Komm her, Liebling.«

Marlene reckte ihre lange Schnauze in die Luft, dachte kurz nach und legte sich wieder hin.

»Herzlichen Dank auch«, sagte Nell und zog die Chenilledecke näher zu sich her. Marlene seufzte, stand schwankend auf, schleppte ihren langen Körper zu Nell und der Decke und ließ sich auf das Chenille gegen Nells Bauch fallen. »Na also«, sagte Nell und streichelte sie hinter den Ohren, während sie sich an sie kuschelte. »Ist das nicht viel besser?«

Marlene gähnte, klimperte aber nicht mit den Wimpern, was Nell als Zustimmung interpretierte.

»Wir sind stolze, unabhängige Frauen, Marlene«, sagte Nell und versuchte, nicht an Gabe zu denken, wie er gefährlich im Dunkeln gestanden hatte. »Wir brauchen keine Männer.« Marlene sah sie mit deutlicher Geringschätzung an, vergrub dann ihre Schnauze in der Chenilledecke und schlief ein.

9

»Danke«, sagte Gabe, als Nell ihm am nächsten Morgen ein Päckchen in sein Büro brachte. Sie trug einen leuchtend blauen Pullover und einen kurzen, dunkelblauen Rock, das komplette Gegenteil der schmalen grauen Kostüme, die sie bisher getragen hatte. Und ebenso unähnlich dem hauchdünnen Flanellpyjama vom Abend zuvor. Er würde nie wieder unschuldigen Auges den Esel I-Ah ansehen können. Das neue Outfit stand ihr gut: Der blaue Pullover unterstrich ihr leuchtendes Haar, und der kurze Rock zeigte reichlich ihrer Beine, die schlichtweg hinreißend waren.

»Gerade ist jemand vorbeigekommen und hat dies hier abgegeben«, sagte Nell. Gabe hielt inne und blickte von ihren Beinen hoch, um das Päckchen entgegenzunehmen.

»Sagen Sie Riley, dass es geliefert wurde.« Gabe öffnete das Päckchen.

»Was ist es?«

»Der Polizeibericht über Helena Ogilvies Selbstmord.«

»Oh«, sagte Nell und holte Riley.

Eine Stunde später sah Gabe Riley an und sagte: »Die Sache ist nicht stichhaltig.«

Riley hob die Augenbrauen. »Sie hat sich herausgeputzt. Margie telefonierte mit Trevor, als sie sich erschossen hat. Die Pistole befand sich bereits seit Jahren im Haus. *Sie hat einen Abschiedsbrief hinterlassen, Himmel noch mal.*«

Gabe schüttelte den Kopf. Zu gerne hätte er geglaubt, dass es ein Selbstmord war, aber er war sich unsicherer denn je. »Mir gefällt es nicht, dass Trevor zufällig am Telefon war, als sie den Abzug drückte. Ich mag Zufälle nicht, und dieser hier stinkt zum Himmel.«

»Nicht unbedingt«, widersprach Riley. »Margie sagte ihm, Helena benehme sich merkwürdig. Er wiederum wies Margie an, sie ins Krankenhaus zu bringen. Das klingt doch logisch.«

»Er hat dort angerufen«, sagte Gabe. »Zum exakt richtigen Zeitpunkt.«

»Vielleicht hat Helena die Unterhaltung mitgehört und wollte sich nicht in ein Krankenhaus einliefern lassen. Vielleicht dachte sie, da Margie gerade telefonierte, sie jemanden zur Seite hätte, wenn sie den Schuss hörte.«

Gabe holte sich die Fotos von Rileys Schreibtischseite. Der Anblick fiel schwer. Nicht, weil sie besonders blutrünstig waren – es war kaum Blut zu sehen –, sondern weil Helena Ogilvie eine so armselige, kleine, pummelige Frau, in edle Seide gehüllt war, wie man sie an einer Blumenschau oder beim Bridgespiel erwartet und nicht tot in ihrer Garage, die diamantbeladenen Hände auf eingetrockneten Ölflecken. »Ich schätze, auch der Polizist, von dem dieser Bericht stammt, hatte seine Zweifel an Selbstmord«, meinte Gabe. »Schau dir die Fotos an. Sieh mal, wie viele Interviews er geführt hat. Jack Dysart, verdammt noch mal. Er hat nach etwas gesucht.«

»Und nichts gefunden«, entgegnete Riley. »Ich stimme für Selbstmord.«

»In dieser Sache hätte ich gerne eine zweite Meinung.« Gabe klingelte nach Nell.

»Ich stelle Margie keine weiteren Fragen«, verkündete Nell, kaum dass sie den Raum betreten hatte.

»Kommen Sie her«, sagte Gabe. »Und sehen Sie sich das an.«

Nell trat neben ihn an den Schreibtisch, blickte ihm über die Schulter und wich einen Schritt zurück. »O mein Gott.«

Als sie sich abwandte, ermahnte er sie: »Seien Sie nicht so zimperlich.«

»Dann überraschen Sie mich gefälligst nicht mit so einem Zeug«, gab Nell zurück. »Warnen Sie mich lieber vor.«

»Das ist Helena Ogilvie«, erklärte Gabe geduldig.

»So viel habe ich mir schon zusammengereimt. Das Loch in ihrem Kopf hat sie verraten.«

»Sie hat drei Abschiedsbriefe geschrieben, zwei davon in den Papierkorb geworfen, sich in Schale geworfen, ist dann nach unten gegangen, hat etwas Porzellan zertrümmert, sich mit ihrer Tochter unterhalten und ist dann in die Garage gegangen und hat sich erschossen«, zählte Gabe auf. »Was stimmt an dieser Geschichte nicht?«

»Ich würde mich niemals in Jase' Nähe umbringen«, erwiderte Nell, ohne zu zögern. »So etwas tut man seinen Kindern nicht an.«

»Manche Leute schon«, gab Riley zu bedenken. »Offenbar war sie ziemlich verrückt. Und die Sache mit dem Geschirr?«

»Das mit dem Geschirr verstehe ich«, sagte Nell. »Das war nicht verrückt. Aber sich so herauszuputzen klingt verrückt.«

»Überhaupt nicht«, widersprach Riley. »Selbstmörder sehen gerne gut aus.«

»Ist das alles?«, wandte sich Gabe etwas enttäuscht an Nell. »Sie hätte sich also nicht vor Margies Augen umgebracht? Ist das alles, was Sie dazu zu sagen haben?«

Nell blickte ihn verständlicherweise gereizt an. »Hören Sie, ich kenne diese Frau nicht einmal.« Sie schob die Fotos von sich weg. »Und durch die Fotos werde ich sie auch nicht kennen lernen. Soweit ich weiß, war sie nicht sonderlich intelligent, aber nett. Und sie wurde nicht damit fertig, dass Trevor sie verlassen hatte, was ich gut nachvollziehen kann.«

Sie betrachtete mit so offensichtlichem Entsetzen die Fotos, dass Gabe Gewissensbisse bekam.

»Also gut«, sagte er. »Tut mir Leid. Sie können jetzt gehen.« Er schüttelte an Riley gewandt den Kopf. »Dann hat Trevor den Wagen also meinem Vater nicht gegeben, um damit einen Mord zu vertuschen. Wir haben Grund zu feiern.«

»Ich sehe, wie du vor Freude geradezu ausflippst.« Riley beugte sich vor und nahm eines der Fotos. »Also gut, wenn du so wenig überzeugt bist, lass uns von vorne anfangen. Was an diesem ganzen Schlamassel wirkt irgendwie falsch? Und zwar unabhängig davon, wie verrückt es klingt.«

»Sich im Seidenkostüm in der Garage umzubringen?«, rätselte Gabe. »Die Ölflecke auf dem Garagenboden wollen mir einfach nicht aus dem Kopf.« Er breitete die Fotos auf dem Schreibtisch aus. »Sie hätte nach oben gehen und sich im Badezimmer einschließen können. Warum würde man sich in der Garage umbringen?«

»Vielleicht wollte sie keine Sauerei im Badezimmer anrichten«, warf Nell ein und zuckte beim Anblick der Fotos zusammen. »Vielleicht…«

»Du musst schon etwas mehr in der Hand haben als das«, wandte sich Riley an Gabe. »Selbstmörder machen merkwürdige Dinge. Himmel noch mal, sie hat sich in den Kopf geschossen. Weshalb sollte sie sich darüber Sorgen machen, ob ihr Kostüm dabei dreckig wird?«

»Es ist ein solch kalter Ort, um sich umzubringen«, gab Gabe zu bedenken. »Und…« Er hielt inne, denn Nell starrte auf eines der Fotos, eine Nahaufnahme der Einschusswunde. »Sehen Sie sich das nicht an.« Er durchwühlte die Bilder und versuchte eines zu finden, das von größerer Entfernung aufgenommen war. Doch Nell griff nach der Nahaufnahme.

»Wo sind ihre Ohrringe?«, fragte sie.

»Was?« Gabe nahm ihr das Foto aus der Hand.

»Sie trägt keine Ohrringe. Wenn sie sich wirklich so fein herausgeputzt hatte, hätte sie doch auch Ohrringe getragen.« Nell schluckte. »Margie sagte, ihre Mutter hätte ihren schönsten Schmuck angelegt.«

»Diamantringe«, sagte Gabe. »Sie trug sie an beiden Händen.« Er durchwühlte die Fotos und fand eines von Helenas Händen. »Drei Ringe.« Er zeigte Nell das Bild. »Ihren Verlobungs- und Ehering an der linken Hand, der Ring mit den kreisförmig angeordneten Diamanten an der rechten.«

Nell schüttelte den Kopf. »Das reicht nicht. Sie hätte Ohrringe getragen.« Sie durchwühlte die Fotos, bis sie eines gefunden hatte, das von weiter weg aufgenommen worden war. »Außerdem würde ich jede Wette eingehen, dass sie auch eine Kette getragen hat. Und vielleicht ein Armband oder eine Brosche. Da, sehen Sie? Sie trug eine mit Diamanten besetzte Brosche. Aber keine Ohrringe. Sie hätte sich nicht so fein herausgeputzt und dann ihre Ohrringe nicht angelegt.«

»Der Ring ist etwas eigenartig«, bemerkte Riley. Sie sahen beide zu ihm auf, und er deutete auf den kreisförmigen Ring an Helenas rechter Hand. »Seht ihn euch mal an. Das Design ist ungewöhnlich. Die Diamanten sind in einem flachen Kreis angeordnet, und unter dem Kreis ist der Ring unterbrochen. Das ist kein Stück, das man an jeder Ecke bekommen würde.«

Gabe beugte sich vor, um die Aufnahme von Helenas rechter Hand zu betrachten. Nell lehnte sich ebenfalls vor, ihre Wärme spürbar an seiner Schulter. Der Ring war für Helenas wulstige Finger zu eng und ihr Fleisch quoll durch den von Diamanten besetzten Kreis.

»Er ist hässlich«, bemerkte Nell. »Warum würde jemand so etwas entwerfen? Die kreisförmige Brosche, das ist in Ordnung, aber ein Ring?«

»Vielleicht gehören die beiden Stücke zusammen?«, mutmaßte Riley. »Vielleicht passen die Ringe zur Brosche?«

»Fragen Sie Margie«, wandte sich Gabe an Nell.

»Nein. Falls der Ring Teil eines Ensembles sein sollte, gibt es andere Möglichkeiten, das herauszufinden. Ich werde Margie jedenfalls nicht noch einmal aufregen.«

»Vielleicht hat sie die Ohrringe einfach nur vergessen«, brummte Riley, aber er klang alles andere als überzeugt.

»Möglich.« Gabe zog die Schreibtischschublade auf und nahm ein Telefonbuch heraus. »Nimm das Bild mit dem Ring und erkundige dich danach bei allen Goldschmieden, die bereits vor 1978 im Geschäft waren«, wandte er sich an Riley, während er das Telefonbuch durchblätterte. »Unterhalte dich mit dem Ältesten der Angestellten. Schau nach, ob irgendjemand den Ring erkennt.« Er fuhr mit dem Finger die Seiten hinab und nahm den Hörer zur Hand.

»Wen rufen Sie an?«, wollte Nell wissen.

»Robert Howell«, erwiderte Gabe.

»Wen?«, hakte Riley nach.

»Den Kriminalbeamten, der damals den Fall bearbeitet hat«, erläuterte Gabe und deutete auf die Unterschrift unter dem Bericht. »Ich denke, wir sollten uns unterhalten.«

Eine Stunde später, während Nell immer noch versuchte, die Bilder zu vergessen, betrat Lu das Büro.

»Er ist dort drin«, sagte Nell. »Ärgern Sie ihn nicht, er hat einen schlechten Tag.«

»Ich will ihn gar nicht ärgern«, erwiderte Lu. »Ich habe mich dazu entschieden, hier zu bleiben und aufs College zu gehen.«

»Tatsächlich?« Nell lehnte sich zurück. »Dafür sind wir Ihnen alle dankbar. Weshalb der Meinungswechsel?«

»In gewisser Weise ist er Ihnen zu verdanken«, erwiderte Lu lächelnd. »Vielen Dank.«

»Mir?«

Lu öffnete die Tür und als sie eintrat, hörte Nell sie sagen: »Eine gute Nachricht, Papa«, bevor sie die Tür hinter sich schloss.

»Ich habe doch gar nichts getan«, sagte Nell in das leere Büro hinein. Sie war Lu erst drei Mal begegnet, und überhaupt hatte sie sich beim zweiten und dritten Mal gar nicht lange mit ihr unterhalten, weil Jase…

»Lieber Himmel, nein.« *Lass es nicht Jase sein.* Sie würden miteinander ausgehen, dann würde Jase Schluss mit ihr machen, weil er das immer tat, und Lu würde am Boden zerstört sein, weil jedes Mädchen am Boden zerstört wäre, das auf Jase verzichten musste, und Gabe würde…

Sie nahm den Telefonhörer zur Hand und wählte Jases Nummer, erreichte aber nur den Anrufbeantworter. »Hier spricht deine Mutter. Falls du mit Lu McKenna gehst, dann beende die Beziehung augenblicklich. Das meine ich ernst.« Sie wollte gerade auflegen, fügte jedoch noch hinzu: »Ich liebe dich«, und knallte den Hörer zurück auf die Gabel.

Lu kam lächelnd aus dem Büro. Sie nickte Nell zu und flüsterte. »Er ist richtig glücklich. Jetzt können Sie ihn um alles bitten.«

»Sagen Sie mir bitte, dass es nicht wegen Jase ist«, flüsterte Nell zurück.

Lus Lächeln wurde noch breiter. »Ich muss gar nicht quer durch Europa reisen. All die Aufregung, nach der ich mich sehne, habe ich direkt vor der Nase. Also, ich muss schon sagen. Sie haben ausgezeichnete Arbeit bei der Erziehung dieses Mannes geleistet.«

»Dieser Junge«, korrigierte sie Nell. »Er ist ein Junge. Sie sind beide noch Kinder.«

Lu schüttelte den Kopf. »Eltern!« Kopfschüttelnd verschwand sie hinter der Tür und winkte zum Abschied.

»O mein Gott«, hauchte Nell.

»Was ist denn los?«, fragte Gabe, und Nell schreckte von ihrem Stuhl hoch.

»Machen Sie so etwas nicht wieder.« Nell klammerte sich an ihren Schreibtisch.

»Ich wollte mich nur bedanken.« Er blickte sie verständnislos an. »Lu meinte, Sie seien dafür verantwortlich, dass sie es sich mit der Europareise anders überlegt hat.«

»Das stimmt nicht«, widersprach Nell. »Überhaupt nicht. Ich hatte nichts damit zu tun.«

»Schon gut«, beschwichtigte sie Gabe. »Was geht hier vor?«

»Nichts.« Nell wandte sich wieder ihrem Computer zu.

»Ich tippe lediglich. Machen Sie sich wieder an die Arbeit.«

»Hören Sie, ich bin Ihnen *dankbar* dafür, dass Sie Lu die Sache mit Europa ausgeredet haben.«

»Das habe ich nicht.« Nell wandte ihm demonstrativ den Rücken zu. »Ich nicht. Gehen Sie jetzt, ich muss arbeiten.«

»Früher oder später werden Sie es mir sagen«, meinte Gabe.

Nur über die Leiche meines Sohnes, dachte Nell.

»Okay, in Ordnung, wenn Sie es unbedingt so wollen.«

Er wandte sich wieder seinem Büro zu. »Übrigens, morgen früh um neun habe ich eine Verabredung mit Robert Howell.«

»Ist notiert«, bestätigte Nell und öffnete den Terminkalender. Für den Rest des Tages konzentrierte sie sich ganz auf die Arbeit und versuchte, sowohl Jase als auch Helena aus ihren Gedanken zu verbannen. Als sie zu Marlene nach Hause kam, war Nell so durcheinander, dass sie sich den Hund schnappte, sich mit Marlene im Schoß aufs Bettsofa setzte und sie einfach so lange streichelte, bis sie sich wieder etwas wohler fühlte. Sie konnte nicht mehr nachvollziehen, wie Menschen ohne Hund es schafften, den Tag durchzustehen. Schuldbewusst dachte sie an Farnsworth, der jetzt ohne Marlene auskommen musste. Doch dann ermahnte sie sich, nicht so überempfindlich zu reagieren. Er hatte sie eine kleine Hexe genannt, also liebte er sie ganz offensichtlich nicht. Marlene fiepste in Nells Schoß und Nell sagte: »Ja, genau, so einen Tag hatte ich auch. Leckerli?«

Als Nell etwas später Paprika für ihr Abendessen schnipselte und während der Arbeit bereits die Hälfte verputzte, rief Jase an. »Auf meinem Anrufbeantworter ist eine reichlich merkwürdige Nachricht von dir«, bemerkte er. »Nimmst du Medikamente oder so was?«

»Nein, aber wenn du Lu McKenna nicht in Ruhe lässt, bleibt mir nichts anderes übrig«, erwiderte Nell. »Das meine ich ernst. Mit ihrem Vater sollte man sich gefälligst nicht anlegen. Der Mann besitzt einen Waffenschein.«

»Mama«, sagte Jase. »Beruhige dich. Das ist eine Sache zwischen Lu und mir.«

»Bis ihr Vater dahinter kommt. Dann ist es eine Sache zwischen dir und der Notaufnahme.«

»Dann verrate ihm einfach nichts.« Jase klang vollkommen ruhig. »Du machst dir einfach zu viele Sorgen.«

»Ich habe allen Grund, mir Sorgen zu machen«, konterte sie, doch nachdem sie aufgelegt hatte und sich in ihrer fröhlichen Küche umsah, dachte sie: *Vielleicht auch nicht.* Vielleicht lagen die schlechten Zeiten jetzt hinter ihr. Sie hatte ihre erste Woche an einem neuen Arbeitsplatz überlebt, sie hatte eine neue Wohnung, die Dinge konnten nur besser werden. Vielleicht befand sich sogar Lynnie an einem besseren Ort. Vielleicht hatte sie Trevor Ogilvie erpresst und lebte jetzt in Saus und Braus. Nell empfand keinerlei Bedauern, dass Trevor Ogilvie möglicherweise derjenige war, der von Lynnie ausgenommen wurde. Er war derjenige gewesen, der Margies Mutter zum Selbstmord getrieben hatte. Zur Hölle mit ihm.

Marlene und sie machten es sich auf dem Bettsofa gemütlich, aßen Salat und Hundekuchen und schmatzten sich freundschaftlich etwas vor. Dann gingen sie nach oben in Suzes Bett, Nell mit Marlenes Chenilledecke über dem Arm. Sie schlüpfte in den blauen Seidenpyjama, den Suze ihr zum Geburtstag geschenkt hatte – »Wo ist eigentlich das gewisse Extra in meinem Leben, Marlene? Das würde ich zu gerne wissen« – stieg ins Bett und las, bis sie beide einnickten.

Ein paar Stunden später wachte Nell in einem stockdunklen Schlafzimmer auf. Ein sehr merkwürdiges Geräusch kam von irgendwo auf ihrem Bett. Es dauerte einen Augenblick, ehe sie das Geräusch identifizieren konnte. Schlagartig war sie hellwach.

Marlene knurrte.

Es war ein seltsames, leises Knurren, ganz so, wie man es von Marlene erwartete: eine Art jammerndes Schnurren, das trotzdem bedrohlich wirkte. Doch an der Art, wie Marlene im Mondlicht auf dem Bett kauerte, war nichts Merkwürdiges. Es war das erste Mal, dass Nell sie als einen richtigen, echten Hund wahrnahm.

»Was ist denn?« Auf ihr Flüstern hin duckte sich Marlene noch tiefer und knurrte lauter.

Nell saß regungslos und lauschte und hörte schließlich ebenfalls, was Marlene gehört hatte: ein leises Schlurfen im untersten Stockwerk, so leise, dass sie ganz genau hinhören musste. Irgendjemand war dort unten und öffnete Schubladen und Schränke.

»Schsch«, sagte sie zu Marlene und nahm sachte den Telefonhörer ab. Dann wählte sie den Polizeinotruf. Als sie mit der Zentrale verbunden wurde, flüsterte sie. »Bei mir ist jemand in der Küche.«

Nachdem sie alle Informationen in den Hörer geflüstert hatte, befahl ihr die Stimme in der Zentrale, in der Leitung zu bleiben. Sie setzte sich auf ihre zerwühlten Decken, die Hand auf der immer noch angespannten Marlene und betete, dass, wer auch immer es war, so lange dort unten bleiben würde, bis die Polizei kam oder aber er das finden würde, wonach er suchte...

Sie setzte sich etwas weiter auf. Wonach suchte er? Sie besaß noch nicht einmal ein Fernsehgerät oder eine Stereoanlage. Jeder Einbrecher hätte mittlerweile erkannt, dass bei ihr nichts zu holen war und sich wieder davongemacht. Es sei denn, der Einbrecher war gar kein Einbrecher. Es sei denn...

Sie unterbrach die Leitung zur Notrufzentrale und drückte die Kurzwahltaste fürs Büro. Sie war sich ziemlich sicher, dass Gabe oben in seiner Wohnung dieselbe Nummer hatte.

»Wer ist da?«, meldete sich Gabe nach dem dritten Klingeln und klang halb schlafend, halb wütend.

»Hier ist jemand«, flüsterte sie in den Hörer.

»Was?«

»Hier spricht Nell«, flüsterte sie.

»Ich weiß, dass Sie es sind«, schnappte er. »Warum flüstern Sie denn um drei Uhr morgens?«

»Hier ist jemand. In der Wohnung. Unten.«

»Himmel noch mal, rufen Sie die Polizei.«

»Das habe ich schon«, erwiderte Nell entnervt. »Halten Sie mich für einen Idioten? Aber ich dachte, weil doch Lynnie früher hier gewohnt hat...«

Marlene fing wieder an zu knurren. Nell hielt inne und legte ihre Hand auf Marlene, um sie zu beruhigen und um selbst besser lauschen zu können.

Jemand kam die Treppe herauf.

»Was ist los?«, fragte Gabe. »Verdammt, Nell….«

»Ich glaube, er kommt die Treppe herauf«, Nells Stimme zitterte. »Und ich habe wirklich Angst.«

»Machen Sie das Licht an«, sagte Gabe. »Jetzt, sofort. Warnen Sie ihn, dass Sie wach sind. Ist die Tür zu Ihrem Schlafzimmer abgeschlossen?«

»Die Tür hat kein Schloss.«

»Stellen Sie irgendetwas davor.«

»In Ordnung«, sagte Nell, legte auf und stieß die Bettdecke zurück. Ihre Hände zitterten, und als sie die letzte Decke abschütteln wollte, verfing sich ihr Fuß in Marlenes Chenilledecke und sie stolperte. Als das Telefon laut scheppernd vom Bett fiel, wurde Marlene völlig hysterisch. Nell versuchte, sich am Nachttisch fest zu halten, fiel aber gegen die Tür und stieß mit dem Kopf gegen den Türknauf, als sie zu Boden ging. Noch im Fallen hörte sie, wie jemand die Treppen hinunterrannte.

»Schsch«, zischte sie Marlene zu, die sich jetzt laut knurrend gegen die Tür warf und diese wie wild mit ihren Krallen bearbeitete. Sirenen ertönten, dann glitt Flutlicht über die der Straße gegenüberliegende Wand und Nell hörte, wie ihre Hintertür zugeknallt wurde. Sie rieb sich kurz den Kopf, dann krabbelte sie über den Boden zum Telefon. »Gabe? Es ist alles in Ordnung, glaube ich. Gabe?« Aber er war nicht mehr am Apparat.

»Herzlichen Dank, dass Sie mich zwanzig Jahre meines Lebens gekostet haben«, bemerkte Gabe eine Stunde später, nachdem die Polizei gegangen war. Er saß auf dem Bettsofa in Nells Wohnzimmer, trank Glenlivet und versuchte, seinen Puls wieder unter hundertzwanzig zu bekommen, bevor er sie anbrüllte, wie sie ihn derart in Angst versetzen konnte.

»Ich dachte mir, Sie wollten vielleicht Bescheid wissen«, erwiderte Nell. »Schließlich war es vorher Lynnies Wohnung.«

»Ich wollte Bescheid wissen, weil es Ihre Wohnung ist«, sagte Gabe. Sie trug einen Pyjama aus leuchtend blauem Stoff, der jede ihrer Bewegungen mitmachte und ihre roten Haare noch wilder aussehen ließ, besonders im Kontrast zu der vielfarbigen Beule, die ihre Stirn zierte. Sie schien sich weder des Pyjamas oder der Beule bewusst, noch der Tatsache, dass sie gerade eben möglicherweise einer Vergewaltigung oder Ermordung entgangen war. Sie setzte sich neben ihn auf das Bettsofa, blass und feingliedrig und zart, und verschlang Vollkorntoast mit Erdnussbutter und Marmelade mit einem fast schon beunruhigenden Appetit.

Gabe nahm ein Stückchen Eis aus seinem Glenlivet und reichte es ihr. »Kühlen Sie damit die Beule auf Ihrer Stirn.« Er trank den Rest seines Scotchs aus.

Sie hielt sich den Eiswürfel an den Kopf und runzelte die Stirn, als er zu schmerzen begann und das Wasser ihr den Arm hinunterlief.

»Danke, dass Sie die Polizei zuerst angerufen haben«, sagte Gabe und benutzte ein Kopfkissen, um ihren Arm abzutupfen.

»Ich bin schließlich nicht blöd«, erwiderte Nell.

»Das habe ich auch nicht angenommen«, entgegnete Gabe. »Lediglich verrückt. Glauben Sie, dass es Lynnie war?«

»Ich weiß es nicht.« Während Nell ihren Toast kaute, dachte sie darüber nach, und ihr Gesicht nahm jenen intensiven Ausdruck an, der ihn normalerweise nervös werden ließ. »Nein. Wer auch immer es war, blieb zunächst unten und kam erst später herauf. Er hat dort unten nach etwas gesucht …«

»… und es nicht gefunden. Lynnie hätte gewusst, wo sie suchen müsste.« Gabe stellte sein Glas ab. »Kommen Sie.«

»Wohin?«, fragte Nell.

»In Ihr Schlafzimmer«, erwiderte er.

»Ihrer Verführungstaktik mangelt es definitiv an Finesse?«, bemerkte Nell und ließ ihn warten, bis sie ihren Toast ganz aufgegessen hatte.

Er stand im Türrahmen und starrte in ihr Zimmer. Kleidung und Bücher waren überall verstreut, ihre Bettdecke lag zusammengeknüllt in einem Haufen auf einem riesigen Bett, das fast das gesamte Zimmer ausfüllte. Mittendrin saß Marlene auf einer dunkelblauen Flauschdecke und blickte sie vorwurfsvoll an.

»Nett«, bemerkte Gabe und sah sich im Zimmer um. »Ich übernehme den Kamin. Sie räumen den Fußboden frei, damit wir die Dielen abklopfen können.«

Zweieinhalb Stunden später kannte Gabe den ersten Stock von Nells Appartement so gut wie sonst kaum einen anderen Ort auf der ganzen Welt, doch hatten sie nichts gefunden. Erschöpft streckte sich Nell, als sie vom Fußboden des Gästezimmers aufstand, dabei machte ihr Pyjama bei jeder Bewegung merkwürdige Sachen. Dann sagte sie: »Ich würde zu gerne hier bleiben und mit Ihnen spielen, aber ich muss in einer Stunde im Büro sein.«

»Ich auch.« Gabe lehnte sich mit dem Rücken gegen die Wand und blickte sich stirnrunzelnd in dem leeren Zimmer um. »Mein Glück, dass ich eine Sekretärin habe, die sich ums Büro kümmert, wenn ich spät dran bin.«

»Mag sein, dass sie anruft und sich wegen Erschöpfung krankmeldet«, bemerkte Nell.

»Gar keine schlechte Idee«, pflichtete ihr Gabe bei. »Wir sollten die Wohnung nicht aus den Augen lassen, bevor wir sie richtig auseinander genommen haben.«

»Und wie nennen Sie das, was wir gerade getan haben?«, fragte Nell. »Eine flüchtige Durchsuchung?«

»Riley fällt vielleicht etwas ein. Ihm entgeht nur wenig. Und das Erdgeschoss fehlt uns noch komplett.« Er stand auf, ging in ihr Schlafzimmer und nahm den Telefonhörer zur Hand. Dann tippte er ein paar Zahlen ein und musterte sie stirnrunzelnd, als sie das Zimmer betrat. Sie war noch blasser als gewöhnlich, und die Beule auf ihrer Stirn verfärbte sich allmählich violett.

»Sie sehen schrecklich aus.«

»Besten Dank.« Nell setzte sich auf das große Bett und ließ sich gegen die Kissen fallen.

»Dieser Pyjama sieht besser aus als der mit den I-Ah-Eseln«, bemerkte er. »Aber Ihre Stirn ist eine Katastrophe.«

»Ich wurde in Erfüllung meiner Pflicht verletzt«, versetzte sie und krabbelte unter die Bettdecke.

»Ich habe Ihnen doch gesagt, dass Sie Eis auf die Beule pressen sollen«, sagte Gabe, während das Telefon klingelte. »Sie sollten …«

»Was?«, brummte Riley verschlafen.

»Ich bin's. Du musst heute das Büro aufschließen. Nell kommt nicht.«

»Ich kann später kommen«, unterbrach ihn Nell und kämpfte gegen den Schlaf an. »Es ist nur …«

»Und sag alles ab, was du eventuell für heute Abend geplant hast. Bei Nell wurde gestern Abend eingebrochen. Wir müssen ihre Wohnung auf den Kopf stellen.«

»Eingebrochen?«, fragte Riley, plötzlich hellwach. »Geht es ihr gut?«

»Es geht ihr gut. Sie ist nur etwas benommen. Alles, was sie jetzt braucht, ist etwas Schlaf und ein wenig Eis.« Er linste zu ihr hinüber, doch sie schlief bereits. Zum ersten Mal, seit er sie kannte, war ihr Gesicht völlig entspannt. Sie sah blass aus und zerbrechlich und hübsch, wie die Frau aus dem Roethke-Gedicht, die Frau von lieblichem Wuchs.

»Gabe?«

»Ich komme später ins Büro«, erwiderte er. Dann legte er auf und zog vorsichtig die Bettdecke über sie, um sie nicht zu wecken. Marlene sprang auf das Bett, ließ ihren Kopf über die Bettdecke hängen und winselte das blaue Ding an, auf dem sie gelegen hatte. Er hob es auf und warf es auf das

Fußende. Marlene kuschelte sich prompt darauf zusammen und döste ein.

»Euch Mädchen bringt so leicht nichts aus der Fassung, was?« Gabe warf einen letzten Blick auf Nell, ehe er nach unten ging.

Das Haus der Howells war ein gepflegter Bungalow in Grandview, einem gut bürgerlichen, aber nicht spießigen Viertel. Gabe klopfte an die Tür. Überrascht stellte er fest, dass der Mann, der ihm öffnete, jünger war als er selbst.

»Robert Howell?«

»Das ist mein Vater.« Der Mann streckte ihm die Hand entgegen. »Ich bin Scott Howell. Sie sind sicher Gabe McKenna.« Er machte eine Kopfbewegung zur einen Seite des Hauses. »Seit mein Vater pensioniert ist, hat er seine Wohnung über der Garage. Es muss sich um einen interessanten alten Fall handeln. Er ist wirklich gespannt darauf, Sie zu sehen.«

Wie traumhaft das Appartement über der Garage war, in der Scotts Vater wohnte, sah Gabe selbst, nachdem er die Treppe hochgestiegen war. Breite Panoramafenster, dicker Teppichboden, bequeme Möbel und genügend Elektronik, um mit einem Großhandel zu wetteifern. Offenbar stellte Scott sicher, dass Robert seinen Ruhestand auf bestmögliche Weise genoss. Und Robert hatte sichtlich sein Vergnügen daran.

»Nette Wohnung, nicht wahr?« Er grinste unter seinen dichten Augenbrauen hervor. Er hatte die Statur eines Bären, die ältere Version des schlankeren Scott, und Gabe, der beide sympathisch fand, entspannte sich ein wenig.

»Sehr schön.« Gabe nahm im angebotenen Sessel Platz. »Vielen Dank, dass Sie mich empfangen.«

Robert schüttelte den Kopf. »Das Vergnügen liegt ganz auf meiner Seite. Sie kümmern sich um den Ogilvie-Selbstmord?«

»Nicht offiziell«, erwiderte Gabe. »Ich habe ein persönliches Interesse daran.«

Robert nickte. »Sind Sie mit Helena verwandt?«

»Nein.« Gabe atmete tief durch. »War es Selbstmord?«

»Nein«, erwiderte Robert, und Gabe lehnte sich zurück. »Ich will damit nicht sagen, dass sie nicht darüber nachgedacht hätte«, fuhr Robert fort. »Und ich behaupte nicht, dass sie es nicht ohnehin getan hätte. Aber sie hat sich nicht erschossen.«

»Warum nicht?«, wollte Gabe wissen.

»Sie besaß Tabletten«, erwiderte Robert. »Und zwar jede Menge. Sie hatte ihrem Arzt gegenüber behauptet, sie bräuchte Beruhigungs- und Schlafmittel und sie über fast zwei Monate hinweg gesammelt.«

»Nicht schlüssig«, meinte Scott, der an der Wand lehnte.

»Mein Junge ist auch bei der Polizei«, bemerkte Robert stolz. Gabe verspürte so etwas wie Eifersucht angesichts der Tatsache, dass Scott seinen Vater noch hatte. Er lebte ganz in seiner Nähe, und wann immer ihm der Sinn danach stand, konnte er bei ihm vorbeisehen, gemeinsam mit ihm ein Fußballspiel auf dem Großbildschirm anschauen und dazu ein Bier trinken. Robert blickte zu Scott auf. »Das ist noch nicht alles, Heißsporn.« Er sah wieder zu Gabe. »Sie hat drei Abschiedsbriefe geschrieben. Übungshalber.«

»Zwei von ihnen befanden sich im Papierkorb«, sagte Gabe und erinnerte sich an den Polizeibericht.

»Das schon, aber es handelte sich um Entwürfe«, erwiderte Robert. »Worte waren durchgestrichen, andere verwischt. Sie besaß gutes Papier im Schreibtisch in genau jenem Zimmer. Den endgültigen Brief hatte sie noch nicht verfasst.«

»Überzeugt mich immer noch nicht«, wandte Scott ein, doch schien mittlerweile sein Interesse geweckt.

»Und dann waren da ihre Ohrringe«, fuhr Robert fort. »Sie hatte sich richtig herausgeputzt, trug aber keine Ohrringe.«

»Das ist uns auch aufgefallen«, pflichtete ihm Gabe bei.

»Sie haben nicht zufällig eine Aufstellung aller Schmuckstücke, die zu diesem Set gehören? Abgesehen von dem Ring und der Brosche, die sie getragen hat?«

Robert schüttelte den Kopf. »Die Tochter konnte sich nicht mehr an alle Teile erinnern. Und als ich endlich mit ihr sprechen konnte, war ihre Mutter bereits mit dem Schmuck begraben worden.«

»Sie ist mit den Diamanten beerdigt worden?« Scott schien skeptisch.

»Großen Diamanten«, Robert nickte. »Die hatten damals einen Wert von vielleicht hunderttausend. Heute…« Er zuckte mit den Schultern. »Ich habe damals nicht geglaubt, dass der Ehemann solche Steine drei Meter unter die Erde packen würde. Andererseits wollte ich die Leiche auch nicht ausgraben lassen, um es zu überpüfen. Als ich schließlich eine Beschreibung zusammen hatte, mit der ich die Pfandläden abklappern konnte, war bereits eine Woche vergangen. Niemand hat je gemeldet, dass er die Steine gesehen habe. Natürlich hätten es manche aus gutem Grund nicht getan.«

»Glauben Sie, dass jemand sie umgebracht und die Steine an sich genommen hat?«, fragte Gabe. »Glauben Sie, es handelte sich um einen Raubüberfall?«

»Nein«, erwiderte Robert. »Ich glaube, es war Mord und dass, wer auch immer es getan hat, die Steine als eine Art Trinkgeld betrachtet hat. Ich glaube, der Betreffende ist sie anschließend nicht losgeworden, weil sie so ungewöhnlich waren. Mit all diesen Kreisen? Sie waren viel zu leicht wiederzuerkennen. Es sei denn, er hat die Steine aus den Fassungen gebrochen und sie dann verkauft.«

Scott nahm sich einen Stuhl, schwang ihn herum und setzte sich rittlings darauf. »Gab es jemanden, der ein Motiv gehabt hätte?«

»Sie hat versucht, die Scheidung hinauszuzögern«, erwiderte Robert. »Der Dummkopf hatte eine hochschwangere Geliebte, die er heiraten wollte. Aber die Ehefrau forderte die Hälfte seiner Hälfte der Kanzlei. Das hätte die Kanzlei ruiniert. Nach Aussage aller, mit denen ich gesprochen habe, war ihr das gleichgültig.«

»Dann hatte also der Ehemann ein Motiv.«

»Oder dieser Partner«, warf Robert ein. »Er hatte kein wirklich wasserdichtes Alibi, und eine eventuelle Einkommenseinbuße konnte er auf keinen Fall verkraften. Für eine Ex-Frau zahlte er bereits Unterhalt und leistete sich zusätzlich noch eine teure Geliebte. Ich habe mit ihr gesprochen. Keine sonderlich nette Frau.« Er blickte Gabe an. »Ist er immer noch mit ihr zusammen?«

»Jack?« Gabe schüttelte den Kopf. »Nein. Ungefähr acht Jahre später hat er sich von Vicki scheiden lassen und eine andere Geliebte geheiratet. Mit der ist er immer noch zusammen.«

»Also muss er doppelt Unterhalt zahlen.« Robert lachte. »Was für ein dämlicher Mistkerl. Auf mich wirkte er wie ein Mann, der glaubte, alles haben zu können, wenn er es nur wollte – und dem die Konsequenzen vollkommen egal waren. Er hat das zwar nicht offen zur Schau getragen, aber irgendwie lag es in seinem Blick, verstehen Sie?«

Gabe dachte an Jack. »Ich weiß. Und was ist mit Trevor?«

»Trevor?«, fragte Scott.

»Der Ehemann«, erklärte Robert. »Als es passierte, telefonierte er gerade mit der Tochter. Wir haben es überprüft. Er war in seinem Büro, die Sekretärinnen und andere Angestellte konnten es bezeugen.«

»Wie praktisch«, meinte Scott. »Und was ist mit der Tochter? Hat sie irgendwann geerbt?«

»Ein nettes Sümmchen, aber nichts Ungewöhnliches«, erwiderte Robert. »Dass sie mit der Sache irgendetwas zu tun hatte, können Sie vergessen. Sie war ein süßes, kleines Ding. Sie ist vollkommen durchgedreht, als sie ihre Mutter fand.

Ein paar Wochen lang hat man sie unter Beruhigungsmittel gesetzt, und als man diese schließlich absetzte, war sie immer noch sehr labil. Sie hat es nicht getan.«

»Wusste sie, wer es getan hat?«, hakte Gabe nach.

»Wenn ja, dann konnte sie sich nicht mehr daran erinnern. Ich schwöre, dass sie mich nicht angelogen hat, aber sie gehörte nicht zu jenen, die der Wahrheit ins Gesicht sehen können. Zumindest damals nicht.«

Gabe dachte an Margie, die mit Chloe zusammen im Café Teeparty spielte. »Das hat sich bis heute nicht geändert.«

»Ist sie immer noch mit diesem Halunken verheiratet?«, erkundigte sich Robert.

»Nein.« Gabe horchte interessiert auf. »War Stewart ein Halunke?«

»Ein arrogantes Arschloch war er«, bestätigte Robert. »Dümmer als dumm. Wenn ich es einem gern angehängt hätte, dann ihm. Ich wäre allerdings unmöglich damit durchgekommen. Der Typ hätte noch nicht einmal ein Picknick planen können, geschweige denn einen Mord.«

»Wer hat es also getan?«

»Ich weiß es nicht«, sagte Robert. »Es war einfach nichts da. Sogar die bei Selbstmord charakteristischen Pulverspuren an ihren Händen. Meine einzige Hoffnung waren die Diamanten, doch die sind nie wieder aufgetaucht. Dann hat sich die Tochter also von dem Miststück scheiden lassen? Gut so. Ich mochte sie.«

»Margie?«, fragte Gabe. »Nein. Er hat vor sieben Jahren fast eine Million Dollar von Ogilvie und Dysart unterschlagen und hat sich damit aus dem Staub gemacht.«

»Der Schwachkopf hat etwas unterschlagen?«, fragte Robert. »Das glaube ich nicht. Der hätte noch nicht einmal etwas aus seinem eigenen Bankkonto unterschlagen können.«

»Wirklich?«, hakte Gabe nach. »Das ist interessant. Denn O & D waren sich ganz sicher, dass er es gewesen ist.«

»Jedenfalls nicht ohne fremde Hilfe«, meinte Robert. »Und er hätte *jede Menge* Hilfe benötigt. Hatte er einen Komplizen?«

»Nicht dass ich wüsste«, erwiderte Gabe. »O & D hat uns in dieser Sache nicht engagiert.«

»Nehmen Sie das noch einmal unter die Lupe«, riet ihm Robert. »Es muss jemanden gegeben haben, der ihm gesagt hat, was er tun sollte.« Er lehnte sich zurück. »Dann ist Ihr Interesse an dem Fall also rein persönlich?«

Gabe war versucht, der Frage auszuweichen, sagte dann jedoch: »Mein Vater war Trevors bester Freund.«

Robert nickte abwartend.

»Ich glaube, dass er etwas wusste«, fuhr Gabe fort. »Aber er starb 1982, und was immer er über diese Angelegenheit wusste, ebenso.«

»McKenna«, sagte Robert. »Wir haben niemanden namens McKenna vernommen.«

»Vielleicht ist er nach den Schüssen hinzugezogen worden«, meinte Gabe. »Aber das weiß ich nicht.«

»Vielleicht wollen Sie es nicht wissen«, mutmaßte Robert.

»Er hat Besseres verdient«, entgegnete Gabe.

»Wenn Sie der Sache nicht auf den Grund gehen, dann deswegen, weil Sie ihn für schuldig halten.«

»Möglich.« Gabe fühlte sich mehr als unwohl.

Nachdem Gabe Robert gedankt hatte, begleitete Scott ihn zu seinem Wagen. »Wenn Sie irgendwelche Hilfe benötigen, rufen Sie mich an.«

»Danke«, erwiderte Gabe überrascht.

»Hören Sie, wenn mein Vater in irgendeine Sache verwickelt gewesen wäre, würde ich es auch wissen wollen.«

Gabe machte eine Kopfbewegung in Richtung Roberts Appartement. »Er ist ein Pfundskerl.«

»Allerdings.« Scott trat einen Schritt zurück und musterte voller Neid Gabes Wagen. »Toller Schlitten. Welcher Jahrgang?«

»1977«, erwiderte Gabe und beobachtete, wie Scotts Augen sich verengten.

»Das Jahr vor dem Selbstmord. Irgendeine Querverbindung?«

»Trevor hat ihn wenige Wochen nach den Schüssen meinem Vater geschenkt.«

Scott stieß einen Pfiff aus. »Wann haben Sie das herausgefunden?«

»Vor einer Woche.«

»Schlechte Woche also«, meinte Scott, als Gabe einstieg. »Und sie wird auch nicht besser.«

An jenem Abend half Suze Margie und Nell beim Auspacken der letzten Kisten, während Riley und Gabe die Küche auseinander nahmen.

»Wonach suchen sie eigentlich«, erkundigte sich Suze.

»So genau wissen sie das selbst nicht.« Nell wickelte ein weiteres Stück Prozellan aus der Luftkissenfolie. »Sie wissen es erst, wenn sie es vor Augen haben.«

»Ich finde sie aufregend«, meinte Margie. »Richtige Detektive.«

»Ha!«, meinte Suze und wickelte das Porzellan aus. Unvermittelt hielt sie erstaunt inne. Sie hielt eine kleine, runde Porzellantasse in Händen, aber diese besaß Füße. Richtige Menschenfüße mit blaugepunkteten Socken und gelben Schuhen. »Was ist *das* denn?«

»›Walking Ware‹«, erläuterte Nell. »›Novelty‹-Porzellan aus den Siebzigern. Ich hatte es vollkommen vergessen, bis wir alles haben schätzen lassen. Als es dann ans Aufteilen des Porzellans ging, konnte ich mich nicht davon trennen.«

»So etwas habe ich noch nie gesehen.« Margie beugte sich über Suzes Schulter. »Und ich habe die Siebzigerjahre miterlebt.«

»Es kommt aus England.« Nell wickelte noch ein Stück aus, eine langbeinige Zuckerdose, die dürren Beine an den

Knöcheln überkreuzt, die Füße in riesigen gelben Schuhen. »Meine Mutter war Engländerin. Im Sommer sind wir immer für ein paar Wochen rüber gefahren. Diese Tassen haben mich immer zum Lachen gebracht. Also haben meine Tante und Großmutter angefangen, mir zum Geburtstag und zu Weihnachten jeweils ein Stück davon zu schenken.«

Suze wickelte eine weitere kleine, runde Tasse aus. Sie hatte noch längere Beine und sah aus, als würde sie rennen.

»Die heißen tatsächlich ›Running Ware‹«, erklärte Nell und sah auf, als es in der Küche laut rumpelte. »Wo ist Marlene?« Auf dem Bettsofa hob Marlene ihren langen, schmalen Kopf und blickte sich um, als habe man sie zum Essen gerufen. »Wollte nur wissen, wo du bist, Liebling«, beruhigte sie Nell. Marlene seufzte auf und verbarg ihre Schnauze wieder in der Chenilledecke.

Suze stellte die ›Running Ware‹-Tasse neben sich auf dem Fußboden ab. Sie machte tatsächlich den Eindruck, als ob sie gleich fortspringen wollte. »Die Tassen gefallen mir. Sehen sie alle so aus?«

»Sie haben unterschiedliche Sockenfarben und unterschiedliche Schuhe«, erwiderte Nell. »Ich werde wohl in der Küche einen Platz für sie finden müssen, vorausgesetzt, ich besitze noch eine Küche, wenn die beiden mit ihrer Suche fertig sind.« Sie wickelte eine Teekanne mit gestreiften Socken und schwarzen Stiefeln aus. »Die Porzellanvitrine ist bereits voll mit den Sachen von Clarice und Susie.«

»Hast du denn in der Küche noch Platz?«, wollte Margie wissen.

Nell runzelte die Stirn. »Ich weiß nicht. Vielleicht hänge ich noch ein zusätzliches Regal ...«

»Chloe hat ganz tolle Regale im Café«, fiel ihr Margie ins Wort. »Die Ränder hat sie mit einem Plastikband versehen, das wie gehäkelt ...«

Während Margie weiter über das Café plapperte, packte Suze die restlichen Prozellanteile aus. Es waren zueinander passende Teetassen und Kannen und Zuckerdöschen und Sahnekännchen. Auf dem Boden der Kiste fand sie Nells Familienalbum und reichte es ihr. Margie nahm es und blätterte es durch, während Suze die rennenden Eierbecher in einer Reihe aufstellte und auflachte. Es waren neun Stück, manche mit gestreiften Socken, andere mit gepunkteten oder karierten, und alle rannten, als ob ihr Leben davon abhinge.

»Von den Fotos muss ich unbedingt Kopien anfertigen lassen«, wandte sich Nell an Margie. »Jase sollte auch ein Album haben.«

»Woher hast du diese Eierbecher?«, unterbrach Suze. »Solche hätte ich auch gerne.«

»Aus England«, erwiderte Nell. »Aus Antik- oder Trödelläden. Oder über eBay, die Internetauktion. Dort findet man sie relativ häufig.«

»Wie viel kosten sie?«

»Einfache Eierbecher kosten zwischen dreißig und vierzig Dollar«, erwiderte Nell. »Die rennenden kosten sogar noch etwas mehr. Fünfzig vielleicht.«

»Fünfzig Dollar für einen Eierbecher?«, rief Margie ungläubig aus.

»Die will ich in meiner Porzellanvitrine stehen haben.«

Suze fuhr mit der Fingerspitze über die breite, glatte Kante einer Tasse. »Dort steht alles voller potthässlichem ›Spode‹.«

»Du kannst sie haben«, sagte Nell. »Als vorgezogenes Geburtstagsgeschenk.«

»Nein, das ist zu viel«, entgegnete Suze und dachte, *wenn ich einen Job hätte, könnte ich sie von meinem eigenen Geld bezahlen.* Wieder ertönte aus der Küche ein Knall. Detektive bei der Arbeit. Nell hatte ihr erzählt, dass die McKennas sie als Lockvogel gebrauchen könnten. Doch weil sie sich sicher war, dass Jack einen Tobsuchtsanfall bekommen würde, hatte sie abgesagt. Doch jetzt mit diesen Tassen …

»Kann ich sie dir Stück für Stück abkaufen? Und sie nach und nach bezahlen?«

»Natürlich.« Nell sah sie leicht entsetzt an. »Oder nimm sie dir jetzt mit und bezahle sie später.«

»Nein«, erwiderte Suze. »Ich will sie mir verdienen. Eine nach der anderen.«

»Das ›Spode‹-Geschirr der Dysarts ist wunderschön«, brummte Margie leicht unwirsch. »Dieses wunderschöne Blau…«

»Hast du dir die Teller einmal genau angesehen?« Suze nahm eine Tasse mit violetten Söckchen, und ihr Herz schlug schneller. Der obere Rand der Socken war mit einer schmalen blauen Linie abgesetzt. Inmitten des ›Spode‹ würden sie sich mit ihrem Amoklauf prima machen. »Das Geschirr ist Teil einer Serie mit Jagdmotiven, und die Bilder darauf sind einfach schrecklich. Ein Motiv heißt ›Tod eines Bären‹.«

»Nicht möglich«, murmelte Nell. »Ich habe jahrelang an Feiertagen davon gegessen, aber die Teller habe ich mir nie genau angeschaut.«

»Ein anderes Motiv heißt ›Mädchen am Brunnen‹«, fuhr Suze fort. »Sie sieht aus, als ob sie sich gleich hineinstürzen würde. Es deprimiert mich unendlich, mir mein Porzellan anzusehen.«

»Die ›Running-Ware‹-Eierbecher gehören dir«, sagte Nell. Suze stellte den violetten Becher ab und fühlte sich sehr erleichtert. Jetzt würde sie sich umgehend einen Job suchen müssen. Eine Zukunft lag vor ihr, die nicht nur aus Uni-Kursen bestand und dem Warten darauf, dass Jack nach Hause kam. Sie *unternahm endlich etwas.*

»Danke. Ich werde es tun.« Sie atmete tief durch. »Margie, wie oft in der Woche hat das Café eigentlich geöffnet? Budge wird durchdrehen, wenn du am Wochenende nicht zu Hause bist.«

»Es ist doch nur samstags geöffnet«, erwiderte Margie, und ihr Gesicht leuchtete auf. »Und unter der Woche nur am Nachmittag. Es ist ein *Superjob*…«

Suze starrte die Eierbecher an, während Margie weiterplapperte. Sie marschierten über den Fußboden, selbstsicher und bestimmt. Unterwegs.

»Weißt du, Margie«, sagte Nell und klang dabei so seltsam, dass Suze aufblickte und sie ansah. »Wenn du auch ein Fotoalbum hast, könnte ich es mitnehmen, wenn ich die Kopien von diesem hier machen lasse. Und du auch, Suze. Wenn dann mit einem Album etwas passiert, hast du immer noch ein zweites.«

Suze starrte sie an, und Nell wandte den Blick ab. *Sie hat das Fotoalbum absichtlich zuunterst in die Kiste gelegt,* dachte Suze.

»Ist es denn teuer?«, fragte Margie. »Ich bin ziemlich pleite. Budge meint, ich solle Stewart für tot erklären lassen und seine Lebensversicherung kassieren, weil er schließlich mein Erbe verbraten hat. Aber irgendwie ist es nicht richtig. Ich bin mir doch nicht einmal sicher, dass er wirklich tot ist.«

Jetzt blickte Suze überrascht zu Margie auf. »Brauchst du Geld?«

»*Brauchen* ist nicht das richtige Wort«, meinte Margie. »Jedenfalls noch nicht. Vielleicht ist er tatsächlich tot. Natürlich könnte auch das Gegenteil der Fall sein.«

»Der Fotoladen würde mir vielleicht einen Preisnachlass gewähren, wenn ich zwei Alben brächte«, fuhr Nell übertrieben fröhlich fort. »Du könntest es mir später zahlen, so wie Suze. Das wäre kein Problem.«

»Also gut«, willigte Margie ein. »Das ist eine gute Idee. Ich bringe es morgen mit zur Arbeit.«

»Gut«, zwitscherte Nell in so hoher Tonlage, dass ihr die Stimme brach.

Suze versuchte ihren Blick zu erhaschen, aber Nell sagte: »Wir sollten uns etwas Kaffee machen«, und stand dann auf. Suze stand ebenfalls auf, um ihr zu folgen, doch in dem Augenblick trat Gabe aus der Küche und sie zog ihn beiseite. »Moment«, sagte sie, als er sie überrascht ansah. »Nell sagte,

Sie bräuchten jemanden, der als Lockvogel arbeitet. Ist das noch aktuell?«

»Natürlich«, erwiderte er ein klein wenig argwöhnisch. »Beispielsweise für Donnerstagabend.«

»Wann und wo?«, fragte Suze. »Ich werde zur Stelle sein.«

Nell beobachtete Gabe und Suze von der Küche aus. Wenn sie die Sache richtig deutete, versuchte Gabe sie auszuhorchen. »Hey!«, rief sie ihm zu und hörte noch, wie Suze sich bedankte, ehe Gabe auf Nell zukam und sie ihn in die Küche zog. »Worüber haben Sie denn mit Suze gesprochen?«

»Sie hat mich angesprochen«, erwiderte Gabe. »Sie möchte als Lockvogel arbeiten.«

»Wie bitte?«, fragte Riley in ihrem Rücken.

»Jack wird darüber nicht glücklich sein«, meinte Nell.

Gabe zuckte mit den Schultern. »Das ist ihr Problem.«

»Und *meins*«, fuhr Riley dazwischen. »Diese Jobs mache hauptsächlich ich. Warum…«

»Beachten Sie ihn nicht weiter«, wandte sich Gabe an Nell. »Er ist nur frustriert, weil wir rein gar nichts gefunden haben. Wir hatten große Hoffnungen auf den Keller gesetzt, aber die Tür scheint seit Jahr und Tag verriegelt zu sein.«

»Ich habe mich wegen des Kellers bereits erkundigt«, sagte Nell. »Doris will den Keller ganz für sich haben. Sie fertigt dort unten Kränze.«

»Kränze«, brummte Gabe, als ob er sich nicht ganz sicher sei, was er davon halten sollte. »Sind Sie sich wirklich sicher, dass Lynnie hier nichts zurückgelassen hat, was Sie dann weggeworfen haben?«

»Falls sie tatsächlich etwas zurückgelassen hat, hat Doris es sich genommen. Die Wohnung war leer, als ich einzog.«

»Doris.« Gabe sah Riley an.

»Sehr freundlich, aber nein danke«, erwiderte der. »Das kann Nell machen, es ist schließlich ihre Vermieterin.«

»Fragen Sie Doris, was sie gefunden hat«, wandte sich Gabe an Nell.

»Aber klar doch«, erwiderte Nell. »Und wenn sie mir anschließend kündigt, weil ich angedeutet hätte, sie habe sich Dinge von Lynnie einbehalten, ziehe ich gemeinsam mit Marlene bei Ihnen ein.«

»Gute Idee«, meinte Gabe und klang ernst. »Sie sollten heute Nacht ohnehin nicht hier bleiben. Es könnte sein, dass der Einbrecher noch einmal aufkreuzt, um weiterzusuchen. Chloes Wohnung verfügt über Schlösser, gegen die alle Welt machtlos ist, und sie würde Sie sehr gerne bei sich aufnehmen.«

Nell sah sich in ihrer Wohnung um. *Ihre* Wohnung. »Ich bin gerade erst eingezogen. Mein Porzellan ist ausgepackt. Also, mir geht es gut.«

»Bei uns gleich nebenan wären Sie sicherer aufgehoben«, widersprach Gabe. »Falls etwas passiert, könnten wir innerhalb von einer Minute bei Ihnen sein.«

Das klang zwar verlockend, doch wäre sie nicht in ihrer eigenen Wohnung. »Nein«, sagte sie. »Vielen Dank, aber nein danke. Wir wissen doch noch nicht einmal, ob der Einbrecher überhaupt wusste, dass ich in der Wohnung war.«

»Mir wäre trotzdem wohler, wenn Sie gleich nebenan wären«, beharrte Gabe, doch Nell ließ sich nicht erweichen. Später, nachdem Budge eine unwillige Margie abgeholt hatte und Suze erst Riley und dann Nell einen merkwürdigen Blick zugeworfen hatte und in ihrem gelben Käfer verschwunden war, und nachdem Gabe sie vergeblich noch einmal zu einer Nacht bei Chloe hatte überreden wollen, streichelte Nell Marlene und sagte: »Hör zu, mein Püppchen. Wer auch immer durch diese Tür kommt, dem gehst du an die Gurgel.«

Marlene vergrub ihren Hintern energisch in der Chenilledecke.

»Außer es ist Gabe«, korrigierte sich Nell. »Der ist auf unserer Seite.«

10

Das Porzellan war ausgepackt, die Wohnung bezogen und der mitternächtliche Einbrecher vertrieben, Nell konnte ihre Aufmerksamkeit also voll und ganz dem Büro zuwenden. Gabe hatte sich dankbar gezeigt, als sie ihm Margies Fotoalbum gebracht hatte, denn es enthielt mehrere gute Fotos von Helena und ihren Diamanten – Ohrringe, Kette, Armband, Brosche und Ringe. Und noch dankbarer, als sie damit begonnen hatte, im Kühlraum die Akten zu sortieren. Leider reichte seine Dankbarkeit nicht so weit, ihr freie Verfügungsgewalt über das Büro zu geben. Also nahm sie die Dinge selbst in die Hand und strich die Badezimmerwände in einem hellen Taubenblau mit einem goldenen Abschlussstreifen kurz vor der Decke. »Sehr schick«, war Gabes einziger Kommentar. Also hatte sie ihr Werk fortgesetzt und ihn eines Nachmittags damit überrascht, dass sie auf der Leiter stand und Suze darunter und sie beide die Wände der Rezeption in einem weichen Gold strichen. Sie war auf alles gefasst gewesen, doch er sagte lediglich: »Wenn Sie von der Leiter fallen, ist das Ihre Angelegenheit«, und ging in sein Zimmer.

»Besonders gesprächig ist er nicht gerade, nicht wahr?«, meinte Suze, worauf Nell erwiderte: »Er ist deprimiert wegen eines Falls, der nicht sonderlich gut läuft.« Sie tat ihr Bestes, um ihn aufzuheitern. Sie kümmerte sich um den reibungslosen Ablauf im Büro, sah zu, dass seine Kaffeetasse immer gut gefüllt war, spielte Dean Martin und Frank Sinatra im Vorzimmer und mopste nachmittags für ihn Mandelkekse von Margie. Er jedoch schien all dies nicht zu bemerken. Im Gegenteil, er ignorierte sie gänzlich, wenn sie etwas erledigte, worum er sie gebeten hatte, aber wenn sie irgendetwas änderte, ohne es vorher mit ihm abgesprochen zu haben, brüllte er sie an. »Ich könnte nackt auf seinem Schreibtisch tanzen«, bemerkte sie Suze gegenüber an Halloween, »und er würde lediglich sagen: ›Verdammt, Nell, Sie stehen auf den Berichten‹. Nicht, dass ich nackt für ihn tanzen wollte. Das war nur im übertriebenen Sinne gemeint.«

»Versuch es doch mal«, schlug Suze vor, während sie Marlenes Kürbiskostüm zuknöpfte, die sie mit einem düsteren Blick bedachte. »Schau mal, sieht sie nicht süß aus?«

Marlene stierte sie an wie ein verrückt gewordener orangefarbener Marshmallow.

»So sieht mich Gabe auch immer an, wenn ich irgendetwas verschönere«, meinte Nell.

Doch kleine Dinge ließ er ihr durchgehen, und das Büro sah bereits um einiges besser aus. Den einzig wirklichen Widerstand hatte ihr bisher Riley geliefert, als sie den hässlichen Vogel vom Aktenschrank in den Keller verbannen wollte. »Das hier«, erklärte Riley, nachdem er ihn wieder nach oben geholt hatte, »ist der Malteserfalke, und er bleibt.«

»Oh, bitte«, hatte sie gebettelt, doch alles, was Gabe geantwortet hatte, als sie damit zu ihm kam, war: »Lassen Sie die Finger von dem Vogel, Eleanor.« Danach hatte sie kapituliert, und nun brütete dieses Ungetüm wieder über ihr oben auf dem Aktenschrank.

Die übrige Arbeit der Detektive, die vornehmlich aus Hintergrundrecherchen und Routineaufträgen bei Scheidungsfällen bestand, verlief reibungslos und wurde sowohl von Gabe als auch Riley so effizient erledigt, dass sie sogar Aufträge ablehnen mussten, weil sie nicht noch mehr arbeiten konnten. Sogar der Lockvogeleinsatz mit Suze war erfolgreich, obwohl Riley sie nach dem ersten Abend dazu zwang, Kostüme zu tragen. »Es ist einfach nicht fair, diese Frau im Pullover in eine Bar zu schicken«, hatte er Gabe und Nell gegenüber argumentiert. »Kein Mann hat da eine Chance.« Bei ihrem nächsten Einsatz trug Suze daher eines von Nells grauen Kostümen, ihr helles Haar in einem Knoten zusammengefasst, und wirkte darin sogar noch erotischer. »Ihre Ausstrahlung erinnert an Grace Kelly«, meinte Riley. Suze dagegen bemerkte lediglich: »Dieser Look gefällt mir.«

Nell gab ihr daraufhin all ihre alten Kostüme, die grauen und graublauen und die anthrazitgrauen, und in allen wirkte Suze wie eine elegante und unterschwellig gefährliche Frau statt wie ein Mädchen vom College. Suze erzählte, dass Jack die Kostüme nicht ausstehen konnte, was sie offenbar eher als Plus betrachtete, also machte sich Nell keine Sorgen. Im Gegenzug erbte Nell Suzes kunterbunte Garderobe und hatte jeden Morgen die Qual der Wahl zwischen Cashmerepullover und Seiden-T-Shirts in allen Farben des Regenbogens. Auch das schien Gabe nicht zu bemerken. Jeden Morgen wurde Nell beim Aufwachen von Marlene begrüßt, die an ihre schlimme Vergangenheit zwar immer noch erinnerte, wenn sie einen Hundekuchen wollte, aber nicht mehr ständig winselte. Gelegentlich raffte sie sich sogar zu einem schnellen Trab auf, wenn Futter lockte. Eigentlich hatte Nell beabsichtigt, sie untertags in der Wohnung zurückzulassen, doch schon beim ersten Mal hatte Marlene sich den ganzen Tag über lauthals beklagt. Was Doris wenig amüsant fand. Und da sie in Folge Nells vorsichtig formulierter Nachfragen über die Sachen, die Lynnie zurückgelassen hatte, ohnehin leicht angesäuert war, begleitete Marlene Nell also ins Büro, gekleidet in einen hellbeigen Trenchcoat, den Suze ihr gekauft hatte. Den ganzen Weg vom Appartement zur Agentur untersuchte sie dabei den Asphalt mit demselben pessimistischen Argwohn, mit dem sie die Welt im Allgemeinen bedachte. In der Agentur angekommen, blieb sie bei Riley, wenn dieser da war, und erreichte mit ihrem melodramatischen Augenaufschlag, dass er sie mit Leckerbissen verwöhnte und ihr mit dem Fuß den Bauch kratzte. »Frauen«, seufzte Riley, wenn sie ihn verführerisch anschmachtete, worauf sie als Antwort ein wenig wimmerte. »Eine wirklich krankhafte Beziehung«, bemerkte Gabe einmal, aber er verbannte Marlene nicht aus dem Büro. Da Farnsworth sich nie wieder hatte blicken lassen, fühlte sich Nell relativ sicher, sie mitzubringen, wenngleich sie nach wie vor ein schlechtes Gewissen hatte, weil sie den Hund gestohlen hatte. »Falls er den Hund wirklich nicht misshandelt hat, habe ich ihm seinen Liebling geraubt«, gestand sie Riley, der trocken »Und das fällt dir erst *jetzt* ein« erwidert hatte.

Währenddessen – und trotz Budges Abneigung – machte Margie die Arbeit im Café Spaß. Das wiederum bedeutete, dass Chloe ohne Bedenken tun konnte, was sie geplant hatte – nämlich mit Lus Eurorailpass nach Frankreich aufzubrechen. »Wohin ist sie geflogen?«, war alles, was Gabe dazu sagte. Anfangs hatte sich Nell gefragt, ob er nicht möglicherweise seine Sehnsucht nach Chloe absichtlich vor ihr verbarg, als sie Postkarte um Postkarte auf seinen Schreibtisch legte. Auf allen stand »Amüsiere mich großartig« und irgendeine Bemerkung über die Ansicht auf der Vorderseite. Nirgends aber fand sich »Ich vermisse dich«. Das musste schmerzen, dachte Nell, doch nachdem sie sechs Wochen für ihn gearbeitet hatte, war ihr klar, dass er mit den Dingen nicht hinter dem Berg hielt. Wenn er wütend war, bekam sie es zu spüren; war er depressiv, blieb es ihr nicht verborgen; und wenn er sich in etwas verbiss, erfuhr sie ebenfalls rasch davon. Es war erfrischend für jemanden zu arbeiten, der derart geradlinig war. Die Tage vergingen wie im Fluge, und das Einzige, was sie gelegentlich überschattete, waren die unausweichlichen Auseinandersetzungen, wann immer sie etwas in seiner Agentur für ihn veränderte. »Glauben Sie bloß nicht, ich sehe nicht, was Sie tun«, sagte er zu ihr im November, als sie den alten Perserteppich aus dem Eingangsbereich in einem Schrank unter der Kellertreppe verstaut und durch einen neuen goldgrauen Teppich mit William-Morris-Muster ersetzt hatte.

»Er sieht doch hübsch aus, nicht wahr?«, fragte Nell.

»Nein«, erwiderte Gabe. »Er sieht neu aus, und wir brauchen ihn nicht.«

»Und was die Visitenkarten betrifft…«

»Nein«, sagte er und schlug ihr die Tür seines Büros vor der Nase zu.

Einen Tag später versuchte Nell, den Aktenschrank an einen anderen Ort zu verschieben, damit der verdammte Vogel ihr nicht ständig über die Schulter blickte. Dabei zog sie sich einen Splitter in der rechten Hand zu, den sie mit der Linken nicht zu fassen bekam. Mit einer Pinzette in der Hand ging sie zu Gabe und sagte: »Helfen Sir mir.«

»Wie zum Teufel haben Sie sich denn einen Splitter eingezogen?«, fragte er und legte seinen Stift auf den Schreibtisch.

»Am Aktenschrank«, erwiderte sie. »Die Rückseite war etwas rau.«

»Die Rückseite stand an der Wand.« Er nahm die Pinzette.

»Ja, so war es«, erwiderte Nell munter. »Wenn Sie jetzt den Splitter aus meiner Handfläche…« Er nahm ihre Hand und hielt sie unter seine Schreibtischlampe, und sie hielt den Atem an.

»Da ist er«, sagte er und benutzte den Daumen, um das Fleisch ihrer Handfläche straff zu ziehen, damit er den Splitter besser sehen konnte. »Beiß die Zähne zusammen, Bridget.« Vorsichtig zog er den Splitter heraus und ließ ihre Hand wieder los. »Und jetzt halten Sie Ihre Pfoten von meinen Aktenschränken fern. Die Dinger stehen bereits seit sechzig Jahren dort und werden dort stehen bleiben.«

»Bridget?«

»Was?«

»Beiß die Zähne zusammen, Bridget«, wiederholte Nell.

»Ach, ein alter Witz.« Gabe reichte ihr die Pinzette. »Gehen Sie jetzt und lassen Sie die Finger von meinem Mobiliar.«

Als Riley zurückkam, fragte ihn Nell: »Kennst du einen Witz mit ›Beiß die Zähne zusammen, Bridget‹?«

»Das ist der Witz«, entgegnete Riley. »Es ist die Antwort auf die Frage ›Was ist ein irisches Vorspiel?‹.

»Irisches Vorspiel?«, wiederholte Nell. »Ach, vergiss es.«

Als Riley in seinem Büro verschwand, klingelte das Telefon. Sie hob ab. Trevor Ogilvie meldete sich. Sie wollte ihm gerade Margies Telefonnummer im Café durchgeben, doch er wollte mit ihr sprechen.

»Jack meint, du wärst für diesen Job überqualifiziert, meine Liebe«, sagte Trevor. »Mit deiner Berufserfahrung solltest du eigentlich mehr als nur Sekretärin sein.«

Ich bin nicht nur Sekretärin. »Ach weißt du, ein wenig anspruchsvoller als das ist es schon.«

»Für uns bist du immer noch Teil der Familie«, fuhr Trevor fort.

Du hast mich noch nie als Teil deiner Familie betrachtet, dachte Nell und frage sich, was in aller Welt hier vorging.

»Wir würden dir gerne eine Stelle bei uns anbieten«, redete Trevor weiter. »Deine organisatorischen Fähigkeiten könnten wir hier gut gebrauchen.«

»Danke, Trevor, aber ich denke nicht…«

»Triff keine vorschnelle Entscheidung, Nell. Gabe kann dir sicherlich nicht viel zahlen.«

Die Gewissheit in seiner Stimme verletzte sie. »Doch, die Bezahlung ist ziemlich gut«, log sie. »Und es ist ein sehr interessantes Arbeitsumfeld. Aber ich weiß das Angebot zu schätzen.«

Nachdem sie aufgelegt hatte, ging sie in Gabes Büro.

Er sah auf. »Was haben Sie diesmal angestellt?«

»Trevor Ogilvie hat mir eben gerade einen Job angeboten.«

»Wie bitte?«

Nell setzte sich ihm gegenüber. »So wahr mir Gott helfe. Er sagte, Jack sei der Auffassung, ich sei für die Arbeit hier überqualifiziert. Daher wollten sie mir etwas Besseres anbieten. Mehr Geld hat er mir auch angeboten.«

Gabes Miene war unergründlich. »Was haben Sie geantwortet?«

Nell war empört. »Was wollen Sie damit sagen, was ich

geantwortet habe? Natürlich habe ich nein gesagt. Was führt er im Schilde?«

Gabe lehnte sich zurück. »Er sagte, Jack habe sich mit ihm unterhalten?«

Nell nickte.

»Vielleicht ist Jack unglücklich darüber, dass Suze jetzt arbeitet und glaubt, wenn Sie hier aufhören, wird Suze es auch tun.«

»Jack weiß gar nicht, dass Suze arbeitet. Sie erzählt ihm, dass sie mit mir ins Kino geht.«

Gabe schwieg einen Augenblick lang, dann sagte er: »Vielen Dank, dass Sie hier nicht aufhören.«

»Aufhören?«, entgegnete Nell. »Ich fange doch grade erst an. Als Nächstes stelle ich den Keller auf den Kopf.«

»Gut so«, sagte Gabe.

Zum ersten Mal klang er nicht gereizt, und als sich Nell wieder an die Arbeit machte, war sie ausgesprochen vergnügt.

Für Gabe verliefen die Dinge weniger erfreulich. Weder gelang es ihm, Lynnie aufzutreiben, noch hatte er irgendeinen Anhaltspunkt finden können, wohin sie verschwunden oder wer in ihre Wohnung eingedrungen war. Beides wertete er als persönlichen Affront und als berufliches Versagen. Riley, der alle Juweliere und Leihhäuser nach Helenas Schmuck abgeklappert hatte, kam ebenfalls nicht weiter. »Die verdammten Diamanten hätte man überall verscherbeln können«, meinte Riley. »Wenn der Typ, der sie genommen hat, auch nur einen Funken Verstand hatte, wäre er damit sowieso aus der Stadt verschwunden. Gib es auf.« Doch das konnte Gabe nicht, obwohl er genügend andere, dringlichere Probleme hatte.

Zum Beispiel rief Budge Jenkins regelmäßig an und klagte über Margie und das Café. »Sie ist dort nicht sicher«, sagte er. Gabe konnte sich an keinen anderen Mann erinnern, der wie Budge derart ins Telefon jammerte. »Sie könnte ausgeraubt werden.« Und Gabe hatte erwidert, »Budge, es ist ein Café, kein Geldverleih in mieser Gegend. Sie macht jeden Abend um sechs Uhr dicht.« Doch Budge hörte nicht auf mit seinem Gejammere, bis Gabe schließlich ernsthaft in Erwägung zog, Margie hinauszuschmeißen, nur um Budge loszuwerden. Und dann war da noch Riley. »Sie ist eine Bedrohung für die Menschheit«, hatte er Gabe nach ihrem ersten gemeinsamen Lockvogel-Einsatz erklärt. »Sie betritt eine Bar und alle liegen ihr zu Füßen.«

»Wenn man bedenkt, welche Art von Arbeit sie für uns erledigen soll, ist das kein Nachteil«, hatte Gabe erwidert. Suze verhielt sich durch und durch professionell. Gabe sah sie fast täglich im Büro, entweder half sie Margie nach sechs bei der Abrechnung oder sie unterstützte Nell bei deren unermüdlichen – und unnötigen – Bemühungen, die Agentur zu verschönern. Er hatte beschlossen, Nell mit dem Rest der Detektei freie Hand zu lassen, solange sie sein Büro in Ruhe ließ. Diese Entscheidung wurde durch die Tatsache erleichtert, dass sie, ohne mit der Wimper zu zucken, Trevors Jobangebot inklusive Gehaltserhöhung abgewiesen hatte. In der zweiten Novemberwoche jedoch machte sie sich startklar zum Angriff. »Ihre Möbel brauchen dringend Pflege«, verkündete sie und blendete ihn gleichzeitig mit ihrem roten Haar und einem orangefarbenen Pullover samt grellrotem Streifen über der Brust. »Es dauert nur einen Tag, höchstens zwei.«

»Lassen Sie die Finger von meinem Büro«, erwiderte Gabe und versuchte, nicht auf den Streifen zu blicken. »Sie können sich im Bad und in der Rezeption austoben, aber das hier gehört mir. Ich weiß, dass es altmodisch ist, aber die Fünfzigerjahre liegen sicher bald wieder voll im Trend.«

»Das Zeug hier ist nicht aus den Fünfzigerjahren, sondern aus den Vierzigern. Und die sind bereits wieder in Mode. Ich bin ja auch nicht der Ansicht, dass Sie die Möbel loswerden sollten. Ich finde nur, dass man sie reinigen und reparieren sollte.« Nell setzte sich und zielte mit dem Streifen direkt auf ihn. »Das Leder und das Holz muss unbedingt gereinigt werden, und manches lockere Teil muss wieder verleimt werden.« Sie blickte an die Decke. »Bei einem Stuhl ist sogar die Lehne gebrochen.«

»Ich weiß«, erwiderte Gabe. »Den haben Sie abgebrochen.«

»Außerdem müssen wir hier die Jalousien …«, fuhr Nell munter fort.

»Verdammt, Nell«, sagte er, »könnten Sie bitte irgendetwas in diesem Büro in Frieden lassen?«

»Aber es würde doch gar keine Veränderung bedeuten.« Sie lächelte ihn an. »Es handelt sich lediglich um eine *Wiederherstellung*.« Trotz all ihrer Munterkeit wirkte sie angespannt, und ihm wurde klar, dass sie eines seiner Donnerwetter erwartete. In letzter Zeit hatte er häufig gebrüllt. Er atmete tief durch und wartete, bis er sich etwas beruhigt hatte.

»Also gut«, gab er schließlich nach. »Wenn es nicht zu viel kostet und Sie nichts verändern, können Sie die Möbel haben.«

»Und die Jalousien?«

»Und die Jalousien.«

»Und den Teppich.«

»Überspannen Sie den Bogen nicht, Eleanor.«

»Danke«, erwiderte Nell, kehrte an ihren Schreibtisch zurück, um den Schreiner anzurufen.

»Aber keine Veränderungen!«, rief ihr Gabe hinterher und sie steckte ihren feuerroten Kopf durch die Tür und sagte: »Ich verändere hier gar nichts. Ich verschönere es.« Damit war sie verschwunden.

»Warum nur beruhigt mich das nicht«, murmelte Gabe ins Leere, in der ihre Präsenz dennoch zu spüren war.

Als er eine Woche später ins Büro kam, war sein gesamtes Mobiliar verschwunden.

»Nell!«

»Der Restaurator war da.« Nell tauchte im Türrahmen auf. Diesmal trug sie einen violetten Pullover mit einem roten Herzen über ihrer linken Brust. *Warum trägt sie nicht gleich eine Zielscheibe?*, dachte er. »Er meinte, es müsse lediglich das Holz gereinigt und neu gewachst werden«, fuhr Nell betont fröhlich fort, »aber die Restauration des Leders und das Verleimen der lockeren Stellen dauert etwas länger.«

»Die Restauration des Leders? Das hört sich teuer an.«

»Ganz billig ist es nicht, aber viel billiger, als neue Möbel zu kaufen«, bemerkte Nell vergnügt. »Und stellen Sie sich nur vor, um wie viel besser alles aussehen wird.«

»Nell…«

»Und wenn das erledigt ist, können wir über die Couch im Eingangsbereich sprechen…«

»Die Couch ist in Ordnung.«

»… da sie keine Antiquität ist, sondern einfach nur hässlich und am Zusammenbrechen, sollten wir…«

»Nell!« Irgendetwas an Gabes Stimme musste sie beunruhigt haben, denn sie hielt inne und musterte ihn vorsichtig, ein rothaariges, großäugiges Bambi in einem lila Baumwollpullover. »Hören Sie auf damit«, herrschte er sie an und bedauerte augenblicklich seine Barschheit.

»Eine neue Couch, dann gebe ich Ruhe«, beharrte Nell. »Ich schwöre es. Das und die Visitenkarten und die Fenster, aber als Erstes eine neue Couch. Irgendjemand wird sich demnächst auf die alte setzen und mit ihr zusammenkrachen. Wie würden wir dann dastehen? Man würde uns verklagen. Glauben Sie mir, ich weiß, was ich tue.«

»Das habe ich nie bezweifelt«, murmelte Gabe. »Ich bin mir nur nicht ganz sicher, ob Sie auch wissen, was *wir* hier tun. Dies hier ist eine Detektei. Hierher kommt nicht die Art von Klientel, denen die Einrichtung groß auffällt. Wenn sie zu uns kommen, ist ihnen das Umfeld gleichgültig, solange sie die Antworten bekommen, nach denen sie suchen.«

»Nach der Couch höre ich auf.« Nell legte die Hand auf ihr Herz, auf beide Herzen. »Ich schwöre es.«

»Keine Couch«, beharrte Gabe. »Und damit basta.«

Nell nickte seufzend und kehrte an ihren Schreibtisch zurück. Da klingelte das Telefon und sie steckte ihren Kopf erneut durch die Tür. »Es ist Riley auf der Eins, und Ihr Telefon finden Sie dort drüben am Fenster auf dem Fußboden.«

»Wie lange dauert es?«

»Larry meinte bis morgen, spätestens bis Mittwoch.«

»Wer ist Larry?«, fragte Gabe, als er den Hörer abnahm.

»Keine Ahnung«, erwiderte Riley am anderen Ende der Leitung. »Wer ist Larry?«

»Der Mann, der die Möbel restauriert«, sagte Nell. »Er würde Ihnen gefallen. Er mochte Ihr Zeugs.«

Sie verschwand wieder aus der Tür, als Riley sagte: »Du hast mich doch hier nicht hergeschickt, um Larry zu finden.«

»Vergiss Larry. Wo steckst du?«

»Cincinnati«, sagte Riley. »In den Leihhäusern hier sind die Diamanten von 1978 auch nicht verzeichnet. Ich habe die Sache satt. Trevor sagte, er habe sie zusammen mit Helena beerdigt, und ich denke, wir sollten ihm glauben.«

»Hör nicht auf, bis du nicht jeden Laden in der Stadt abgeklappert hast«, entgegnete Gabe.

Riley seufzte entnervt. »Wer ist denn nun Larry?«

»Irgendein Typ, den Nell angeheuert hat, um die Möbel in meinem Büro herzurichten.«

»Ist dir eigentlich schon mal aufgefallen, wie ähnlich ihr euch seid, du und Nell?«, fragte Riley. »Ihr gebt beide nie auf.«

»Wenn das so ist, sollte ich wohl Nell auf Lynnie ansetzen.«

»Sie hat sie das erste Mal gefunden«, sagte Riley. »Auf einen Versuch würde ich es ankommen lassen.«

Nell klopfte an die Tür. »Eine Kundin«, sagte sie und trat dann zur Seite, um Becca Johnson ins Büro eintreten zu lassen.

Becca sah elend aus, was nicht weiter verwunderlich war. In der Vergangenheit hatte sie die McKennas bereits des Öfteren beauftragt, jeden Mann zu durchleuchten, den sie sich als *den Richtigen* auserwählt hatte. Doch leider wurden Beccas Intelligenz und ihre Vernunft lediglich durch ihren ausgesprochen schlechten Geschmack in punkto Männer übertroffen. Jetzt stand sie vor Gabe, atmete zitternd und biss sich auf die Unterlippe. Gabe war sich sicher, dass Becca wieder einmal einen Glückstreffer gelandet hatte. »Wir sprechen uns später«, wandte sich Gabe an Riley und legte auf. »Was ist los?«

»Ich hole ein Glas Wasser«, sagte Nell und verschwand.

»Er heißt gar nicht Randy«, begann Becca, dann verzerrte sich ihr Gesicht und sie stürzte sich Gabe in die Arme.

»Langsam, langsam«, tröstete sie Gabe. »Wer heißt nicht Randy?«

Sie hob ihr hübsches Gesicht von seiner Schulter. »Er ist wirklich wunderbar, Gabe. Dieses Mal war ich mir so sicher, dass ich es nicht für nötig hielt, Sie zu engagieren. Ich wusste es einfach. Aber er heißt gar nicht Randy. Er hat mich *angelogen*«, jammerte Becca, und Gabe zuckte zusammen, als ihre Stimme immer schriller wurde.

Nell kam mit dem Wasser zurück, hielt inne und hob die Augenbrauen. *Fang du nicht auch noch an*, dachte er und verdrehte über Beccas Schulter hinweg die Augen. Sie verdrehte ebenfalls die Augen, stellte das Wasser auf das Fensterbrett und verließ die Hüften schwingend das Zimmer. *Ich sollte sie öfter ärgern*, dachte er. *Dadurch bekommt ihr Gang mehr Schwung.*

»Ich habe ihm wirklich vertraut«, lamentierte Becca und erinnerte ihn daran, dass er ein Problem zu lösen hatte.

»Ich war mir so sicher.«

»Haben Sie ihn denn zur Rede gestellt?« Gabe klopfte ihr beruhigend auf die Schulter.

»Ihn zur Rede gestellt?« Becca wich zurück. »Ihn direkt gefragt?«

»Ja«, erwiderte Gabe geduldig. »Wie haben Sie es denn herausgefunden?«

»Sein Koffer«, erwiderte Becca schniefend. »Ganz hinten im Schrank. Ich habe nach einem zusätzlichen Laken gesucht und den Koffer gefunden. Die Initialen drauf lauten E.A.K.«

»Vielleicht hat er den Koffer gebraucht gekauft«, sagte Gabe. »Vielleicht gehörte er seiner Großmutter mütterlicherseits.«

»Er gehört ihm«, widersprach Becca. »Er ist fast nagelneu. Er kauft nichts Gebrauchtes. Alles in seiner Wohnung ist nagelneu.«

»Vielleicht hat er ihn sich ausgeliehen«, schlug Gabe vor, nachdem sie sich etwas beruhigt hatte. »Becca, fragen Sie ihn. Danach rufen Sie mich an und berichten mir, was er gesagt hat. Wenn Sie es dann immer noch wollen, können wir den Fall weiterverfolgen. Aber misstrauen Sie dem Kerl nicht sofort, nur weil die Initialen auf seinem Koffer nicht stimmen.«

Becca schniefte erneut. »Glauben Sie, er ist ehrlich?«

»Keine Ahnung«, sagte Gabe. »Aber es ist höchste Zeit, dass Sie mit ihm sprechen. Wenn es Ihnen wirklich ernst mit ihm ist…«

»Es ist mir sehr ernst mit ihm«, fiel sie ihm ins Wort.

»… dann werden Sie lernen müssen, mit ihm zu reden.«

»Wir reden doch miteinander«, widersprach Becca, und als Gabe den Kopf schüttelte, sagte sie: »Also gut, ich frage ihn.« Sie schluckte und fuhr fort: »Ehrlich, das werde ich tun. Noch heute Abend.«

Gabe fand sein Notizbuch auf dem Bücherregal und notierte sich alle Details über Randy, seinen persönlichen

Background, soweit er Becca bekannt war, und seinen Koffer. Dann nahm er sie am Ellenbogen und steuerte sie zur Tür. »Ich habe alles, was ich brauche. Rufen Sie mich an, sobald Sie mit ihm gesprochen haben. Wenn Sie danach immer noch nicht zufrieden sind, werden wir weitersehen.«

»Danke«, erwiderte sie mit belegter Stimme. »Es tut mir Leid, Gabe, aber diesmal dachte ich wirklich, das ist der Richtige. Und dann habe ich diese Initialen entdeckt.«

»Geraten Sie deswegen nicht in Panik«, beruhigte er sie und führte sie durch den Empfangsbereich.

Nachdem sie gegangen war, wandte er sich an Nell.

»Irgendetwas, was Sie sagen wollten?«

»Ich? Nein«, erwiderte sie unschuldig. »Wenn Sie Klienten betatschen, geht mich das nichts an.«

»Das sollten Sie sich merken«, sagte er auf dem Weg zurück in sein Büro. »Versuchen Sie von nun an, nur noch wirklich gut gebaute Frauen in mein Zimmer vorzulassen. Da hat man bei der Umarmung wenigstens was im Arm.«

Just in dem Augenblick, als er die Tür schloss, prallte etwas dagegen. Vermutlich ein Notizblock, dachte er und wollte sich lächelnd an die Arbeit machen, bis ihm auffiel, dass er weder Schreibtisch noch einen Stuhl besaß.

Später am Abend, er wartete noch auf einen Anruf aus Kalifornien wegen einer Routinerecherche. Gabe saß neben Nell auf dem Boden seines Büros und aß chinesisches Take-away. Sein Blick fiel auf ihre Beine, die neben seinen ausgestreckt waren. Neben ihr zu sitzen hatte den Vorteil, dass er dieses verdammte Herz nicht ansehen musste.

»Was würden Sie tun, wenn Sie hinter Lynnie nachspüren wollen?«, fragte er.

»Ich würde mir einen Typen mit viel Geld suchen, ihn als Lockvogel benutzen und warten, bis sie aufkreuzt«, erwiderte Nell prompt. »Haben Sie den Karton mit den Dim Sum? Weil ich…« Sie hielt inne, als er ihr den Karton reichte.

»Ich kann mich noch erinnern, als ich Möbel besaß«, meinte er und griff nach der Schachtel mit Hühnchen in Knoblauch. »Damals war es hier wirklich sehr nett.«

»Ich habe Larry angerufen, er wird die Möbel morgen zurückbringen«, beschwichtigte ihn Nell. »Sie werden Ihnen gefallen. Erzählen Sie mir mehr über Becca.«

»Was denn über Becca?«, fragte Gabe, und zur Abwechslung hatte er nicht die geringste Lust auf einen Streit. Es war viel angenehmer, den Knoblauch zu genießen und aus dem Fenster zu schauen.

»Riley nennt sie die ›Fahnderin‹, also nehme ich an, dass sie die Männer überprüfen lässt, mit denen sie ausgeht?«

»Becca kommt aus einer Kleinstadt, in der jeder jeden kennt«, erklärte Gabe. »Nun lebt sie in einer großen Stadt und arbeitet an einer unübersichtlichen Universität mit ständig wechselndem Personal. Keiner kennt sich. Also beauftragt sie uns, die Arbeit zu erledigen, die zu Hause ihre Mutter und ihre Großmutter für sie übernehmen würden.«

Nell hatte ein Stückchen süß-saures Schweinefleisch aufgegabelt und überlegte. »Gar nicht dumm.«

»Nein, doch dieses Mal wollte sie nicht, dass wir den Mann überprüfen. Dieses Mal war es die große Liebe. Sie könnten ruhig was von dem Schwein abgeben.«

Er streckte die Hand aus, und sie schob ihm den Karton hin.

»Und was ist dann passiert?«

»Sie glaubt, dass er ihr einen falschen Namen genannt hat.«

Gabe nahm einen Bissen Schweinefleisch und konzentrierte sich einen Augenblick lang auf die würzige Soße auf seiner Zunge, ehe er sie schluckte. Die guten Dinge des Lebens hatten es verdient, dass man sie genoss. Alles andere würde nur die Freude schmälern.

»Sie klingen nicht sonderlich beunruhigt«, bemerkte Nell.

»Noch gibt es keinen Grund dazu.« Gabe nahm seinen

Coca-Cola-Becher und gerade, als er entdeckte, dass er leer war, reichte ihm Nell einen anderen vollen. »Danke.«

»Wer zählt außer Becca noch zu den Stammkunden?« Nell öffnete einen neuen Karton. »Das duftet aber himmlisch.«

»Trevor Ogilvie«, antwortete Gabe und musterte ihre Fesseln. »Er beauftragt uns alle drei oder vier Monate, um herauszufinden, was Olivia so treibt.« Er stellte seinen Teller ab, um die scharf-saure Suppe zu suchen. Sie hatten zwei kleine Kartons davon, also reichte er einen Nell und öffnete den anderen für sich selbst. »Riley nennt es den ›Quartalsbericht‹. Diesen Job macht er ganz gerne, weil Olivia Orte aufsucht, an denen die Musik laut ist und das Bier billig. Nächsten Monat ist er wieder fällig.« Er kostete die dicke, heiße Suppe. Der saure Geschmack erinnerte ihn an Nells Pommes frites. In letzter Zeit hatte er sich angewöhnt, seine Fritten mit Essig zu essen, weil ihm gefiel, wie das herbe Aroma jede einzelne seiner Geschmacksnerven aufweckte.

»Und dann gibt es noch den ›Heißen Mittagstisch‹«, fügte Nell hinzu.

»Harold Taggart und seine liebreizende Frau Gina.« Gabe deutete mit dem Löffel auf Nell. »Die können das nächste Mal Sie übernehmen. Riley hat die Schnauze voll davon.«

»Was muss ich denn machen?«

»Sie setzen sich in die Hotellobby und beobachten, ob Gina mit ihrer neuesten Eroberung erscheint, was auch garantiert geschieht. Sie ist sehr verlässlich, unsere Gina.«

»Und dann zeige ich mit dem Finger auf sie und sage: ›Ich spioniere Ihnen hinterher‹?«

»Dann halten Sie die Kamera hoch und drücken ab. Harold schätzt Bilder.«

Nell schüttelte den Kopf und berührte dabei seine Schulter.

»Das ist doch krank.«

»Das meint Riley auch. Ich bemühe mich immer, die Dinge nicht zu bewerten.«

»Sie sind uns allen ein Vorbild«, spottete Nell.

»Das will ich hoffen«, sagte Gabe und musterte erneut ihre Beine.

Nell streckte sie gerade aus. »Sie sind gut, nicht wahr?«

»Und ob.«

»Sie sind das Einzige, das nicht den Bach runtergegangen ist, als ich so stark abgenommen habe«, fuhr Nell fort. »Vermutlich, weil ich viel zu Fuß gehe.«

»Sie sehen wieder viel besser aus.« Gabe schob das süßsaure Schweinefleisch zu ihr hinüber. »Als Sie hier anfingen, sahen Sie beängstigend aus.«

»Ich fühle mich auch viel besser.« Nell spähte in den Karton.

Ihr Kopf berührte leicht sein Kinn, federweich und überraschend kühl. *Derart rot glühendes Haar sollte eigentlich heiß sein*, dachte er.

Sie hielt den Karton hoch. »Möchten Sie hiervon noch irgendwas oder kann ich das aufessen?«

»Nur zu«, erwiderte Gabe. »Kaum zu glauben, dass wir Sie anfangs beinahe zwangsernähren mussten.«

»Und welche gibt es sonst noch, Stammkunden?«

»Der Rest ist nicht sehr interessant. Wir stellen eine Menge Nachforschungen für einige Firmen in dieser Gegend an.«

»Wie zum Beispiel O & D.«

»Besonders O & D. Wir werden häufig von ihnen engagiert, weil mein Vater und Trevor eng befreundet waren.« Der Gedanke an die beiden verdarb ihm die gute Laune. »Außerdem haben wir ausgezeichnete Arbeit damit geleistet, erdrückende Beweise gegen Jack in seinen beiden Scheidungen zu liefern, dass er uns aus seinem Zuständigkeitsbereich ebenfalls mit Arbeit betraut hat.«

»Das zeugt immerhin von Unvoreingenommenheit.« Sie runzelte die Stirn. »Es fällt mir schwer, mir Trevor als jemandes engen Kumpel vorzustellen.«

»Trevor war nicht immer steinalt«, sagte Gabe. »Er und mein Vater haben wirklich die Stadt unsicher gemacht.« Er versuchte, nicht daran zu denken, was sie sonst noch gemacht haben mochten. »Dort hinten, hinter der Garderobe, hängt ein Bild von den beiden an der Wand.«

Nell drückte sich vom Boden hoch und ging es sich ansehen. Gabe musterte fasziniert ihre Beine. Tolle Waden. Für einen Moment war er versucht, sich vorzubeugen, um unter ihren Rock zu blicken, entschied dann aber, dass sich bei dem wenigen Licht die Mühe nicht lohnte.

»Mein Gott«, sagte Nell, die sich blinzelnd über das Bild beugte, was Gabe durchaus zu schätzen wusste. »Trevor sieht ja richtig schneidig aus.«

»Damals war er das auch. Und er war ein knallharter Anwalt. Seine Verzögerungstaktik konnte sich mit den Allerbesten messen.«

»Ihr Vater sieht Ihnen sehr ähnlich.«

»Eigentlich sehe ich meinem Vater ähnlich, aber trotzdem danke.«

Nell sah zu ihm hinüber, dann wieder zur Fotografie.

»Nicht ganz. Sie sehen aus wie jemand, dem ich vertrauen würde.«

»Danke«, erwiderte Gabe überrascht. »Oder soll das heißen, ich bin langweilig?«

»Nein«, entgegnete Nell. »Das soll heißen, dass Ihr Vater wie ein Spieler aussieht.«

»Gut formuliert«, bemerkte Gabe.

Sie trat zurück und musterte das blaue Nadelstreifenjackett, das an der Garderobe hing.

»Gehörte das ihm? Es sieht genauso aus wie das Jackett auf dem Bild.«

»Es gehörte ihm«, Gabe nickte. »Keine Ahnung, ob es dasselbe ist. Er mochte Nadelstreifen.«

Nell streifte das Jackett über. Es fiel ihr bis über die Hüften, verhüllte fast völlig ihren Rock. *Zieh den Rock aus,* dachte Gabe, und dann dachte er, *nein, lieber doch nicht.* Es war eine Sache, heimlich die Beine einer Frau zu bewundern, es war etwas ganz anderes, im Zusammenhang mit einer Sekretärin der Detektei McKenna über fehlende Kleidungsstücke zu fantasieren.

»Das ist ein tolles Jackett.« Nell wandte sich ihm zu und schob die Ärmel hoch. »Warum tragen Sie es nicht?«

»Ich bin kein Nadelstreifentyp«, erwiderte er und genoss den Anblick ihres flammendroten Haars vor dem tiefen Blau des Jacketts. Sie sah nicht einfach süß aus. Sie erinnerte ihn an irgendjemanden: dieses knabenhafte Gesicht, Mandelaugen, blasse Haut und ein Lächeln, das Eisberge zum Schmelzen bringen konnte. Eine Frau, irgendwie altmodisch, aber heiß. *Myrna Loy*, dachte er. Sie ließ die Hände über das Jackett gleiten, und er sagte: »Die Farbe steht Ihnen.«

»Finden Sie? Wo ist ein Spiegel?« Sie verließ das Zimmer, vermutlich in Richtung Badezimmer, und Gabe dachte, *Geh nicht.*

Er legte seine Gabel weg und schüttelte den Kopf, um das Bild ihrer langen, langen Beine und dieses roten, roten Haars zu verbannen, doch gleichzeitig wollte er unbedingt, dass sie zurückkam.

Es ist diese Sache mit den Sekretärinnen, dachte er. Jahrzehntelang hatten die McKennas ihren Sekretärinnen nachgejagt und stets mit Erfolg. Mittlerweile steckte das wohl in ihren Erbanlagen. Aber er war erwachsen, ein reifer, umsichtiger und intelligenter Erwachsener. Alles, was er tun musste, war, sich zu konzentrieren, dann würde ihm diese Gewohnheit nicht zum Verhängnis werden.

»Sie haben Recht.« Sie kam wieder herein und lächelte ihn an, ein schönes Lächeln, ein schöner Mund, eine volle Unterlippe, die ....

»Ich habe immer Recht«, gab Gabe zurück und stand auf. »Möchten Sie noch was von dem Zeug?«

»Alles, wenn Sie es nicht mehr wollen«, erwiderte Nell. »In letzter Zeit kann ich einfach nicht genug bekommen.« Sie hängte das Jackett zurück an die Garderobe und bückte sich, um die Kartons vom Fußboden aufzusammeln. Dabei rutschte ihr lila Pullover ein wenig hoch und gab einen schmalen Streifen ihrer blassen Haut über dem Rockbund frei, der sich eng über ihren Hintern spannte.

Was für eine dämliche Tradition, dachte er. Warum hatten die McKennas nicht die Begabung, Geld zu machen, statt Sekretärinnen aufzugabeln?

»Ist was?« Nell blickte zu ihm auf.

»Nichts. Ich habe nur über etwas nachgedacht.« Und dann klingelte das Telefon, und er wandte sich wieder seiner Arbeit zu.

Auf der anderen Seite des Parks sah sich Suze mit ihren eigenen Problemen konfrontiert.

»Was zum Teufel ist das?«, fragte Jack. Sie sah von ihrem Buch auf, als er mit einer ihrer ›Running Ware‹-Tassen aus dem Wohnzimmer trat.

»Englisches Sammelporzellan«, erwiderte sie. »Ich sammle es.«

»Du hast diese Dinger hier zu unserem guten Porzellan gestellt.«

»Das gute Porzellan deiner Mutter.« Suze wandte sich wieder ihrem Buch zu.

»Ich halte es für keine gute Idee, dieses billige Zeug mit dazuzustellen«, beharrte Jack. Sie sah erneut auf, sah, wie er die Tasse umdrehte, um das Manufakturzeichen zu lesen, und sie ihm dabei entglitt. Auf dem Parkett zerbrach die Schale in zwei Teile, auch die Beine brachen ab.

»Jack!« Suze warf ihr Buch hin und fiel auf die Knie, um die Scherben aufzusammeln.

»Tut mir Leid«, sagte er, aber er klang ganz und gar nicht so, als täte es ihm Leid. »Es ist dieses billige Zeug…«

»Das ist eine ›Caribbean Running Ware‹-Tasse.« Suze versuchte, die Scherben wieder zusammenzufügen. »Die ist aus den Siebzigerjahren und kostet mindestens fünfundsiebzig Dollar.«

»Was, das Ding da?« Jack sah sie ungläubig an.

Suze beachtete ihn nicht weiter, sondern trug die Scherben durch das Wohnzimmer in die Küche und suchte dort nach Klebstoff.

Er folgte ihr. »Gehört das auch zu den Dingen, die Nell dir aufgeschwatzt hat? Du brauchst ihr Porzellan nicht, du hast das ›Spode‹-Porzellan der Dysarts.«

Suze legte die Scherben auf die Arbeitsplatte. Bei ihrem Anblick drehte sich fast ihr Magen um. Selbst wenn es ihr gelänge, sie zusammenzukleben, die Tasse würde doch für immer zerbrochen bleiben. Sie berührte die großen gelben Schuhe und bemerkte, dass an einem ein Stückchen Glasur abgesprungen war. »Verdammt.« Sie kehrte ins Wohnzimmer zurück, um nach dem Stückchen Glasur zu suchen. Wieder folgte ihr Jack. »Das kann doch nicht wahr sein, dass du mein Geld für diese dämlichen Tassen ausgibst.«

»Ich gebe *mein* Geld dafür aus.« Sie kniete sich wieder hin und suchte nach dem Splitter den Boden ab, beugte sich tief hinunter und legte den Kopf zur Seite, um zu sehen, ob das Porzellan irgendwo im Licht glitzerte.

»Du hast gar kein Geld«, widersprach Jack.

Sie erspähte ein Glitzern. »Doch, das habe ich. Ich arbeite.«

»Du tust was?«

Jetzt war es heraus. Sie benetzte ihre Fingerspitze und tupfte damit das abgeplatzte Stückchen Glasur auf. Dann stand sie auf. »Ich arbeite schon eine ganze Weile Teilzeit für die McKennas.«

»Du arbeitest?!« Bei Jack klang das, als würde sie ihn betrügen.

»Jawohl.« Suze kehrte in die Küche zurück. Sie legte den

Porzellansplitter auf die Arbeitsplatte und schraubte die orangene Klebstoffflasche aus Plastik auf.

»Suze.« Jack folgte ihr. »Das kann doch nicht dein Ernst…«

»Ich arbeite als Lockvogel«, erläuterte Suze und überlegte, in welcher Reihenfolge sie die Teile am besten zusammenkleben sollte. Sie quetschte etwas Klebstoff auf die Resopalplatte und tunkte die weiße Seite des Splitters hinein. »Leute beauftragen die McKennas herauszufinden, ob ihre Partner sie betrügen. Ich bin diejenige, die den Männern die Gelegenheit zum Betrug bietet.«

»Du machst was?«

Sie drückte den Splitter vorsichtig wieder gegen den gelben Schuh und rutschte ihn mit dem Fingernagel in die richtige Position. Vielleicht sollte sie den Schuh und die Tasse separat bearbeiten und die Schuhe erst später an der Tasse befestigen, nachdem die ersten Klebestellen getrocknet waren. »Suze«, sagte Jack. Als sie sich umdrehte, bemerkte sie seine aufkeimende Wut. »Ich habe dir doch gesagt, dass ich nicht möchte, dass du Nell so häufig siehst. Und jetzt *arbeitest* du mit ihr zusammen? Und gabelst Männer in *Bars* auf?«

»Es passiert doch nichts, Jack, ich rede nur.« Sie wandte sich wieder der Arbeitsplatte zu, nahm die zwei Tassenhälften und tunkte die Ränder in den weißen Klebstoff. »Riley ist die ganze Zeit mit dabei, und er würde mich umbringen, wenn ich zu weit ginge.«

»Riley McKenna?«

»Das ist auch genau der Grund…«, fügte sie hinzu und ignorierte seinen Aufschrei, während sie die zwei Tassenhälften aneinander presste, »… weswegen ich es tue. Nell hat die Sache einmal verpatzt, also wollen sie sie nicht mehr einsetzen…«

»Nun, und du wirst es auch nicht mehr tun«, schnappte Jack. »Verdammt, Suze, hast du den Verstand verloren? Du bist doch nicht…«

»Doch, das bin ich.« Suze lehnte sich gegen den Küchenschrank und presste weiterhin die beiden Teile aneinander. »Ich arbeite gerne für die McKennas, und es gibt keinen Grund für dich, mir nicht zu trauen. Deswegen werde ich auch nicht aufhören.« Sie atmete tief ein und fuhr fort: »Es ist unfair von dir, mich darum zu bitten.«

»Unfair?« Jack sah aus, als ob er einen Schlaganfall erlitten hätte. »Du schläfst mit Riley McKenna, deswegen willst du dort nicht aufhören, und ich werde nicht…«

Suze seufzte. »Ich schlafe nicht mit Riley.« Er wirkte nicht überzeugt, daher fügte sie hinzu: »Nell schläft mit ihm. Und ich werde nicht damit aufhören, denn mir gefällt es zu arbeiten und es behindert in keiner Weise das, was ich für dich oder mit dir tue. Wenn du mir nicht genug vertraust, um mich arbeiten gehen zu lassen, sollten wir lieber einen Eheberater aufsuchen, denn dann sind wir wirklich in Schwierigkeiten.« Sie musste Luft holen und hielt inne.

»Nell schläft mit ihm?« Jack war verblüfft, dann runzelte er erneut die Stirn. »Das glaube ich nicht. Sie ist mindestens zehn Jahre älter als er. Keiner bei Verstand würde mit ihr schlafen, wenn er genauso gut dich haben könnte.«

»Hey!« Suze sah ihm in die Augen. »Du sprichst von meiner besten Freundin, und du bist scheinheilig. Du bist zweiundzwanzig Jahre älter als ich, aber gestört hat dich das bisher nicht.«

»Bei Frauen ist das etwas anderes«, entgegnete Jack. »Das kannst du mir glauben.«

»Ich soll dir glauben?«, fragte Suze. »Weswegen denn? Du vertraust mir doch auch nicht. Ich glaube allmählich, dass du etwas auf mich projizierst.«

»Hast du das aus dem Einführungskurs Psychologie?«, höhnte Jack und Suze fuhr ihm ins Wort.

»Du erwägst, mich zu betrügen, deshalb bist du ganz besonders argwöhnisch, was doppelt gemein von dir ist. Es gibt jede Menge Gründe, weswegen jemand lieber mit Nell als mit dir zusammen sein möchte. Sie ist clever und lustig und unabhängig und kann nachts ausgehen, ohne dass irgendein Mistkerl sie des Ehebruchs bezichtigt oder ihre Tassen zerschmettert. Was wirst du eigentlich tun, wenn ich in Nells Alter bin und du jemanden triffst, der jünger ist als ich? Wirst du mich dann fallen lassen, weil kein Mensch eine Vierzigjährige einer Dreißigjährigen vorziehen würde? Wenn das wahr ist, dann kannst du jetzt gleich gehen und mir das Warten ersparen.«

»Beruhige dich«, beschwichtigte sie Jack, sichtlich verblüfft. »Beruhige dich doch. Natürlich betrüge ich dich nicht. Die Sache mit Nell überrascht mich nur, mehr nicht. Tim meinte, im Bett sei sie eine Niete.«

Suze spürte, wie die Wut in ihr hochstieg. »Ich wäre auch eine Niete im Bett, wenn dieser Mistkerl neben mir läge. Riley jedenfalls schien ziemlich zufrieden mit ihr. Und ich muss dir sagen, Nell klang ziemlich überrascht, als sie über seine Fertigkeiten im Bett sprach. Ich gehe jede Wette mit dir ein, dass Tim ein miserabler Liebhaber war. Sie war zweiundzwanzig Jahre lang an ihn gekettet, sie hat sich also etwas Besseres mit einem jüngeren Mann verdient, der weiß, was er zu tun hat.«

»Woher weißt du denn, dass er weiß, was er zu tun hat?« Jacks Gesicht verfinsterte sich argwöhnisch.

»Weißt du, wenn du mir noch dümmer kommst …« Suze stellte die geklebte Tasse vorsichtig auf der Arbeitsfläche ab und drehte sich zu ihm um. »Wenn du noch einmal über dieses Thema reden möchtest, dann benimm dich bitte wie ein vernunftbegabter Erwachsener und nicht wie ein wütendes Kleinkind. Dies ist der dümmste Streit, den wir jemals hatten, und du hast ihn angezettelt, weil du mir nicht vertraust. Ich habe nicht im Spaß gesagt, dass wir eine Eheberatung nötig haben, wenn du mir allen Ernstes zutraust, dass ich dich betrüge. Kennst du mich denn gar nicht?«

Jack schloss die Augen. »Ich weiß es nicht. Ich höre nur

Riley McKennas Namen und drehe durch.« Er sah sie wieder an. »Aber du hast mich angelogen. Du hast eine Arbeit.«

»Nun, ich wusste, dass du den Boss herauskehren und mir das Arbeiten verbieten würdest«, erwiderte Suze. »Davon habe ich die Nase voll. Ich möchte einen Ehemann und Partner und keinen Papa. Ich bin zweiunddreißig Jahre alt und habe einen Job. Das ist nicht ungewöhnlich. Himmel, ich wollte lediglich ein paar Eierbecher kaufen.« Sie blickte auf die beinamputierte Tasse und die angestoßenen Schuhe auf der Arbeitsplatte und biss die Zähne zusammen, um ihn nicht anzubrüllen.

»Du brauchst nicht zu arbeiten«, beharrte Jack stur. »Wenn du die verdammten Tassen haben willst, kauf sie dir. Außerdem geht es gar nicht um die Arbeit, es geht darum, dass du mir nichts davon erzählt hast. Du hast mich angelogen. Und dann wunderst du dich, wenn ich annehme, dass du mich betrügst?«

»Wenn du so weitermachst, werde ich es tun.« Suze nahm die zwei Tassenhälften und ließ ihn in der Küche stehen. Sie ging nach oben und nahm dabei zwei Treppenstufen auf einmal, um von ihm wegzukommen. Dann schloss sie sich in Jacks Arbeitszimmer ein, rief Nell an, erreichte aber nur ihren Anrufbeantworter. »Ich habe gerade eben Jack von dem Job erzählt«, sagte sie. »Er glaubt, dass ich mit Riley ein Verhältnis habe, kannst du dir das vorstellen? Ich habe ihm erzählt, dass du eines hast. Schlaf doch bitte noch mal mit Riley, damit ich die Wahrheit nicht überstrapaziere.«

Sie legte auf, fuhr den Computer hoch und rief im Internet eBay auf, um sich abzulenken von ihrer Wut und etwas anderem, das möglicherweise Angst war. Viel zu früh, das war das Problem dieses Streits gewesen. Sie tippte den Suchbegriff ›Running Ware‹ ein. Drei einfache ›Running Ware‹ wurden angeboten, zu einem viel zu hohen Preis, aber das war egal. Sie tippte als Höchstgebot für jeden der drei achtzig Dollar ein – man musste verrückt sein, um achtzig Dollar für einen einfachen Eierbecher zu zahlen, was wiederum bedeutete, dass sie ihr sicher waren – und lehnte sich zurück, um nachzudenken. Sie zitterte, und das nicht deswegen, weil sie zu viel Geld für Eierbecher ausgab.

Ich bin wirklich zufrieden, das getan zu haben, beruhigte sie sich selbst, während sie die zerbrochenen Teile der Tasse berührte. Es war vollkommen verrückt, dass er sie nicht arbeiten lassen wollte. Verrückt und vereinnahmend und arrogant und chauvinistisch und …

»Und wenn er mich verlässt?«

Bei dem Gedanken fuhr es ihr kalt über den Rücken und sie fröstelte. Sie würde einsam sein. Sie war einsam gewesen, bevor sie ihn getroffen hatte, ihre Mutter immer bei der Arbeit, ihr Vater bereits seit langem fort, und dann war Jack aufgetaucht und hatte geschworen, er würde immer da sein, sie würde nie wieder einsam sein. Und sie war es nie wieder gewesen. Nicht ein einziges Mal. Aber wegen dieser Sache würde er sie vielleicht verlassen. Und es wäre allein ihre Schuld.

Suze ließ sich in den Stuhl zurücksinken. Es bestand die Möglichkeit, dass sie sich wirklich dumm verhalten hatte. Hatte sie ihre Ehe für einen Teilzeitjob und etwas Porzellan aufs Spiel gesetzt? Das würde sie wohl kaum trösten, wenn sie den einzigen Mann verlor, den sie jemals geliebt hatte. O ja, er hatte sich wie ein Idiot benommen, aber er hatte Angst gehabt, das hatte sie in seinem Blick gesehen. Er glaubte zu alt für sie zu sein. Er fürchtete, sie zu verlieren. *Vielleicht stimmt das sogar*, dachte sie, doch gleich darauf dachte sie, *nein*. Sie wusste genau, was er jetzt empfand. Vierzehn Jahre lang hatte sie Angst gehabt, dass er sie betrügen würde, wie er Abby und Vicki betrogen hatte und dass sie genauso einsam zurückbliebe wie diese beiden. Es war schrecklich gewesen, und dasselbe spürte er jetzt auch.

Sie schaltete den Computer aus und schob langsam ihren Stuhl zurück. Wenn es Jack so viel ausmachte und wenn sie sich deswegen so sehr stritten, dann wollte sie gar keinen Job.

Langsam ging sie die Treppe hinab und fand Jack in der Küche, wie er den Telefonhörer auflegte. Er blickte sie angriffslustig an, und sie sagte: »Wenn es dir so viel ausmacht, dann höre ich auf.«

»Das ist mein Mädchen.« Jack streckte die Arme aus, doch als sie nicht auf ihn zukam, ging er auf sie zu und umarmte sie. »Tut mir Leid, Suze. Ich hab einfach durchgedreht. Ich weiß, dass du mich nicht betrügen würdest, das hast du nicht verdient. Ich schulde dir eine Entschuldigung, mehr noch als nur eine Entschuldigung. Wie wäre es, wenn wir dir nachher eine Kleinigkeit kaufen gingen?«

Alles, nur keine Scheidung, dachte Suze und befreite sich so schnell wie möglich aus seinen Armen. Dann ging sie nach oben, um die abgebrochenen Beine an die Tasse anzukleben. Es fiel ihr nicht leicht, ihre Traurigkeit abzuschütteln, aber noch schwer, ihre aufkeimende Wut zu unterdrücken.

11

Am nächsten Nachmittag rief Suze in der Detektei an, um Riley von ihrer Kündigung in Kenntnis zu setzen.

»Er ist nicht da«, sagte Nell.

»Du hörst dich schrecklich an«, meinte Suze. »Was ist los?«

»Nur die übliche Auseinandersetzung mit Gabe. Normalerweise stört mich die Brüllerei nicht sonderlich, aber heute bin ich müde. Immerhin sind die Möbel wieder da. Das sollte die Wogen glätten.«

»Vielleicht solltest du mit den Dingen aufhören, die ihn veranlassen, dich anzubrüllen«, sagte Suze und dachte an Jack.

»Wohl kaum«, erwiderte Nell. »Dann wird er meinen, mit seinem Brüllen erreiche er alles. Er hat sich entschuldigt, bevor er gegangen ist, und heute Abend lädt er mich zum Essen ein, es ist also in Ordnung.«

»Wirklich?«, fragte Suze.

»Wir treffen uns mit Riley um halb sieben im *Sycamore*. Ist Jack bis dahin zu Hause?«

»Nein«, sagte Suze. »Er hat irgendwas Geschäftliches. Wir essen um neun.«

»Dann komm doch mit.«

Warum eigentlich nicht, dachte Suze.

Sie war ein wenig zu früh dran und als sie ins *Sycamore* kam, sah sie Riley an einem der Fenstertische sitzen. Er winkte ihr zu, also ging sie zu ihm und setzte sich ihm gegenüber.

»Nell meint, du möchtest mit mir reden.« Er klang wütend, doch sein Gesicht war ausdruckslos. Als Folge der gemeinsamen Arbeitsabende duzten sie sich mittlerweile.

»Ich höre auf«, sagte sie. »Mit dem Lockvogeljob.«

»In Ordnung.«

»Ist das alles? Einfach nur ›in Ordnung‹?«

»Jack hat es herausbekommen, nicht wahr?«

Am liebsten hätte sie ihm eine Ohrfeige verpasst.

»Vielleicht habe ich es auch einfach nur satt, für euch zu arbeiten.« Die Bedienung kam vorbei und nahm ihre Bestellung auf.

»Eistee, bitte ohne Zitrone.« Suze blickte wieder zu Riley, der mit einem Bier in der Hand da saß, im Rücken das bunt verglaste Fenster, und an ihr vorbeistarrte, als existierte sie gar nicht.

»Weißt du, ich bin ganz froh, dass Nell sich verspätet hat«, bemerkte Suze. »Denn ich würde gerne mehr über deine Absichten erfahren.«

»Welche Absichten?«, erkundigte sich Riley. »Ich hege keinerlei Absichten.«

»Deine Absichten bezüglich Nell«, erklärte Suze geduldig. »Du erinnerst dich, die Rothaarige, mit der du schläfst?«

»Geschlafen habe«, korrigierte sie Riley. »Vor drei Monaten. Das ist aus und vorbei. Es war bereits nach einer Nacht aus und vorbei, was sie dir zweifellos erzählt hat.«

Suze kniff die Augen zusammen und lehnte sich über den Tisch. Sie suchte Streit mit jemandem, mit dem sie es sich leisten konnte zu streiten. »Du hast sie fallen lassen? Weißt du eigentlich, was sie durchgemacht hat wegen diesem Mistkerl, mit dem sie verheiratet war? Und jetzt kommst du und…«

»Immer mit der Ruhe, Barbie. *Sie* wollte es bei dem einen Mal belassen. Es ist Teil des Heilungsprozesses.«

»Hör bloß auf mit dem…«

»Sie hat es lediglich mal ausprobiert. So was passiert ständig.«

»Und woher weißt du das?«

»Weil ich in meinem Job häufig mit Menschen zu tun habe, die gerade herausgefunden haben, dass ihre Beziehung Vergangenheit ist. Deshalb kommt es wiederum nicht selten vor, dass mich die Frauen ansprechen, die einen Mann in ihrem Bett haben wollen.«

Suze schüttelte ungläubig den Kopf. »Und du stehst ihnen bereitwillig zur Verfügung…«

»Normalerweise nicht. Nell ist eine gute Frau, die damals eine schlechte Zeit durchmachte.«

»Und du wolltest Sex.«

»Eigentlich hatte ich an dem Abend eine Verabredung. Wenn ich lediglich Sex gewollt hätte, hätte ich Sex haben können.«

»Du hattest Sex mit jemandem, nachdem du mit Nell geschlafen hast?«

»Nein.« Rileys Geduld neigte sich dem Ende zu. »Ich habe angerufen und abgesagt. Diese Unterhaltung geht mir auf die Nerven. Was gibt es Neues aus deinem Leben?

Vorausgesetzt, Jack erlaubt dir Neuerungen in deinem Leben.«

»Dann ist Nell also wieder ganz allein«, sagte Suze. »Und du hast nur eine einzige Nacht…«

»Nell ist nicht alleine. Nell hat dich und Margie und mich und Gabe und ihren Sohn und vermutlich noch tausend andere, von denen ich gar nichts weiß. Sie war etwas durch den Wind, das ist ganz normal nach einer Trennung, aber jetzt ist sie wieder auf dem richtigen Weg. Sie isst wieder und nimmt das Büro auseinander und streitet sich mit Gabe und sieht sehr hübsch aus, wie ich finde. Lass ihr etwas Zeit, sie wird jemand Neuen finden.«

»Wie viel Zeit? Ich möchte nicht, dass sie allein ist. Es ist schrecklich, allein zu sein.«

»Woher willst du das wissen?« Riley sah erneut an ihr vorbei.

»Ich kann es mir vorstellen«, erwiderte Suze. »Ich weiß, dass es schrecklich ist. Eigentlich sollte sie mittlerweile jemanden gefunden haben.«

»Zwei Jahre.« Riley senkte den Kopf.

Suze drehte sich um, um seinem Blick zu folgen. Sie erblickte ein vollbesetztes Restaurant essender Menschen. »Zwei Jahre was?«

»Das ist die durchschnittliche Dauer, die man nach einer Scheidung als Heilungsphase braucht. Zwei Jahre.«

»O mein Gott.« Suze zählte rückwärts. »Sie ist im Juli letzten Jahres geschieden worden. Das hieße noch sieben Monate. Das ist zu lang.«

»Susannah«, sagte Riley so bestimmt, dass Suze aufmerkte. »Lass sie in Frieden. Es geht ihr gut.«

»Ich kann es nicht ertragen, dass sie allein ist«, wiederholte Suze.

»Nein, du kannst die Vorstellung nicht ertragen, dass du allein sein könntest.« Riley lächelte an ihr vorbei, seine Aufmerksamkeit nicht länger auf sie gerichtet.

Suze drehte sich erneut um und sah eine Brünette am anderen Ende des Raumes, die zurücklächelte. Verärgert wandte sie sich zu Riley um. »Was für eine Art von Frau würde mit einem Mann flirten, der mit jemandem zusammen ist?«

»Ich bin nicht mit dir zusammen.« Riley hatte den Blick immer noch auf die Brünette gerichtet. »Wir sitzen lediglich am selben Tisch.«

»Aber das weiß sie doch nicht.« Suze warf der Brünetten einen verächtlichen Blick zu. Es waren Frauen wie diese, die Ehen zerbrechen ließen.

»Natürlich weiß sie das.«

»Wie denn? Was hast du denn getan? Ihr einen Zettel geschrieben?«

»Körpersprache. Wir sitzen beide voneinander weggelehnt. Außerdem redest du bereits seit eine Viertelstunde auf mich ein. Selbst wenn wir zusammen wären, wäre die Trennung nur noch eine Frage der Zeit.«

»Weiß Gott, das stimmt«, erwiderte Suze und rückte noch weiter von ihm ab. »Ich kann mir einfach nicht vorstellen, was Nell an dir gefunden hat.«

»Das musst du auch nicht.« Riley lächelte noch immer der Brünetten zu. »Sie hat es dir erzählt. Und ich wette, dass sie dabei ins Detail gegangen ist.«

»Das ist alles, was mir jetzt noch fehlt«, erwiderte Suze. »Dass du mir hier im *Sycamore* unanständig kommst.«

»Das ist nicht das, was dir fehlt.« Riley erhob sich und nahm sein Glas. »Aber was dir fehlt, kannst du nicht bekommen, weil du einen Idioten geheiratet hast.« Er nahm auch ihr Glas. »Ich hole dir Nachschub.« Und noch bevor Suze sagen konnte: »Ich möchte nichts mehr«, war er bereits verschwunden.

Sie beobachtete, wie er am Tisch der Brünetten Halt machte und ihr Lächeln noch strahlender wurde, als er sich mit ihr unterhielt. Dann sah sie, wie die Brünette lachte, während Riley die Bar ansteuerte.

Wie billig von der Frau, sich einfach so aufgabeln zu lassen. Gott sei Dank sah sie sich nicht nach einem neuen Partner um, wenn das heutzutage auf diese Art ablief. Gott sei Dank hatte sie Jack.

Suze blickte aus dem Fenster auf die Backsteinhäuser dem Restaurant gegenüber. Die Sonne ging unter, und das *Village* tauchte wie bei jedem Sonnenuntergang in diese seltsam zeitlose Stimmung ein, schön und launisch. *Ich liebe diese Gegend*, dachte sie. *Warum nur bin ich nicht glücklich?* Aber sie war glücklich. Es dämmerte. Die Dämmerung war immer melancholisch, und melancholische Schönheit konnte sich jedem ein wenig aufs Gemüt schlagen. Wenn die Sonne aufging, würde sie sich wieder wohl fühlen.

Riley stellte ein Glas vor ihr ab, setzte sich auf seinen Stuhl ihr gegenüber und versperrte ihr den Blick auf die dämmerige Straße.

»Du hast mich noch nicht einmal gefragt, was ich trinken möchte«, bemerkte Suze.

»Probier doch mal.«

Sie nippte. Eistee ohne Zitrone.

»Ich bin aufmerksam«, sagte Riley.

»Sie hat es also zugelassen, dass du sie direkt vor meinen Augen anquatschst. Besitzt sie denn gar keinen Anstand?«

»Himmel, ich hoffe nicht«, sagte Riley. »Ich habe ihr erzählt, du wärst meine Schwester.«

Er wirkte so ausgeglichen und ruhig, so selbstsicher und darauf vertrauend, alles zu wissen, dass sie plötzlich das Bedürfnis verspürte, diese Ruhe zu stören. Wenn sie sich vorbeugte und ihn küsste, würde die Brünette wissen, dass sie nicht seine Schwester war. Das würde ihm recht geschehen.

»Was ist?«, fragte Riley, plötzlich leicht verunsichert.

»Ich habe nichts gesagt«, erwiderte Suze.

»Nein, aber dein Gesichtsausdruck hat sich verändert. Was auch immer du vorhast, lass es bleiben.«

»Ich würde es ohnehin nicht tun. Kein Mumm.«

»Gut. Ich hasse Frauen mit Mumm. Ich mag sie gerne fügsam.«

»Ich bin nicht fügsam«, konterte Suze.

»Ein weiterer Grund, weswegen wir nicht zusammen sind.«

Der Stuhl neben ihr wurde zurückgezogen und Suze hörte Nell fragen: »Warum schaut ihr euch so giftig an?« Nell setzte sich. Sie wirkte müde, aber entspannt, der Streit mit Gabe war wohl beigelegt.

»Schäbige Gesellschaft«, meinte Suze und rutschte mit den Füßen ein wenig zur Seite, damit Marlene sich unter den Tisch legen konnte.

»Herzlichen Dank.« Gabe setzte sich neben Riley.

»Und, wie war dein Tag?«, fragte Suze fröhlich und hörte dann nicht zu, sondern beobachtete lieber, wie Riley mit Nell scherzte und gleichzeitig zur Brünetten Augenkontakt aufnahm. Ganz offensichtlich machte ihm nichts aus, dass sie von nun an nicht mehr für sie arbeiten würde. Er behandelte sie wie Luft.

Als Riley und Nell für neue Drinks an die Bar gingen, fragte Gabe: »Und was gibt es Neues bei Ihnen?«

»Ich muss den Jobals Lockvogel aufgeben«, erwiderte sie. »Es tut mir Leid. Sehr Leid sogar.«

»Das geht uns genauso«, bestätigte er. »Es war schön, mit Ihnen zusammenzuarbeiten.«

»Danke.« Sie wandte den Blick ab, damit er nicht sehen konnte, wie sehr ihr die Sache zu Herzen ging. Nell und Riley standen lachend an der Bar. »Sie sieht wunderbar aus, nicht wahr?«, wandte sich Suze wieder an Gabe. »So fröhlich und glücklich.«

Gabe nickte und sah ebenfalls zu Nell hinüber. »›The shape a bright container can contain‹.«

Suze blickte ihn überrascht an. Nie und nimmer hätte sie von Gabe McKenna erwartet, dass er Gedichte rezitieren würde. »Roethke?«

Gabe wirkte verblüfft. »Ja. Er war der Lieblingsdichter meines Vaters. Besonders dieses eine Gedicht liebte er meiner Mutter vorzutragen.« Er sah Suze fragend an. »Wie kommt es, dass Sie Roethke kennen?«

»Englische Literatur, Einführungskurs«, erklärte Suze. »Lyrik.« Zu Hause musste sie unbedingt ihre alte Anthologie heraussuchen und nachsehen, ob das Gedicht tatsächlich so erotisch war, wie sie es in Erinnerung hatte. Und selbst wenn nicht, sie war sich sicher, dass es ein wunderbares Liebesgedicht war. Vielleicht war Nell doch nicht allein. Es wäre einfach zu schrecklich, wenn Nell ganz allein wäre.

Zwei Stunden später, nachdem Suze und Riley beide gegangen waren, aß Nell den letzten Rest ihres Auflaufs und versuchte zu begreifen, was die vielen Untertöne an diesem Abend zu bedeuten hatten. Gabe ihr gegenüber trank sein Bier und schien leicht verärgert zu sein, weil Trevor am Abend angerufen und ihr erneut einen Job angeboten hatte.

»Ich verstehe nicht ganz, weswegen der Abend so verkrampft verlaufen ist«, sagte sie. »Riley war verstörter über Suzes Kündigung, als er sich anmerken lassen wollte. Was war denn nur los?«

»Die Sache hat eine Vorgeschichte«, erläuterte Gabe. »Sagen Sie, als Trevor anrief, hat er da gesagt, dass Jack ihm geraten hat, Ihnen den Job anzubieten?«

»Nein. Und es gibt keine Vorgeschichte. Suze hat Riley zum ersten Mal in jener Nacht gesehen, als wir Marlene gestohlen haben. Ihre Beziehung besteht lediglich aus vierzehn Lockvogeljobs.«

»Stimmt«, bestätigte Gabe. »Ich frage, weil es Trevor nicht ähnlich sieht, selbst zu handeln. Jack schon, aber Trevor niemals. Trevor wartet immer ab.«

»Er hat nichts davon gesagt.« Nell beugte sich über ihren leeren Teller und sah ihm in die Augen. »Sie haben erwähnt, dass Sie im Zuge seiner Scheidungen die Beweise für Jacks

Untreue geliefert haben. Soll das heißen, dass Sie Suze unter die Lupe genommen haben?«

»Sind Sie sich sicher, dass Sie mir alles erzählt haben, was Sie über Margie wissen?«

»Vicky hat Sie damit beauftragt, alles über Suze und Jack herauszufinden«, sagte Nell. »Mein Gott, das war also die Gelegenheit, bei der Riley Suze gesehen hat?«

Gabe nickte und kapitulierte, ganz wie sie es erwartet hatte. »Durch ein Fenster des Hotels, in dem sie für Jack einen Striptease hingelegt hat, verkleidet als Cheerleaderin. Mit achtzehn Jahren. Hat bei Riley einen dauerhaften Schaden hinterlassen.« Einen Augenblick lang blickte er gedankenverloren ins Leere.

Nell kniff die Augen zusammen. »Und woher wissen Sie das?«

»Es gibt Bilder«, erwiderte Gabe, der zur Erde zurückgekehrt schien. »Die Sache muss heiß sein, sonst würde Trevor nicht so scharf darauf sein, Sie abzuwerben.«

»Es gibt Bilder?«

»Gab«, korrigierte sich Gabe hastig. »Es gab Fotografien.«

»Sie weichen mir aus.« Nell rückte dichter an ihn heran.

»Als ob das möglich wäre«, konterte Gabe. »Es gibt natürlich immer noch die Möglichkeit, dass Jack Trevor manipuliert. Was wissen Sie, von dem Jack nicht möchte, dass Sie es mir erzählen?«

»Nichts. Sie wissen alles, was ich weiß. Ende nächster Woche bin ich mit dem Keller fertig. Soll ich mich dann um Ihr Auto kümmern?« Gabe blitzte sie an. »Lassen Sie die Finger von meinem Auto.« Nachdenklich hielt er inne. »Vielleicht ist es das. Vielleicht befürchten sie, dass Sie etwas finden könnten. Sie waren ja wirklich überall.«

»Nur zum Waschen.« Nell schob ihren Teller weg. »Ich würde nicht im Traum daran denken, ihn zu fahren.«

»Ich reinige das Auto. Außerdem ist dort nichts. Und ihn

zu fahren können Sie sich ein für alle Mal aus dem Kopf schlagen.«

»Ich sagte doch schon, ich würde nicht im Traum daran denken…«, begann Nell. Doch er war bereits aufgestanden, zum Gehen bereit, die Schlüssel mit dem Porscheabzeichen in der Hand.

»Mir fällt kein anderer Grund ein, weswegen man Sie abwerben könnte«, sagte Gabe. »Es muss irgendetwas mit diesem Erpressungsschlamassel zu tun haben.«

»Vielleicht braucht man dort eine tüchtige Büroleiterin.«

Nell schob vorsichtig ihren Stuhl zurück, um Marlene nicht zu treffen. »Sind denn die Fotos noch da?«

»Das werden Sie niemals erfahren«, erwiderte Gabe. »Die Möbel sehen übrigens sehr gut aus.«

»Was den Wagen betrifft, sind Sie wirklich sehr empfindlich.«

Sie hob Marlene auf den Arm und folgte ihm in die kalte Novembernacht.

Nell war enttäuscht darüber, dass Suze die Arbeit hingeschmissen hatte, doch es überraschte sie nicht. »Es ist ein Wunder, dass Jack sie so lange hat gewähren lassen«, wandte sie sich an Riley. »Immerhin bist du sie jetzt los. Ich weiß, dass du nicht gerne mit ihr gearbeitet hast.« Sie erwartete, dass er jetzt mit der Sache herausrücken würde, aber er sagte lediglich: »Sie war gar nicht übel.« Kurz darauf begann er ein Verhältnis mit einer Zahntechnikerin, die bei einer Laientheatergruppe mitspielte und es als Form von Performance betrachtete, den Lockvogel zu spielen. Suzes Name wurde nicht wieder erwähnt.

Suze ihrerseits kam mit der veränderten Situation weniger gut zurecht.

»Ich bin froh darüber, ehrlich«, hatte sie Nell versichert, doch als das Erntedankfest gekommen war, lächelte sie nicht mehr und reagierte auf alles ausgesprochen gereizt.

»Jack hat darauf bestanden, Tim und Whitney einzuladen«, hatte sie Nell eine Woche zuvor berichtet. »Und ich habe ihm gesagt, wenn du nicht kommst, komme ich auch nicht. Und dann meinte er, dass ich dich gar nicht bräuchte, weil er Margie und Budge und Margies Vater und dessen Frau und Olivia eingeladen hat. *Fünf* von der Sorte. Dazu kommt noch meine Mutter und seine Mutter.«

»Es macht mir nichts aus, zu Hause zu bleiben«, hatte Nell erwidert, die nicht noch mehr Streit zwischen Suze und Jack verursachen wollte. Wann immer sie sich begegneten, sah Jack sie grimmig und böse an, und sie hatte das satt.

»Nein, das kannst du nicht«, sagte Suze. »Jase und du sind die einzigen beiden Menschen, die ich sehen möchte. Du musst kommen.«

Also war Nell, beladen mit Kürbisaufläufen und begleitet von Marlene, frühzeitig erschienen und hatte die restlichen Vorbereitungen erledigt, während Suze Marlene in ein Truthahnkostüm gesteckt hatte, das sie irgendwo aufgetrieben hatte.

Nell hatte sich Whitney gegenüber freundlich verhalten, obwohl diese sie böse angefunkelt hatte, sie hatte Jase pflichtbewusst bedauert, weil er neben einer schlecht gelaunten Olivia sitzen musste, sie war mit Tims Mutter nachsichtig gewesen, als diese gegen Menschen gestichelt hatte, die selbstsüchtig nur an ihr eigenes Leben dachten und ihre Vergangenheit kaltherzig hinter sich ließen. Der Tiefpunkt des Tages war unmittelbar vor dem Essen erreicht, als Mutter Dysart die Gedecke gezählt und entsetzt ausgerufen hatte: »Es können unmöglich dreizehn am Tisch sitzen!« Dabei hatte sie Nell viel sagend angesehen. Und der beste Teil des Tages war unmittelbar darauf gefolgt, als nämlich Suze Mutter Dysart ebenso ostentativ angesehen und bemerkt hatte: »Soll ich dir ein Tablett richten?« Jase hatte die Situation gerettet, indem er sich mit Olivia in die Küche verzogen hatte – »Wir essen am Katzentisch, ganz wie in alten

Zeiten« – doch Jack hatte der Vorfall wenig amüsiert, und Suze dafür bestraft, indem er sie ignoriert und stattdessen den gesamten Nachmittag lang mit Olivia geschäkert hatte. Was Suze wiederum völlig gleichgültig zu sein schien. Dankenswerterweise hatte sich die Familie gegen neun Uhr verabschiedet. Jack, der seine Mutter nach Hause gefahren hatte, wurde offenbar von ihr noch eine ganze Weile aufgehalten, denn um elf Uhr, als Suze und Nell allein im Gästezimmer saßen und die Ruhe und ihren neunten Eierlikör genossen, war er immer noch nicht zurück. Selbst Marlene schien erleichtert.

»Danke, dass du hier übernachtest«, sagte Suze. »Ich könnte die Vorstellung nicht ertragen, das alles alleine aufzuräumen.«

»Kein Problem«, erwiderte Nell und streckte sich in ihrem blauen Seidenpyjama auf dem Bett aus. Es fühlte sich gut an, sich zu dehnen und die Muskeln zu spüren. Nicht zum ersten Mal dachte sie, dass sie andere Muskeln auch gerne wieder einmal gespürt hätte. Zölibatär zu leben war schrecklich. Von Zeit zu Zeit spielte sie sogar mit dem Gedanken, Riley noch einmal zu vernaschen – nur der Übung halber. »Danke, dass du Whitney und mich im selben Zimmer ertragen hast, damit Jase nicht schon wieder an einem Feiertag zwischen zwei Parteien herumirren musste.«

»Sie ist eine interessante Frau«, bemerkte Suze. »Für eine Zwergin jedenfalls.« Sie hatte es sich neben Nell im Schneidersitz auf dem Bett gemütlich gemacht und schälte Marlene aus ihrem Puterkostüm.

»Sie ist zierlich.«

»Sie ist eine gemeine kleine Küchenschabe.«

»Das sagst du nur aus Loyalität zu mir«, meinte Nell. »So übel ist sie doch gar nicht. Tatsache ist, dass ich überhaupt nicht mehr an sie denke, obwohl ich Tim immer noch den Tod wünsche. Den einzigen Groll, den ich ihr gegenüber heute noch hege, ist der, dass sie Sex hat und ich nicht.«

»Weißt du«, begann Suze und runzelte die Stirn. »Wenn wir auch nur einen Funken Verstand hätten, würden wir beide miteinander schlafen.«

»Wie bitte? Wir beide miteinander?« Nell dachte darüber nach. »Es würde die Dinge natürlich erleichtern.«

»Du findest mich doch süß, nicht wahr?« Suze ließ kurz von Marlenes Kostüm ab, um sich ihr altes T-Shirt ein wenig zurecht zu ziehen.

»Und ob«, nickte Nell. »Schade, dass das bei mir nichts fruchtet.« *Wo in aller Welt war Jack?*

»In blauer Seide siehst du auch süß aus, Liebling«, fuhr Suze fort. »Ich sage dir, wir verpassen etwas.«

Nell blickte auf ihren blauen Pyjama. Blau stand ihr tatsächlich gut. Vielleicht sollte sie sich ein blaues Nachthemd kaufen. In Spitze. Nur für den Fall, dass irgendjemand irgendwann einmal vorbeischneien würde. Sie rutschte unruhig auf dem Bett hin und her und suchte nach einer Ablenkung. »Hast du noch irgendetwas zu essen, was nicht an das Erntedankfest erinnert?«

Sie gingen in die Küche hinunter und Marlene folgte ihnen in der Hoffnung, dass etwas Essen für sie abfallen möge. Suze lugte in den Kühlschrank. »Lasagne von gestern. Sellerie und Karotten. Käse. Im Tiefkühlfach ist noch Schokoeis mit kleinen Keksstückchen. Alles andere sind Reste vom Festmenü.«

»Ja«, sagte Nell.

»Ja was? Das Eis?«

»Ja zu allem. Ich verhungere. Hast du noch Wein?«

Suze begann den Kühlschrank auszuräumen. »Das ist wirklich eine schöne Abwechslung. Letzten Sommer mussten wir dich noch regelrecht zwangsernähren.«

»Ich hatte es satt, dass man mir ständig Essen reinstopfen wollte.« Nell machte sich über die Karotten her. »Und plötzlich bekam ich Hunger, und jetzt kann ich es gar nicht schnell genug alles aufholen.« *Abgesehen davon denke ich nicht an Sex, wenn ich esse.*

»Jedenfalls siehst du viel besser aus.« Suze nahm eine Flasche Rotwein vom Regal und suchte nach dem Korkenzieher.

»Wiegst du wieder so viel wie früher?«

»Nein, und das möchte ich auch nicht«, erwiderte Nell. »Mir gefallen deine abgelegten Kleider. Aber ich bin jetzt wieder gesund und mein Gewicht ist geradezu vorschriftsmäßig.«

Suze reichte Nell sowohl die Flasche als auch den Korkenzieher. Dann stürzte sie die Lasagne auf einen Teller und schob sie in die Mikrowelle. »Gleich gibt's Kohlenhydrate. In der Gefriertruhe unten befinden sich vermutlich noch Steaks. Soll ich dir ein paar fürs Frühstück morgen auftauen?«

»Warum nicht.« Nell hantierte mit dem Korkenzieher. »Steak und Eier. Warum müssen wir damit eigentlich bis zum Frühstück warten?«

Suze ging in den Keller und kam mit drei Steaks zurück, die sie in den Spülstein zum Auftauen legte. »Ich kann mir nicht vorstellen, Vegetarier zu sein.« Suze nahm das Glas Wein entgegen, das Nell ihr reichte. »Wie hält das Margie nur aus?«

»Wie hält Margie Budge aus?«, fragte Nell und erinnerte sich, wie Budge sie den ganzen Tag über in Beschlag genommen hatte und versuchte, sich nicht vorzustellen, wie er im Bett sein musste. Alleine der Gedanke daran ließ sich nur mit einem Drink ertragen.

»Er küsst den Boden, auf dem sie wandelt«, sagte Suze. »Vielen Frauen gefällt das.«

»So ähnlich wie Jack«, bemerkte Nell.

»Aber ernsthaft«, begann Suze, »hast du jemals darüber nachgedacht, lesbisch zu werden?«

»Wie bitte?«

»Du weißt schon, du und ich. Das ist doch viel einfacher als mit Männern.«

»Ach, verstehe. Nein.« Nell wickelte den Käse aus und schnitt sich ein Stück ab. »Ich bin eine große Anhängerin der Penetration. Zumindest war ich es. Es ist ja nun schon ein Weilchen her. Monate. Jahre.«

»Nicht ganz so lange«, widersprach Suze. »Oder hat dich Riley nicht penetriert?«

»Und ob er das hat«, bestätigte Nell. »Aber das war nur ein einziges Mal, und Riley zählt nicht. Er war ein Wegwerfliebhaber.«

Suze starrte schweigend in die Mikrowelle, während diese die Sekunden abspulte. Als es klingelte, holte sie die Lasagne heraus und stellte sie auf den Tisch. Dann nahm sie zwei Gabeln aus der Schublade, reichte eine Nell und stellte den Teller Pasta zwischen sie.

Suze stach in ihre Hälfte der Lasagne. »Ein Wegwerfliebhaber?«

»Riley zufolge«, erläuterte Nell, den Mund voll mit Pasta und Käse, »durchleben Frauen nach einer Scheidung eine Phase mit Wegwerfliebhabern. Dann nämlich, wenn sie mit Männern schlafen, nur um sich zu beweisen, dass sie es noch können.«

»Nun, er kennt schließlich auch jede Menge geschiedener Frauen«, bemerkte Suze. »Wen hast du denn noch weggeworfen?«

»Nur Riley.« Nell schaufelte sich Lasagne auf ihre Gabel. »Die Pasta ist wirklich sehr gut.«

»Es sollten mehr sein als nur Riley«, bemerkte Suze ernst.

»Es gibt aber niemand anderen, der mich reizt«, entgegnete Nell. Und dann erschien Gabe vor ihrem inneren Auge, wie er im Türrahmen stand, groß und bedrohlich, sich mit ihr stritt, konterte, wenn sie ihn angriff, wie er den Streit ebenso genoss wie sie, und sie hielt mit der Gabel auf halbem Weg zu ihrem Mund inne.

»Gerade eben ist dir jemand eingefallen, nicht wahr?«

»Nein«, log Nell und aß die Lasagne.

»Lesbiertum. Interessiert dich das?«

»Möglicherweise.« Suze setzte sich und griff wieder nach der Gabel. »Ich habe es noch niemals ausprobiert. Ich habe sehr jung geheiratet, wie du weißt.«

»Ich weiß«, bestätigte Nell. »Ich war mit auf der Hochzeit. Als der Pfarrer sagte, ›Hat irgendjemand hier irgendwelche Einwände?‹, wollte ich aufstehen und sagen: ›Ist irgendjemandem hier aufgefallen, dass die Braut noch ein Kind ist?‹. Aber ich habe es nicht getan.« Sie beugte sich vor und legte ein Stück Brot für Marlene auf den Fußboden, die es anblickte, als hätte man ihr Brokkoli vorgesetzt.

»Falls du auf die Lasagne spekulierst«, wandte sie sich an den Hund, »die kannst du dir aus dem Kopf schlagen.«

Marlene schnappte sich das Brot.

»Danke, dass du mir die Hochzeit nicht verdorben hast«, sagte Suze.

»Schwamm drüber. Die Lasagne ist wirklich ausgezeichnet.«

»Sie ist mit Tofu gemacht.«

Nell kaute langsamer und blickte zweifelnd auf den Teller.

»Ich kann ihn aber nicht herausschmecken.«

»Dann tu einfach so, als ob er nicht da wäre, genauso wie du vorgibst, als gäbe es diesen Mann nicht.«

»Es gibt keinen Mann«, beharrte Nell. »Tofu, hast du gesagt?«

»Vergiss einfach, dass ich es erwähnt habe.« Suze füllte die Weingläser nach. »Hast du jemals eine Frau geküsst?«

»Nein.« Nell nahm sich von der Butter. »Und du?«

»Nein.« Suze legte ihre Gabel nieder. »Wir sollten es probieren.«

»Ich esse«, sagte Nell. »Vielleicht später, als Nachtisch.«

»Was gibt es Neues in deinem Job?«

»Nicht viel. Gabe hat mir erlaubt, die Möbel in seinem Büro reparieren zu lassen. Kannst du das glauben? Als

Nächstes kaufe ich eine Couch und lasse dann das Fenster streichen. Und dann sind da noch die Visitenkarten.«

Suze lehnte sich zurück und musterte sie. »Gabe kommt mir immer so langweilig vor.«

»Gabe? Himmel, nein.« Nell gabelte sich noch mehr von der Lasagne auf. »Riley meint, dass ihm die jahrelangen Sorgen um die Firma zugesetzt haben, denn sein Vater hätte sie um ein Haar ruiniert. Aber ich glaube, dass er einfach nur sehr trocken ist. Du weißt schon, ein traditionsbewusster Privatdetektiv der alten Schule.«

»Dachte ich es mir doch«, sagte Suze. »Es ist Gabe.«

»Was?«

»Du bist scharf auf Gabe. Deswegen setzt du ihm auch ständig zu: damit er dir Aufmerksamkeit schenkt.«

»Nein, das tue ich nicht.« Nell legte die Gabel ab. »Bist du verrückt geworden?«

Suze schüttelte den Kopf. »Ich höre es an deiner Stimme. Komm schon, ich bin's doch.«

»Also gut.« Nell nahm ihr Weinglas zur Hand. »Ich hatte tatsächlich ein paar flüchtige und eigentlich unerlaubte Gedanken.« Sie trank die Hälfte ihres Weines und fügte dann hinzu: »Aber ich bin mir sicher, es ist nur deswegen, weil er wie Tim aussieht.«

»Er sieht überhaupt nicht wie Tim aus«, widersprach Suze. »Abgesehen davon überkommen dich bei Tims Anblick heute doch keine derartigen Gefühle mehr, nicht wahr?«

»Klassische Konditionierung«, bemerkte Nell und dachte daran, wie dämlich Tim während des Abendessens ausgesehen hatte, als er mit Whitney Händchen gehalten und versucht hatte, so zu tun, als säßen nicht seine zwei Frauen am selben Tisch. »Ich glaube, ich muss nur irgendeinen großen, langgliedrigen Typ mit dunklem Haar ansehen, und schon denke ich *mit dir sollte ich schlafen*, einfach weil ich so viele Jahre nur mit Tim geschlafen habe. Das wird sich schon wieder geben.« Sie schüttelte den Kopf und nippte erneut an ihrem Wein.

»Tim ist aber nicht groß«, schlug Suze weiter in dieselbe Kerbe. »Und ich frage noch einmal, diese Gefühle empfindest du Tim gegenüber doch nicht mehr, oder?«

Nell dachte nach. Empfand sie Lust bei Tims Anblick? Der liebe Gott war Zeuge, dass das zumindest heute nicht der Fall gewesen war. Er sah weicher aus, als sie ihn in Erinnerung hatte, als ob er irgendwie zu lange im Regen stehen geblieben war. Nicht jemand, den sie berühren wollte, nicht jemand, an den sie sich anschmiegen und dessen Knochen und Muskeln sie fühlen wollte. Ihr kam es so vor, als würde eine Delle zurückbleiben, wenn sie Tim mit dem Finger anstupste.

»Nein«, sagte sie.

»Na also«, bestätigte Suze entnervt. »Das kann also kaum als Begründung dafür herhalten, weshalb dich nach Gabe gelüstet.«

»Ich möchte bloß nicht wie Margie mit ihren austauschbaren blonden Männern sein.«

»Sie waren nicht austauschbar«, widersprach Suze. »Stewart war ein Arschloch, und Budge ist eine Art Fußabtreter.« Die Vorstellung schien sie zu deprimieren, und sie trank seufzend ihren Wein aus.

»Genau das meine ich doch«, sagte Nell. »Sie reagiert auf gewisse Äußerlichkeiten bei Männern, denen sie erliegt, ganz gleich, was es tatsächlich für Menschen sind. Und dann kommt sie nicht mehr von ihnen los.«

»Wie ist Gabe eigentlich?«

»Schlau.« Wieder sah Nell ihn vor sich, wie er im Türrahmen des Büros stand. »Beharrlich. Charmant, wenn er es sein möchte. Gereizt. Trocken. Lieb. Idiotisch. Freundlich. Vereinnahmend. Mutig. Unordentlich. Geduldig.« *Hart. Kräftig. Schlank.* »Und in letzter Zeit unglaublich sexy.«

Sie schüttelte den Kopf und griff nach der Weinflasche. »Da hast du es.«

»Das klingt mir aber nicht nach Lust.«

»Dem Himmel sei Dank.«

»Das klingt mir eher nach Liebe.«

»O nein, danach klingt es überhaupt nicht.« Nell richtete sich auf. »Fang bloß nicht damit an. Also ganz bestimmt nicht.« Sie nahm ihr Glas und trank.

»Die Sache mit der Liebe ist die, dass du gar keine Wahl hast«, fuhr Suze fort. »Eines Tages wachst du auf und da ist sie, sitzt am Fußende deines Bettes und sagt: ›Ätsch, ätsch, ich hab dich‹, und du kannst nicht das Geringste dagegen ausrichten.« Bei der Vorstellung schüttelte sie den Kopf und nippte ebenfalls an ihrem Wein.

»Mitnichten. Nein. Diesen Fehler werde ich nicht noch einmal begehen.«

»Die Tatsache, dass du ihn als sexy empfindest, schadet auch nicht«, bemerkte Suze. »Er ist sehr ansprechend. Und er hat einen klasse Körper.«

»Wie bitte?!«, rief Nell aus.

»Anzüge stehen ihm wirklich ausgezeichnet.« Suze nahm sich eine Karotte und fuhr fort, ohne Nell anzusehen. »Und dieses ›Ich bin der große Meister-Gehabe‹ macht ihn erst recht sexy. Mir gefällt es, wenn ein Mann die Hosen anhat.«

»Mit einem solchen Mann bist du verheiratet«, erinnerte sie Nell.

»Stimmt. Aber das heißt nicht, dass ich es bei anderen nicht als positiv empfinde.«

Nell nahm ihre Gabel und stach damit in die Lasagne. »Dann kann ich nur sagen: Nur zu.«

»Es würde dir nichts ausmachen?«

»Nicht im Geringsten«, erwiderte Nell leichthin. »Obwohl du verheiratet bist.«

»Also, wenn ich jemals eine Affäre anfangen wollte, dann mit Gabe«, beharrte Suze entschieden. »Er ist einfach toll.«

»Du versuchst mich wütend zu machen, nicht wahr?« Nell streckte die Hand nach ihrem Weinglas aus.

»Und, funktioniert es?«

»Ja. Verdammt auch.«

»Ich sehe eigentlich kein Problem.« Suze legte die Karotte beiseite. »Ihr seid beide allein stehend. Warum versuchst du es nicht?«

»Ich schlafe nicht mit meinem Chef«, beharrte Nell. »Und er schläft nicht mit mir. Es verstößt gegen die Regeln.«

»Welche Regeln?«

»Kein Sex mit der Sekretärin. Die McKennas blicken auf eine lange Tradition zurück, was das angeht.«

»Hat er mit Lynnie geschlafen?«

»Nein, aber Riley.«

»Riley.« Suze schüttelte über ihr Weinglas hinweg den Kopf. »Was für eine Verschwendung an Männlichkeit dieser Junge doch ist.«

»Nein, das ist er nicht.« Nell richtete sich ein wenig auf. »Riley ist ein guter Mann.«

»Ich erinnere mich an deine Worte, er schliefe mit allem, was sich bewegt.«

»Mit ein paar Abstrichen«, räumte Nell ein. »Aber er ist ein toller Typ, ehrlich. Ich würde meine Hand für ihn ins Feuer legen. Du musst ihn nur ein wenig besser kennen lernen.« Sie musterte Suze eingehend. »Vielleicht besser nicht.«

»Ganz bestimmt nicht.«

»Jack langweilt dich also allmählich?«

»Eiskrem?«, fragte Suze fröhlich und ging zum Kühlschrank.

»Habe ich den Nagel auf den Kopf getroffen?«

»Ich langweile mich nicht mit meinem Mann.« Suze stellte den Karton Eiskrem mit Keksstückchen neben die Lasagne.

»Natürlich nicht«, sagte Nell. »Hast du einen Löffel?«

Suze holte zwei Löffel aus der Schublade und reichte Nell einen. »Wirst du in nächster Zeit Gabe gegenüber einen Annäherungsversuch machen?«

»Nie und nimmer.«

Nell kratzte sich etwas Kekseis aus dem Karton und biss hinein, wobei etwas auf dem Löffel zurückblieb. Schokolade verschmierte ihre Unterlippe, und Suze beugte sich herüber und leckte die Schokolade ab. Als Suzes Zunge Nells berührte, schreckte Nell überrascht zurück.

»Nun komm schon.« Suze grinste sie schelmisch an, und Nell ließ es sich in einem Nebel aus Eierlikör und Rotwein durch den Kopf gehen. Dann lachte sie.

»Also gut. Marlene, mach die Augen zu.« Sie beugte sich vor und küsste Suze, ihre Lippen berührten weich die weichen Lippen von Suze, süß an süß. Es war anders, weich und kühl, wie Vanilleeiscreme.

Nach einer Minute zog sich Suze zurück. »Nun, wie gefällt es dir?«

»Gut.« Nell leckte den Rest Eiskrem vom Löffel. »Aber irgendwie nicht prickelnd. Ich glaube nicht, dass wir Marlene ein T-Shirt mit dem Aufdruck ›Meine beiden Mamas lieben mich‹ kaufen werden.«

»Wohl wahr.« Suze ließ sich in ihren Stuhl zurückfallen. »Ich will eine Affäre.«

Nell hielt erschrocken inne. »Rileys Telefonnummer habe ich mit dabei.«

»Ich kann Jack nicht betrügen«, sagte Suze geknickt und nahm ihr Glas.

»Warum flirtest du dann mit mir?«

»Ich glaube nicht, dass du für ihn zählen würdest. Vermutlich würde es ihn sogar anmachen, wenn wir miteinander schliefen.«

»Ich könnte mir vorstellen, dass er ganz gerne mitspielen würde«, meinte Nell und löffelte noch mehr Eiskrem. »Das ist dann der Punkt, an dem ich mich verabschiede.«

»Es ist nur …« Suze rutschte auf ihrem Stuhl umher. »Ich habe in den letzten vierzehn Jahren niemand anderen als Jack geküsst.«

Nell hatte den Mund voller Eiskrem, also hielt sie lediglich die Hand hoch.

»Und dich. Aber das war nicht wirklich ernst. Es ist ganz, wie du sagst, das Prickelnde fehlt. Ich möchte etwas Prickelndes.«

»Stimmt, das Prickeln ist eine feine Sache«, bestätigte Nell. »Hält jedoch nicht sonderlich lange vor.«

»Sollte es aber.« Suze verschränkte die Arme. »Ich erwarte nicht, dass es in alle Ewigkeiten wie ein Feuerwerk ist. Ich weiß, dass sich das irgendwann in Luft auflöst. Aber sollte ich nicht ein bisschen was von dem Prickeln spüren, wenn er mich küsst? Ein kleines *Mann o Mann*?«

»Ich weiß nicht recht«, erwiderte Nell. »Bei Tim und mir ist das Prickeln wohl zusammen mit dem Feuerwerk verschwunden.«

»Du hattest doch Riley. Das war sicherlich prickelnd, nicht wahr?«

Nell überlegte. »Nicht wirklich. Er ist ein absolut ausgezeichneter Küsser und es war aufregend, weil alles so neu war. Aber prickelnd? Wohl kaum. Ich glaube, man muss selbst so eine Art Vorprickeln haben, um dann das Prickeln zu erleben.«

»Verstehe nur Bahnhof.«

»Du weißt schon«, sagte Nell und dachte an Gabe. »Du siehst dir seine Hände an, wenn er etwas aufschreibt und dir wird allein schon ganz heiß, wenn du nur die Bewegungen des Stiftes verfolgst. Du hörst seine Stimme und musst auf einmal tief durchatmen, weil es dir den Atem verschlug, als du ihn gehört hast. Er beugt sich über deine Schulter und du schließt die Augen, um es noch intensiver zu genießen. Vorprickeln eben.«

»Das ist kein Vorprickeln mehr«, entgegnete Suze. »Das ist das totale Prickeln.«

»Mit Riley jedenfalls hatte ich das nicht.«

»Oh.« Suze wirkte nachdenklich. »Ich dachte immer, dass

Riley etwas ganz allgemein Prickelndes ausstrahlt. Margie jedenfalls hat an jenem Abend im Auto sofort darauf reagiert.«

»Du aber nicht.« Nell grinste sie an.

»Natürlich habe ich das«, widersprach Suze. »Nur weil jemand minderbemittelt ist, beeinträchtigt das noch lange nicht seinen animalischen Magnetismus.«

»Das mit dem animalischen Magnetismus verstehe ich nicht«, sagte Nell.

»Ein ganz natürliches Prickeln«, sagte Suze. »Manche Typen haben es einfach. So wie Riley und Jack.«

»Nein«, widersprach Nell. »Spüre ich bei keinem der beiden. Das muss deine Art des Prickelns sein. Du hast an eine Affäre erst gedacht, nachdem du Riley begegnet bist, nicht wahr?«

»Ich denke jedenfalls momentan nicht daran zu betrügen«, sagte Suze und umklammerte ihr Glas so fest, dass ihre Knöchel weiß hervortraten. »Das würde ich nicht tun. Wirklich, das würde ich nicht tun.«

»Nun gut«, sagte Nell. »Aber das alles kam dir überhaupt erst in den Sinn, als du Riley kennen gelernt hast, nicht wahr?«

»Ich mag ihn noch nicht einmal.«

Nell seufzte entnervt. »Aber du hast erst über so etwas nachgedacht, als du ihn kennen gelernt hast?«

»Eine ganze Weile später erst. Aber ich werde es nicht tun. Es ist eine reine Phantasievorstellung.« Suze setzte ihr Weinglas ab und machte sich über das Eis her. »Und noch nicht einmal das. Ich meine, ich habe überhaupt keine Phantasien über ihn. Das wäre falsch ausgedrückt.« Sie verschluckte sich an etwas Eiskrem. »Wie ist er denn?«

»Wer?«

»Riley. Im Bett.«

Nell dachte darüber nach. »Sehr zärtlich. Und gründlich. Er ist aufmerksam und kümmert sich auch noch um das allerletzte Detail. Langsam, aber ausdauernd.« Sie legte den

Kopf zur Seite und dachte über das nach, was sie eben gesagt hatte. »Das hört sich langweilig an, nicht wahr?«

»Eigentlich nicht«, erwiderte Suze verkrampft.

»Denn das war er nicht. Langweilig, meine ich. Sehr zärtlich, aber auch sehr intensiv. Jede Menge Energie. Tolle Hände.«

»Ach, mir kann es ohnehin egal sein.« Suze löffelte sich noch mehr Eiskrem auf und ließ es in ihrem Mund verschwinden.

»Du denkst also über Riley nach.«

»Ich denke über das Prickeln nach«, antwortete Suze mit vollem Mund. »Und leider muss ich dann an ihn denken. Das wiederum ärgert mich. Aber ich werde nichts in der Richtung unternehmen.«

»Ich auch nicht«, sagte Nell, nahm sich noch mehr Eiskrem und versuchte, nicht an Gabe zu denken.

»Wir sollten es mit dem Küssen noch einmal versuchen.« Suze legte den Löffel auf den Tisch.

»Warum?«

»Stell dir nur mal vor, es gäbe eine Seuche, die alle Männer vernichten würde.«

»Keine Kriege, aber jede Menge fetter, glücklicher Frauen. Nicole Hollander hat dieses Thema bereits in einem Comic verarbeitet.«

»Was ich sagen will, ist: Würdest du dann auf Sex verzichten wollen?«

»Aber Elektrizität würde es noch geben?«, erkundigte sich Nell. »Mein Vibrator und ich. Kein Problem.«

»Das ist nicht dasselbe«, erwiderte Suze. »Keine Berührung, kein Körper ...«

Nell stellte sich Gabe vor, wie er ausgestreckt und erregt neben ihr lag, und legte genüsslich den Löffel ab.

»... keine Hitze, kein Gleiten ...«

»Hör auf.« Nell griff wieder nach dem Teller mit Lasagne.

»Wir hätten nur einander«, fuhr Suze fort.

»Und Margie«, sagte Nell und versuchte, sich einen Dreier mit Margie vorzustellen. »Die Bettlaken wären immer sauber.«

»Stell dir vor, alle Männer wären an dieser Seuche gestorben. Damit blieben nur du und ich übrig. Margie würde sich um die Wäsche kümmern.«

Nell schüttelte den Kopf und attackierte die Lasagne.

»Dafür habe ich wohl überhaupt keine Ader. Offenbar bin ich ganz auf Testosteron gepolt.« Sie musterte Suze. »Und ich glaube, du hast dafür ebenfalls keine Ader. Ich glaube, du benutzt mich, um dich von Riley abzulenken. Und ich glaube, dass es nicht funktionieren wird.« Nell wandte sich wieder der Pasta zu. »Bist du dir wirklich sicher, dass da Tofu drin ist?«

»Absolut sicher«, erwiderte Suze und nahm ihren Dessertlöffel. »Jede Menge Tofu, kein Prickeln. Genau wie mein Leben.«

»Ich habe Rileys Telefonnummer«, erbot sich Nell und griff nach dem Brot.

»Auf gar keinen Fall«, entgegnete Suze. »Ich bin eine glücklich verheiratete Frau.«

Ich nicht, dachte Nell und spielte mit dem aufregenden Gedanken an Gabe, während sie gemeinsam die Lasagne vertilgten und die Flasche leerten.

12

Eine Woche später sträubte sich Nell immer noch, Gabes Anziehungskraft nachzugeben, daher ergriff Suze die Gelegenheit, als sie mit Riley im *Sycamore* auf Gabe und Nell warteten, und fragte ihn aus.

»Nell und Gabe«, sagte sie, während die Bedienung ihr einen Eistee servierte.

»Sollten gleich hier sein«, sagte Riley. »Wo ist dein Ehemann?«

»In einer Besprechung«, erwiderte Suze und runzelte die Stirn, als Riley sich auf etwas in ihrem Rücken konzentrierte. »Schon wieder eine Brünette?« Sie klang gereizt.

»Eine Blondine. Sprich ruhig weiter. Das wirst du so oder so tun.«

»Gabe und Nell. Meiner Ansicht nach brauchen sie ein wenig Beistand.«

»Misch dich da nicht ein«, warnte Riley. »Sie werden schon noch so weit kommen, vorausgesetzt, sie unterbrechen ihre Streiterei einmal lang genug, um zu merken, dass sie aufeinander scharf sind.«

Suze lehnte sich überrascht zurück. »Du weißt davon?«

»Ich arbeite mit ihnen zusammen«, erwiderte Riley. »Als er sie nach der ersten Woche nicht hinausgeworfen hatte, wusste ich, dass etwas im Busch war. Außerdem hat es ihm überhaupt nicht gepasst, dass wir miteinander geschlafen haben.«

»Nell tut so, als ob ihr das alles gleichgültig wäre.«

»Es ist ihr nicht gleichgültig«, entgegnete Riley. »Und mich langweilt diese Unterhaltung.«

Er versuchte, den Blick der Blondine einzufangen, vielleicht war ihm dies sogar schon gelungen. Suze lag nicht genug daran, um sich umzudrehen und zu vergewissern, aber sie wollte seine ungeteilte Aufmerksamkeit und beugte sich vor.

»Hör zu, Scooter«, sagte sie, und er runzelte die Stirn. »Die beiden brauchen unsere Hilfe. Die Franzosen haben ein Sprichwort, wonach es in jeder Beziehung einen gibt, der küsst und einen, der geküsst wird.«

»Welche Franzosen?«, fragte Riley. »Bist du Französin?«

»Einführungskurs Französisch. Das bedeutet, dass bei jedem Paar der eine den Ton angibt und der andere diesem folgt.«

»Kapiert«, bemerkte Riley betont geduldig. »Und was hab ich damit zu schaffen?«

»Gabe und Nell sind beide Küsser«, erläuterte Suze. »Nell hat Tim herumkommandiert, und Gabe hat Chloe herumkommandiert, außerdem das Büro und dich.«

»Mich nicht«, widersprach Riley.

»Du und ich sind beide Menschen, die geküsst werden«, fuhr Suze fort, als ob er nichts gesagt hätte. »Wir lassen uns von anderen Leuten einfangen. Das ist auch der Grund, weswegen zwischen uns nie etwas passieren wird. Wir würden den Rest unseres Lebens damit verbringen zu warten, dass der andere den ersten Schritt wagt.«

»Du vielleicht«, erwiderte Riley. »Ich bewege mich schon. Nur nicht in deine Richtung.«

»Aber Gabe und Nell werden bis in alle Ewigkeit versuchen, der Küssende zu sein, der Bestimmende. Sie sind so sehr damit beschäftigt, sich darüber zu streiten, wer den Ton angibt, dass sie nie wirklich zueinander finden und sich tatsächlich küssen werden.«

»Sie werden schon noch lernen, miteinander auszukommen«, erwiderte Riley unwirsch. »Ich bin nicht passiv.« Er sah über ihre Schulter hinweg, und sein Gesicht hellte sich auf.

Suze kapitulierte und drehte sich um. Die Blondine machte sich zum Gehen fertig und lächelte Riley zu.

Riley lächelte zurück.

Suze drehte sich wieder um und hob ihre Teetasse. »Ich gebe es auf.«

»Wie bitte?«, fragte Riley. »Ich mache den ersten Schritt, wenn mir der Sinn danach steht.«

Aus den Augenwinkeln heraus beobachtete Suze, wie die Blondine ihre Tasche nahm und die Tür ansteuerte, dabei verlangsamte sie ihre Schritte, als sie an Riley vorbeikam. Er hob das Gesicht und sagte etwas zu ihr, woraufhin sie ihm ihre Visitenkarte reichte.

»Rufen Sie mich an«, sagte sie und ging, vorbei an Gabe und Nell, die gerade hereinkamen.

»Ganz wie ich gesagt habe: Passiv«, stellte Suze fest.

»Ich würde eher sagen: beliebt.« Riley steckte die Visitenkarte in seine Jackentasche. Gabe zog neben ihm einen Stuhl für Nell hervor, und Riley blickte auf und sagte: »Was hat euch denn so lange aufgehalten?«

»So dies und das«, erwiderte Nell.

»Wir hatten noch ein paar Dinge zu erledigen.« Gabe setzte sich neben Suze. »Und, was gibt es Neues?«

»Eben hat eine Frau Riley angemacht«, sagte Suze.

»Das kommt vor«, bestätigte Gabe. »Er sitzt einfach nur da, und sie werfen sich ihm an die Brust.«

»Passiv eben«, wandte sich Suze wieder an Riley.

»Lass mich in Ruhe«, erwiderte Riley. Doch später, als er ihr in den Mantel half, lehnte sie sich zurück und flüsterte: »Mach ihm etwas Dampf, ja?« Seufzend verdrehte Riley die Augen, doch nach vierzehn gemeinsamen Einsätzen kannte sie ihn in- und auswendig. Er würde es tun.

Jetzt musste sie nur noch Nell auf die Sprünge helfen. Dann würde wenigstens *irgendjemand* etwas Prickelndes erleben.

Am nächsten Abend hörte Gabe, wie Nell Riley fragte, ob sie noch irgendetwas für ihn tun könne, bevor sie nach Hause ging. Marlenes Krallen klackerten auf dem Holzfußboden, als sie eine letzte Runde durch die Rezeption machte und dabei am längsten vor dem Weihnachtsbaum innehielt, den Nell aufgestellt hatte, obwohl er nicht gewollt hatte, dass sie einen aufstellte. Gabe spürte, wie ihn die frühabendliche Melancholie überkam, wie zuletzt so häufig. Das Büro war ein gänzlich anderes, wenn Nell gegangen war, so, als würde sie das Licht und die Geräusche mit sich nehmen. Aber das lag vermutlich nur daran, dass sie immer kurz nach fünf ging, wenn die Welt ohnehin leiser und dunkler wurde.

Riley klopfte an die Tür und trat ein. »Ich mache Schluss für heute. Brauchst du noch irgendetwas?«

»Lynnie«, erwiderte Gabe. »Helenas Diamanten. Stewart Dysart.«

»Himmel, Gabe, lass es gut sein«, sagte Riley.

»Sie war einfach nicht der Typ, der sich so sang- und klanglos aus dem Staub macht«, beharrte Gabe. »Sie steckt irgendwo und heckt etwas aus. Und ich würde zu gerne wissen, wo in aller Welt Stewart ist. Ich würde zu gerne eine Verbindung zwischen den beiden aufspüren und herausfinden, dass er derjenige war, der sie hierher geschickt hat, um nach irgendetwas zu suchen. Und dass er ihr gesteckt hat, wen es sich lohnt, bei O & D zu erpressen. Ich habe dort nachgefragt, aber eine Lynn Mason hat zu keiner Zeit bei O & D gearbeitet.«

»Vielleicht unter einem anderen Namen«, gab Riley zu bedenken. »Hör mal zu, ich habe nachgedacht. Nell ist eine sehr attraktive Frau. Dieses rote T-Shirt, das sie jetzt trägt...«

»Kein Sex mit der Sekretärin«, unterbrach ihn Gabe.

»Ich rede nicht von mir«, erwiderte Riley. »Sondern von dir.«

»Um Gottes willen. Allein die Vorstellung, welche Blüten diese rücksichtslose Effizienz im Bett treiben würde.« Die Vorstellung hatte einen perversen Reiz, also versuchte Gabe, sie beiseite zu schieben.

»Ich wette, du kannst es dir vorstellen«, sagte Riley. »Du machst dich lächerlich.«

»Nun geh schon.«

»Außerdem machst du dir selbst was vor.«

Gabe lehnte sich entnervt zurück. »Was willst du damit sagen?«

»Diese Sache mit dir und Nell...«

»Da gibt es keine Sache.«

»...ist so offensichtlich, dass du der Einzige bist, dem sie noch nicht aufgefallen zu sein scheint.« Riley hielt inne und dachte nach. »Andererseits bin ich mir nicht sicher, ob ihr schon ein Licht aufgegangen ist.«

»Damit wärst du der Einzige, dem irgendetwas aufgefallen ist. Nein danke.«

»Suze Dysart hat es erwähnt.«

Gabe hob eine Augenbraue. »Seit wann sprichst du mit Suze über so etwas?«

»Wir haben gestern zusammen etwas getrunken. Als wir auf euch gewartet haben, erinnerst du dich?«

»Mir ist aufgefallen, dass Jack nicht mit dabei war.«

»Er hatte eine geschäftliche Verpflichtung.«

»Nachts?«

»Das habe ich nicht gesagt.«

Gabe seufzte und rieb sich die Stirn. »Es klang sehr aufrichtig, als er beteuerte, sie nicht zu betrügen, als wir über die Erpressung sprachen.«

»Das war vor drei Monaten. Jack ist nicht gerade für eine lange Aufmerksamkeitsspanne bekannt.«

»Nun denn, solange Suze uns nicht damit beauftragt, ihn in flagranti zu erwischen, soll es uns egal sein. Hast du denn gar nichts zu tun? Wie steht es mit dem ›Hot Lunch‹?«

»Den hat Nell übernommen«, sagte Riley. »Da gibt es eine nette Abwechslung zu berichten. Diesmal hat sich Gina mit einer Frau getroffen.«

»Tatsächlich?«, fragte Gabe. »Umso besser für Gina. Das dürfte Harold ziemlich in Schwung bringen.«

»Mehr als das. Diesmal hat es ihn wirklich getroffen. Er findet es widerlich.«

»Harold sollte seinen Horizont ein klein wenig erweitern.«

»Das habe ich auch gesagt. Und wenn er sich geschickt anstellt, könnte er als Versöhnungsgeste beide gemeinsam ins Bett bekommen.«

Gabe zuckte zusammen. »Und was hat er gesagt?«

»Dass er von jetzt an nur noch mit dir Geschäfte machen möchte«, erwiderte Riley belustigt. »Ich sei pervers.«

»Was für eine Neuigkeit.« Gabe seufzte. »Und was machst du, während ich Harold überrede, nicht aus dem Fenster zu springen?«

»Den Quartalsreport.« Riley wurde ernst. »Trevor meint, Olivia würde sich merkwürdiger als sonst benehmen. Er macht sich Sorgen.«

»Na dann fröhliche Weihnachten«, meinte Gabe. »Immerhin eine Gelegenheit, dich während der Feiertage in Bars herumzutreiben.«

»Lass mich bloß damit in Ruhe«, erwiderte Riley. »Olivia ist ein einziges Vakuum. Das war anfangs ganz in Ordnung, aber mittlerweile sind drei Jahre vergangen. Sie ist dumm wie Stroh und besucht immer noch dieselben lauten Kneipen und schläft mit denselben dämlichen Typen. Das würde mich nicht weiter stören, wenn ich mir ihr dämliches Geprahle nicht anhören müsste. Früher oder später werde ich einen von ihnen umlegen, nur damit er endlich das Maul hält.«

»Ich hätte nie gedacht, dass ich das noch erlebe«, sagte Gabe.

»Was denn?«

»Dass du erwachsen wirst. Wird höchste Zeit.«

»Sag das nicht«, widersprach Riley und flüchtete aus dem Zimmer, bevor Gabe auf die Idee kam, das Thema zu vertiefen.

Nachdem Riley gegangen war, konzentrierte sich Gabe auf die Berichte vor sich auf dem Schreibtisch, doch Riley hatte Recht. Nell durchkreuzte immer wieder seine Gedanken, genauso, wie sie ständig in sein Büro platzte und sein Leben durcheinander brachte: Abrupt und kampflustig und entnervend effizient, ihm widersprechend, wann immer er versuchte, sie etwas zu bremsen. Selbst wenn sie sich bemüht hätte, ein größerer Kontrast zu Chloe war kaum möglich.

Chloe aber lauerte niemals in seinem Unterbewusstsein. Chloe war einfach immer nur da gewesen, warm und liebend und sicher, Teil der Tapete seines Lebens. Sie hatte genau gewusst, wovon sie redete, als sie gemeint hatte, sie hätten beide jemanden Besseres verdient. Sie jedenfalls hatte ganz sicher jemanden Besseres verdient.

Er schüttelte den Kopf über seine eigene Dummheit und nahm sich vor, sich Chloe gegenüber nach ihrer Rückkehr zu bessern, falls sie überhaupt jemals zurückkehrte. Ihrer letzten Postkarte nach war sie in Bulgarien. Nachdem er diesen Vorsatz gefasst – und ad acta gelegt – hatte, ignorierte er Nell – die, gehüllt in ihren blauen Pullover, die Hände auf die Hüften gestützt, sein ganzes Denken ausfüllte – und wandte sich wieder der Arbeit zu. Vielleicht sollte er Trevor anrufen und versuchen herauszubekommen, was genau ihm bei Olivia Sorgen bereitete. Das würde Riley das Leben erleichtern. Vielleicht gelang es ihm sogar herauszubekommen, weshalb Lynnie Trevor erpresst hatte. Außerdem brauchte er seine Termine für morgen. Harold würde besonders viel Zeit in Anspruch nehmen, da der ›Hot Lunch‹ eine überraschend neue Wendung genommen hatte. Er sollte also lieber Nell Bescheid sagen …

Nell klopfte und trat ein, eine blaue Mappe mit seinen Unterlagen in der Hand.

»Wegen morgen«, sagte Gabe und versuchte, ihr rotes Seiden-T-Shirt nicht anzusehen. Doch leider fiel sein gesenkter Blick auf ihre Beine. Sie hatte phantastische Beine.

»Hier sind Ihre Termine für morgen.« Nell legte ihn auf den Tisch. »Ich habe Ihnen etwas mehr Zeit für das Mittagessen mit Harold eingeplant. Er schien ziemlich aufgekratzt, als ich mit ihm telefonierte.«

»Er ist mit Gina verheiratet. Das würde jeden Mann aus der Fassung bringen.« Er runzelte die Stirn, als ihm klar wurde, was sie eben gesagt hatte. »Was wollen Sie damit sagen, Sie haben mit ihm telefoniert.«

»Er hat zurückgerufen. Sie hatten gerade Becca in der Leitung.«

»Stimmt. Das erinnert mich …«

»Sie haben morgen eine Verabredung mit ihr. Hier ist ihre Akte.« Nell legte die blaue Mappe auf seinen Terminkalender. »Ich habe sie als ersten Termin reingeschoben statt als letzten. Hier sind außerdem noch die Sachen, die Riley und ich über Randy herausgefunden haben, den Phantomtexaner, sprich: nur Unbedeutendes. Andersrum: Wir haben nichts Schlechtes über ihn gefunden.«

»Nichts ausreichend Schlechtes«, korrigierte sie Gabe. »Außerdem brauche ich …«

»Den Quartalsbericht.« Nell hielt ihm die Akte entgegen.

»Aufhören!« Gabe riss ihr die Papiere aus der Hand. »Himmel noch mal, können Sie Gedanken lesen?«

»Nein«, erwiderte Nell etwas schockiert. »Ich habe mir nur gedacht, dass Sie vielleicht hineinsehen wollen, weil Trevor zwei Mal angerufen hat.«

»Danke.« Gabe nahm die Akte. »Tut mir Leid, dass ich gebrüllt habe. Stellen Sie ihn mir durch, bitte?«

»Leitung 1«, sagte Nell. Als er abrupt zu ihr aufsah, hielt sie verteidigend die Hände hoch und sagte: »Einfach nur verdammtes Glück. Kurz bevor ich hier hereingekommen bin, hat er angerufen.«

»Sie werden mir langsam unheimlich«, meinte Gabe und griff nach dem Hörer.

»Hey«, sagte sie. Er sah zu ihr auf. Sie stand vor seinem Fenster, in ihrem Rücken die Dämmerung, ihre Haare wie Feuer um ihr Gesicht mit diesen lebhaften braunen Augen, ihre schmalen Schultern gestrafft in Erwartung seines Angriffs, ihr Körper in diesem engen roten T-Shirt, das sich an Hüften schmiegte, die ganz eindeutig runder waren als vor sechs Monaten. Ihre langen, wohlgeformten Beine hatte sie fest auf seinen Perserteppich gestellt. »Ich bin überhaupt nicht unheimlich«, sagte sie. »Ich bin effizient.«

Das ist aber längst noch nicht alles, was du bist. Er versuchte, sie nicht anzusehen, doch das war unmöglich.

»Und Trevor hat mir eben noch einmal diesen Job angeboten. Also passen Sie gut auf, mein Lieber, sonst stehen Sie demnächst ohne Sekretärin da.«

»Tut mir Leid. Ist nicht mein Tag heute.«

»Ach verdammt, Gabe.« Sie ließ die Hände von den Hüften fallen. »Mir tut es auch Leid. Ich bin einfach nur müde und gereizt. Möchten Sie noch eine Tasse Kaffee, bevor ich gehe?«

»Nein.«

»Was kann ich Ihnen sonst bringen? Tee? Bier? Wasser?«

Dich selbst, dachte er und erlaubte sich den Luxus einer glühenden Phantasie, mit Nell auf seinem Schreibtisch, wie seine Hände unter ihrem T-Shirt die blasse, weiche Haut hinaufglitten, bevor er erwiderte: »Nichts. Nun gehen Sie endlich.«

»Ihre Umgangsformen lassen zu wünschen übrig«, bemerkte Nell und kehrte dankenswerterweise in den Empfangsraum zurück.

Er nahm den Hörer und drückte auf die Eins. »Trevor? Tut mir Leid, dass ich dich habe warten lassen. Gut von dir zu hören.« *Irgendjemanden zu hören, solange es nicht Nell war.* Er öffnete die unterste Schublade und zog eine Flasche Glenlivet heraus. »Wie ich höre, machst du dir Sorgen wegen Olivia.« *Nell. Himmel noch mal.*

»Sie heckt irgendwas aus«, sagte Trevor. »Ich weiß, dass dein Juniorpartner ein guter Mann ist, aber ich denke doch, du solltest den Fall selbst übernehmen.«

Gabe klemmte sich den Telefonhörer zwischen Ohr und Schulter, während er sich nach irgendetwas umsah, in das er den Whiskey gießen konnte. Wenn Nell da gewesen wäre, würde sie jetzt bereits ein Glas unter die Flaschenöffnung halten. Wenn Nell da wäre, würde er überhaupt gar keinen Whiskey trinken wollen. Er würde... »Riley ist nicht mein

Juniorpartner, Trevor, er ist mein Partner. Und meist ist er um einiges besser als ich. Glaube mir, er ist der richtige Mann für diesen Fall.« Er blickte sich im Zimmer nach einem Glas um, nach einer alten Kaffeetasse, nach irgendetwas, aber da war nichts. Nell war da gewesen. Das Zimmer war tadellos aufgeräumt. Er gab auf und nahm einen Schluck aus der Flasche.

»Wenn du dir sicher bist«, meinte Trevor.

Gabe genoss die Glut, mit der der Scotch seine Kehle hinabrann. »Ich bin mir sicher, Riley ist der Beste, den es hierfür gibt.«

»Ruf mich an, wenn du irgendetwas herausfindest«, sagte Trevor. »Ich weiß, dass ich etwas übervorsichtig bin, aber verdammt noch mal, sie ist mein kleines Mädchen.«

»Stimmt«, pflichtete ihm Gabe bei und drehte den Verschluss der Flasche wieder zu. Olivia Ogilvie war ein ebenso sehr kleines Mädchen wie Britney Spears ein Teenager. »Verlass dich auf uns. Ach, und Trevor? Bitte hör auf, mir meine Sekretärin abspenstig zu machen.«

Als Gabe auflegte, Trevors unbefangenes Lächeln noch im Ohr, sagte Riley vom Türrahmen aus: »Danke.«

Gabe blickte überrascht hoch. »Ich wusste gar nicht, dass du noch hier bist.«

»Ich bin der Beste, den es gibt, ja?«

Gabe lehnte sich auf seinem Stuhl zurück. »Ja, das bist du. Das hätte ich dir schon vor langer Zeit sagen sollen.«

»Es kommt zu jeder Zeit gelegen.« Riley ließ sich auf einen Stuhl fallen und musterte ihn. »Was hast du zu Nell gesagt?«

»Sie hat mich geärgert, also habe ich sie hinausgeworfen.«

Gabe dachte kurz darüber nach und schraubte die Flasche Glenlivet wieder auf. »Ich werde mich entschuldigen.«

»Sie schien etwas verärgert.«

»Sie ist immer verärgert«, gab Gabe zurück und trank.

»Ist bei dir alles okay?«

»Besser als je zuvor.« Er verschloss die Flasche. »Trevor möchte den Bericht über Olivia morgen haben. Ist das ein Problem?«

»Nur, wenn Olivia zu Hause bleibt und artig ist. Aber da heute Freitagabend ist, dürfte es wohl kaum ein Problem sein.« Riley musterte ihn eine Weile lang, und genau in dem Moment, als Gabe sagen wollte »Was ist?«, meinte Riley: »Ich glaube, du hast Recht.« Er richtete sich auf seinem Stuhl auf und wirkte offen und unbefangen. Gabe blinzelte argwöhnisch. »Ich habe tatsächlich eine reifere Sichtweise auf das Leben.«

»Verstehe«, brummte Gabe abwartend.

»Ich habe vorhin mit Nell in ihrem T-Shirt gesprochen und dabei ist mir aufgegangen, was mir entgeht«, sagte Riley. »Erwachsene Männer brauchen erwachsene Frauen. Ich werde es noch mal bei ihr versuchen. Hast du was dagegen?«

Gabe blickte ihn hasserfüllt an. »Du kannst die Sache nicht ruhen lassen, oder? Du musst einfach immer weitermachen.«

»Ich wollte nur sicherstellen, dass es dir nichts ausmacht.«

»Ich würde dir eigenhändig den Hals umdrehen.«

»Na also«, meinte Riley und erhob sich. »Das ist ein bedeutender Tag für uns beide. Ich werde erwachsen, und du streitest nicht mehr alles ab.«

»Das Traurige daran ist, dass du auf meiner Seite bist«, sagte Gabe. »Stell dir nur mal vor, was meine Feinde mit mir anstellen würden.«

»Vergiss deine Feinde«, sagte Riley. »Schau dir lieber deine Sekretärin an.«

Gabe hatte wieder Nell vor Augen, Nell auf seinem Schreibtisch. Jetzt begriff er, weswegen sein Vater die Flasche Whiskey im Schreibtisch stehen hatte. Sekretärinnen, das Schicksal der McKennas. »Seit wann ist sie geschieden?«

»Seit Juli letzten Jahres«, erwiderte Riley und fuhr fort: »Nein. Du wartest nicht, bis die zwei Jahre um sind.«

»Ein kluger Schachzug«, sagte Gabe. »Die Statistiken belegen…«

»Reine Feigheit«, widersprach Riley. »Es sind noch sieben Monate bis dahin. Ich wette zwanzig Dollar, dass du es nicht schaffst.«

»Abgemacht«, willigte Gabe ein. »Und jetzt geh.«

Eine Viertelstunde später kam Nell herein, schon im Mantel, und sagte: »Ich gehe. Brauchen Sie noch irgendetwas?«

Frag mich das in sieben Monaten, dachte Gabe. Laut sagte er: »Nein. Tut mir Leid, dass ich vorhin laut wurde.«

»Kein Problem«, erwiderte Nell. »Das ist offenbar Ihre Art zu kommunizieren.«

Gabe zuckte zusammen. »Sie sind wirklich eine phantastische Sekretärin. Die Beste, die wir jemals hatten.«

»Danke«, erwiderte Nell überrascht und lächelte, und Gabe überlief es heiß, als er sie ansah. »Einen schönen Abend noch.«

»Ihnen auch«, sagte er, als sie durch die Tür verschwand und die Hitze mit ihr.

Sieben Monate.

Er holte die Whiskeyflasche aus der Schublade hervor.

Am nächsten Morgen um neun Uhr rief Becca an und sagte zum vierten Mal ihren Termin ab. »Ich kann ihn einfach nicht fragen, Gabe«, sagte sie. »Vielleicht nach Weihnachten.«

»Wenn Sie ihn gefragt haben, rufen Sie uns an«, erwiderte Gabe, denn er hatte Mitleid mit ihr. Aber noch mehr Mitleid hatte er mit sich selbst: Er hatte einen wahnsinnigen Kater. »Und eine schöne Reise.« Er legte den Hörer genau in dem Augenblick auf, als Riley hereinkam und sich ihm gegenübersetzte.

»Ich habe gestern Abend den Quartalsbericht erledigt«, brummte Riley mürrisch.

»Na prima«, erwiderte Gabe durch einen Nebel aus Kopfschmerz. Dann musterte er ihn genauer. »Was ist los?«

»Trevor hatte Recht. Olivia hat tatsächlich einen Neuen.«

»Schlimm?«

»Sehr schlimm«, erwiderte Riley. »Es ist Jack Dysart.«

»Oh, verdammt noch mal.« Gabe riss eine Schublade auf und suchte die Aspirinschachtel. Er hatte bereits zwei Tabletten genommen, aber er war sich ziemlich sicher, dass man von Aspirin nicht so leicht eine Überdosis erwischte. »Bist du dir ganz sicher?«

»Er ist mit zu ihr nach Hause gefahren, und sie haben die Gardinen nicht geschlossen. Und er hat ihr dort nicht bei den Hausaufgaben geholfen.«

»Jack Dysart ist ein Idiot.« Trevor würde sich Jacks Kopf auf dem Silbertablett servieren lassen, was nur rechtens wäre. Und dann war da noch Suze. Das hatte sie wirklich nicht verdient. »Mistkerl.«

»Da hätte ich noch ein paar andere Bezeichnungen parat«, pflichtete ihm Riley bei. »Wirst du es Trevor sagen?«

»Nicht, sofern du es übernehmen möchtest«, erwiderte Gabe. »Stell den Bericht zusammen …« Er hielt inne, als ihm einfiel, worüber sich Riley bereits Gedanken gemacht hatte.

»Das geben wir nicht Nell«, sagte Riley. »Sie wird Suze davon erzählen.«

»Sie wird argwöhnisch sein, wenn du ihr den Bericht nicht gibst. Schreib eine harmlose Zweitversion und lass sie die abtippen. Den richtigen Bericht machst du selbst.«

»Falls sie jemals herausfindet, dass wir sie angelogen haben, bringt sie uns beide um.«

»Dann stell sicher, dass sie es niemals herausfindet«, brummte Gabe. »Und sei vorsichtig. Sie ist intelligent.«

Riley erhob sich. »Wirst du denn nun irgendetwas in ihrer Richtung unternehmen?«

»Nein«, erwiderte Gabe. »Geh jetzt.«

»Hör zu«, beharrte Riley. »Du bist schon seit Monaten auf sie scharf. Und wenn man bedenkt, was du für ein Typ Mann bist, wirst du immer scharf auf sie sein. Warum nur kannst du das nicht zugeben und die Sache hinter dich bringen?«

»Herzlichen Dank. Sobald du dein eigenes Leben in Ordnung gebracht hast, kannst du meines kritisieren.«

»Mein Leben ist in Ordnung.«

»Dein Leben ist in Ordnung?«

»Ja, mein Leben ist in Ordnung.«

»Nun, da du nie von der scheinheiligen Sorte warst«, fuhr Gabe fort, »kann ich nur annehmen, dass du auf tragische Weise dämlich bist.«

»Was heißt hier scheinheilig?« Riley blickte ihn verständnislos an. »Ich bin nicht scharf auf Nell, ich wollte dich mit dem, was ich gestern Abend gesagt habe, lediglich ein wenig auf Trab bringen.«

»Susannah Campbell Dysart.« Gabe sprach jede Silbe mit überdeutlicher Klarheit aus. »Seit fünfzehn Jahren.«

»Eine vollkommen andere Situation«, wehrte Riley ab. »Sie war ein Traum meiner Jugend. Das habe ich hinter mir.«

»Auf tragische Weise dämlich«, wiederholte Gabe und wandte sich wieder seinen Berichten zu. Doch dann, als er sich die Neuigkeiten über Olivia nochmals durch den Kopf gehen ließ, fügte er an: »Hast du Lu letztens gesehen?«

»Äh, nein«, erwiderte Riley und ging auf die Tür zu.

»Moment«, sagte Gabe. »Was geht hier vor?«

»Nichts«, erwiderte Riley. »Sie ist deine Tochter. Sprich mit ihr.«

Gabe legte seinen Stift ab. Plötzlich war ihm eiskalt. »Drogen?«

»Himmel, nein«, entgegnete Riley. »Es würde mich natürlich nicht überraschen, wenn sie dann und wann einmal ein wenig kiffen würde, aber sie ist nicht dumm.«

»Was ist es dann?«, wollte Gabe wissen. Als Riley zögerte, sagte er: »Eines Tages wirst du selbst ein Kind haben. Nun schieß schon los.«

»Sie geht mit einem sehr netten Mann aus.«

Gabe runzelte die Stirn. »Was ist dann das Problem?«

»Sie geht schon eine ganze Weile mit ihm aus.«

»Wie lange?«

»Seit Semesterbeginn.«

»Vier Monate. Für dieses flatterhafte Kind ein Rekord. Irgendetwas nicht in Ordnung mit ihm?«

»Nein.«

»Warum jagst du mir dann eine solche Angst ein?«

»Es ist Nells Sohn«, erwiderte Riley. »Jason. Nell sagt, er sei nicht der Typ für eine lange Beziehung.«

»Gut so«, erwiderte Gabe und nahm den Stift erneut zur Hand. Riley flüchtete aus seinem Büro.

Ein paar Minuten später kam Nell mit den Briefen vom Vortag zur Unterschrift herein.

»Wie ist es denn mit dem Quartalsbericht gelaufen?«, erkundigte sie sich.

»Ganz wie immer«, gab Gabe zurück. »Ich esse heute mit Harold zu Mittag.«

»Das weiß ich, der Bericht liegt bereits«, erwiderte Nell. »Vergessen Sie nicht den Termin um drei bei *Nationwide*.«

Sie wandte sich zum Gehen und Gabe sagte: »Noch eine Sache.«

»Ja?«

»Wussten Sie, dass Ihr Sohn mit meiner Tochter geht?«

Nell erstarrte. Ihr grellgrüner Pullover umschloss sie wie eine zweite Haut. »Ach?«

»Dachte ich's mir doch«, erwiderte Gabe und machte sich wieder über seine Papiere her. Wenn Nell den Jungen erzogen hatte, musste er ein anständiger Kerl sein, obwohl der Idiot, mit dem sie verheiratet gewesen war, zu denken gab. Er überlegte kurz, entschied dann aber, dass es vollkommen gleichgültig war, wen der Junge zum Vater hatte. Nell würde ihn schon richtig erzogen haben.

Und überhaupt – jeder war besser als Jack Dysart.

Der Dezember erwies sich als der geschäftigste Monat bei den McKennas, seit Nell dort beschäftigt war, und das deprimierte sie etwas. Sollten die Menschen einander nicht gerade während solcher Festzeiten fester vertrauen?

»Nell, in dieser Jahreszeit geschehen mehr Selbstmorde als zu irgendeiner anderen«, sagte Gabe, als sie das ihm gegenüber erwähnte. »Das liegt an der Erwartungshaltung. Jeder möchte so leben wie in einem dieser idyllischen Gemälde von Norman Rockwell. In Wirklichkeit jedoch gleicht unser Leben eher dem Gemälde *Der Schrei*. Das macht den Leuten zu schaffen.«

»Ich bin glücklich«, verkündete Nell und versuchte, ihn nicht anzusehen. Seine Krawatte saß locker, die Ärmel waren aufgerollt und sein Haar zerstrubbelt, und irgendwie sah er aus wie ein ungemachtes Bett. Ein wirklich einladendes, wirklich heißes, ungemachtes Bett. Als sie das am nächsten Tag Suze gegenüber erwähnte, erwiderte diese: »Nun, dann *tu* doch endlich etwas.«

Nell schüttelte den Kopf. »Es gibt eine Bezeichnung für Sekretärinnen, die ihre Chefs verführen.«

»Minder bemittelt?«, fragte Suze.

»Gekündigt«, erwiderte Nell. »Mir gefällt meine Arbeit, und ich werde sie nicht aufs Spiel setzen, indem ich Gabe anmache.«

Sie waren gerade dabei, die Teestube für Margie weihnachtlich herzurichten – Martha Stewart hätte angesichts des Ladens einen Freudentanz aufgeführt, so durch und durch niedlich war er jetzt –, als Margie mit einem Tablett voller raffiniert verzierter Plätzchen hereinkam. »Nun, was meint ihr?«

»Das sind richtige Kunstwerke«, sagte Nell und meinte das ernst. Die Plätzchen hatten die klassischen Weihnachtsformen, doch die Glasur war glänzend und glatt wie Neuschnee und die feinen Verzierungen darauf waren perfekt ausgeführt.

»Da musst du Stunden dran gesessen haben.«

»Nur den Vormittag über. Ich habe mir überlegt, dass ich in Zukunft auch morgens aufmache. Vielleicht nur über die Weihnachtszeit. Was haltet ihr davon?«

»Budge wird vor Wut platzen«, meinte Suze. »Mach es.«

»Vormittags ist er im Büro«, sagte Margie. »Und die Leute trinken auch morgens gerne ihren Tee.«

Nell war immer noch mit den Keksen beschäftigt. »Sie sind wirklich sehr schön, Margie. Man könnte sie ideal als Geschenke verkaufen.«

»Meinst du?« Margies rundes kleines Gesicht leuchtete zufrieden auf. »Ich habe geübt und pfundweise Puderzucker verbraucht, aber allmählich habe ich den Dreh heraus.«

»Ich finde, du machst das großartig«, bestätigte Suze. »Wie schmecken sie denn?«

»Nimm doch einen«, forderte sie Margie auf, doch Suze wehrte ab. »Nicht doch. Hast du denn keine Bruchstücke?«

»Ich habe ein paar, die nicht hübsch genug sind, um sie zum Verkauf anzubieten.« Margie ging sie holen.

»Was sollte denn die Bemerkung über Budge?«, erkundigte sich Nell.

»Tut mir Leid«, erwiderte Suze. »Er macht Margie ganz verrückt, ruft sie ständig hier an und will, dass sie aufhört. Das ist so egoistisch von ihm, wo sie die Arbeit doch so gerne macht. Er hat vermutlich Angst, sie könnte jemand anderen treffen und ihn deswegen verlassen, aber Margie hat keinen solchen Dusel.«

»Klingt irgendwie nach Jack«, sagte Nell.

Suze schüttelte den Kopf. »Weißt du, erst hat er mich praktisch dazu gezwungen, den Job als Lockvogel aufzugeben. Und jetzt arbeitet er ständig bis spät in die Nacht, sodass er ohnehin nicht zu Hause ist. Ich vermisse ihn gar nicht so sehr, ich denke nur, wenn er gar nicht zu Hause ist, warum soll ich dann zu Hause bleiben müssen?«

Nicht gut, dachte Nell. »Was hast du ihm denn zu Weihnachten gekauft?«

»Nichts«, sagte Suze. »Warum soll ich ihm ein Geschenk mit dem Geld kaufen, das er mir gibt?«

»Schon gut«, versuchte Nell sie zu beruhigen.

»Was schenkst du Gabe?«

»Wir tauschen keine Geschenke aus. So nahe stehen wir uns nicht.«

»Verstehe. Was hast du ihm denn nun gekauft?«

»Nichts«, beharrte Nell. »Aber ich habe ein paar Bilder von seiner Wand vergrößern und in Goldrahmen fassen lassen, damit wir sie auch im Vorzimmer aufhängen können. Komm mit, ich zeige sie dir.«

Sie nahm Suze mit in den Lagerraum, Margie folgte ihnen mit den Keksen nach.

»Sie sind wirklich phantastisch«, bestätigte Nell nach dem ersten Bissen. »Sie schmecken wie die Mandelkekse.« Sie nahm sich noch einen für später und begann die Bilder auszupacken.

»Ich habe das Rezept abgewandelt«, erzählte Margie. »Ich dachte, wenn wir diese nur während der Weihnachtszeit verkaufen, würden die Leute sie mehr zu schätzen wissen.«

»Und mehr dafür bezahlen«, ergänzte Suze. »Margie, du bist ein Genie.«

»Das bin ich, nicht wahr?«, fragte Margie hocherfreut. »Den Teig friere ich ein, sodass ich ihn nur einmal die Woche vorbereiten muss, die Kekse aber trotzdem jeden Morgen frisch backen kann. So ist es viel besser.«

Nell hielt mit dem Auspacken der Bilder inne. Margies neues Selbstbewusstsein überraschte sie. »Gut so«, sagte sie. Dann legte sie die Bilder auf den Tisch. »Das hier ist dein Vater, Margie.« Sie aß ihren Keks und beobachtete, wie Margie lächelnd auf dem Foto ihren Vater erkannte, Trevor in seinen Zwanzigern, mit einem Martiniglas in der Hand.

»Das sollte ich ihm zu Weihnachten nachmachen lassen«, überlegte Margie. »In letzter Zeit ist er ziemlich deprimiert. Das würde ihn aufheitern.«

»Wer ist denn der Mann, der Gabe so ähnelt? Sein Vater?«, erkundigte sich Suze.

»Ja.« Nell zog noch ein Bild hervor. »Und hier sind Gabe und sein Vater zusammen auf einem Bild.«

»Mein Gott, war er jung«, bemerkte Suze.

Nell betrachtete den schlanken Jungen auf dem Foto. »Da war er achtzehn. Mit fünfzehn hat er fürs Büro zu arbeiten begonnen. Könnt ihr euch das vorstellen?« Sie zog ein weiteres Foto hervor. »Das sind Patrick und Lia, Gabes Mutter. Es ist ihr Hochzeitsbild.«

»Sie ist hübsch«, sagte Margie.

»Ihr Jackett spannt ein wenig über dem Bauch«, bemerkte Suze.

»Sie war mit Gabe schwanger«, erklärte Nell und betrachtete Lias lebhaftes Gesicht über dem strengen Nadelstreifenkostüm. »Sie war hübsch, nicht wahr? Gabe hat ihre Augen.«

»Ach, schaut mal her«, rief Margie aus, als sie das nächste Foto zur Hand nahm. »Chloe ist noch ein richtiges Baby.«

»Chloe *hat* ein Baby«, bemerkte Suze und besah sich das Foto genauer. »Ist das Lu?«

»Ja«, bestätigte Nell und nannte alle Namen, während sie mit dem Finger über das Foto glitt. »Gabe, Patrick, Riley und Chloe mit Lu ganz vorne.«

»Das ist *Riley*?« Suze nahm ihr das Foto aus der Hand.

»Mit fünfzehn«, bestätigte Nell. »1982. Gabe meinte, Lu sei kurz zuvor geboren worden. Deswegen haben sie ein Familienfoto gemacht. Wenige Wochen später ist sein Vater gestorben.«

»Riley war als Kind wirklich süß«, sagte Suze.

Gabe ebenfalls, dachte Nell und besah sich Gabe mit fünfundzwanzig.

»Chloe war die Sekretärin«, sagte Suze.

»Genau. Das war Gabes Mutter auch.«

Suze räusperte sich und gab das Foto zurück.

»Ich habe mir über Chloes Porzellan Gedanken gemacht«, sagte Margie aus heiterem Himmel. »Ich finde es etwas zu einfach mit nur dem einen Stern darauf.«

»Porzellan?«, fragte Nell, die allmählich aus dem Jahr 1982 in die Gegenwart zurückkehrte.

»Es ist ganz weiß«, fuhr Margie fort. »Ich fände etwas Buntes besser, aber andererseits sollte es auch gut in den Laden passen. Was meint ihr?«

»Nell darfst du nicht fragen«, erwiderte Suze. »Ihren Geschmack kannst du dir nicht leisten.«

»›Fiesta‹-Keramik«, schlug Nell vor. »Das gibt es in leuchtenden Farben und in großer Auswahl zu kaufen. Früher konnte man es sogar günstig auf Flohmärkten bekommen.«

»eBay«, meinte Suze. »Heute Abend zeige ich dir, wie du danach im Internet suchen kannst, Margie.«

»Heute Abend? Wird das Jack nicht stören?«

»Nein.« Suze biss in ihren Keks. »Sie sind wirklich sehr gut. Kann ich das Rezept haben?«

»Wenn ich dir das Rezept verrate, würdest du dann immer noch hierher kommen und sie kaufen?«, fragte Margie. »Nein, das würdest du nicht.«

»Himmel«, fluchte Suze, »wir haben ein Ungeheuer erschaffen.«

Margie strahlte sie an. Nell dagegen musterte Suze. Keine glückliche Frau. Und daran änderte sich auch nichts, als der Monat sich dem Ende näherte. Margies Kekse wurden in einer der Lokalzeitungen erwähnt, und zu Budges großem Missfallen verdoppelten sich ihre Einkünfte. Suze begann, ihr des Öfteren auszuhelfen und arbeitete schließlich ganztags, ohne Jack davon zu erzählen. »Es ist die Sache nicht wert«, meinte sie zu Nell. »Außerdem ist er ohnehin nie zu Hause, weswegen sollte es ihn da stören?«

»Dazu fällt mir auch nichts ein«, erwiderte Nell und suchte nach der Visitenkarte ihres Scheidungsanwalts, nur für den Fall der Fälle.

Weihnachten in Suzes Haus hatte seine Lichtblicke – Margie schenkte ihnen das Mandelrezept unter der Bedingung, dass sie es niemandem weitergaben –, aber es hatte auch seine Tiefpunkte: Trevor sprach kaum mit Jack, Budge benahm sich Nell gegenüber rüpelhaft, um sich an ihr wegen des Cafés zu rächen, Olivia war noch dämlicher als ohnehin schon und Jack schenkte Suze ein Diamantarmband, das exakt mit dem identisch war, das er ihr bereits zum letzten Weihnachtsfest geschenkt hatte. Zu guter Letzt brachte er seine Mutter nach Hause und kam erst viel später, nach Mitternacht, wieder zurück.

»Lass uns doch Silvester zusammen verbringen«, schlug Nell vor, als sie gemeinsam mit Suze im Gästezimmer saß und sie Marlene von ihren Engelsflügeln befreiten.

»Könnte sein, dass Jack bis Silvester sogar wieder nach Hause gefunden hat«, meinte Suze. »Aber egal, ja, komm doch hierher. Dich küsse ich ohnehin lieber als ihn.« Sie ließ Marlene laufen. »Ab mit dir, meine Kleine. Der Feiertag ist vorbei.«

Marlene rollte sich auf den Rücken und wälzte sich so lange, bis die Erinnerung an die Flügel verflogen war. Ihr langes, braunes Fell hatte sich von der unwürdigen Tarnung des Septembers erholt. Nell kraulte ihren Bauch, bis sich die Dackeldame lang ausstreckte und aufseufzte.

»Manchmal habe ich Schuldgefühle«, sagte sie.

»Weswegen?«

»Wegen Marlene.« Nell streichelte erneut den Bauch des Hundes und beobachtete Marlenes Gesicht. »Ich liebe sie so sehr, aber ich habe sie einem anderen Menschen gestohlen.«

»Der sie gar nicht mochte«, beschwichtigte sie Suze.

»Das wissen wir nicht«, widersprach Nell. »Ich liebe sie, aber sie spielt gerne die geschundene Kreatur. Vermutlich glauben die Leute, dass auch ich sie misshandle.«

»Denk an was anderes«, riet ihr Suze. »Wie haben Gabe die Bilder gefallen?«

»Sehr«, erwiderte Nell und lächelte bei der Erinnerung.

»Riley haben sie auch gefallen, aber Gabe hat sie lange an ihrem Platz an der Wand betrachtet und dann gesagt: ›Sie sind großartig, vielen Dank.‹«

»Mehr nicht?«, fragte Suze.

»Für Gabe ist das schon sehr viel«, erklärte Nell. »Ich konnte es spüren. Sie haben ihm viel bedeutet.«

»Ich hatte gehofft, er würde dich in seine Arme ziehen und ›Liebling!‹ ausrufen«, meinte Suze. »Was ist mit ihm nur los?«

»Offenbar regen die Fotos seiner Familie ihn dazu nicht an. Es ist überhaupt gar nichts mit ihm los.« Nell dachte an Gabe, wie er im Büro gestanden und die Bilder angestarrt hatte. »Er ist vollkommen in Ordnung.«

Suze schnaubte. »Was hat er dir geschenkt?«

»Mir?« Nell schreckte aus ihren Träumereien auf. »Einen Schreibtischstuhl. Von ihm und Riley.«

»O mein Gott«, seufzte Suze. »Der Mann ist ein hoffnungsloser Fall.«

»Nein, der Stuhl ist perfekt. Er ist genau wie der, den ich in meinem alten Büro hatte.« Als Suze davon nicht sonderlich beeindruckt schien, fügte sie hinzu: »Er ist ergonomisch und verdammt teuer. Ich hatte gar nicht darum gebeten. Ich glaube, Riley hat Jase gefragt.«

»Nett von Riley«, bemerkte Suze.

»Riley hat Marlene einen riesigen Karton Hundekuchen geschenkt.« Nell streichelte den Bauch des Hundes. »Marlene und er unterhalten eine ausgesprochen enge Beziehung.«

»Ist ihm jemals ein weibliches Wesen über den Weg gelaufen, mit dem er keine ausgesprochen enge Beziehung unterhalten hat?«

Nell tätschelte Suzes Knie. »Lass uns nach unten gehen und etwas essen. Was hast du außer Schinken noch im Haus?«

»Wieder einmal Lasagne, glaube ich. Aber Essen ist keine Liebe.«

»Nein, aber es ist Essen.« Nell stand auf.

Marlene rollte auf die Füße zurück und sah sie an, offenbar befürchtete sie das Schlimmste.

»Leckerli«, rief Nell, woraufhin Marlene vom Bett sprang und auf die Treppe in Richtung Küche zutrottete.

»Genauso sollten wir das Leben auch nehmen«, wandte sich Nell an Suze und folgte dem Hund die Treppe hinunter. »So richtig scharf drauf sein.«

»Billiges Gerede«, konterte Suze. Nell zuckte die Achseln und konzentrierte sich darauf, über Gott und die Welt zu reden, aber jede Anspielung auf Jack und seine bedeutungsschwangere Abwesenheit zu unterlassen.

Am Nachmittag des Silvestertages, um fünf Uhr, kam Nell in Gabes Büro, um ihm die letzten Berichte zur Unterschrift vorzulegen, bevor sie zu Suze aufbrechen wollte. Sie beobachtete ihn, sein ernstes Gesicht im Lichtkegel der grünverglasten Lampe auf seinem Schreibtisch. Das Licht ließ die Flächen seines Gesichts wie ein Relief erscheinen und machte seine Augen noch dunkler, als sie es in Wirklichkeit ohnehin waren. Es betonte seine kräftige Hand, wie sie über die Seite fuhr und mit derselben Bestimmtheit seine Unterschrift darunter setzte, mit der er auch alles andere im Leben erledigte.

Schließlich legte er den Stift ab und sie sagte: »Danke.«

Dann suchte sie etwas ungeschickt die Papiere zusammen und wollte aus dem Zimmer fliehen, bevor sie die Nerven verlor und sich über ihn hermachte wie Marlene über ein Stück Schinken. »Äh, schöne Feiertage.«

Sie zog sich so schnell sie konnte zurück, doch er sagte: »Nell?« Sie drehte sich in der Tür um, ordnete die Papiere und versuchte, fröhlich und effizient zu wirken statt glühend vor Lust.

»Ja, bitte?«

»Ist alles in Ordnung?« Er musterte sie stirnrunzelnd hinter seinem Schreibtisch und sah selbst mit diesem Gesichtsausdruck sexy aus. Sie musste tatsächlich dabei sein, den Verstand zu verlieren, wenn Ablehnung sie kurzatmig werden ließ.

»Mir geht es gut«, erwiderte Nell fröhlich. »Es könnte nicht besser sein. Ich muss jetzt los. Ich treffe mich mit Suze. Silvester, Sie wissen schon. Partys.« Sie hörte auf zu reden, als er sich erhob und um den Schreibtisch herumkam. »Was ist los?«

Er stand jetzt neben seinem Schreibtisch, gute zwei Meter von ihr entfernt. *Du bist zu weit weg. Ich will, dass du mich berührst.*

Bei der Vorstellung seiner Hände auf ihrer Haut musste sie die Augen schließen. »Heraus mit der Sprache.«

»Es ist wirklich alles in Ordnung«, wiederholte sie und öffnete die Augen, um ihn selbstsicher anzusehen. Das misslang und in allerletzter Sekunde senkte sie den Blick. »Hören Sie auf, den Detektiv zu spielen.«

»Ich kenne Sie jetzt seit vier Monaten«, sagte Gabe. »Wenn Sie nicht ständig herumnörgeln, dann ist irgendetwas nicht in Ordnung. Sagen Sie mir, was es ist und versuchen Sie in Gottes Namen nicht, es alleine gerade zu biegen. Dieses Büro kann einen weiteren Ihrer Erfolge nicht verkraften.«

»Es gibt keinerlei Probleme.« Nell sah ihm in die Augen. Ein Fehler. Sein dunkler, intensiver Blick ließ ihren Atem schneller gehen. Er stand regungslos, während ihr das Blut ins Gesicht schoss. »Mir geht es gut.« Doch die Worte waren kaum zu hören, nur noch hingehaucht, und der Augenblick dehnte sich in eine heiße, leere, endlose Ewigkeit aus, bevor er den Kopf schüttelte.

»Bis Juli hätte ich es ohnehin nicht ausgehalten«, murmelte er.

Er kam auf sie zu und irgendetwas löste sich in ihr und sie

kam ihm bis in die Mitte des abgetretenen Perserteppichs entgegen. Ihre Hände umklammerten seine Schultern, während er seine Hand um ihre Taille gleiten ließ. Ihre Nasen stießen aneinander, als sie sich auf die Zehenspitzen stellte und er sich zu ihr herunterbeugte, und endlich, endlich kostete sie ihn, als seine Lippen die ihren fanden.

13

Nell klammerte sich an ihn, als er sie küsste, klammerte sich an sein Hemd und zog ihn näher zu sich heran. Als sie schließlich den Kuss abbrach, fuhr er mit den Händen über ihren erregten Körper, bis sie nach Atem rang. »Warte einen Moment«, flüsterte sie. »Nein.« Er beugte sich erneut zu ihr herunter.

»Hey«, sagte sie und duckte sich. »Wie steht es denn mit der Regel, ›kein Sex mit den Bürogehilfen‹?«

»So viel Hilfe bist du doch gar nicht«, sagte er, und sein Mund fand ihre Lippen, noch bevor sie antworten konnte. Sein Körper presste sich hart gegen ihren, seine Hände schienen unter ihrem Pullover heiß auf ihrem Rücken zu glühen. Sie dachte, *o mein Gott, ja* und zerrte sein Hemd aus dem Hosenbund, damit auch sie seinen Rücken spüren, ihn ebenfalls berühren konnte. Er rang nach Luft und küsste sie noch heftiger. Er drängte sie gegen die Tür und sie ließ es geschehen, dann jedoch stieß sie ihn zurück und dachte flüchtig, *vielleicht sollte ich so tun, als sei ich weich und nachgiebig und ihn wie Tim die Führung übernehmen lassen.* Dann fiel ihr ein, *nein, es ist doch Gabe*, und sie wusste, dass sie nie wieder würde behutsam sein müssen. Sie nahm sein Gesicht zwischen ihre Hände und küsste ihn, und er schlang seine Arme um sie, als wollte er sie nie wieder loslassen. Seine Hände waren überall, und er küsste sie, bis ihr schwindlig war und sie sich nach ihm verzehrte. Schließlich flüsterte er vollkommen außer Atem dicht an ihren Lippen: »Meine Wohnung ist oben.« Sie zitterte ein wenig bei der Vorstellung – *sie zwei, nackt, heiß auf kühlen Bettlaken* – und fühlte seinen festen Körper, als sie ihn an sich presste. Sie stöhnte auf, ein leises Stöhnen, das er aber gehört haben musste, denn er sagte: »Oder gleich hier.« Und zog sie mit sich auf den Perserteppich hinab.

Schwer lag er auf ihr und sie schlang ihre Beine um ihn, dass ihr Rock bis zu den Hüften hoch rutschte. Sie bäumte sich zu ihm auf, seinen gestählten Muskeln entgegen, dem schlanken, langgliedrigen Körper. Sie zögerte keinen Augenblick, sie tat alles, um ihm noch näher zu sein, während seine Lippen ihren Hals hinabwanderten und seine Hände unter ihren Pullover glitten. Sie fuhr mit ihren Fingernägeln seinen Rücken entlang, und er drückte sie auf den Boden und küsste sie so heftig, dass sie ihr Blut in den Ohren pulsieren hörte.

Dann klopfte Riley, öffnete die Tür und stieß sie damit gegen den Kopf.

»Wunderbar«, bemerkte er trocken. »Du schuldest mir zwanzig Dollar.«

Gabe knallte mit der flachen Hand die Tür zu und fragte Nell: »Alles okay?« Er klang außer Atem und erhitzt und zerzaust und besorgt und erregt und alles, was sie sich jemals gewünscht hatte, und sie sagte: »Ich begehre dich so sehr, dass ich fast verrückt geworden bin.«

»Das würde die letzten vier Monate erklären«, erwiderte er und beugte sich zu ihr herab, um sie erneut zu küssen.

Doch sie setzte sich auf und brachte ihn aus dem Gleichgewicht und packte ihn beim Kragen, rollte ihn auf den Rücken und kletterte auf ihn.

»Keine Beleidigungen«, sagte sie, rittlings auf ihm und nach Atem ringend. »Eigentlich solltest du mich *verführen.*«

»Du hättest mir nur sagen brauchen, dass du das wolltest«, konterte er und ließ seine Hände über ihren Hintern gleiten, um sie noch fester an sich zu pressen. »Du hättest nicht unbedingt den Hund stehlen müssen, nur um meine Aufmerksamkeit zu gewinnen …«

»Oder mit Riley schlafen?«, fragte sie und stieß seine Schultern hinunter.

Sein Blick verdunkelte sich. »Das vergisst du lieber.« Er umschlang ihren Hals und zog sie zu sich herunter, um sie zu küssen, seine Lippen hart auf den ihren.

»Zwing mich«, sagte sie, die Lippen immer noch an seinen. Er fuhr mit den Fingern unter ihren Rock – *mein Gott, das ist Gabe* – und in ihr Höschen – *hör nicht auf* – und dann glitt er in sie und ließ sie erbeben, während ihre Erregung seinen Atem beschleunigte.

»Es zu vergessen«, beendete er den Satz. Sie rang nach Luft und sagte: *»Das reicht noch nicht.«* Da rollte er sie wieder auf den Rücken und entkleidete sie mit einer solch rücksichtslosen Effizienz, dass sie einen Augenblick brauchte, ehe sie es ihm gleichtat und sein Hemd aufriss, um in das heiße Fleisch seiner Schulter zu beißen. Er zuckte zurück und warf sie wieder herum, seine Hände fest auf ihren Hüften, sein Mund heiß auf ihren Brüsten. Sie verlor ihre Grenzen, als er sich in ihr bewegte, sie fühlte nur noch die Hitze und die Reibung und den Druck, als sie sich in seiner Umarmung wand. Sie liebte das Gefühl seines heißen Körpers an ihrem und begehrte ihn so sehr, dass sie, als er endlich in sie eindrang, laut aufschrie: »Ja!« Sie zitterte in seinen Armen und versuchte, ihn ebenso zu besitzen, wie er sie besaß, sie bäumte sich auf und rang mit ihm, bis sie schließlich kam, sich auf die Lippen biss und jeder Nerv ihres Körpers unter dem Ansturm der Wogen erbebte.

Als sie schweigend und nach Atem ringend auf dem Fußboden lagen, sagte Gabe: »Himmel Herrgott, wird es immer so sein?« Und Nell erwiderte: »Aber das hoffe ich doch.«

Er lachte und küsste sie. »Eines Tages sollten wir etwas

tun, bei dem wir beide zusammenarbeiten können.« Seine Stimme brach ab, als sie mit der Hand seinen Rücken hinabfuhr und sie beobachtete, wie er immer noch atemlos die Augen schloss.

»Ich habe Hunger«, sagte sie. »Gibt es in deiner Wohnung etwas zu essen?«

»Alles, wonach du jemals verlangt hast, befindet sich in meiner Wohnung.« Er machte sich von ihr frei, und kalte Luft nahm seinen Platz ein und erregte ihre Nerven. Er stand auf, dann streckte er ihr die Hand entgegen, vollkommen unbefangen in seiner Nacktheit. Sie ließ sich von ihm auf die Füße ziehen, damit sie erneut die Arme um ihn schlingen und all die Hitze und die Muskeln streicheln konnte, Haut an Haut, wissend, dass er ihr gehörte, zumindest für heute Nacht.

»Beweise es«, sagte sie und küsste ihn erneut, schmeckte ihn erneut, ließ sich erneut in ihn fallen, und hatte das Gefühl, endlich bei dem Mann angelangt zu sein, der stark genug war, sie auf die Art zu lieben, auf die sie geliebt werden wollte.

Als Nell um elf Uhr noch nicht aufgetaucht war und sich auch in der Agentur lediglich der Anrufbeantworter meldete, schlüpfte Suze in ihren Mantel und durchquerte den Park, um zu sehen, was los war. Falls Nell Überstunden machte, hätte sie angerufen – was schon mehr war, als Jack jemals tat –, also musste irgendwas nicht in Ordnung sein. Als Nells beste Freundin war es ihre Pflicht nachzusehen, was los war. Außerdem wollte sie unbedingt dem großen, leeren Haus entfliehen.

Der Park sah im Mondlicht wunderschön aus, das Eis auf den Bäumen glitzerte silbern und der tauende Schnee hinterließ auf dem Boden ein Patchwork-Muster. Abgesehen von einem gelegentlichen Autofahrer auf dem Weg zu einer Party mit Leuten und Krach und Gelächter war sie ganz allein.

In letzter Zeit war sie überhaupt sehr häufig allein. Die Absätze ihrer Stiefel klapperten auf dem Asphalt, als sie ihr Tempo beschleunigte und die großen Steinsäulen passierte, die den Eingang auf Rileys Seite des Parks markierten. Es war eigentlich nicht ungewöhnlich, dass Jack so viel außer Haus war, selbst an Silvester. Einer der beiden Partner in einer Rechtsanwaltskanzlei zu sein, war eben ein knochenharter Job. Außerdem hatte sie ihren dreißigsten Geburtstag bereits hinter sich. Jack hatte Abby verlassen, als sie dreißig geworden war, und Vicky hatte er mit achtundzwanzig fallen lassen, aber sie war bereits im reifen Alter von zweiunddreißig Jahren, und er liebte sie noch immer.

Sie war sich sicher, dass er sie immer noch liebte. Sie war sich nur nicht mehr sicher, ob sie ihn liebte.

Als sie an dem Café vorbeiging und in die dunkle Seitenstraße zur Agentur einbog, wurde ihr klar, dass es reichlich dumm war, so spät noch hier herumzulaufen. Sie klopfte an der Tür und spähte durch das große Fenster in die Dunkelheit. Nell war nicht da.

Sie würde alleine wieder nach Hause laufen müssen. Plötzlich war es viel dunkler und kälter, und sie wollte nicht alleine gehen. Sie klopfte noch einmal gegen die Tür. Sie öffnete sich und Riley stand im Türrahmen.

»Was im Himmel …?«, fragte er.

»Nell ist nicht gekommen«, erwiderte Suze und ihre Zähne klapperten vor Kälte. »Ich habe mir Sorgen gemacht.«

»Und da bist du nachts durch die Straßen gelaufen«, sagte Riley. »Himmel noch mal, komm herein.«

Er knipste das Licht an, als sie eintrat. Er trug einen dunklen Anzug mit Krawatte und sah eleganter aus, als sie ihn jemals gesehen hatte. Oder aber sie war einfach nur verzweifelt auf der Suche nach Geselligkeit und daher nicht so wählerisch wie sonst.

»Eine Party?«, fragte sie.

»Wie immer«, erwiderte er. »Was denkt sich Jack dabei,

dich hier nachts in der Dunkelheit herumrennen zu lassen?«

Suze hob das Kinn. »Jack lässt mich überhaupt nichts tun. Ich lasse mich selbst.«

Riley schob ihr Nells Telefonapparat zu. »Ruf ihn an, damit er dich nach Hause fährt.«

»Er ist nicht zu Hause.«

»Oh.« Riley stellte das Telefon zurück.

»Nell ist auch nicht in ihrer Wohnung«, sagte Suze, um das Thema zu wechseln. »Weißt du, wo…«

»Oben. Bei Gabe.«

»Tatsächlich?« Suzes Laune besserte sich ein wenig.

»Hoffentlich unterhalten sie sich nicht über Geschäftliches.«

»Ich glaube, dass sie sich überhaupt nicht unterhalten. Obwohl, so wild, wie die beiden auf Arbeit sind, könnten sie mittlerweile bei der Gebührenabrechnung angelangt sein.«

»Aber vorhin haben sie das nicht getan?«

»Nicht, als ich versehentlich bei ihnen reingeplatzt bin.«

»Dann verzeihe ich ihr, dass sie mich nicht angerufen hat.« Suze wandte sich zur Tür.

»Moment«, rief Riley. »Du wirst nicht im Dunkeln allein nach Hause laufen. Ich fahre dich.«

»Ich kann…«, begann Suze und spähte auf die dunkle Straße hinaus. »Danke«, sagte sie. »Es wäre mir sehr lieb, wenn du mich fährst.«

Sie stieg in sein Auto und schwieg, während er den Gang einlegte und die Straße hinunterfuhr. »Kommst du nicht zu spät zu deiner Verabredung?«

»Ich habe keine Verabredung«, entgegnete er. »Nur eine Party.«

»Niemanden, den du zu Silvester küssen kannst?«

»Zum Küssen wird sich schon jemand finden.« Riley bog ab, die Straße um den Park entlang. »Zu Silvester findet sich immer irgendjemand, den man küssen kann.«

Suze dachte an ihr großes, leeres Haus. »Nicht immer.«

Er schwieg eine Weile, dann erwiderte er: »Jack ist ein Idiot.«

»Jack ist seit vierzehn Jahren verheiratet. Da verflüchtigt sich das Prickeln.«

»Deines nicht.«

»Ach ja?« Suze hob den Kopf. »Findest du, ich sehe prickelnd aus?«

»Du schienst nicht allzu begeistert über Nell und Gabe. Oder versuchst du, cool zu sein?«

»Es war unvermeidlich«, erklärte Suze und akzeptierte den Themenwechsel. Lächerlich. »Ich verstehe gar nicht, auf was sie gewartet hat.« *Ich verstehe nicht, worauf ich selbst noch warte.*

»Gabe hat auf den Juli gewartet«, erwiderte Riley. »Der Dummkopf.«

»Warum Juli?«

»Das Ende des zweijährigen Heilungsprozesses.«

Suze dachte darüber nach. »Weißt du, Tim hat sie vor zwei Jahren zu Weihnachten verlassen. Geschieden wurde sie erst im Juli, aber verlassen hat er sie zu Weihnachten.«

»Demnach hat Gabe schon wieder gewonnen«, sagte Riley. »Der Typ ist ein Meister.«

Er fuhr vor ihrem Haus vor, und Suze hätte am liebsten gesagt: »Nimm mich doch mit zu deiner Party.« Aber das konnte sie nicht. Jack könnte doch noch nach Hause kommen. Jack würde nicht nach Hause kommen. Er war mit irgendjemand anderem zusammen. Kein Mensch ließ seine Frau zu Silvester alleine, es sei denn, er hatte eine Geliebte. Das wusste sie, denn sie war selbst einmal diese Geliebte gewesen.

»Alles in Ordnung?«, erkundigte sich Riley.

»Küss mich«, sagte Suze, und er erstarrte. »Das meine ich ernst. Ich gehe alleine in dieses Haus zurück, und es ist Silvester, und ich möchte geküsst werden. Hab ein Herz und küss mich.«

»Nein«, sagte Riley.

»Autsch«, sagte Suze. »Nichts für ungut.« Sie fummelte am Türgriff herum.

»Hör zu«, sagte Riley. »Es ist nicht …«

Sie hielt inne und sah ihn an. »Was?«

»Du hast jemanden Besseren verdient.«

»Als dich?«

»Als Jack. Und weiß Gott jemanden Besseren als mich.«

»Ich habe dich nicht benutzen wollen. Du weißt schon, eine verheiratete Frau, die dich anmacht …«

»Jeder Mann wäre nur zu gerne in dieser Situation.« Er schien Mitleid mit ihr zu haben, was sie noch wütender machte.

»Lassen wir das. Danke fürs Heimbringen.« Sie wandte sich um, um die Tür zu öffnen und sah Jack, der neben dem Auto stand, die Fäuste in den Taschen seiner Jacke vergraben.

»Oh«, sagte sie und Riley beugte sich vor, um an ihr vorbei aus dem Autofenster zu schauen.

»Auch gut«, kommentierte Riley. »Willst du, dass ich bleibe?«

»Ich glaube kaum, dass das sonderlich hilfreich wäre«, erwiderte Suze und öffnete die Tür.

Er hielt sie am Arm zurück. »Ist er …«

»Er schlägt nicht«, beschwichtigte ihn Suze. »Er brüllt zwar, aber das ist in Ordnung. Ich bin nicht in Gefahr.«

Riley ließ sie los, und sie stieg aus dem Auto und knallte die Tür zu.

»Wirklich sehr nett«, ereiferte sich Jack. »Ich komme nach Hause, um Silvester mit meiner Frau zu feiern …«

»Ausgesprochen großzügig von dir.« Suze ging an ihm vorbei die Treppe hinauf.

»Wer ist das?«, fragte Jack.

»Riley McKenna.« Suze hatte die Veranda erreicht und steckte den Schlüssel ins Schloss. »Er hat mich nach Hause gefahren, nachdem ich Nell nicht gefunden habe.«

»Gute Ausrede«, knurrte Jack und folgte ihr die Treppe nach oben.

Suze ging ins Haus, knipste das Licht an und winkte Riley, dass er losfahren solle. »Keine Ausrede. Hast du denn eine für mich?«

»Ich habe dir doch gesagt, ich war bei der Arbeit…«

»Ich habe dort angerufen.« Suze beobachtete, wie Rileys Rücklichter die Straße hinunter in Richtung Party verschwanden. »Du hast nicht abgenommen.«

»Die Zentrale ist nachts nicht besetzt.«

»Ich habe dich auf deinem Handy angerufen.«

»Ich hatte es abgestellt.«

»Tatsächlich?«, fragte Suze. »Warum?«

»Schläfst du mit ihm?«

»Mit Riley?« Suze ging die Treppe nach oben. Plötzlich war sie so müde, dass sie sich kaum noch bewegen konnte. »Nein. Ich kenne den Mann kaum.«

Er packte sie am Arm und riss sie von der Treppe herunter. Sie rang nach Luft, ihre Erschöpfung schlagartig verflogen.

»Du schläfst mit ihm«, beschuldigte Jack sie. Sie sah ihn an, und auf einmal war ihr alles egal.

»Wenn ich tatsächlich mit Riley schlafen würde, dann wäre ich jetzt bei Riley. Dann würde ich hier nicht stehen und so tun, als ob ich immer noch eine Beziehung mit dir hätte.« Sie riss ihren Arm los, rieb ihn und wartete darauf, dass er seinen Arm erheben und sie schlagen würde, weil sie ihn dann verlassen konnte.

»Du hast mir gesagt, du würdest mit Nell zusammen sein«, sagte er. »Du hast mir gesagt…«

»Nell ist bei Gabe«, sagte Suze. »Und das ist gut so. Niemand sollte zu Silvester allein sein.« Sie wandte sich wieder der Treppe zu, und er sollte sie besser nicht zurückhalten.

»Das ist ihre Schuld«, sagte Jack. »Budge hat Recht, sie hat einen schlechten Einfluss auf dich. Früher warst du nie so, bevor sie in die Nähe gezogen ist.«

»Dann werde ich mich wohl bei ihr bedanken müssen.« Suze stieg die Treppe ins Dunkle hinauf, was allemal besser war als das Licht, in dem er am Fuße der Treppe stand.

Sechs Block entfernt, in post-koitalem Schlummerzustand, hörte Gabe mit nur halber Aufmerksamkeit den Feiern im Fernsehen zu.

»Das ist doch toll«, sagte Nell. »Eine große Party überall, keinerlei Tragödien.«

»Gut.« Gabe kuschelte sich tiefer in die Kissen, viel zu müde und viel zu befriedigt, um darauf einzugehen.

»Ich habe immer noch ein schlechtes Gewissen wegen Suze. Sie klang so bedrückt, als ich sie anrief. Ich bin eine schlechte Freundin.«

»Hmhm«, brummte Gabe ins Kissen und betete, dass ihre Energie bald nachlassen möge. Sie hatte sich mit ebensolcher Ausdauer wie er in den Sex gestürzt, und jetzt saß sie nackt neben ihm, aß Kartoffelchips und kommentierte detailversessen das Feuerwerk. Wenn sie in den nächsten fünf Minuten nicht aufhörte zu reden, würde er sie wohl oder übel zum Verstummen bringen müssen.

»Hey.« Sie stieß ihn gegen die Schulter. Er rollte sich auf den Rücken. Sie grinste mit der Kartoffelchipstüte in der Hand auf ihn herab, ihr Haar lodernd wie Feuer in seinem Bett. »Wir sind noch zu frisch zusammen, dass du mich bereits für selbstverständlich hältst. Die Phase des Umwerbens sollte schon noch etwas länger dauern, findest du nicht?«

»Weshalb das denn? Ich habe mein Tor geschossen. Für mich ist die Sache erledigt.«

Sie öffnete in gespielter Entrüstung den Mund, und er lachte und zog sie zu sich herunter, obwohl sie sich wehrte und die Kartoffelchipstüte durch die Luft flog.

»Ich halte dich überhaupt nicht für selbstverständlich«, sagte er ihr ins Ohr, während sie sich in seinen Armen wand.

»Ich bin vollkommen erschöpft, weil ich dich nicht für selbstverständlich halte.«

Sie gab ihren Widerstand auf, und er schloss zufrieden die Augen, als er ihre plötzlich geschmeidige Weichheit an sich gepresst spürte. Er hörte ein Rascheln und erkannte, dass Marlene vom Fuß des Bettes heraufgekrabbelt war und sich die Kartoffelchipstüte gemopst hatte, während im Fernsehen der Countdown zum neuen Jahr lief. *Ein Hund in meinem Bett,* dachte er und fragte sich, wann Marlene wohl auf das Bett gesprungen war. Er war sich ziemlich sicher, dass sie die wilde Rauferei abgewartet hatte, sonst wäre sie gegen die Wand geschleudert worden. Marlene verfügte über ausgezeichnete Überlebensinstinkte.

»Ich bin glücklich«, hauchte ihm Nell zärtlich ins Ohr, und er dachte, *schlafen kann ich später.* Er rollte herum, sodass sie Seite an Seite lagen und zog sie näher zu sich heran, immer noch verblüfft darüber, dass sie hier bei ihm lag und dass er schließlich doch all die Dinge getan hatte, die er sich aus dem Kopf zu schlagen versucht hatte, und dass alles so viel besser gewesen war, als er es versucht hatte, sich nicht vorzustellen. »Ich auch. Ein glückliches neues Jahr, Liebling.«

Er küsste sie zärtlich, und sie entspannte sich und sagte: »Schau mal!« Er folgte ihrem Blick durch das Dachfenster in den Himmel, in dem jetzt das Feuerwerk wie tausend Sternschweife explodierte. »Alles ist perfekt«, sagte sie. »Einfach alles.«

»Sag das nicht«, erwiderte er mit einem Schaudern. »Du forderst das Schicksal heraus.«

»Ich glaube nicht an das Schicksal«, erwiderte Nell, und er erinnerte sich daran, wie vor vier Monaten Chloe vorausgesagt hatte, dass sie zusammenkommen würden, dass es so in ihren Sternen stünde. Gerade als er ihr das erzählen wollte, hielt er inne und dachte: *Kein guter Zeitpunkt, um Chloe zu erwähnen.*

»Was ist denn?«, fragte sie und er erwiderte: »Nichts.« Sie stützte sich auf einen Ellenbogen, bereit, es ihm notfalls aus der Nase zu ziehen.

»Waffenstillstand für eine Nacht«, sagte er und zog sie zu sich heran. »Nur für eine Nacht.« Und als sie sagte: »Aber …«, küsste er sie und hielt sie so lange umarmt, bis sie einschlief, während über ihnen das Feuerwerk allmählich verblasste.

»Du hast also mit Gabe geschlafen«, eröffnete Suze am nächsten Tag beim Brunch im *Sycamore* das Gespräch.

Nell bemühte sich unschuldig auszusehen, aber die Erinnerungen waren zu gut und zu zahlreich, also grinste sie und nahm sich noch ein Stück Toast mit Butter. »Und auch dir ein glückliches neues Jahr.«

»Ist das wirklich wahr?« Margie legte den Kopf zur Seite und musterte Nell, wobei sie einem etwas dümmlichen kleinen Vögelchen ähnelte. »Stell dir nur mal vor, du mit einem Detektiv verheiratet.«

»Stell dir mal vor, ich wäre nicht mit einem Detektiv verheiratet«, erwiderte Nell. »Das mache ich nicht noch einmal.«

»Nell McKenna«, sinnierte Margie. »Das hört sich hübsch an.« Sie verteilte noch etwas Sirup über ihrem Schokoladenpfannkuchen. »Romantisch.«

»Besser als Dysart«, meinte Suze und attackierte ihr Omelette.

Nell und Margie blickten erst sie an, dann einander.

»Margie Dysart konnte ich nie leiden«, fuhr Margie fort.

»Sie war eigentlich ganz in Ordnung, wenn man sich erst mal an sie gewöhnt hatte«, erwiderte Suze und Nell lachte.

Margie überlegte. »Margie Jenkins wäre schon in Ordnung, obwohl es sich irgendwie ein bisschen gewöhnlich anhört.«

»Sag das bloß nicht Budge«, sagte Nell. »Er wird sonst den Namen ändern.«

»Margie Ogilvie ist immer noch mein Lieblingsname.«

»Dann behalte doch deinen Namen.« Suze schien die Unterhaltung zu nerven.

»Aber dann wüsste niemand, dass ich verheiratet bin«, gab Margie zu bedenken.

»Umso leichter hättest du es, ihn zu betrügen«, sagte Suze.

Margie runzelte die Stirn. »Was ist nur los mit dir?«

»Jack hat mich abgefangen, als ich gestern Abend mit Riley McKenna nach Hause gekommen bin«, erwiderte Suze und stocherte immer noch auf ihrem Teller herum. »Ich habe nach Nell gesucht, und er hat mich nach Hause gefahren. Es war nach elf Uhr am Silvesterabend, und dann beschuldigt Jack *mich,* ich würde mit anderen Männern herummachen. Also habe ich mich im Schlafzimmer eingeschlossen. Zur Hölle mit ihm.«

»Nicht doch«, murmelte Nell betreten. »Das ist meine Schuld. Es tut mir so Leid wegen gestern Nacht, das war schrecklich. Ich habe dich ganz einfach vergessen...«

»Unter den Umständen schon verständlich«, erwiderte Suze. »Du bist auf dem richtigen Weg, Eleanor. Meiner Meinung nach jedenfalls.«

»Männer finden es immer heraus«, sagte Margie. »Steward war eifersüchtig auf Budge.«

Suzes Kopf wirbelte zu Margie herum. »Wie bitte?«

»Steward. Er war auf Budge eifersüchtig. Weil mir Budge besser gefiel, genauso wie mit dir und Riley.«

»Ich habe keine Affäre«, bemerkte Suze kühl.

»Natürlich nicht«, sagte Margie. »Aber du magst Riley lieber als Jack.«

»Äh... Margie«, begann Nell.

»Es ist schrecklich, mit dem falschen Mann verheiratet zu sein«, fuhr Margie fort. »Es ist gerade so, als sei man auf einer schrecklichen Party gefangen, die kein Ende findet. Die Stimmen um dich herum sind alle viel zu laut und die Witze sind doof und schließlich stehst du irgendwo in der Ecke und hoffst, dass es niemandem auffällt, weil es so viel einfacher ist. Es ist so, als ob man jemandem aus dem Weg zu gehen versucht, der der einzige andere Mensch auf der Party ist. Ich habe es gehasst.«

Sie holte ihre Thermosflasche hervor und schüttete sich etwas Sojamilch in ihren Kaffee, während Nell und Suze sie vollkommen verblüfft anblickten.

»Verlass ihn doch«, wandte sich Margie an Suze. »Versuch nicht mehr, es zu kitten, wenn es schon so schlecht ist. Es ist einfach zu schlimm. Schließlich und endlich machst du schreckliche Dinge, einfach weil du den Schmerz nicht mehr aushalten kannst.«

»Margie.« Nell streckte ihre Hand zu ihr aus. »Wir wussten nicht, dass es so schlimm war.«

»Ich weiß.« Margie trank ihren Kaffee in einem Zuge aus und stellte die Tasse zurück auf den Unterteller. »Einmal habe ich ihn geschlagen.«

»Gut so«, sagte Suze.

»Nein«, erwiderte Margie. »Aber es hat sich dann doch alles zum Guten gewendet. Er ist gegangen. Bist du auch sicher?«

»Ich weiß es nicht«, erwiderte Suze. »Darüber müsste ich nachdenken. Ich kann mir nicht vorstellen, nicht mehr mit Jack verheiratet zu sein, aber ich kann mir auch nicht vorstellen, diese Anspannung weiter zu ertragen. Er glaubt wirklich, dass ich ihn betrüge, dabei stimmt das nicht. Ich betrüge ihn wirklich nicht.«

»Das wissen wir«, sagte Nell.

»Aber ich würde es wirklich gern tun«, sagte Suze.

»Das wissen wir auch«, sagte Margie.

»Manchmal wünschte ich mir, Jack würde genauso von der Erdoberfläche verschwinden wie Stewart«, fuhr Suze fort. »Dass er sich einfach in Luft auflöst.«

»Nein, das wünschst du dir nicht«, widersprach Margie. »Was wäre denn, wenn er wieder zurückkäme?«

Nell zog die Luft durch zusammengebissene Zähne ein.

»Glaubst du, dass Stewart zurückkommt?«

»Budge möchte, dass ich mir die Versicherungen auszahlen lasse«, sagte Margie. »Er meint, mit zwei Millionen Dollar könnte ich mir jede Menge Porzellan kaufen. Seiner Meinung nach sollte ich das Geld nicht einfach so herumliegen lassen.«

»Wenn du sie dir nicht auszahlen lassen möchtest, dann mach es nicht«, bemerkte Suze scharf. »Das geht Budge überhaupt nichts an.«

»Er sorgt sich nur um mich«, beschwichtigte sie Margie.

»Aber wenn ich mir das Geld nun auszahlen lasse, und Stewart taucht doch wieder auf? Dann müsste ich die Summe zurückzahlen. Und ihr wisst genau, dass ich dann nicht mehr die volle Summe hätte.«

»Ist er denn zurückgekommen?«, fragte Nell und hasste sich selbst für diese Frage.

»Ich glaube nicht«, sagte Margie. »Aber es würde ihm ähnlich sehen. Er war ein solches Arschloch.«

»Margie!« Suze lachte und hatte ihr Selbstmitleid vergessen.

»Nun, das war er«, beharrte Margie.

»Dann glaubst du also, dass er lebt«, sagte Nell und fühlte sich hundsgemein, dass sie auf diesem Punkt so herumritt.

»Nein«, erwiderte Margie. »Ich glaube, dass er tot ist. Aber manchmal habe ich Angst, er könnte doch noch leben.«

Nell nickte und wartete darauf, dass sie weitersprach, doch war es Suze, die in die Pause platzte.

»Und?«, wandte sie sich an Nell. »War es prickelnd?«

»Gott sei gedankt, ja«, lächelte Nell. Während die beiden sie den ganzen restlichen Brunch über neckten, fragte sie sich, wie die Dinge sich so hatten wenden können, dass sie die Glückliche war und die beiden anderen in Schwierigkeiten steckten.

Zwei Straßen weiter schenkte Riley sich eine Tasse Kaffee aus Nells Kaffeemaschine ein und bemerkte: »Soso. Du und Nell.«

»Hast du es herausgefunden, ja?« Gabe trank seinen Kaffee und blinzelte die gerahmte Vergrößerung von seinem Vater und Trevor an, erneut gerührt darüber, dass Nell das Büro auf diese Weise geschmückt hatte.

»Ich verfüge über einzigartige Fähigkeiten, die richtigen Schlussfolgerungen zu ziehen.« Riley saß auf der Kante von Nells Schreibtisch und nippte vorsichtig an seinem Kaffee. »Suze ist gestern Abend hier vorbeigekommen und hat sie gesucht.« Gabe nickte und betrachtete das Familienporträt. Es bekümmerte ihn ein wenig, wie jung Chloe aussah. Auf dem Foto wirkte sie noch jünger, als sie es in Wirklichkeit gewesen war. Wie ein makelloses Ei, glatt und rund. *Jemand hätte mir dafür eine Tracht Prügel verpassen sollen,* dachte er. Sie war in Lus Alter und hielt ein Baby im Arm, Himmel noch mal. Aber es war niemand da gewesen, der sie hätte beschützen können. Ihre Eltern waren tot, seine Mutter ebenfalls, und alles, was sein Vater gesagt hatte, war: »Eine gute Wahl, sie wird dir niemals Schwierigkeiten bereiten.« Genau das hatte sie auch nie getan.

»Ich habe sie nach Hause gefahren. Dann sind wir Jack begegnet«, fuhr Riley fort. Gabe drehte sich um.

»Wie bitte?«

»Suze. Jack war da, als ich sie nach Hause gefahren habe.«

»Wie schlimm war es?«

Riley schüttelte den Kopf. »Schlimm. Aber sie wollte nicht, dass ich bleibe. Sie meinte, er würde sie nicht schlagen.«

»Nein«, bestätigte Gabe. »Er ist lediglich arrogant und egoistisch.«

»Und er betrügt sie«, fügte Riley hinzu.

»Hast du es ihr gesagt?«

»Nein.«

Gabe nickte und wandte sich wieder dem Foto zu. »Ich kann kaum glauben, wie jung Chloe auf diesem Bild aussieht. Was in aller Welt habe ich mir nur dabei gedacht?«

»Dasselbe, was du auch gestern Abend gedacht hast«, sagte Riley und trat neben ihn. »Schau dir mal an, wie jung ich gewesen bin. Und mich hast du zum Arbeiten auf die Straße hinausgeschickt.«

»Ich nicht. Das hat Paps getan«, erwiderte Gabe. »Und du wolltest unbedingt.«

»Ich weiß«, stimmte ihm Riley zu. »Verdammt, sie war jung. Was hast du dir dabei gedacht?«

»Nicht dasselbe, was ich gestern Abend gedacht habe.« Gabe versuchte sich vorzustellen, was sein Vater über Nell sagen würde. Vermutlich: »Mach dich so schnell du kannst aus dem Staub, mein Junge.« Mit Chloe hatte er keine Ahnung gehabt, auf was er sich einließ, was eine Ehe bedeutete. Doch gestern Abend mit Nell hatte er genau gewusst, wie viel Ärger ihm bevorstand. Und es hatte ihm nichts ausgemacht. Heute Morgen machte es ihm immer noch nichts aus. Er trat zum nächsten Bild, dem Hochzeitsfoto seiner Eltern. Seine dunkelhaarige und lebhaft wirkende Mutter in einem eng taillierten Kostüm, die Knöpfe spannten ein wenig über ihrem Bauch, sein Vater in Nadelstreifen, dunkelhaarig und lebhaft, glücklicher, als Gabe ihn jemals gesehen hatte. Sie neigten sich einander zu, jedoch ohne sich zu berühren. Beide lächelten voller Lebensdrang in eine Zukunft, wissend, dass ein Baby unterwegs war, aber nicht wissend, dass zwanzig Jahre Streit und Türenknallen und lautstarke Abschiede vor ihnen lagen. Gabe sah seinen Vater an und dachte, *er hätte es so und so getan. Er liebte sie so sehr.*

»Gabe«, sagte Riley.

Und so wird es auch mit Nell sein, dachte er und betrachtete das Funkeln in den dunklen Augen seiner Mutter. *Und ich werde es auch so oder so tun.*

»Gabe«, wiederholte Riley. »Komm mal her und sieh dir das an.«

Gabe sah Riley vor dem Familienporträt stehen. »Was denn?«

»Sieh dir Chloe an.«

Gabe blinzelte das Foto an. »Was soll ich da sehen?«

»Ihre Ohrringe.«

Gabe sah hin. »Du machst Witze.«

Chloe trug die runden Diamantohrringe.

Gabe ging zur Tür. Fünf Minuten später standen sie in Chloes Schlafzimmer und hatten ihre Schmuckschatulle auf dem Frisiertisch ausgekippt. Sie starrten auf einen Haufen ägyptischer Henkelkreuze und goldener Sterne und emaillierter Monde. Und mitten in all den Ketten und Anhängern lagen zwei perfekte goldene Kreise von der Größe eines Zehncentstücks, die dicht mit Diamanten besetzt waren.

»Sind sie das?«, fragte Riley.

»Das sind Helenas.« Gabe zog sie aus dem anderen Schmuck heraus. »Und jetzt werde ich das neue Jahr mit Trevor beginnen.«

»Du hast es bereits mit Nell begonnen«, korrigierte ihn Riley.

»Wohl wahr«, erwiderte Gabe und fühlte sich etwas besser, obwohl er den Beweis für die Verstrickung seines Vaters vor Augen hatte. »Wohl wahr.«

Nell wartete bis abends um neun, ehe sie Gabe anrief. Sie wusste, dass er und Riley den Tag mit Lu verbrachten, denn Jase hatte sich ihr gegenüber darüber beklagt, als er Nell angerufen und ihr ein frohes neues Jahr gewünscht hatte. Das Telefon klingelte sechs Mal. Als sie bereits auflegen wollte, meldete sich Gabe: »Hallo?«

»Ich habe noch ein bisschen mehr über Stewart herausgefunden«, meldete sich Nell. »Nicht viel, aber etwas.«

»Gut. Ich komme vorbei. Willst du lieber Chinesisch oder Pizza?«

»Chinesisch.« Trotz Suzes und Margies Tragödien lächelte sie in den Hörer. Es war unloyal, aber auf der anderen Seite gab es nichts Besseres als einen Mann, der einen ernährte. Und möglicherweise später mit einem schlief.

»Zieh dir dieses blaue Ding an«, sagte er und legte auf. Der ganz bestimmt später mit einem schlief. Allein die Vorstellung ließ ihren Atem schneller gehen. Alles an ihm beschleunigte ihren Atem, so auch die selbstverständliche Art, mit der er einfach annahm, dass sie wieder im Bett landen würden. Wäre er ungeschickt gewesen, hätte sie sich nicht gehen lassen können, und alles wäre in Peinlichkeit versunken. Nichts zwischen ihnen war jemals peinlich gewesen, vom ersten Tag an nicht, als sie seinen Schreibtisch angesehen und gewusst hatte, wie viel Arbeit er ihr bereiten würde.

Wie naiv sie doch gewesen war.

Sie rannte nach oben, um sich den blauen Seidenpyjama anzuziehen und das Bett zu machen. Sie scheuchte Marlene vom Bett und strich die Decke glatt. Marlene winselte, also warf sie die Chenilledecke auf den Boden. Marlene steckte ihre Nase hinein und schubste sie ein wenig herum, dann stellte sie sich auf die Decke und wackelte mit dem Hintern, drehte sich dann vier oder fünf Mal im Kreis und ließ sich schließlich mit einem gequälten Seufzen nieder.

»Du hast ein schweres Leben«, sagte Nell und ging das Badezimmer aufräumen.

Als eine Stunde später die Klingel ertönte, hielt sie den Atem an und warf einen letzten Blick in den Spiegel. Leuchtendes Haar, funkelnde Augen, glühende Wangen und einen in Seide gehüllten Körper. »Himmel, bin ich heiß«, wandte sie sich an ihr Spiegelbild. Dann ging sie die Tür öffnen.

14

Gabe kam herein, ließ das Essen auf dem Regal neben der Tür stehen, nahm Nell in die Arme und küsste sie, bis sie kaum noch Luft bekam.

»Hast du auch nur die leiseste Ahnung, wie lange ich darauf gewartet habe, dir diesen Pyjama vom Leib zu reißen?« Er glitt mit seiner Hand ihren Rücken hinab.

»Nein.« Ihre Stimme überschlug sich beinahe.

Er küsste sie erneut und seine Hände glitten über die blaue Seide. Dann sagte er mit rauchiger Stimme: »Essen wir also erst Chinesisch, während ich dich lüstern anstarre, oder gehen wir nach oben und ich werfe dich aufs Bett und nehme dich nach Belieben?«

»Bett«, flüsterte Nell.

Eine halbe Stunde später zog sich Nell am Kopfende ihres Bettes hoch und versuchte, ihren Atem zu beruhigen. »Mein Gott, vielleicht sollten wir die Sache doch etwas langsamer angehen.«

»Ich war nicht derjenige, der ›fester‹ gestöhnt hat«, erwiderte Gabe und zog sie zu sich heran, sodass seine Haut auf ihrem Rücken brannte. Der Mann war wie ein Hochofen. »Wenn du die Sache etwas langsamer angehen würdest, hätte ich Zeit nachzudenken.«

Nell streckte sich gegen seine Muskeln und seine Knochen und spürte, wie kräftig und solide er gebaut war. »Hättest du mich lieber passiv?«

»Um Gottes willen.« Gabe streichelte ihr über die Seite, und sie rollte sich wieder zusammen. »Ich will damit lediglich sagen, dass es nicht einfach ist, dich zu lieben.«

»Außerdem habe nicht ich gestöhnt.« Nell erschauderte unter seiner Berührung. »Das war Marlene.«

»Das würde den Stereoeffekt erklären.« Er küsste ihren Hals und sie erschauderte erneut, dann fuhr er mit den Fingern über ihren Bauch und sie presste sich mit dem Rücken fester an ihn.

»Hör auf«, sagte sie. »Das sollte eigentlich ein Nachglühen sein.«

»Mir gefällt mein Nachglühen, wenn du in Bewegung bist. Ich messe die Zeit daran, wie dein Körper sich wiegt.« Er knabberte an ihrem Ohrläppchen und sie rollte sich herum, um ihn anzusehen. »Also gut«, sagte er. »Ich mag mein Nachglühen mit dir.«

Seine Augen waren wie gewohnt dunkel, aber jetzt funkelten sie vor Begierde, waren durchdringend auf sie gerichtet und ließen ihren Atem stocken. *Himmel,* dachte sie. *Sieh ihn dir an. Er ist wunderschön.*

»Wie mein Körper sich wiegt?«, fragte sie stattdessen.

»Das kommt in einem sehr erotischen Gedicht vor«, erläuterte er. »Ich erinnere mich jedes Mal daran, wenn ich sehe, wie du dich bewegst.«

Lyrik, dachte sie. *Er wird nie aufhören, mich zu überraschen.* Nicht, dass sie an eine ferne Zukunft dachte.

»Was ist denn?«, fragte er, und als sie nicht antwortete, streichelte er über ihren Körper, bis sie erschauderte. »Es macht mich nervös, wenn du diesen Blick bekommst.«

»Das ist Hunger«, erwiderte sie, rollte aus dem Bett und hob die Pyjamajacke vom Boden auf. »Essenszeit.«

»Bring es doch hoch.« Er rollte sich herum und schnappte ihr die Pyjamahose vor der Nase weg. »Ich warte hier.«

»Faulpelz.« Sie zupfte am Saum ihrer Pyjamajacke und er grinste sie an.

»Ich muss meine Kraft aufsparen«, murmelte er, und ihr Atem beschleunigte sich erneut.

Als sie beide wieder im Bett saßen und Knoblauchhühnchen aus einem gemeinsamen Karton aßen, bemerkte er: »Übrigens haben wir heute ein paar Diamanten gefunden.«

Nell hielt mit der Gabel mitten in der Bewegung inne. »Die Ogilvie-Diamanten?«

»Nun, die Ogilvie-Ohrringe. Sie waren in Chloes Schmuckkästchen.«

Nell lauschte aufmerksam, als er ihr alles erzählte, und sagte dann: »Und ich gehe davon aus, dass du Chloe in Europa nicht hast auftreiben können.«

»Vollkommen unmöglich. Aber ich weiß, wie sie dazu gekommen ist. Mein Vater war ganz verrückt nach ihr. Er hat sie ihr gegeben, sie hat sie für das Familienbild getragen und dann weggelegt. Es ist nicht ihre Art von Schmuck. Ich habe Trevor angerufen, wir werden uns morgen treffen. Ich kann es tatsächlich kaum abwarten.«

»Alle Frauen mögen Diamanten.«

Gabe schüttelte den Kopf. »Nicht Chloe. Ich wette, sie wusste noch nicht einmal, dass es sich um Diamanten handelte. Und wenn, hatte sie keine Ahnung von deren Wert. Sie war erst neunzehn, als Lu geboren wurde. Ihre Vorstellung von Reichtum erschöpfte sich in einem Restaurant mit Stoffservietten.«

Seine Stimme war liebevoll, und Nell unterdrückte die Eifersucht, die sich in ihr regte. Er wäre ein wirklicher Dummkopf, wenn sie ihm nicht immer noch am Herzen liegen würde. »Du musst sehr glücklich gewesen sein. Chloe ist so süß und dann auch noch ein kleines Baby.«

Gabe sah sie an, als ob sie den Verstand verloren hätte. »Ich war sechsundzwanzig Jahre alt und wollte eigentlich gar nicht heiraten, ganz zu schweigen davon, Vater zu werden. Chloe hätte Marilyn Monroe sein können, und ich wäre immer noch nicht glücklich gewesen.«

»Ach, komm schon«, sagte Nell, schuldbewusst, weil seine Antwort sie glücklich machte.

»Hör auf zu fantasieren. Alles hat sich zum Guten gewendet. Chloe war großartig, aber es war kein Märchen. Jetzt erzähl mir, was Margie gesagt hat.«

»Sie hat von Stewart gesprochen«, begann Nell. »Sie hat ihn gehasst.« Nell erzählte ihm alles im Detail und atmete den Hühnchenduft ein, während Gabe aß und zuhörte. Sie beendete ihre Geschichte mit: »Sie glaubt, dass er noch am Leben ist, dass er aber nicht zurückkommen wird, solange sie sich nicht die Lebensversicherung auszahlen lässt. Sie hat es zurzeit nicht leicht.«

»Und du?«

»Ich?« Nell lachte. »Ich hatte gleich an zwei aufeinander folgenden Tagen den besten Sex meines Lebens.«

»Tatsächlich so gut?« Gabe beugte sich über sie, um den Essenskarton auf ihrem Nachtisch abzustellen. »Dabei fangen wir gerade erst an.« Er küsste sie. Sie zog ihn zu sich herunter, wollte seinen festen Körper spüren.

»Mir gefällt es, wie du dich wehrst«, murmelte sie an seinen Lippen.

»Das muss ich auch.« Seine Lippen wanderten zu ihrem Ohr.

»Wenn nicht, zerstörst du mich.«

»Ich meinte den Sex.« Sie rückte etwas von ihm ab, während er nach dem nächsten Karton griff.

»Ich auch.« Er lehnte sich zurück und öffnete den Karton. »Du bist eine starke Frau.«

»Manchmal habe ich das nicht so empfunden«, sagte sie und dachte an all die Jahre, in denen sie für Tim die Passive gespielt hatte, um ihm damit das Gefühl zu geben, er habe das Ruder in der Hand. Sie dachte an all die Monate nach Tim, in denen sie nichts hatte essen können. Sie spähte in seinen Karton. Krabben Rangoon. Ausgezeichnet.

Gabe nahm eine Krabbe und reichte sie ihr. »Ja, aber wie fühlst du dich jetzt?«

»Voller Kraft.« Sie biss in den Teig und genoss die cremige Füllung. »Stark. Aufregend.«

»So fühlst du dich auch für mich an. Dann bist du also tatsächlich so. Es muss an dir liegen.«

»Oder an dir«, entgegnete sie. »Es ist ein ziemlich neues Gefühl.«

»Das fällt mir schwer zu glauben.« Er nahm sich ein Stück Teig und biss hinein. »Ich wette, dass du immer auch die warst, die dem anderen sagte, wo's langgeht.«

Nell dachte an ihr altes Leben zurück. »Ich hatte niemals irgendjemanden, dem ich das hätte sagen müssen. Alles verlief nach meinen Wünschen.« Ihre Freunde hatte ihr gegenüber immer nachgegeben, die Agenturkunden waren jedem ihrer Vorschläge gefolgt, ihr Sohn hatte sich nicht mit ihr angelegt, und Tim hatte getan, was sie ihm aufgetragen...

Sie hielt inne, ein Krabbenstückchen auf halbem Weg zu ihrem Mund, als bei ihr der Groschen fiel.

»Du bist es«, sagte sie. »Du bist der erste Mensch, der mir jemals Widerstand geleistet hat.«

»Nur weil es sich so gut anfühlt. Was gibt es denn noch zu essen? Ich hätte schwören können, dass ich noch...« Sie nahm ihm den Karton aus der Hand und stellte ihn zurück auf den Nachtisch, dann schubste sie ihn auf den Rücken. »Diesmal möchte ich oben sein.«

»Schon möglich«, sagte er, ohne ihr Widerstand zu leisten.

»Aber später. Ich hatte einen langen Tag, ich hatte mit dir wilden Sex auf leeren Magen, und ich weiß, dass dort drüben noch etwas zu essen steht. Ich will jetzt essen.«

»Ich auch.« Sie fuhr mit der Zunge leckend seinen Bauch hinab.

»Du kannst oben sein«, sagte er, und dann sagte er nichts mehr.

»Und, wie geht es dir?«, fragte Nell Suze am Dienstag, als sie Margie dabei halfen, das Café zu schließen.

»Mir geht es gut.« Suze sah sie nicht an, während sie in die Kasse tippte.

»Ich meine dir und Jack.«

»Uns geht es gut.«

»Also gut.« Nell schaltete eine andere Gangart ein. »Wisst ihr, heute ist etwas wirklich Verrücktes passiert.«

»Raus damit«, ermunterte sie Suze, während sie mit dem Ausdrucken des Kassenbons beschäftigt war.

»Gabe und ich haben uns über den Teppich in seinem Büro gestritten. Er glaubt tatsächlich, nur weil sein Vater ihn ausgesucht hat, sei er heilig. Dabei bin ich mir noch nicht einmal sicher, dass er seinen Vater auch wirklich gemocht hat.«

»Ja und?« Suze runzelte über dem Kassenbons die Stirn.

»Also habe ich ihm gesagt, schau mal her, da ist ein Loch drin. Und er sagte, ›das sollte dir bekannt sein, schließlich hast du es auch hineingebohrt.‹ Der Mann hat Augen wie ein Adler. Und ich sagte, wenn der Teppich nicht so alt und fadenscheinig wäre, wäre mir das gar nicht gelungen, und er meinte, wenn ich mit meinem Zerstörungstalent so weitermachen würde, müsste man bald das ganze Gebäude leer räumen, und am Ende haben wir einander nur böse angestarrt.« Nell blickte auf und erinnerte sich daran, wie Gabes Augen sie angefunkelt hatten, als er sich über den Schreibtisch gebeugt hatte, um sie anzubrüllen. »Und ich bin dabei so heiß geworden, dass ich ihn an der Krawatte gepackt und geküsst habe.«

»Ich verstehe immer noch nicht, was daran so verrückt sein soll«, bemerkte Suze. »Hört sich irgendwie ganz alltäglich an.«

»Wisst ihr, es ist nicht der Streit, der mich so anmacht«, fuhr Nell fort. »Ich hasse Streit. Es ist die Art und Weise, wie er mich ansieht, wenn er mich dominieren will. Er hat zwar nicht die geringste Chance, aber er sieht einfach phantastisch aus, wenn er es versucht.«

»Eine interessante Beziehung«, bemerkte Suze trocken.

»Jedenfalls haben wir uns dann heftig umarmt und geküsst, und dann hat er mich gefragt, ob ich gerne im *Fire House* zu Abend essen würde und mich wieder geküsst, und dann sind wir an die Arbeit zurückgekehrt.«

»Hört sich wie jemand an, der dir alles bieten kann«, sagte Suze. »Ja und?«

»Und dann hatten wir keinen Sex«, fuhr Nell fort. »Ich weiß schon, es war mitten am Tag und wir waren bei der Arbeit, aber wisst ihr eigentlich, wie lange es her ist, seitdem ich so geküsst und umarmt und berührt wurde? Ich meine, *nur das?* Tim und ich haben so etwas nie gemacht. Wir haben über die Arbeit geredet und wir hatten Sex. Aber wir haben einander nicht in Stimmung gebracht und es dann nicht getan.«

Nell schob die letzten Stühle unter einen Tisch. »Bei mir ist es wirklich so weit gekommen, dass ich meine Kleidung abgestreift habe, sowie ich geküsst wurde.«

»Das würde die Sache mit Riley erklären«, meinte Suze und verschloss den Geldumschlag für die Bank.

»Tauschst du mit Jack manchmal nur Zärtlichkeiten aus?«, fragte Nell. Suze hielt inne.

»Oh«, erwiderte sie. »Jetzt, wo du das Thema anschneidest, nein.«

»Es muss irgendetwas mit der Ehe zu tun haben«, bemerkte Nell. »Ich glaube nicht, dass ich jemals wieder heiraten werde. Man verliert so viele der guten Dinge.«

»Schon«, meinte Suze langsam. »Wir haben uns viel gestreichelt, bevor wir verheiratet waren.«

»Da warst du achtzehn. Das ist auch angemessen, solange du noch ein Teenager bist.«

»Wir haben aber mehr als nur das getan.«

»Das habe ich vernommen.« Nell holte den Besen und brachte ihn hinter den Tresen. »Braucht ihr mich noch für irgendwas? Denn da wir uns heute Morgen lediglich geküsst und gestreichelt haben, wird mein Liebhaber heute Abend wohl ein bisschen mehr wollen.«

»Was willst du damit sagen, das hast du vernommen?«, hakte Suze nach.

»Oh.« Nell versuchte, sich schnell eine gute Lüge zurechtzulegen, aber hier ging es um Suze. »Weißt du, Vicky hat sich von Jack wegen Ehebruchs scheiden lassen, da habe ich angenommen …«

»Du hast aber nicht gesagt ›angenommen‹, du sagtest, ›vernommen‹.« Suze verschränkte die Arme. »Von wem?«

Nell musterte die Zimmerdecke und suchte hektisch nach einem Ausweg. Suze folgte ihrem Blick. »Von Riley?«, fragte Suze.

»Riley?«, fragte Nell irritiert. »Warum Riley?«

»Das da oben ist sein Appartement«, erwiderte Suze und machte eine Kopfbewegung in Richtung Zimmerdecke.

Na wunderbar. »Ich habe lediglich an die Decke geblickt. Gepresstes Blech. So etwas sieht man nur noch selten.«

»Es sei denn, man lebt in der Altstadt«, sagte Suze. »Hier ist das ziemlich normal. Wie...« Ihre Augen weiteten sich. »Gabe? Die Agentur? Haben sie die Nachweise für Vickys Scheidung erbracht?«

»Ja«, erwiderte Nell, »aber wage es nur nicht, irgendjemandem davon zu erzählen, dass ich dir das gesagt habe. Es ist mir nicht gestattet, mit Außenstehenden über geschäftliche Dinge zu sprechen.«

»Was für Beweise waren es? Was haben sie getan?«

»Ich glaube, sie haben euch lediglich verfolgt.«

»Ich will den Bericht sehen. Die Berichte werden im Tiefkühlraum aufbewahrt, nicht wahr?«

»Ich weiß nicht, wo...«, begann Nell, doch Suze verschwand bereits im Hinterzimmer. Nell folgte ihr und sah, wie sie die Tür zum Tiefkühlraum öffnete. Man hatte Margie zwar ermahnt, ihn nicht unverschlossen zu lassen, doch Margie zu etwas zu ermahnen, hatte noch nie viel gefruchtet. »Äh... Suze?«

Suze begann, die Kästchen abzuklappern und blickte auf die Daten. »Im Frühjahr 1986«, sagte sie. »Es muss hier... hier ist es.«

»Das ist Eigentum der Agentur«, ermahnte sie Nell, doch Suze hatte bereits den Karton geöffnet und durchwühlte die Aktenordner.

»Dysart.« Sie zog eine Akte hervor, klappte sie auf und

griff nach ein paar Fotografien, die herausglitten. Nell sammelte die Fotos vom Fußboden auf und wollte sie zurück in die Akte legen, aber die Bilder nahmen sie vollkommen gefangen. Man hatte sie durch ein Fenster hindurch aufgenommen, durch einen kleinen Spalt, dort wo die Gardine nicht gänzlich zugezogen war. Jack lag ausgestreckt auf einem billigen Hotelbett und sah attraktiver aus, als ihn Nell jemals erlebt hatte. Er war vierzig und fit und auf der Höhe seiner Männlichkeit. Kein Wunder, dass Suze ihm verfallen war.

Aber die Kamera war nicht auf Jack gerichtet. Neben dem Bett, mit ihren Pompons auf den Hüften, stand Suze. Achtzehn Jahre alt und unglaublich hübsch in ihrer Cheerleaderuniform, blickte sie ihn an, den Kopf zur Seite geneigt und die Lippen geöffnet. Sie lachte und sie sah glühend und frisch und aufregend aus.

»Mein Gott«, hauchte Suze neben ihr.

»Allerdings«, erwiderte Nell. »Du warst hinreißend.« Eilig setzte sie hinzu: »Das bist du natürlich immer noch…«

»Aber nicht mehr so«, widersprach Suze. »Ich war mir dessen gar nicht bewusst. Sieh dir mal das an.«

Nell sah erneut hin. »Ehrlich, heute siehst du besser aus.«

»Mach mir nichts vor.« Suze nahm ihr die Fotos aus der Hand und ging sie durch. Es war fast wie im Daumenkino, Suze mit achtzehn, wie sie erst ihren Rock auszog, dann ihren Pullover, dann ihren jungfräulichen weißen Baumwoll-BH und ihr Höschen, bis sie schließlich ganz nackt dastand, ein schlanker, straffer Körper, der auch einen stärkeren Mann als Jack Dysart um den Verstand gebracht hätte.

»Vielleicht ziehe ich nie wieder meine Kleidung aus.«

Nell betrachtete ungläubig das letzte Bild.

»Wer hat die Fotos gemacht?«, wollte Suze wissen.

»Riley«, erwiderte Nell. »Es war einer seiner ersten Einsätze. Gabe meint, es habe ihn für sein Leben gezeichnet.«

»Gott sei Dank schlafe ich nicht mit Riley. Ich wäre nie

und nimmer in der Lage, den Vergleich mit mir selbst zu bestehen.«

»Ich bitte dich«, sagte Nell. »Riley hat mit mir geschlafen.«

Suze rammte die Fotos zurück in den Ordner. »Lass die bloß nie Jack sehen.«

»Hör zu, Liebling, nicht einmal *du* hast sie gesehen. Nur weil ich mit dem Chef ein Verhältnis habe, heißt das noch lange nicht, dass er mich deswegen nicht hinauswerfen würde.« Nell steckte den Ordner zurück in den Karton und verschloss den Deckel. »Vergiss bitte, dass du diese Fotos jemals gesehen hast.«

»Das würde ich nur zu gerne«, erwiderte Suze. »Aber es wird mir wohl kaum gelingen.«

Als auf den Januar der Februar gefolgt war, fuhr Nell immer noch damit fort, die Agentur hinter Gabes Rücken zu modernisieren und sich in der Folge mit ihm darüber zu streiten. Margie hielt Budge immer noch hin mit der Hochzeit, ebenso wie der Versicherung, Suze blieb mit Jack zusammen und tat so, als fühle sie sich nicht elend, und Gabe war immer noch ganz und gar auf die Diamanten fixiert. Er hatte Trevor auf Chloes Ohrringe angesprochen und hatte sich eine Standpauke anhören müssen: Patrick hatte die Ohrringe für Lia zur gleichen Zeit gekauft wie Trevor das ganze Ensemble für Helena. Ein so großzügiger Ehemann hatte nach seinem Tod nicht den Argwohn seines Sohnes verdient. Gabe war nun noch überzeugter, dass etwas nicht stimmte – »Wenn er sie tatsächlich für meine Mutter gekauft hat, hätte ich sie an ihr gesehen. Diese Frau liebte Schmuck.« – und machte seither alle Welt damit verrückt, indem er ständig etwas zu diesem Thema murmelte. Nell hielt es nicht für gesund, dass er sich derart manisch mit der Vergangenheit beschäftigte. Sie versuchte alles, um ihn abzulenken, unter anderm bedrängte sie ihn wegen des Sofas im Vorzimmer, das mit der Zeit zunehmend schäbiger wurde. Wenn sich ein wirklich schwerer Kunde hineinfallen ließe, würde man die Splitter aus seinen Prozessunterlagen herausfingern können. Doch auch ohne an irgendwelche Phantomdiamanten zu denken, hatte sie jede Menge um die Ohren. Die Agentur erlebte geradezu eine Auftragsschwemme. Sogar einem neuen Aspekt bei einem alten Kunden galt es nachzugehen, als Riley einen Telefonanruf erhielt, aus seinem Büro trat und verkündete: »Heute Abend möchte Gina, dass wir Harold beobachten. Damit hebe ich das ›Hot Dinner‹ aus der Taufe.«

»Gina glaubt, dass Harold sie betrügt?«, wollte Nell wissen.

»Meiner Ansicht nach schuldet er ihr das«, erwiderte Riley. »Aber ich glaube nicht, dass sie meine Ansicht teilt.«

»Stimmt«, meinte Nell. »Bei Ehebruch sind die Leute immer schrecklich empfindlich.«

Am folgenden Montag tippte Nell den Bericht über das heiße Abendessen – Harold betrog ganz eindeutig –, als Suze zur Tür hereinkam. »Hallo«, grüßte Nell. »Du bist ein wenig früh, wenn du zum Mittagessen gehen möchtest.«

»Kein Mittagessen«, erwiderte Suze, und Nell blickte erschrocken auf.

»Was ist los?«

»Ich habe einen Auftrag an die McKennas zu vergeben«, erwiderte sie. »Familientradition.«

»O nein.«

»O doch, ich glaube schon.« Suze machte eine Kopfbewegung in Richtung Gabes Büro. »Könnte er es machen? Dem anderen kann ich, glaube ich, nicht ins Gesicht…« Riley öffnete seine Tür und stand im Türrahmen. »Dachte ich mir's doch, dass ich deine Stimme gehört habe.«

Nell blickte von ihm zu Suze. »Suze ist nur kurz vorbeigeschneit.«

Suze atmete tief durch. »Ich brauche einen Detektiv.«

»In Ordnung«, erwiderte Riley. »Bleibt heute Abend zu Hause, bis ich dich anrufe.«

Suze nickte und öffnete ihr Geldbörse. »Was braucht ihr an Vorschuss ...«

»Dieser Fall geht aufs Haus. Sei nur zu Hause.« Riley verschwand wieder in seinem Zimmer und schloss die Tür. Suze wandte sich Nell zu und schluckte.

»Er hat mich noch nicht einmal gefragt, was ich von ihm will.«

»Das ist mir auch aufgefallen. Kommst du klar?«

»Nein«, erwiderte Suze und ließ sich mit tränenüberströmtem Gesicht auf die Couch sinken.

»Gestern Abend hatten wir einen riesigen Streit, weil ich mit im Café aushelfe. Ich habe mich geweigert, die Arbeit aufzugeben, also ist er einfach gegangen. Und dann ist er die ganze Nacht nicht wieder zurückgekommen.«

»Warte mal.« Nell rannte in Gabes Büro, um seine Flasche Glenlivet zu holen. »Hier«, wandte sie sich an Suze und schenkte etwas Whiskey in eine Susie-Cooper-Tasse. »Trink.« Suze kippte den Whiskey, dann atmete sie tief durch.

»Langsam, langsam«, mahnte sie Nell. »Gabe trinkt nur richtig gutes Zeug.«

»Ich habe wirklich geglaubt, ich sei anders. Nicht wie Abby oder wie Vicky.«

»Du bist anders.« Nell klopfte ihr auf die Schulter und verfluchte Jack. »Vielleicht betrügt er dich nicht. Das weißt du noch nicht.«

»Ich weiß es«, beharrte Suze. »Ich möchte nur ganz sicher sein.«

Nachdem Suze gegangen war, klopfte Nell an Rileys Tür und trat ein. »Was in aller Welt geht hier vor?«

»Jack Dysart betrügt seine Frau, dritter Teil«, erwiderte Riley. »Serien haben es irgendwie in sich.«

»Komm mir jetzt nicht mit der komischen Tour.« Nell

beugte sich über seinen Schreibtisch. »Wie lange wusstest du es schon?«

»Ein paar Monate.«

»Und Gabe?«

»Ein paar Monate.«

»Und ihr habt mir nichts davon gesagt.«

»Sind wir blöd?«

»Ja«, erwiderte Nell. »Mehr als blöd. Warum in aller Welt …«

»Weil du Suze davon erzählt hättest. Erinnerst du dich an die erste Regel?«

»Lass mich mit diesem Pennälerzeug in Ruhe«, schnappte Nell. *»Das ist meine beste Freundin.«*

»Genau das ist der Grund, weswegen wir es dir nicht gesagt haben.« Riley saß vollkommen ruhig und ungerührt hinter seinem Schreibtisch. »Außerdem hättest du nichts für sie tun können.«

»Ich hätte sie einweihen …«

»Sie wusste es ohnehin schon«, entgegnete Riley. »Sie wollte es nur nicht wissen. Du wusstest doch auch vor jenem Weihnachten, dass dein Mann mit einer anderen schläft.«

»Das wusste ich nicht!«

»Du wusstest es die ganze Zeit, in der du den anderen gegenüber versichert hast, dass er dich nicht betrügt. Du hast es nur nicht wissen wollen.«

Riley seufzte. »Es ist eine Möglichkeit, um mit diesen Dingen fertig zu werden. Ich kann Fotografien von einem der Ehepartner vorlegen, wie er oder sie betrügt, doch wenn der Kunde es nicht glauben möchte, wird er es nicht tun. Oder sie. Diese Art der Verdrängung kommt auf beiden Seiten vor.« Er stand auf und kam um den Schreibtisch herum. »Aber wenn sie uns engagieren, sind sie normalerweise bereit, der Wahrheit ins Gesicht zu sehen. Das ist auch der Grund, weswegen Suze bisher noch nicht hier war. Heute Abend werde ich ihr die Wahrheit zeigen. Auf Rechnung des

Hauses.« Er legte ihr die Hand auf die Schulter. »Vertraue mir…«

Nell trat einen Schritt zurück. »Niemals wieder.« Sie drehte sich um und sah Gabe in der Tür stehen.

»Weißt du«, sagte er, »eigentlich bin ich nicht eifersüchtig, aber…«

»Zur Hölle mit dir.« Sie ging an ihm vorbei, um ihre Tasche zu holen.

Riley sagte: »Jack Dysart.«

»O verdammt.« Gabe rannte ihr hinterher. »Warte doch…«

»Du wusstest es und du hast mir nichts davon gesagt«, sagte Nell, die Handtasche in der Hand, und versuchte, sich an ihm vorbei zur Tür zu drängen.

»Stimmt.« Gabe versperrte ihr den Weg. »Würdest du mir bitte zuhören?«

»Nein«, sagte Nell. Gabe ergriff ihren Arm und zerrte sie in sein Büro, dann schlug er die Tür hinter sich zu.

»Hör mir jetzt zu«, sagte er, als sie sich ihm zuwandte, um ihn anzubrüllen. »Wir haben es herausgefunden, als wir im November den Quartalsbericht für Trevor zusammengestellt haben.«

»Das war aber nicht der Bericht, den ich getippt habe«, widersprach Nell.

»Wir haben dir ein Doppel gegeben.«

»Was für ein Dummkopf ich bin. Ich dachte, wir…«

Gabe hob den Finger. »Fang nur nicht damit an. Was wir sind oder nicht sind, hat nichts mit dieser Agentur zu tun.«

»Wovon sprichst du?«, fragte Nell. »Wir *sind* die Agentur. Die Agentur und Sex. Du hast mich angelogen und Suze betrogen.«

»Nein«, widersprach Gabe. »Wir haben dich angelogen, damit du die Agentur nicht hintergehst.«

Nell fuhr es kalt in die Glieder. »Dann sind du und Riley also die Agentur und ich nicht?«

Gabe schloss die Augen. »Hör zu, es ist ganz einfach. Wir haben es dir nicht gesagt, weil du es ihr erzählt hättest. Du kennst die Regeln.«

»Ich kenne die Regeln, und ich weiß auch, dass du sie ständig brichst. Hier ging es nicht um die Regeln. Hier ging es darum, mich außen vor zu lassen, mir nicht zu vertrauen. Zur Hölle mit dir.«

»Du hättest es Suze gesagt«, wiederholte Gabe, aber sie hatte ihn bereits umrundet und war auf dem Weg zur Tür und zu Suze.

Riley rief Suze am Abend um zehn an und holte sie fünfzehn Minuten später ab. Sie fuhren über die Hauptstraße zum Universitätsgelände und parkten vor einer Bar in einer Seitenstraße.

»Hier?«, fragte sie, nachdem sie hineingegangen waren. Eine typische Studentenkneipe, dreckig, laut und voll.

»Hier«, bestätigte Riley und ging an die Bar, während Suze sich umsah und dachte, *das ist es also, was ich verpasst habe, weil ich nie wirklich Studentin gewesen bin*. Es bereitete ihr kein großes Magengrimmen, doch ihr Magen war bereits so verkrampft, dass das vermutlich rein körperlich gar nicht mehr möglich war. Sie fand eine Nische und ließ sich auf die Bank gleiten, wobei sie aufpasste, dass ihr Pullover sich nicht an der schartigen Tischplatte verfing. *Mein* Mann betrügt mich.

Riley kehrte mit zwei Steinkrügen Bier in der einen und einer Schale ungeschälter Erdnüsse in der anderen Hand zurück. Er schob ihr einen der Krüge hinüber und setzte sich.

»Ich verstehe nicht, weswegen wir hier sind«, sagte Suze, und Riley erwiderte: »Warte es ab.« Also nippte sie schweigend an ihrem Bier. Nach einer ausgedehnten Stille, die lediglich durch das Knacken der Erdnussschalen unterbrochen wurde, sagte sie: »Müssen wir denn ganz so schweigsam sein?«

»Ja«, erwiderte Riley angespannt.

»Bist du wütend auf mich? Ist es, weil ich dich Silvester angemacht habe?«

»Nein.«

Sie sah sich um und dachte, *ich werde nicht weinen.* »Mit Nell bist du doch auch nicht so schweigsam.«

»Nell ist anders.«

»Weil du mit ihr geschlafen hast.«

»Nein«, erwiderte Riley, der sie ignorierte und in die Menge blickte. Suze spürte, wie die Wut in ihr aufstieg. »Ich kann kaum glauben, dass du sie so ausnutzen konntest«, sagte sie und wartete darauf, dass er zusammenzuckte. Sie hatte sich fest vorgenommen, heute Nacht seine Aufmerksamkeit auf sich zu ziehen. Wenn er das nicht tat, wüsste sie wenigstens, weshalb nicht.

»Ich habe sie nicht ausgenutzt.«

»Du hast sie verführt«, entgegnete Suze. Riley wandte sich ihr mit übertriebener Geduld zu. »Halt den Mund.«

»Sie meinte, du wärst ein sehr zärtlicher Liebhaber«, sagte Suze in dem Versuch, ihm irgendeine Reaktion zu entlocken. »In Anbetracht der Art und Weise, wie du mich behandelst, fällt mir das schwer zu glauben.«

»Nell war zerbrechlich. Du bist es nicht.« Riley knackte noch eine Erdnuss.

»Ich bin auch zerbrechlich. Du würdest kaum glauben, wie zerbrechlich ich im Augenblick bin.« Sie beobachtete ihn, wie er noch eine Erdnuss knackte und fügte hinzu: »Aber da ich es bin, regt es dich nicht an wie mit Nell. Ich bin nicht der Typ Frau, mit dem du zärtlich sein würdest.«

»Nein, du bist der Typ von Frau, die ich aufrecht stehend gegen die Wand vögeln würde«, erwiderte Riley, und sie schüttete ihm ihr Bier ins Gesicht.

Er drehte sich zu ihr um, das Bier tropfte auf sein Hemd. »Fühlst du dich jetzt besser?«

»Das war eine ganz besonders miese Bemerkung«, erwiderte Suze mit wild galoppierendem Herzen.

Er nahm eine Serviette und wischte sich das Bier vom Gesicht. »Du hast Streit gesucht.«

»Aber nicht so.« Suze reichte ihm eine zweite Serviette. »Betrügt mich mein Mann?«

»Ja.«

»Wie alt ist sie?«

Riley sah sie voll Mitleid an, und das war schlimmer als alles andere.

Suze schloss die Augen vor Schmerz. »O Gott, nenn mich ruhig wieder Hure, aber sieh mich nicht so an.«

»Ich habe dich nicht als Hure bezeichnet. Sie ist zweiundzwanzig.«

»Zweiundzwanzig. Nun, das erklärt es wohl.« Sie blickte an sich herunter und erinnerte sich an die Fotos, die Riley vor fünfzehn Jahren aufgenommen hatte. »Nichts an mir sieht aus wie zweiundzwanzig.« Sie nahm ihr Bier und merkte erst jetzt, dass sie alles über Riley ausgeschüttet hatte. Doch bevor sie sich wieder zurücklehnen konnte, hatte er ihr seinen Krug hingeschoben. »Danke.«

Während sie trank, beobachtete sie verstohlen, wie er den Raum im Auge behielt. Selbst in einem Hemd mit Bierflecken wirkte er verlässlich. Groß und verlässlich. Wunderbare Hände, hatte Nell gesagt. Vielleicht könnte sie ihn dazu überreden, Jack zu verprügeln. Viel lieber allerdings hätte sie selbst die Zweiundzwanzigjährige verprügelt. »Könnte ich sie bezwingen?«

Riley sah sie an. »Was? In einem Zweikampf?« Er musterte sie. »Vermutlich. Du hast die Wut auf deiner Seite.«

»Wie lange?«

»Wie lange du bräuchtest, um sie k. o. zu schlagen?«

Suze schüttelte den Kopf. »Wie lange trifft er sich schon mit ihr?«

»Ende November haben wir davon erfahren.«

»Und du hast mir nichts davon gesagt?«

»Nein.«

»Und Nell hat es mir auch nicht gesagt.«

»Nell hat bis heute nichts davon gewusst.«

»Warum nicht? Wenn …«

»Weil wir wussten, dass sie es dir erzählen würde.« Riley nahm sein Bier zurück. »Wir haben es herausgefunden, während wir an einer anderen Sache arbeiteten. Wir sind nicht darauf aus, Ärger zu provozieren. Deswegen haben wir es keinem von euch beiden erzählt.« Er trank, und Suze fühlte sich hintergangen.

»Ich habe für euch gearbeitet«, sagte sie schließlich.

»Du hast aufgehört, weil dein Mann einen Wutanfall bekommen hat. Nicht, dass wir dir nicht dankbar gewesen wären. Am Abend, bevor du den Job geschmissen hast, hatte er angerufen und damit gedroht, uns keinerlei Aufträge mehr zukommen zu lassen, wenn wir dir nicht kündigten. Du hast uns also davor bewahrt, gegen unsere ethische Überzeugung zu verstoßen.«

»Aber das hättet ihr getan.«

»Suze, du hast zwei Monate für uns gearbeitet. Mit Ogilvie und Dysart sind wir bereits seit Jahren im Geschäft. Da fiel die Wahl nicht besonders schwer.«

»Ihr habt mich fallen lassen, genau wie er mich fallen lässt.«

Riley schob ihr das Bier wieder hin. »Trink.«

Sie ergriff den Krug und erstarrte, als Jack aus einer Tür mit der Aufschrift ›Spielzimmer‹ trat. Er war mit einer Frau zusammen, und sie war jung und hatte dunkles Haar, aber erst als sie näher traten, erkannte Suze sie. »Das ist Olivia. Die Tochter seines Partners.«

»Richtig, Jack steht auf das, was sich in seiner Nähe befindet und leicht zu bekommen ist«, sagte Riley, und Suze warf ihm einen wütenden Blick zu. »Ich meine nicht dich, Dummkopf. Ich meine Olivia Ogilvie.«

Jack zog einen Stuhl für Olivia hervor und sie lachte ihn an, während sie sich setzte. Er beugte sich vor und küsste sie auf den Kopf, und Suze war zwischen Schmerz und Wut hin- und hergerissen.

»Ich bringe ihn um.«

»Das würde ich an deiner Stelle sehr gut vorausplanen«, warnte sie Riley. »Es sei denn, du möchtest ins Gefängnis wandern.«

Jack ging an die Bar und Suze musterte Olivia. Sie war nicht im eigentlichen Sinne schön, doch sie war jung und schlank. Suze kam sich im Vergleich zu ihr wie ein Teigklumpen vor. »Kein Wunder.«

Riley sah sie an. »Was? Olivia? Hör auf, dich selbst herunter zu machen. Du hast Klasse. Sie ist ein durch alle Betten hüpfender Trottel.«

»Ganz ähnlich wie Jack«, schnaubte Suze wütend. Riley musste lachen. »Genau.«

Suze fühlte sich jetzt ein bisschen weniger deprimiert, obwohl sie Olivia nicht aus den Augen ließ. »Ich dachte, mich wolltest du gegen eine Wand vögeln. Das erinnert mich auch nicht an eine Klassefrau.«

Er schwieg und sie drehte sich um, um zu sehen, was los war. »Du ziehst voreilige Schlussfolgerungen.«

»Schläft er mit ihr?«

»Diese Schlussfolgerung darfst du getrost ziehen.«

»Bist du dir sicher?«

»Ja.«

Seine Stimme war bestimmt, und Suze wurde übel. Er hatte sie gesehen, und jetzt konnte sie sie auch sehen. In der Vorstellung sah sie die beiden miteinander schlafen, und es war schrecklich, ekelhaft, beschämend … quälend.

Riley nickte in Richtung der Bar, wo Jack stand. »Möchtest du ihn zur Rede stellen?«

Bei der Vorstellung wurde Suze noch übler. »Nein.«

»Dann ist meine Arbeit getan. Ich bringe dich nach Hause.«

Jack setzte sich Olivia gegenüber und hob sein Glas. Was würde er tun, wenn er herübersah und sie entdeckte? Er hatte ihr einmal gesagt, dass er immer wissen würde, wenn sie ein Zimmer betrat, selbst mit dem Rücken zu ihr würde er sie immer spüren.

Der Mistkerl.

»Ja«, sagte Suze. »Bring mich nach Hause.«

Sie hatten die Bar bereits halb durchquert, als sie auf Jack zurückblickte und sich ihre Blicke trafen. Er erstarrte für einen Augenblick, stellte dann sein Bier ab und kam mit gerötetem Gesicht auf sie zu.

»Warte«, wandte sie sich an Riley.

Riley blickte sich um. »Ach, du meine Güte.«

»Ich wusste es«, sagte Jack, als er bei ihnen angekommen war. »Ich wusste ...«

»Ich habe ihn beauftragt«, schnitt ihm Suze kurzerhand das Wort ab. »Genau wie Abby und Vicky. Dein Mangel an Moral wird ihm noch ein Vermögen bescheren.«

Jack blickte an ihr vorbei zu Riley und zog seinen Kopf ein wenig ein. Er war offenbar so wütend, dass er vergessen hatte, dass er ebenfalls mit jemand anderem zusammen hier war. *Für wen in aller Welt hält er sich eigentlich?*, dachte Suze. Dann trat er einen Schritt auf sie zu, und Riley schob sie auf die Seite und sich vor sie, mit seiner Schulter als Schutz vor Jack.

»Vergiss es«, wandte er sich an Jack, die Stimme voller Verachtung. »Ich würde dich auseinander nehmen, während die beiden uns dabei zuschauen.«

»Genau darauf hast du doch gewartet«, ertönte Jack dreist wie gewohnt. »Fünfzehn Jahre hatte ich sie und du warst hinter ihr her. Glaubst du etwa, jetzt bekämst du sie?«

»Ich glaube, dass sie jetzt das bekommt, was sie haben möchte«, erwiderte Riley. »Und ich glaube, das bist nicht länger du. Und ich glaube, dass es höchste Zeit dafür ist.«

»Ich möchte nach Hause«, wandte sich Suze an Riley.

Riley drehte Jack den Rücken zu, legte seine Hand um ihre Taille und geleitete sie sanft zur Tür.

»Das ist auch mein Zuhause«, sagte Jack in ihrem Rücken. »Ich werde …«

»Nicht mehr«, entgegnete Suze. »Die Riegel werden vorgeschoben sein.« Sie sah an ihm vorbei auf Olivia. Diese beobachtete sie, während ihre Zunge wie bei einer kleinen Katze die Oberlippe berührte. Dann drehte sich Suze um zur Tür, Riley hinter ihr wie eine Mauer, die alles Unheil abblockte und sie auffing, wenn sie stolperte.

Als sie draußen in der Kälte standen, fragte er: »Alles in Ordnung?«

»Nein«, erwiderte sie. »Bring mich bitte nach Hause.«

Nachdem er vor ihrem Haus vorgefahren war, stieg sie aus und war überrascht, als er ebenfalls ausstieg. »Geh schon«, forderte er sie auf und versetzte ihr einen sanften Stups in Richtung des Hauses. »Keine gute Zeit für dich, um alleine zu sein. Ruf Nell an. Bis sie kommt, bleibe ich bei dir.«

Sie schloss die Tür auf und ließ ihn eintreten, bemüht, nicht in Tränen auszubrechen, sondern sich auf ihre Wut zu konzentrieren. »Du glaubst vermutlich, ich habe mir das verdient.«

»Habe ich das gesagt?« Riley klang verärgert.

»Dasselbe habe ich auch getan. Ich habe das Vicky angetan.«

»Ist es denn nicht auch so schon schmerzhaft genug. Musst du dich unbedingt noch selbst niedermachen?« Riley folgte ihr ins Esszimmer. »Jack ist ein mieses Arschloch, er war schon immer ein mieses Arschloch, und er wird immer ein mieses Arschloch bleiben. Schieb die Schuld auf ihn.«

»Und was ist mit dir?« Suze hatte das dringende Bedürfnis, sich mit jemandem zu streiten. »Du hast mir in einem Hotelzimmer nachspioniert. Du befindest dich selbst nicht gerade auf besonders ehrbarem Territorium.«

»Das gehört zu meiner Arbeit. Du hast vor dem Ehemann

einer anderen in einer Cheerleaderuniform aus dem Kostümverleih einen Striptease hingelegt.« Riley blickte in ihre Porzellanvitrine. »Was in aller Welt sind denn diese Dinger mit den Füßen?«

»Ich hatte sie nicht geliehen«, korrigierte ihn Suze. »Das war meine eigene Uniform. Ich war erste Cheerleaderin.«

Riley seufzte. »Das glaube ich dir nicht. Da war dieser Typ in seinen Vierzigern ...«

»Er war neununddreißig.«

»... der einer Oberschülerin nachsteigt. Fandest du das denn richtig?«

Suze setzte sich und fühlte sich jämmerlich. »Mit ihm fand ich alles richtig. Er war der tollste Mann, dem ich je begegnet war.« *Oh, Jack.*

Riley schnaubte. »Kinderschänder.«

Suze sah ihn stirnrunzelnd an und war für einen Augenblick abgelenkt. »Ich war achtzehn. Warst du denn selbst nicht kürzlich mit einer jungen Studentin liiert?«

»Wechsle nicht das Thema.«

»Wie alt bist du überhaupt? Fünfunddreißig?«

»Vierunddreißig«, korrigierte sie Riley. »Es hat nicht geklappt. Sie war zu gebildet für mich.«

»Kaum zu glauben.« Suze sank auf ihrem Stuhl zurück. »Gib Jack doch ihre Telefonnummer. Vielleicht wird er Olivia für sie fallen lassen.« Sie fühlte, wie sich ihr die Kehle zuschnürte und schluckte. »Weißt du, ich habe ihm wirklich geglaubt, als er sagte, ich sei anders. Als ich dreißig wurde und er mich nicht verließ, so wie er Abby und Vicky verlassen hatte, waren alle darüber verwundert, nur ich nicht, denn ich wusste, er liebt mich.« Ihre Augen brannten und sie hörte, wie sich ihre Stimme belegte. »Und dann hat er mich trotzdem verlassen.« Sie biss sich auf die Lippe, um nicht zu weinen – denn vor Riley zu weinen wäre einfach zu beschämend, zur Hölle mit ihm – und dann hörte sie ihn sagen: »O verdammt.«

»Ich weine nicht«, sagte sie.

»Ich weiß, dass ich das bereuen werde«, sagte Riley, »aber er hat dich nicht verlassen.«

Suze blickte ihn durch ihre Tränen hindurch an. »Hat er das nicht? Nun, das sind ja tolle Neuigkeiten. Was in aller Welt macht er dann mit Olivia?«

»Er hat zu einem Präventivschlag ausgeholt. Er war dir die ganzen vierzehn Jahre eurer Ehe über treu. Das weiß ich, weil ich wirklich mein Bestes gegeben habe, um eine andere Frau aufzuspüren. Es gab keine. Es gibt auch jetzt nicht wirklich eine. Er weiß, dass du ihn verlassen wirst, also macht er den ersten Schritt. Alle werden ihn zwar für den letzten Menschen halten, aber immerhin steht er nicht wie ein angegrauter Verlierer da.«

Wütend sprang Suze von ihrem Stuhl auf. »*Ich hatte nicht vor, ihn zu verlassen. Ich habe ihn geliebt.* Du hast keine Ahnung …«

»Wollte er, dass du arbeitest?«, fragte Riley.

»Ach, lass das. Auf einem Barhocker zu sitzen, während du dir daneben Notizen machst, ist doch keine Arbeit. Es ist noch nicht mal ein Abenteuer.«

»Aber war er dagegen?«

»Ja«, sagte Suze und wurde immer wütender, während Riley immer ruhiger wurde. »Willst du damit etwa sagen, dass ich weiterhin brav zu Hause hätte bleiben sollen …«

»Was hast du mit deinem Gehalt gemacht?«, fragte Riley.

»Welchen Unterschied …«

»Du hast doch ein Konto eröffnet, nicht wahr? Und zwar kein gemeinsames Konto. Nein, eines nur für dich.«

»Ich habe hundert Dollar am Abend verdient«, sagte Suze abfällig, »ich kann mir nicht vorstellen, dass er die hätte haben wollen.«

»Du hast dir einen Job geangelt, ohne ihn davon zu unterrichten, du hast ein Konto eingerichtet, ohne ihm Bescheid zu sagen …«

»Das machen Frauen tagtäglich. Das heißt noch lange nicht, dass man den Mann verlässt.«

»Wer hat die Tassen mit den Füßen gekauft?«, fragte Riley und deutete auf die Porzellanvitrine. Suze blickte auf ihre siebenundzwanzig kleinen Eisbecher, die vor dem Porzellangeschirr entlang rannten, geradezu über das Porzellan zu rennen schienen, eine ganze Vitrine auf der Flucht.

»Wenn ich Angst hätte, dass mich meine Frau verlassen würde«, begann Riley, »und sie anfangen würde, solche Dinge zu sammeln, würde ich die Becher vermutlich zerschmeißen.«

»Das hat er auch getan.« Suze schluchzte. »Eine hat er fallen lassen, aber ich habe sie wieder zusammengeklebt.«

»Wann hast du angefangen, sie zu kaufen?«

»Im September.« Suze ließ die Schultern fallen und wippte ein wenig auf ihrem Rücken, warm und fest.

»Die Beziehung mit Olivia hat Ende November begonnen«, sagte Riley.

Bei der Erwähnung dieses Namens zuckte sie zusammen. Schmerz durchfuhr sie, weil sie sich nicht gegen ihn gewappnet hatte. »Wenn er wirklich gehen wollte, hätte er nicht unbedingt zu ihr gehen brauchen«, sagte sie. »Du kannst mir nicht sagen, dass er sie nicht angesehen und bemerkt hat, dass sie jünger und straffer und …«

»Kein Mann würde Olivia dir vorziehen«, entgegnete Riley und schien von ihr angewidert. »Hör auf mit dem Selbstmitleid.«

Suze beachtete ihn nicht, sondern sah der Wahrheit ins Auge: Sie hatte ihre eigene Ehe beendet, und jetzt konnte sie noch nicht einmal Olivia dafür verantwortlich machen. *Jack.* »Ich hasse das alles.« Sie drehte sich zu Riley um, ein wenig überrascht, dass er nicht dicht neben ihr stand. Er war ihr so nah erschienen. »Und es ist alles meine Schuld.«

»Nein, das ist es nicht«, entgegnete Riley entnervt. »Du hast einen Mann geheiratet, der so kontrollierend auf dich einwirkte, dass selbst ein ganz normales Alltagsleben ihm bedrohlich erschien. Du hörst mit deinem Job auf und schließt das Konto und dann was? Willst du für den Rest deines Lebens in diesem Esszimmer sitzen und die blauen Teller anstarren? Denn ich bin mir ziemlich sicher, dass du all diese kleinen Becher mit den Füßen auch noch aufgeben müsstest. Die sind ja selbst mir unheimlich, und ich bin nicht derjenige, der dich halten will.«

»Die Tassen aufgeben? Ich will Nell«, sagte Suze und brach in Tränen aus.

»Einen Augenblick.« Riley trat einen Schritt zurück. »Warte nur einen Augenblick.« Sie hörte, wie er sich in die Küche zurückzog und eine Nummer wählte. *Ich habe den einzigen Mann, den ich jemals geliebt habe, gegen ein Bankkonto und ein paar Eierbecher eingetauscht*, dachte sie. Dann legte sie ihren Kopf auf den Esstisch und heulte los.

Ein paar Minuten später, als das Schlimmste vorbei war, hob sie ihr Gesicht, und Riley hielt ihr eine Schachtel Papiertaschentücher unter die Nase. »Nell ist unterwegs«, sagte er und es hörte sich an, als ob er ihr Kommen kaum noch abwarten könne.

»Entschuldige, dass ich weine.« Suze nahm ein Taschentuch, um sich die Nase zu schnäuzen. »Das muss schrecklich für dich sein.«

»Ja, das ist es. Mach es nicht wieder. Hättest du gerne einen Drink? Oder sonst irgendetwas?« Sie schniefte erneut und versuchte ihn anzulächeln. Er wirkte wie ein Gefangener. »Himmel, Riley, ich habe nur geweint, mehr nicht. Meine Ehe ist zerbrochen, da ist es mir doch gestattet zu weinen.«

»Natürlich. Aber hebe es dir für Nell auf. Sie wird in ungefähr einer halben Stunde hier sein. Möchtest du wirklich keinen Drink? Ich für meinen Teil könnte einen gebrauchen.«

»Warum in einer halben Stunde? So weit ist es doch gar nicht.«

»Gabe war bei ihr zu Hause. Sie haben sich darüber gestritten, dass wir sie nicht eingeweiht hatten und dann … hörten sie auf, sich zu streiten. Sie zieht sich gerade an.«

Na bitte, dachte Suze und schniefte erneut. Nell hatte jemanden gefunden. Sie hatte sich nicht eingeigelt und war gestorben, als ihre Ehe an jenem Weihnachtsfest zerbrochen war. Sie hatte …

»O mein Gott«, seufzte Suze. Nell hatte *zwei Jahre* gewartet. Es würde noch ganze *zwei Jahre* dauern, ehe sie nicht mehr alleine war. Und Nell hatte lediglich über diesen Nichtsnutz von Tom hinwegkommen müssen. Sie hingegen würde die Trennung von *Jack* verdauen müssen. »O mein Gott.«

»Was ist?«, erkundigte sich Riley.

»Es wird noch zwei Jahre dauern, ehe ich wieder Sex haben werde«, jammerte Suze.

»Ich hole uns die Drinks«, sagte Riley und flüchtete in die Küche.

15

Um Mitternacht saß Suze auf der Treppe, streichelte Marlene und hörte Nell dabei zu, wie diese durch die geschlossene Tür hindurch Jack in aller Deutlichkeit mitteilte, was für ein hinterhältiger, widerlicher, degenerierter Mistkerl er doch sei. Sie hatte den Riegel vorgeschoben und wollte ihn nicht ins Haus lassen. Schließlich hatte er aufgegeben und war weggegangen, vermutlich zu Olivia.

»Morgen besorgst du dir einen Anwalt«, hatte sie Suze ermahnt, nachdem sie die Treppe zu ihr hinaufgestiegen war.

»Morgen muss ich arbeiten gehen«, erwiderte Suze. »Ich habe ein Café, das auf mich wartet.«

»Den Anwalt kannst du vom Café aus anrufen«, beharrte

Nell und stand dann am nächsten Tag neben ihr, während sie den Anruf erledigte.

Die nächsten Tage verschwammen zu einer einzigen Masse von Kaffee, Tee und Margies Keksen, Drinks an der Bar als Lockvogel für Riley, schmerzlichen Diskussionen mit dem Anwalt und langen Unterhaltungen mit Nell, die niemals müde wurde zuzuhören, selbst wenn Suze immer wieder zu denselben Themen zurückkehrte.

»Ich an deiner Stelle hätte große Lust, mich umzubringen«, meinte sie am Valentinstag zu Nell. »Ich weiß, dass ich immer wieder dieselben Dinge sage. Aber irgendwie komme ich nicht darüber weg. Ich sollte die Scheidung einreichen, dazu rät mir auch der Anwalt, aber irgendwie kann ich nicht…« Sie brach ab. »Es tut mir so Leid.«

»Du kommst mit der Sache viel besser klar als ich seinerzeit«, beruhigte sie Nell. »Ich habe damals fast anderthalb Jahre lang kein Wort über die Lippen gebracht. Was möchtest du zu Abend essen?«

Sie waren bei Nell zu Hause. Das wiederum verursachte Suze Schuldgefühle, denn Nell war endlich wieder glücklich mit einem guten Mann zusammen, der sie liebte. Und nun war sie hier aufgetaucht und hatte sich wie die Kröte im Märchen vor ihnen aufgepflanzt und vermieste ihnen den Tag. »Hör zu, heute ist Valentinstag. Ich kann nach Hause gehen…«

»Nur über meine Leiche«, unterbrach sie Nell. »Was hältst du von einem leckeren Wokgericht? Das bekomme ich schnell hin.«

»In Ordnung.« Suze schlenderte zurück ins Wohnzimmer, um Marlene zu streicheln. Es war erstaunlich, wie therapeutisch sich das Streicheln eines Dackels erweisen konnte, selbst wenn dieser Dackel eine solche Schauspielerin war wie Marlene. Sie hielt vor Nells Porzellanvitrine inne und betrachtete das Clarice-Geschirr. Das geheimnisvolle Häuschen stand alleine auf dem Hügel mit seinen einsamen

Rauchzeichen und deprimierte sie ungeheuer. Also betrachtete sie stattdessen die Stroud-Kartuschen, das heitere kleine Haus mit den orangefarbenen Ziegeln inmitten perfekter kleiner Quadrate. Aus irgendeinem Grund war das noch schlimmer, das einsame kleine Haus in einem Quadrat gefangen, alles ganz ordentlich, alles ganz und gar unwirklich. Vielleicht entsprach es genau dem, was sie selbst gerade tat: alles in Ordnung zu halten und es mit einem schwarzen Rahmen zu umgeben. Wenn dein Ehemann dich betrügt, stößt du ihn ab. So gestaltete sich das Leben im Bilderbuch, nicht in der Wirklichkeit. Das wirkliche Leben war ungeordnet und durch Zweifel und Reue kompliziert. Vielleicht sollte sie nach Hause gehen und Jack anrufen. Vielleicht sollten sie ohne Anwälte miteinander reden.

»Alles in Ordnung?«, erkundigte sich Nell, als Suze in die Küche zurückkehrte, um ihr beim Tischdecken zu helfen.

»Vielleicht habe ich zu früh aufgegeben«, sagte Suze. Als Nell schwieg, drehte sie sich zu ihr um. »Was meinst du?«

»Ich meine, wie auch immer du dich entscheidest, werde ich hundert Prozent hinter dir stehen«, erwiderte Nell. »Und Margie wird ebenfalls hundert Prozent hinter dir stehen, mit einer Thermosflasche voll Sojamilch in der Hand.«

»Was würde ich nur ohne euch tun?«

»Das wirst du niemals erfahren müssen.« Nell stellte ihr einen Teller hin. »Und nun iss. Ich mache mir Sorgen, du könntest so dumm sein wie ich damals und in eine Art Wachschlaf fallen.«

So sehr Nell sich um Suze sorgte, sorgte sich Suze ihrerseits um Nell. Da sie mit Margie zusammen im Café arbeitete und abends für die Agentur den Lockvogel spielte, konnte Suze gleichsam aus der ersten Reihe Nells neue Beziehung beobachten. Ihrer Einschätzung zufolge würden die beiden jeder für sich alt werden, wenn Nell nicht allmählich zur Besinnung kam.

Denn trotz ihrer offensichtlichen Ekstase lebte Nell gar

kein neues Leben. Nell hatte ihr altes Leben wieder zum Leben erweckt, sie kommandierte ihren neuen Chef genauso herum, wie sie es mit ihrem alten auch getan hatte. Das Problem dabei war, dass ihr alter Chef ein Waschlappen war, ihr neuer jedoch nicht. Nell verlangte etwas Bestimmtes, Gabe sagte nein dazu, und anschließend bastelte Nell hinter seinem Rücken daran herum. Dann brüllte Gabe, Nell zog ihn in ihr Bett, und die ganze Sache begann mit einem neuen Wunsch von Nell von vorne. Sie hatte noch drei große Ziele, vor deren Durchsetzung sie sogar selbst ein wenig Angst hatte: das Sofa, die Visitenkarten und das neue Fenster. Gabe und sie stritten sich entweder oder aber sie liebten sich oder sie waren auf dem Weg zueinander. Während Suze die Aufregung zwar verstehen konnte, konnte sie nicht begreifen, wie man so weitermachen konnte. Sie für ihren Teil hätte schon lange einer medikamentösen Behandlung bedurft.

»Ich verstehe die beiden nicht«, wandte sich Suze an Riley, als er eines Nachmittags ins Café kam, um vor den Streitereien zu flüchten. Sie schenkte ihm eine Tasse Tee ein und stellte einen Teller zerbrochener Kekse vor ihn, die sie hinter dem Tresen für ihn aufbewahrte. Er nahm einen halben Stern in die Hand und nickte.

»Du hattest Recht«, bestätigte Riley. »Sie sind beide Küsser. Wenn Nell nicht bald damit aufhört, werden sie echte Probleme bekommen.«

»Deiner Meinung nach liegt der Fehler also bei Nell?«

»Ja, das finde ich. Und ich werde mich auf keinen Streit mit dir einlassen, probiere es erst gar nicht.« Riley biss in den Keks, und Suze atmete tief durch und beruhigte ihn. »Gabe gehört in die Agentur«, fuhr Riley fort. »Sie ist seine Sekretärin. Es ist nicht an ihr, Entscheidungen zu treffen und zu erwarten, dass er sie alle gutheißt. Ich kann kaum glauben, was er ihr bisher schon alles hat durchgehen lassen. Aber allmählich geht es ihm auf die Nerven.«

»Woher weißt du das?«, fragte Suze. »Mir scheint er immer noch derselbe.«

»Ich weiß es, weil sie sich jeden verdammten Tag streiten. Das kann er jetzt nicht gebrauchen, wo diese Sache mit seinem Vater ihn vollkommen verrückt macht. Er wird durchdrehen, und ich möchte nicht, dass Nell die Ursache dafür ist. Sie ist gut für ihn, oder sie wäre es zumindest, wenn sie endlich aufhören würde, so zu tun, als ob die Agentur ihr gehörte.«

»Ja, ja, diese willensstarken Frauen«, meinte Suze. »Entweder man hält sie am Boden, oder sie überrollen einen ganz einfach.«

»Warum unterhalte ich mich eigentlich mit dir?« Riley kehrte mit der Tasse in der Hand in die Agentur zurück, während Suze über ihrer Tasse Tee und den Bruchkeksen saß und sich bemühte, nicht darüber nachzudenken, wie kompliziert alles war.

Der Streit in Gabes Büro war so ausgegangen, wie alle ihre Streite ausgingen, und Nell fühlte sich großartig.

»Weißt du«, meinte Gabe und zog sich die Hosen wieder an, »früher waren meine Kaffeepausen viel entspannender.«

»Das liegt am Koffein.« Nell reckte und räkelte sich nackt vor seinem Schreibtisch und spürte, wie sich ihre Muskeln bewegten. »Früher war ich sehr bescheiden.«

»Die Phase muss ich wohl verpasst haben.« Gabe warf ihr ihren Pullover zu, doch sie fing ihn nicht auf. »Nicht, dass ich ein besonderes Interesse daran gehabt hätte.«

Sie ging zum Bücherregal hinüber und spürte die Muskeln ihrer Beine. Nichts auf der Welt konnte einen so sehr daran erinnern, dass man vom Tier abstammte, wie Sex. Verdammt, sie fühlte sich blendend. Sie fuhr mit den Fingern über eines der Regale. »Ich möchte wetten, dieses Büro hat schon eine Menge nackter Sekretärinnen gesehen.«

»Das glaube ich nicht.« Gabe sah sich suchend um. »Die meisten Frauen bestehen auf ordentlichen Betten.«

»Dann bringe ich also etwas Neues in diese Tradition ein?« Nell trat zu dem Garderobenständer hinüber.

»Aber ja. Wo in aller Welt hast du mein Hemd hingeworfen?«

»Über meinen Kopf, glaube ich.« Sie nahm das alte blaue Nadelstreifenjackett von der Garderobe und schlüpfte hinein. Sie schüttelte sich ein wenig, damit das Seidenfutter an ihrer Haut hinabglitt, während sie die Jacke um sich schlang. »Das solltest du anziehen. Du würdest phantastisch darin aussehen.«

Er hörte auf, nach seinem Hemd zu suchen. »Nicht so phantastisch wie du.«

»Tatsächlich?« Sie lächelte ihn an und wäre vor Glück am liebsten auf- und abgesprungen. Sie sah den Kassettenspieler, ging hinüber, drückte den Startknopf und Dean Martin sang: *»Ain't that a kick in the head«*. Sie lachte und verfiel in einen schnellen Two-step, als er sang, *»I kissed her and she kissed me«*, und dann erschreckte sie, weil Gabe ihre Hand nahm und sie in seine Arme wirbelte.

»Du kannst tanzen?«, fragte sie überrascht, als er sie zwar ohne Hemd, doch elegant führte.

»Das kann ich, wenn du mich dich führen lässt«, sagte er, änderte die Schrittfolge und lachte, als sie sofort darauf einging.

»Und das soll Spaß machen, jemandem die ganze Zeit zu folgen?« Sie tanzte einen Schritt zurück, und er holte sie erneut ein.

»Immerhin halten dich meine Arme dabei umschlungen«, meinte er. Und als sie sich dicht an ihn schmiegte, zog er sie noch enger an sich und legte die Wange auf ihr Haar.

»Ein ziemlich hoher Preis«, murmelte sie an seiner Brust.

»Es ist doch nur ein Tanz, Nell«, sagte er, sie wiegend.

»Es ist alles nur ein Tanz«, entgegnete sie, glitt aus seinen Armen und legte ein paar Jazzschritte hin. Ihre Hände hatte sie in den Jackentaschen vergraben. Sie zog das Jackett eng um ihren Körper und fühlte sich wieder frei.

Er lehnte sich gegen das Regal und beobachtete sie. Sie vermisste seine Umarmung. »Es muss doch irgendeine Möglichkeit geben, miteinander zu tanzen, bei der beide Partner führen.«

»Das gibt es«, sagte Gabe. »Man nennt es Sex.«

Als das Lied endete, hielt sie außer Atem inne und streckte die Arme. Er zog sie zu sich heran und begann eine langsame Schrittfolge zu dem Lied *»You belong to me«*.

»Lass mich nur dieses eine Mal führen«, bat er sie. Sie entspannte sich in seinen Armen, glücklich über seine Berührung.

»Du kannst das wirklich gut«, bemerkte sie.

»Meine Mutter hat es mir beigebracht.«

Es klang traurig, und sie zog ihn dichter zu sich heran. »Weißt du was«, sagte sie. »Ich lass dich mich führen, wenn du mich nicht ausbremst.«

»Abgemacht.« Noch immer zur Musik tanzend küsste er sie, und als sie den Kuss beendete, legte sie ihre Wange an seine Brust und dachte, *so ist es also, wenn man verliebt ist.* Nur dass er nie gesagt hatte, dass er sie liebte. Sie waren jetzt seit mehr als zwei Monaten zusammen, und er hatte es nicht ein einziges Mal gesagt. Er zog sie enger an sich heran, und sie verspürte einen kurzen Augenblick der Panik – dass alles wieder zu Ende gehen würde, dass er sie niemals lieben würde, dass er eines Tages sagen würde, »Die Streitereien sind mir einfach zu viel«, und dass sie dieses Gefühl verlieren könnte – und dann dachte sie, *immerhin durfte ich es genießen.*

Doch später in jener Nacht, als Gabe eng an ihren Rücken geschmiegt lag, erkannte sie im Halbschlaf, dass ihr das nicht reichte. Sie brauchte dieses *für immer und ewig*, sie musste es hören. Sie wusste, dass es nur bewies, wie verzweifelt und erbärmlich sie war, sie wusste auch, dass es viel zu früh für so etwas war. Aber sie hatte sich mit tausend Gründen selbst gequält, weswegen er sie nicht liebte, weswegen er sie nie lieben würde, und jetzt wollte sie Sicherheit haben. Der Schlimmste aller Gründe war: *Vielleicht liebte er immer noch Chloe*. Er sprach nie über Chloe. Auch an ihren Postkarten, die in schöner Regelmäßigkeit eintrudelten, schien er nicht sonderlich interessiert. Andererseits wusste Nell nur zu gut, dass Gabe Gefühle kaum zeigte. Vielleicht unterdrückte er seine Sehnsucht nach Chloe. Vielleicht stellte er sich vor, dass *sie* Chloe war, wenn sie sich liebten.

Sie presste ihren Hintern an ihn, um seine Aufmerksamkeit zu bekommen, und er bewegte sich etwas und streichelte ihre Hüfte. »Denkst du jemals an Chloe?«

»Natürlich«, brummte er an ihrem Hals. Seine Hand strich ihr über den Kopf und seine Finger vergruben sich in ihrem Haar. Sie schmiegte sich enger an ihn und wollte noch mehr mit ihm verwachsen sein, noch mehr gefangen.

»Wann?«, fragte sie.

Er schmiegte sich an ihren Rücken und ließ seine Hand über ihren Bauch gleiten. »Wenn ich den Duft von Mandelkeksen rieche.« Er gähnte. Suze buk täglich Mandelkekse. »Vermisst du sie?«

»Hmhm.«

Seine Stimme klang unendlich schläfrig. »Wünschst du dir, sie käme wieder zurück?«

»Sie wird zurückkommen.« Er gähnte erneut. »Sie wollte nur für ein Weilchen mal etwas anderes sehen als immer nur Ohio.«

Er war viel zu müde, um ihr auszuweichen, also entschied sie sich für eine ganz direkte Herangehensweise. »Liebst du sie immer noch?«

»Hmhm.«

»Oh.« Nell wurde übel. »Du...«

Gabe setzte und stützte sich auf einen Ellbogen. Sie fiel mit dem Rücken zurück auf das Bett. »Nein«, sagte er und blickte auf sie herunter. Er war immer noch schlaftrunken. »Nicht so wie dich.« Und dann küsste er sie: Sie war so überrascht, dass sie sich auch dann noch an ihn klammerte, als er den Kuss beendet hatte.

»Nicht wie mich?«, wiederholte sie.

»Ich liebe dich. Nicht so wie Chloe. Anders.«

Er liebt mich. »Oh«, sagte sie und schluckte. *Wie anders? Frage nicht.*

»Chloe war leicht zu handhaben«, antwortete er, als ob er sie gehört habe. »Chloe war süß. Chloe machte genau das, was ich ihr sagte. Chloe hat mir niemals irgendwelchen Ärger bereitet.«

»Und jetzt sag irgendetwas Nettes über mich«, bat ihn Nell und fühlte Panik in sich aufsteigen.

»Du machst mich verrückt«, sagte Gabe, endlich wach, und ließ seine Hand über ihren Bauch gleiten. »Du machst nie, was ich dir auftrage, und du stellst alles in Frage, was ich sage, und ich wünschte mir, du würdest endlich damit aufhören. Du machst mich so wütend, dass ich dich anbrülle, und dann sehe ich dich an und kann nicht genug von dir bekommen, und gleichzeitig weiß ich, dass ich nie genug bekommen werde. Wenn ich ins Büro herunterkomme und du bist nicht da, ist mir der ganze Tag vermiest. Wenn ich einen schlechten Tag habe und du kommst herein, scheint die Sonne. Ich…«

»Ich liebe dich.« Nell setzte sich neben ihn und klammerte sich an seinen Arm. »Wie niemals einen anderen zuvor. Du lässt mich stark sein. Mit dir muss ich nicht so tun als ob. Ich fühle mich bei dir nicht *schuldig*.«

»Liebling, ich lasse dich überhaupt nichts tun«, bemerkte er belustigt. »So bist du einfach.«

Sie küsste ihn und hielt sein Gesicht zwischen ihren Händen und liebte ihn so sehr, dass es schmerzte. »Und jetzt lasse ich dich schlafen.«

»Das wäre ja noch schöner«, brummte Gabe. »Erst weckst

du mich auf, dann soll ich schlafen.« Er presste ihren Rücken zurück in die Kissen, und sie schmiegte sich an ihn und dachte, *er liebt mich, diesmal ist es für immer*. Sie wusste, dass es möglicherweise nicht für immer war, denn für niemanden gab es ein Für-Immer, ein Bis-Zum-Schluss. *Das muss genügen*, dachte sie, dann schloss sie die Augen und liebte ihn zurück.

Am nächsten Morgen wachte Gabe auf, den Arm um Nell geschlungen. Er kämpfte sich durch einen schläfrigen Nebel und versuchte herauszufinden, was ihn eben geweckt hatte. Marlene saß am Fußende des Bettes, die Ohren gespitzt, und dann hörte er etwas aus der Nachbarwohnung, das sich wie ein erstickter Schrei anhörte.

»Was zum Teufel!« Er rollte aus dem Bett, die Hand nach seiner Hose ausgestreckt.

Nell setzte sich auf, ihre Stimme ebenfalls verschlafen. »Doris.«

Als er nach unten ging, klopfte Doris an die Tür und fiel förmlich mit ihr ins Haus, als er sie öffnete. »Was ist denn?«, fragte er und sie stammelte: »Der Keller. O mein Gott.«

»Was denn?«, fragte er.

»In der Tiefkühltruhe«, erwiderte sie und fing wieder an zu schreien. Er überließ sie Nell. Vorsichtig betrat er Doris' Wohnung, ging dann vorsichtig die schmale Kellertreppe hinunter und dachte, *was soll mit der Tiefkühltruhe sein*? Doch als er an einem Tisch voller Kränze aus Tannenzapfen vorbeiging und die schmale Tiefkühltruhe öffnete, rang er nach Atem und hätte um ein Haar selbst laut geschrien.

Lynnie lag dort eingeklemmt, blau und verschrumpelt und schon lange tot und nicht mehr auf der Flucht.

»Seit wann?«, fragte Nell, nachdem die Polizei gegangen war und Doris' Eingangstür mit gelbem Klebeband versiegelt hatte. Doris war zu ihrer Schwester gefahren, denn sie beharrte darauf, keine einzige Nacht länger in diesem Haus verbringen zu können. »Seit wann war sie da drin?«

»Seit langem«, erwiderte Gabe und schenkte ihr Glenlivet ein. »Seit letztem September, würde ich sagen. Nachdem du mit ihr gesprochen hast, hatte sie sich doch mit ihrem Anwalt treffen wollen, nicht wahr?«

»Das sagte sie jedenfalls.« Seit letztem September. *Ich bin über ihrer Leiche eingezogen.*

»Und dann haben wir nie wieder etwas von ihr gehört.« Gabe reichte ihr das Glas. »Trink. Du siehst aus wie die Wand.«

»Du hast der Polizei nichts von O & D gesagt.« Nell nippte an dem Scotch.

»Dass Lynnie O & D erpresst hat, ist lediglich eine Vermutung«, erwiderte Gabe. »Ich halte es für eine ziemlich wahrscheinliche Vermutung, doch eine Tatsache ist es nicht.«

»Dass sie bei dir Geld unterschlagen hat, ist aber eine Tatsache.«

»Was willst du damit sagen?«

»Trevor schützt du, nicht aber dich selbst.«

»Nein«, widersprach Gabe. »Ich gebe der Polizei alle Informationen, über die ich verfüge. Sie wollen Tatsachen, keine Vermutungen.«

»Du möchtest verhindern, dass der Name deines Vaters besudelt wird«, fuhr Nell fort. »Du hast Angst, dass Lynnie Jack und Trevor mit Helenas Tod erpresst hat, und du hast Angst, dass die Polizei herausfindet, was dein Vater getan hat.«

»Misch dich nicht in Dinge ein, die du nicht begreifst.« Gabe ging in die Küche und stellte die Flasche Glenlivet zurück in den Schrank. Als er wieder heraustrat, zog er sich den Mantel über. »Ich muss mit Riley sprechen. Wir sehen uns später.«

Nell beobachtete ihn beim Weggehen und dachte, *sonst bist du immer so clever, doch die Vergangenheit kannst du nicht ruhen lassen*. Sie schüttelte den Kopf, streichelte Marlenes seidigen Kopf und versuchte, weder an Lynnie noch an sonst irgendjemanden zu denken. *So viel Leid überall*, dachte sie, und als Marlene sich dichter an sie herankuschelte, fühlte sie sich etwas getröstet.

»War sie richtig *gefroren*?«, wollte Suze am nächsten Morgen beim Brunch wissen.

»Ich bin so froh, dass ich meine Tiefkühltruhe nie benutze«, sagte Margie. »Stewart wollte eine haben, weil er gerne Steaks aß, aber ich halte frische Lebensmittel für viel wichtiger.«

Nell blickte sie verblüfft an und Suze nickte in Richtung Margies Orangensaftglas. *»Mimosa«*, sagte sie an Nell gewandt. »Sie hat bestellt, bevor du hierher gekommen bist. Es ist ihr drittes Glas.«

»Wenn sie Vegetarierin gewesen wäre«, fuhr Margie unbeirrt fort, »wäre sie nicht gestorben.«

»Es lag nicht an ihrer Tiefkühltruhe«, entgegnete Nell nicht im Geringsten amüsiert. »Es war die Tiefkühltruhe ihrer Vermieterin. Sie selbst besaß gar keine.«

»Dann hat jemand sie dort hineingelegt?«, fragte Suze.

»Zumindest hat mich Jack nur verlassen, eingefroren hat er mich nicht.«

»Gabe meinte, es hätte so ausgesehen, als ob sie einen blauen Fleck auf der Stirn gehabt hätte. Aber es war schwer zu erkennen. Sie war ...« Nell schluckte bei der Vorstellung, wie Lynnie ausgesehen haben musste. Margie schob ihr ihr Glas Mimosa hin.

»Hier«, ermunterte sie sie. »Das hilft.«

Nell nahm den Cocktail und trank.

»Alles in Ordnung?«, fragte Suze. »Mir war gar nicht klar, dass du sie so gut gekannt hast.«

»Das habe ich auch nicht.« Nell schob Margie das Glas zurück. »Nur an dem einen Vormittag. Aber ich mochte sie.

Sie war eine Kämpfernatur. Sie hat mit unfairen Mitteln gekämpft, aber ich glaube, sie hat sich gegen Männer zur Wehr gesetzt, die ebenfalls mit unfairen Mitteln kämpften.«

»Was für Männer?«, erkundigte sich Margie. »War sie verlobt?«

»Gabe glaubt, dass sie jemanden erpresst hat«, bemerkte Suze, und Nell trat sie gegen das Schienbein. Margie musste nicht unbedingt wissen, dass dieses »Jemand« sowohl ihren Vater als auch ihren Verlobten mit einschloss.

Margie blickte traurig auf den Boden ihres leeren Mimosaglases. »Mich hat auch mal jemand erpresst.«

»Wie bitte?«, fragte Nell.

Margie winkte der Kellnerin. »Noch einen Mimosa, bitte.«

»Nein, lieber einen schwarzen Kaffee«, wandte sich Suze an die Bedienung. Diese sah Margie an, und Margie nickte.

»Wer hat dich versucht zu erpressen?«, hakte Nell nach.

»Irgendeine Frau.« Margie seufzte, als die Bedienung ihr den Kaffee brachte. Nachdem sie gegangen war, fuhr sie fort: »Sie wollte zwanzigtausend Dollar, aber die hatte ich nicht. Budge meint, ich sollte Stewart endlich für tot erklären lassen, ehe es mit meinen Finanzen noch weiter bergab geht. Aber ich finde das nicht richtig. Ich meine, er ist vermisst, nicht tot. Glaube ich wenigstens.«

»Margie«, sagte Suze mit betont vernünftiger Stimme. »Warum wollte sie zwanzigtausend Dollar haben?«

»Sie sagte, ich hätte Stewart umgebracht.« Margie holte ihre Thermosflasche mit Sojamilch hervor und schenkte etwas davon in ihren Kaffee. »Sie sagte, wenn ich nicht zahlen würde, würde sie es allen erzählen.« Sie nippte an ihrem Kaffee und schenkte noch etwas Sojamilch nach. »Das war lächerlich. Ich meine, ganz offensichtlich kannten wir nicht dieselben Leute. Was sollte es mir ausmachen, wenn sie ihren Freunden so etwas erzählte?«

»Wie sehr hast du ihn denn geschlagen?«, erkundigte sich Suze.

»Wann?«, fragte Nell.

»Irgendwann«, sagte Margie und trank ihren Kaffee. »Ich würde ihre Freunde nie kennen lernen.«

Nell atmete tief durch. »Nein, wann hat sie angerufen?«

»Im letzten Jahr.« Margie stellte ihre Tasse ab und wandte sich wieder ihrem Gemüseomelette zu. »So etwas koche ich mir nie, weil die Sauce Hollandaise so viel Arbeit macht.«

»Wann im letzten Jahr?«, wollte Nell wissen.

»Hmhm? Oh, es war kurz bevor du deinen Job bekommen hast. Ich habe mir Sorgen gemacht, weil du nichts essen wolltest und suchte gerade nach einem Rezept für Käsecrêpes, als sie anrief. Ich erinnere mich, dass ich mir das dazugehörige Bild angeschaut habe, während sie mich nach dem Geld fragte. Magst du Crêpes?«

»Margie«, drängte Nell, »wann hat sie angerufen?«

Margie runzelte die Stirn und dachte nach. »Wann hast du denn mit deiner neuen Arbeit angefangen?«

»Im September.«

Margie zuckte mit den Schultern. »Dann war es im August. Aber es ist auch egal, denn sie hat nie wieder angerufen.«

»Hast du jemandem davon erzählt?«, fragte Nell.

»Papa und Budge.« Margie griff erneut nach ihrer Kaffeetasse. »Sie hielten es für einen üblen Scherz. Budge meinte, ich solle es vergessen, die Sache sei aus und vorbei. Das habe ich dann auch getan.« Sie nippte an ihrem Kaffee und sagte dann: »Oh. War es Lynnie?«

»Schwer zu sagen«, meinte Nell. »Aber das ist auch egal. Budge hat Recht, die Sache ist vorbei.«

»Budge hat immer Recht.« Margie setzte die Tasse ab. »Er meint, wir sollten heiraten, sobald ich Stewart für tot erklärt habe. Es ist ein echtes Problem, denn ich könnte das Versicherungsgeld schon gebrauchen. Aber es ist nicht richtig, Stewart für tot zu erklären, wenn er es nicht ist. Und wenn er einmal wirklich tot ist, werde ich Budge sagen müssen, dass ich ihn nicht heiraten möchte, und das wird auch schlimm werden. Könnte ich noch einen Mimosa haben, bitte?«

Suze winkte der Bedienung. »Drei Mimosa«, bestellte sie.

»Du auch?«, fragte Nell.

»Es liegt an dieser Kühltruhe«, entgegnete Suze. »Wenn er sie einfach nur umgebracht hätte, wäre das schon schlimm genug gewesen, aber dass er ihre Leiche in die Tiefkühltruhe gelegt hat…«

»Schlimmer noch als das«, sagte Nell. »Gabe zufolge sah der blaue Fleck auf ihrer Stirn gar nicht so schlimm aus.

Vermutlich wurde sie gar nicht vorher umgebracht. Wer immer sie geschlagen hat, hat sie danach zwar bewusstlos, aber immer noch lebendig in die Tiefkühltruhe verfrachtet, wo sie erfroren ist.«

»O mein Gott«, sagte Suze.

»Das ist genau wie Jack«, meinte Margie. »Er hat dich in dieses große Haus gesteckt und wollte nicht, dass du arbeitest oder irgend so etwas. Er hat dich auch erfrieren lassen.«

Suze schauderte und Nell sagte: »Margie, halt den Mund.«

Margie zuckte verletzt zusammen. »Tut mir Leid«, entschuldigte sich Nell. »Es tut mir wirklich Leid, dass ich das gesagt habe. Es ist nur, dass ich Lynnie… ich mochte sie, und jemand hat sie umgebracht.« Sie atmete tief durch und begann von neuem. »Ich kam mir so dämlich vor, dass ich anderthalb Jahre nach der Trennung von Tim nur herumgesessen habe und fand sie wirklich bewundernswert, weil sie zurückgeschlagen hat.«

»Du brauchst dich nicht dämlich fühlen«, meinte Suze düster. »Das verstehe ich vollkommen.«

»Aber Lynnie hat nicht einfach auf ihrem Hintern gesessen«, entgegnete Nell. »Sie ist diesen Leuten auf den Pelz gerückt. Und sie haben sie umgebracht. Soll das tatsächlich die Wahl sein, vor die wir gestellt werden? Entweder still zu halten und nett zu sein oder aber umgebracht zu werden?«

»Mehr Frauen werden von Männern, die sie kennen, umgebracht, als von Fremden«, bemerkte Margie. »Das habe ich in der *Oprah Show* gesehen. Ich mag Oprah, aber manchmal finde ich sie auch ziemlich deprimierend.«

Suze atmete aus. »Lynnie hat Leute erpresst, verdammt noch mal. Das ist eine Karriere mit einem ziemlich hohen Risikofaktor.«

»Aber es war irgendein Typ, der es getan hat«, beharrte Nell. »Da wette ich mit dir. Irgendein Mann aus ihrer Vergangenheit, der sie betrogen hat. Sie wollte sich revanchieren, um mit ihm quitt zu sein.«

»Jack«, sagte Suze.

»Ich weiß es nicht.« Nell starrte auf ihren Toast. »Glaubst du, Jack würde jemanden umbringen?«

»Nein«, erwiderte Suze. »Aber in Sachen Betrug ist er ein Profi.«

Schweigend warteten sie, bis die Bedienung die Mimosa brachte, dann sagte Margie: »Meinst du, du könntest mal bei mir vorbeikommen und mir die Sache mit eBay zeigen, von der du gesprochen hast? Wegen der ›Fiesta‹-Keramik? Dort kann man doch auch Dinge verkaufen, nicht wahr?«

»Klar«, bestätigte Suze. »Da kannst du auch nach der ›Running Ware‹-Keramik suchen.«

»Lieber nicht«, erwiderte Margie. »Das ist nicht mein Stil.«

Als die Polizei am Montag erneut zu Gabe kam, sagte er ihnen wahrheitsgemäß: Er wusste nicht, wer Lynnie geschlagen hatte. Im Vorzimmer verhörten sie währenddessen Nell, was ihn nervös machte. Sie konnten doch unmöglich annehmen, sie habe mit der Sache etwas zu tun. Er musste sich zusammenreißen, um nicht zu sagen: »Lasst die Hände von ihr.« Als sie schließlich gingen, war er auf Nell ebenso wütend wie auf die Polizei. Wenn sie es nicht zu ihrer Sache gemacht hätte, das verdammte Geld wieder einzutreiben, wäre sie Lynnie niemals begegnet. Sie wäre nicht da gewesen, als Doris die Leiche gefunden hatte, und sie stünde nicht als eine der zehn Topzeugen auf der Liste der Polizei.

Als sie eintrat, runzelte er die Stirn. Und als sie sagte: »Die Polizisten hätten fast die Couch zum Zusammenkrachen gebracht, wir müssen eine neue kaufen«, konnte er sich nicht mehr länger zügeln.

»Nein!«

»Gabe, das ist schrecklich. Alles andere sieht jetzt so schön aus, aber das …«

»Der Rest sieht nicht schön aus, der Rest sieht nicht aus wie jedes andere verdammte Büro in der Stadt. Die Couch bleibt.«

Sie verschränkte die Arme und blickte ihn mit ihrem trügerisch zarten Gesicht verärgert an. Sie war ungefähr so zart wie ein Schlaghammer. »Lass mich raten. Dein Vater hat das Sofa gekauft.«

Er schloss die Augen. »Warum musst du nur alles verändern? Das Vorzimmer erkenne ich überhaupt nicht mehr wieder. Es sieht aus wie eine verdammte Arztpraxis.«

»Es ist geschmackvoll«, widersprach Nell.

»Es ist aalglatt«, konterte Gabe. »Und es entspricht weder mir noch Riley …«

»Und deinem Vater auch nicht«, beendete Nell den Satz. »Außerdem stammt die Einrichtung nicht aus dem Jahr 1955.«

»Und außerdem ist es mein Büro. Und nicht deines.« Gabe beugte sich vor und starrte sie an. »Vergiss das nicht. Du bist hier lediglich die Sekretärin. Du …« Er hielt inne, weil sie noch blasser als gewöhnlich geworden war.

»Ich bin nicht nur eine Sekretärin«, sagte sie, ihre Stimme tief und atemlos. »*Niemand* ist nur eine Sekretärin, du Idiot.«

Gabe blickte zur Decke. Er wusste genau, er würde durchdrehen, wenn er sie ansah. »Verdammt, Nell, das hier ist *mein* Geschäft.«

»Ich weiß, dass es dein Geschäft ist. Das sagst du mir jeden Tag aufs Neue. Ich versuche lediglich, dein Geschäft für dich zu führen. Ich bin Büroleiterin. Du hast ein Büro zu leiten. Das tue ich. Wenn du mir nicht ständig in die Quere ...«

»Ich bin nicht Tim«, schnitt ihr Gabe das Wort ab, und sie verstummte. »Verwechsle unser Büro nicht ständig mit der Versicherungsagentur und glaube nicht, dass du über mich so bestimmen kannst wie über ihn.«

Nell wurde blass. »Ich bin nicht Chloe. Hör auf anzunehmen, dass du mich herumkommandieren kannst, so wie du sie immer herumkommandiert hast. Was ist nur mit euch Männern los? Budge drängt Margie, mit der Arbeit im Café aufzuhören, weil er glaubt, hier kämen ständig Mörder zum Tee. Was bildet ihr Männer euch eigentlich ein, dass ihr uns einfach Befehle erteilen und uns dann in den Hintergrund drängen könnt und dass wir dort bleiben, damit ihr euch wohl fühlt?«

Er atmete tief durch, um nicht erneut loszubrüllen. Er musste seine ganze Selbstbeherrschung aufbringen, um nicht wieder zu brüllen. Sie presste die Lippen aufeinander.

»Lynnie hatte Recht. Wenn du nur könntest, würdest du mich ausnutzen, und es würde dir noch nicht einmal auffallen.« Mit kerzengeradem Rücken verließ sie wutentbrannt das Zimmer.

Eine Minute später trat Riley ein, während Gabe immer noch damit beschäftigt war, seine Wut in den Griff zu bekommen. Er nutzte sie nicht aus, verdammt noch mal, er ...

»Mit der Polizei war es nicht besonders schlimm«, meinte Riley. »Eben gerade habe ich einen sehr interessanten Anruf erhalten.« Dann blickte er Gabe ins Gesicht. »Himmel, bitte sag mir, dass ihr euch nicht schon wieder streitet.«

»Das Sofa«, brummte Gabe unwirsch. »Nell hat Probleme mit der Hierarchie hier. Das wird sie lernen müssen.«

»Da bin ich mir nicht so sicher.« Riley schloss die Tür und

setzte sich Gabe gegenüber. »Sonst alles in Ordnung? Du siehst schlimm aus.«

Gabe spürte, dass er schwitzte. Vermutlich vor Wut. Himmel, sie würde ihn noch umbringen. »Ich werde so wütend mit ihr, dass ich nicht aufhören kann zu brüllen. Gleichzeitig will ich sie packen und ...«

»Ich weiß«, sagte Riley.

»Und sie steht dann einfach nur da, die Hände auf den Hüften, und fordert mich heraus, es zu tun. Ich schwöre, sie hält es vermutlich für ein Vorspiel.«

»Ich weiß.«

»Was es meist ja auch ist«, fuhr Gabe nachdenklich fort. »Diese Frau ist im Bett ein verdammtes Wunder.«

»Ich weiß«, sagte Riley.

Gabe spürte, wie seine Wut erneut aufflackerte, und Riley sagte hastig: »Nein, ich weiß es nicht. Ich habe es vergessen. Ich kann mich kaum noch an ihren Namen erinnern.« Als Gabe ihn immer noch böse ansah, sagte er: »Hey, ich bin schließlich nicht derjenige, der eine neue Couch möchte.«

Gabe stützte seinen Kopf auf die Hände. »Jetzt verstehe ich endlich, warum Männer Frauen schlagen.«

»Wie bitte?«

»Das würdest du nicht verstehen. Für dich ist das alles ein Spiel. Aber ich schwöre, wenn du sie einerseits nicht dazu bringen kannst, das zu tun, was sie tun soll und andererseits nicht ohne sie leben kannst ...«

»Das klingt aber gar nicht nach dir.« Riley richtete sich auf seinem Stuhl auf. »Reiß dich zusammen.«

»Ich kann es nicht«, erwiderte Gabe. »Es gibt nichts zum Zusammenreißen. Mein Leben verschwindet unter zehn Schichten Farbe, und die Frau, die es beerdigt, ist der Mittelpunkt.« Er blickte zu Riley auf, der ihn ernsthaft besorgt ansah. Dann sagte er: »Ich würde sie nie schlagen. Aber sie fängt damit an und ich spüre, wie mir alles entgleitet und ich nichts tun kann, weil ich absolut verrückt nach ihr bin. Ich möchte sie nur etwas beruhigen, einen Gang herunterschalten…«

»Verstehe«, sagte Riley. »Was hältst du von einer Therapie? Denn das sieht dir alles überhaupt nicht ähnlich. Bei Licht betrachtet, wenn es wirklich so schlimm ist, kündige ihr. Verbanne sie aus deinem Leben. Ich meine, ich mag sie… platonisch natürlich«, fügte er hastig hinzu, als Gabe ihn böse anfunkelte, »…aber das ist sie nicht wert.«

»Ich kann es nicht«, erwiderte Gabe und kam sich vor wie ein Idiot, weil es der Wahrheit entsprach. »Manchmal denke ich, es wäre besser, sie würde einfach verschwinden, aber ich brauche sie. Wenn sie doch nur für eine einzige Minute still stehen würde. Wenn nicht jede Minute irgendetwas mit Veränderung zu tun haben müsste…«

»Ich gehe davon aus, dass ein Kompromiss nicht zur Debatte steht?«

»Das habe ich bereits probiert. Auf diese Weise bin ich zu diesen verdammten gelben Wänden gekommen.«

Riley blickte ihn an, als ob er verrückt wäre.

»Ich wollte keine gelben Wände«, sagte Gabe. »Mir gefielen die alten.«

Riley schüttelte den Kopf. »Wie auch immer, du wirst aufhören müssen zu brüllen, weil es dir aufs Gemüt schlägt.«

»Das Brüllen hält mich davon ab, sie umzubringen. Das hat wohl auch meinen Vater davon abgehalten, meine Mutter zu schlagen. Er war so verrückt nach ihr, und sie war so hitzköpfig und stur und widerspenstig…«

»Ein Muster kannst du offenbar nicht erkennen«, bemerkte Riley.

»Mein Gott, ich hoffe nicht«, erwiderte Gabe. »Sie hat ihn verlassen.« Erschöpft ließ er sich in seinen Stuhl zurückfallen. »Wenn sie mir nur die Geschäfte und deren Führung hier überlassen würde, wäre alles in Ordnung. Ich bin ihr Chef, verdammt noch mal.«

»Küsser«, sagte Riley. »Wer dominiert im Bett?«

»Ich habe zwar einige Schrammen abbekommen«, erwiderte Gabe, »aber ich denke, dass ich mit ein paar Punkten in Führung liege.«

»Dann ist dort also auch nichts entschieden.«

»Nein. Je besser es wird, umso schlimmer wird es auch.«

Riley schwieg lange, bis Gabe schließlich nachhakte. »Was ist denn?«

»Bist du dir sicher, dass du sie nicht schlagen wirst?«

»Ja.«

»Bitte erwähne nichts hiervon gegenüber anderen. Mir wird ganz schlecht, wenn ich denke, was die Polizei mit dieser Unterhaltung anfangen würde.«

»Ich weiß. Mir wird selbst schlecht, wenn ich daran denke. Es kommt mir dann so vor, als ob ich den Typen kennen würde, der Lynnie geschlagen hat. Er ist so wie ich.«

»Das ist er nicht«, widersprach Riley.

»Ich frage mich nur, ob sie auf diese Weise gestorben ist, ob sie ihn einfach zu sehr gereizt hat und er dann durchgedreht ist und sie verprügelt hat. Wenn ich mir Trevor oder Jack in dieser Rolle vorstelle, fällt das leicht. Mit Budge fällt es mir schon etwas schwerer«, fügte er nachdenklich hinzu.

»Kommt drauf an«, erwiderte Riley. »Manchmal hat er in Gegenwart von Margie einen Ausdruck in den Augen, der nicht gut ist.«

»Sogar Stewart. Ich kann mir sogar vorstellen, dass Stewart dumm genug gewesen wäre, sie umzubringen. Was ich mir nicht vorstellen kann, ist, weswegen man sie anschließend in die Tiefkühltruhe gesteckt hat. Was für ein kranker...« Nell klopfte und trat ein, und Gabe schloss die Augen. »Nicht schon wieder. Ich schwöre, heute kann ich nichts mehr ertragen.«

»Es geht lediglich um den Terminplan für morgen.« Sie klang ebenso erschöpft wie er.

»Danke«, sagte er. Sie sah sehr mitgenommen aus. »Es tut mir Leid, dass ich gebrüllt habe.«

»Ich weiß«, erwiderte sie. »Das bist nicht du.«

Sie lächelte Riley verkrampft zu und ging. Riley wandte sich Gabe zu und sagte: »Wenn ihr beide keine Therapie anfangt, unternehme ich etwas.«

»Heute ist nur ein schlechter Tag«, beschwichtigte ihn Gabe. »Es wird besser werden. Was wolltest du eigentlich sagen, als du hier hereingekommen bist?«

»Ach ja, ich weiß auch nicht, ob es eine gute Neuigkeit ist, aber immerhin ist es eine Neuigkeit: Gina lässt sich von Harold wegen Ehebruchs scheiden. Das ist das Ende des ›Heißen Mittagstischs‹, wie wir ihn gekannt haben. Kannst du das glauben?«

»Ja«, erwiderte Gabe. »Er hat gegen die Regeln verstoßen. Sie hatten eine Abmachung, und er hat sie durchkreuzt, und jetzt gibt es nichts mehr, was sie zusammenhält.«

»Eigentlich war es gar keine Abmachung«, widersprach Riley.

»Abmachungen anderer kann man nicht beurteilen«, meinte Gabe. »Man macht seine eigenen und bemüht sich, sie einzuhalten.«

»Ich glaube nicht, dass du und Nell dieselbe Abmachung habt.«

»Aber ich versuche, mich immer noch daran zu halten«, erwiderte Gabe.

Suze wischte gerade die Tische ab, als Nell das Café betrat. Sie sah schrecklich aus. »Was ist denn?«, fragte Suze. »Was hat er getan?«

»Er hat angerufen«, sagte Nell. »Er möchte sich mit mir im *Sycamore* treffen. Ich glaube, er wird Whitney mitbringen.«

»Whitney?«, fragte Suze. Dann fiel bei ihr der Groschen. »Tim hat angerufen.«

»Er möchte mit mir essen gehen.« Nell atmete tief durch. »Ich habe ihn seit Wochen nicht gesehen, ich hatte ihn bereits vergessen, und nun das. Ich weiß nicht.«

»Gehst du denn hin?«

»Ja sicher«, erwiderte Nell. »Es könnte sich um alles Mögliche handeln. Wir haben immer noch ein gemeinsames Geschäft. Wir haben einen gemeinsamen Sohn. Ich kann nicht einfach nein sagen.«

»Natürlich kannst du das. Und wenn du es nicht kannst, kann ich es. Ich komme mit dir mit.«

Um halb sechs abends trat Gabe aus seinem Büro. »Für heute bin ich fertig. Wie steht es mit dir?«

»Ich glaube nicht«, erwiderte Riley. »Ich brauche ein Bier. Lass uns ins *Sycamore* gehen.«

»Aus irgendeinem bestimmten Grund?«

»Hat Nell dir nichts darüber erzählt?«

Gabe schüttelte den Kopf. »Sie sagte, Suze und sie wollten zum Abendessen ins *Sycamore* gehen. Ich dachte erst, Suze wollte etwas mit ihr alleine besprechen. Oder vielleicht wollte sie einfach nur etwas Abstand von mir.«

»Sie treffen sich mit Tim. Suze glaubt, dass Whitney mit dabei sein wird und sie Nell wegen irgendeiner Sache unter Druck setzen wollen.«

Widerlicher Mistkerl. Die Ironie, dass er Tim hasste, weil er Nell mies behandelt hatte, entging Gabe nicht. Doch seine Wut auf jemanden anderen zu lenken tat ihm gut, also ignorierte er sie.

»Ein Bier kann ich jetzt weiß Gott gut gebrauchen«, bemerkte er.

16

Suze folgte Nell ins *Sycamore,* bereit, ihr den Rücken frei zu halten. Tim und Whitney saßen bereits an einem der Tische in der Mitte des Restaurants und hielten Händchen. Nell setzte sich Tim gegenüber, somit blieb Suze der Platz, von dem aus sie die neueste Mrs. Dysart ins Visier nehmen konnte. Sie war ein hübsches kleines Ding, doch ihre Kinnpartie war angespannt und sie starrte Nell an, als sei diese der leibhaftige Teufel.

»Es freut mich, dass ihr kommen konntet«, sagte Tim in seiner besten Verkäufermanier und Nell nickte. »Es gibt ein paar Dinge, die wir klären müssen, nichts Ernstes, dann können wir uns entspannen und ein nettes Abendessen miteinander genießen.«

Auf welchem Planeten soll das stattfinden?, dachte Suze.

Die Zeiten waren vorbei, in denen Tim unwidersprochen den großen Macker spielen konnte.

Als Nell schwieg, nickte Tim und fuhr fort: »Es geht um die Eiszapfen. Sie zu ersetzen kostet einhundertfünfzig Dollar das Stück, und du hast im September vierzehn davon zerschmettert, also macht das …« Er wandte sich Whitney zu und runzelte die Stirn.

»Zweitausendeinhundert Dollar«, flötete Whitney.

»Richtig, zweitausendeinhundert Dollar«, wiederholte Tim. »Und dann brauchen wir einen neuen Schreibtisch, das hat uns, Steuern mit eingerechnet, fünftausendsechshundert gekostet.«

»Fünftausend Dollar?«, rief Suze ungläubig. »Wo hast du denn den Schreibtisch gekauft? Im Pentagon? Und warum gerade jetzt?«

»Steuern«, erwiderte Nell und entspannte sich ein wenig. »In sechs Wochen werden die Steuern fällig. Sie brauchen Bargeld.«

»Was wir brauchen, ist ein Scheck über siebentausendsiebenhundert Dollar«, schaltete sich Whitney ein. »Wir haben die Sache mit einem Anwalt besprochen. Man hat uns geraten, dich auf diese Summe zu verklagen. Man hat uns auch gesagt, dass wir damit keine Schwierigkeiten haben dürften.«

»Meinst du?«, fragte Nell, immer noch ganz ruhig.

»Ich denke schon«, entgegnete Whitney angespannt.

»Andernfalls rät uns unser Anwalt, Anzeige wegen mutwilliger Zerstörung und Körperverletzung zu erstatten. Meiner Meinung nach sollte sich das für die Polizei als sehr interessant erweisen in Anbetracht der Tatsache, dass du bekanntermaßen eine Frau bedroht hast, die am letzten Wochenende tot in deinem Keller aufgefunden wurde.«

»Du bist, mit Verlaub, eine niederträchtige Schlampe«, warf Suze ein.

»Suze, diese Sache hat nichts mit dir zu tun«, wandte sich Tim an sie.

Suze wollte gerade den Mund öffnen, doch Nell legte ihr die Hand auf den Arm. »Ich glaube, euer Anwalt irrt sich«, sagte Nell. »Um ehrlich zu sein, ich halte euren Anwalt für einen rachsüchtigen Idioten.«

Tims Blick wanderte zu Suze, dann zurück zu Nell. »Sieh doch, wir wollen nicht kleinlich erscheinen. Aber du hast Eigentum zerstört, das wir ersetzen mussten. Da ist es doch nur fair, wenn …«

»Tim«, unterbrach ihn Nell mit der Andeutung eines Lächelns im Gesicht. »Ich habe bereits vor Monaten aufgehört, mir von dir sagen zu lassen, was fair ist.« Sie beugte sich vor. »Erstens bin ich immer noch zur Hälfte Eigentümerin dieser Agentur, obwohl sie mysteriöserweise im letzten Geschäftsjahr zum ersten Mal überhaupt keinen Gewinn abgeworfen hat. Demnach kannst du mich lediglich für die Hälfte der Eiszapfen zur Verantwortung ziehen, was meine Schuld dir gegenüber auf eintausendundfünfzig Dollar reduzieren würde.«

»Aber wir müssen doch alle ersetzen«, widersprach Tim.

»Nein«, entgegnete Nell. »Meinen Teil möchte ich nicht unbedingt ersetzen. Zerschmettert gefallen sie mir besser. Und was den Schreibtisch betrifft, so kannst du keinerlei substanzielle Zahlung ohne mein Einverständnis vornehmen. Und ein Fünftausenddollar-Schreibtisch ist eine substanzielle Ausgabe. Ich stimme ihr nicht zu. Damit wird es zu einer persönlichen Ausgabe, die du alleine tragen musst.«

»Moment mal«, unterbrach Whitney, und Suze bereitete sich darauf vor, sie, falls nötig, zusammenzustauchen.

Nell ignorierte sie, streckte die Hand aus und legte sie auf Tims. »Ich weiß, wie schwer es dir fällt, die Agentur mit mir zu teilen.«

»Es vereinfacht die Dinge nicht gerade«, nickte Tim zustimmend. »Ich habe nicht bedacht, dass die Hälfte der Trophäen dir gehörten. Du hast Recht.«

»Tim«, sagte Whitney mit tiefer Stimme.

»Aber der Schreibtisch«, fuhr er fort, »ist keine Privatausgabe, Nell, das ist mein Arbeitsschreibtisch.«

»Für all diese Probleme habe ich mir eine Lösung überlegt«, fuhr Nell immer noch vollkommen gelassen fort. Ohne die geringste Gefühlsandeutung blickte sie ihm in die Augen. »Ich glaube, ich sollte dir meine Hälfte der Agentur verkaufen. Ich habe eine Weile lang darüber nachgedacht, und als du heute angerufen hast, habe ich noch mehr darüber nachgedacht. Dann habe ich Budge Jenkins angerufen. Er wird am Montag vorbeikommen, eine Buchprüfung vornehmen und den Wert der Agentur insgesamt feststellen.«

»Wie bitte?!«, erkundigte sich Tim verdutzt.

Na bitte, dachte Suze hoch erfreut.

»Wenn die Buchprüfung keinerlei Unregelmäßigkeiten ergibt, kannst du mir die Hälfte des Agenturwertes auszahlen und deinen Schreibtisch als Geschäftsausgabe absetzen.« Nell lehnte sich zurück und wandte sich schließlich Whitney zu. »Wenn ich dann noch einmal in der Agentur vorbeikomme und etwas zerstören sollte, kannst du mich festnehmen und erschießen lassen. Auf diese Weise sind alle glücklich und zufrieden.«

»Ich kann es mir nicht leisten, dich auszuzahlen«, wandte Tim ein. »Wir haben Ausgaben ...«

»Dann leih dir das Geld«, schlug Nell vor. »Schnall den Gürtel enger. Lebe wieder so, wie wir es nach unserer Hochzeit auch getan haben. Probleme gemeinsam zu schultern, kann eine Beziehung sehr stärken.«

»Du bist einfach nur nachtragend«, sagte Whitney.

»Ich würde es eher als Gerechtigkeit mit Gewinnrate bezeichnen«, sagte Nell ein wenig traurig.

Whitney blickte Nell an und versuchte, die Situation zu erfassen, während Suze Whitney beobachtete. »Unser Rechtsanwalt …«, beharrte Whitney, »meint, dass wir damit durchkommen.«

»Dein Rechtsanwalt«, sagte Nell, »ist Jack Dysart. Und der macht mich für das Ende seiner Ehe verantwortlich.« Suze zuckte zusammen, und Nell berührte ihre Hand. Dann wandte sie sich an Tim: »Dein Bruder erteilt dir nicht den Ratschlag, der deinen eigentlichen Interessen entspricht. Er möchte Rache.«

Tim tauschte einen Blick mit Whitney aus. »Nell, sei vernünftig. Schulden zu machen ist im Augenblick für mich nicht der richtige Schritt.«

»Auch gut«, erwiderte Nell. »Das sollte wohl kaum ein Problem darstellen. Budge schien einen potenziellen Investor an der Hand zu haben, der mich auszahlen könnte. Du würdest zwar die Kontrolle über die Agentur verlieren, denn man würde regelmäßige Buchprüfungen und Geschäftsberichte verlangen, aber andererseits müsstest du dir meinetwegen keine Sorgen mehr machen.« Sie lächelte ihn an. »Und bevor du den Scheck ausstellst, kannst du die eintausendeinhundert Dollar meines Anteils davon abziehen. Ich werde Budge Bescheid sagen, dass es damit seine Ordnung hat.«

»Was für ein Zufall«, sagte Riley und rutschte neben Tim auf die Sitzbank, bevor der noch etwas sagen konnte. Tim wurde gegen Whitney gedrückt. »Ihr seid auch hier, wer hätte das gedacht?«

Suze entspannte sich und atmete zum ersten Mal an diesem Abend tief durch.

Gabe holte sich einen Stuhl von einem der anderen Tische und setzte sich an die Schmalseite des Tisches, den Ellbogen dicht an Nells.

»Wir wollten nur ein Bier trinken«, wandte er sich an Nell.

Sie lehnte ihre Schultern etwas zurück und lächelte ihn an. »Tatsächlich?« Sie lehnte sich etwas dichter an ihn, und Suze sah, wie sich Gabe ebenfalls entspannte.

»Nun, wie stehen die Dinge?«, fragte Riley. »Alle zufrieden?«

»Nell hat soeben ihre Hälfte der Agentur an Tim verkauft«, erwiderte Suze zufrieden. »Budge macht die Buchprüfung und wird den Wert der Firma ermitteln.«

»Ein guter Mann, Budge Jenkins«, meinte Gabe und winkte der Bedienung. »Wir feiern«, sagte er an sie gewandt. »Wir brauchen zwei Krüge mit Bier, sechs Gläser und viermal Pommes frites mit Essig.«

»Wir haben noch nicht zugestimmt«, bemerkte Whitney.

»Es gibt auch gar nichts, dem ihr zustimmen müsstet«, sagte Nell. »In der Scheidungsvereinbarung ist lediglich davon die Rede, dass wir dem jeweils anderen das Vorkaufsrecht einräumen. Genau das tue ich jetzt. Wenn ihr davon keinen Gebrauch macht, werden Budges Investoren meine Hälfte kaufen. Wie auch immer, wir werden voneinander befreit sein.« Sie sah Tim an. »Endlich.«

»Darauf trinke ich einen«, sagte Gabe, als die Bedienung die Karaffen und Gläser auf den Tisch stellte. Er schenkte Nell ein Glas ein und schob es ihr hin. Nell schob es weiter an Suze, die es über den Tisch hinweg Whitney zuschob.

»Cheers«, sagte sie tonlos und blickte Whitney in die Augen.

Whitney hob ihr Glas. »Ebenfalls Cheers. Ich habe gehört, dass dein Mann dich verlassen hat.«

Suze biss die Zähne zusammen, doch noch ehe sie etwas antworten konnte, schaltete sich Riley ein: »Ich hatte wohl noch nicht das Vergnügen, ich bin Riley.« An Tim vorbei, streckte er Whitney seine Hand entgegen, weshalb Tim sich zurücklehnen musste. Whitney nahm sie an, war sich jedoch nicht ganz sicher, was sie tun sollte. Sie lächelte etwas verwirrt, als er ihre Hand ein wenig zu lange in der seinen behielt.

Dann ließ er sie los. »Legen Sie sich mit der Blonden nicht an. Sie macht Sie in Null Komma nichts fix und fertig.«

Whitney errötete, Suze entspannte ihre Kiefermuskeln, und Gabe schenkte das letzte Glas ein und fragte: »Worauf sollen wir anstoßen?«

Nell blickte sich in der Runde um. »Gütiger Himmel. Stoßt auf mich an. Mir ist eben gerade aufgegangen, dass ich mit jedem an diesem Tisch geschlafen habe.«

»Was wir wirklich zu schätzen wissen«, nickte Riley, während Tim ihn anstarrte.

»Außer Whitney, natürlich«, korrigierte sich Nell.

»Auf Nell.« Gabe hob sein Glas.

»Auf Nell.« Riley trank, Suze stieß mit Nell an und trank ebenfalls. Whitney versuchte, ein überlegenes Augenrollen mit Tim auszutauschen, doch starrte dieser nach wie vor Nell an. Sie wandte sich wieder Nell zu, beugte sich über den Tisch zu ihr hinüber und blickte sie halb amüsiert, halb abschätzig an. »Das ist ja wirklich ganz wild von dir. Drei Männer in, na, wie viel waren es, fünfzig Jahren?«

Elende Ziege, dachte Suze und sagte: »Und mich.« Sie hob die Hand, und alle drei Männer wandten sich ihr schlagartig zu, wodurch Whitney plötzlich überhaupt kein Publikum mehr blieb. Suze strahlte in die Runde. »Sie kann phantastisch küssen. Und wenn man dann noch bedenkt, dass sie in weniger als sieben Monaten mit dreien von uns im Bett gewesen ist, ist das ziemlich beeindruckend.« Sie streichelte Nells Arm und dachte, *jetzt erzähl ihnen bitte nicht, dass wir nur ein bisschen geknutscht haben. Der Zeitpunkt ist perfekt, es ihm zurückzuzahlen.*

Gabe grinste Nell breit an. »Wirklich wahr?«

»Nach Riley, vor dir«, wandte sich Nell biierernst an Gabe. »Ich betrüge nicht.«

»Vollkommen egal, ob du betrügst«, meinte Riley. »Die Details bitte!« Er hob die Augenbrauen und blickte Suze an, die sich zurücklehnte, tief befriedigt über Tims verblüfften und Whitneys angewiderten Gesichtsausdruck.

»Das kann nur ein Witz sein«, meinte Tim.

»Ich mache niemals Witze«, widersprach Suze. »Ganz besonders nicht im Bett.«

»Dann wart ihr also zusammen im Bett …«, stichelte Riley.

Nell seufzte und wandte sich Gabe zu. »Also, es war folgendermaßen.«

Erzähle ihnen nicht die Wahrheit, dachte Suze. *Komm schon, sei nur dieses Mal richtig gemein und zahl's ihm heim.*

Nell blickte Gabe mit laszivem Augenaufschlag an. »Eines Abends waren wir alleine und, äh, wir haben natürlich unsere Bedürfnisse …«

Gabe und Riley nickten.

»… und wir mögen einander sehr. Und wir sind beide sehr attraktiv. Also haben wir …« Damit beendete Nell mit einem Schulterzucken ihren Satz und lächelte Gabe an.

»Was diese Bedürfnisse betrifft«, meinte Gabe sehr ernst, »sollst du wissen, dass du dich immer an mich wenden kannst. Ganz gleich, wann, ob Tag oder Nacht. Suze kannst du ruhig mitbringen.«

»Dann hast du das wirklich ernst gemeint?«, stammelte Tim. »Das hast du wirklich getan?«

Du bist so ein alberner Popanz, dachte Suze. »Es ging uns nicht nur um Lust. Wir haben uns ausgemalt, was wir tun würden, wenn beispielsweise eine Seuche alle Männer vernichten würde.« Sie zuckte mit den Schultern und blickte Riley und Gabe an. »Das soll nicht gegen euch gerichtet sein.«

»Mitnichten«, pflichtete ihr Riley bei. »Man sollte immer gut vorbereitet sein. Was genau habt ihr denn miteinander angestellt?«

»Wir haben experimentiert«, erläuterte Nell. »Suze kann wirklich außergewöhnlich gut küssen.«

»Gut zu wissen«, meinte Riley, und Tim warf ihm einen erbosten Blick zu. »Also, was habt ihr denn nun getan?«

Whitney blickte sie säuerlich an. »Auf die Einzelheiten können wir verzichten.«

»Mitnichten«, konterte Gabe, ohne den Blick von Nell zu nehmen. »Erzähle uns alles von Anfang an. Was hattest du an?«

»Meinen blauen Seidenpyjama«, erwiderte Nell. »Du weißt schon, diesen schlüpfrigen ...«

»Großer Gott, ja«, stöhnte Gabe.

»Allerdings nur das Oberteil«, schwindelte Nell.

»Sehr gut«, bekräftigte sie Gabe.

»Und du hattest die Hosen an?«, wandte sich Riley an Suze.

Sie schüttelte den Kopf. »Nein. Ich trug ein altes T-Shirt.«

»Nicht so gut wie dieses Seidending«, bemerkte Riley, »aber akzeptabel. Gab's eine Kissenschlacht? Für eine Kissenschlacht würdet ihr extra Punkte bekommen.«

»Manche Dinge sind Privatsache«, erwiderte Nell etwas zugeknöpft. »Es hat vor allem einfach Spaß gemacht.«

Und Suze bekräftigte: »Ja, das hat es.«

Nell sah ihr in die Augen, und Suze dachte: *Ich bin so glücklich, dass ich dich habe.* Aus einem Impuls heraus nahm sie Nells Hand und küsste ihr die Wange. »Die beste Beziehung, die ich je hatte.«

»Geht mir genauso«, bestätigte Nell. »Hundert Prozent.«

Als es um sie herum ganz still wurde, wandten sie sich wieder dem Tisch zu, wo sie alle anstarrten. Schließlich sagte Gabe: »Nun denn.« Damit stand er auf. »Nell und ich müssen ins Büro zurück.«

Nell blinzelte ihn an. »Müssen wir das?«

»Jawohl, Bridget.« Gabe blickte ihr in die Augen. »Wir müssen.«

Nell errötete. »Also gut.« Sie stieß ihren Stuhl so heftig zurück, dass er nach hinten überkippte. »Tut mir Leid.« Sie rückte den Stuhl wieder zurecht und nahm ihren Mantel. »Ich bin nur so aufgeregt. Dass wir wieder zurückgehen. Ins Büro.« Sie blickte zu Gabe auf. »Die Arbeit ist mein Leben.«

Gabe lachte und legte den Arm um sie, als sie an ihm vorbeitrat. Als sie aus der Tür hinaus gingen, reckte Suze den Hals, um durch die getönten Fenster hinweg auf die Straße zu sehen. Gabe hatte Nell fest an sich gezogen und unterdrückte ein Lächeln, als er ganz ernst auf sie einredete und Nell lachend zu ihm aufblickte. Sie sah so durch und durch glücklich aus, dass Suze bei ihrem Anblick der Atem stockte. *Das will ich auch,* dachte sie. *Das hatte ich einmal, und ich will es wieder haben.*

»Die Rechnung bitte«, rief Riley. »Und streichen Sie die Fritten.«

»Unglaublich«, bemerkte Tim.

»Allerdings«, bestätigte Whitney. »Ich glaube kein Wort davon. Sie sind einfach nur kindisch und versuchen, die Aufmerksamkeit auf sich zu ziehen.«

»Wenn ich Aufmerksamkeit auf mich ziehen will«, erwiderte Suze kühl, »brauche ich keine Geschichten zu erfinden. Dann betrete ich ganz einfach nur einen Raum.«

»Wohl wahr.« Riley rutschte aus der Bank und setzte sich auf den Stuhl neben Suze, den Nell eben frei gemacht hatte. »Also, wann war das noch mal? Und wo war ich?«

»Am Abend des Erntedankfestes«, erwiderte Suze und lehnte sich ein klein wenig an ihn. »Du warst vermutlich mit deiner minderjährigen Biologiestudentin unterwegs.«

Whitney betrachtete Suze und schüttelte den Kopf. »Und dann fragst du dich, warum Jack dich verlassen hat.«

Riley schnaubte. »Wenn Sie wirklich glauben, dass so eine

Geschichte einen Mann dazu bewegt, sie zu verlassen, dann wissen Sie nichts über Männer, meine Liebe.« Er blickte Suze an. »Du hattest also dein T-Shirt …«

»Ich habe die Nase voll.« Whitney glitt von der Bank, stand auf und sah Tim besorgt an. »Das machen sie doch nur, um dich zu verletzen, Tim.«

Tim beachtete sie nicht und starrte Suze an. »Das habt ihr wirklich getan, nicht wahr?«

»Ja«, erwiderte Suze. »Ich habe deine Ex-Frau geküsst, und es hat mir wirklich gefallen. Und Riley hat es ebenfalls gefallen. Und während wir hier sitzen, zerrt Gabe sie gerade in sein Bett. Du bist ein Schwachkopf, Tim. Allerdings ist das, wie Riley gerade sagte, keine Neuigkeit.«

Tim richtete sich auf, aber Suze fuhr fort. Plötzlich wollte sie ihm unbedingt die Wahrheit sagen, wollte *irgendwem* die Wahrheit sagen. »Ich hasse dich für das, was du ihr angetan hast. Aber ich bin auch froh, weil du sie damit in die Freiheit entlassen hast. Sie ist jetzt glücklich. Sie hat etwas im Leben außer dieser dämlichen Versicherungsagentur, und sie würde dich nicht zurückhaben wollen, noch nicht einmal geschenkt. Also ist jetzt alles in Ordnung. Trotzdem, ich werde es dir nie verzeihen, dass du sie betrogen und so verletzt hast. Du bist wirklich das Letzte.«

Tim sagte: »Moment mal«, und Whitney zupfte an seinem Ärmel.

»Das ist es doch, was ich meine«, sagte sie ernstlich besorgt. »Das machen die doch bloß, um dich aufzuregen. Das sind alles Lügen. Hör einfach nicht hin. Sie versuchen krampfhaft, dir etwas heimzuzahlen.« Sie streichelte seinen Ärmel, und Suze dachte, *sie liebt ihn wirklich.*

Tim blickte erleichtert von Suze zu Whitney und dann zu Riley. »Stimmt. Das sieht Nell so gar nicht ähnlich. Ich glaube nicht …«

»Glaube es lieber«, riet ihm Riley. »Woher stammt eigentlich die Narbe unterhalb ihres Nabels?«

»Laparotomie«, erwiderte Tim automatisch und stutzte.

»Sie ist mir aufgefallen, als ich dort unten zu Gange war«, sagte Riley. »Und nach ihrer Reaktion auf das zu urteilen, was ich dort tat, bin ich überrascht, dass du überhaupt Kenntnis von dieser Narbe besitzt.«

»Autsch«, meinte Suze und wandte sich Whitney zu. »Mein Beileid, Liebling.«

Tim erhob sich. »Ihr besitzt nicht den geringsten Funken Anstand.«

»Du hast mit einer Schickse gevögelt und deine Frau und deinen Sohn hintergangen«, erwiderte Suze. »Denk lieber an deinen eigenen Anstand, du Schleimer.«

»Jetzt reicht es aber.« Whitney zerrte Tim zur Tür.

»›Denk lieber mal an deine eigene moralische Integrität, du Schleimer‹?«, wandte sich Riley an Suze, nachdem die beiden gegangen waren.

»Ich hasse ihn.«

»Nur zu verständlich, aber noch lange kein Grund, sich auf sein Niveau zu begeben.«

»Ich könnte mich nicht auf sein Niveau begeben, nicht einmal mit Gewalt. Er befindet sich jenseits meiner Verachtung.«

»Siehst du, das ist schon besser. Zwar nicht viel, zeugt aber doch von etwas mehr Einfallsreichtum als einfach nur ›Schleimer‹. Möchtest du noch ein Bier, bevor ich dich nach Hause bringe?«

»Nein.« Suze schob ihren Stuhl zurück. »Mir reicht's für heute Abend.«

»Wohl wahr.« Riley überprüfte die Rechnung, legte ein paar Geldscheine auf den Tisch und stand auf. »Ich kann kaum glauben, dass Gabe mir die Rechnung überlassen hat.«

»Nell und er hatten etwas Dringenderes vor.«

Riley hielt ihr die Tür auf, und sie trat auf die kalte Straße hinaus. »Der Typ ist wie geschaffen für die Monogamie«, bemerkte er und ergriff ihren Arm. »Erst neunzehn Jahre lang

Chloe und nun Nell für die Ewigkeit, obwohl sie ihn vollkommen verrückt macht. Aber er lässt einfach nicht locker.«

»Ich will schwer hoffen für die Ewigkeit.« Suze überlegte, ob sie ihm ihren Arm entwinden sollte, aber es war schön, auf diese Art gestützt zu werden. Fest. Warm. Zu Hause konnte sie wieder unabhängig sein, was blieb ihr auch anderes übrig. Unabhängigkeit sollte etwas sein, wofür man sich bewusst entschied, und keine Bestrafung. Sie dachte an die Nell, die Monate lang wie im Schock erstarrt gewesen war. Dann erinnerte sie sich an die Nell von vorhin, wie sie Gabe angelacht hatte. Wenn er sie ebenfalls betrügen würde... Sie hielt inne und wandte sich Riley zu. »Wenn Gabe einfach nur so eine kleine Affäre...«

»Sieht es für dich tatsächlich nach einer kleinen Affäre aus?« Riley klang gereizt. Er zog an ihrem Arm, um sie zum Weitergehen zu bewegen. »*Handelt* er denn so? Wenn irgendjemand anderes sich das angemaßt hätte, was Nell getan hat, sie wäre längst gefeuert worden. Diesmal hat's ihn wirklich erwischt.«

»Möglich.« Suze glitt auf einem Stückchen Eis aus und fühlte, wie seine Hand sie festhielt, bis sie das Gleichgewicht wieder gefunden hatte. »Er macht den Eindruck, als sei er völlig verrückt nach ihr. Aber genau den Eindruck hatte man früher von Tim auch.« *Und Jack mir gegenüber ebenfalls, früher einmal.*

»Du möchtest eine Garantie?«, fragte Riley. »Es gibt keine Garantie. Aber Gabe ist weder ein Betrüger noch ein Lügner. Und er hat Nell in sein Leben aufgenommen, nicht nur in sein Bett. Er ist kein Tim.« Riley schien sehr verärgert, doch bevor sie sich entschuldigen konnte, fügte er hinzu: »Und er ist auch kein Jack.«

»Entschuldige«, sagte Suze. »Ich hatte vergessen, dass er dein Freund ist.«

»Er ist mein Freund, mein Partner, mein Mentor und meine Familie«, erwiderte Riley. »Keine Kritik an Gabe.«

»Verstanden. Vergessen wir Gabe. Wir sind immer noch sechs Häuserblocks von meinem Zuhause entfernt. Wie geht es dir und deinem Leben?«

»Es ist die Hölle. Mein Arbeitsplatz hat sich in eine Mischung aus dem *WWF* und *Sex and the City* verwandelt. Gabe ist eigentlich ein ruhiger Typ, er ist nicht dazu bestimmt, derart wütend oder derart glücklich zu sein. Lass uns über etwas anderes reden.«

»Also gut. Worüber möchtest du sprechen?«

»Du hast also das T-Shirt angehabt und Nell das Pyjamaoberteil«, sagte Riley, und Suze lachte und erzählte ihm alles und sogar noch etwas mehr, schmückte die Geschichte während des Laufens noch etwas aus und deutete an, dass Nell und sie Dinge getan hatten, die gar nicht stattgefunden hatten. Als sie die andere Seite des Parks erreicht hatten, war sie von ihrer eigenen Erzählung leicht atemlos. Als sie die Stufen zu ihrem kalten, leeren Haus emporstiegen, war Riley bereits geraume Zeit schweigsam.

»Vielleicht habe ich dieses und jenes hinzugedichtet«, meinte Suze, während sie nach dem Schlüssel suchte.

»Nein, nein«, erwiderte Riley. »Wenn es einen Gott gibt, dann war das alles wahr.«

Sie schloss die Tür auf und drückte sie auf. Sie hasste die düstere Leere, die ihr entgegenschlug. »Wichtig ist, dass es Spaß gemacht hat. Die ganze Scheidungssache ist gar nicht so übel«, sagte sie sowohl zu sich selbst als auch zu ihm. »Sieh doch nur all die Dinge, die ich über mich selbst herausfinde.«

»Und sie sogar mit anderen teilst. Das ist wichtig.«

Auf der Treppe war es dunkel. Sie konnte seine Gesichtszüge nicht erkennen, aber das Lächeln und noch etwas anderes aus seiner Stimme heraushören.

»Ich würde es auch gerne mit dir teilen«, sagte sie gereizt und erinnerte sich an den Kuss, den er zu Neujahr abgelehnt hatte. »Aber du bist ja nicht interessiert.« Aus einem Impuls heraus streckte sie sich auf die Zehenspitzen und küsste ihn, bevor er sich abwenden konnte. Sie hatte es schnell machen wollen, um dann zu sagen: *Ist das denn nicht besser, als nur darüber nachzudenken?*

Aber er erwiderte ihren Kuss leidenschaftlich und folgte ihr, als sie sich wieder zurückfallen ließ. Ihr Blut geriet augenblicklich in Wallung. Er zog sie zu sich heran, und sie lehnte sich gegen seine breite Brust, atemlos. Als er den Kuss beendete, klammerte sie sich weiter an ihn, klammerte sich an sein Hemd, denn sie wusste, gleich würde er einen Schritt zurücktreten. Jetzt alleine zu sein erschien ihr unerträglich.

Lass mich jetzt nicht allein in dieses Haus gehen.

»Das war dumm von mir«, bemerkte Riley keuchend. »Ich entschuldige mich.« Er versuchte einen Rückzieher zu machen, doch sie klammerte sich verzweifelt an ihn.

»Wenn ich jetzt wirklich aufs Ganze gehe«, sagte sie, »und wenn ich dich wieder küsse und meine Zunge in deinen Mund schiebe und mich über dich hermache, wirst du dann mit mir ins Bett gehen?«

Riley atmete tief durch. »Ja.«

Suzes Herz setzte einen Schlag aus. »Soll ich?«, fragte sie und wünschte sich, er würde endlich aufhören, solch ein passiver Klotz zu sein, wünschte sich, dass er endlich *ja* sagen würde.

»Nein.«

»Warum?« Suze ließ von ihm ab. »Ich verstehe es einfach nicht.«

Riley lehnte sich an die Klinkerwand, und als er sprach, hatte er seinen Atem wieder gefunden und klang wütend. »Als wir heute Abend miteinander geredet haben, hast du mich da begehrt?«

»Wie bitte? Beim Abendessen? Nein, ich wollte Tim und Whitney eins auswischen.«

»Das war nur zu offensichtlich. Das Gleiche wollte Nell. Doch Gabe wollte sie noch mehr. Sie war viel mehr daran interessiert, Gabe anzumachen, als Tim auf die Palme zu bringen. Alles, was sie sagte, war auf Gabe ausgerichtet.«

»Oh.« Suze versuchte, sich zu erinnern. Vielleicht hatte sie Nell vollkommen falsch eingeschätzt. »Ja und?«

»Du hattest keinerlei Interesse an mir, was vollkommen in Ordnung ist. Viele Frauen haben keinerlei Interesse an mir. Nur wenn du allein mit mir bist, begehrst du mich. Dieses große leere Haus erwartet dich, also suchst du meine Nähe. In den meisten Fällen wäre ich vollkommen damit einverstanden, aber dies ist keiner dieser Fälle. Hier geht es um dich, und im Augenblick geht's dir schlecht und da komme ich dir gerade recht. Das soll nicht heißen, dass ich nicht doch schwach würde, wenn du mich noch ein Mal fragst. Ich bin schließlich auch nur ein Mensch, und du bist sexy, meine Liebe, darüber besteht überhaupt nicht der geringste Zweifel. Aber hinterher wird es dir noch schlechter gehen, und das weißt du genau.«

»Es ist nicht nur das Alleinsein.« Suze versuchte ehrlich zu sein. »Ich bin auch scharf auf den Sex. Ich vermisse den Sex. Es ist Wochen her.«

Riley seufzte leise. »Möchtest du morgen früh neben mir aufwachen?«

Suze stellte sich vor, wie es wäre, ihm bei Tageslicht ins Gesicht zu blicken.

»Nein.«

»Das ist vollkommen in Ordnung«, sagte Riley. »Ich möchte auch nicht neben dir aufwachen.« Er streckte seinen Arm aus und schob die Tür ganz auf. »Also gehen wir jetzt hier rein und vögeln miteinander, weil sich das gut anfühlt, und danach werde ich gehen.« Er schubste sie ein wenig nach vorne. »Nach dir.«

»Du Mistkerl.« Suze blieb stehen. »Bei dir klingt das alles so schrecklich. Warum kannst du denn nicht einfach wie jeder andere Mann die Situation beim Schopf packen?«

»Weil ich nicht jeder andere Mann bin«, erwiderte Riley.

»Aber wenn du jetzt deinen Hintern nicht da hinein bekommst und die Tür hinter dir schließt, werde ich so ein Typ.«

»Begehrst du mich wirklich?«, fragte Suze, und Riley stöhnte auf: »Himmel noch mal, jetzt reicht es, ich komme mit hinein. Such eine Wand und mach dich auf alles gefasst.« Er schob sie auf die Tür zu, aber sie stieß ihn zurück, als sie eintrat.

»Nein«, sagte Suze. »Du hast gewonnen.«

»Wenn ich gewonnen habe, weswegen stehe ich dann hier draußen?«, erkundigte sich Riley.

»Aber du irrst dich, dass ich dich nicht um deiner selbst willen begehrt habe«, sagte Suze. »Das tue ich, in gewisser Weise jedenfalls. Ich bin noch nicht über Jack hinweg, aber wenn er wirklich Whitney auf Nell angesetzt hat, dann hasse ich ihn…«

»Was?«, fragte Riley.

»… und ich könnte etwas Sex wirklich gut gebrauchen, ich hasse es, allein zu sein und ich suche nach jemandem, der mich davor rettet. In all dem hast du Recht, aber du bist in einer ähnlichen Lage. Irgendwie prickelt es mit dir, und das geht mir mit niemandem sonst so.«

»Tatsächlich? Vielleicht sollten wir darüber reden.«

»Nein«, meinte Suze. »Denn wenn wir noch mehr reden, schlafe ich mit dir aus all den falschen Beweggründen, und dann wirst du Recht behalten, und ich werde wieder einmal im Unrecht sein.«

»Vielleicht sind es doch nicht die falschen Gründe«, sagte Riley. »Vielleicht…«

»Gute Nacht«, sagte Suze ein klein wenig außer Atem, doch knallte sie ihm die Tür vor der Nase zu, bevor sie irgendeine Dummheit begehen konnte. Durch das Glas beobachtete sie, wie er eine Minute verharrte und dann die Stufen hinunter ging, und wie sich sein breiter Rücken in der Dunkelheit der Straße verlor. *Ich wünschte, du würdest nicht gehen, das wünsche ich mir wirklich.*

Aus dem Vorderfenster beobachtete sie, wie er in die Querstraße einbog und durch den Park hindurch auf die Agentur zusteuerte, und hoffte halbherzig, er möge sich umdrehen und zurückkommen. Als sie ihn nicht mehr sehen konnte, ließ sie die Gardine sinken. Auf der gegenüberliegenden Straßenseite wurde ein Motor angelassen. Sie zog rasch die Gardine auf und sah einen BMW ausscheren und mit aufheulendem Motor davonfahren.

Jack.

Ich hasse dich, dachte sie. *Mich zu beobachten. Nell zu verletzen.* Doch sogar jetzt erinnerte sie sich daran, wie süß er sein konnte, wie leidenschaftlich, und wie gut der Großteil der vierzehn Jahre mit ihm zusammen gewesen war. Das war das Problem mit der Ehe. Sie verhakte sich in der Seele und hinterließ für alle Ewigkeit Narben. Man sollte Leute, die heiraten wollten, davor warnen, worauf sie sich einließen. Auf welche Weise eine Ehe das Leben formte, die Seele veränderte und sogar die Wirklichkeit, bis man gar nicht mehr wusste, wer man selbst eigentlich war. Wie sie einen an die Gegenwart einer anderen Person fesselte, möglicherweise eine Person, die man noch nicht einmal besonders gerne mochte. Vielleicht einer Person, die man nicht mehr liebte, und doch brauchte man diesen Menschen, obwohl man ihn eigentlich gar nicht mehr um sich haben wollte.

Die Ehe war eine Droge und eine Falle und eine Illusion, und sie loszuwerden war die Hölle.

Ich bin froh, dass Riley nicht geblieben ist, dachte Suze. *Ich bin froh, alleine zu sein.*

Dann ging sie nach oben ins Bett.

Eine Stunde zuvor hatte Nell Gabe in der abgedunkelten Detektei geküsst, hoch zufrieden darüber, dass sie Tim in die Knie gezwungen hatte und dass Gabe und sie sich nicht länger stritten. Er hatte sie um die Taille gefasst, an sich gezogen und in dem spärlichen Licht der Straße angelächelt. Und sie hatte gedacht, *ich muss aufhören, ihn ständig so wütend zu machen.*

Es war dasselbe, wie ihr jetzt auffiel, was sie sich viel zu häufig mit Tim vorgenommen hatte. Diese Einsicht war so ernüchternd, dass sie einen Schritt zurückwich.

»Was ist?« Gabes Stimme klang nicht mehr ganz so beschwingt.

»Nichts. Habe ich dir eigentlich gesagt, wie verrückt ich nach dir bin?«

Er schlang wieder die Arme um sie. »Dann erzähl mir jetzt den Rest der Geschichte mit Suze.«

»Mehr war da nicht. Sie hat mich geküsst. Sie ist nicht du. Seitdem küsse ich dich.«

»Danke«, erwiderte Gabe. »Wie kann ich nur meine Dankbarkeit zeigen?«

»Da gäbe es schon eine Möglichkeit.« Sie schob ihn in Richtung des Sofas. Er stolperte rückwärts, fiel auf die Couch, und sie setzte sich auf ihn, noch bevor er wieder aufstehen konnte.

»Das ist wahrscheinlich keine sonderlich gute Idee.« Er befühlte das Sofa mit der Hand. »Es ist nicht das Stabilste …«

»Deshalb bitte ich ja ständig um ein neues.« Sie schmiegte sich noch enger an ihn. »Eine solide Couch, die nicht unter uns zusammenbricht. Oder unter einem unserer Klienten. Küss mich und versprich, dass wir ein neues Sofa bekommen.«

Er legte die Hände auf ihre Schenkel und schob sie unter ihren Rock. »Diese Unterhaltung hatten wir bereits. Du bekommst keine Couch. Komm mit hoch in meine Wohnung, dort bekommst du etwas anderes.«

Er beugte sich zu ihr, doch legte sie ihm die Hände auf die Brust und schubste ihn zurück. »Einen Augenblick noch. Ich habe eine Idee.«

»Das bedeutet nie etwas Gutes«, meinte Gabe.

»Pass auf, hier kommt mein Vorschlag, Dino. Ich bin gerade in Goldgräberstimmung. Ich werde dir gestatten, unaussprechliche Dinge mit mir anzustellen, just auf dieser Couch, gleich jetzt, aber du musst mich kaufen.«

»Mit einer neuen Couch.« Gabe sah in dem dämmrigen Licht zu ihr auf. Sein Blick brannte sich in sie und seine Hände waren heiß unter ihrem Rock und sie dachte, *ach, egal, mit was auch immer, nimm mich.*

»Ja«, sie reckte ihr Kinn. »Ich lebe für meine Arbeit.«

»Du vögelst sogar dafür.« Gabe schob ihren Rock bis zur Taille hoch und zog sie zu sich heran. Sie zitterte, als sie ihn hart an sich gepresst fühlte. »Sehr professionell«, sagte er. »Habe ich die Eingangstür verschlossen?«

»Ja.« Sie leckte ihm die Lippen ab, und er sagte: »Ist dir klar, dass wir es hier direkt vor dem Fenster tun?«

»Es ist dunkel. Willst du mich nun oder nicht?« Sie bewegte sich ein wenig auf ihm und die Couch ächzte. Er hielt den Atem an, sie ebenfalls.

»Ich mache dir einen Vorschlag«, sagte er mit rauchiger Stimme. »Wenn diese Couch in der nächsten halben Stunde zusammenbricht, bekommst du eine neue.«

»Abgemacht.« Nell ließ sich aufs Sofa gleiten, zog ihn auf sich und ließ ihre Hüften unter ihm rotieren, in der Hoffnung, dass die Couch schneller aufgeben würde, wenn er auf ihr lag. Während der nächsten zwanzig Minuten verlief alles nach Plan. Sie machten sich wie üblich ans Werk, bis sie beide zu erregt waren, um es noch länger auszuhalten. Ihr Höschen war irgendwo auf der anderen Seite des Schreibtischs gelandet. Gabe küsste sie und glitt in sie, und sie bereitete sich auf den Sturm vor, der sie gleich überfluten würde. Doch nichts dergleichen. Stattdessen hielt Gabe sie regungslos unter sich gefangen, während er in ihr pulsierte. Er bewegte sich kaum und brachte dennoch alles in ihr in Aufruhr, bis ihre Haut erglühte und ihr der Atem wegblieb. Sie schluckte und fragte: »Was machst du denn?«

»Ich bringe dich ans Ziel«, flüsterte er ihr ins Ohr, und in seiner Stimme hörte sie Belustigung.

Sie wollte sich unter ihm bewegen – vergeblich, hatte er sie doch so gegen die verdammte Couch gepresst, dass sie noch nicht einmal den Boden berühren konnte.

»Fester«, sagte sie und er sagte: »Nein«, und wurde noch langsamer. Sie atmete tief durch, dann sagte sie: »Das bringt es nicht für mich.« *Wenn er nicht sofort aufhört, erlebe ich gleich einen unglaublichen Orgasmus, ohne dass die Couch zusammenbricht.*

»Du lügst«, wisperte Gabe ihr ins Ohr, sein Rhythmus erbarmungslos köstlich. »Ich kann dich immer ans Ziel bringen und es wird mir auch in Zukunft immer gelingen.« Er küsste ihren Nacken und fuhr zärtlich über ihre Brüste, und als sie sich wieder zu bewegen versuchte, hielt er ihren Körper unter sich nur noch unerbittlicher gefangen, anstatt das Tempo zu beschleunigen. Sie versuchte, sich hin- und herzuwinden, was ihm gefiel, dann versuchte sie, sich aufzubäumen, was er mit seinen glühenden Händen unterband und schließlich, frustriert durch die erzwungene Bewegungslosigkeit, krallte sie sich mit ihren Nägeln in seinen Rücken und stieß ihn mit ihren Hüften fast von der Couch, während das erste Beben ihres Höhepunkts sie überflutete. Sie bäumte sich gegen ihn auf und es verschlug ihm den Atem, als sie von der Couch hochfuhr, mit ebenso viel Verlangen, sich zu bewegen, wie Erfüllung zu finden, und er drängte sie wieder auf die ächzende Couch zurück, während sie sich in den Wogen der Lust verlor.

Als sie wieder zu sich kam, wurde ihr klar, dass die Couch alles wohlbehalten überstanden hatte. »Ich bin so enttäuscht«, sagte sie immer noch keuchend. »Wir müssen es noch einmal versuchen.«

»Noch ein guter Grund, weshalb wir die Couch nicht abschaffen sollten«, murmelte Gabe in ihr Haar. »Ich werde sie verstärken lassen, wenn du nicht hinsiehst.«

»Geh von mir runter«, befahl Nell. Er rollte von ihr herunter und stand auf. Sie strich sich den Rock glatt, während er sich die Hosen zuknöpfte, und dann sagte sie: »Ich kann es kaum glauben, dass dieses verdammte Ding gehalten hat.«

»In den Fünfzigerjahren hat man Qualität hergestellt«, meinte Gabe. »Mich zum Beispiel. Und, Gott sei's gedankt, dich.«

Nell knipste das Schreibtischlicht an und suchte hinter dem Schreibtisch nach ihrem Höschen, als die Eingangstür aufging. Sie richtete sich auf und sah Riley mit dem Schlüssel in der Hand.

»Was machst du denn hier?«, fragte Gabe und steckte sich das Hemd in die Hose.

»Ich arbeite hier«, erwiderte Riley. »Das hast du früher auch getan, bevor du stattdessen begonnen hast, deine Hunde klauende Sekretärin sexuell zu belästigen. Was für ein Abend.« Er warf sein Schlüsselbund auf den Schreibtisch und ließ sich auf das Sofa fallen. Es hielt stand.

»Ich kann es nicht glauben.« Nell musterte es angeekelt. »Bevor wir es das nächste Mal darauf treiben, werde ich darauf Trampolin springen.«

»Wie bitte?«, rief Riley fassungslos. »Ihr habt es hier getan? Das Ding steht direkt vor dem Fenster, verdammt noch mal.«

»Du hast einfach keinen Sinn für Romantik«, meinte Gabe. »Außerdem war es ihr Vorschlag.«

»Kommt es dir jemals in den Sinn, ihr etwas abzuschlagen?«

»Nein«, erwiderte Gabe, aber er runzelte die Stirn und neigte den Kopf. »Sieh dir mal ihre Beine an.«

»Ich habe dir gleich gesagt«, begann Nell, doch dann betrachtete sie die Sofabeine und hielt inne. Sie waren nach außen abgeknickt, als ob die Couch einen Spagat zu machen versuchte. Die lange Sitzfläche war schief und verzogen. »Oh. So hat es aber bisher nie ausgesehen.«

Riley stemmte sich vom Sofa hoch. Es sank noch ein wenig mehr Richtung Boden. »Was habt ihr angestellt?«

»Jetzt müssen wir tatsächlich eine neue Couch besorgen«, verkündete Nell, doch Gabe beachtete sie nicht.

Er ging zur Couch, packte diese an der Vorderkante und kippte sie zurück, bis das ganze Möbel gegen den Fensterrahmen lehnte. Dann betrachtete er die Unterseite. »Was zum Teufel ist *das* denn?«

»Das« war ein langes Stück Rohr, das über die gesamte Länge des Sitzes in den Rahmen gekeilt war.

»Kein Wunder, dass die Couch niemals zusammengebrochen ist«, bemerkte Nell. »Das erklärt allerdings auch, warum sie immer so verdammt unbequem war.«

»Es ist noch nicht einmal angeschweißt.« Gabe betrachtete das Rohr eingehender. »Es ist einfach nur hineingerammt. Hilf mir mal.«

Riley trat neben ihn. »Wenn du es jetzt herausziehst, ist die Couch Vergangenheit.«

»Dann zieh es heraus«, ermunterte ihn Nell.

»Halt die Couch fest«, befahl Gabe, und Riley stemmte sich gegen den Sitz, während Gabe an dem Rohr zerrte.

»Verdammt«, sagte er, »noch mal.« Riley stemmte sich fester gegen die Couch, und Gabe zerrte erneut an dem Rohr. Dieses Mal bekam er es frei und strauchelte dabei einen Schritt rückwärts.

Riley ließ die Couch zurückfallen. »Soll ich das zum Sperrmüll bringen? Denn falls sich jetzt jemand draufsetzt, bricht sie garantiert…« Er brach ab, weil Gabe das Rohr senkrecht hielt und es schüttelte. »Was machst du da?«

»Da ist was drin«, entgegnete Gabe und versuchte, in das Ende hineinzuspähen. »Wir brauchen mehr Licht.«

»In Ordnung«, schaltete sich Nell ein. »Wenn ich die neue Couch kaufe, kann ich gleich noch Lampen mitbringen.«

»Gib mir irgendetwas mit einem Haken dran«, sagte er und Nell dachte, *ja, so was habe ich*, aber dann sagte er,

»einen Moment« und holte sein Klappmesser hervor. Er steckte die Klinge ins Rohr und begann, etwas herauszuhebeln.

»Ich wiederhole«, sagte Riley. »Was ...«

»Mein Vater war kein Möbelschreiner«, erwiderte Gabe. »Und doch hat er dieses Rohr in die Couch gerammt.«

»Woher willst du denn wissen ...«

»Du oder ich jedenfalls waren es nicht.« Gabe runzelte die Stirn, während er weiter an dem Rohr herumwerkelte. »Und ich kann mir auch nicht vorstellen, dass deine Mutter oder Chloe es hier hineingerammt haben. Die Wahrscheinlichkeit, dass sich irgendjemand hier hereingeschlichen hat, um Rohre in unsere Möbel zu rammen ...« Er hielt inne, als er ein Stückchen weißes Tuch aus dem Ende des Rohres herausgehobelt hatte. Er legte sein Messer beiseite und zupfte an dem Stückchen Stoff. Es ließ sich leicht herausholen und als er daran zog, öffnete es sich, etwas Schweres fiel ihm zu Füßen und glitzerte auf dem Fußboden.

»Diamanten.« Nell betrachtete die verstreuten, glitzernden Kreise.

»Ich kann Trevors Erklärung dafür kaum abwarten«, sagte Riley.

»Ich schon«, entgegnete Gabe. »Aber ich werde nicht warten.«

17

»Du hast Margie die Nadel und den Ring gegeben«, sagte Gabe eine halbe Stunde später, als die Juwelen auf Trevors Esstisch ausgebreitet lagen. »Meinem Vater hast du die Halskette, das Armband und die Ohrringe gegeben. Und ich möchte wissen, weshalb. Keine Lügen diesmal, kein Geschwafel über undankbare Söhne. Die Wahrheit.«

Trevor setzte sich an den Tisch und sah älter aus, als Gabe ihn jemals gesehen hatte. Dennoch empfand Gab keinerlei Sympathie für ihn.

»Der Brandy steht auf der Anrichte«, meinte Trevor.

Gabe nahm die Brandyflasche, hielt jedoch den Blick weiter auf Trevor gerichtet. »Wer hat Helena umgebracht?«

»Stewart«, erwiderte Trevor und Gabe wäre um ein Haar die Flasche entglitten.

»Stewart? Margies Mann?«

Trevor nickte. Gabe schenkte etwas Brandy in ein Glas und reichte es ihm. Er trank, jedoch nicht viel, dann atmete er tief durch.

»Setz dich«, forderte ihn Trevor auf. »Ich erzähle dir, was passiert ist. Und dann hoffe ich, dass du es niemandem sonst erzählst.«

»Trevor, es geht um Mord«, sagte Gabe. »Das ist nichts, was ...«

»Du wirst es nie beweisen können«, sagte Trevor. »Wenn ich es hätte beweisen können, hätte ich es getan. Ich lebte mit Helena in Scheidung, aber ich wollte nicht, dass sie stirbt. Helena war Margies Mutter. Margie hat die Sache nie wirklich verwunden, wie du weißt. Stell dir vor, es ginge um Chloe und Lu.«

»Schieß los.« Gabe unterdrückte jedes Mitgefühl.

»Ich hatte eine Affäre«, begann Trevor traurig. »Mit Audrey. Ich habe sie geliebt, aber geheiratet hätte ich sie nicht, schließlich war Helena meine Frau. Doch dann wurde Audrey schwanger und ich wollte, dass mein Kind meinen Namen trägt, und meine Ehe war eigentlich bereits gescheitert ...«

»Trevor«, ermahnte ihn Gabe. »Komm zu dem Teil, wo Stewart Helena erschießt und mein Vater dabei behilflich ist.«

»Behilflich?« Trevor blickte ihn entsetzt an. »Du solltest dich schämen. Dein Vater war ein feiner Kerl.«

»Mit Diamanten im Wert einer Viertelmillion Dollar in seinem Sofa«, sagte Gabe. »Erkläre mir das.«

»Da hat er sie versteckt?« Trevor lachte freudlos. »In diesem billigen Sofa? Aber so war Patrick. Ausgefuchst, richtig ausgefuchst.« Er nahm das Glas wieder zur Hand. »Die Couch hättest du jederzeit rausschmeißen können, dann hätte niemand jemals davon erfahren. Wie hast du sie eigentlich gefunden?«

»Nell wollte eine neue Couch«, sagte Gabe. »Ich will die Geschichte hören. Raus mit der Sprache.«

»Nell ist eine sehr umtriebige Frau«, bemerkte Trevor. »Das war Helena nicht. Sie hat die Scheidung nur schlecht verkraftet.«

Wogegen die meisten Menschen sie einfach so wegstecken, dachte Gabe grimmig und fragte sich, ob Trevor wohl die geringste Ahnung davon hatte, was für ein aufgeblähter Popanz er bisweilen war.

»Ich war willens, ihr Unterhalt zu zahlen, doch sie wollte die Hälfte meines Firmenanteils der Firma, was natürlich schlichtweg lächerlich war. Damit wäre sie zwar nicht durchgekommen, aber der Prozess hätte uns erledigt. Jack hatte gerade Vicky geheiratet und hatte kein Geld flüssig, schließlich hatte Abby die Hälfte seines Vermögens kassiert. Stewart hatte gerade Margie geheiratet und wollte mehr Geld aus der Firma ziehen, aber das war bei dem Umsatz unmöglich. Dann kam er bei mir vorbei und meinte, Jack und er hätten miteinander gesprochen und einen Ausweg aus unserem Dilemma gefunden. Er könnte Helena erschießen, während ich ein absolut wasserdichtes Alibi hätte. Ich sagte nein.« Trevor starte Gabe über den Tisch hinweg an. »Ich sagte nein zu beiden. Ich sagte, wenn er warten würde, würde sie der Sache überdrüssig werden und den Kampf aufgeben und wir wären aus dem Schneider.«

»Das glaube ich«, sagte Gabe. Trevor würde selbst während eines Großbrandes vorschlagen abzuwarten, weil die Flammen sicher irgendwann von alleine erlöschen würden.

»Ich wollte ihren Tod nicht«, beteuerte Trevor. »Ungefähr einen Monat später rief er mich an. Er sagte, Margie sei gerade bei ihrer Mutter, der Zeitpunkt sei ideal. Wenn ich sie dort anriefe und sie am Telefon behielte, könnte er sich in der nächsten halben Stunde um Helena kümmern. Ich sagte ihm, auf gar keinen Fall. Er meinte, wenn wir noch länger warten würden, würden wir alles verlieren. Dann legte er auf.«

»Also bist du sofort hingefahren, um Helena zu warnen«, sagte Gabe. »Du hast die Polizei gerufen.«

»Die Polizei?« Trevor sah ihn entsetzt an. »Du machst Scherze. Nein, ich habe Helena angerufen, und Margie hat das Telefon abgenommen. Sie meinte, Helena würde sich merkwürdig benehmen und bat mich herüberzukommen, aber ich wusste, ich würde zu spät kommen. Ich sagte, sie solle Helena sofort in ein Krankenhaus bringen und dass ich sie dort treffen würde, aber sie sagte nein, *ich* solle zu ihnen kommen…« Trevor schloss die Augen. »Während wir darüber diskutierten, hörte sie den Schuss. Dann bin ich hingefahren.«

»War Stewart da?«

»Nein«, erwiderte Trevor tonlos. »Margie hatte ihre Mutter gefunden und war vollkommen hysterisch, also habe ich ein Betttuch über Helena ausgebreitet und einen Krankenwagen gerufen.« Er atmete tief durch. »Und als ich dann nach oben ging, fand ich Helenas Abschiedsbriefe. Drei. Sie hatte geübt.« Er lief rot an und klang wütend. »Sie hatte ohnehin vorgehabt, sich umzubringen. Wenn Stewart doch nur gewartet hätte…«

So viel zum Thema, dass Trevor Helenas Tod nicht wollte.

»Er war ein Dummkopf«, sagte Trevor. »Ich hätte niemals zulassen dürfen, dass Margie ihn heiratet.«

Außerdem hättest du niemals zulassen sollen, dass er deine

Frau erschießt, dachte Gabe, sagte jedoch: »Sie wurde mit deiner Pistole umgebracht.«

»Die hat er sich vorher bei mir geholt«, erwiderte Trevor. »Jack hatte alles genau geplant.«

Gabe lehnte sich gegen die Hausbar. Er nahm Trevor ab, dass Stewart den Mord nicht geplant hatte. Doch die Anschuldigung gegen Jack kam ihm ein wenig merkwürdig vor, insbesondere so kurz nach den Überraschungen des letzten Quartalsbereichs. Die Worte, »die hat er sich vorher bei mir geholt«, hatte er hastig hervorgestoßen. »Ich sehe immer noch nicht, wie Patrick in diese Geschichte passt.«

»Margie sagte mir, ihre Mutter habe ihren besten Schmuck angelegt. Als ich die Leiche sah, trug Helena zwar ihre Ringe und die Nadel, doch der Rest war verschwunden.«

»Stewart hat sich den Schmuck genommen«, sagte Gabe und gab vor, Trevors Argumentation zu folgen.

»Nur die Stücke, die er schnell noch mitnehmen konnte, bevor er flüchtete.« Ekel schwang in Trevors Stimme mit, und Gabe fing an, ihm Glauben zu schenken. »Es hätte zu lange gedauert, die Nadel zu lösen, und die Ringe steckten zu fest an ihren Fingern, weil sie zugenommen hatte. Ich wusste, dass er mit dem restlichen Schmuck irgendetwas Dummes anstellen würde, denn er war ein dummer Mann, also habe ich Patrick angerufen.«

»Und immer noch hat niemand die Polizei informiert?«, hakte Gabe nach.

»Der Skandal hätte uns ruiniert«, erwiderte Trevor.

»Deine Tochter war mit dem Mörder ihrer Mutter verheiratet«, sagte Gabe.

»Richtig«, erwiderte Trevor. »Stell dir doch nur mal vor, was mit ihr passieren würde, sollte sie jemals davon erfahren.«

Gabe starrte ihn an und sah Margies »vielleicht werden sie es niemals erfahren-Mantra« in Fleisch und Blut vor sich sitzen.

»Dein Vater war wie immer großartig«, fuhr Trevor fort. »Er folgte Stewart tagelang, bis dieser einen Pfandladen aufsuchte. Dann verwandte er fast das gesamte Kapital der Agentur und kaufte damit die Diamanten zurück. Über dreißigtausend Dollar. 1978 war das eine gewaltige Summe.«

»Und dann hat er es meiner Mutter erzählt, und sie hat ihn verlassen«, sagte Gabe und dachte, *was für Dummköpfe ihr beide doch wart.*

»Natürlich nicht«, widersprach Trevor. »Lia hätte das nicht begriffen. Sie hat ohnehin die Sache nicht begriffen, hat nicht verstanden, was mit dem Geld passiert ist und ebenso wenig hat sie verstanden, weswegen er nicht darüber sprechen wollte. Sie war keine gute Ehefrau, Gabe. Es tut mir weh, das zu sagen, aber es stimmt. Sie hat ihm kein bisschen vertraut.«

Gabe blickte ihn an und dachte, *du kommst wohl vom Mars.*

»Patrick gehörte nicht zu jenen Männern, die sich von einer Frau herumkommandieren lassen«, fuhr Trevor fort.

»Das war ihm sicher ein großer Trost, nachdem sie ihn verlassen hat«, bemerkte Gabe.

»Ich besaß nicht das nötige Kapital, um Patrick die volle Summe zurückzuzahlen«, fuhr Trevor fort, ohne ihn zu beachten. »Also habe ich ihm den Porsche übereignet. Ich wusste, dass er ihm gefiel. Abgesehen davon war es mein Zweitwagen.«

»Himmel«, sagte Gabe.

»Und dann haben wir die Rechnungen getürkt, um die Summe auszugleichen. Der Kanzlei wurden Rechnungen über Nachforschungen gestellt, die gar nicht stattgefunden hatten. Bis zum Jahresende hätte ich ihm alles zurückgezahlt. Deine Mutter war damals schon nicht mehr da, und deine Tante kümmerte sich um die Buchführung. Keinem ist etwas aufgefallen.«

»Aber die Diamanten hat er behalten?«, fragte Gabe.

»Nun, ich konnte sie schlecht nehmen«, sagte Trevor. »Damals lebte ich mit Audrey zusammen und konnte nicht riskieren, dass sie sie womöglich fand. Ich habe allen erzählt, dass wir den Schmuck zusammen mit Helena beerdigt hätten. Wenn Margie herausgefunden hätte, dass ich den Schmuck noch besaß, hätte sie völlig falsche Schlüsse gezogen.«

Nein, das hätte sie nicht. »Dann sollten sie also einfach im Sofa verborgen bleiben?«, fragte Gabe.

»Nein. Wir wollten fünf Jahre warten und anschließend die Steine aus den Fassungen brechen und sie verkaufen. Aber dann …«

»Dann hatte Paps einen Herzinfarkt, ohne dir das Versteck verraten zu haben«, beendete Gabe den Satz.

Trevor nickte. »Und dann hat Stewart Geld unterschlagen und sich aus dem Staub gemacht. Damit war die Angelegenheit erledigt. Also lebten wir weiter unser Leben, bis Nell anfing, deine Agentur auf den Kopf zu stellen. Du hättest eine phlegmatischere Sekretärin einstellen sollen, mein Junge.« Er versuchte zu kichern, doch ganz offensichtlich kam es nicht von Herzen. »Ich habe versucht, ihr bei uns einen Job anzubieten, bevor sie die Juwelen fand, aber …« Er seufzte. »Nun, jetzt ist alles vorbei.«

Gabe schüttelte ungläubig den Kopf. »Alles vorbei? Trevor, es ist nicht alles vorbei, Stewart lebt noch und, das sollten wir nicht vergessen, er hat einen Mord begangen. Außerdem ist er nicht bereits seit *fünfzehn* Jahren weg. Himmel, die Familienfeiern müssen wirklich ein Vergnügen gewesen sein, wenn er dir bei Tisch gegenüber saß.«

»Es gibt eine Menge, was du von deinem Vater lernen kannst«, sagte Trevor ernst. »Er hat andere Menschen nie verurteilt.«

»Was die ganze schreckliche Situation erklärt«, bemerkte Gabe. »Wenn er dich zur Polizei geschleift hätte …«

»Gabriel, die Polizei war weder damals noch ist sie heute

eine unserer Möglichkeiten.« Trevors Stimme hatte wieder die Kraft seiner Jugend erlangt und klang ausnahmsweise beeindruckend. »Ohne meine Aussage kannst du überhaupt nichts beweisen. Aber du kannst meine Tochter tief verletzen und meiner Kanzlei schaden, also bitte ich dich, als den Sohn meines besten Freundes, lass die Sache ruhen. Es ist zwanzig Jahre her …«

»Dreiundzwanzig.«

»… die Sache wieder an die Oberfläche zu holen, nützt niemandem. Selbst wenn die Polizei dir glaubt, werden sie Stewart nicht finden. Er ist seit sieben Jahren verschwunden. Margie wird ihn für tot erklären lassen. Es ist vorbei. Lass es ruhen.«

Gabe erhob sich. »Trevor, ich bin nicht der Einzige, der in dieser Sache Bescheid weiß.«

»Nell wird das tun, was du ihr sagst.«

»Offenbar kennst du Nell nicht«, erwiderte Gabe. Trevor warf ihm einen verächtlichen Blick zu, und Gabe wurde rot. »Außerdem würde ich sie nicht darum bitten, den Mund zu halten, selbst wenn sie auf mich hören würde.«

Trevor schüttelte den Kopf, ganz offensichtlich enttäuscht von sowohl ihm als auch von der Art, wie er mit Frauen umging.

Gabe versuchte eine neue Richtung. »Wo passt Lynnie in diese ganze Sache?«

»Wer?«, fragte Trevor verwirrt.

»Lynnie Mason. Unsere ehemalige Sekretärin. Diejenige, die vor einer Woche in einer Tiefkühltruhe gefunden wurde.«

Trevor blinzelte ihn an. »Sie hat mit dieser Geschichte überhaupt nichts zu tun. War sie nicht ziemlich jung?«

»Anfang dreißig«, erwiderte Gabe, leicht überrascht.

Trevor spreizte die Hände. »Dann war sie zehn, als Helena starb.«

»Sie muss nicht unbedingt dabei gewesen sein«, sagte Gabe.

»Leute reden. Was war es denn, womit die Frau euch erpressen wollte?«

»Das sagte ich dir doch«, entgegnete Trevor scharf.

»Ehebruch. Es war ein Scherz. Wer immer es gewesen ist, hat nie wieder angerufen. Ich verstehe dich nicht, Gabriel. Du versuchst, dieser Sache unbedingt eine persönliche Wendung zu geben, sie auf deine Familie und dein Geschäft zu beziehen. Doch so war es nicht. Es ging um meine Familie.«

»Aber meine Familie hat dafür ebenfalls bezahlen müssen. Das war doch der Grund, weswegen meine Mutter gegangen ist, nicht wahr?«

»Deine Mutter«, erwiderte Trevor mit kaum unterdrückter Wut, »hat ihn regelmäßig verlassen. Warum dein Vater sie immer wieder zurückgenommen hat, ist mir ein Rätsel.«

»Er liebte sie«, sagte Gabe. »Und sie liebte ihn. Deswegen kam sie immer wieder zurück, obwohl er Dinge wie diese gedreht hatte.«

»Urteile nicht zu hart über deinen Vater«, ermahnte ihn Trevor, als Gabe sich zum Gehen wandte. »Er war ein guter Freund. Du würdest für deinen Cousin dasselbe tun.«

»Nein, das würde ich nicht«, widersprach Gabe. »Ich würde es nicht tun müssen. Er würde mir keinen Anlass geben.«

»Ich habe nichts getan«, erwiderte Trevor.

»Genau das meine ich«, erwiderte Gabe und fuhr im Auto seines Vaters nach Hause, zum ersten Mal im vollen Bewusstsein dessen, welchen Preis sein Vater tatsächlich dafür gezahlt hatte.

»Und welchen Reim machst du dir da drauf?«, fragte Riley am Abend im Büro.

»Ich glaube ihm, dass Stewart die Sache nicht geplant hat«, erwiderte Gabe. »Zu viele Leute erzählen, er sei impulsiv und dumm gewesen.«

»Impulsiv. Dafür spricht, dass er die Diamanten genommen hat.«

»Den Teil nehme ich ihm ab. Trevor schien davon ehrlich angeekelt zu sein. Aber ich wette mit dir, dass entweder Trevor oder Jack die Sache geplant hat. Und mein Vater hat hinterher die Spuren beseitigt.«

»Und wenn man die Sache weiterspinnt«, sagte Riley, »taucht zweiundzwanzig Jahre später Lynnie auf und sucht nach Diamanten. Wer hat ihr gesagt, wo sie sind? Es muss Trevor gewesen sein, nicht wahr?«

»Es kann sein, dass er Stewart oder Jack davon erzählt hat«, meinte Gabe. »Doch Trevor ist immer noch derjenige, um den sich in dieser Geschichte alles dreht.«

»Warum also hat er es ihr erzählt?«, fragte Riley. »Bei Jack oder Stewart hätte ich auf Bettgeflüster getippt. Lynnie war sicherlich leicht zu erobern, aber ich kann mir Trevor einfach nicht vorstellen, wie er sich an Lynnie kuschelt und flüstert: ›Bei den McKennas liegen Diamanten‹.«

»Auf Bettgeflüster würde ich auch nicht tippen«, stimmte ihm Gabe zu. »Obwohl sie auf Geld scharf war. Irgendjemand hat sie hierher geschickt, um die Steine zu suchen und hat sie anschließend umgebracht, weil sie zu viel wusste.«

»Und warum ausgerechnet jetzt?«, fragte Riley.

»Das alles passierte vor zweiundzwanzig Jahren. Niemand außer Trevor würde so lange auf Diamanten warten. Aber er hätte auch noch länger gewartet.«

»Vielleicht hat irgendjemand Wind davon bekommen.«

»Jack.«

»Warum Jack?«

»Weil er ein Mistkerl ist«, erwiderte Riley.

»Hauptsache, wir behalten einen kühlen Kopf«, ermahnte ihn Gabe.

»Was ist eigentlich dran an dem Gerücht, dass Suze und du miteinander schlaft?«, fragte Margie, als sie am nächsten

Sonntag zum Brunch mit Nell und Suze im *Sycamore* saß. Suze verschluckte sich an ihrem Orangensaft und dachte, *wer hat das denn ausgeplaudert?*

»Woher hast du das denn?«, fragte Nell.

»Tim hat es Budge erzählt«, erwiderte Margie und nahm ihren Mimosa. »Wir hatten ein Abendessen bei Mutter Dysart.« Sie seufzte. »Es war schrecklich. Ich musste mich mit Whitney und Olivia unterhalten. Ich hatte irgendwie Mitleid mit euch beiden, aber jetzt, wo ich weiß, dass ihr ein Verhältnis habt...«

»Es ist dir doch klar, dass das ein Scherz war?«, hakte Suze nach, die sich bei Margie nie sicher war.

Margie gabelte sich etwas Rührei auf. »Schon. Aber trotzdem wette ich, dass irgendetwas gelaufen ist. Nell lügt nicht.«

»Wir haben uns geküsst«, erwiderte Nell. »Im Interesse der Wissenschaft. Für den Fall, dass eine Seuche alle Männer ausrottet.«

»Falls uns diese Seuche tatsächlich heimsuchen sollte«, sagte Suze und nahm ihr Ei *Quesadilla,* »bist du zu einem Dreier eingeladen.«

»Nein danke«, erwiderte Margie. »Wenn diese Seuche uns tatsächlich heimsuchen sollte, werde ich mich auf die Suche nach Janice machen.«

Den Mund voller Quesadilla hielt Suze inne und dachte: *Margie hat eine Janice?*

Nell fragte: »Janice? Janice wer?«

»Janice war eine Freundin, die ich auf der Oberschule hatte.« Margie runzelte die Stirn. »Mit ihr hatte ich den besten Sex, bevor ich Budge kennen lernte.«

»So viel zu Stewart«, meinte Suze.

Die Bedienung kam, und Margie bestellte noch ein Glas Mimosa, danach sagte sie: »Von Janice habe ich *Sachen* gelernt.«

»Aber dann bist du doch bei Stewart gelandet«, sagte Nell. »Warum?«

»Weil Janice mit mir Schluss gemacht hat. Und Stewart war jemand, den ich bereits eine Weile lang kannte, außerdem arbeitete er für Papa. Und er ließ nicht locker.« Sie zuckte mit den Schultern.

»Ich kann es kaum glauben«, sagte Nell. »Da hattest du dieses Geheimnis …«

»Nein, so war es nicht«, widersprach Margie. »Ich habe es niemals geheim gehalten. Es ist nur niemandem aufgefallen. Was ich mache, fällt ohnehin nie jemandem auf.« Diese Tatsache schien sie nicht weiter zu stören. »Und als ich Stewart davon erzählte, war er darüber so schockiert, dass ich die ganze Sache habe im Sande verlaufen lassen.« Sie schüttelte den Kopf. »Wenn ich nie etwas gesagt hätte, hätte er nie davon erfahren.«

»Er war schockiert?«, fragte Nell. »Warum?«

»Weil es *unnatürlich* sei.« Margie seufzte. »Er hatte keinen Sinn für Spaß.«

»Ich habe ein ziemlich schlechtes Gewissen«, sagte Nell. »Ich hätte wissen müssen, dass du so unglücklich warst.«

»Warum?« Margie schob den Teller weg und nahm ihr Getränk. »Meistens war es gar nicht so schlimm. Er war nicht oft zu Hause. Aber eines Tages gab es irgendeinen Ärger in der Firma und ich wusste nicht, was ich machen sollte. Wir hatten einen schrecklichen Streit, es war wirklich grauenhaft, und da ist mir der Geduldsfaden gerissen …«

Suze blickte sie ungläubig an. »Du kannst wütend werden?«

»… und ich habe ihn geschlagen. Anschließend bin ich zu Daddy gegangen und habe ihm gesagt, dass ich die Scheidung möchte. Aber dann verschwand Stewart und ist nicht wieder zurückgekommen, das Problem hat sich also von alleine gelöst.«

»Und dann tauchte Budge auf«, fuhr Suze fort. »Hast du ihm von Janice erzählt?«

Margie grinste. »Ja, das habe ich. Auf ihn hatte es eine *vollkommen* andere Wirkung.«

»Ja, auf Gabe hatte es auch eine vollkommen andere Wirkung.« Suze lächelte bei der Erinnerung. »Ich habe noch nie zwei Leute ein Restaurant derart schnell verlassen sehen.«

»Und was ist mit Riley?«, fragte Nell und Suzes Grinsen erstarrte.

»Ihn hat es auch interessiert.«

»Du und Riley?«, fragte Margie. »Das ist nett.«

»Nein«, erwiderte Suze bedrückt. »Er möchte nicht.«

»Vielleicht hat er zu viel Respekt vor dir«, gab Margie zu bedenken.

»Nein«, widersprachen Suze und Nell im Chor.

»Ich bin einfach nicht mehr die Frau, die ich einmal war«, meinte Suze leichthin.

»So dumm kann er nicht sein«, konterte Nell.

»Er ist überhaupt nicht dumm.« Suze wandte sich Margie zu.

»Wo lebt denn diese Janice heute?«

»Sie arbeitet in irgendeiner großen Kanzlei in New York«, sagte Margie. »Das ist schon in Ordnung. Ich habe Budge, und falls diese Seuche tatsächlich das Land überrollen sollte, setze ich mich in den Bus und fahre nach New York.«

»Das fällt mir schwer zu glauben«, meinte Suze. »Du in einem Bus?«

»Und ich habe dein Geschenk zur Hälfte mitbezahlt«, meinte Margie traurig.

»Ich bekomme ein Geschenk?«, fragte Suze ein wenig fröhlicher.

Margie öffnete ihre Tasche und stellte eine durchsichtige Plastikdose mit hübsch verzierten Keksen auf den Tisch.

»Dies ist eine Scheidungsparty. Wir dachten, so eine Party solltest du haben, damit du sie einreichst. Die Scheidung, meine ich.«

Aua, dachte Suze.

»Wir dachten uns, ein wenig Aufheiterung könnte dir nicht schaden«, bemerkte Nell etwas taktvoller.

»Einen ganzen Kuchen mit Kerzen konnte ich nicht in meiner Tasche unterbringen«, sagte Margie. »Also habe ich Kekse gebacken. Nicht einer ist zerbrochen.«

»Unzerbrochene Kekse«, sagte Suze, öffnete die Schachtel und versuchte fröhlich zu klingen. »Das ist ein tolles Geschenk.«

»Das ist doch nicht dein Geschenk.« Margie nahm ihr Glas Mimosa zur Hand. »Das ist nur dein Kuchen.«

»Und hier kommt das Geschenk.« Nell reichte ihr eine in rosa Folie verpackte Schachtel.

»Wir haben in dem Laden Stunden gebraucht, um es auszusuchen«, bemerkte Margie, während Suze das Geschenk auspackte.

»Nein, es ist uns bloß wie Stunden vorgekommen«, korrigierte sie Nell.

»Danke«, sagte Suze, nachdem sie die Schachtel ganz ausgepackt hatte. Auf der Schachtel stand: »Der Hausgenosse für die Dame. Inklusive Batterien«. Suze war sich nicht ganz sicher, was sie sagen sollte.

»Es ist ein Vibrator«, erklärte Margie.

»Das ist es ganz eindeutig«, bestätigte Suze.

»Er soll dich davon abhalten, irgendwelche Fehler zu begehen, nur weil du dringend einen Orgasmus brauchst«, sagte Nell. »Sehr einfach, wie ich selbst aus Erfahrung weiß.«

»Riley war kein Fehler«, korrigierte sie Margie. »Er war ein Abenteuer.« Sie seufzte bei dem Gedanken.

»Masturbation«, sagte Suze und starrte immer noch auf die Vibratorschachtel.

»Ich bezeichne es lieber als Sex mit jemandem, dem ich vertraue«, meinte Nell.

»Das ist ein Argument«, gab Suze zu.

»Und keine nassen Flecken«, meinte Margie und machte

eine Geste mit ihrem Glas. »Außerdem hast du das ganze Bett für dich selbst.«

Das reicht nicht, dachte Suze, und als sie am Nachmittag nach Hause zurückkehrte, verstaute sie die Schachtel in ihrem Schrank. Dann schenkte sie sich einen Drink ein, weil Jack vorbeikommen wollte, um seine letzten Kleidungsstücke abzuholen. Als er sich verspätete, schenkte sie sich noch einen nach.

Als er schließlich durch die Haustür trat, zog sich Suze die Brust zusammen. Er sah aus wie immer, groß und wunderbar, seine blauen Augen ganz weich bei ihrem Anblick, als seien sie noch immer zusammen und sie versuchte, sich daran zu erinnern, was er mit Nell und Tim und dem Geschäft vorgehabt hatte, und was er immer noch mit Olivia tat. Sie unterhielten sich höflich, während er seine letzten Hemden aus dem Schrank holte, dann folgte sie ihm die Treppe hinunter in den Flur und bemühte sich, normal zu atmen und das Bedürfnis zu unterdrücken zu sagen: »Geh noch nicht, vielleicht können wir es doch noch einmal versuchen.« Sie wollte es gar nicht noch einmal versuchen, er hatte sie betrogen, er hatte sich Nell gegenüber schrecklich benommen, er hatte ihr nachspioniert und sie dabei beobachtet, wie sie Riley in einer dunklen Straße geküsst hatte, aber trotzdem wollte sie sagen, *geh nicht*, weil die Zukunft so beängstigend und endlos schien und er die Vergangenheit verkörperte, die sie kannte.

»Ich kann kaum glauben, dass alles vorbei ist«, sagte sie stattdessen, wobei es ihr fast die Kehle zuschnürte.

»Ich kann es auch kaum glauben. Es war doch alles perfekt.« Er stand mit einem Schwung seiner Hemden über dem Arm in der Haustür, und das Licht über der Tür beschien die Traurigkeit auf seinem Gesicht. *Ehemann*, dachte sie und hatte Gewissensbisse, dass sie ihn nicht zurückhalten konnte, denn ganz gleich, wie sehr sie ihn liebte, sie liebte ihn nicht genug, um ihm die Sache mit Olivia zu verzeihen. Sie konnte ihm nicht vergeben, dass er sie betrogen hatte, um seinen Stolz zu retten.

»Ohne dich wird es nicht dasselbe sein, Suze«, sagte er, und seine Stimme klang so ehrlich und so gequält, dass sie auf ihn zuging und ihn umarmte.

»Ich werde dich immer lieben«, sagte sie. »Was auch immer…«

Er ließ die Hemden fallen und küsste sie, und sie dachte, *Moment mal, so hatte ich das nicht gemeint*, und dann erinnerte sie sich daran, wie es früher einmal war und hatte Angst davor, dass sie sich nie wieder so gut fühlen würde. Sie wollte nicht alleine sein, sie wollte *jemanden* haben, irgendein menschliches Wesen, nicht einen verdammten rosafarbenen Vibrator, ganz gleich, wie emanzipiert das auch sein mochte. Also küsste sie ihn, und als er an ihrer Kleidung zerrte, sank sie mit ihm zusammen auf den Boden und empfing ihn zu einem Abschied für ihre Ehe und das Leben, das sie mit ihm gehabt hatte.

Dann lasse ich los, dachte sie und klammerte sich an ihn und seinen Kuss.

Während der nächsten Woche war Gabe wie besessen von dem Rätsel um Lynnies Tod und Nell ebenso besessen von Suzes Unfähigkeit, von Jack loszukommen und Margies wachsender Unfähigkeit, der Realität ohne ein Glas Mimosa in der Hand ins Auge zu sehen. Einzig stabil in ihrem Leben war die Agentur. Sie kaufte ein Ledersofa mit Lederkissen für den Empfangsraum. Gabe zuckte beim Blick auf die Rechnung zusammen, sagte jedoch nichts, also beschloss sie, die Kasse ganz zu plündern und zum St. Patrick's Tag für Gabe und Riley neue Visitenkarten drucken zu lassen. Auf hellgrauem Grund war das Wort »Antworten« in goldenen, altmodischen Lettern wie jene auf dem Fenster aufgeprägt. Sie deponierte die Schächtelchen auf ihren Schreibtischen und war sich sicher, dass sie, sobald sie die Karten gefunden hatten, ihr einfach bestätigen mussten, wie Recht sie die ganze Zeit schon gehabt hatte. Nachdem die beiden ins Büro gekommen waren, wartete Nell.

Gabe trat wutentbrannt aus seinem Zimmer, und Nell sagte: »Moment mal, das Design habe ich direkt von eurem Fenster übernommen.«

»Du kannst sie auch direkt wieder von meinem Schreibtisch nehmen.« Er knallte ihr den Karton auf den Tisch. »Verbrenne diese verdammten Dinger und lass die alten Karten nachdrucken.«

»Hör zu, du hast keinen Pfennig dafür bezahlt, ich hab's von meinem Geld bezahlt«, sagte Nell. »Sie sollten ein Geschenk zum St. Patrick's Tag sein.«

»Wenn ich das gewusst hätte«, entgegnete Gabe, »hätte ich dir einen Karton mit Glenlivet geschenkt.«

»Wenn ich gewusst hätte, dass du so reagieren würdest, hätte ich ihn sogar getrunken«, erwiderte Nell. »Gib ihnen doch eine Chance ...«

»Nicht nur werde ich diesen Karten keine Chance geben«, erwiderte Gabe, »ich werde auch dir keine mehr geben. Bring diese verdammten Visitenkarten zurück oder dir ist gekündigt. Und zum allerletzten Mal, *hör auf, hier irgendwas zu verändern.*«

»Nur wegen ein paar Visitenkarten würdest du es aufs Spiel setzen, nicht mehr mit mir zu schlafen?«, fragte Nell und versuchte, die Stimmung ein wenig aufzuheitern.

»Nein«, sagte Gabe. »Aber ich werde es aufs Spiel setzen, dass du nicht mehr für mich tippst, wenn du dich nicht endlich wie eine Sekretärin benimmst und meine Anordnungen ausführst.«

»Hey«, entrüstete sich Nell. »Ich bin doch nicht nur eine ...«

Riley öffnete seine Bürotür und trat mit den neuen Visitenkarten in der Hand heraus. »Seit wann bin ich ein Nobelfriseur?«

»Das ist doch nicht …«

»Oder ein Zuhälter«, bemerkte er mit Blick auf die Karten. »Antworten? Das hängt doch wohl sehr stark von der Frage ab, oder nicht?«

»Sie wird sie entsorgen«, sagte Gabe, kehrte in sein Büro zurück und knallte die Tür hinter sich zu.

»Nur weil es etwas Neues ist.« Nell sah ihm wütend hinterher.

»Daran alleine liegt es nicht«, widersprach Riley und ließ den Karton auf ihren Schreibtisch fallen. »Es ist auch, weil es ihm ein wenig unheimlich ist. Mach nicht solche Sachen, ohne sie vorher mit ihm abzusprechen. Du weißt doch, wie er ist.«

»Aber er irrt sich«, beharrte Nell. »Er ist so verdammt bestimmend. Die alten Karten …«

»… sind die Karten, die ihm gefallen«, beendete Riley den Satz für sie. »Du hörst nicht zu.«

»Sieht es in diesem Büro nicht viel besser aus, seit ich hier arbeite?« Nell beobachtete, wie Riley sich im Empfangsbereich umsah.

»Alles sehr glänzend.«

»Und das Badezimmer …«

»… ist ein Kunstwerk«, beendete er erneut für sie den Satz. »Nell, du begreifst es offenbar nicht. Das hier ist sein Geschäft. Und dies ist nicht die Art und Weise, wie er möchte, dass es hier aussieht.«

»Aber es ist doch auch dein Geschäft.«

»Und ich stimme ihm zu.« Riley schüttelte den Kopf. »Weißt du, das Problem ist nicht, dass er bestimmend ist. Es ist, dass ihr beide so bestimmend seid. Und einer von euch beiden muss nachgeben. Du, um genau zu sein.«

»Er ist im Unrecht«, beharrte Nell.

»Und damit kehre ich in mein Büro zurück«, sagte Riley. »Lass mich wissen, wenn sich die Wogen geglättet haben. Dann wende ich mich an denjenigen, der es überlebt hat.«

»Verdammt.« Nell nahm den Telefonhörer, um neue Karten zu bestellen. Sie war fest entschlossen, einen Ausweg zu finden. Also gut, er wollte etwas, was nicht allzu sehr von den alten Karten abwich. Das hieß aber noch lange nicht, dass er diese potthässlichen Visitenkarten behalten musste.

»Standardkarten in der Farbe Chamois«, wies sie den Drucker keine fünf Minuten später an. »Dunkelbrauner Schriftzug. Eine klassische altmodische Schrift. Sehr einfach. Bookman? Ja, gut. Detektei McKenna in zwölf Punkt…«

Na also, dachte sie, als sie wieder auflegte. *Wer sagt denn, dass ich keine Kompromisse eingehen kann?*

Sie ging zu Gabe hinein und sagte: »Ich habe die Karten neu bestellt.«

»Sind sie exakt genauso wie die alten?« Er klang bedrohlich.

»Nein. Ich habe einen Kompromiss gefunden. Ich dachte…«

»Nein. Du denkst nicht. Ich möchte nicht, dass du denkst und ich möchte nicht, dass du Kompromisse findest. Ich möchte, dass du zuhörst. Und ich will die alten Karten.«

»Du kannst doch nicht einfach immer nein sagen«, widersprach Nell. »Du musst mir doch auch einmal zuhören.«

»Ehrlich gesagt muss ich das nicht. Ich bin hier der Chef, und du bist die Sekretärin.«

»Rein formal betrachtet stimmt das. Aber…«

»Nein.« Gabe blickte ungeduldig und entnervt zu ihr auf. »Nicht nur ›formal betrachtet‹. So und nicht anders ist es nun mal.«

Nell unterdrückte ihre Wut. »Du glaubst also, meine Meinung zählt nicht.«

»Sie zählt schon«, erwiderte Gabe. »Nur nicht sehr viel.«

»Trotz allem, was ich…«

»Nell, nur weil wir miteinander schlafen, macht das aus dir noch keinen Mitinhaber. Wie ich dir schon gesagt habe, das hier ist nicht Tim und die Versicherungsagentur.«

»Ich spreche aber gar nicht davon, dass wir miteinander schlafen«, schnappte Nell. »Ich rede davon, was ich während der letzten sieben Monate für dieses Büro getan habe.«

»Du bist ein Organisationsgenie«, sagte Gabe. »Und jetzt geh.«

»Einfach so«, sagte Nell.

»Einfach so. Ich muss nachdenken, und das kann ich nicht, wenn du mit mir streitest.« Er rieb sich die Stirn. »Können wir später darüber reden? Ich habe diese Auseinandersetzung satt.«

»Nein«, sagte Nell. »Wenn ich hier nur eine Schreibkraft bin, gibt es überhaupt keinen Grund, weswegen wir darüber reden sollten.«

»Was dachtest du denn, was du bist?«, erkundigte sich Gabe. »Wir haben dich angestellt und wir bezahlen dich. Seit wann in aller Welt hört sich das in deinen Ohren nach einer Partnerschaft an?«

Als ich mit dir angefangen habe zu schlafen, dachte Nell und ihr wurde klar, dass er Recht hatte. Sie war ganz und gar in ihr altes Leben zurückgeschlüpft, sie schlief mit dem Chef und führte ihm die Geschäfte.

Er beugte sich vor und fixierte sie. »Zum allerletzten Mal, *du bist nur eine Sekretärin.*«

»Mein Fehler«, sagte sie kaum hörbar und kehrte wieder an ihren Schreibtisch zurück. Von ihrer Entdeckung war ihr ganz übel geworden.

Das Büro sah wunderschön aus, die Wände ein weiches Gold, die Couch in Grau, die goldgerahmten Fotos, die die Fläche über den Bücherregalen und den Hängeregistraturen schmückten. Wirklich wunderschön. Wie eine gediegene Versicherungsagentur.

Sie hatte überhaupt kein neues Leben begonnen. Sie hatte sich den nächstbesten Typen geschnappt, der Tim ähnelte, und hatte ihre alte Welt wieder hergestellt. Sie blickte sich in dem schönen Büro um, wieder einmal gefangen. Selbst ein neuer Schriftzug für das Fenster würde daran nichts ändern. Sie hatte sich freiwillig in dieselbe alte Sklaverei begeben. Wenn Gabe sie fallen ließ, würde sie sich auf der Straße wiederfinden, weil sie immer noch Männern diente. Sie hatte überhaupt gar nichts für sich selbst aufgebaut.

Genau das sollte sie tun, sie sollte kündigen. Sie sollte sich zwingen, ein neues Leben zu beginnen. Das würde ihm zeigen, wie er alleine klar kam. Nein, das war nicht richtig, es würde *ihr* zeigen, wie sie alleine klarkam. Irgendetwas musste es doch geben, was sie tun konnte. Vielleicht das Café übernehmen? Nein, denn dann würde sie immer noch für jemanden anderen arbeiten, für Gabe, um genau zu sein, bis Chloe wieder zurückkam.

Nein, wenn sie wirklich selbstständig sein wollte, würde sie kündigen und sich ihr eigenes Geschäft aufbauen müssen. Die Vorstellung schmerzte, sie liebte es, Teil von Gabe und Riley zu sein, sie liebte die Arbeitsatmosphäre und sogar die Arbeit, sie liebte das Gefühl der *Gemeinschaft*, doch sie musste gehen. Es war die einzige Möglichkeit, das zu bewahren, was sie mit Gabe hatte. Sie hätte schon lange gehen sollen, gleich nach dem ersten Streit, obwohl das noch vor dem ersten Kuss gewesen war. Sie hatte nicht die geringste Ahnung, welche Art von Geschäft sie eröffnen wollte, doch sie war sich sicher, sie musste den Rest ihrer Scheidungsabfindung und das, was auch immer Budge von Tim für die Agentur herausholen konnte, zusammenkratzen und etwas Neues beginnen. Zur Hölle mit dem Sparen für die Altersvorsorge.

Morgen schon könnte sie von einem Laster umgefahren werden. Heute noch sollte sie etwas Neues beginnen. Etwas, das ganz ihr gehörte. Etwas, bei dem keine Männer mit von der Partie waren.

Gabe kam aus dem Büro und schlüpfte in sein Jackett. »Ich bin um fünf zurück«, sagte er, während er auf die Tür zusteuerte. »Möchtest du im *Sycamore* oder im *Fire House* zu Abend essen?«

»Weder noch«, erwiderte Nell. Sie musste ihr neues Leben planen.

»Du fängst doch nicht wieder an, Mahlzeiten auszulassen?«, fragte er vom Flur aus. »Such dir ein Restaurant aus.«

»Ich esse heute Abend zu Hause. Ich möchte nachdenken.«

Gabe schloss die Augen. »Nun komm schon, schmoll nicht. Das sieht dir gar nicht ähnlich.«

»Ich schmolle nicht. Ich möchte etwas Zeit für mich haben und über ein paar Dinge nachdenken.«

»Welche Dinge denn? So kompliziert ist dein Leben doch gar nicht.«

»Ich weiß«, erwiderte Nell. »Das ist genau das Problem. Ich bin von einem geordneten Leben gleich in das nächste geschlittert, ohne wirklich herauszufinden, welche Möglichkeiten mir offen stehen. Ich bin hierher gekommen und habe gedacht, dass ich genau dasselbe mit dir haben würde, was ich mit Tim gehabt habe. Das ist aber nicht der Fall.«

»Nun, ich betrüge dich nicht. Ich hatte angenommen, das würdest du als Plus verbuchen.«

»Und du hast das Gleiche getan«, fuhr Nell fort, bemüht, nicht anklagend zu klingen. »Du dachtest, du hättest genau dieselbe Beziehung wie zu Chloe.«

»Ich habe dich niemals mit Chloe verwechselt«, widersprach Gabe.

»Du hattest Recht, als du sagtest, nur weil wir miteinander schlafen, bin ich noch lange kein Partner. Das gilt insbesondere hier, wo der Chef immer mit der Sekretärin schläft.«

»Einen Moment mal …«

»Nein«, sagte Nell. »Das ist schon in Ordnung. Du hattest Recht, und ich habe mich geirrt.«

»Also gut«, erwiderte Gabe vorsichtig. »Wenn ich Recht habe, warum esse ich dann alleine?«

»Die Fehleinschätzung rührt daher, dass ich begonnen

habe, mit dir zu schlafen«, erwiderte Nell. »Du machst mir den Kopf ganz wirr. Also…«

»Jetzt erzähl mir nicht, du möchtest, dass wir von jetzt an nicht mehr miteinander schlafen. Das ist nur die Retourkutsche dafür, dass ich dich keine neuen Visitenkarten bestellen lasse.«

»Nein«, widersprach Nell gereizt, weil er nicht zuhören wollte. »Es gibt keinen Grund, weswegen Fälle von sexueller Belästigung nicht wirklich ernst zu nehmen sind.«

»Ich habe dich nicht sexuell belästigt«, verteidigte sich Gabe. »Himmel noch mal…«

»Ich habe auch nicht behauptet, dass du das getan hast. Ich sage lediglich, dass Lynnie Recht hatte. Es ist keine gute Idee, wenn Chefs mit ihren Sekretärinnen schlafen. Ganz besonders du weißt das. Es ist deine Regel. Und deswegen…«

»Diese Regel habe ich nur zu gerne für dich gebrochen«, unterbrach sie Gabe. »Können wir diese Diskussion während des Abendessens fortführen? Ich habe noch Dinge zu erledigen.«

»Dann nichts wie los«, forderte ihn Nell wütend auf. »Und besorge dir dein eigenes Abendessen, während du unterwegs bist. Ich gehe nach Hause.«

»Ich komme später vorbei.« Gabe wandte sich zum Gehen.

»Nein, das wirst du nicht«, widersprach Nell. »Ich möchte in Ruhe nachdenken.«

Gabe schüttelte den Kopf. »Du brauchst den Gedanken gar nicht erst in den Kopf zu nehmen, diese Sache hier hinzuschmeißen.«

»Hör mir zu«, sagte sie. *»Du sagst mir nicht, was ich zu tun und zu lassen habe.«*

»Doch, das tue ich«, entgegnete er. »Ich bin der Chef.«

»Nein, das bist du nicht. Ich kündige.«

»Das tust du nicht.« Gabe knallte die Eingangstür zu und baute sich davor auf, während sie in ihren Mantel schlüpfte und nach ihrer Handtasche griff. »Verdammt, Nell, ich habe einen Termin. Ich habe keine Zeit...«

»Dann geh doch.« Nell trat um den Schreibtisch herum, um ihn anzusehen. »Ich halte dich nicht zurück. Ich habe hier alles so gut organisiert, dass jede x-beliebige Person das Büro übernehmen kann. Setz Lu hier hin. Heure Suze an. Mir ist es egal. Solange ich hier arbeite, werde ich immer versuchen, ein Partner zu sein, und du wirst mir immer wieder sagen, dass ich das nicht bin. Wir werden nicht aufhören, einander an die Gurgel zu gehen.«

»Also gut«, erwiderte Gabe erschöpft. »Nimm dir den Rest des Tages frei. Wir reden morgen darüber.«

Nell fühlte die Wut in sich aufsteigen und schlug ihn mit ihrer Handtasche auf ihren Arm. »Hör mir endlich mal zu. *Ich kündige.* Ich werde morgen nicht hier sein. Ich höre hier auf, ich haue ab. *Ich kündige.*« Sie war so wütend, dass sie zu stottern begann. »Ich möchte nicht mit dir zu Abend essen, ich möchte dich nicht sehen, ich möchte nicht mit dir reden, und ich möchte nicht so tun, als ob alles in Ordnung wäre, *und ich möchte dich nicht*!«

»Warum nur falle ich immer wieder auf vollkommen wahnsinnige Frauen herein?«, fragte Gabe in Richtung Zimmerdecke.

»Warum nur machst du alle Frauen immer wahnsinnig?«, fragte Nell zurück. »Ein kluger Mensch würde hier ein Muster erkennen.«

»Hey«, sagte Gabe. »Ich bin nicht derjenige mit emotionalen Problemen.«

»Wohl wahr«, bestätigte Nell. »Um emotionale Probleme zu haben, braucht man nämlich erst mal Emotionen. Und jetzt geh mir endlich aus dem Weg.«

»Bitte.« Gabe trat zur Seite und machte eine Handbewegung in Richtung Tür. »Wenn du diesen Tobsuchtsanfall überwunden hast, hast du immer noch einen Job. Und mich.«

»Ich hasse dich«, sagte Nell. »Fall von mir aus tot um.«

Sie zwängte sich an ihm vorbei und öffnete die Tür. Festen Schrittes entfernte sie sich. Sie war vollkommen berauscht davon, dass sie immerhin einen Mistkerl hatte stehen lassen, anstatt darauf zu warten, dass er sie vor die Tür setzte. Immerhin ein Fortschritt.

Jetzt musste sie nur noch einen Job finden.

18

Während Gabe im Mantel in der Tür stand, unaussprechliche Dinge dachte und die Zähne zusammenbiss, um Nell nicht hinterherzubrüllen, kam Riley herein.

»Ich bin gerade eben Nell begegnet«, meinte Riley, während er die Tür hinter sich schloss. »Sie sah fuchsteufelswild aus. Was ist denn passiert?«

»Sie hat aufgehört.«

»Mit dir zu schlafen oder für uns zu arbeiten?«

»Keine Ahnung«, erwiderte Gabe. »Ist mir auch egal.«

»Du hast wirklich ein Händchen für Frauen, weißt du das? Was hast du getan?«

Gabe versuchte, seine Wut niederzuringen. »Ich habe ihr einfach nur die Wahrheit gesagt, nämlich dass sie in diesem Geschäft nicht Partner, sondern lediglich Sekretärin ist.«

»Und du glaubtest, das müsstest du ihr unbedingt mitteilen, weil …«

»Sie hat schon wieder die Visitenkarten geändert.« Gabe spürte, wie bereits die Worte seinen Blutdruck in die Höhe schießen ließen. »Verdammt, sie hat nie Ruhe gegeben, ehe sie nicht endlich das bekommen hat, was sie sich in den Kopf gesetzt hatte. Wenn ich kein Machtwort gesprochen hätte, hätte sie sogar das Fenster gestrichen.«

»Lass mich das noch einmal zusammenfassen«, sagte Riley.

»Du würdest lieber auf das Beste verzichten, das diesem Geschäft seit meinem Einstieg wiederfahren ist, und außerdem das Beste, das dir seit Chloe wiederfahren ist, nur damit du das verdammte Fenster nicht streichen lassen musst?«

»Es geht ums Prinzip«, verteidigte sich Gabe.

»Das Prinzip kann dich nachts nicht wärmen«, erwiderte Riley. »Das Prinzip kümmert sich morgen auch nicht ums Telefon, aber ich bin mir ganz sicher, dass du selbst dafür bereits eine Lösung gefunden hast.«

»Morgen wird sie wieder zurück sein«, sagte Gabe. Er öffnete die Eingangstür und wollte gehen, ehe er sich in einen weiteren Streit verwickelte.

»Morgen wird sie nicht zurück sein. Sie ist der einzige Mensch, den ich kenne, der noch sturer ist als du. Lass ihr etwas Zeit, um sich zu beruhigen und dann entschuldige dich.«

»Für was denn, bitte? Dafür, dass ich Recht hatte?«

»Was lässt dich eigentlich glauben, dass du Recht hattest?«, hakte Riley nach. »Das verdammte Fenster müsste gestrichen werden. Außerdem hat sie sich ebenso hart für diesen Laden eingesetzt wie du und ich, vielleicht sogar noch härter. Sie hat zu allen möglichen Tages- und Nachtzeiten gearbeitet und niemals die Überstunden berechnet oder dafür einen Freizeitausgleich verlangt, was jede normale Angestellte tun würde. Du verlangst von ihr, sich wie ein Partner einzubringen, aber du behandelst sie nicht so. Da wäre ich auch gegangen.«

»Tu dir keinen Zwang an«, erwiderte Gabe und knallte die Tür hinter sich zu. Die ganze gottverdammte Agentur stand ihm bis zum Hals.

»Riley behauptet, du hättest Gabe verlassen«, bemerkte Suze nach der Arbeit, als sie vor Nells Wohnungstür stand. »Bist du übergeschnappt?«

»Nein.« Nell trat einen Schritt zurück, um Suze hereinzulassen. »Er hätte mir niemals zugehört, solange ich dort geblieben und das Spiel nach seinen Regeln gespielt hätte. Jetzt werden wir sehen, wie er ohne mich klarkommt.«

»Na prima.« Suze ließ sich auf das Bettsofa fallen und bekam dafür einen ungnädigen Blick von Marlene. »Und wenn wir schon dabei sind, können wir auch noch sehen, wie du ohne ihn klarkommst.«

»Kein Problem«, erwiderte Nell. »Ich war schon öfters mal allein.«

»Ja, du warst allein ohne Tim«, konterte Suze. »Das war vergleichsweise ein Kinderspiel. Allein zu sein ohne Gabe wird die Hölle werden.«

»Er wird sich schon wieder beruhigen. Dann wird er mich bitten zurückzukommen. Er wird mich zurückhaben wollen.«

»Und wenn nicht?«

»Dann fange ich ein neues Leben an. Was hältst du davon, mit mir zusammen ein Geschäft zu eröffnen?«

»Was für ein Geschäft?« Suze runzelte die Stirn.

»Ich dachte, das solltest du dir ausdenken«, erwiderte Nell und setzte sich neben sie. »Du entscheidest dich, was du gerne tun möchtest, und ich kümmere mich um die geschäftliche Seite.«

Suze schloss die Augen und schüttelte den Kopf. »Nell, im Augenblick weiß ich nicht einmal, wer ich bin, ganz zu schweigen davon, was ich gerne tun möchte. Ich kann noch nicht einmal den Mann verlassen, von dem ich mich scheiden lasse. Er ruft immer wieder an, und ich bringe es nicht über mich, den Hörer aufzulegen. Ich weiß, dass du die Geschäftsführung von jedem x-beliebigen Geschäft übernehmen könntest, aber ich bin nicht die Lösung.« Sie nahm Nells Hand in die ihre. »Außerdem hieße das, dem eigentlichen Problem aus dem Weg zu gehen. Du liebst Gabe. Und du liebst die Agentur. Ich habe dich noch niemals so glücklich gesehen wie in den vergangenen Monaten. Von ihm fortzulaufen war keine kluge Entscheidung.«

Nell schluckte. »Ich dachte, du stehst auf meiner Seite.«

»Das tue ich«, sagte Suze. »Geh jetzt sofort zurück.«

»Wie bitte?« Wütend zog Nell ihre Hand zurück. »Ich werde mich nicht entschuldigen.«

»Ich habe auch nicht gesagt, dass du dich entschuldigen sollst. Geh zurück und verführe ihn auf seinem Schreibtisch. Er wird sofort vergessen, dass es überhaupt passiert ist.«

»Nein, das wird er nicht. Er wird es sich merken und wissen, dass ich nachgegeben habe. Falls ich irgendwann überhaupt jemand sein will, den er nicht nur herumkommandiert, muss ich jetzt durchhalten.«

»Vermutlich denkt er das Gleiche über dich.« Missmutig verschränkte Suze die Arme. »Um die Wahrheit zu sagen, in diesem Falle habe ich nur wenig Mitgefühl mit dir. Du warst so *glücklich* mit ihm.«

»Ich kann mich nicht zu seiner Sklavin machen, nur weil ihn das glücklich macht«, widersprach Nell, doch ihr Kampfgeist war verpufft. »Ich würde es mir selbst nie verzeihen, und dann würde ich es ihm übel nehmen, und das würde die Sache schließlich vergiften. Genau das ist mit Tim passiert. Ich musste so tun, als sei er der Kopf unseres Unternehmens und als bestünde mein Lebensziel lediglich darin, ihm zu dienen. Ich habe angefangen, genau das zu hassen, und schließlich habe ich ihn gehasst. Kein Wunder, dass er mich verlassen hat.«

Suze lehnte sich zurück. »Davon hatte ich ja keine Ahnung.«

»Ich auch nicht«, sagte Nell. »Bis Gabe mir verkündete, ich sei lediglich eine Sekretärin. Plötzlich hatte ich das Gefühl, als hätte ich das alles schon einmal erlebt.« Sie biss sich auf dic Unterlippe. »Und ich sehe, wie uns dieselbe Gefahr droht, und ich schwöre bei Gott, lieber verlasse ich ihn, solange ich ihn noch liebe, als ihn zu hassen, bevor ich ihn verliere. Noch einmal kann ich das nicht verkraften.«

»Oh«, murmelte Suze. »Du hast Recht. Mein Gott, genau

das ist auch mit mir und Jack passiert. Nicht, dass er mich manipuliert hätte, aber...« Sie überlegte. »Ich hatte es wirklich satt, die Kindliche zu spielen, und er wollte mich nicht diejenige sein lassen, die ich bin.«

»Ich weiß«, sagte Nell. »Und das macht alles noch viel schlimmer. Wenn du jemandem in die Augen siehst und dir sagst, ›ich habe dich nie geliebt, es war von Anfang an ein Fehler‹, ist das eine Sache. Aber wenn du denjenigen ansiehst und dir sagst, ›du warst mein Ein und Alles und ich habe es vergiftet, weil ich nicht für mich selbst einstehen konnte‹, ist das schon hart. Zu hart. Das möchte ich mit Gabe nicht erleben.«

»Stimmt. Also gut. Du hast gewonnen. Wie kann ich helfen? Abgesehen davon, mit dir ein neues Geschäft aufzuziehen«, fügte Suze hastig hinzu. »Das kommt erst dann in Frage, wenn ich mit mir selbst im Reinen bin.«

»Dann übernimm du am Montag meine Stelle als Gabes Sekretärin«, schlug Nell vor. »Ruf Margie an und bitte sie, das Café für eine Weile alleine zu schaukeln. Du kannst Gabe und Riley helfen. Du weißt, wie man das Geschäft am Laufen hält. Ich möchte nicht, dass die Agentur leidet. Und Margie muss weiß Gott wieder einmal aus diesem Haus heraus. Sie wird mit jedem Tag merkwürdiger.«

»Bist du dir sicher, dass du ihn verlassen möchtest?«, fragte Suze.

»Ich bin mir sicher«, log Nell.

Als Gabe am Montag die Treppe von seiner Wohnung herunterkam, atmete er den Kaffeeduft ein und fühlte sich unglaublich erleichtert. Natürlich hatte ihn Nell nicht verlassen. Sie war eine vernünftige Frau. Sie liebte ihn. Sie...

In der Tür zum Büro blieb er wie angewurzelt stehen.

Sie war Suze, die in ihrem edel geschnittenen grauen Kostüm einer Blondine aus einem Hitchcockfilm ähnelte. Das Kostüm glich dem, das Nell an jenem ersten Tag, als sie sich mit ihrer Schulter so eindrücklich in sein Fenster gelehnt hatte.

»Hallo«, grüßte Suze und schenkte ihm Kaffee ein. »Nell hat mich geschickt, damit ich sie vertrete, bis ihr jemand anderen gefunden habt. Ich hoffe, das wird nur so lange sein, bis du wieder zur Vernunft gekommen bist und sie bittest zurückzukehren.«

»Hast du denn eine Ahnung davon, wie man ein Büro leitet?«, erkundigte sich Gabe.

»So wie Nell?« Suze nickte. »Sie hat mir die ganze Zeit über bereits Dinge gezeigt. Eure Probleme kann ich zwar nicht lösen, aber die Agentur am Laufen halten kann ich.«

»Und wer kümmert sich um das Café?«

»Margie. Da es sich um einen Notfall handelt, hat sie Budge klargemacht, dass sie zurückkehren muss.«

»Du bist eingestellt«, sagte Gabe. »Solange du die Finger von meinen Visitenkarten lässt, kannst du bleiben.«

»Deine Visitenkarten sind potthässlich«, bemerkte Suze.

Er nahm ihr seine Kaffeetasse ab. »Danke.« Dann ging er in sein Büro und setzte sich an den Schreibtisch.

Das Nadelstreifenjackett seines Vaters blickte ihm verächtlich von der Garderobe entgegen. Es erinnerte ihn an Nell und an ihre langen, langen Beine.

»Suze«, brüllte er. Sie trat ins Zimmer. »Sieh zu, dass das Jackett hier verschwindet. Und wenn du schon dabei bist, wirf den Hut auch gleich weg.«

»In Ordnung«, erwiderte Suze und sammelte die Sachen zusammen. »Noch irgendetwas?«

Sie stand in einem Sonnenkegel vor dem Fenster und war möglicherweise die schönste Frau, der er im wirklichen Leben jemals begegnet war. Dennoch wünschte er, sie wäre Nell.

»Nein«, erwiderte er. »Trotzdem vielen Dank.«

Suze nahm Hut und Jackett mit ins Vorzimmer und verstaute beides in einem Schrank. Solange Gabe in dieser Laune war, würde sie gar nichts wegwerfen. Sie setzte sich an ihren Tisch und rief im Computer gerade den Terminkalender auf, als Riley hereinkam und wie angenagelt in der Tür stehen blieb.

»Nein«, sagte er.

»Was ist denn?«, fragte sie. »Ich vertrete Nell lediglich so lange, bis die beiden die Sache geklärt haben.«

»Nein, das tust du nicht«, sagte er und machte den Eindruck eines wildgewordenen Stiers. Er deutete auf die Tür. »Raus.«

»Gabe sagte, ich sei eingestellt. Was ist nur los mit dir?«

Er ging an ihr vorbei und betrat, ohne anzuklopfen, Gabes Büro. Dann hörte sie ihn sagen: »Nein, nein, nein.« Damit knallte er die Tür zu.

Was war nur mit ihm los? Sie stand auf und presste ihr Ohr gegen die Tür, konnte aber nichts hören. Also drehte sie ganz langsam den Türknauf und schob die Tür gerade so weit auf, dass sie Gabe sagen hörte: »Nun lass doch mal gut sein. Wir brauchen sie, bis Nell wieder zur Vernunft kommt.«

»Nell wird nicht wieder zur Vernunft kommen«, widersprach Riley. »Nell hat Recht. Du bist im Unrecht. Entschuldige dich bei ihr und sieh zu, dass du die Blondine hier herausbeförderst.«

Gut gemacht, dachte Suze und ignorierte die Bemerkung über die Blondine.

»Es besteht durchaus die Möglichkeit, dass sie gar nicht mit dir schlafen will«, sagte Gabe. »Es ist nicht umgänglich.«

»Doch, das ist es«, erwiderte Riley. »Sie muss gehen.«

Ich?, dachte Suze.

»Sie bleibt«, beharrte Gabe. »Werde endlich erwachsen.«

»Lass mich dir eine Frage stellen«, sagte Riley. »Hat es in der sechzigjährigen Geschichte dieser Firma jemals eine Sekretärin gegeben, mit der nicht einer der Partner geschlafen hätte?«

»Nein«, bestätigte Gabe. »Aber wir stehen am Beginn eines neuen Jahrtausends. Alles ist möglich.«

»Das ist genau der Grund, weswegen ich sie nicht hier haben will«, erwiderte Riley, dessen Stimme näher rückte.

Suze eilte an ihren Schreibtisch und tippte irgendwelchen Unsinn, als er aus der Tür trat und sie anstarrte.

»Was ist dein Problem?«, fragte sie ihn so unschuldig wie nur möglich. »Ich bin sehr fleißig.«

»Das bezweifle ich nicht. Es geht auch nicht eigentlich um dich.«

»Um wen dann?«

»Wir halten hier an einer bestimmten Tradition fest. Du passt einfach nicht ins Schema.«

»Aber ich bitte dich«, sagte Suze. »Ich passe, ich bin absolut perfekt für den Job.«

»Wie bitte?« Er schien verblüfft und sie deutete auf den schwarzen Vogel auf der Hängeregistratur.

»Der Malteser Falke«, sagte sie. »Same Spade. Ich würde eine prima Effi Perine abgeben. Du darfst mich sogar ›Schätzchen‹ nennen. Das wird mir zwar aufstoßen, aber ich werde damit klarkommen.«

»Du kennst den *Malteser Falken*?«

»Natürlich kenne ich den Malteser Falken«, erwiderte Suze verärgert darüber, dass er sie für blöd hielt. »Es ist zwar nicht mein Lieblingsfilm, aber …«

»Was gefällt dir daran nicht?«, unterbrach sie Riley angriffslustig.

»Sam Spade zum Beispiel«, erklärte Suze. »Diese ›Ich werde für dich nicht den Trottel spielen, Liebling‹-Attitüde. Was für ein widerlicher Kerl.«

»Hey«, sagte Riley. »Keine Kritik an Sam.«

»Er hat den ganzen Film über nichts anderes getan, als für sie den Trottel zu spielen«, fuhr Suze fort. »Sie hat ihn Zeile für Zeile angelogen, und er hat ihr alles geglaubt, weil er mit ihr schlafen wollte. Und dann hat sie mit ihm geschlafen und er hat ihr noch mehr abgenommen, weil er weiterhin mit ihr schlafen wollte. Wenn man ihn mit einem Messer angekratzt hätte, hätte man Ahornsirup zapfen können.«

»Du hast ganz eindeutig den Code nicht begriffen«, entgegnete Riley.

»Welchen Code?« Suze lachte auf. »Er schlief mit der Frau seines Partners. Ist das ein Code?«

»Frauen sind tückisch...«, setzte Riley an.

»Und du machst dich lächerlich. Ich habe Arbeit zu erledigen. Du kannst jetzt gehen.«

»... aber ich habe dich durchschaut«, fuhr Riley fort. »Ich werde nicht den Idioten für dich spielen, Liebling.«

»Und ob du das wirst.« Suze wandte sich ihrem Computer zu.

»Vermutlich doch«, murmelte Riley und verschwand in seinem Büro.

Suze starrte einen Augenblick lang den Monitor ihres Computers an, dann stand sie auf und ging in Rileys Büro. »Da du mich ohnehin hasst...«, begann sie.

»Ich hasse dich nicht«, unterbrach er sie verärgert.

»... ich habe am Sonntagabend mit Jack geschlafen.«

Einen Augenblick lang schwieg er, dann lehnte er sich in seinem Stuhl zurück. »Herzlichen Glückwunsch.«

»Ich komme mir wirklich ziemlich dämlich vor. Allmählich fing ich an, über ihn hinwegzukommen und...«

»Suze, du warst vierzehn Jahre lang mit ihm verheiratet. Das kann man nicht einfach so abhaken. Frauen wie du jedenfalls können das nicht.«

»Was willst du damit sagen, Frauen wie ich?«

»Du hast ihn eine lange Zeit über geliebt. Es dauert ein Weilchen, um über eine langjährige Ehe hinwegzukommen.«

»Zwei Jahre.«

»Was?«

»Du hast zwei Jahre gesagt. Als wir über Nell sprachen.«

»Richtig«, bestätigte Riley. »Die meisten Leute haben sich nach zwei Jahren wieder gefangen.«

»Dann bin ich vierunddreißig.«

»Und immer noch zuckersüß. Entspanne dich und lass dir etwas Zeit.«

»Du bist wirklich verdammt nett, was diese ganze Sache betrifft«, meinte Suze. »Was ist nur los mit dir?«

»Ich schlage nicht auf Leute ein, die bereits am Boden liegen. Allerdings scheinst du dich schnell zu erholen, du solltest dich also von jetzt an vorsehen.«

Suze nickte und ging zur Tür.

»Bist du hier hereingekommen, damit ich dich mies behandle?«, fragte Riley. »Herzlichen Dank auch.«

»Nein. Ich musste einfach mit jemandem reden, und aus irgendeinem Grund habe ich dafür dich ausgewählt.«

»Ist schon gut. Ist alles in Ordnung?«

»Ja.« Suze atmete tief durch. »Es ist alles in Ordnung.«

Nell saß am Esstisch, trank bereits die dritte Tasse Kaffee und versuchte, einen Plan, irgendeinen Plan auszuhecken, als das Telefon klingelte. *Gabe*, dachte sie, doch als sie den Hörer abnahm, war es Jack. »Hallo, Nell«, sagte er mit seiner üblichen ›Ich hasse dich, weil du meine Ehe zerrüttet hast‹-Kälte. »Ist Suze da? Sie ist weder zu Hause noch im Café.«

»Nein«, erwiderte Nell. »Kann ich ihr eine Nachricht hinterlassen?« *Du ehebrecherischer Feigling.*

»Weißt du, wo sie ist?«, fragte Jack und schien kurz zu überlegen. »Warum bist du zu Hause?«

»Ich habe gekündigt«, erwiderte Nell in der Annahme, ihn so am schnellsten loszuwerden.

»Du hast gekündigt.« Jack schwieg einen Augenblick lang, lange genug jedenfalls, dass Nell darüber nachzugrübeln begann, was in aller Welt er gerade machte. Schadenfreude würde ihm nicht so lange die Sprache verschlagen, zumindest nicht über etwas so Unwesentliches in Jacks Augen wie ihr verlorener Job. »Ich hatte den Eindruck gewonnen, dass du die Detektei so ziemlich im Griff hattest«, sagte er schließlich.

»Diesen Eindruck hat Gabe auch gewonnen«, bestätigte Nell. »Mach dir keine Sorgen, ich werde schon etwas finden.«

»Natürlich wirst du das«, erwiderte er automatisch, und sie runzelte die Stirn. Er war überhaupt nicht hämisch. »Nun, viel Glück«, sagte er schließlich und legte auf. Und Nell dachte, *was sollte das denn*?

Eine halbe Stunde später rief er wieder an.

»Sie ist immer noch nicht hier, Jack«, sagte Nell.

»Ich weiß. Ich habe gerade mit Trevor gesprochen. Er schlug vor, du könntest für uns arbeiten. Ich finde es auch eine sehr gute Idee.«

»Wie bitte? Jack, du hasst mich.«

»Das ist vielleicht etwas übertrieben ausgedrückt«, erwiderte Jack. »Ich glaube zwar nicht, dass du meiner Ehe eine große Hilfe warst, aber du bist meine Schwägerin. Du gehörst zur Familie. Da möchte ich helfen.«

Aber sicher möchtest du das. Irgendetwas hatte er vor. Vor sieben Monaten hätte Nell ihm gesagt, er brauche sich nicht weiter zu bemühen, doch die Arbeit mit Gabe und Riley hatte sie gelehrt, nach den Motiven zu forschen, die dem menschlichen Handeln zu Grunde lagen.

»Das ist wirklich nett von dir, Jack«, meinte sie betont freundlich. »Wirklich, es rührt mich.«

»Familie ist Familie, Nell«, erwiderte Jack ebenso freundlich. »Wie wäre es, wenn wir uns um zwölf zum Mittagessen im *Sycamore* treffen und die Sache besprechen?«

»Im *Sycamore*. In Ordnung. Danke.«

Nell legte auf und dachte, *das Fehlen jedweder Aufrichtigkeit in dieser Unterhaltung war beängstigend*. Was konnte er von ihr wollen? Und warum das *Sycamore*? Es musste um Suze gehen. Er konnte aber kaum hoffen, sie würde Suze dazu überreden, zu ihm zurückzukehren. Noch nicht einmal Jack machte sich derlei Illusionen. Aber das *Sycamore*? Vielleicht hoffte er, dass Suze davon erfuhr? Dass es sie eifersüchtig machte?

»Das wird sicher interessant«, verkündete sie Marlene.

Sie nahm den Hörer, rief die Agentur an und betete, Suze und nicht Gabe würde den Hörer abnehmen. Sie tat es. »Dein Ehemann hat mich gerade zum Mittagessen eingeladen«, sagte Nell. »Ins *Sycamore*. Und ich gehe hin.«

»Jack?« Suze schien vollkommen verblüfft.

»Er hat irgendeinen Hintergedanken«, fuhr Nell fort. »Und ich habe heute ohnehin nichts anderes vor.«

»Mach dir Notizen«, riet ihr Suze. »Wir reden später darüber.«

»Irgendwelche schlauen Ratschläge?«

»Wenn er so charmant ist, dann sieh dich vor. Wenn er sich wirklich Mühe gibt, dir zu gefallen, ist er unwiderstehlich.«

»Er hat es aber mit mir zu tun. Er ist ein Feigling.«

»Das tut nichts zur Sache«, erwiderte Suze. »Er ist geschickt.«

»Nicht so geschickt wie ich«, widersprach ihr Nell. »Auf dem Weg dorthin bringe ich dir Marlene vorbei.«

Während Suze telefonierte, versuchte sich Gabe auf einen Bericht zu konzentrieren. Als Lu an die Tür klopfte und eintrat, legte er ihn erleichtert beiseite.

»Nell ist nicht im Vorzimmer«, bemerkte Lu schniefend.

»Ich weiß, dass Nell nicht da ist«, erwiderte Gabe, dann bemerkte er Lus verquollene Augen und ihren zitternden Mund. »Was ist denn los?«

»Zwischen Jase und mir ist es aus.« Lu schluckte und setzte sich. »Erkläre du mir die Männer.« Sie bemühte sich so verkrampft, nicht zu weinen, dass ihr ganzes Gesicht zitterte.

»Sie wollen alle nur das eine«, erwiderte Gabe automatisch und war entsetzt darüber, wie mitgenommen sie war. »Was ist denn passiert?«

»Das kann es nicht sein«, entgegnete Lu. »Das hat er ja bekommen.«

»Also gut, ich bringe ihn um«, schlug Gabe vor.

»Nein, das kannst du nicht tun, ich liebe ihn.« Lu schniefte. »Ich weiß, es ist dumm, aber ich kann nicht anders.«

»Was ist denn passiert?«, wiederholte Gabe seine Frage und versuchte, seine Wut im Zaum zu halten. »Ich dachte, es sei eine Sache für die Ewigkeit.«

»Das dachte ich auch«, erwiderte Lu und schluchzte erneut auf. »Aber er will mich nicht heiraten.«

»Gütiger Himmel«, sagte Gabe plötzlich alarmiert. »Du bist schwanger.«

»Bin ich nicht!« Entrüstung breitete sich auf Lus Gesicht aus. »Hältst du mich denn für *blöd*?«

»Nein«, entgegnete Gabe entsetzt. »Die Sache mit der Hochzeit hat mich nur etwas verwirrt.«

»Ich liebe ihn«, wiederholte Lu. »Ich will ihn heiraten.«

»Dazu bist du viel zu jung«, erwiderte Gabe automatisch.

»Das hat er auch gesagt.« Lu schniefte erneut und richtete sich auf. »Er meint, wir sollten warten, bis wir beide das Studium abgeschlossen haben. Das sind noch *drei* Jahre.«

Im Stillen entschuldigte sich Gabe bei Jason Dysart. »Also gut, beruhige dich. Hast du ihm einen Heiratsantrag gemacht?«

»Nun ja, da er ihn nicht gemacht hat«, erwiderte Lu verärgert. »Seit Monaten erzählt er mir, wie sehr er mich liebt, und das tut er auch, weißt du. Er liebt mich wirklich. Er ist wunderbar. Wir sind ein wunderbares Paar. Genau wie du und Nell.«

»Schlechter Vergleich«, gab Gabe unwirsch zurück. »Nell hat mich verlassen.«

»Hast du sie auch gefragt, ob sie dich heiraten will?«

»Nein«, erwiderte Gabe entsetzt. »Himmel, nein. Wovon sprichst du?«

»Ich dachte, vielleicht liegt es in der Familie«, meinte Lu niedergeschlagen. »Du weißt schon, kaum erwähnt man das Wort Heirat und schon türmen sie.«

»Lu, in diesem Fall hat Jase Recht. Ich kann allerdings nicht begreifen, warum er dich verlassen hat«, sagte Gabe und dachte, *der Apfel fällt nicht weit vom Stamm.* Warum überhaupt noch jemand irgendetwas mit einem Dysart anfing...

»Ich habe *ihn* verlassen«, korrigierte ihn Lu niedergeschlagen. »Ich habe ihm gesagt, wenn er mich nicht heiratet, ist es aus und vorbei.«

»Das war dumm von dir«, sagte Gabe. Lu brach in Tränen aus. »Tut mir Leid, aber das war es. Wenn du ihn wirklich liebst, stellst du ihm kein Ultimatum und lässt ihn sitzen, sondern du hältst an der Sache fest und stellst dich den Problemen.« Er dachte an Nell, wie sie mit hocherhobenem Kopf an ihm vorbeigerauscht war. Alles Leute, die die Flinte zu schnell ins Korn warfen.

»Wirst du die Probleme mit Nell in den Griff bekommen?«, erkundigte sich Lu und starrte ihn durch ihre Tränen hindurch an.

»Nein«, erwiderte Gabe. »Ich werde warten, bis sie wieder zur Vernunft kommt und von alleine zurückkehrt. Ich lasse mich nicht gerne emotional erpressen.«

»Du und Jase«, sagte Lu. »Ihr verliert beide lieber die Frau, die ihr liebt, als das Richtige zu tun. Ihr riskiert es, für immer allein zu bleiben.«

Sie brach erneut in Tränen aus. Gabe kam um den Schreibtisch herum, zog sie von ihrem Stuhl hoch und nahm sie in seine Arme. »Hör zu, wenn du so unglücklich bist, dann geh zu ihm zurück.«

»Wie denn?«, schluchzte Lu in sein Jackett.

»Vorausgesetzt, er ist kein Idiot, schaffst du die Sache aus der Welt, indem du den ersten Schritt machst, dich entschuldigst und das Ultimatum zurücknimmst. Damit, würde ich sagen, ist die Sache geritzt.«

»Ich werde mich nicht entschuldigen«, weigerte sich Lu. »Ich bin im Recht.«

»Und einsam«, fügte Gabe hinzu und schob sie zur Tür. »Im Recht zu sein ist ein schwacher Trost, Liebling. Und um ehrlich zu sein, du bist noch nicht einmal im Recht. Lass mich dir beim Mittagessen die Kunst des Kompromisses erklären.«

»Du?« Lu sah blinzelnd zu ihm auf, während sie sich von ihm hinausführen ließ. »Na, das wird sicher ein Spaß.«

Auf dem Weg hinaus wandte sich Gabe an Suze. »Wir gehen etwas essen. In einer Stunde sind wir wieder zurück.«

»Mittagessen?«, erkundigte sich Suze fröhlich. »Du weißt, im *Fire House* haben sie einen wirklich ausgezeichneten Mittagstisch.«

»Ich möchte aber ein *Reuben Sandwich* im *Sycamore*«, sagte Lu und beugte sich hinunter, um Marlene zu streicheln, die auf der Couch lag, bekleidet mit einem Trenchcoat.

»Im *Fire House* gibt es exzellente Reuben-Sandwiches«, sagte Suze. »Und es ist ruhiger dort.«

Gabe beobachtete, wie sie Lu aufmunternd zulächelte. »Seit wann bist du denn ein Fan des *Fire House*?«

»War ich doch immer schon«, gab Suze zurück. »Es ist gleich bei mir um die Ecke. Dort gibt es eine mit Mandeln panierte Forelle, die…«

»Was geht hier vor?«, fragte Gabe.

»Nichts«, gab Suze zurück.

Gabe stützte sich auf den Schreibtisch und beugte sich drohend über sie. »Du bist die lausigste Lügnerin, der ich jemals begegnet bin.«

»Du kommst offenbar nicht viel herum, nicht wahr?«

Suze drehte ihm den Rücken zu, um weiter am Computer zu arbeiten.

»Ist irgendwas nicht in Ordnung?«, fragte Lu.

»Das werden wir herausfinden, wenn wir im *Sycamore* sind«, erwiderte Gabe und beobachtete, wie Suzes Schultern enttäuscht absackten.

Nachdem sie gegangen waren, rief Suze Riley an und sagte: »Reagiert Gabe schnell eifersüchtig?«

»Im Allgemeinen nicht.«

»Weil er gerade mit Lu ins *Sycamore* geht, und dort wird er sehen, wie Jack mit Nell zu Mittag isst.«

»Na prima«, meinte Riley. »Aber wenn du fragst, ob er Jack vermöbeln wird, lautet die Antwort nein. Wenn du fragst, ob er ausgesprochen schlecht gelaunt zurückkommen wird, dann ja. Warum isst Nell mit Jack zu Mittag?«

»Weil er sie gebeten hat. Außerdem ist es umsonst.«

»Es gibt nichts umsonst«, bemerkte Riley. »Hast du Hunger?«

»Das fehlt noch. Dass du und ich auch noch im *Sycamore* auftauchen, würde diesem Schlamassel die Krönung aufsetzen«, erwiderte Suze. »Ich bleibe hier. Irgendjemand muss die Feuerwehr rufen können, wenn sie sich an die Kehle gehen.«

»Ich dachte eigentlich an chinesisches Takeaway«, schlug Riley vor. »Keine zehn Pferde würden mich heute ins *Sycamore* bringen.«

»Dann für mich eine Extra-Portion Huhn, bitte.«

»Und zu den Fritten bitte etwas Essig«, wandte sich Nell an die Bedienung, nachdem diese ihre Bestellung aufgenommen hatte.

Jack lachte und erntete bewundernde Blicke der Bedienung. Er war wirklich ein ausgesprochen attraktiver Mann, musste Nell zugeben. Dieses zerfurchte Gesicht, das silberne Haar und diese blauen, blauen Augen. Männern bekam das Alter, während Frauen an Attraktivität verloren. Wie konnte das sein? Es musste wohl an der Wahrnehmung liegen, an der Vorstellung vielleicht, dass ältere Männer sowohl reicher als auch schlauer waren. Natürlich waren auch ältere Frauen für gewöhnlich reicher und schlauer, aber bei Frauen zählte das nicht als Pluspunkt. Jung und knackig, das waren die Trümpfe für Frauen.

»Ich bin froh, dass du kommen konntest«, meinte Jack, als sich Nell ihm wieder zuwandte. »Ich weiß, dass die Atmosphäre zwischen uns in letzter Zeit sehr angespannt war, und das tut niemandem gut. Wie wäre es, wenn du bei Ogilvie & Dysart arbeiten würdest?«

Nell dachte, *ich und die O & D-Akten*. »Nur zu gerne.«

»Ich kann kaum glauben, dass Gabe dich hat gehen lassen.« Jack nahm sein Weinglas zur Hand. »Du hast dem Laden neues Leben eingehaucht.«

»Nun, meine Arbeit dort habe ich erledigt«, Nell nickte. »Nun heißt es mit vollem Elan voran.«

»Und wo du schon einmal dabei warst, hast du dir selbst auch wieder Leben eingehaucht.« Jack lächelte sie über sein Weinglas hinweg an. »Ich habe dich noch nie so schön gesehen.«

Ich bitte dich. »Danke. Ich habe meinen Stil ein wenig verändert.«

»Die Farbe steht dir prima.« Jack deutete auf ihren lila Pullover.

»Der ist von Suze.« Nell beobachtete, wie sein Lächeln für den Bruchteil einer Sekunde erstarrte. »Wir haben unsere Garderobe getauscht. Sie hat jetzt genügend graue Kostüme, um bei einem Remake von *Vertigo* mitzuspielen.«

Er lehnte sich zurück und musterte sie, und Nell ermahnte sich, nicht nervös zu werden. Was hatte er vor?

»Dir steht er besser«, sagte er schließlich. »Das ist wirklich wahr.« Er schien ein wenig überrascht, was seinem Kompliment zumindest den Anschein von Ehrlichkeit verlieh. »Du siehst umwerfend aus.«

»Danke«, erwiderte Nell ein wenig verblüfft.

»Es macht Spaß, dich anzusehen«, fuhr er fort und grinste sie an, während er ihr zuprostete. »Vielen Dank, dass du mir ein wenig Sonne in meinen Tag bringst.«

Er trank und Nell dachte, *er ist immer noch ein heimtückisches Frettchen.*

»Dann sehen wir uns also um neun morgen früh in meinem Büro.« Jack setzte das Glas ab. »Den geschäftlichen Teil hätten wir damit hinter uns.«

Die Bedienung brachte ihr Essen. Nell sprenkelte etwas Essig über ihre Pommes frites und wartete darauf, was Jack als Nächstes auf Lager hatte.

»Ich hätte nie gedacht, dass du der Typ Frau bist, der Reuben-Sandwiches mag.« Jack attackierte seinen üppigen Caesar-Salat.

»Ich entspreche überhaupt keiner Typisierung«, erwiderte Nell und biss in ihr Corned-Beef-Sauerkraut-Sandwich.

»Allmählich sehe ich das auch so«, sagte Jack mit warmer Stimme. »Weißt du, ich bin dumm gewesen.«

Was du nicht sagst.

»Ich muss aufhören, diesen jungen Frauen hinterherzurennen. Ich sollte mich auf die gewitzten, klugen Frauen in meinem Alter konzentrieren.« Er lächelte sie über sein Weinglas hinweg an. Nell dachte, *ich bin zwölf Jahre jünger als du, du Mistkerl*, doch sie lächelte zurück, damit er weitersprach.

»Stimmt, es gibt eine ganze Menge guter Gründe für die reiferen Jahrgänge.« Sie ließ eine mit Essig getränkte Fritte zwischen den Lippen verschwinden.

»Bist du dir sicher, dass du keinen Wein zu deinem Essen trinken möchtest?«

Als ob Wein zu einem Sandwich und Pommes frites passen

würde! »Diätcola ist das Getränk meiner Wahl«, sagte sie. *Und Glenlivet.* Die Bedienung hatte einen Tisch an der Wand abgeräumt und wies jetzt zwei Leuten den Weg dorthin. *Sie sieht aus wie Lu*, dachte Nell und hätte sich dann fast an ihrer Fritte verschluckt.

»Alles in Ordnung?«, erkundigte sich Jack.

Nell nickte und griff nach der Diätcola, um die Fritte hinunterzuspülen, während Gabe an ihrem Tisch stehen blieb.

»Jack«, sagte Gabe, und Jack zuckte ein wenig zusammen, ehe er sich umdrehte. »Hier sehen wir dich doch eher selten.«

Jack stand auf, um ihm die Hand zu schütteln. »Ich bin nur hierher gekommen, um euch Nell zu stehlen. Sie arbeitet jetzt für uns.«

»Tatsächlich?«

Nell erwartete einen Wutausbruch, doch der blieb aus. »Sie ist eine phantastische Sekretärin«, lobte Gabe und nickte Nell zu. »Viel Glück«, sagte er und ging. Dann setzte er sich Lu gegenüber, womit er genau in ihrer Blickrichtung saß.

»Das hat er ganz gut weggesteckt«, meinte Jack, nachdem er sich wieder gesetzt hatte.

»Ich glaube nicht, dass er mich zurückhaben möchte«, erwiderte Nell, und ein Gefühl der Übelkeit stieg in ihr auf. »Wir hatten ein paar Auseinandersetzungen.«

»Wie ich gehört habe, war das nicht alles, was ihr hattet«, gab Jack zurück. »Suze sagte, Gabe und du wärt ein Paar.«

»Das war einmal.« Doch weil Gabe sie beobachtete, zwang Nell sich zu einem Lächeln und sagte: »Das sind bereits *zwei* Positionen in meinem Leben, die ich neu besetzen muss, einen neuen Chef und einen neuen Liebhaber.«

»Nur eine.« Jack sah ihr in die Augen. »Ich bin dein neuer Chef.«

»Die Hälfte habe ich also schon geschafft.«

Auf der anderen Seite des Raumes schüttelte Gabe den Kopf und wandte seine Aufmerksamkeit wieder Lu zu.

»Ich habe heute Nachmittag einen Termin beim Gericht«, sagte Jack, »sonst hätte ich mir die Zeit genommen, dir persönlich die Firma zu zeigen.«

»Dafür werden wir noch viel Zeit haben.« Nell lächelte immer noch wie ein Weltmeister. »Ich bin ganz sicher, dass es bei O & D jede Menge zu tun gibt.«

»Und wir werden uns bemühen, dass sie dir alle Spaß bereiten«, sagte Jack.

Gleich muss ich mich übergeben. Nell blickte zu Gabe hinüber, der ernst auf Lu einredete, und dachte, *ich sollte dort drüben sitzen.* Dann beugte sie sich vor und flirtete für den Rest des Mittagessens mit Jack, ohne Gabe auch nur eines einzigen Blickes zu würdigen.

19

Als Gabe vom Mittagessen zurückkam, machte sich Suze auf alles gefasst und betete, er würde direkt in sein Büro gehen. Doch Riley, der elende Kerl, fragte vom Sofa aus, das er sich mit Marlene teilte: »Wie war das Essen?« Suze warf ihm über ihr Schweinefleisch Mu Shu einen bösen Blick zu, doch er sah sie ruhig und gelassen über sein Huhn à la General Tso hinweg an.

»Interessant«, erwiderte Gabe. »Jack und Nell waren auch da.«

»Tatsächlich?«, erkundigte sich Riley und Suze dachte, *morgen werde ich dir Essig in den Kaffee schütten.*

»Er hat sie eingestellt.« Gabe musterte Suze.

Unvermittelt ernsthaft, setzte sich Riley auf und erschreckte damit Marlene, die in der Hoffnung auf ein Stück Hühnchen wieder einmal ihre misshandelter-Hund-Nummer abzog. »Um bei O & D zu arbeiten? Und du musstest ihr natürlich blöd kommen. Du konntest nicht einfach mal nett sein, damit sie uns erzählt, was sie findet?«

Gabe blickte ihn voller Verachtung an. »Natürlich wird sie uns davon erzählen. Was glaubst du wohl, weshalb sie die Arbeit angenommen hat? Was mich vor allem interessiert, ist, warum er sie eingestellt hat. Trevor meinte, er habe sie schon früher hier herauslotsen wollen wegen der Diamanten. Wenn hier nun noch etwas versteckt ist?«

Riley schüttelte den Kopf. »Weißt du, dein Glaube an dich als Mittelpunkt des Universums ist wirklich rührend. Sie hat den Job angenommen, weil sie Geld braucht. Ich kann nur hoffen, sie glaubt nicht, auch noch den Chef erobern zu müssen.«

Gabes Gesicht verdüsterte sich, und Suze fuhr schnell dazwischen. »Es hat jemand für dich angerufen. Eine gewisse Gina Taggart möchte dich um acht Uhr heute Abend im *Long Shot* treffen. Ich habe ihr gesagt, du würdest sie zurückrufen.«

Sie hielt ihm die Notiz vor die Nase und er nahm sie entgegen. Er wollte noch etwas zu Riley sagen, schüttelte dann jedoch den Kopf und verschwand in seinem Büro.

»Bist du denn *vollkommen durchgedreht*?«, fragte Suze.

»Nein.« Riley lehnte sich zurück und gab Marlene ein Stück Hühnchen. »Er ist sich ihrer einfach zu verdammt sicher.«

»Vermutlich hat sie den Job tatsächlich nur deswegen angenommen, um sich dort umzusehen.«

»Ich weiß«, erwiderte Riley.

»Aber warum dann …«

»Weil er anfangen muss, sich Sorgen um sie zu machen. Sonst wird er in diesem verdammten Büro sitzen und darauf warten, dass sie zurückkommt, so wie es sein Vater mit seiner Mutter auch immer getan hat. Er folgt hier einer gewissen Tradition. Erinnerst du dich noch, wie lange sie beide gewartet haben, bis sie endlich aufeinander zugegangen sind?«

Suze nickte.

»Willst du dir das noch mal ansehen?«

Suze schüttelte den Kopf.

»Nun?« Riley stieß seine Gabel in das Knoblauchhühnchen, Marlene rückte dichter an ihn heran und schmachtete ihn sehnsuchtsvoll an.

»Ich möchte nicht, dass er mich so anbrüllt, wie er Nell angebrüllt hat«, sagte Suze. »Ich möchte, dass er glücklich ist.«

»Er wird dich nicht anbrüllen«, meinte Riley. »Schließlich stellst du nicht sein Leben auf den Kopf.«

»Nein, das erledigt er schon selbst«, erwiderte Suze, und Riley grinste sie an.

»Wie ich sehe, beginnst du die McKennas wirklich zu begreifen«, sagte er.

»Nur den einen. Du bist mir immer noch ein Rätsel.«

»Das ist Teil meines Charmes.«

»Der Geist eines Siebzehnjährigen im Körper eines Fünfunddreißigjährigen. Wie schaffst du das?«

»Vierunddreißig«, korrigierte Riley. »Und ich bin gut, Liebling, ich bin sehr gut.« Marlene seufzte tief und er fügte hinzu: »Siehst du?«

»Ja, auf Dackel verstehst du dich blendend«, bestätigte Suze. »Aber wird sie dich immer noch anhimmeln, wenn das Hühnchen alle ist?«

»So jung und schon so bitter.« Kopfschüttelnd kehrte Riley in sein Büro zurück. Marlene in ihrem Trenchcoat folgte ihm.

Es überraschte Nell kaum, dass Jack stark übertrieben hatte, was die Wertschätzung ihrer Fähigkeiten seitens seiner Firma anging. Und offensichtlich hatte er auch seiner Assistentin, Elizabeth, nicht gesteckt, dass ganz andere Motive bei ihrer Einstellung eine Rolle gespielt hatten. Er hatte die beiden einander lediglich vorgestellt, Nell charmant angelächelt, herzlich umarmt und sie auf die Wange geküsst und war dann verschwunden. Elizabeth sah sie hasserfüllt an und sagte: »Wir haben den perfekten Job für Sie gefunden.«

Hoppla, dachte Nell und war versucht, Elizabeth darüber aufzuklären, dass Jacks Interesse Teil irgendeines Planes war. Doch das fanatische Glitzern in Elizabeths Blick hielt sie zurück. Elizabeth hätte es Jack sofort berichtet. Also erwiderte Nell: »Wunderbar« und folgte Elizabeth in einen fensterlosen Raum, der mit nicht zueinander passenden Hängeregistraturen voll gestopft war. Die Einrichtung vervollständigten ein schäbiger Schreibtisch, auf dem ein Computer aus den frühen Siebzigerjahren stand, sowie jede Menge überquellender Schachteln.

»Dies ist unser Archiv für die internen Pressemitteilungen«, meinte Elizabeth triumphierend, während sie unter der einzigen funktionierenden Neonröhre stand. »Alles muss neu geordnet werden. Wie ich höre, sind Sie sehr gut im Ordnen. Deswegen möchten wir, dass Sie diese Dinge hier zunächst katalogisieren und dann beschlagworten.«

»Sie beschlagworten«, wiederholte Nell.

»Alles muss durchgesehen werden. Anschließend müssen Sie eine Liste der Themen beziehungsweise Namen und der entsprechenden Seitenzahlen erstellen«, bestätigte Elizabeth. »Nicht besonders schwierig.«

Ein intelligenter Drittklässler könnte das hinbekommen, dachte Nell, doch erwiderte sie lächelnd: »Prima. Ich liebe es, Dinge zu ordnen. Eines noch, könnte jemand die kaputten Neonröhren auswechseln?«

»Ich werde mich umgehend darum kümmern«, entgegnete Elizabeth.

Eine Stunde später hatte Nell die Situation durchschaut. Niemand brauchte ein Register dieser Publikationen, weil niemand bei Verstand jemals irgendetwas in diesen Rundschreiben würde nachlesen wollen. Sie waren allesamt voll schlecht geschriebener PR-Artikel mit schlecht ausgeleuchteten Fotos steif wirkender Menschen, die gekünstelt in die Kamera lächelten. All ihre Träume, die D & O-Akten heimlich nach interessanten Informationen zu durchforsten, wurden unter sechzig Jahrgängen dokumentierte Belobigungen für außerordentliche Verdienste und fotografierter Abschiedsessen zur Pensionierung begraben. Die Unsinnigkeit ihrer Aufgabe ließ nur einen Grund zu, weswegen Jack sie eingestellt hatte: Um sicherzugehen, dass sie nicht zu den McKennas zurückkehrte.

Und die Leuchtstoffröhre flackerte noch immer.

»Wegen der Neonröhre«, fing Nell an, als sie Elizabeth gefunden hatte.

Elizabeth hielt mitten im Nachdenken über welch wichtige Entscheidungen auch immer inne und blickte Nell gereizt und verächtlich an. »Ich habe die Leute angerufen, Nell«, sagte sie. »Und jetzt habe ich Arbeit zu erledigen.«

Hier bleibe ich maximal zwei Wochen, dachte Nell, *und jemanden wie sie kann ich überhaupt nicht gebrauchen.* »Die Lampe muss repariert sein, bevor ich ernsthaft mit der Arbeit beginnen kann.«

Elizabeth straffte ihre Schultern. »Ich sagte, ich habe dort bereits angerufen.«

»Dafür danke ich Ihnen auch«, Nell ließ nicht locker. »Aber ganz offensichtlich schenkt man Ihnen dort kein Gehör.«

Elizabeth riss die Augen auf, und Nell umrundete ihren Schreibtisch und klopfte an Jacks Tür.

»Sie können dort nicht einfach eintreten«, sagte Elizabeth, als Nell die Tür öffnete und ihren Kopf in Jacks Büro steckte.

»Jack, ich habe kein Licht in meinem Büro«, sagte sie, als Jack überrascht von seinem Gespräch mit einem Menschen im Anzug aufblickte. »Könntest du ...«

»Um diese Dinge kümmert sich Elizabeth«, erwiderte Jack, der sich sichtlich bemühte, seine Wut zu beherrschen.

»Ja, aber sie tut es nicht«, erwiderte Nell. »Ich werde blind. Bei den McKennas gab es Licht.«

»Elizabeth!«, bellte Jack. Eine Viertelstunde später hatte Nell Licht und konnte sich zusätzlich Elizabeths uneingeschränkten Hasses sicher sein.

Für den Rest der Woche kümmerte sie sich um die internen Pressemitteilungen, sortierte sie, archivierte sie, versah sie mit einem Indexsystem und tippte sinnlos einen Namen nach dem anderen. Den Jahrgang 1978 hatte sie sofort gefunden, doch der einzige Eintrag von auch nur marginalem Interesse war ein ganzseitiger Nachruf auf Helena, der den Verfasser viel Mühe gekostet haben musste: Helena hatte nicht genug erlebt, um eine ganze Seite zu füllen. Nell überprüfte auch das Jahr 1993. Sie wollte wissen, ob es Erwähnung gefunden hatte, dass Stewart Dysart sich mit einem Teil des Geschäftsvermögens aus dem Staub gemacht und die Tochter des Seniorpartners sitzen gelassen hatte. Darüber fand sich nicht das Geringste. Nur die guten Nachrichten fanden Aufnahme in den *O & D News & Notes*. Und sie würde sie alle durchlesen müssen.

Vielleicht könnte Gabe lernen Kompromisse einzugehen, überlegte sie, als sie einen neuen Bericht zur Hand nahm, bereit, sich bis zum St. Nimmerleinstag zurückzuarbeiten. *Vielleicht sollte ich mich geschlagen geben und mit den alten Visitenkarten leben*. Das sich geschlagen geben klang wunderbar, gleich unmittelbar auf seinem Schreibtisch wäre dafür ein guter Ort, doch sie tippte unablässig weiter.

Am Montag, nachdem Nell bei O & D angefangen hatte, wurden die neuen Visitenkarten geliefert. Suze öffnete eine der Schachteln und besah sie sich. Dann trug sie beide Schachteln in Gabes Büro, der sich mit Riley unterhielt.

»Also«, sagte sie. »Eure neuen Visitenkarten sind angekommen, und sie sind gut. Sehr unaufdringlich, ganz klassisch und, um ehrlich zu sein, eine echte Verbesserung gegenüber den alten Karten. Die wirkten immer etwas unprofessionell.«

»Hör zu«, begann Gabe. »Wir brauchen keine …«

»Du hast sie dir ja noch nicht einmal angesehen«, widersprach Suze. »Nell ist nicht mehr da, also geht es nicht mehr darum, wer die Oberhand behält. Es geht um die Visitenkarten, und damit Punkt. Diese hier sind besser als die alten. Bewahre dir etwas Offenheit.«

»Lass mal sehen«, bat Riley, und sie reichte ihm die Schachtel mit seinem Namen. Er öffnete sie, zog eine Karte hervor, betrachtete sie eine Weile lang und sagte: »Sie hat Recht.«

Suze stellte die andere Schachtel auf Gabes Schreibtisch und verließ das Zimmer. Den Rest der Sache konnte Riley übernehmen. Als er herauskam, fragte sie: »Nun?«

»Er trägt es mit Fassung«, erwiderte Riley. »Es ist gut, dass du nicht ausgeflippt bist, und es ist wirklich gut, dass sie tatsächlich viel besser aussehen.«

»Aber am meisten hilft es immer noch, dass Nell nicht hier ist«, ergänzte Suze. »Er hat sie immer nur ausgebremst.«

»Nein«, widersprach Riley. »Die letzten Visitenkarten waren ein Albtraum. Mit diesen Karten hat sie zum ersten Mal ansatzweise gezeigt, dass sie begreift, was wir hier machen.«

»Sie meint es gut.«

»Das ist so ungefähr das Schlimmste, was man über jemanden sagen kann.« Riley kehrte in sein Büro zurück.

Eine Stunde später beendete Suze gerade eine telefonische Anfrage, als Jack eintrat. Jeder Nerv in ihrem Körper erstarrte. Aber sie nickte ihm zu und hielt einen Finger hoch, um zu sagen, *einen Augenblick noch*, woraufhin er sich auf die Couch setzte und mit undurchdringlicher Miene wartete.

Das wiederum bedeutete, dass irgendetwas im Busch war. Je ruhiger Jack äußerlich erschien, umso fixierter war er auf irgendeine Sache. Das konnte nichts Gutes verheißen, freilich war auch die Tatsache, dass er jetzt vor ihr saß, nicht gerade viel versprechend.

Sie dankte ihrem Gesprächspartner, beendete das Telefonat, legte auf und notierte sich etwas. Dann sah sie zu Jack.

»Hallo.«

»Du klingst ganz und gar professionell«, meinte er lächelnd.

»Ich bin professionell«, entgegnete sie. »Was ist?«

Eine Minute lang sagte er gar nichts, sondern blickte ihr einfach nur in die Augen. Sie dachte, *damit kommst du nicht weiter, mein Lieber*, und fragte sich, weshalb das bisher immer funktioniert hatte. Vermutlich, weil sie ihn liebte. *Ich liebe ihn nicht mehr*, erkannte sie und fragte sich, seit wann dem bereits so war. Jedenfalls nicht erst seit dem Abend, als sie die Sache mit Olivia erfahren hatte. Es lag länger zurück. Alles danach war lediglich ein Abrücken von Illusionen gewesen. Genau wie Nell gesagt hatte, sie hätte ihn verlassen sollen, als sie ihn noch liebte.

»Eigentlich hatte ich einen Anruf von deiner Scheidungsanwältin erwartet«, sagte er schließlich.

»Von Jean?« Suze blinzelte ihn an. Er hatte Recht. Sie hatte Jean noch nicht damit beauftragt, die Scheidung einzureichen.

»Suze«, sagte er und beugte sich vor. »Eine Scheidung möchtest du doch genauso wenig wie ich.«

»Um die Wahrheit zu sagen, ich möchte die Scheidung«, widersprach Suze. »Du hast mit einer anderen Frau geschlafen. Das war für mich das Aus.« *Das und vierzehn Jahre lang das Kindchen zu spielen.*

»Suze, das ist nicht fair. Wir hatten Probleme miteinander, gib es doch zu.«

»Jack«, erwiderte Suze. »Mir von dir sagen zu lassen, was

fair ist und was nicht, habe ich bereits vor ein paar Wochen aufgegeben. Du wusstest, wie unglücklich ich war, und du hast trotzdem mit einer anderen Frau geschlafen, damit du nicht zugeben musstest, dass ich auch ein Recht auf ein eigenes Leben habe. Also gut, jetzt habe ich das Leben, das ich wollte und du hast die andere Frau. Sicher wirst du damit gut klarkommen, du hast dich einer neuen Ehefrau immer schon sehr gut anpassen können.«

»Ist das denn wirklich das Leben, das du möchtest?«, fragte Jack und blickte sich in dem Büro um. »Liebling, dieses Leben wird dich nicht mit Diamanten überhäufen.«

»Jack, ich möchte auch gar keine Diamanten.« Sie machte eine ausschweifende Handbewegung. »Mir gefällt das hier.«

»Das hier?«, fragte Jack ungläubig. »Na prima. Und was machst du, wenn Nell zurückkommt? Ich kann sie schließlich nicht ewig behalten. Sie ist jetzt seit einer Woche bei uns und hat Elizabeth schon vollkommen verrückt gemacht.«

»Nell sagt, Elizabeth scheint zu glauben, dass sie dich besitzt, wenn du in der Kanzlei bist«, sagte Suze. »Elizabeth ist einfach nur eifersüchtig.«

»Du hast immer schon erst auf Nell und dann erst auf mich gehört«, bemerkte Jack verärgert. »Wenn du nur mir ein einziges Mal zuhören würdest...«

»...dann hieltest du mich immer noch in diesem Haus lebendig begraben«, beendete Suze den Satz für ihn.

»Mir ist aufgefallen, dass du das Haus noch nicht verlassen hast.«

»Biete es zum Verkauf an. Bis zum Wochenende bin ich draußen.«

Jack schüttelte den Kopf. »Ich möchte dich gar nicht raushaben. Hör zu, ich habe versucht, nett zu sein, aber von Nell habe ich wirklich die Nase voll. Nicht nur geht sie Elizabeth auf die Nerven, nein, sie macht sich auch an mich heran.« Suze bemühte sich, sich ihre Skepsis nicht anmerken zu lasse, aber etwas musste sich auf ihrem Gesicht gespiegelt haben, denn er fuhr fort: »Ja, ich dachte mir schon, dass du das kaum glauben würdest. Aber sie ist eigentlich keine richtige Freundin, Suze, wenn sie sich an deinen Mann ranmacht. Ich werde sie wieder hinauswerfen, und dann wird sie hierher zurückkommen und dir den Job wegnehmen. Und was machst du dann? Bleib in dem Haus und lass es uns noch einmal versuchen.«

»Ich habe bereits Pläne für den Tag, an dem Nell zurückkehrt«, erwiderte Suze.

»Tatsächlich?«, fragte Jack. »Aber keiner dieser Pläne betrifft doch das Einreichen der Scheidung?«

Suze zog ihren Palm-Pilot aus der Handtasche. Sie gab Jeans Namen ein und erhielt deren Nummer, während Jack sagte: »Süß. So ein handlicher kleiner Organizer, ganz wie die großen Mädchen.«

Sie wählte Jeans Büro, und nachdem sie die Sekretärin erreicht hatte, sagte sie: »Hallo, hier spricht Susannah Campbell.« Dabei beobachtete sie, wie Jack ein wenig zusammenzuckte, als er ihren Mädchennamen hörte. »Genau. Würden Sie Jean bitte ausrichten, sie solle nunmehr meine Scheidung einreichen? Ich hätte schon früher zurückrufen sollen, aber ich hatte es vergessen. Danke.«

Sie legte auf und blickte Jack an. »Noch etwas?«

»Du hattest alles«, sagte Jack. »Ich habe dir einfach alles gegeben.«

»Danke«, erwiderte Suze. »Und jetzt kannst du es Olivia geben. Ich würde ihr gern das Beste wünschen, doch brauche ich das selbst, also schicke ich ihr lediglich dich. Ich wünsche dir ein schönes Leben.«

Jack erhob sich, seine Miene gefasst. »Du vertraust Nell mehr, als du mir vertraust. Ist dir jemals in den Sinn gekommen, dass ich vielleicht deswegen Trost bei jemand anderem gesucht habe?«

»Nein«, erwiderte Suze.

Er blickte sie ein letztes Mal lange an, dann ging er. Suze

ließ sich auf Nells ergonomischem Stuhl zurückfallen. Nun, das war die Vergangenheit, aber jetzt ging es um die Zukunft. Sie war sich ziemlich sicher, dass sie noch eine Zukunft haben würde. Ganz bestimmt hatte sie Pläne, sie war lediglich zu ängstlich, einen neuen Anfang zu wagen.

Es ist an der Zeit, dachte sie, stand auf und glättete ihren Rock. Dann trat sie an Rileys Tür, die leicht offen stand, klopfte, trat ein und setzte sich ihm gegenüber.

»Im Allgemeinen ist es üblich, dass man abwartet, bis man hereingebeten wird, statt hereinzuplatzen«, bemerkte Riley. Er lehnte sich auf seinem Stuhl zurück, einen zusammengeklammerten Bericht in der Hand, bei dem er nur bis zur dritten Seite gekommen zu sein schien. »Schien«, dachte Suze, war vermutlich genau die richtige Bezeichnung. Nie und nimmer hätte er sich irgendetwas im Vorzimmer entgehen lassen. Der Mann hatte Ohren wie ein Luchs.

»Vielleicht ist es tatsächlich üblich zu warten«, sagte Suze. »Allerdings nicht hier.«

»Hast du dir das irgendwo abgeguckt?« Riley warf die Unterlagen auf seinen Schreibtisch.

Suze atmete tief durch, riss ihre Augen auf und lächelte ihn an.

»Riley, ich …«

Er richtete sich auf und zeigte mit dem Finger auf sie.

»Mach das nicht.«

»Was denn?«, fragte sie verwirrt.

»Diesen hilflosen Opferblick. Ich bin nicht Jack. Sag mir einfach nur, was du möchtest, dann können wir darüber reden.«

»Also gut. Ich möchte hier arbeiten.«

Riley musterte sie eingehend. »Das tust du doch.«

»Nein«, entgegnete Suze. »Ich vertrete Nell, und ich kann es kaum abwarten, bis sie wieder zurück ist. Dieser Bürokram langweilt mich zu Tode. Aber was du machst, gefällt mir. Ich recherchiere gern und spreche gern mit Menschen und versuche, Dingen auf den Grund zu gehen. Und ihr habt jede Menge Arbeit hier, zu viel sogar, also müsst ihr bereits Leute abweisen. Ihr könntet mich in diese Arbeit einweisen, ich würde mich gut schlagen. Wenn Nell wieder zurück ist, möchte ich hier als Detektivin arbeiten.«

Riley lehnte sich wieder zurück und schwieg, also wartete sie ab. Früher hatte sie ihn für etwas begriffsstutzig gehalten, heute nicht mehr. Inzwischen hatte sie viel Respekt vor Rileys Schlussfolgerungen, für die meisten jedenfalls.

»Also gut.« Er richtete sich wieder auf, nahm den Bericht, den er eben noch in der Hand gehalten hatte, und reichte ihn ihr. »Versuche dich an dieser Sache.«

Suze nahm den Bericht und las die Überschrift: »Die Fahnderin. Das ist doch Becca Johnson, nicht wahr? Sie war gestern hier.«

»Wie sieht sie aus?«, fragte Riley. »Gib mir eine Beschreibung. Möglichst detailliert.«

Suze rief sich Becca ins Gedächtnis. »Sie ist ungefähr ein Meter dreiundsechzig groß, wiegt einhundertdreißig Pfund, Anfang dreißig, Afroamerikanerin, braune Augen, braunes Haar, hübsch, nervös, trug eine braune Wildlederjacke und einen braunen Rollkragenpulli aus Baumwolle aus dem Bloomingdale's Katalog vom letzten Jahr – vielleicht sogar aus dem Jahr davor, da es einer ihrer Dauerbrenner ist – Levis Jeans, braune Aigner-Treter. Die Ohrringe waren einfache Kreolen, allerdings aus massivem Gold. Ich würde sagen, sie verfügt über ein gehobenes Einkommen und weiß es gut zu nutzen. Sie trug eine antike Kette, deshalb würde ich sagen, dass sie sentimental und romantisch veranlagt ist und aus einem religiösen Elternhaus stammt, obwohl sie vielleicht selbst keine Religion mehr aktiv praktiziert. Sie ist nicht dumm, doch die Neigung zur Romantik macht sie verletzlich. Sie hat direkt vor dem Fenster geparkt und fuhr einen gut erhaltenen Saturn, also ist sie pragmatisch. Vom Rückspiegel innen hing das Parkabzeichen der Ohio State

Universität an.« Sie hielt inne. »Die A-Klasse kostet fast vierhundert Dollar, das Parken muss ihr also wirklich am Herzen liegen.«

»Noch irgendetwas?«, erkundigte sich Riley ein wenig verdutzt.

»Ja«, erwiderte Suze. »Sie trug eine Handtasche von *Coach*.«

»Und das bedeutet was?«

»Qualität«, erwiderte Suze. »Becca und ich würden uns gut verstehen. Warum siehst du mich so an?«

»Die Sache mit Bloomingdale's«, erwiderte Riley. »Du weißt also, aus welchem *Jahr* ihre Jacke stammt?«

»Das schon, aber ich könnte dir nicht sagen, aus welchem Jahr der Saturn stammt.« Suze gestikulierte mit dem Bericht. »Also, den lese ich jetzt und dann?«

»Gestern ist sie vorbeigekommen, weil sie endlich ihren Freund zur Rede gestellt und er ihr gesagt hat, sein Name sei Egon Kennedy, er stamme aus Massachusetts und sei ein entfernter Cousin der Kennedys. Sie hat es ihm geglaubt. Wir sind skeptisch. Also überprüfen wir die Sache, obwohl sie gerade eben vorbeigekommen ist, um Gabe zu sagen, dass alles in Ordnung sei.«

»Gut«, meinte Suze. »Irgendeinen Tipp, wie ich an die Sache herangehen soll?«

Riley nahm einen Block Schreibpapier und schob ihn ihr hin. »Mach dir Notizen.«

Sie beugte sich vor und nahm einen Stift aus seiner Stifte-Tasse, und ihr Puls beschleunigte sich. »Schieß los«, sagte sie. Er begann zu reden, und sie notierte sich alles und unterbrach ihn lediglich, wenn ihr irgendetwas nicht klar war. Als er fertig war, sagte sie: »Mein Gott. Du kannst ja alles über jeden herausfinden.«

»Durch das Internet ist das alles sehr viel einfacher geworden. Und jetzt geh und finde alles über den Mann heraus.«

Suze nickte und stand auf. »Danke.«

»Effie, wenn du das schaffst, sind wir dir zu Dank verpflichtet.«

»Ich schaffe das«, erwiderte Suze.

»Du magst also keine Diamanten?«, fragte Riley.

»Nein, aber mir gefällt Gold und Armani. Ich bin nicht billig, ich unterscheide nur sehr genau.«

»Umso besser. Mach dich an die Arbeit.«

Suze wandte sich zum Gehen, als er sagte: »Noch eine Sache.«

»Ja?« Sie drehte sich um und wartete auf irgendeine kleine Boshaftigkeit.

»Dieses ›ach ich Arme‹-Gehabe?«

Sie nickte.

»Anderen gegenüber kannst du es ruhig einsetzen.«

»Danke«, erwiderte sie und flüchtete in den Rezeptionsbereich, bevor sie grinsen musste.

Sie war frei. Sie hatte die Chance auf einen richtigen Job. Wenn sie wollte, konnte sie heute Abend schon ausziehen. Nell würde sie aufnehmen. Sie nahm das Branchenbuch zur Hand und sah unter »Umzugsfirmen« nach.

»Ja«, sagte sie, als jemand abhob. »Ich hätte gerne, dass jemand eine größere Menge sehr teuren Porzellans verpackt. Spode.«

Und dann beauftragte sie die Firma, die Kästen bei Olivia abzuliefern.

Am Abend öffnete Nell die Haustür einen Spalt breit und fand Suze mit drei Koffern und einem großen Karton voller Eierbecher auf der Schwelle stehen.

»Du hast doch ein Gästezimmer?«, fragte sie. »Kann ich es benutzen? Ich habe heute die Scheidung eingereicht.«

Nell machte die Tür weit auf. »Komm herein. Es wird auch Zeit, dass du endlich einmal erfährst, wie die andere Hälfte der Menschheit lebt.«

Sie quartierte Suze für die eine Nacht in ihrem Bett ein

und rollte sich auf dem Bettsofa im Wohnzimmer zusammen, neben sich Marlene auf ihrer Chenilledecke, denn sie konnte ohnehin nicht schlafen. Sie vermisste Gabe, und die Sache wurde auch nicht besser, und sie hatte keine Ahnung, was sie tun sollte. Sie konnte doch unmöglich zurückgehen … Jemand hämmerte gegen die Tür, und für einen Augenblick hoffte sie, es sei Gabe. Sie streichelte eine aufgebrachte Marlene und setzte sie auf dem Boden ab, es könnte ja sein, dass Gabe in einer seiner etwas stürmischeren Stimmung wäre. Obwohl es ihre momentane Glückssträhne wahrscheinlicher sein ließ, dass Farnsworth vor der Tür stand, der seine Schnuckiputz zurückhaben wollte. Was andererseits sein gutes Recht war, dachte sie schuldbewusst.

Doch als sie das Licht auf der Veranda anknipste und durch die Türgardine blinzelte, war es Jase.

»Was ist denn los?«, fragte sie und ließ ihn herein. »Es muss schon nach Mitternacht sein.«

»Jetzt bin ich es, der zusammenklappt«, meinte Jase grimmig. »Ich brauche Juwelen.«

»Wie bitte?«

»Hast du immer noch den Verlobungsring, den Papa dir geschenkt hat?«

Nell blinzelte ihn an. »Vermutlich. Ich glaube, ich habe ihn in meine Schmuckkassette gelegt. Warum? O nein – du willst doch nicht etwa …«

»Entweder das, oder sie verlässt mich«, erwiderte Jase.

»Wir haben uns vor einer Woche gestritten. Sie gibt nicht nach. Ich denke, ich kann sie dazu überreden, dass wir uns erst mal verloben, bis ich die Abschlussprüfung bestanden und einen Job gefunden habe.«

»Jase, du bist doch noch viel zu jung …«

»Mama, das habe ich mir alles durch den Kopf gehen lassen. Sie will es jetzt, und es ist ihr wirklich ernst.«

Er sah bedrückter aus, als Nell ihn jemals gesehen hatte.

»Mach mir bitte du jetzt nicht auch noch Schwierigkeiten. Du willst doch den Ring ohnehin nicht mehr tragen.«

»Und sie auch nicht«, erwiderte Nell. »Es ist ein mieser Ring. Dein Vater war wirklich arm, als er ihn gekauft hat. Außerdem sind wir geschieden. Sie ist Chloes Tochter, sie wird an Karma glauben.«

»Verdammt«, brummte Jase. »Vielleicht kann ich den Stein neu fassen lassen.«

»Jase, ein Juwelier wird es schwer haben, den Stein zu finden, so klein ist er.« Nell lehnte sich an die Wand und versuchte nachzudenken.

»Onkel Jack kauft Tante Suze ständig Diamanten, die sie nie trägt«, sprach Jase seine Gedanken laut aus. »Vielleicht würde sie mir einen verkaufen, den ich ihr in Raten abzahlen kann.«

»Noch mehr schlechtes Karma«, sagte Nell. »Deine Tante Suze schläft oben. Sie hat heute die Scheidung eingereicht.«

»Na fein«, brummte Jase.

»Ist ja schon gut.« Nells Gedanken rasten. »Und Tante Margies Diamanten von Onkel Stewart möchtest du nun wirklich nicht, denn das wäre mehr als geschmacklos. Aber allmählich gehen mir die Diamanten aus.«

»Ich verkaufe mein Auto«, meinte Jase.

»Jase, der Wagen brächte nicht einmal genug für Zirkonia ein. Bist du dir wirklich sicher, dass das eine gute Idee ist? Mir gefällt es nämlich nicht, dass Lu unbedingt Juwelen von dir will.«

»Will sie ja gar nicht. Sie macht sich nichts aus dem Ring. Sie möchte heiraten.«

»Jetzt?«, fragte Nell, bei der endlich der Groschen gefallen war.

»Endlich«, murmelte Jase und blickte an die Zimmerdecke.

»Jetzt. Sie möchte Mrs. Jason Dysart werden.«

»Aber du bist doch noch ein *Kind*«, rief Nell bestürzt. »Ist sie verrückt?«

»Ich bin kein Kind mehr, und ich möchte es auch«, entgegnete Jase. »Nur nicht sofort. Meiner Ansicht nach sollte ich eine Frau unterhalten können, bevor ich sie heirate.«

»Mein Gott.« Nell zog einen Stuhl hervor und ließ sich darauf fallen. »Heiraten?«

»Gewöhne dich an die Vorstellung«, erwiderte Jase und folgte ihr. »Es wird so kommen. In diesem Sommer wollten wir ohnehin zusammenziehen.«

Nell riss den Kopf hoch. »Bist du verrückt? Weißt du eigentlich, was ihr Vater mit dir anstellen würde?«

»Mein Gott, der Typ hat dich ganz schön unter der Knute. Lu ist neunzehn. Er kann mir gar nichts tun.«

»Das glaubst *du*. Und außerdem hat er zurzeit ausgesprochen schlechte Laune. Den Zeitpunkt habt ihr wirklich optimal gewählt.«

»Na wunderbar.« Jase blickte sie verwirrt an. »Weißt du, ich habe auch so schon genug Probleme. Schließlich habe ich Abschlussprüfungen, verdammt noch mal.«

Nell lachte. »Abschlussprüfungen. Ja, du bist alt genug, um zu heiraten.«

»Aber wenn ich meine Prüfungen nicht bestehe, bekomme ich auch kein Abschlusszeugnis«, fuhr Jase grimmig fort. »Und wenn ich das Studium nicht abschließe, finde ich keine Arbeit. Und wenn ich keine Arbeit finde, kann ich nicht heiraten, und dann werde ich die Frau verlieren, die ich liebe. Deshalb ja, Abschlussprüfung.«

»Entschuldigung«, murmelte Nell. »Du hast Recht. Ich bin im Unrecht.«

»Das Mindeste, was du tun könntest, ist, zu ihm hinzugehen und ihn wieder in gute Stimmung bringen«, bemerkte Jase.

»Das kann ich nicht«, erwiderte Nell. »Ich bin gegangen.«

»Du hast was getan?«

»Ich habe gekündigt. Sowohl den Job als auch ihm. Es ist vorbei.«

»Ich bin erledigt.« Jase ließ sich auf den Stuhl neben sie fallen und legte seinen Kopf auf den Tisch.

Nell glättete sein Haar. »Es wird sich schon alles finden. Wir lassen uns etwas einfallen. Da ist noch die Abfindung von der Scheidung. Davon kann ich dir etwas geben …«

»Nein«, erwiderte Jase und richtete sich auf. »So ein übler Schnorrer bin ich nun auch nicht. Du hast doch jetzt gar kein Einkommen mehr. Vergiss es.«

»Es muss noch irgendetwas geben.« Nell blickte auf ihre Porzellanvitrine. »Clarice Cliff.«

»Wer?«

»Mein Porzellan. Es befindet sich ein Teeservice darunter, das ziemlich viel wert ist. Ich könnte es verkaufen.«

»Das hat dir Oma Barnard geschenkt«, sagte Jase. »Es ist aus England.«

Nell sah ihn an. »Dann ist es jetzt an mir, es an dich weiterzugeben.«

Jase schluckte. »Und du bist noch nicht einmal wirklich mit dem einverstanden, was ich vorhabe.«

»Ich wünschte mir, du würdest darüber nachdenken«, sagte Nell.

»Mir wäre es lieber, es wäre deine eigene Entscheidung, ohne Druck ihrerseits. Aber wenn es das ist, was du wirklich möchtest, bin ich ganz auf deiner Seite.«

»Ich will es«, sagte Jase. »Aber verkauf das Porzellan noch nicht. Lass mich erst mit Großmutter Dysart reden.«

»Clarice würde zustimmen. Und Großmutter Barnard auch. Gleich morgen früh rufe ich den Händler an.«

»Nun warte doch noch.«

»Nein«, widersprach Nell. »Ich habe viel zu viele verdammte Jahre mit Warten verbracht. Das ist genau das, was jetzt getan werden muss.«

Am nächsten Tag verkaufte Nell in der Mittagspause ihr Teeservice – vierunddreißig Teile ›Secrets‹-Porzellan von Clarice Cliff in erstklassigem Zustand – an einen Antiquitätenhändler in Clintonville, der es anlässlich der Scheidung bereits geschätzt hatte. Dann brachte sie den Scheck zu Jase, der beeindruckt war und ihr zerknirscht dankte, und kehrte anschließend zu O & D zurück.

»Sie haben sich verspätet«, bemerkte Elizabeth.

»Ehrlich gesagt, nein«, erwiderte Nell. »Ich bin spät zur Mittagspause gegangen, weil ich noch etwas habe zu Ende führen wollen.«

»Wir müssen wissen, wo Sie zu finden sind, Nell«, erwiderte Elizabeth und Nell dachte, *warum? Für den Fall, dass ein Notstand bei den Hausmitteilungen eintritt?*

»Es wird nie wieder vorkommen«, erwiderte Nell, zog sich in ihr Zimmer zurück und dachte, *ich gebe ihr bis Ende der Woche, bevor sie mich hinauswirft.* Zwar hatte sie schon andere besitzergreifende Assistentinnen kennen gelernt, doch Elizabeth setzte der Sache die Krone auf. Wenig hilfreich war es zudem gewesen, dass Jack während der vergangenen Woche klargemacht hatte, wie charmant, entzückend, interessant, lustig, süß und unersetzlich er Nell fand. Nell wusste das, weil er ihr gegenüber alle diese Adjektive gebraucht hatte und diese nach und nach in die Unterhaltung eingestreut hatte, der stärkeren Wirkung halber. Sie hatte es ihm zwar nicht abgenommen, Elizabeth freilich schon. Und während Jack immer freundlicher geworden war, war Elizabeth regelrecht zum Eiszapfen erstarrt. Als sie schließlich sogar Nells Kleidung kritisiert hatte – »Die angemessene Kleidung für die weiblichen Angestellten bei O & D ist das Kostüm« –, hatte Nell fast Mitleid mit ihr empfunden. Es war lächerlich, sich so hoffnungslos in den eigenen Chef zu verlieben. Und ganz sicher gefährdete sie die Sicherheit des eigenen Arbeitsplatzes. *Reiß dich zusammen, Elizabeth,* dachte Nell jetzt und dann dachte sie, *war ich mit Gabe etwa auch so?*

Nein, sicher nicht. Sie hatte sich Gabe gegenüber nicht besitzergreifend benommen, sie wollte lediglich das Büro auf ihre Weise leiten. Er wollte das verdammte Büro nicht geleitet haben, er wollte lediglich, dass alles reibungslos funktionierte. Und genau das hatte sie bewerkstelligt. *Vielleicht hätte ich ihm das sagen sollen, anstatt neue Visitenkarten zu bestellen und sie ihm vor die Nase zu knallen…*

Nun, darüber konnten sie später noch reden. Falls sie jemals wieder miteinander reden würden. Sie wandte sich wieder der Hauspost zu und nahm sich einen Stapel von 1992 vor. Sie vermisste Gabe. *Ich hasse diesen Job.* Vielleicht würde sie gar nicht mehr abwarten, bis Elizabeth sie hinauswarf. Vielleicht würde sie sich dieses Wochenende darüber klar werden, was sie tun wollte. Und dann würde sie Pläne schmieden und es in Angriff nehmen. Automatisch begann sie, die Seiten zu überfliegen und die Namen einzutippen, während sie in Gedanken am Planen war. Sie wollte ein Büro leiten, sie leitete gerne Büros, koordinierte gerne Termine und liebte es, das Leben anderer zu organisieren. Sie wollte nichts verkaufen oder die Welt des Büros verlassen, um mit anderen zusammenzuarbeiten. Sie wollte eine perfekte kleine Welt für andere in Ordnung halten. Ein »Bilderbuchleben«, wie Suze es nannte, womit sie Recht hatte.

Jetzt musste sie nur noch jemanden finden, den sie mochte und respektierte und der eine Arbeit machte, die sie mochte und respektierte, und anschließend das Geschäftsleben dieser Person organisieren. Natürlich hatte sie in Gabe diese Person bereits gefunden, aber…

Sie fuhr mit dem Registererstellen fort, bis sie kurz vor fünf eine Seite überflog und den Namen »Stewart Dysart« las. Es war nicht das erste Mal, dass sie eine Seitenzahl hinter seinen Namen tippte, doch war es das erste Mal, dass ein Bild mit ihm abgedruckt war. Das war Stewart, wie er leibte und lebte, blond und ein wenig fettleibig und arrogant wie nur was, den Arm um eine hübsche Blondine gelegt, dem Untertitel zufolge seine Sekretärin. Kitty Moran.

Nell sah genauer hin. Kitty Moran kam ihr bekannt vor. Sehr bekannt sogar. Nell legte den Daumen über Kittys blonde Mähne und stellte sie sich brünett vor. Lynnie Mason.

»Verdammt auch«, sagte sie laut und trug die Hausmitteilung zum Kopierer. Anschließend legte sie die Kopie zurück zu den Akten und stopfte das Original in ihre Handtasche. Dann trat sie in den Flur hinaus – »Toilettenpause«, rief sie Elizabeth zu, die stirnrunzelnd zu ihr aufsah – und ging um die Ecke zum Schreibtisch eines anderen Büroangestellten. »Kann ich kurz Ihr Telefon benutzen?«, fragte sie. »Elizabeth ist…«

Der Mann schob ihr das Telefon hin. »Über Elizabeth brauchen Sie mir nichts zu erzählen«, meinte er. Sie grinste ihn an und wählte Rileys Nummer.

»Ich bin's«, meldete sie sich, als er abhob.

»Sag mir, dass du zurückkommst«, antwortete Riley.

»Nein. Hör zu, ich habe etwas, das du dir gerne ansehen würdest.«

»Sag mir so etwas nie in Gabes Anwesenheit«, schmunzelte Riley. »Es geht demnach um etwas, was ich noch nicht gesehen habe?«

»Ja«, bestätigte Nell. »Ich könnte dich in einer Stunde treffen und die Sache etwas detaillierter darlegen.«

»Ich gehe davon aus, du bist gerade nicht allein?«, fragte Riley.

»Ich bin im Käfig des Löwen. Wie wäre es mit dem *Sycamore*? So gegen sechs?«

»Wie wäre es im *Long Shot* um acht? Das ist die Bar in der Front Street im Brauereiviertel. Ich muss sowieso dorthin.«

»Einverstanden«, sagte Nell und dachte, dass das vielleicht ohnehin die bessere Lösung wäre, da Gabe viel wahrscheinlicher im *Sycamore* auftauchen würde. Sie war auf verräterische Weise enttäuscht.

»Ich möchte nicht melodramatisch klingen«, sagte Riley,

»aber diese Sache bringt dich nicht irgendwie in Gefahr, oder?«

Nell lächelte den Angestellten an, der ihr unverhohlen zuhörte. »Doch«, erwiderte sie. »Elizabeth wird mich umbringen und meine Leiche im Archiv verstecken. Und eins sage ich dir, es wird Jahrzehnte dauern, bis dort wieder jemand hineinschaut.« Der Mann grinste sie an.

»Acht Uhr dann«, bestätigte Riley. »Und zieh dich heiß an. Ich gehe nur mit heiß aussehenden Frauen in Bars.«

»Das ist nichts Neues.« Nell legte auf und lächelte den Angestellten an. »Tausend Dank.«

»War mir ein Vergnügen«, erwiderte er. »Ich bin für alles zu haben, was Elizabeth ärgert.«

Nell kehrte ins Archiv zurück, wo Jack auf sie wartete.

»Hast du Pause gemacht?« Er lächelte sie verkrampft an.

Olala, irgendetwas ist passiert, während er unterwegs war.

»Eine kurze Pause«, erwiderte sie.

»Kennst du den Chef gut genug, um dir das zu erlauben?« Er trat einen Schritt an sie heran.

»Vermutlich nicht.« Nell versuchte Ruhe zu bewahren.

»Ich mache mich wieder an die Arbeit.«

»Das kann warten.« Jack rückte bedrohlich näher. Hinter der Fassade seines Lächelns schien er unglaublich wütend zu sein.

Wird er mich schlagen oder küssen?, dachte Nell. Und als Jack sie zu sich heranzog und küsste, war sie so erleichtert, dass sie ihn nicht zurückstieß. Er konnte ziemlich gut küssen, obwohl sie genau wusste, dass er es nur tat, damit sie Suze davon erzählte. Nell hörte ein weinerliches Geräusch in ihrem Rücken und drehte sich um. Elizabeth stand im Türrahmen. Nell sah zu Jack auf.

»Ertappt.« Jack zuckte zurück und starrte Elizabeth an, doch noch bevor er etwas antworten konnte, sagte Nell:

»Weißt du was, ich vergifte hier nur die Arbeitsatmosphäre. Ich kündige.«

Sie duckte sich, ergriff ihre Handtasche und flüchtete Richtung Parkplatz. Sie hatte keine Ahnung – und scherte sich nicht das Mindeste darum –, was in der Kanzlei weiter geschah. Sie kehrte zurück zum *Village,* wo sie hingehörte.

Gabe war gerade ins Büro zurückgekehrt, als Riley eintrat und sich ihm gegenübersetzte.

»Wir brauchen schon wieder eine Sekretärin«, sagte Gabe. »Noch nicht einmal *Spinal Tap* hatte so viel Ärger mit seinen Schlagzeugern.«

»Sie erledigt gerade einen Auftrag«, erwiderte Riley. »Ich habe ihr Beccas Randy übergeben.«

»So, hast du das.«

»Sie möchte Detektivin werden. Meiner Ansicht nach wird sie sich in unserem Metier gut schlagen, und wir müssen bereits Aufträge ablehnen. Mal sehen, wie sie sich macht, und wenn sie gut ist, kann sie damit weitermachen, wenn Nell zurückkehrt.«

»Und wo soll sie sich hinsetzen?« Gabe versuchte zu ignorieren, um wie viel schneller sein Puls schlug, sobald er an Nells mögliche Rückkehr dachte.

»Chloes Lagerraum«, erwiderte Riley. »Wir bauen den Kühlraum aus und lassen zur Straße hin ein Fenster einsetzen.«

»Chloe hat da vielleicht auch noch ein Wörtchen mitzureden«, gabe Gabe zu bedenken. »Außerdem stellt sich die Frage, wo wir die Akten aus dem Kühlraum verstauen sollen.«

»Im Keller«, schlug Riley vor.

»Also gut.« Gabe schaltete seinen Computer ein, sichtlich nicht sehr interessiert. »Das ist dein Bier.«

»Sie wird gut sein«, erwiderte Riley. »Sie besitzt Fähigkeiten, die uns fehlen.«

»Das habe ich niemals bestritten.« Er blätterte seinen Notizblock, bis er die Notizen für seinen Bericht fand.

»Übrigens, ich bin wegen einer anderen Angelegenheit bei O & D vorbeigefahren und habe Trevor und Jack angeboten, ihnen Nells Arbeitszeugnis zu liefern. Ich habe ihnen gesagt, dass sie hier alles gesichtet und geordnet hat, mit Ausnahme des Porsches. Darüber haben wir alle herzlich gelacht.«

»Sehr subtil, wirklich. Wenn der Porsche gestohlen wird, ist es einzig und allein deine Schuld.«

»Wir können nur hoffen, dass sie so dumm sind. Ich habe die Garage abgeschlossen, damit sie sich ganz schön anstrengen müssen, um ihn herauszuholen.«

»Bist du dir sicher, dass sich nichts in dem Wagen befindet?«

»Absolut sicher«, erwiderte Gabe. »So dumm bin ich nicht.«

»Diesbezüglich hat die Jury noch zu keiner Entscheidung gefunden«, erwiderte Riley. »Man denke nur einmal an deine hervorragende Darbietung mit Nell.«

»Hast du sonst noch was auf dem Herzen, oder gehst du?«, fragte Gabe.

»Ich habe noch etwas. Chloe hat von London aus angerufen.«

»Tatsächlich?« Gabe betrachtete seine Notizen. »Hast du sie wegen der Ohrringe gefragt?«

»Ja. Dein Vater hat sie ihr nach Lus Geburt in einer roten Schachtel mit einem Teufel darauf geschenkt. Er meinte, sie solle sie für Lus Hochzeit aufheben. Sie hat sie für das Foto getragen, sie danach weggelegt und im Anschluss völlig vergessen, bis ich sie danach gefragt habe.«

»Ich wusste, dass sie nicht der Typ für Diamanten ist«, bestätigte Gabe. »Er hat sie ihr in der Schachtel gegeben? Der Schachtel mit den Wagenpapieren?«

»Jawohl. Und wegen des Bildes hat sie die Schachtel auf das Regal im Badezimmer gestellt. Es ist das Bild des Teufels. Schlechtes Karma.«

»*Chloe* hat sie auf das Regal gestellt? War damals denn auch schon der Fahrzeugbrief drin?«

»Das wusste sie nicht. Aber ich glaube nicht, das jemand seither die Schachtel angefasst hat. Ich denke also ja.«

»Dann hatte Lynnie die Schachtel nie in der Hand. Wonach suchte sie?«

»Nach den Diamanten«, erwiderte Riley. »Sie war ein Diamantentyp. Aber zurück zu Chloe. Sie hat mit Lu gesprochen, und Lu ist vollkommen verstört, also ist Chloe vollkommen verstört.«

Gabe zuckte mit den Schultern. »Lu und Jase haben Probleme. Sie werden das schon regeln. Aber ich verstehe immer noch nicht, woher Lynnie Trevor oder Jack kannte oder weshalb sie ihr von den Diamanten hätten erzählen sollen.«

»Widme dich mal kurz der Gegenwart«, sagte Riley. »Chloe macht sich Lus wegen Sorgen. Sie kommt nach Hause zurück.«

»Wann?«

»Sie müsste morgen hier sein. Sie hat von Heathrow aus angerufen.«

»Gut«, erwiderte Gabe und wandte sich wieder seinem Computer zu.

»Und Nell hat angerufen.«

Gabe stieß sich vom Computer zurück. »Wirklich?«

»Sie hat etwas bei O & D gefunden. Sie war nicht alleine, also will sie mir den Rest heute Abend im *Long Shot* erzählen. Ich treffe sie dort um acht.«

»Was für ein Zufall«, erwiderte Gabe. »Ich treffe mich dort um acht mit Gina Taggart.«

Riley blickte ihn unschuldig an. »Ich habe Suze versprochen, sie heute Abend dorthin auszuführen und sie in dieses und jenes Berufsgeheimnis einzuweihen. Also habe ich auch Nell hinbestellt. Das ist einfach nur praktisch und kein Zufall.«

»Berufsgeheimnisse in einer Bar anvertrauen?«

»Ich habe meine Gründe«, erwiderte Riley.

»Dessen bin ich mir sicher«, erwiderte Gabe. »Und Suze hast du nicht gesagt, dass du sie ins *Long Shot* ausführst. Das wirst du ihr erst sagen, wenn sie zurückkommt. Du hast diese ganze Sache so eingefädelt, dass ich mit Nell zusammentreffe.«

»Du bist ein sehr argwöhnischer Mann«, entgegnete Riley.

»Habe ich Recht?«

»Ja.«

»Danke«, sagte Gabe.

Als Riley gegangen war, lehnte sich Gabe zurück und dachte an Nell und Suze und Chloe und dann wieder an Nell. »Lass dich auf einen Kompromiss ein«, hatte er Lu geraten. Vielleicht sollte er Nell heute Abend beiseite nehmen und ihr einen Kompromiss vorschlagen. Dann könnte sie eine Liste ihrer Forderungen vorlegen und er würde zu allem Ja und Amen sagen. Außer zu dem Fenster.

Aber alles andere konnte sie haben.

Himmel noch mal, das Fenster konnte sie auch haben, solange sie nur wieder zurückkehrte.

Er legte Dean Martin auf und lauschte dem Lied *»Everybody loves somebody sometimes«,* während er den Bericht eintippte und zum ersten Mal, seit Nell gegangen war, fühlte er sich glücklich.

Als Nell um sechs nach Hause kam, zeigte sie Suze das Bild in den Hausmitteilungen.

»Das sollten wir Margie zeigen«, meinte Suze. »Wir haben noch Zeit. Wir müssen erst in zwei Stunden in der Bar sein. Und sie wird sich an Kitty erinnern, da gehe ich jede Wette ein.« Sie legte das Rundschreiben nieder. »Wir sollten ohnehin mit ihr reden. Sie war in letzter Zeit ein bisschen... merkwürdig bei der Arbeit.«

»Auf manche Frauen hat ihr Job diese Wirkung«, erwiderte Nell und dachte an Elizabeth.

Eine halbe Stunde später saß Margie mit einem Glas Sojamilch am Küchentisch und blinzelte das Bild an. »Jawohl, das ist Kitty. Ich habe immer vermutet, dass Stewart mit ihr schlief.«

»Das scheint dich nicht weiter aufzuregen«, bemerkte Suze.

»Nun, es war Stewart«, sagte Margie. »Den konnte sie haben. Mehr noch, ich war mir sicher, dass sie ihn am Schluss auch bekommen hat.«

»Glaubst du, dass er sich gemeinsam mit ihr aus dem Staub gemacht hat?«, fragte Nell.

»Ja, das glaube ich. Aber wenn sie zurückgekommen ist, wo ist er dann?« Margie stellte ihr Glas ab und sah sie entsetzt an. »O nein, was, wenn er zurückgekommen ist? Was, wenn er mit ihr zusammen zurückgekommen ist? Vielleicht ist ihnen das Geld ausgegangen, und sie sind zurückgekommen, um sich noch mehr zu besorgen. *Was soll ich nur tun?«*

»Du reichst die Scheidung ein«, sagte Suze. »*Er* hat Geld unterschlagen. Er kann dir gar keinen Ärger machen.«

»Und ob er das kann«, widersprach Margie und starrte entsetzt in ihre Sojamilch. »Ich habe versucht, ihn umzubringen.«

20

»Hör auf anzugeben, Margie«, sagte Suze.

»Ich gebe nicht an«, wehrte sich Margie. »Ich habe ihn sehr heftig geschlagen. Er ist zusammengebrochen und überall war Blut. Es war der einzige Moment meiner Ehe, den ich wirklich genossen habe.«

Sie lächelte etwas sehnsüchtig. Nell und Suze sahen einander an, und Suze kostete von Margies Sojamilch.

»Amaretto«, stellte sie fest. »Und zwar reichlich.«

»Margie«, meinte Nell. »Du hast jetzt genug Kalzium abbekommen.«

»Für eine Frau unseres Alters ist es unmöglich, zu viel Kalzium zu sich zu nehmen«, widersprach Margie mit Panik in der Stimme. »Mit jedem Augenblick tropft das Kalzium geradezu aus deinen Knochen heraus. Das behauptet jedenfalls Budge.«

»Und was sagte er zu dem Amaretto?«, erkundigte sich Suze.

»Von dem Amaretto weiß er nichts«, erwiderte Margie. »Und wird es auch niemals erfahren. Was soll ich nur wegen Stewart machen?«

»Nichts«, erwiderte Nell betont heiter. »Du hast nicht versucht, ihn umzubringen.«

»Doch, das habe ich«, beharrte Margie, die gleichzeitig an der Milch nippte und schniefte, sodass sie sich ein wenig verschluckte. »Er wollte gerade zu einer Geschäftsreise aufbrechen, als Budge vorbeikam und mir sagte, Stewart habe von Papa Geld unterschlagen. Also habe ich ihn zur Rede gestellt und ihm gedroht, er müsse es zurückgeben oder ich würde gehen. Da hat er nur gelacht und gesagt, ich hätte doch gar nicht den Mut zu gehen, und selbst wenn, wäre das kein großer Verlust, weil ich langweilig sei.«

»Oje«, sagte Suze.

»Und dann hat er mir den Rücken zugedreht, und ich habe ihn mit dem Milchkrug meines ›Desert Rose‹-Geschirr geschlagen.«

»Oh«, sagte Nell, die ihr nun glaubte.

»Es stand auf dem Büfett, als Vase für einen Wildblumenstrauß.« Sie nickte abwesend. »Der Milchkrug war ein Riesending, und ich habe ihn damit voll auf den Hinterkopf geschlagen. Er ging sofort in die Knie. Überall Wildblumen.«

»Verstehe«, sagte Nell, die sich in Windeseile einen Reim darauf machte. »Und …«

»Dann kam Budge herein, und ich habe Papa angerufen. Daraufhin hat Papa Jack angerufen, ich bin nach oben gegangen, und sie haben Stewart zum Flughafen gebracht. Das Flugzeug hat er aber niemals bestiegen.« Sie schüttelte den Kopf, als sei dies nur ein weiteres Beispiel für Stewarts Niedertracht. »Ich habe vermutet, dass er mit Kitty und dem Geld verschwunden ist.«

»Budge war da, als du ihn geschlagen hast?«, hakte Suze nach.

»Er war im Nebenzimmer«, bestätigte Margie. »Als Stewart nach Hause kam, habe ich Budge geraten, sich zu verstecken.«

»Hat Stewart Budges Auto denn nicht bemerkt?«

»Er hat in einer Seitenstraße geparkt«, erwiderte Margie.

»Immer?« Suze setzte sich gerade hin. »Margie?«

»Nun, Stewart war wirklich schrecklich«, sagte Margie. »Im Bett und auch sonst. Und Budge ist wirklich gut.«

Nell stand auf und schenkte sich ein Glas Milch mit Amaretto ein. »Dann hast du also bereits mit Budge geschlafen, während Stewart noch hier lebte?«

»Es schien mir eine gute Idee«, erwiderte Margie. »Papa hält nichts von Scheidungen. Er hält Jacks Benehmen für skandalös.«

»Das geht mir genauso«, nickte Suze und schenkte sich ebenfalls ein Glas ein.

»Deshalb war ich in der Zwickmühle. Und als Stewart verschwand, war Budge da, ich *schuldete* es ihm, ich musste einfach mit ihm zusammenbleiben. Meistens ist es ganz in Ordnung, doch manchmal macht er mich vollkommen verrückt. Zum Beispiel hasst er es, wenn ich im Café arbeite. Und dann dieses ganze Vegetarierzeugs. Ich meine, ich finde es schon wichtig, Vegetarier zu sein. Aber man muss doch auch ein bisschen mogeln dürfen. Seit er hier eingezogen ist, habe ich nicht einen Hamburger mehr gegessen. Es gibt Augenblicke, da würde ich für ein Steak alles tun.«

»Dieses zerplatzende Geräusch, das du eben vernommen hast, waren unsere Illusionen«, sagte Suze, an Nell gewandt.

»Und was ist dann passiert? Nachdem Stewart verschwunden ist?« Nell nickte Margie aufmunternd zu.

»Budge kam am nächsten Tag wieder vorbei und meinte, ich solle mir keine Sorgen machen, dass Papa nun einsehen würde, dass ich mich von Stewart scheiden lassen müsse, sobald er das fehlende Geld bemerken würde.« Margie sah wütend aus. »Doch genau das ist nicht passiert. Papa sagte, er wolle nicht noch mehr Skandale. Er meinte, er würde die Sache so regeln, dass Stewart mich nie wieder belästigen würde.«

»Soso«, murmelte Suze.

»Ich glaube, er wollte aus ihm einen guten Ehemann machen«, fuhr Margie fort. »Warum ausgerechnet Papa auf die Idee kam, als Autorität zum Thema guter Ehemann durchzugehen, kann ich mir auch nicht erklären.«

»Du hast also Stewart mit dem ›Desert Rose‹-Milchkrug geschlagen«, wiederholte Suze, immer noch mit verwunderter Stimme.

»Keine Abschweifungen bitte«, sagte Nell mahnend zu Suze. »Wir haben nicht die Zeit, alles doppelt durchzukauen.«

»Und er ist gegangen, und jetzt habe ich Budge. Sex ist nicht alles, wisst ihr. Und er möchte unbedingt heiraten.« Margie steckte ihre Nase wieder in ihr Glas.

»Dann wird dir wohl nichts anderes übrig bleiben, als auch Budge eins mit dem Milchkrug überzuziehen«, meinte Suze.

»Suze!« Nell stieß sie mit dem Fuß an.

»Weißt du, wenn ich Jack mit dem verdammten Spode erschlagen könnte, würde ich es tun«, erwiderte Suze.

Nell nahm ihr das Milchglas aus der Hand.

»Ich dachte, wenn ich niemandem irgendetwas davon erzählte, würde vielleicht auch niemand etwas erfahren«, meinte Margie traurig. »Aber so etwas funktioniert wohl nie.«

»Ist schon gut, Liebling«, erwiderte Nell sanft, die allerdings eher vom Gegenteil überzeugt war.

»Ich muss mal auf die Toilette«, sagte Margie an niemand Bestimmten und ging langsam in Richtung Badezimmer.

»Dann ist Stewart also verärgert zurückgekehrt, weil Margie ihm vor sieben Jahren mit einem Porzellan eins übergezogen hat?«, fragte Suze. »Das ergibt doch gar keinen Sinn.«

»Du vergisst die zwei Millionen Dollar der Versicherungssumme, die Budge sie drängt einzufordern«, entgegnete Nell. »Das würde eine ganze Menge Leute von den Toten wieder auferstehen lassen.«

»In dem Fall sollte Margie von jetzt an den Milchkrug wohl ständig in Reichweite haben«, meinte Suze. »Gib mir meine Milch zurück.«

»Gabe und Riley werden das kaum glauben.«

Suze zog ihre Milch zu sich heran. »Meinst du, wir sollten es ihnen erzählen?«

»Natürlich sollten wir es ihnen erzählen. Margie kann man nichts anhaben. Stewart ist aufgestanden und verschwunden.«

»Also gut. Aber vielleicht sollten wir das mit dem Milchkrug nicht erwähnen. Und dass sie mit Budge geschlafen hat.«

»Und was erzählen wir ihnen dann? Dass Stewart auf dem Weg zum Flughafen gestürzt ist?«

Suze wirkte hin- und hergerissen. »Sie ist unsere Freundin, und sie war mit einem Mistkerl verheiratet.«

»Sie hat ihn nicht mit dem Porzellan umgebracht«, gab Nell zu bedenken. »Selbst wenn er tot sein sollte, man könnte ihr nichts anhaben. Aber er scheint nicht tot zu sein. Obwohl Lynnie nicht den Eindruck machte, als würde sie mit jemandem zusammenarbeiten. Sie wollte, dass ich mich mit ihr zusammentue, also konnte er wohl kaum gemeinsame Sache mit ihr machen.«

»Bedenke – sie war ein Profi, was Täuschungsmanöver

angeht«, gab Suze zu bedenken. »Vielleicht hat sie nur so getan als ob.«

»Nein«, widersprach Nell. »Ich vertraue ihr.«

»Tim hast du auch vertraut«, erwiderte Suze. Nell nippte an ihrer Milch.

Margie kehrte zurück. »Mir ist irgendwie übel.«

»Sojavergiftung«, meinte Suze. »Trink doch eine Weile lang nichts von der Milch.«

»Also gut«, meinte Nell und schob ihr eigenes Milchglas von sich. »Wir müssen uns jetzt auf das Wesentliche konzentrieren. Margie, Stewart kann dir nichts mehr anhaben. Du solltest dir also nicht länger Sorgen über ihn machen. Und du musst Budge nicht heiraten, wenn du es nicht möchtest.«

»Nell«, sagte Suze mit warnendem Unterton.

»Mach nicht immer das, was er von dir verlangt«, fuhr Nell fort.

»Nell«, wiederholte Suze, und Nell blickte auf. Budge stand in der Wohnzimmertür und sah aus wie der riesige Marshmallowmann in der Schlussszene von *Ghostbusters,* bereit dazu, die ganze Stadt zu vernichten.

»Budge, sie möchte nicht heiraten«, sagte Nell.

»Doch, sie möchte«, widersprach Budge. »Sie glaubt nur, dass sie es nicht möchte, weil du nicht verheiratet bist. Sie glaubt, dass sie all das tun möchte, was du tust, zum Beispiel in ein Appartement im Village ziehen, aber sie wäre dort todtraurig.« Er trat an den Tisch heran und legte seinen Arm um Margie. Seine Stimme wurde lauter, als er fortfuhr: »Du hast sie aufgeregt. Du regst sie immer auf. Nicht jede Frau muss so sein wie du. Nicht jede Frau möchte einen Job und ein eigenes Appartement. Appartements sind gefährlich. Schreckliche Dinge stoßen Frauen in Appartements zu, Vergewaltigungen und Einbrüche und Mord. Margie muss hier bei mir bleiben, wo sie sicher aufgehoben ist.«

Suze sagte: »Margie?« Doch Nell war klar, wie nutzlos das

war. Margie würde nicht eher den Kampf aufnehmen, bevor sie sich nicht von ihrem Porzellan getrennt hatte.

»Ihr solltet jetzt besser gehen«, knurrte Budge.

Das Letzte, was sie hörten, bevor sie die Tür hinter sich schlossen, waren Budges Worte: »Du weißt, dein Papa möchte nicht, dass du mit ihnen sprichst. Ganz besonders nicht mit Nell. Du hättest ihnen sagen sollen, dass du sie nicht sehen möchtest.« Und dann sagte Margie: »Ich möchte noch etwas Milch.«

Auf dem Weg die Hauptstraße hinunter bemerkte Suze: »Bei ihm wird mir übel.«

»Das kann auch an der Sojamilch und dem Amaretto liegen«, gab Nell zu bedenken.

»Das hätte ich sein können«, fuhr Suze fort. »Ich habe auch immer auf Jack gehört.«

»Und ich habe Tim glauben lassen, ich sei lediglich eine einfache Bürokraft«, sagte Nell. »Solche Dinge tun wir, um unsere Ehen nicht zu gefährden.«

»Ich glaube nicht, dass ich das immer noch mache«, meinte Suze. »Freilich bin ich ziemlich leichtgläubig. Ich glaube alles, was ich denke.«

»Und ich mache mir in einer Hinsicht etwas vor«, sagte Nell

»Gabe?«

»Marlene.« Nell blickte auf den Hund in ihrem Schoß.

Marlene hob den Kopf, blickte Nell an und schien sich zu fragen, ob etwas Angenehmes bevorstand.

Suze runzelte ungläubig die Stirn. »*Marlene?* Nun mach mal einen Punkt.« Dann hielt sie inne. »Du fängst doch jetzt nicht wieder mit diesem ›Ich habe einem hingebungsvollen Hundebesitzer den Hund gestohlen‹ an, oder? Er hat sie Schnuckiputz gerufen, Himmel noch mal. Schon allein deswegen müsste ihm der Tierschutzverein auf die Pelle rücken.«

»Ich liebe sie«, sagte Nell. »Ich kann dir gar nicht sagen, wie sehr ich diesen neurotischen Hund liebe. Aber sie ist neurotisch. Ich himmle sie an und trotzdem könnte man glauben, ich würde sie tagtäglich verprügeln. Und wenn sie mir jemand wegnähme…«

»Ich fasse es nicht«, stöhnte Suze.

»Ich muss ständig daran denken.« Nell presste den Hund fest an sich.

»Ich weiß«, erwiderte Suze. »Ich weiß nur nicht, warum.«

»Wir haben alle so viel Schuld mit uns herumgeschleppt«, fuhr Nell fort. »Du hast Jack viele Dinge verübelt, Margie hat Stewart gehasst, und ihr beide habt deswegen Schuldgefühle. Du hast dich den Problemen mit Jack nicht gestellt und bist jetzt frei. Margie wird sich Budge nicht stellen, deswegen kommt sie keinen Schritt voran.«

»Dann willst du dich also Farnsworth stellen?«, fragte Suze. »Na viel Glück.«

»Eigentlich dachte ich eher daran, Marlene wieder zu seinem Grundstück zurückzubringen«, sagte Nell. »Und sie dort von der Leine zu lassen. Wenn sie dann auf das Haus zutrottet und glücklich ist, dann wüsste ich, dass ich das Richtige getan habe. Wenn sie aber bei mir bliebe, könnte ich sie ohne jedes schlechte Gewissen behalten.«

»Und wenn sie sich auf den Rücken rollt und jämmerlich zu winseln anfängt?«

»Das ist dasselbe«, erwiderte Nell. »Das hat sie auch getan, als ich sie entführt habe. Bald wird es dunkel. Wir könnten es hinter uns bringen, bevor mich der Mut wieder verlässt.«

»Jetzt gleich? Hör zu, ich bin damit nicht einverstanden. Ich liebe diesen verdammten Hund ebenfalls. Außerdem besitzt sie mittlerweile eine Garderobe. Wird Farnsworth ihr eine lederne Bomberjacke für kühlere Nächte besorgen?«

»Budge klammert sich an Margie, weil er sie liebt«, sagte

Nell. »Das tut er wirklich. Ich fand ihn vorhin schrecklich, aber er war nicht gemein. Er war sehr liebevoll zu ihr. Er glaubt, dass es in Ordnung ist, weil er sie liebt. Das kann ich ihm nicht verübeln und gleichzeitig Marlene aus demselben Grunde für mich behalten.«

»Für mich gibt es da sehr wohl einen Unterschied«, konterte Suze, klang jedoch nicht sehr überzeugend.

»Margie dreht noch durch vor Frustration und Schuldgefühlen. Ich fand es zwar immer sehr amüsant, wie sie alles mit einem ›vielleicht wird es ja jemand erfahren‹ regelt, aber ich mache es mit Marlene genauso. Was ich mir wünsche, ist ein sauberer Schnitt und keine Schuldgefühle mehr.« Sie holte tief Luft. »Ich muss es tun. Und dann müssen wir Gabe von Margie erzählen.«

»Na wunderbar«, meinte Suze tonlos. »Nichts kann einem den Abend so gründlich verderben wie moralische Prinzipien.«

Kurz nach acht, die Sonne war bereits untergegangen, führte Nell eine unbekleidete Marlene zu ihrem alten Garten. Dort angekommen, befreite sie Marlene von Leine und Halsband und sah ihr tief in die Augen. »Ich liebe dich, Marlene«, sagte sie. »Ich werde dich immer lieben. Aber hier ist dein Zuhause. Wenn du wieder dorthin zurückkehren möchtest, ist das in Ordnung.« Marlene rührte sich nicht, und Nell fuhr fort: »Wenn du andererseits wieder mit mir zurückkommen willst, ist das auch in Ordnung.«

Marlene gähnte und sah sich um. Dann schien sie etwas Interessantes entdeckt zu haben, denn sie trottete auf das Grundstück.

So viel also zu dem alten Spruch, *wenn du etwas wirklich liebst, entlasse es in die Freiheit,* dachte Nell, als sie aufstand und den Hund beobachtete. Die Tiefe von Marlenes Gefühlen war ihr immer ein Rätsel geblieben. Nell wollte ihr hinterher rufen: »Du verlierst die Chenilledecke, hast du das bedacht?« Doch das einzige Wort, auf das Marlene wirklich reagiert, war »Hundekuchen«. Das zu benutzen schien unter diesen Umständen freilich nicht angebracht.

Marlene durchstöberte eine Weile lang den Garten, dann setzte sie sich gelangweilt nieder. Jetzt fiel Nell auf, was sie in ihrem Plan nicht bedacht hatte. Farnsworth konnte nicht wissen, dass Marlene in seinem Garten saß und darauf wartete, ins Haus eingelassen zu werden. Nell konnte unmöglich bei ihm an die Tür klopfen und sagen: »Hallo, ich habe vor sieben Monaten Ihren Hund gestohlen. Die Schuldgefühle haben schließlich die Oberhand gewonnen. Hier haben Sie das Tier zurück. Und tschüss.«

Währenddessen hockte Marlene mitten im Garten und blickte missmutig drein. Was auch immer ihr Interesse hervorgerufen hatte, war verschwunden.

Also gut. Nell nahm einen Stein und warf ihn gegen die Hintertür. Ein lautes, deutliches Plong war zu hören. Sie wich wieder ins Gebüsch zurück, doch nichts passierte. Auch gut. Sie nahm ein zweites Steinchen und warf es. *Plong.* Nichts.

Marlene beobachtete den Vorgang interessiert und verfolgte zweimal aufmerksam, wie der Stein aus Nells Hand bis zur Hintertür flog, ohne auch nur im Mindesten daran zu denken, ihm hinterher zu jagen.

»Einen noch«, meinte Nell und warf einen dritten Stein.

Dieses Mal öffnete eine Frau die Tür, und der größte deutsche Schäferhund, den Nell jemals zu Gesicht bekommen hatte, stürmte heraus und bellte wie der *Hund von Baskerville.*

Marlene machte blitzartig kehrt, rannte auf die Grundstücksgrenze zu und hastete an Nell vorbei, bevor diese sie zu fassen bekam. Nell folgte ihr fast ebenso schnell und betete, dass Farnsworth für seine Hunde immer noch elektronische Halsbänder benutzte und dass der Schäferhund nicht zu schnell rannte, um davor rechtzeitig gestoppt zu werden. Sie sah, wie Marlene Richtung Straße rannte und Suze die

Tür ihres Käfers öffnete. Marlene krabbelte in den Wagen und dann über Suze hinweg, während Nell die Beifahrertür aufriss, hineinsprang und Marlene auf ihren Schoß zog.

»Los, los«, kommandierte sie.

Suze fuhr ohne ein Wort los, während Nell versuchte, ihren Atem zu beruhigen. »Tut mir Leid«, sagte sie an Marlene gewandt, die auf ihrem Schoß keuchte. »Ich hatte keine Ahnung.«

Marlene blickte grimmig zu ihr auf. Dann bellte sie ein einziges Mal, ein kurzes, scharfes, wütendes Wuff, mit dem man Glas hätte zum Zerspringen bringen können.

»Mein Gott«, staunte Suze. »Die Garbo spricht. Was ist passiert?«

»Farnsworth hat einen neuen Hund«, erläuterte Nell. »Einen deutschen Schäferhund mit den Ausmaßen eines Pferdes.«

Suze lachte, dachte dann kurz nach und lachte noch lauter. »Das ist wirklich perfekt«, sagte sie schließlich. Marlene jammerte wütend vor sich hin. Suze wandte sich ihr zu. »Das kann ich gut verstehen, Marlene. Ich wurde auch einfach ersetzt.«

Marlene bellte sie an und machte sie offensichtlich für Nells schändliches Verhalten mitverantwortlich.

»Hey, das war nicht meine Idee.« Suze blickte zurück auf die Straße. »Ich habe dir die Chenilledecke und die Bomberjacke gekauft. Es war unsere Mutter Teresa hier, die unbedingt etwas Rechtschaffenes tun wollte.«

Marlene blickte erneut zu Nell auf. »Entschuldigung«, sagte diese, woraufhin Marlene sich brummend auf Nells Schoß zusammenrollte.

»Ist dir eigentlich klar, dass man ihr Vertrauen nie wiedererlangen kann, wenn man es erst verspielt hat?«, fragte Suze.

»Ich bitte dich«, erwiderte Nell. »Ein Hundekeks, und sie ist mir für den Rest meines Lebens gewogen.«

Marlene sah hoch und bellte erneut, ein Bellen, das ihre

ganze Verachtung und ihr Misstrauen gegenüber der Frau zum Ausdruck brachte, die sie früher jeden Tag angejault hatte.

»Können wir irgendwo anhalten und ein paar Hundekekse besorgen?«, fragte Nell. »Ich sollte möglichst bald etwas unternehmen.«

»Es werden ganz gewöhnliche Menschenkekse sein müssen«, erwiderte Suze. »Wir sind schon ziemlich spät dran.«

»Ein weiterer Betrug an dir«, wandte sich Nell an Marlene. Doch später, nachdem Suze in einem Laden Kekse besorgt hatte, drückte Nell den Hund an sich, umarmte ihn und sagte: »Marlene, es tut mir so Leid. Ich bin überglücklich, dass wir dich behalten können. Du wolltest nicht wirklich zurückgehen, nicht wahr? Du warst lediglich neugierig, was Interessantes im Garten war, nicht wahr?«

Marlene blickte sie erbost an und bellte.

»Alles ist gut, solange wir noch miteinander reden«, befand Nell.

Marlene akzeptierte missmutig, dass man sie in einem Auto zurückließ, bei dem die Fenster nur die vorschriftsmäßigen drei Zentimeter weit heruntergekurbelt waren. Als Nell das *Long Shot* betrat, hätte sie am liebsten mit ihrem Hund getauscht. Die Bar war ein typischer Treffpunkt für Yuppies, die einen trinken gingen – gutes Bier, gute Stimmung und dämliche Musik – und Nell hätte sich keinen anderen Platz ausmalen können, an dem sie noch weniger gern gewesen wäre.

»Weißt du«, begann Suze, »das ist genau die Art von Lokalität, in die ich immer mal gehen wollte, und Jack hat sich standhaft geweigert, mich zu begleiten. Jetzt verstehe ich, warum.«

»Wer hatte denn die Idee, hierher zu gehen?«, fragte Nell.

»Ich hole die Drinks«, verkündete Suze fröhlich. »Du suchst uns einen Tisch.«

Nell fand einen Tisch in der Nähe der Tür, setzte sich und beobachtete Suze, wie sie sich den Weg durch die Menge an die Bar bahnte. Viele Männer warfen ihr einen bewundernden Blick zu, doch ihr schien das gar nicht aufzufallen. Nell blickte sich um und hoffte Riley zu entdecken, dann hielt sie abrupt inne. An der Bar stand ein Mann, der Gabe sehr ähnlich sah, und unterhielt sich mit einer äußerst attraktiven Brünetten, die wiederum der Dame vom ›Heißen Mittagstisch‹ ähnelte. Sie blinzelte in den Rauch. Jawohl, Gabe und Gina. Einen Augenblick lang wurde ihr übel, als habe ihr jemand einen Schlag in den Magen versetzt, dann wandte sie sich ab. Wenn Riley diese ganze Sache nur organisiert hatte, um sie eifersüchtig zu machen, damit sie wieder zu ihnen zurückkehrte, dann könnte er was erleben. Und wenn nicht… *Gina Taggart,* dachte sie. Es war mit Gabe los, hatte er den Verstand verloren? Er kannte sie doch besser als alle anderen. Falls er sich allerdings nicht nach einer Dauerbeziehung umsah, entsprach Gina vermutlich genau seinen Wünschen.

Männer.

Niedergeschlagen ließ sich Nell zurückfallen und versank in der Dunkelheit und der Musik. Die Musik war ziemlich schlecht, aber die Dunkelheit war angenehm. Sie verdeckte die Tatsache, dass sie sich überhaupt nichts draus machte, wo Riley steckte, dafür umso mehr, was Gabe mit Gina vorhatte. Sie blickte wieder Richtung Bar, doch die beiden waren verschwunden. Das schmerzte viel mehr, als es hätte schmerzen dürfen. Sie sah auf die Uhr. Es war erst Viertel vor neun. Einmal entschlossen, hielt Gabe sich nicht mit Geplänkel auf – was ihr schließlich wohl bekannt war.

»Was hast du denn, das du mir zeigen möchtest?« Riley zog einen Stuhl neben ihr hervor und erschreckte sie.

»Was? Oh. Schön, dich zu sehen.« Nell fummelte in ihrer Handtasche herum und versuchte, Gabe und Gina zu vergessen. »Das hier.« Sie reichte ihm die Hausmitteilung und deutete auf das Foto. »Die beiden hier sind Stewart und seine Sekretärin.«

Riley blinzelte das Bild an. »Wenn es hier etwas Licht gäbe, könnte ich sie vermutlich erkennen.«

»Seine Sekretärin war Lynnie Mason«, fuhr Nell fort, und Riley hörte auf, den Überlegenen zu spielen.

»Himmel noch mal. Lynnie und Stewart?«

Nell nickte. »Falls du dich gefragt haben solltest, wer hinter der Unterschlagung steckt, war das wohl Lynnie. Sie sagte, sie hätte für Geld ein Händchen, und bei euch hat sie auch ganz nett abgeräumt.«

»Das wird Gabe interessieren«, meine Riley und sah sich um. »Er ist gerade mit Gina Taggart verschwunden.« Nell versuchte souverän zu klingen.

»So dumm ist er nicht.« Riley musterte sie in der düsteren Atmosphäre. »Alles in Ordnung?«

»Ja. Du musst mich nicht schon wieder aus einer zerbrochenen Liebesbeziehung retten.«

»Das habe ich das erste Mal auch nicht getan. Du hast es getan. Ich habe lediglich für etwas Ablenkung gesorgt.«

»Herzlichen Dank«, erwiderte Nell. Dann beugte sie sich einem Impuls folgend vor und küsste ihn auf die Wange. »Du bist wirklich jemand ganz Besonderes, weißt du das?«

»Ich? Nicht doch«, erwiderte Riley, doch sah er verlegen und zufrieden aus. Dann blickte er an ihr vorbei und runzelte die Stirn. »O verdammt.« Er reichte ihr das Rundschreiben. »Bleib du hier.«

Nell folgte seinem Blick und sah Suze, die von einem ziemlich großen Typen gegen die Bar gedrängt wurde. »Sie kommt schon alleine klar«, meinte sie, doch dann beugte sich der Typ vor und sie erkannte ihn. »Los, geh«, forderte sie Riley auf und Riley ging.

Suze war an die Bar getreten, hatte zwei Diätcola bestellt und sich während des Wartens nach Riley umgesehen. Die

Bar war sehr gut besucht, aber Riley konnte sie nirgendwo entdecken. Es dauerte lange, bis sie die beiden Gläser in Händen hielt. Als sie bezahlt hatte und wieder zu Nell zurückgehen wollte, stand ihr ein hoch gewachsener, wütender Mann im Weg.

»Entschuldigung«, sagte sie, als er sie unverschämt musterte. *Na wunderbar. Genau das fehlt mir jetzt noch, ein Anmacher.* »Hören Sie, ich habe kein Interesse. Ich will Ihnen nicht zu nahe treten, aber …«

»Dacht ich mir's doch«, sagte der Mann leicht lallend. »Von dort hinten war es schwer zu sagen, aber ich dachte es mir.«

»Tatsächlich?«, fragte Suze und wollte an ihm vorbeigehen. »Dann ist ja alles in Ordnung. Aber jetzt entschuldigen Sie mich bitte …«

»Sie haben meinen Hund gestohlen.« Der Mann trat noch einen Schritt näher. *Farnsworth.* Suze wich einen Schritt zurück und stieß gegen die Bar.

»Ich weiß überhaupt nicht, wovon Sie sprechen.« Hilfe suchend sah sie sich nach dem Barmann um. In diesem Lokal musste es doch Aufsichtspersonal geben. Der Typ war betrunken.

»Ich werde Sie festnehmen lassen«, fuhr er fort. »Sie haben meinen Hund gestohlen.«

Die Männer um sie herum blickten sie wohl wollend an, doch schien keiner von ihnen eingreifen zu wollen. *Großartig,* dachte Suze und versuchte entlang der Bar zu entkommen. *Heutzutage will kein Mensch mehr Held sein.*

Farnsworth ließ seine Hand auf den Tresen niedersausen und blockierte ihren Fluchtweg, dann trat er noch näher an sie heran, fast berührte er sie, und sagte: »Sie kommen mir hier nicht weg …«

»Und ob sie hier wegkommt«, ließ sich Riley hinter seinem Rücken vernehmen. Farnsworth drehte sich wutentbrannt um, während Suze von der Bar abrückte.

»Wer sind Sie?«, fragte Farnsworth.

»Ich bin mit ihr zusammen«, kam es Riley locker von den Lippen. »Machen Sie mein Mädchen nicht an.«

Suze verlor augenblicklich ihr Interesse an Farnsworth.

»Anmachen?« Farnsworth lachte. »Sie hat meinen Hund gestohlen.«

»Nein, das hat sie nicht«, erwiderte Riley und schob seine Schulter zwischen Farnsworth und Suze. Er hatte prima Schultern.

»Doch, sie …«

»Nein«, unterbrach ihn Riley. »Das hat sie nicht.«

Genau, dachte Suze in seinem Rücken. *Bedränge uns nicht.* Farnsworth schnaubte. »Ein rauer Bursche.«

»Eigentlich nicht«, erwiderte Riley. »Aber ich werde etwas nervös, wenn jemand die Blondine belästigt. Machen Sie sich aus dem Staub.«

»Sie hat meinen Hund …«, fing Farnsworth wieder an, und diesmal trat Riley einen Schritt näher und drängte ihn gegen die Bar.

»Ich kann es auch anders ausdrücken«, sagte Riley ruhiger. »Sie kennen sie nicht, Sie haben sie niemals gesehen, und Sie werden sie auch niemals wieder sehen.«

Farnsworth öffnete wieder den Mund und sah Riley ins Gesicht. Suze konnte nicht sehen, was er sah, weil sie hinter Riley stand, aber sie sah, wie Farnsworths Wut verebbte.

»Ich bin mir ganz sicher, wenn Sie noch einmal genau hinsehen«, fuhr Riley in ganz vernünftigem Tonfall fort, »werden Sie einsehen, dass Sie ihr noch niemals zuvor begegnet sind. Es gibt eine ganze Menge Blondinen um die dreißig in dieser Stadt.«

»Aber keine wie sie«, widersprach Farnsworth und blickte über seine Schulter zu Suze.

»Wie Sand am Meer«, entgegnete Riley, und diesmal klang seine Stimme bedrohlich. »Sie haben sich geirrt, das ist alles.«

Farnsworth blickte von Riley zu Suze und wieder zurück. »Ich konnte den verdammten Hund ohnehin nicht ausstehen«, sagte er und rückte von der Bar ab. Suze atmete aus.

»Fang jetzt bloß nicht mit dieser *wie Sand am Meer*-Sache an«, wandte sich Riley ihr zu.

»Ich finde dich wunderbar«, sagte Suze.

»Oh.« Er schien ein wenig schockiert, doch gleichzeitig wirkte er verlässlich und vernünftig und ehrlich und ganz auf ihrer Seite.

»Und nicht nur wegen ihm eben«, fuhr Suze fort. »Danke dafür, dass du mir die Sache mit Becca übergeben hast.«

»Nun, du wirst es gut machen«, erwiderte Riley, immer noch leicht schockiert. »Wir brauchen dich.«

»Und dafür, dass du mich wie eine Erwachsene behandelst.«

Sie wagte sich noch weiter. »Wie einen Partner.«

Riley runzelte die Stirn. »Also wirklich, Suze…«

»Und dafür, dass du mich so siehst, wie ich jetzt bin und nicht in meiner Cheerleaderuniform und deshalb auch nicht sagst, ›du bist nicht mehr jung, Liebes‹.«

»Wie bitte?«, fragte Riley.

»Ich habe die Bilder gesehen, die du aufgenommen hast«, sagte Suze, ohne ihn anzusehen, weil es ihr so peinlich war. »Ich habe gesehen, wen Jack geheiratet hat und weshalb er gegangen ist.«

»Oh«, erwiderte Riley. »Ja, du warst schon sehr hübsch.«

Suze zuckte zusammen.

»Aber nichts gegen das, wie du jetzt bist«, fügte er hinzu, und die Überzeugung in seiner Stimme ließ sie den Kopf heben. »Und nichts gegen das, wie du morgen sein wirst. Du hast eines dieser Gesichter, das mit jedem Tag klarer und leuchtender wird. Wenn du erst einmal achtzig bist, werden die Leute sich eine Sonnenbrille aufsetzen müssen, wenn sie dich sehen wollen.«

Suze starrte ihn an.

»Was ist denn?«, fragte er. »Nun tu doch nicht so. Du besitzt doch einen Spiegel. Du weißt doch, dass du schön bist. Hör auf, nach Komplimenten zu angeln.«

»Warum verbringst du Zeit mit mir?«, fragte sie.

Er runzelte die Stirn. »Was soll das denn?«

»Warum?«

Er zuckte mit den Schultern. »Es fühlt sich einfach gut an.«

Sie nickte. »Das tut es, nicht wahr?« Kein Stress, keine Sorgen, keine Anspannung, keine Angst. Sie sah zu ihm auf und dachte, *dieses Gesicht könnte ich für den Rest meines Lebens ansehen. Mit diesem Gesicht könnte ich leben.*

»Was ist?«, fragte er, ganz auf der Hut.

»Ich glaube, jetzt habe ich es begriffen.« Sie lächelte ihn an. Plötzlich fühlte sie sich ganz und gar beschwingt.

Er sah sie einen langen Augenblick lang an, dann beugte er sich zu ihr herunter und küsste sie.

Es war ein sanfter Kuss, so wie erste Küsse eigentlich sein sollten – der auf der Veranda zählte nicht, dachte Suze, – und sie legte ihre Hand auf seine Wange und küsste ihn zurück und liebte und begehrte ihn dieses Mal, ohne Hintergedanken zu haben. Seine Lippen schmiegten sich so perfekt an die ihren, dass sie, als er sich aufrichtete, atemlos vor Verwunderung sagte: »Das ist der Grund, weswegen Jack während all dieser Jahre so eifersüchtig war. Schon die ganze Zeit hättest du es sein sollen.«

»Von Jack möchte ich nichts hören«, sagte Riley, küsste sie erneut, und Suze taumelte ihrer Zukunft entgegen.

Von ihrem Tisch aus beobachtete Nell die beiden und dachte, wenigstens *diese Sache entwickelt sich so, wie sie sich entwickeln sollte. Vielleicht sollte ich Gabe hinterher rennen und Gina die Augen auskratzen*. Es war ihre eigene Schuld. Sie hatte zweiundzwanzig Jahre gebraucht, um ihre erste Beziehung an die Wand zu fahren, und anschließend nur drei Monate, um unter die zweite einen Schlussstrich zu ziehen.

Wenn sie mit Jack etwas angefangen hätte, wäre es nach einer Woche vorbei gewesen.

Sie stützte ihr Kinn in die Hand und dachte über eine Zukunft ohne Gabe nach. Das war zu trostlos, sie musste ihn einfach zurückbekommen. Gerade wollte sie überlegen, wie sich das bewerkstelligen ließe, als sich jemand neben ihr niederließ. Sie drehte sich um und sah Gabe, der ihr ein Glas hinschob. »Du machst ganz den Eindruck, als ob du das gebrauchen könntest«, meinte er. Ihr Herz setzte einen Schlag lang aus, als sie zu ihm aufblickte.

»Danke.« Sie beachtete den Drink nicht weiter, sondern versuchte, ihren Atem wieder zu beruhigen. »Wo ist denn Gina?«

»Ich habe sie eben in ein Taxi gepackt. Wo ist Riley?«

»Er ist Suze hinterher«, sagte sie. Gabe beugte sich zu ihr hinüber und ihr Atem stockte. »Was machst du da?«

»Ich bin dir hinterher«, sagte Gabe und küsste sie und alles war wieder wie zu Beginn, und sie dachte, *ja, danke* und erwiderte seinen Kuss. Dann sagte er: »Ich wollte nur sichergehen, dass ich noch eine Chance habe.«

»Ich liebe dich«, sagte sie, sich an ihn klammernd.

»Ich liebe dich auch«, sagte er. »Wenn du erklären möchtest, weswegen du gegangen bist, werde ich diesmal zuhören.« Er sah wunderbar aus, gefährlich und heiß und süß und stark und gut und alles, was sie sich jemals von einem Mann erwünscht hatte. Dann erinnerte sie sich an sein Diktum »nur eine Sekretärin«, und einen kurzen Augenblick lang sah er aus wie Tim.

»Einverstanden.« Sie nippte an ihrem Drink – Glenlivet auf Eis, wie in alten Zeiten –, stellte das Glas vor sich ab und wählte ihre Worte mit Bedacht. »Du musst eines verstehen. Tim und ich haben eine gute Ehe geführt. Wirklich. Ich bin ihm in meinem ersten Jahr auf dem College begegnet und habe mich mit meinen neunzehn Jahren sofort in ihn verliebt. Wir haben geheiratet, und ich habe das College sausen lassen, um ihm in der Versicherungsagentur seines Onkels zu helfen. Er hat mir jeden Tag gesagt, dass er ohne mich nicht leben könnte. Er war ein toller Kerl, Gabe. Ich habe ihn wirklich geliebt. Und er hat mich wirklich geliebt. Es war kein Fehler.«

Gabe nickte, und Nell atmete tief durch.

»Sein Onkel starb und hat uns sein Geschäft hinterlassen. Wir haben allmählich Fuß gefasst und schließlich alle ein, zwei Jahre einen Eiszapfen gewonnen, und Tim hat sich überhaupt nicht verändert.«

»Aber du hast dich verändert«, sagte Gabe und Nell seufzte erleichtert auf.

»Ja«, bestätigte sie. »Ich habe im Büro alle Entscheidungen getroffen und Tim hat sämtliche Verkäufe und Versicherungsentscheidungen getroffen. Trotzdem blieb ich für ihn die frisch gebackene Studienanfängerin, die er geheiratet hatte.« Sie beugte sich vor. »Ich möchte nicht, dass du mich falsch verstehst. Er war gut zu mir, er wollte nur einfach nicht zugeben, dass ich ein ebenbürtiger Partner war. Also habe ich ihn manipuliert, damit er dachte, er sei es, der die Entscheidungen traf, und die Agentur lebte tatsächlich auf. Neun Jahre später haben wir Jahr für Jahr einen Eiszapfen gewonnen. Tim war in der Firma Legende.«

»Aber du nicht«, ergänzte Gabe.

Nell lehnte sich zurück. »Ich weiß gar nicht so recht, ob es mir wirklich was ausgemacht hat, wie die anderen Leute darüber dachten. Es hat mir aber etwas ausgemacht, dass Tim es nicht erkannt hat. Allmählich wurde ich nachlässiger beim Manipulieren, vermutlich weil ich schon viel zu lange Zeit so unheimlich wütend war. Wir fingen an, uns zu streiten. Während einer dieser Auseinandersetzungen habe ich ihm an den Kopf geworfen, er könne den Laden ohne mich gar nicht führen.« Sie rutschte auf ihrem Stuhl hin und her. »Er erwiderte, ich würde meine Arbeit sehr gut machen, solle mir jedoch nicht einbilden, dass ich der Chef sei. Er hat mich lächerlich gemacht. Also habe ich wieder mit dem Manipulieren angefangen, aber ich blieb wütend, und diese Art von Wut hat unsere Beziehung vergiftet. Und dann ist er eines Tages an Weihnachten aufgestanden und hat gesagt ›ich liebe dich nicht mehr‹ und ist gegangen.«

»Und du glaubst, dass wir beide eine ähnliche Richtung eingeschlagen hatten.«

»Ich glaube, dass es so hätte enden können«, erwiderte Nell. »Ich weiß es nicht wirklich. Das mit uns ist so völlig anders als das, was zwischen Tim und mir war. Ich brauche dich auf eine Art und Weise, wie ich ihn niemals gebraucht habe. Nicht, damit du mir irgendetwas gibst oder mich aufwertest, nein, ich brauche einfach nur *dich*. Und ich möchte uns nicht zerstören. Denn die Sache ist die, Gabe, wenn ich Tim heute sehe, dann *hasse* ich ihn. Ich meine, richtig giftigen, lodernden Hass. Und das hat nichts mit Whitney zu tun. Der Grund liegt vielmehr darin, dass er mich zweiundzwanzig Jahre für selbstverständlich gehalten hat und ich ihm das habe durchgehen lassen. Das sind zweiundzwanzig Jahre der Frustration und der unterschwelligen Wut und der Manipulation und der Selbstverleugnung. Und ich glaube nicht, dass er das verdient hat, denn er ist kein schlechter Kerl. Dennoch hasse ich ihn wirklich aus tiefstem Herzen und hoffe, dass die Agentur den Bach hinuntergeht und sein Leben daran zerbricht und er mit leeren Händen dasteht.« Sie lehnte sich zurück. »Ich möchte dich niemals so ansehen, wie ich Tim jetzt ansehe.«

Gabe rieb sich die Stirn. »Ich hatte gehofft, dass du mir eine Liste mit Forderungen präsentieren würdest. Das hier ist viel schwieriger.«

»Ja«, stimmte ihm Nell zu. »Denn ich bin mir nicht ganz sicher, wie man so etwas handhabt. Du bist wie Tim, du hast dich nicht verändert. Du wirst sagen, was du sagen musst, damit ich zurückkomme. Du wirst meinen Wünschen nachgeben, aber du wirst nicht wirklich glauben, dass ich wichtig bin.«

»Du bist wichtig«, sagte Gabe. »Ich weiß, dass du mehr als nur eine Sekretärin bist, ich wollte dich nur ein wenig bremsen.«

»Ich möchte aber nicht gebremst werden«, entgegnete Nell. »Das soll nicht heißen, dass unbedingt alles nach meiner Pfeife tanzen muss. Es muss irgendeine Art und Weise geben, wie wir das lösen können. Ich möchte gerne zurückkehren, aber wenn ich es tue, werde ich dich wieder manipulieren, und du wirst mich anbrüllen und ...«

»Du hast Recht«, sagte Gabe. »Aber wir müssen dafür nicht unbedingt heute Abend eine Lösung finden. Suze macht ihre Arbeit großartig, wir stehen also nicht unter Zeitdruck. Wenn du soweit bist, dass du wieder zurückkommen möchtest, wird sie soweit sein, andere Aufgaben zu übernehmen.«

»Einverstanden.« Nell bemühte sich, nicht eifersüchtig zu sein.

Gabe atmete tief durch. »Wir können es schaffen.«

»Wir müssen«, bekräftigte Nell. »Ich kann nicht ohne dich leben, aber ich kann auch die Art und Weise nicht ertragen, wie wir waren.« Sie stand auf. »Und jetzt bin ich wirklich müde. Marlene schmollt bereits seit über einer Stunde im Auto, ich hatte einen harten Tag, und dieses Lokal ist irgendwie widerlich.«

»Riley meinte, du hättest etwas gefunden.« Gabe erhob sich ebenfalls.

»Lieber Himmel, ja«, erinnerte sich Nell, »eine interne Pressemitteilung.« Sie holte sie aus ihrer Tasche, und er musterte sie in dem gedämpften Licht. »Es ist ein Foto von Stewart und seiner Sekretärin. Lynnie.«

»Großer Gott«, murmelte Gabe. »*Lynnie*? Lass uns Riley finden.«

»Also, was sind die Fakten?«, fragte Gabe eine Stunde später im *Sycamore* und schob seinen leeren Teller von sich weg. »Stewart hat Helena 1978 ermordet, vermutlich auf Anweisung von Trevor oder von Jack. Anschließend hat er die Diamanten gestohlen.«

»Und fünfzehn Jahre später mit Lynnie zusammen bei O & D Geld unterschlagen«, sagte Nell über ihren Essigfritten.

»Und dann schlägt ihn Margie mit ihrem Milchkrug und er verschwindet«, fügte Suze hinzu.

»Unglaublich.« Riley musterte erneut das Rundschreiben.

»Und Lynnie macht sich aus dem Staub, weil sie denkt, dass Stewart sie anrufen und nachkommen wird und weil sie nicht die Verantwortung für die Veruntreuung übernehmen will«, sagte Gabe. »Sieben Jahre später steht sie bei uns auf der Matte und überzeugt Rileys Mutter davon, sich einen Urlaub zu gönnen. Dann beginnt sie Trevor und Jack und Budge und Margie mit Stewarts Verschwinden zu erpressen.«

»Budge hat sie doch wegen Unterschlagung erpresst«, meinte Nell stirnrunzelnd. »Das passt nicht.«

»Budge war derjenige, der Stewart und Lynnie die Veruntreuung nachgewiesen hatte«, sagte Riley. »Und er ist schwatzhaft. Das passt.«

»Aber warum sollte sie jetzt zurückkehren?«, fragte Nell.

»Sieben Jahre«, erwiderte Riley. »Sie wollten Stewart für tot erklären und die Versicherungssumme kassieren. Nur, dass Margie dagegen gemauert hat.« Er grinste. »Der Apfel fällt nicht weit vom Stamm.«

»Also erpresst sie Margie, und Trevor trifft sich anschließend mit ihr?«, fragte Nell. »Meinst du das?«

»Oder Budge«, sagte Suze. »Oder Budge hat es Jack erzählt. Budge vertraut Jack alles an.«

»Wer auch immer es gewesen ist, erzählt ihr dann, dass es Probleme mit der Versicherungssumme gibt und dass sie Margie in Ruhe lassen solle. Doch würden sich bei uns Diamanten befinden«, sagte Riley. »In gewisser Weise ergibt das einen Reim.«

»Weswegen sollte sich Trevor um die Diamanten kümmern?«, fragte Suze. »Er hat doch jede Menge Geld.«

»Weil die Diamanten in der ganzen Geschichte den wunden Punkt darstellten«, erwiderte Gabe. »Mein Vater starb, ohne ihm das Versteck mitgeteilt zu haben. Und zu mir konnte er nicht kommen, um danach zu suchen, ohne mir nicht alles zu erzählen. Also hat er …«

»Gewartet«, beendete Nell seinen Satz. »Hat er Lynnie umgebracht?«

»Es könnte Jack gewesen sein«, meinte Suze leise. »Er könnte sich mit ihr getroffen und genau das getan haben. Er würde vor nichts zurückschrecken, um die Kanzlei zu schützen.«

»Wir müssen die Angelegenheit der Polizei übergeben«, sagte Gabe. »Sie sollen der Sache auf den Grund gehen.«

Riley nickte. »Da bin ich ganz deiner Meinung.«

»Dann wäre es also durchaus möglich, dass Stewart wirklich zurückgekehrt ist?«, fragte Suze. »Könnte das Margie in Schwierigkeiten bringen?«

»Nein«, erwiderte Nell. »Lynnie sagte, sie arbeite allein. Sie hat mich nicht angelogen.«

»Dein Vertrauen in sie ist wirklich rührend«, meinte Gabe. »Sie hat doch sonst alle angelogen.«

Mich nicht, dachte Nell und stand auf. »Ich bin müde. Für mich ist für heute Schluss. Suze?«

»Ich glaube, ich bleib noch etwas«, erwiderte Suze, ohne Riley anzusehen.

Nur zu, dachte Nell.

»Ich fahre dich«, wandte sich Gabe an Nell, und ihr Puls raste, als er sie anlächelte.

Seine Hand unter ihrem Arm fühlte sich gut an, als er sie zum Auto begleitete. Und als er sich in der Dunkelheit neben sie setzte, sagte sie: »Ich habe dich vermisst.« Er beugte sich zu ihr hinüber und küsste sie, und dann küsste sie ihn zurück und sagte: »Das Auto habe ich auch vermisst.«

»Na bitte«, sagte er und ließ den Motor an.

»Siehst du!«, neckte ihn Nell. »Du hast dich nicht verändert.«

Als sie vor ihrer Wohnung anhielten, stichelte Nell: »Wirst du mich jemals diesen Wagen fahren lassen?« Und er beugte sich zu ihr hinüber und küsste sie erneut, diesmal lange und ruhig, und dann sagte er: »Nein.«

»An dieser Beziehung muss noch gearbeitet werden«, meinte sie, doch küsste sie ihn noch einmal, bevor sie ausstieg.

Im Schlaf hörte sie jemanden schreien, es schien Teil ihres Traumes zu sein. Dann bellte Marlene, und sie wachte auf und hörte Suze ihren Namen rufen. Sie setzte sich auf und atmete Rauch ein. Vor ihrer Tür hörte sie ein gedämpftes Geräusch, das nur von Flammen herrühren konnte. Sie rollte sich aus dem Bett, der Fußboden war warm, schnappte sich Marlene, die jaulte und sich aus ihrem Griff zu winden versuchte, und hastete mit klopfendem Herzen zur Tür.

Ihr einziger Fluchtweg führte über die Treppe, also öffnete sie vorsichtig die Tür und sah lediglich Rauch, aber keine Flammen. Sie ließ sich auf den Boden fallen, Marlene immer noch im Arm, und begann, einhändig auf die Treppe zuzukriechen, um auf diese Weise den dicksten Qualm zu vermeiden.

Von draußen hörte sie Suze schreien: *»Nell«*, doch hatte sie Angst zurückzurufen, denn sie brauchte jedes bisschen Sauerstoff, dessen sie bekommen konnte. Vom Treppenabsatz aus erblickte sie unten ein orangenes Glühen. Marlene wand sich noch heftiger, entkam ihrem Griff und rannte zurück ins Schlafzimmer. Nell rannte ihr hinterher und fand sie auf dem Bett, die Nase in der Chenilledecke vergraben. Sie packte den Hund zusammen mitsamt der Decke, mit der sie ihr die Augen verdeckte. Diesmal rannte sie zur Treppe zurück, denn sie wusste, dass der obere Flur sicher war. Sie stolperte die Treppe durch das orangene Licht hinunter und hatte Angst zurückzublicken, bevor sie an der Tür angelangt war. Dann wandte sie sich nur für den Bruchteil einer Sekunde um und erstarrte.

Die Wohnung hatte sich in ein Inferno verwandelt, das Esszimmer ihrer Großmutter glühte orange. In der Vitrine krachte das Porzellan, die Susie-Cooper-Figur kippte fast wie in Zeitlupe vornüber, die Clarice-Figur folgte und sah sich keck über die Schulter, während sie auf die Vitrinentür zuschlitterte und das Glasregal schließlich unter ihr zusammenbrach. Die Teekanne mit dem Turmfalken-Dekor fiel auf die Stroud-Terrine, dann neigten sich die ›Secrets‹-Teller vornüber und fielen auf das ganz edle Porzellan, das beim Zusammenprall zersplitterte, und die rund gestutzten Bäumchen und Häuser und Halbmonde zerbarsten vor ihren Augen...

Plötzlich war Riley da und rief in höchster Aufregung: »Nun komm schon«, und sie erwiderte: *»Mein Porzellan«*, als er sie in die Frühlingsnacht hinauszog auf die andere Straßenseite, wo Suze weinte und Doris fluchte. Die Feuerwehr war da, und jetzt erst wurde ihr klar, dass sie die Sirenen bereits die ganze Zeit über gehört hatte. Sie blickte über Rileys Schulter zu dem Appartement zurück, zu dem Scheiterhaufen, der einmal ihr Wohnzimmer gewesen war, und dachte an Clarice und Susie, wie sie schmolzen und zerbarsten, all diese Erinnerungen, all diese Schönheit, ermordet und für immer dahin.

»Das war Brandstiftung«, wandte sie sich an Riley, während sie barfuß im kalten Gras stand. »Jemand...«

Suze drängte Riley zur Seite und nahm sie in die Arme. »Gott sei Dank, du hast Marlene, ich dachte schon, du wärst tot, ich dachte, ihr wärt beide tot.«

»Ich glaube, du hast mich gerettet«, sagte Nell mit dem

Rücken zum Haus, während ein Auto hinter ihnen schlitternd zum Stehen kam. »Ich bin aufgewacht, als ich dich habe schreien hören …«

Sie hörte eine Tür zuschlagen, dann sagte Gabe: »Was in aller Welt geht hier vor?« Sie drehte sich um und ging auf ihn zu und ließ sich mit Marlene in ihren Armen von ihm umarmen, und erst jetzt fiel ihr auf, dass Marlene unbedingt aus der Chenilledecke heraus wollte. Sie lehnte sich ein wenig zurück und zog die Decke von Marlenes Kopf herunter.

Marlene bellte dreimal hintereinander ein scharfes, hohes, schon fast hysterisches Bellen, wollte aber nicht abgesetzt werden.

»Das ist alles, was ich vor den Flammen habe retten können«, wandte sich Nell an Gabe. »Marlene und die Decke. Alles andere ist weg. Mein ganzes Porzellan. Die Esszimmereinrichtung meiner Großmutter. Der Rest ist mir eigentlich gleichgültig, aber Gabe, mein ganzes Porzellan. Ich habe das Porzellan meiner Großmutter verloren.«

Noch während sie es aussprach, wurde ihr klar, wie frivol das alles klang – sie war in Sicherheit und Marlene war in Sicherheit und Suze ebenfalls, sie verlor nichts wirklich Wichtiges – doch sie wusste, wenn sie die Augen wieder schloss, würde sie Clarice sehen, die flirtend über ihre Porzellanschulter blickte, wie sie in diese perfekte Bilderwelt von Stroud fiel. Alles war zerschmettert.

Zwei Stunden später saß Nell vollkommen erschöpft an Gabes Küchentisch. Sie trug eines von Lus Nachthemden und stand immer noch unter Schock, während Marlene auf ihrem Schoß döste.

»Du brauchst Schlaf«, meinte Gabe.

»Diesen Rauchgeruch werde ich wohl niemals mehr aus dem blauen Pyjama herausbekommen.«

»Nein«, bestätigte Gabe. »Ich würde es noch nicht einmal versuchen.«

»Früher hat er dir gefallen.«

»Mir gefiel, was darin steckte. Wie du dich erinnern wirst, habe ich ihn dir jedes Mal so schnell wie nur möglich ausgezogen.«

»Richtig.« Nell lächelte bemüht.

Eine Stunde später lag sie im Bett und starrte an die Decke, lauschte dem beruhigenden Schnarchen von Marlene und hörte erneut das Krachen der Flammen und das Zersplittern des Porzellans. Susies Halbmondschalen und Falkenteekannen, Clarices Stroud und ihre Secrets. Das Porzellan hatte sie stets an ihre Mutter und Großmutter erinnert. Damals, als er sie noch liebte, hatte Tim ihr das Teeservice »Secrets« Stück für Stück gekauft. Jase hatte ihr das Zuckerdöschen geschenkt, als er zehn Jahre alt war, das Gesicht strahlend vor Aufregung. Sie spürte, wie sich ihr die Kehle zuschnürte. Der Mistkerl, der ihr Appartement angezündet hatte, hatte ihre Vergangenheit ausgelöscht, bis nichts mehr zurückgeblieben war als Asche. Es war fast mehr, als sie ertragen konnte, und sie rollte sich auf die Seite, vergrub ihr Gesicht im Kissen und weinte, bis sie kaum noch Luft bekam.

Schließlich spürte sie etwas Kaltes in ihrem Nacken. Sie hob den Kopf vom Kissen und fand Marlene, die sie mit ihrer Nase anstupste. Vermutlich wollte sie ihr raten, den Kopf weiter vergraben zu halten. »Tut mir Leid, meine Süße«, sagte sie. Marlene leckte ihr die Tränen von den Wangen. Daraufhin brach Nell erneut zusammen und nahm den Hund in die Arme, während Marlene ihr unablässig das Gesicht ableckte. Als sie endlich zu weinen aufhörte, ließ sich Marlene erschöpft aufs Bett fallen, und Nell küsste ihren pelzigen kleinen Kopf und ging ins Badezimmer, um sich die Tränen und den Hundespeichel abzuwaschen.

Sie reinigte ihr Gesicht gründlich und betrachtete sich anschließend im Spiegel. Ihr Gesicht war voll, ihre Wangen vom Rubbeln des Handtuchs gerötet, ihre Augen müde, doch leuchtend. Sie hatte Scheidung und Depressionen, Brandstiftung und das Leben im Allgemeinen überlebt, nun würde sie auch noch den Verlust ihres Porzellans verwinden können.

Plötzlich fühlte sie sich so erschöpft, dass sie am liebsten an Ort und Stelle im Badezimmer eingeschlafen wäre. Sie stolperte zurück in Lus Schlafzimmer und warf einen Blick in Gabes Zimmer. Er hatte seine Tür offen gelassen, damit er hören konnte, wenn sie ihn rief. Im Mondlicht, das durch die Dachluke hereinschien, sah sie ihn schlafend im Bett, sein dunkles Haar hob sich deutlich von den weißen Kissen ab.

Sie trat ins Zimmer und kroch bei ihm unter die Bettdecke. Er wachte auf, machte ihr ein wenig Platz und nahm sie in seine Arme, als sie zu ihm ins Bett sank.

»Heute Nacht wäre ich fast gestorben«, sagte sie.

»Ich weiß.« Er presste sie fester an sich.

»Ich habe alles verloren.«

»Du hast immer noch mich.«

»Gott sei Dank.« Sie vergrub ihr Gesicht an seiner Schulter.

»Ich finde, wir sollten heiraten«, sagte Gabe nach einer kurzen Pause, und sie zuckte zurück.

»Wie bitte?!«

»Nachdem ich dich abgesetzt hatte, habe ich darüber nachgedacht, was du mir gesagt hast. Dass ich mich nie ändern würde, dass ich dir einfach nur vorgaukeln würde, du wärst ein Partner, nur damit du zu mir zurückkehrst. Und damit hast du Recht. Genau das würde ich tun. Ich würde, verdammt noch mal, alles sagen, um dich wieder zurückzubekommen.«

»Ich weiß«, erwiderte sie. »Und ich würde fast alles glauben, nur um dich wieder zurückzuhaben.«

»Dann lass uns die Sache doch legal und bindend machen«, sagte er. »Lass uns aus dem Grund heiraten, weswegen die Ehe erfunden wurde, nämlich um deutlich zu machen, dass wir es wirklich ernst miteinander meinen und es auch in schlechten Zeiten miteinander aushalten und nicht einfach davonlaufen, weil das einfacher ist, als sich den Problemen zu stellen. Ich überschreibe dir die Hälfte meiner Agentur. Du steckst das Geld der Versicherungsagentur in unser Geschäft. Wir teilen die Verantwortlichkeiten zwischen Riley, dir und mir und treffen die wichtigen Entscheidungen gemeinsam. Keine halbherzigen Versprechungen, nur um einander zufrieden zu stellen. Wir legen es schriftlich fest und unterschreiben es.«

Nell wurde schwindlig. »Riley wird fünfzig Prozent besitzen. Damit hat er einen kontrollierten Anteil. Kannst du das ertragen?«

»Gegen dich und mich? Davon kann er nur träumen. Außerdem will er gar nicht das Sagen haben. Abgesehen davon, wird er in etwa zwei Jahren seine Hälfte ebenfalls halbieren.«

»Du würdest mir die Hälfte deines Anteils geben«, sagte Nell mit klopfendem Herzen. »Selbst wenn du nicht ...«

»Wenn ich es nicht tue, nimmst du dir alles«, erwiderte Gabe. »Und dann werden wir beide unglücklich sein. Hör zu, ich kann hier keinen Offenbarungseid leisten. Du hast Recht, ich sehe immer noch nicht ein, weswegen du einen gleichberechtigten Stimmenanteil in der Agentur haben solltest, wo du erst seit sieben Monaten dort arbeitest und ich sie seit zwanzig Jahren leite. Aber zweifelsohne hast du eine gleichberechtigte Stimme in meinem Privatleben, also bin ich gewillt, den Rest auf Vertrauensbasis zu machen.«

Das ist es, dachte Nell. Wie auch immer sie sich entscheiden würde, er würde sie ernst nehmen. Wenn sie ihn heiratete, wäre sie sein Partner, andererseits würde sie ihm in alle Ewigkeit Rechenschaft ablegen müssen. Im Augenblick schwor er, dass das genau das sei, was er wirklich wollte, aber er war durcheinander und verzweifelt. Sie müsste ihm darin vertrauen, dass er, wenn das Feuer längst Vergangenheit war, wenn die Leidenschaft sich abgekühlt hatte, wenn er müde war und sie sich wegen der Arbeit stritten und er es bereute, aufgegeben zu haben, was er aufgegeben hatte, dass er dann immer noch sein Versprechen ehren würde, dass er ihm treu bleiben würde, obwohl er es gar nicht mehr wollte, dass er den Preis für die Abmachung bezahlen würde, die er heute Nacht getroffen hatte.

Das war eine ganze Menge, um sich auf Vertrauensbasis zu verpflichten.

»Wirst du mich heiraten?«, fragte Gabe.

»Vielleicht«, erwiderte sie.

»Das war nicht die Antwort, die ich mir erhofft hatte«, sagte er. »Aber immerhin ein Anfang.« Sie kuschelte sich in seine Arme, einen Arm über seiner Brust gelegt, und als sie einschlief, fühlte sie sich sicher und geborgen.

21

Am nächsten Morgen um acht traf Nell den Feuerwehrbeamten und berichtete ihm alles, was sie wusste.

»Es scheint fast so, als ob jemand unbedingt ihre Porzellanvitrine in Brand setzen wollte«, sagte er.

»Er hat jede Menge Papier in das unterste Regal gestopft und es dann angezündet. Was ich einfach nicht begreife, ist, weswegen jemand einen Haufen Geschirr verbrennen möchte.«

»Es ist ein Symbol«, sagte Nell. »Es ist etwas Persönliches. Ich weiß nicht, wer es getan hat, aber ganz bestimmt war es jemand, der genau wusste, wie sehr ich dieses Porzellan liebte.«

»Nicht weit entfernt von Ihrem Appartement hat die Polizei einen mutwillig zerstörten Wagen gefunden, auf dessen Rücksitz Kerosinkanister lagen. Es sieht ganz so aus, als ob ihn eine Person gestohlen und eine andere anschließend die Reifen aufgeschlitzt hat, während sich die erste Person bei

Ihnen in der Wohnung aufhielt. Der Wagen gehört einem gewissen Jack Dysart. Sagt Ihnen der Name etwas?«

»Aber ja«, erwiderte Nell und erläuterte ihm die Situation. Nachdem er gegangen war, ging sie wieder nach oben und dachte über Jack nach und darüber, wie sehr er sie hasste. Würde er aus Rache ihre Wohnung in Brand setzen, und das genau am selben Tag, als er sie zu küssen versucht hatte? Und dann sein Auto mit Kerosinkanistern herumstehen lassen? Das war nicht sehr wahrscheinlich.

Budge jedoch wäre zu so etwas fähig. Margies wegen hasste er sie tief genug. Aber würde er die Tat auf Jack abwälzen wollen?

Allein die Vorstellung war so lächerlich – man konnte vieles von Budge behaupten, aber hinterhältig war er nicht –, dass ihr klar wurde, wie übermüdet sie war. Sie zog Lus Trainingshosen aus und krabbelte wieder zurück in Gabes Bett. Marlene machte es sich neben ihr bequem. Sie würde Tim anrufen und sagen müssen: »Erinnerst du dich an die Hausratversicherung, die ich durch dich abgeschlossen habe? Jetzt heißt es Kosten erstatten.« Nell legte sich zurück und versuchte sich Tims Gesicht vorzustellen, während er die Auflistung von Marlenes Garderobe durchging: ein Engelskostüm für Dackel, ein Cashmerepullover mit Herz für Dackel, ein Trenchcoat für Dackel … und das Zeug war nicht billig gewesen.

Sie hörte, wie Gabe die Wohnung betrat und vergaß Marlenes Trenchcoat.

»Nell?«, rief er.

»Hier oben«, rief sie zurück, während ihr Puls zu rasen begann.

»Müde?«, erkundigte er sich mitfühlend.

»Eigentlich nicht.«

»Auf der Treppe bin ich Suze begegnet und habe ihr gesagt, dass du hier einziehen wirst«, sagte er. »Eigentlich bist du ja schon eingezogen, weil nun nichts mehr zum Umziehen übrig ist.«

Nell nickte. »Ich habe noch nicht einmal nachgefragt, aber wo hat Suze die letzte Nacht verbracht?«

»In Rileys Bett«, erwiderte Gabe. »Er schlief auf dem Sofa. Frag mich jetzt nicht, was die beiden anstellen, ich weiß es nicht. Und es ist mir auch gleichgültig, solange du hier bei mir bist.«

Dass er sich so sicher war, beschwingte sie. Es war wie mit einer Stimmgabel: Wenn der richtige Ton von der richtigen Person ausging, vibrierte es in einem drin.

Sie lächelte ihn an. »Weißt du eigentlich, wie lange es her ist, seit ich mit irgendjemandem Sex gehabt habe?«

»Auf die Sekunde«, erwiderte er und kam auf sie zu.

»Ich glaube, mir wird es schon bald viel besser gehen«, meinte sie, und dann krabbelte er zu ihr ins Bett und legte seine Arme um sie, und es ging ihr bereits viel besser.

Als sie aufwachte, war Gabe verschwunden und Suze schüttelte sie. »Nun komm schon, Dornröschen. Es ist vier Uhr. Margie ist heute nicht zur Arbeit im Café erschienen, und sie klang irgendwie komisch, als ich sie anrief. Ich glaube, Budge setzt sie zu stark unter Druck. Ich habe mit der Arbeit früher Schluss gemacht, damit wir sie dort herausholen können. Wir müssen ohnehin zu ihr fahren, um unsere alten Kleider abzuholen.«

»Was sagst du?« Nell setzte sich auf, gähnte und blinzelte Suze an, die in einem riesigen grauen T-Shirt mit dem Aufdruck »FBI« in großen schwarzen Buchstaben fast versank. Ihre schwarzen Trainingshosen schlugen um ihre Fesseln Falten. »Wie süß.«

»Einer von vielen Gründen, weswegen wir jetzt zu Margie fahren«, sagte Suze.

»Also gut.« Nell stand auf. »Sie klang merkwürdig, als du sie angerufen hast?«

»Sehr«, bekräftigte Suze.

»Dann sollten wir uns beeilen«, sagte Nell.

»Die Kartons mit eurer Kleidung stehen alle im Keller«, sagte Margie, nachdem sie dem Bericht über das Feuer entsetzt gelauscht und den Verlust von Nells Porzellan beweint hatte, alles innerhalb von fünf Minuten.

»Gut«, stimmte Nell vorsichtig zu. »Weißt du, Margie, du könntest mit uns zusammen ins Village zurückkehren. Das wäre fast so etwas wie eine Übernachtungsparty.«

»Nein, unmöglich. Ich verkaufe gerade mein ›Desert Rose‹-Porzellan über eBay. Wenn ich alles innerhalb dieser Woche verkaufe, brauche ich Stewarts Lebensversicherung nicht, um die ›Fiesta‹-Keramik zu bezahlen. Ist das nicht eine gute Idee?« Auf Margies Wangen zeichneten sich zwei leuchtend rote Kreise ab, ihre Augen glänzten und ihr Milchglas war randvoll.

»Wunderbar«, bestätigte Suze und warf Nell einen viel sagenden Blick zu.

»Und ihr könnt mir helfen!«

»In Ordnung«, sagte Nell. »Was brauchst du denn?«

»Ihr könnt mir die restlichen Sachen aus dem Keller hochbringen«, sagte Margie. »Alles Geschirr von hier oben habe ich bereits eingegeben, aber dann bin ich zu müde geworden vom ständigen Treppenhoch und Treppenrunter.« Sie hielt inne und lächelte sie an. »Und mir ist schwindlig geworden.«

»Meide du lieber die Treppen, Margie«, sagte Suze, dann ging sie mit Nell in den Keller. »Wir müssen irgendetwas mit ihr unternehmen«, sagte sie, als sie unten angekommen waren. »Seit wir sie gestern zurückgelassen haben, hat sie nicht aufgehört zu trinken. Es ist dieser verdammte Budge, der sie wegen der Versicherungssumme unter Druck setzt und nicht will, dass sie von hier auszieht. Sie muss hier herauskommen und wieder von vorne anfangen. Ohne ihn.«

»Für den Augenblick aber holen wir nur unsere Kleidung und schleppen ihr das Porzellan nach oben.«

Nell zog an der Lichtschnur, und Margies Keller wurde

hell erleuchtet: ein altes Fahrrad, ein schiefer Weihnachtsbaum aus Plastik, eine Gefriertruhe, auf der ihre Kleiderkartons gestapelt standen, daneben eine hässliche Golftrophäe und Regale von der Decke bis zum Boden, gefüllt mit unzähligen Kartons, die die Aufschrift »Wüstenrose« trugen. Es war die traurige Bilanz von Margies Leben: die Tiefkühltruhe ihres Ex-Ehemannes, die Kleider ihrer Schwägerinnen und ihre Lagerhalle für den Fall einer Keramikverknappung.

Mein Keller hat früher auch so ausgesehen, voller Porzellan und Dingen anderer Leute, dachte Nell. Jetzt freilich hatte sie keinen Keller mehr. Und kein Porzellan. »Wie viel von diesem Zeug besitzt sie eigentlich?«, fragte Suze entsetzt.

»Mehr als Gott erlaubt.« Nell blinzelte die Kartons an, die die Regale an der Wand füllten. Einer war beschriftet mit »Frühstücksgedecke«, ein anderer mit »Kuchenteller«, ein weiterer mit »Krug« und wieder ein anderer mit »Tassen«. Alles in allem mussten es ungefähr zwanzig Kartons sein, und alle trugen die Aufschrift »Franciscan Desert Rose« in Margies kleiner Schrift.

»Habt ihr die Kartons gefunden?«, rief Margie von oben.

Nell betrachtete die Wand voller Keramik. »Ja.«

Eine Stunde später hatten sie ihre Kleidung in Suzes Käfer verstaut und den Großteil des Geschirrs nach oben getragen. Margie war jetzt viel ruhiger, tippte die Beschreibungen ein und sandte sie an die Internetauktion.

»Es ist wie Therapie«, sagte Suze, als sie die letzten Kartons holen gingen.

»Es erfordert kein Nachdenken«, sagte Nell. »Wenn wir sie noch etwas länger am Computer lassen, können wir sie vielleicht hier ohne Widerstand herausbekommen, und dann wird sie sich schon wieder fangen.« Sie sah sich in dem jetzt fast leeren Keller um und fügte hinzu: »Wir *müssen* sie hier herausbekommen.«

Suze nahm einen Karton und las die Beschriftung. »Einen ganzen Karton voller Tassen?« Sie stellte ihn ab, schob die Golftrophäe auf der Kühltruhe beiseite und schwang sich auf den verstaubten Deckel. »Ich bin fix und fertig. Gestern Nacht keinen Schlaf, heute den ganzen Tag gearbeitet, und jetzt muss ich auch noch zweitausend Teile von diesem Zeugs schleppen. Wann genau hat sie eigentlich den Halt verloren?« »Ich bitte dich, wie viele rennende Eierbecher hast du denn besessen?«, fragte Nell. »Und du isst noch nicht einmal Eier aus den Bechern. Nun komm schon. Lass uns die letzten Kartons nach oben tragen, bevor sie es sich anders überlegt und die Sachen behalten möchte.«

»Das kann sie gar nicht.« Suze glitt von der Kühltruhe herunter. »Sie braucht den Platz für ihre zweitausend neuen Teile der ›Fiesta‹-Keramik.« Suze klopfte sich den Staub von Rileys Trainingshosen. »Während sie schon dabei ist, könnte sie Stewarts Golftrophäe und seine Tiefkühltruhe auch noch loswerden. Schließlich ist Stewart auch nicht mehr hier.«

»Konzentrieren wir uns darauf, sie aus dem Haus zu bekommen.« Nell zog einen Karton mit der Aufschrift »Frühstücksservice« vom Regal. Als sie sich umdrehte, fiel ihr Blick auf die Kühltruhe, auf der die Golftrophäe wie ein Grabstein thronte.

Sei nicht albern, ermahnte sie sich. Allmählich sah sie wirklich überall Geister.

»Was ist denn?«, erkundigte sich Suze.

Du bist nur ein wenig sensibel, was Kühltruhen betrifft, ermahnte Nell sich selbst. Was Tiefkühltruhen anging, hätte Lynnie auch jeden anderen Geister sehen lassen.

»Warum starrst du die Tiefkühltruhe so an?«, fragte Suze. Nell stellte ihren Karton auf den Betonboden, ihr Herz klopfte wie verrückt.

»Du atmest merkwürdig«, sagte Suze und atmete selbst ein wenig merkwürdig.

Nell schluckte und ging auf die Tiefkühltruhe zu.

Vorsichtig hob sie die Trophäe herunter und stellte sie auf dem Boden ab. Dann atmete sie tief durch und versuchte, den Deckel zu öffnen.

Die Truhe war abgeschlossen.

»Wir brauchen einen Schlüssel«, wandte sie sich an Suze.

»Ich gehe ihn holen.« Eine Minute später kam Suze mit dem Schlüssel zurück. »Margie wollte noch nicht einmal den Grund erfahren.«

Anfangs klemmte der Deckel, dann gab er quietschend nach, als sei er seit Jahren nicht mehr geöffnet worden, wie ein Sarg in einem Vincent-Price-Film. Doch als Nell hineinsah, war er randvoll mit kleinen weißen Päckchen, die in schwarzer Schrift mit »Porterhousesteak, 6/93« und »Hüftsteak, 5/93« beschriftet waren.

»Gott sei gedankt.« Erleichtert ließ sich Nell gegen die Tiefkühltruhe fallen. »Es ist nur meine morbide Phantasie.«

»Alles ist aus dem Jahr 1993«, sagte Suze und ihre Stimme klang merkwürdig. »Diese Truhe wurde seit Stewarts Verschwinden nicht mehr benutzt.«

Sie sahen einander an, dann begannen sie, die oberste Lage der weißen Packungen herauszunehmen.

»Dieses Zeug gehört ohnehin in den Abfall«, sagte Nell und stapelte das Fleisch. »Das kann unmöglich noch essbar sein.«

»Und selbst wenn, würde Margie es ohnehin nicht essen«, stimmte ihr Suze zu. »Es ist nicht...«

Plötzlich stieß sie den Atem aus und Nell zwang sich, zu Suzes Ende der Tiefkühltruhe zu blicken.

Dort lag, in grünes Plastik eingehüllt, neben der einen Wange ein Päckchen mit der Aufschrift »gegrillte Hamburger, 6/93« und neben der anderen ein Päckchen mit der Aufschrift »gegrillte Schweinekoteletts, 5/93«, etwas von der Größe eines Männerkopfes.

Nell schluckte, atmete tief durch, dann zog sie das morsche Plastik beiseite. Darunter lag ein unappetitlich blaues, aufgedunsenes Gesicht mit blondem Haar und jeder Menge brauner Verkrustungen.

»Stewart«, sagte Nell.

22

Suze sagte, »o mein Gott«, wandte den Rücken der Tiefkühltruhe zu und glitt daran herunter. Nell nahm genügend Päckchen heraus, um zu sehen, ob der Rest von Stewarts Leiche ebenfalls vorhanden war oder ob ihn jemand geköpft und anderweitig zu Steaks verarbeitet hatte. »Er ist vollständig vorhanden.«

»Gut«, hauchte Suze vom Boden aus.

»Nun«, sagte Nell und bemühte sich, ruhig zu bleiben. Sie packte die Tiefkühltruhe wieder voll und versuchte das Fleisch so ordentlich wie zuvor zu stapeln.

»Äh, Nell?« Suzes Stimme klang immer noch unnatürlich schrill. »Wir müssen nachdenken«, erwiderte Nell, die immer noch das Fleisch verstaute. »Wir legen hier alles zurück und denken nach.«

Nachdem sie das letzte Paket eingepackt und den Deckel wieder verschlossen hatte, setzte sich Nell neben Suze, die ihren Kopf zwischen ihre Knie hielt.

»Er liegt seit 1993 dort.« Suze hob den Kopf. »Das ist Margie, wie sie leibt und lebt. ›Vielleicht werden sie es ja nie erfahren‹. Mein Gott.«

»Margie hat es nicht gewusst«, widersprach Nell. »Sie ist Vegetarierin. Du weißt genau, wie viel Wert sie auf frische Lebensmittel legt. Sie würde hier nie hineinsehen.«

»Margie muss ihn hier hinein verfrachtet haben. Jeder andere Mensch hätte in den letzten sieben Jahren irgendetwas mit der Leiche unternommen.«

»Was zum Beispiel?«, fragte Nell. »Schau, Margie kann ihn gar nicht in die Tiefkühltruhe gepackt haben. Stewart war mindestens einhundert Pfund schwerer als sie.«

»Sie hätte ihn hier herunterschleifen können. An den Füßen.«

Nell zuckte zusammen bei der Vorstellung, wie Margie Stewart in den Keller zerrte und sein Kopf auf den Stufen aufschlug. »Hättest du Jack solange im Keller behalten können?«

Suze legte den Kopf zur Seite. »Ja. Aber ich bin auch wirklich sehr, sehr wütend auf ihn.«

Nell versuchte sich vorzustellen, wie Tim in Plastik verpackt im Keller ihres alten Hauses läge. Ganz und gar unmöglich war diese Vorstellung nicht. Vor nicht allzu langer Zeit hätte sie regelrecht Gefallen daran gefunden. Als kleine Entschädigung dafür, dass er sie in der Kälte hatte stehen lassen. »Vielleicht. Aber ich glaube, ich hätte Mühe gehabt, nachts zu schlafen.«

»Sojamilch mit Amaretto«, schlug Suze vor.

»Wir müssen Gabe anrufen«, sagte Nell, hielt jedoch plötzlich inne, als sie von oben Stimmen hörte.

»Was ist?«, fragte Suze.

»Budge«, sagte Nell.

Eine Stunde später saß Gabe mit finsterem Gesichtsausdruck über dem Bericht der Feuerwehr, als Chloe an die Tür klopfte, hereinmarschierte und sich ihm gegenüber auf einen Stuhl fallen ließ.

»Unsere Tochter heiratet«, verkündete sie. Sie war braun gebrannt und wirkte trotz der Sorge, die sich auf ihrem Gesicht abzeichnete, gesund und glücklich.

»Herzlich willkommen zurück bei uns«, grüßte er sie. »Lu wird nicht heiraten. Er hat nein gesagt.«

»Wie bitte?!« Chloe war aufgebracht. »Wie kann irgendjemand nein zu ihr sagen?«

»Er ist vernünftig«, erwiderte Gabe. »Außerdem ist er ein anständiger Kerl und er liebt sie. Er wird ihr nicht das Leben verbauen, obwohl sie es umgekehrt wirklich darauf angelegt hat, seines zu ruinieren.«

»Du magst ihn also«, stellte Chloe fest.

»Ich mag ihn«, bestätigte Gabe. »Aber ich würde ihn noch lieber mögen, wenn er nicht mit meiner Tochter schliefe. Doch wenn es schon nicht zu vermeiden ist, soll es mir recht sein, wenn er es ist.«

»Er ist Sternzeichen Fische.«

»Ist das gut?«, erkundigte sich Gabe. »Du bist auch Fisch, nicht wahr?«

»Für dich war das nicht gut. Du bist Stier. Für Lu ist es ausgezeichnet. Sie ist Steinbock. Was wissen wir über ihn?«

»Er ist Nells Sohn.«

»Tatsächlich?« Chloe lehnte sich beruhigt zurück. »Hast du erkannt, dass Nell deine Seelengefährtin ist?«

»Ja. Und zeige jetzt bitte keine Schadenfreude.«

»Ich empfinde keine Schadenfreude, ich bin glücklich. Sogar mit Sternen, die dir so günstig standen, hättest du auch das noch vermasseln können.« Sie stand auf. »Ich werde jetzt nach Hause gehen und herumtelefonieren, bis ich Lu gefunden habe. Ich möchte diesen Jason kennen lernen.«

»Er wird dir gefallen«, meinte Gabe. Sie wandte sich zum Gehen, als er sagte: »Hey, es ist wirklich schön, dich wieder zu sehen.«

»Es ist auch schön, dich wieder zu sehen«, erwiderte sie.

»Als Nächstes reise ich nach Tibet. Kennst du irgendjemanden, der das Café kaufen möchte?«

»Möglicherweise schon. Nell wird sich darum kümmern.«

Sie nickte und ging, und er dachte, *Tibet?* Dann wandte er sich wieder dem Bericht zu und dachte nicht länger an sie. Eine halbe Stunde später klopfte es erneut an seiner Tür. Diesmal steckte Lu ihren Kopf herein. »Können wir hereinkommen?«

»Wer sind wir?«, erkundigte er sich, und sie stieß die Tür weiter auf, trat ein und zog Jason Dysart hinter sich herein. »Oh.« Plötzlich hatte er Schuldgefühle, weil er Jason am gestrigen Abend nicht angerufen hatte. Wenn er nun seine Mutter hatte besuchen wollen und das ausgebrannte Appartement vorgefunden hatte …

»Wir sind verlobt«, sagte Lu mit strahlendem Blick, bei dem jetzt eine Szene zu machen sich von selbst verbot. Einen Augenblick lang vergaß er das Feuer. »Siehst du?«

Sie streckte die Hand aus, und Gabe erschrak über die Größe des Rings.

»Hast du einen Juwelierladen ausgeräumt?«, wandte er sich an Jase und hätte dem Typen am liebsten eine Ohrfeige versetzt, dass er Lu so jung binden wollte.

»Die Porzellanvitrine meiner Mutter«, sagte Jase und wirkte für einen frischverlobten Mann ein wenig niedergeschlagen. »Willst du es denn wirklich?«, fragte ihn Gabe, ohne Lu zu beachten. »Oder gibst du nur nach, weil du sie sonst verloren hättest?«

»Ich will es«, beharrte Jase und sein Gesicht verdüsterte sich angesichts Gabes Tonfall. »Wir werden erst heiraten, nachdem ich das Studium abgeschlossen habe. Allerdings werden wir nicht warten, bis Lu ihres abgeschlossen hat. Das ist unser Kompromiss.«

»Und wir ziehen zusammen.« Lu umarmte ihn noch fester. »Im nächsten Semester. Jase hat eine Wohnung direkt auf der High Street. Die ist richtig cool, mit einer Sonnenterrasse und allem Drum und Dran.«

»Und du erwartest von mir, dass ich dazu finanziell etwas beisteuere«, sagte Gabe.

»Nein«, erwiderte Jase, noch bevor Lu irgendetwas sagen konnte. »Das habe ich abgedeckt.«

»Du hast einen Job«, sagte Gabe und lehnte sich in seinem Stuhl zurück.

»Ich hatte schon immer einen Job«, erwiderte Jase. »Und

jetzt werde ich eben ein paar Überstunden machen. Ganz zu schweigen von der Summe, die ich einsparen werde, weil ich nicht mehr mit anderen Frauen ausgehe.« Er blickte auf Lu herab. »Das muss ich doch aufgeben, nicht wahr?«

Sie grinste zurück. »Nur, wenn du am Leben bleiben möchtest.«

Jase zuckte mit den Schultern. »Na also, jede Menge Geld.« Gabe schüttelte den Kopf in Richtung Lu. »Man sollte dich übers Knie legen für das, was du diesem jungen Mann antust.«

»Ich habe doch gar nichts getan.« Lus Lächeln begann zu schwinden.

»Du hast den Atem angehalten und bist blau angelaufen, bis er dir das gegeben hat, was du von ihm wolltest«, sagte Gabe. »Und nun wird er auch noch Überstunden schieben, nur um sicherzugehen, dass du auch alles bekommst, was du brauchst. Ich schäme mich für dich.«

Lus Lächeln schwand nun völlig.

»Moment mal«, sagte Jase.

»Den ganzen Rest deines Lebens«, begann Gabe und sah seiner Tochter dabei unverwandt in die Augen, »wirst du dich daran erinnern, dass er dich unter diesen Umständen gebeten hat, ihn zu heiraten. Nicht, weil er es wollte, sondern weil er Angst hatte, dich zu verlieren.« Er hielt inne, denn ihm wurde klar, dass er genau das mit Nell machte.

»Ich wollte es«, sagte Jase, doch Lu blickte entsetzt zu ihm auf.

»Das ist nicht das, was ich wollte«, sagte sie.

»Warum hast du es dann so gemacht?«, erkundigte sich Gabe. »Was macht es schon, dass er nein gesagt hat, dass er nicht sofort hat heiraten wollen? Es ist doch offenkundig, dass er dich liebt. War dir das nicht genug?« Für Nell war es nicht genug. Der Groll, der bei dieser Vorstellung in ihm aufstieg, fuhr ihm in die Knochen.

»Ich habe doch nur …«

»Wenn die Liebe dir nicht genug ist, Lu«, fuhr Gabe fort, »dann hast du ihn nicht verdient.« *Die Liebe an sich sollte immer genügen.*

»Hey, eigentlich sollten Sie mich anbrüllen«, sagte Jase und trat vor Lu. »Ich schlafe doch mit Ihrer Tochter, erinnern Sie sich?«

»Treib die Sache nicht zu weit, mein Lieber«, warnte ihn Gabe, während er Lu nicht aus den Augen ließ.

Lu zerrte Jase wieder an ihre Seite. »Er hat Recht.«

»Na wunderbar.« Jase warf Gabe einen wütenden Blick zu.

»Ich wusste, wir hätten einfach nur eine E-Mail senden sollen. Haben Sie auch nur annähernd eine Vorstellung von dem, was ich für diesen Kompromiss durchstehen musste?«

»Weil ich dich erpresst habe«, sagte Lu. »Das ist nicht richtig. Papa hat Recht. Ich will nicht den Rest meines Lebens das Gefühl haben, dass ich dich gezwungen habe, mir einen Antrag zu machen.«

Gabe nickte ihm zu. »Und glaube mir, mein Lieber, du willst ebenso wenig den Rest deines Lebens damit verbringen, sie davon zu überzeugen, dass du auch so um ihre Hand angehalten hättest.« *So wie ich es getan habe. Wie ich es wieder tun werde.*

Lu blickte ihn überrascht an. »Hat Mama das denn getan?« Gabe schüttelte den Kopf. »Deine Mutter war immer großartig. Aber wir mussten heiraten. Also hat es mich ein wenig mehr Mühe gekostet, sie davon zu überzeugen, dass ich sie ohnehin geheiratet hätte. Das war nicht immer ein Vergnügen.«

»Aber du hättest es getan«, sagte Lu.

Gabe schüttelte den Kopf. »Nein. Ich hätte es nicht getan. Ich war noch nicht soweit.«

Lu schluckte. »Tut es dir jetzt Leid?«

»Nein. Deine Mutter und ich haben eine ganze Weile lang eine gute Ehe geführt. Wir hatten dich. Es war nie schlimm.

Aber sie hat mir nie ganz abgenommen, dass ich sie geheiratet habe, weil ich es wirklich wollte. Und jetzt hast auch du Zweifel daran, dass Jase dir einen Antrag gemacht hat, weil er es wirklich wollte.«

»Ich wollte es«, beharrte Jase. »Ich schwöre, dass ich es wollte.«

»Nur nicht gerade jetzt schon«, sagte Lu.

»Nun«, wich Jase aus. »Nein. Doch jetzt, wo wir uns verlobt haben, gefällt es mir. Das passt mit uns.«

»Nein, das tut es nicht.« Lu zog den Ring von ihrem Finger und reichte ihn zurück.

»Na, das ist ja prima«, bemerkte Jase und klang dabei so sehr wie seine Mutter, dass Gabe zusammenzuckte. »Sehen Sie, was Sie angestellt haben«, wandte er sich an Gabe.

»Haben Sie auch nur die geringste Ahnung, wie schwer es sein wird, sie noch einmal davon zu überzeugen?«

»Ja, das habe ich«, erwiderte Gabe. »Das war mein Plan.« Er betrachtete Lu. »Ich zahle deine Hälfte der Miete und die Nebenkosten. Er wird deinetwegen keine Überstunden machen. Noch nicht jedenfalls.«

»Danke, Papa«, erwiderte Lu und versuchte, die Tränen zu unterdrücken. »Glaube ich jedenfalls.«

»Ich möchte mit Jase unter vier Augen reden«, sagte er. »Geh nach nebenan und sag deiner Mutter guten Tag. Sie ist wieder zurück.«

»Mama?« Lu schniefte und verließ das Zimmer. Gabe beobachtete Jase, wie dessen Blick ihr folgte. Der arme Teufel war tatsächlich bis über beide Ohren in sie verliebt. Das bedeutete, dass er derjenige war, der von jetzt an mit ihr klarkommen musste. Es gibt doch immer wieder Licht am Horizont.

Jase drehte sich zu ihm um. »Ich will wirklich …«

»Ich weiß, ich weiß«, unterbrach in Gabe. »Und du versprichst, gut auf sie Acht zu geben. Ich verstehe. Viel Glück, mein Lieber, denn das wirst du brauchen.«

»Gut«, sagte Jase, ganz auf der Hut. »Und?«

»Erzähl mir, was der Ring mit dem Porzellan deiner Mutter zu tun hat.«

»Das ist eine Sache zwischen meiner Mutter und mir«, bemerkte Jase etwas zugeknöpft.

»Sie hat ihr Porzellan verkauft, um den Ring zu bezahlen«, sagte Gabe.

Jase setzte sich auf den Stuhl für Klienten und wirkte vollkommen geknickt. »Ich habe ihr gesagt, sie solle es nicht tun, aber am nächsten Tag kam sie vorbei und hat mir erzählt, dass sie es verkauft hat…«

»Ich weiß«, unterbrach ihn Gabe. »Glaube mir, ich weiß, wie deine Mutter tickt. An wen hat sie es verkauft?«

»Sie werden ihn nicht kennen…«, begann Jase, doch als er begriff, was Gabe vorhatte, hellte sich sein Gesicht auf. »Oh. Einem Händler in Clintonville.« Er durchsuchte seine Taschen. »Irgendwo habe ich seine Karte. Ich habe schon daran gedacht, ihn zu bitten, es so lange zurückzuhalten, bis ich… Hier ist sie.« Er hielt eine Visitenkarte hoch.

»Gut.« Gabe nahm die Karte entgegen. »Gestern Abend hat es gebrannt. Deine Mutter hat alles verloren.«

Jase erstarrte. »Ist sie…«

»Es geht ihr gut«, erwiderte Gabe. »Geh jetzt nach nebenan und stell dich Lus Mutter vor, später können wir alle zusammen zu Abend essen.«

»Lus Mutter.« Jase atmete tief durch. »Irgendeinen guten Tipp?«

»Bei der hast du einen Stein im Brett, Junge«, sagte Gabe. »Du bist Sternzeichen Fisch.«

Jase wirkte verwirrt. »Okay.«

»Noch eines«, sagte Gabe. »Wenn du meinem kleinen Mädchen irgendetwas antust, lasse ich dich umbringen.«

»In Ordnung.« Jase erhob sich. »Und wenn Sie meine Mutter noch mal zum Weinen bringen, werde ich Sie verprügeln.«

Gabe nickte und Jase erwiderte sein Nicken, immer noch etwas auf der Hut, doch schon viel glücklicher.

»Erzähle niemandem von dieser Unterredung«, sagte Gabe.

»Das würde ohnehin keiner glauben«, sage Jase und ging hinaus, um Chloe kennen zu lernen.

Gabe lehnte sich zurück und dachte an Nell. Er wollte sie haben, er würde alles tun, um sie zu halten, doch sie hatte Recht: Der unausgesprochene Groll könnte alles vergiften. Er schüttelte den Kopf, nahm den Hörer zur Hand und wählte die Nummer des Händlers in Clintonville, der hocherfreut war, von ihm zu hören. Gabe gab ihm die Nummer seiner Visakarte im Gegenzug für das Versprechen, gleich am nächsten Tag zu liefern. *Immerhin eine Sache, die ich richtig gemacht habe.* Kaum hatte er das Telefon aufgelegt, klingelte es sofort wieder. Es war Nell.

»Wir haben ein Problem«, sagte sie.

Nicht möglich. »Was ist es denn dieses Mal?«

»Wir haben Stewart gefunden. Er lag in Margies Tiefkühltruhe. Dann kam Budge vorbei und hat uns hinausgeworfen. Jetzt stehen wir in einer Telefonzelle bei der Tankstelle an der Henderson Road, und Margie ist immer noch in ihrem Haus mit ihrem dämlichen Freund und der Leiche ihres Mannes. Uns geht es soweit ganz gut, aber es könnte uns besser gehen. Er sah wirklich schrecklich aus.« Ihre Stimme war hoch und viel zu schnodderig, um als normal durchzugehen, aber sie machte den Eindruck, als habe sie die Sache im Griff. Nell hatte die Dinge immer im Griff. Gabe atmete aus. »Gut. Weiß Budge, dass ihr die Leiche gefunden habt?« Er sah auf und erblickte Riley im Türrahmen, die Augenbrauen beim Wort »Leiche« hochgezogen.

»Das weiß ich nicht«, erwiderte Nell. »Aber er schien nicht glücklich, uns zu sehen. Er meint, wir würden Margie aufregen. Margie ist betrunken und verkauft ihr Porzellan über eBay.«

»Bleibt, wo ihr seid«, sagte Gabe. »Wir kommen.« Er legte auf und drehte sich zu Riley um. »Sie haben Stewart in Margies Tiefkühltruhe gefunden.«

»Natürlich haben sie das«, sagte Riley. »Himmel noch mal.«

»Noch mehr Besuch«, sagte Margie, als sie missmutig zur Tür marschierte. »Budge war schon hier, und Papa auch. Ich habe ihnen gesagt, dass ihr wieder zurückkommt, um mir beim Aufräumen des Kellers zu helfen. Aber sie haben den Wink nicht verstanden, also musste ich sie hinauswerfen.« Sie blickte Gabe und Riley streng an. »Wenn ihr bleiben wollt, müsst ihr mithelfen. Ich bin sehr beschäftigt.« Dann ging sie zurück zum Computer und fuhr fort zu tippen, Suze neben sich. Währenddessen gingen Gabe und Riley mit Nell in den Keller und öffneten die Gefriertruhe.

Zur Hälfte war sie mit Proteinen aus dem Jahre 1993 gefüllt, doch kein Stewart.

»Budge«, sagte Gabe.

»Budge ist ein Weichei«, gab Riley zu bedenken. »Glaubst du etwa, dass er ganz alleine eine gefrorene Leiche aus einer Tiefkühltruhe entfernen kann, ohne sich dabei zu übergeben oder in Ohnmacht zu fallen? Und Trevor ist alt.«

»Und Margie hat auch nicht dabei geholfen«, fügte Nell hinzu. »Sie würde jetzt nicht tippen, wenn sie gerade eben Stewart gesehen hätte.«

»Jack«, sagte Riley.

»Was werden sie wohl mit ihm machen?«, fragte Gabe. »Sich nach einer anderen Tiefkühltruhe umsehen?«

»Jack hat eine Tiefkühltruhe in seinem Keller«, sagte Nell.

»Bei uns gibt es auch einen großen Tiefkühler«, meinte Riley. »Die ganze Stadt ist voller Tiefkühltruhen.«

Gabe schloss den Deckel der Truhe. »Wenn Stewart seit 1993 hier war, hat er Lynnie nicht umgebracht.«

»Margie hat ihm eins übergezogen und ist dann nach oben

gegangen«, sagte Nell. »Jack, Trevor und Budge haben den Rest übernommen.« Ihr Blick wanderte zur Tiefkühltruhe und wandte sich wieder ab. »Glaubt ihr denn, sie wussten alle, dass er hier war?«

»Nein«, sagte Gabe. »Mir fällt es schwer zu glauben, dass einer von ihnen ihn hier versteckt hat, geschweige denn alle zusammen. Aber im Augenblick ist mir das auch gleichgültig. Ich möchte wissen, wo diese Leiche ist und wer ihn und Lynnie umgebracht hat. Um die Details können wir uns später kümmern.«

Bis Mitternacht war die Polizei gekommen und auch wieder gegangen. Nachdem Gabe ihnen die Hintergründe geschildert hatte, hatten sie sich der Geschichte der vermissten Leiche aus der Tiefkühltruhe gegenüber weniger skeptisch gezeigt als zuvor. Margie hatte inzwischen all ihr Porzellan zur Auktion freigegeben und arbeitete am Rest des Hauses, vollkommen unbeeindruckt von der Tatsache, dass ihr Mann länger mit ihr gelebt hatte, als sie gedacht hatte. »Ich glaube, sie hat einen Weg gefunden, um diesem Haus zu entfliehen«, meinte Suze an Nell gewandt. »Sie wird es nach und nach hinter Budges Rücken über eBay verkaufen.« Nachdem sie Margie davon überzeugt hatten, dass sie den Stand ihrer Auktionen auf dem Computer in der Agentur würde überprüfen können und dass Gabe das Haus für sie bewachen würde, packte sie ihre Tasche, um die Nacht bei Chloe zu verbringen. Gabe reichte Nell seine Schlüssel, bevor sie gingen.

»Ich darf dein Auto fahren«, fragte sie.

»Du darfst das Büro abschließen«, sagte er. »Überprüfe bitte alle Schlösser. Du darfst auch in meine Wohnung gehen und in meinem Bett schlafen. Ich werde mein Auto selbst fahren.«

»Wie denn, wenn ich die Schlüssel habe?«

»Ich besitze einen Ersatzschlüssel. Rühr mir meinen Wagen nicht an.«

»Na denn«, sagte Nell. »Weißt du, falls wir tatsächlich heiraten, müsstest du all deine irdischen Güter mit mir teilen.«

»Alle, bis auf mein Auto.«

»Und ich dachte immer, du wärst unfähig, dich zu ändern«, sagte sie und half Suze, Margie in den Käfer zu verfrachten.

»Sie wird sich schon wieder fangen«, meinte Suze zu Nell, als sie eine schläfrige Margie die Treppen zu Chloes Wohnung hinaufzogen und Chloe besorgt hinter ihnen herlief. »Wir mussten sie nur aus diesem Haus herausbekommen.«

»Und ihr die Sojamilch wegnehmen«, ergänzte Nell.

Nachdem Margie eingeschlafen war, ging Nell mit Marlene zurück in die Agentur, um das Büro abzuschließen. Gabe würde vermutlich die Nacht über bei Margie Wache stehen, doch für den Fall der Fälle ließ sie ihre Schreibtischlampe für ihn brennen. Dann ging sie zu seinem Büro, um es abzuschließen. Plötzlich hörte sie ein merkwürdig schnurrendes Brummen.

Marlene knurrte.

Nell fuhr ein kalter Schauer über den Rücken. *Nur raus hier,* dachte sie und machte einen Schritt Richtung Tür, als sie jemanden aus der Abstellkammer hinter sich sagen hörte: »Nell.« Sie drehte sich um und sah Trevor im Türrahmen, der sie wie gewohnt gutmütig anlächelte. »Ich hatte gehofft, du könntest mir helfen.«

»Himmel«, sagte Nell. »Ich wollte gerade zu Bett gehen.«

»Ich brauche den Schlüssel zum Kühlraum«, sagte Trevor. »Er befindet sich offenbar nicht an Margies Schlüsselbund.«

»Gabe behält diese Dinge immer bei sich«, sagte Nell. »Aber ich bin mir sicher, dass er dir morgen gerne ...«

»Da sind seine Schlüssel«, sagte Trevor. »In deiner Hand.«

»Diese hier?«, fragte Nell fröhlich und steckte sie in ihre Jackentasche. »Nein, das sind meine. Ich ...«

»Nell, ich habe Patrick diesen Schlüsselanhänger geschenkt«, sagte Trevor müde. »Und ich weiß, dass das Gabes Autoschlüssel sind. Ich hatte einen sehr anstrengenden Tag und möchte nach Hause. Öffne den Kühlraum für mich.«

Nell trat einen Schritt zurück. »Ich habe wirklich nicht die Befugnis …«

Trevor zog eine Pistole aus seiner Manteltasche. Dabei verhielt er sich so ungeschickt, dass Nell keinen weiteren Gedanken daran verschwendete, sie ihm zu entringen. Sie wollte nicht diejenige sein, die Trevor zu einem lang fälligen heftigen Gefühlsausbruch verleitete, besonders dann nicht, wenn er bewaffnet war und sich dabei unbeholfen verhielt.

»Du bist diejenige, die dieses Büro leitet«, bemerkte Trevor, und alle Herzlichkeit war aus seiner Stimme gewichen. »Du weißt, wo sich alles befindet. Ich möchte die Akten aus dem Jahr 1982.«

»Wie bitte?«, fragte Nell ungläubig. »Das ist alles?« Er suchte nicht nach einem Ort, wo er Stewart unterbringen konnte? Vielleicht hatte sie ihn falsch eingeschätzt. Sie betrachtete die Pistole, die in seiner Hand zitterte. Andererseits schien er es mit den Akten wirklich ernst zu meinen. »Was steht denn in den Akten?«

»Du hast es nicht gefunden«, sagte Trevor. »Ich dachte, du könntest alles finden.«

»Den Jahrgang 1982 habe ich nicht durchgesehen«, erwiderte Nell pikiert. »1982 ist nichts passiert.«

»Oh«, meinte Trevor traurig, »1982 ist etwas passiert.« Er machte eine Handbewegung mit der Pistole und nickte in Richtung des Gefrierraums. Bemüht, ihn nicht zu reizen, nickte Nell zurück.

»Sicher doch.« Vorsichtig umrundete sie ihn, dabei folgte er ihrer Bewegung und hielt die Pistole weiterhin auf sie gerichtet. Sie betrat den Lagerraum, er blieb ihr dicht auf den Fersen – zu dicht – und schloss den Kühlraum auf. »Bitte schön«, sagte sie und öffnete die Tür. »Bediene dich nach Belieben.«

»Finde die Akten aus dem Jahre 1982 und bring sie heraus.« Trevor streckte die Hand aus. »Ich nehm inzwischen die Schlüssel.

»Äh, die gehören Gabe.«

»Aber ich brauche sie«, sagte Trevor leise und hob die Pistole ein wenig an.

»Okay.« Nell reichte sie ihm. Sie war sich ziemlich sicher, einen Fehler zu begehen, sah jedoch keine Alternative. Gabe hätte eine Alternative gesehen. Wenn sie tatsächlich sein Angebot annehmen würde, sie an der Arbeit der Agentur zu beteiligen, müsste er alle Fälle übernehmen, in die bewaffnete Menschen involviert waren. »Hör zu, der Jahrgang 1982 besteht aus zwei oder gar drei Kästen. Brauchst du Hilfe?«

»Nein«, sagte Trevor und winkte mit der Pistole in Richtung Tür.

»Willst du mir nicht einen Anhaltspunkt geben, wonach wir suchen?«

»Nein.«

»Ist es das, wonach Lynnie gesucht hat?«

»Nell …«

»Ich frage mich nur, was es wohl gewesen sein mochte. Wir hatten angenommen, es ging um die Diamanten.« Sie rückte etwas von dem Kühlraum ab und brabbelte weiter, um ihn abzulenken. »Wir hatten keine Ahnung, dass sich etwas in den Akten von 1982 verbergen könnte. War es das, wonach du gesucht hast, als du an jenem Abend in meinem Appartement eingebrochen bist? Himmel, das muss dir einen Schrecken versetzt haben, mich dort vorzufinden. Du hast vermutlich geglaubt, die Wohnung sei leer. Was also …«

»Nell«, warnte sie Trevor. »Halt den Mund und hol die Akten.«

Nell atmete tief durch. »Hör zu, du wirst mich nicht erschießen. Das ist vermutlich die Pistole, mit der Stewart Helena erschossen hat. Du wolltest sie schon immer loswerden und hast es dann doch immer wieder aufgeschoben, nicht wahr? Ich halte das für schlau. Man macht Fehler, wenn man übereilt handelt. Wir sollten diese Sache noch einmal überdenken. Denn wenn du schießt« – *mich erschießt* – »wird die Polizei die Kugeln finden« – *in meiner Leiche* – »und die Sache zu dir zurückverfolgen. Also lass uns die Pistole ablegen…«

»Beruhige dich«, sagte Trevor. »Ich habe keine Lust, noch eine Leiche zu beseitigen. Sie sind zu verdammt schwer.«

»Zumindest menschliche Leichen sind zu verdammt schwer.« Er richtete die Pistole jetzt auf Marlene, die auf dem Hintern saß und ihn mit der ihr eigenen Verachtung anblickte, während er genau zwischen ihre Augen zielte.

»Nein!« Nell lief es eiskalt über den Rücken.

»Eine Hundeleiche dagegen«, sagte Trevor, »wird sich leicht beseitigen lassen.«

»Warte«, sagte Nell und trat in den Kühlraum.

»Das gefällt mir schon viel besser«, brummte Trevor, die Pistole immer noch auf Marlene gerichtet. »Und jetzt hol die Akten heraus.«

»Nur einen Moment noch.« Nell schob die Kästen der Neunziger aus dem Weg, um zu den Achtzigern zu kommen und nahm sich fest vor, nicht in Panik zu geraten. »Es sind mindestens zwei Kästen«, rief sie Trevor zu. Sie holte den ersten Karton hervor und überlegte fieberhaft. Solange sie ihm Kartons vorsetzte, würde er Marlene nicht erschießen. Und natürlich würde er dann auch sie nicht erschießen. Stewart erschoss Leute, Trevor nicht.

Trevor verstaute sie in Tiefkühltruhen.

Sie ging wieder hinein und holte den zweiten Karton. »Mehr sind es nicht« sagte sie, nachdem sie den Karton herausgeholt und zu seinen Füßen auf dem Boden abgestellt hatte. Sie wollte gerade die Tür des Kühlraums schließen, aber er stand ihr im Weg. »Wenn du einen Schritt zurück trittst, kann ich das alles zuschließen und dir beim Durchsehen der Akten behilflich sein«, sagte sie und versuchte, sich an ihm vorbeizudrängen. »Sie sind vermutlich alle sehr schlecht geordnet…« Trevor stieß sie heftig zurück, sie stolperte rückwärts und fiel durch die Tür des Kühlraums, während Marlene hinter ihm ausrastete. Sie versuchte, sich wieder aufzurichten, aber er versetzte ihr einen Tritt. Als sie von ihm wegrollte, knallte er die Tür des Kühlraums zu, schnitt Marlenes Gebell abrupt ab und ließ Nell in der Dunkelheit einer Katakombe zurück.

»Trevor, du Miststück«, schrie Nell und sprang auf. Sie versuchte die Tür zu öffnen, während die Dunkelheit sich wie ein undurchdringliches Leichentuch um sie legte. Er hatte die Tür verschlossen. Er hatte sie hier eingeschlossen und war draußen mit Marlene. Jetzt würde er Marlene nicht mehr umbringen. Es gab keinen Grund mehr. Marlene war in Sicherheit, dessen war sie sich sicher. Aber sie könnte sterben.

Trevor würde sie einfrieren, genauso wie er Lynnie eingefroren hatte, damit sein Leben so blieb wie bisher, nachdem er erst einmal das gefunden hatte, was er im Jahrgang von 1982 suchte.

»Trevor, du Dummkopf«, schrie sie hinter der Tür. »Du wirst nie und nimmer irgendetwas in den Akten finden können.«

Sie wusste nicht, ob der Kühlraum schalldicht war, und es war ihr auch egal. Es tat gut, ihn anzubrüllen. Noch besser war die Erinnerung daran, dass Rileys Mutter die Akten 1982 angelegt hatte, während Chloe im Mutterschaftsurlaub war. Trevor hatte keinerlei Chance, in den Akten irgendetwas zu finden, es sei denn, er ging sie Seite für Seite durch.

Andererseits hatte er natürlich auch jede Menge Zeit, die Akten durchzugehen, sofern er sie mit nach Hause nahm. In der Zwischenzeit würde sie erfrieren.

Sie schlang die Arme um sich, um die Kälte zu vertreiben. Um nicht zu erfrieren, würde sie sich so lange bewegen müssen, bis Gabe auftauchte und sie befreite. Einen Augenblick lang überkamen sie Zweifel – hieße das, nicht ganz und gar darauf zu vertrauen, dass Gabe die richtige Schlussfolgerung ziehen würde –, doch dann wurde ihr bewusst, dass sie gar nicht darauf vertrauen musste. Wenn Gabe nach Hause kam und sie nicht in seinem Bett lag, würde er die ganze Stadt auseinander nehmen, bis er sie gefunden hatte. Alles, was sie tun musste, war, bis zu diesem Zeitpunkt nicht zu erfrieren.

Bewegung war die Lösung. Sie begann, im Kühlraum in der Dunkelheit auf und ab zu gehen, fiel über Kisten, ruderte mit den Armen durch die Luft, versuchte, sich mit erotischen Gedanken warm zu halten und tat alles, um das Blut in ihren Adern nicht erkalten zu lassen. Von Zeit zu Zeit überprüfte sie, ob Trevor die Tür nicht vielleicht doch wieder aufgeschlossen hatte. *Tief durchatmen*, dachte sie und hüpfte auf und ab. *Beeil dich, Gabe.* Wenn das Hüpfen zu mühsam wurde, lief sie wieder auf und ab. Es müsste wohl inzwischen Mitternacht sein. Gabe würde Margies Haus beobachten, bis die Sonne aufging, sie musste also nur noch sechs Stunden auf und ab gehen – konnte sie sechs Stunden hintereinander in Bewegung bleiben – dann würde sie wieder frei sein.

Oder sie könnte ausbrechen. Das wäre, was Gabe jetzt tun würde. Wie aber brach man aus einem verschlossenen Kühlraum aus? Eigentlich hätte es eine Sicherheitsvorrichtung an der verdammten Tür geben müssen, freilich konnte man sich nicht versehentlich in einem Kühlraum einschließen, jemand musste einen absichtlich dort einsperren. Also war diese Vorkehrung nicht vorhanden, denn der Dummkopf Patrick hatte nicht geahnt, dass sein bester Freund dreißig Jahre später seine zukünftige Schwiegertochter in einen Eiszapfen verwandeln wollte.

Denk nach! ermahnte sie sich. Sei wie Gabe. *Hör auf zu jammern und denke nach.* Was konnte sie sich zu Nutze machen? Zwanzig Jahrgänge Akten. Wenn sie ein Streichholz gehabt hätte, hätte sie sie in Brand setzen können. Dann hätte sie immerhin etwas Licht gehabt. Natürlich wäre sie dann auch in einem Kühlraum voller Flammen eingeschlossen gewesen. Und gleichzeitig hätte sie Kohlendioxyd produziert, da Feuer Sauerstoff verbrauchte.

Sauerstoff.

Kühlräume waren luftdicht.

Wie viel Zeit hatte sie noch? Sechs Stunden, bis Gabe nach Hause zurückkehrte. Wie lange würde es dauern, bis er sie fand? Wie viel Luft atmete sie in einer Stunde? Wie viel Luft hatte sie bereits durch das schnelle Umhergehen verbraucht?

Wenn sie langsamer lief, würde sie erfrieren. Wenn sie schneller lief, würde sie ersticken. Gab es denn gar keinen Mittelweg?

Verdammter Trevor. Er würde sie auf dieselbe Art umbringen, wie er Lynnie umgebracht hatte. Lynnie, das war ein Vorbild. Lynnie hatte nicht klein beigegeben, hatte nicht nach seiner Pfeife getanzt. Sie war zäh gewesen, sie hatte sich auf keinerlei Kompromisse eingelassen und nicht hingenommen, dass Männer sie im Stich ließen.

Doch Lynnie war tot. Vielleicht brachte die Frage, »Was würde Lynnie jetzt tun?« doch nicht die Inspiration, die sie jetzt brauchte.

Ich brauche Hilfe, dachte sie. *Ich komme hier nicht alleine raus. Ich brauche Unterstützung. Ich brauche Gabe.*

Allein bei der Vorstellung wurde ihr übel. Sie sollte gar niemanden brauchen, sie sollte fähig sein, sich selbst zu befreien und sich nicht auf einen Mann verlassen. Während der nächsten halben Stunde tastete sie in der Dunkelheit nach irgendeiner Öffnung, irgendeiner Möglichkeit. Sie stapelte die Kästen übereinander, um die Decke zu berühren. Ihr wurde ständig kälter und sie wurde immer verzweifelter, und von der Kälte wurde ihr einerseits übel und andererseits machte sie sie schläfrig.

Ich werde Trevor Ogilvie nicht die Genugtuung verschaffen zu sterben, dachte sie und wiederholte es unablässig wie ein Mantra, während sie nach etwas suchte, nach einem Schalter, vielleicht konnte sie die Kühlung abschalten, aber dann würde sie immer noch ersticken…

Da öffnete sich die Tür, das Licht wurde angeknipst und Marlene bellte hysterisch, als Gabe fragte. »Nell?«

»Gott sei Dank.« Nell strauchelte auf ihn zu und warf sich ihm in die Arme.

»Was ist denn hier los?«, fragte Gabe, als er sie auffing, nach draußen zog und die Tür hinter sich zuknallte.

»Nimm die Tür dieses verdammten Raumes heraus«, sagte Nell, die am ganzen Leib zitterte. »Nimm das ganze verdammte Ding heraus. Es ist schrecklich.« Gabe umarmte sie fester. »Himmel, du bis ja eiskalt. Wer…«

»Trevor«, sagte Nell. »Lass uns von hier verschwinden.«

»Er hat dich eingeschlossen? Wo ist er?«

»Keine Ahnung.« Sie merkte, wie sie zitterte vor Kälte, vor zu viel Adrenalin, vor Erschöpfung und vor Angst. »Er wollte die Akten von 1982. Er wird sie wohl mitgenommen haben. Deine Schlüssel hat er auch mitgenommen. Ich weiß nicht, was…«

Draußen wurde ein Motor angelassen. Gabe sagte: »Das ist mein Auto.« Er ließ sie los und rannte ins Vorzimmer. Nell folgte ihm und sah ihn gerade noch aus der Eingangstür rennen.

»Hey, es ist alles in Ordnung, mir geht es gut«, rief sie und zitterte immer noch vor Kälte. Dann hörte sie Reifen quietschen und einen Aufprall, der wie eine Explosion klang, kurz und scharf und hart und laut.

»Wenn es einen Gott gibt«, wandte sie sich an Marlene, »dann war das dieser Mistkerl Trevor.«

»Das war mein Auto«, sagte Gabe, als sich zwei Stunden später alle in seinem Büro eingefunden hatten, nachdem ein Krankenwagen Trevor ins Krankenhaus abtransportiert und die Polizei die Überreste des Porsches abgeschleppt hatte.

»Ja, das war wirklich egoistisch von ihm, sich in deinem Auto umbringen zu wollen«, meinte Nell und drückte eine wunderbar warme Marlene an sich.

»Er wollte sich nicht umbringen«, entgegnete Riley. »Er hat den Wagen mitgenommen, um ihn zu durchsuchen. Gabes schlaue Idee.«

»Erinnere mich bloß nicht«, sagte Gabe.

»Deine Idee?«, fragte Nell.

»Es war der einzige Ort, den du dir noch nicht vorgeknöpft hattest«, erläuterte Gabe. »Das habe ich ihm letzte Woche gesagt und gehofft, dass er versuchen würde, an den Wagen heranzukommen. Doch typisch Trevor – er hat natürlich nicht gewartet.«

»Was ist denn passiert?«, fragte Suze. »Warum ist er in den Park hineingeprescht?«

»Ein Porsche ist kein gewöhnliches Auto«, sagte Riley. »Das Turbo-Loch ist irre.«

»Er hat die Kontrolle über den Wagen verloren«, bestätigte Gabe. »Er hatte nur Pech, dass er ausgerechnet in den Park und dort gegen die Steinsäulen raste.«

»Das Turbo-Loch?« Suze blickte fragend zu Riley.

»Der Wagen verzögert beim Gas geben«, erklärte Riley. »Und ausnahmsweise hat Trevor einmal nicht gezögert. Er muss das Gaspedal ganz durchgedrückt haben. Was wiederum zur Folge hatte, dass der Porsche nach der Verzögerung geradezu vom Boden abgehoben hat.«

»Mir sind Trevor und das Turbo-Loch vollkommen gleichgültig.« Nell drückte Marlene eng an sich. »Was geschah 1982 eigentlich?«

»Mein Vater ist gestorben«, sagte Gabe.

»Oh«, sagte Nell.

»Heute Abend möchte ich nicht länger darüber nachdenken.« Riley erhob sich. »Ihr könnt alle aufbleiben und nach Stewart und den Akten aus dem Jahr ’82 suchen, wenn euch das Spaß macht, aber ich für meinen Teil gehe ins Bett.«

Suze stand ebenfalls auf. »Ich gehe nach nebenan und leiste Margie Gesellschaft. Mir graut vor dem Gedanken, wie wir ihr das morgen erklären sollen.«

Riley hielt ihr die Tür auf, und Suze stand einen Augenblick lang dicht neben ihm, dann ging sie. Als Riley nach oben gegangen war, fragte Gabe Nell: »Bist du dir auch sicher, dass alles in Ordnung ist?«

»Nein«, erwiderte Nell und drückte Marlene noch enger an sich. »Was hättest du denn getan, wenn Trevor dich dort eingeschlossen hätte?«

»Ich habe nicht die leiseste Ahnung«, erwiderte Gabe. »Warum?«

»Ich habe mir immer gesagt, du hättest gewusst, was zu tun wäre«, erwiderte Nell. »Ich kam mir unglaublich dämlich vor, einfach so in der Dunkelheit zu erfrieren. Du hättest dich gar nicht erst von ihm hineinbugsieren lassen.«

»Vielleicht. Das kommt auf die Umstände an.«

»Er hat gedroht, Marlene zu erschießen.«

Gabe schwieg einen Augenblick, dann sagte er: »Er hat eine Gehirnerschütterung und zahlreiche Knochenbrüche.«

»Gut«, sagte Nell. »Woher wusstest du, dass ich da drinnen eingesperrt war?«

»Ich habe angerufen, um sicherzugehen, dass du das Büro abgeschlossen hast. Suze meinte, du seist noch hier unten. Als niemand ans Telefon ging, bin ich hergefahren und habe Marlene vollkommen hysterisch vor der Tür des Kühlraums vorgefunden. Also habe ich den Ersatzschlüssel aus meinem Schreibtisch geholt und …«

»Marlene?« Nell küsste Marlene auf ihren wuscheligen kleinen Kopf. »Marlene, meine Heldin, du hast mich gerettet.«

»Nun, ich habe ihr dabei ein wenig geholfen«, meinte Gabe.

»Ja, das hast du.« Nell blickte ihn im Schein der Lampe an, den Helden, der sie gerettet hatte. Solche Typen sind gefährlich, dachte sie. Eine Frau konnte gut und gerne von solchen Typen abhängig machen.

Er lächelte sie an, seine Sorge um sie ganz offenkundig, und sie dachte, *ach, was soll's.* Heute Abend war sie diese Art von Frau. »Du bekommst auch eine Belohnung«, sagte sie und zog ihn hinter sich nach oben. Heute Nacht würde ihr so oder so wieder richtig warm werden.

Am nächsten Morgen halfen Nell und Suze einer schockierten und nüchternen Margie, die Sachen zusammenzupacken, die sie über eBay nicht hatte verkaufen können. Dann brachten sie sie zu Chloe. Als sie ihre letzten Dinge hinaustrugen, hatte Budge den Riegel vorgeschoben und Margie verboten, das Haus zu verlassen. Margie hatte ihn einen Augenblick lang angesehen und dann gesagt: »Es tut mir Leid, Budge. Ich glaube, du hast sieben Jahre verschwendet.« Dann war sie gegangen, während er hinter ihr vor Wut schäumte.

Am Nachmittag fuhr Suze Margie ins Krankenhaus, um Trevor zu besuchen. Nell kam in Gabes dicksten Winterpullover gehüllt ins Büro herunter. Ihr war zwar nicht mehr kalt, doch es war immer noch angenehm, etwas Warmes um sich zu wissen, besonders etwas Warmes, das Gabe gehörte. Das gehörte alles mit dazu, gerettet worden zu sein, dachte sie. Immerhin verband Gabe mit Rettung nicht dasselbe wie Budge und erwartete nicht lebenslange Dankbarkeit von ihr. Sie trat in sein Büro und verkündete: »Also, ich habe nachgedacht.«

Er saß hinter seinem Schreibtisch, wirkte erschöpft und starrte ins Leere, als sei er tief in Gedanken versunken. Sie setzte sich ihm gegenüber, während Marlene einen sonnigen Flecken auf dem Teppich fand und sich ausstreckte.

»Du hattest Recht«, sagte sie. »Damit, dass ich erst sieben Monate hier bin und du bereits dein ganzes Leben. Ich habe gestern Nacht überhaupt nichts zu meiner Rettung beigetragen, ich habe noch nicht einmal eine Spur mit Brotkrumen hinterlassen…«

»Wovon in aller Welt redest du eigentlich?« Er blickte sie stirnrunzelnd an. »Du warst im Kühlraum eingeschlossen.«

»Über die Sache mit der Partnerschaft der Agentur«, sagte Nell. »Ich wollte sie, damit ich nicht irgendwann wieder vor dem Nichts stehe. Aber ich habe es mir nicht verdient. Meine sieben Monate hier sind ein Tropfen auf den heißen Stein verglichen mit dem, was du weißt. Das ist vollkommen in Ordnung so. Wir müssen nicht heiraten, um miteinander zu arbeiten. Ich kann warten, bis ich mehr gelernt habe.«

»Du machst dir zu verdammt viele Gedanken«, brummte Gabe. »Ich habe heute Morgen mit Trevor gesprochen.«

»Ich mache mir nicht zu verdammt viele Gedanken«, widersprach Nell, die sich darüber ärgerte, abgewimmelt zu werden. »Ich *kapituliere*, du Dummkopf.«

»1982 hat mein Vater einen Brief geschrieben«, fuhr Gabe fort, als ob sie nichts gesagt hätte. »Einen dieser Briefe ›im Falle meines Todes‹ und so weiter. Darin hat er gestanden, Trevor beim Vertuschen von Helenas Ermordung geholfen zu haben.«

»Oh«, sagte Nell, einen Augenblick lang abgelenkt. »1982.«

»Ja. Im selben Jahr ist meine Mutter gestorben, und Lu wurde geboren, und sein Herz fing an, ihm Sorgen zu machen. Ich glaube, er…« Gabe schüttelte den Kopf. »Ach, verdammt, ich habe keine Ahnung, was er sich dabei gedacht hat. Ich möchte glauben, dass er endlich versucht hat, das Richtige zu tun. In dem Brief erwähnte er, dass er die Polizei einschalten, doch zuvor Stewart und Trevor von seinem Vorhaben informieren wolle, damit sie vorbereitet wären. Auch wollte er ihnen sagen, dass er den Brief geschrieben hatte, um sich selbst zu schützen.«

»Und dann erlitt er einen Herzinfarkt«, sagte Nell.

»Und dann hat Stewart ihn in die Tiefkühltruhe verfrachtet«, sagte Gabe, »und gewartet, bis er tot war. Anschließend hat er ihn oben in sein Bett gelegt, und keinem von uns ist etwas aufgefallen. Der Arzt hat den Totenschein ohne Autopsie ausgestellt.«

Nell spürte, wie sich ihr der Hals zuschnürte. »Wie...«

»Trevor hat es mir erzählt«, sagte Gabe. »Ungefähr vor einer Stunde. Die Polizei hat den Brief in den Akten gefunden und ihn ihm heute Morgen vorgelegt. Sie haben auch Stewart gefunden, der im Kofferraum von Trevors Mercedes allmählich auftaute. Er versuchte die Schuld auf alle anderen abzuwälzen: Stewart habe meinen Vater umgebracht, Margie habe Stewart umgebracht, Jack habe Lynnie umgebracht und deine Wohnung in Brand gesteckt, und Trevor habe lediglich versucht, den Skandal in Grenzen zu halten, damit die Familie keinen Schaden davontrug.«

So viele Tote, dachte Nell, und alles nur, weil Trevor nicht länger verheiratet sein wollte. Helena, die vorhatte, sich umzubringen, weil sie fürchtete, ihre Identität zu verlieren, wenn sie nicht mehr verheiratet wäre. Margie, die Stewart zwar hasste, aber dennoch mit ihm zusammenblieb, weil sie verheiratet war, und die ihn fünfzehn Jahre später mit einem Krug auf den Kopf schlug, weil sie es nicht mehr aushielt, verheiratet zu sein. Lynnie, die in einer Art Marinade des Grolls geschwommen war, weil Stewart sein Versprechen nicht gehalten und nicht zurückgekommen war, damit sie heiraten konnten. Tim und sie, die einander ständig Verletzungen zugefügt hatten, weil sie aneinander gekettet waren durch die Ehe. Jack, der Suze einkerkerte und Suze, die vierzehn Jahre lang nicht einmal den Versuch unternommen hatte auszubrechen, weil sie verheiratet gewesen waren. *Es sollte schwieriger sein zu heiraten*, dachte sie. Man sollte Prüfungen zu Voraussetzung machen. Ehe-Führerschein bestehen müssen und es sollte mehr erforderlich sein, als der Wunsch zu heiraten und die zwanzig Dollar für die Heiratsgenehmigung.

»Du kannst dir nicht vorstellen, welche Erklärungen er uns aufgetischt hat«, sagte Gabe.

»Wie viel davon glaubst du?«

»Ich glaube, dass Stewart meinen Vater umgebracht hat. Aber Margie hat Stewart nicht umgebracht. Als man ihn auspackte, hatte er zerrissene Fingernägel. Trevor hat ihn lebendig in die Tiefkühltruhe gesperrt und ist später zurückgekehrt, hat die Leiche eingewickelt und sie anschließend unter seinen eigenen Grillvorräten verstaut. Ich glaube, er hat es vorsätzlich getan. Ich glaube, er hat ihm damit den Tod meines Vaters heimgezahlt.«

»Elf Jahre später«, sagte Nell. »Trevor hat eine lange Zeit gewartet, um sich zu rächen.«

»Das ist das, was er am allerbesten kann«, bestätigte Gabe. »Ich glaube, er hat auch Lynnie umgebracht. Ich glaube, sie hat ihn zu sehr unter Druck gesetzt, also hat er sie zusammengeschlagen und dann in der Tiefkühltruhe verstaut und gewartet, ob irgendjemand sie finden würde. Ich glaube auch, dass er versucht hat, die Brandstiftung in deiner Wohnung auf Jack abzuwälzen. Und ich weiß, dass er dich umbringen wollte.«

Nell dachte daran zurück, wie sie hilflos im Kühlraum eingesperrt gewesen war. »Wie hat er das denn erklärt?«

»Ein Versehen. Ihm war nicht aufgefallen, dass du immer noch in dem Kühlraum warst, als er die Tür geschlossen hat.«

»Du machst Witze.«

»Nun, er hat eine Gehirnerschütterung. Niemand hat sich ihm je in den Weg gestellt. Seit Jahren schon ist er mit diesen Morden davongekommen. Niemand hat ihn jemals zur Rechenschaft gezogen.« Gabe sah ihr in die Augen. »Bis dato ist er auf niemanden wie dich gestoßen.«

»Das verstehe ich nicht ganz«, erwiderte Nell.

»Ich denke«, fuhr Gabe fort, »dass der Brief verloren gegangen ist, weil meine Tante eine solch miese Sekretärin war. Wenn meine Mutter noch da gewesen wäre, hätte sie den Brief unmittelbar nach dem Tod meines Vaters der Polizei übergeben. Dann wäre eine Autopsie angeordnet worden.

Stewart wäre ins Gefängnis gewandert, also wäre Margie nicht fünfzehn Jahre lang mit ihm verheiratet geblieben und hätte ihn dann mit einem Krug geschlagen, und Trevor hätte ihn nicht eingefroren. Ebenso wenig Lynnie. Noch hätte er deine Wohnung abgefackelt oder versucht, dich umzubringen. Oder meinen Wagen zu Schrott gefahren.« Bei der letzten Bemerkung schien er besonders verbittert.

»Nicht nur eine Sekretärin«, sagte Nell.

»Und der Grund, dass sie nicht da gewesen ist«, fuhr Gabe fort, »ist der, dass sie und mein Vater sich über sein Vorgehen gestritten haben, über den Wagen, und darüber, dass er sie nicht in die ganze Geschichte eingeweiht hatte. Wenn er gleich nach Helenas Tod 1978 reinen Tisch gemacht hätte, wenn er auf sie gehört hätte, wäre Stewart gar nicht da gewesen, um ihn vier Jahre später umzubringen.«

»Wenn du nicht ein solcher Kontroll-Fanatiker wärst«, sagte Nell, »hättest du nicht angerufen, um zu überprüfen, dass ich alles abgeschlossen habe. Du hättest mich nicht mehr retten können. Ich wäre umgekommen. Das ›wenn das und das gewesen wäre-Spiel‹ kann man bis zum St. Nimmerleinstag spielen. Es ist vorbei. Lass die Vergangenheit.«

»Du hörst nicht zu.« Gabe stand auf und trat vor sie, dann beugte er sich zu ihr herab, sein Gesicht ganz nah an ihrem, und legte seine Hände auf ihre Armlehne. »Es ist gleichgültig, ob sieben Monate oder zwanzig Jahre, das bedeutet überhaupt nichts. Wir sind keine gleichen Partner. Das werden wir nie sein. Aber wir halten einander im Gleichgewicht. Wir setzen einander Grenzen. *Wir brauchen einander, um zu überleben.*«

»Oh«, sagte Nell.

»Wir können heiraten«, sagte Gabe. »Jetzt verstehe ich es. Ich empfinde keinen Groll mehr. Ich brauche dich. Ich möchte nicht sein wie mein Vater.«

»Du bist nicht wie dein Vater«, entgegnete Nell, wütend darüber, dass er auf diese Idee kam.

»Gut.« Gabe richtete sich auf. »Wir brauchen einen Büroleiter. Riley ist unterwegs auf Recherche, und Suze überbringt gerade Becca die gute Nachricht. Wenn du möchtest, kannst du den Job haben.«

»Ich möchte den Job.« Nell erinnerte sich an das letzte Mal, als sie diesen Satz gesagt hatte, in einem trostlosen Büro mit heruntergelassenen Jalousien und Gabe, den sie für den Teufel in Person hielt. Sie blickte sich in dem blitzblanken Büro um und betrachtete die gepflegten Ledermöbel und das glänzende Holz. Dann blickte sie auf Marlene, die ohne ihren Trenchcoat in der Sonne lag, dann auf Gabe, der genauso müde aussah wie damals, aber anders. *Glücklicher*, dachte sie. *Meinetwegen.*

»Was ist denn die gute Nachricht?«

»Ach, Beccas Typ hat tatsächlich die Wahrheit gesagt. Suze hat das gestern nachgeprüft. Becca wird zukünftig in Hyannis Port Urlaub machen.«

»Du machst Witze«, sagte Nell. »Na, das ist doch gut. Irgendjemand hier hat sich ein Happy End verdient.«

»Hey«, protestierte Gabe.

»Abgesehen von mir«, fügte Nell hinzu. »Und dir. Und Suze und Riley.«

»Bei den beiden müssen wir noch abwarten.«

»Du bist ein richtiger Zyniker.« Nell blickte sich noch einmal im Zimmer um und dachte, *der Rest meines Lebens.* Keine Frage. »Ich hingegen bin Optimistin. Ich habe entschieden: Es war eine gute Sache, dass Trevor mein Porzellan verbrannt hat.«

Gabe blickte sie entsetzt an. »Hast du das? Und warum …«

»Das war meine Vergangenheit«, sagte Nell. »Und die Vergangenheit muss man loslassen, um die Zukunft zu gestalten. Das Gleiche gilt für dein Auto. Trevor hat dir einen Gefallen getan, indem er es zu Schrott gefahren hat. Es war eine schlechte Erinnerung. Jetzt kannst du es vergessen und weiterleben.«

»Ich *mochte* das Auto«, sagte Gabe und schien gereizter, als es den Umständen angemessen war.

»Ich habe mein Porzellan auch gemocht«, erwiderte Nell ebenso gereizt, da er wieder einmal nichts zu begreifen schien. »Aber es ist gut, dass es nicht mehr existiert.« Sie blickte Gabe stirnrunzelnd an. »Du musst aufhören, dem Auto nachzutrauern.«

»Das Auto habe ich bereits verwunden«, sagte er, »aber ich habe eben siebentausend Dollar für ein Hochzeitsgeschenk ausgegeben, das du gar nicht haben möchtest. Gib mir das nächste Mal vorher einen Tipp.«

»Hochzeitsgeschenk?«, fragte Nell.

Gabe seufzte und deutete auf einen großen Karton neben seinem Schreibtisch. »UPS hat es gerade geliefert. Willkommen in der Vergangenheit.«

Sie hockte sich auf den Boden und öffnete den Karton. Darin befand sich eine Menge in Luftkissen verpacktes Porzellan, und als sie das erste Teil auswickelte, war es ihre »Secrets«-Zuckerdose. »Du hast es zurückgekauft«, sagte sie atemlos. »Du hast mein Porzellan zurückgekauft.«

Er setzte sich auf die Schreibtischkante neben sie. »Dann ist die Vergangenheit also doch in Ordnung?«

Sie fuhr mit ihrem Finger über die flache Seite der Schale und über die beiden Häuser, die so eng zusammenstanden und über einen Hügel hinweg auf den blauen, wilden Fluss hinabsahen. »Das ist keine Vergangenheit.« Jedes Mal, wenn sie es in Zukunft ansah, würde sie sich daran erinnern, dass Gabe es für sie gerettet hatte. Dass er da gewesen war, als sie ihn gebraucht hatte. »Das bist du.« Wieder blickte sie auf die Häuser, die einander oben auf dem Hügel stützten. Aus beiden Schornsteinen stieg Rauch in den Himmel auf. »Das sind wir.«

»Gut so«, sagte Gabe. »Denn ich glaube nicht, dass der Händler es wieder zurücknehmen würde.« Seine Stimme klang beiläufig, doch als sie zu ihm aufsah, war sein Blick dunkel und sicher.

»Ich liebe dich«, sagte sie.

»Ich liebe dich auch«, erwiderte er. »Lass uns die Sache amtlich machen.«

Er saß im Sonnenlicht, ein leibhaftiger Teufel, und verlockte sie zu einer Ewigkeit der Glut und des Lichts. *Die Ehe ist ein Spiel und eine Falle und eine Einladung zum Schmerz,* dachte sie. *Sie bedeutet Kompromisse und Opfer, und ich werde auf alle Ewigkeit an diesen Mann und sein verdammt hässliches Fenster gebunden sein.*

Gabe lächelte sie an und ihr Herzschlag schien auszusetzen. »Angsthase.«

»Ich doch nicht«, entgegnete Nell. »Ich werde heiraten.«

Meinen Dank an:

Clarice Cliff, Susie Cooper und die »Walking Ware«-Designer, die Keramik herstellen, die mich immer wieder aufs Neue begeistert,

eBay dafür, dass dort früher oder später alles, was es in diesem Universum gibt, zum Kauf angeboten wird, und so sich meine Recherchenarbeiten viel vergnüglicher gestalten als früher,

Abigail Trafford für ihr Buch *Crazy Time*, eine kluge und mitfühlende Studie über Scheidung und Genesung,

Jennifer Grene, Cathie Linz, Lindsay Longford, Susan Elizabeth Phillips und Suzette Vann dafür, dass sie mir, ohne zu murren, beim Aushecken eines neuen Romans zuhören und dafür, dass sie der einzig gute Grund sind, überhaupt jemals auf dem Flughafen O'Hare zu landen,

Patricia Gaffney und Judith Ivory dafür, dass sie die Kunst der Freundschaft perfekt beherrschen und dafür, dass sie mir bedingungslos applaudieren und mein e-Gejammere und Web-Gestöhne erdulden,

Jen Enderlin dafür, dass sie sich wieder einmal als intelligente, kluge, mitfühlende, begeisterte Lektorin mit engelsgleicher Geduld erwiesen hat, die es mir ermöglicht, ohne Drogen oder Alkoholkonsum schreiben zu können – wenn auch nicht ohne Schokolade und Pommes frites mit Essig,

und

Meg Ruley dafür, dass sie mich vor allem in Schutz nimmt, mich selbst eingeschlossen, und nebenbei auch noch verdammt gute Verträge abschließt.

Ohne die Hilfe dieser wunderbaren Menschen hätte ich dieses Buch nicht schreiben können, noch hätte ich es schreiben wollen.